Weitere Titel der Autorin:

Im Land der weiten Fjorde
Töchter des Nordlichts
Insel der blauen Gletscher
Das Geheimnis der Mittsommernacht

Alle Titel in der Regel auch als E-Book erhältlich

Christine Kabus

DAS LIED DES NORDWINDS

Norwegenroman

BASTEI LÜBBE TASCHENBUCH
Band 17 643

Dieser Titel ist auch als E-Book erschienen

Originalausgabe

Copyright © 2018 by Bastei Lübbe AG, Köln
Textredaktion: Ulrike Brandt-Schwarze, Bonn
Titelillustration: Johannes Wiebel | punchdesign, München,
unter Verwendung von Motiven von © shutterstock/djgis/
shutterstock/R Kristoffersen; shutterstock/millicookbook
Umschlaggestaltung: Johannes Wiebel | punchdesign, München
Satz: Urban SatzKonzept, Düsseldorf
Gesetzt aus der Garamond
Druck und Verarbeitung: CPI books GmbH, Leck – Germany
Printed in Germany
ISBN 978-3-404-17643-4

5 4 3 2

Sie finden uns im Internet unter www.luebbe.de
Bitte beachten Sie auch: www.lesejury.de

Ein verlagsneues Buch kostet in Deutschland und Österreich jeweils überall dasselbe.
Damit die kulturelle Vielfalt erhalten und für die Leser bezahlbar bleibt,
gibt es die gesetzliche Buchpreisbindung. Ob im Internet, in der Großbuchhandlung,
beim lokalen Buchhändler, im Dorf oder in der Großstadt – überall bekommen Sie Ihre
verlagsneuen Bücher zum selben Preis.

*Für Lilian
in tiefer Dankbarkeit*

Friheten er som luften.
Først når en ikke har den, merker en hva det betyr.

Die Freiheit ist wie Luft.
Wir merken erst, wie viel sie wert ist, wenn sie uns fehlt.

Figuren der Handlung

SCHLESIEN
Grafen von Blankenburg-Marwitz auf Schloss Katzbach
(*Kreis Goldberg)*
Karoline, geb. Jauer
Moritz, ihr Ehemann
Gräfin Alwina, Mutter von Moritz
Graf Hermann, Vater von Moritz
Freiherr Waldemar von Dyhrenfurth, Bruder von Gräfin Alwina
Agnes, Zofe von Karoline
Anton, Bursche von Moritz

Ida Krusche, Schulfreundin von Karoline, *Görlitz*
Gustav Krusche, ihr Ehemann, *Görlitz*
Rosalie und Kurtchen, ihre Kinder

NORWEGEN
Stavanger und Umgebung
Oddvar Treske, Lehrer an der Missionsschule
Ingrid Treske, seine Ehefrau
Elias, ihr Sohn
Liv Svale, Hausmädchen
Frau Bryne, Köchin

Halvor Eik, Missionar
Bjarne Morell, Mitarbeiter des Freiluftmuseums von Kristiania

Ruth Svale, Mutter von Liv, *Sandnes*
Pfarrer Nylund, *Sandnes*

AUF DER REISE
Leuthold Schilling, Hauslehrer aus Meißen
Flora Bakken, Mitarbeiterin von Martha Tynæs, *Kristiania*
Clara Hætta, Pensionswirtin und Freundin von Sofie, *Røros*
Sofie Hauke, geb. Svartstein, *Trondheim*
Toril Hustad, ihre Großmutter, *Trondheim*

Eline Hansen (1859–1919), Frauenrechtlerin und Pazifistin,
 Kopenhagen
Ingeborg Suhr (1871–1969), Haushaltsschulleiterin und
 Autorin, *Kopenhagen*
Frigga Carlberg (1851–1925), Sozialarbeiterin, Frauen-
 rechtlerin und Autorin, *Göteborg*
Martha Tynæs (1870–1930), Sozialarbeiterin, Frauenrechtlerin
 und Politikerin, *Kristiania*

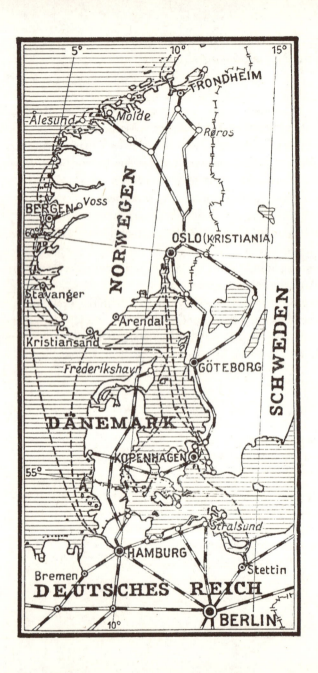

Prolog

Breslau, den 1. Mai 1896

Liebe Ida,

entschuldige bitte, dass ich erst jetzt zur Feder greife und Dir auf Deinen langen Brief vom März antworte, in dem Du mir so anschaulich von Eurem Leben in Buenos Aires berichtet hast. Auch wenn ich nun einen guten Einblick in Deinen dortigen Alltag gewonnen habe, fällt mir die Vorstellung schwer, dass so viele tausend Kilometer zwischen uns liegen und Du in einem so fremden Land weilst. Da mag ich es kaum glauben, dass wir noch vor einem halben Jahr im Mädchenpensionat der gestrengen Matrone Schroeder die Köpfe zusammengesteckt, Zukunftspläne geschmiedet und uns gelobt haben, uns nie aus den Augen zu lassen. Wie anders ist es gekommen! Dich hat die Versetzung Deines Vaters ans andere Ende der Welt verschlagen, und ich werde in Kürze mein Elternhaus verlassen und den Gefilden der Kindheit endgültig den Rücken kehren.

Die letzten Wochen standen bei mir ganz im Zeichen der bevorstehenden Hochzeit. Ich kann Dir gar nicht sagen, wie aufgeregt ich bin! Und wie glücklich! Ein Traum wird wahr: Ich werde Gräfin und in einem echten Schloss wohnen! Einziger Wermutstropfen ist mir die Tatsache, dass Du bei der Feier nicht dabei sein kannst! Ich hätte Dich so gern als Brautjungfer an meiner Seite gewusst. So, wie wir es uns gegenseitig versprochen haben. Aber Jammern hilft nun einmal nichts – und so komme ich einem anderen Versprechen nach und berichte Dir ausführlich – so wie Du es ausdrücklich gewünscht hast.

Die Trauung wird Pastor Hinrichs, der mich einst konfirmiert hat, in der altehrwürdigen Christophori-Kirche vornehmen.

Das anschließende Bankett wird nicht – wie zunächst geplant – bei uns zu Hause stattfinden, sondern im Hotel Monopol. Vater hat den Festsaal gemietet – gemäß dem Motto, das er dieser Tage ständig im Munde führt: »Ich lasse mich doch nicht lumpen, wenn meine einzige Tochter adlig wird.« Alles muss vom Feinsten sein, das Beste ist ihm gerade gut genug.

Heute Morgen hatte ich die erste Anprobe des Kleides. Es wird ein Traum aus goldfarbenem Seiden-Satin. Der Rock ist gerade geschnitten und läuft in einer langen Schleppe aus. Das Oberteil ist aufwendig mit Tüll verarbeitet, die langen Ärmel sind gerafft und an den Schultern gepufft. Den Ausschnitt werden kleine Röschen aus Wachs zieren. Dazu werde ich den Schleier tragen, den meine Mutter zu ihrer Hochzeit aus Brüsseler Spitze anfertigen ließ.

In den nächsten Tagen erwarten wir die Menükarten, die mein Vater bei der Guttmannschen Druckerei in Auftrag gegeben hat. Sie werden allerliebst! Zwei Amoretten halten am unteren Bildrand einen roten Samtvorhang, der den Blick auf Schloss Katzbach freigibt, dem Stammsitz der Grafenfamilie. Darüber wird die Speisefolge gedruckt (Schildkrötensuppe/Steinbutt in Austernsauce/Tafelstück vom Rind mit Steinpilzen/Hummersalat/Haselhuhnpastetchen/Bayrische Creme mit Baisers/Käse, Kompott, Eis) – umflattert von einem Taubenpaar, das mit seinen Schnäbeln ein weißes Band zwischen sich spannt, auf dem ein Segensspruch steht. Über dem Ganzen umrahmt ein aus Rosen geformtes Herz die Initialen von Moritz und mir.

Ach Ida, ich kann mein Glück kaum fassen. Nur noch zwei Wochen trennen mich vom schönsten Tag meines Lebens! Ich wünsche Dir von ganzem Herzen, dass auch Du bald als Braut vor den Altar treten wirst (auch wenn ich egoistisch genug bin, mir für Dich einen Mann zu wünschen, der Dich zurück nach Deutschland bringt, damit Du wieder in meiner Nähe lebst. Zu schade, dass Moritz keinen Bruder hat ...).

Eben lässt Mutter nach mir schicken. Der Sattler hat uns eine Auswahl an Koffern für die Hochzeitsreise vorbeigebracht. Für heute muss ich meine Zeilen an Dich daher leider doch schon jetzt beenden. Ich schreibe Dir aber so bald als möglich mehr, versprochen!

Ich schicke Dir meine innigsten Grüße über den weiten Ozean,

herzlichst, Deine Freundin Karoline

1

Stavanger, April 1905 – Liv

Die Töne einer Glocke drangen an Livs Ohr und rissen sie aus ihren Gedanken, in die sie beim Gehen versunken war. Seit gut drei Stunden war sie auf einer von niedrigen Feldsteinwällen gesäumten Landstraße unterwegs, die durch eine hügelige, von Wiesen und Weiden geprägte Landschaft verlief. Die Achtzehnjährige hob den Kopf und sah sich um. Sie hatte die Ausläufer der Stadt erreicht, die sich vom Fjordufer nördlich vor ihr hinauf zu der Anhöhe hin ausbreitete, auf der sie nun einherschritt. Über ihr wölbte sich ein blassblauer Himmel. Die Wolken, die in der Nacht für Regen gesorgt hatten, waren verschwunden. Einige Meter die Straße hinunter erstreckte sich rechter Hand jenseits der Bahngleise, die parallel zum Ladegårdsveien verliefen, ein weitläufiger Friedhof. Ihm gegenüber ragte direkt neben der Straße eine hohe Mauer auf, die das Gefängnis von Stavanger umschloss. Liv blieb stehen, ließ das Bündel, in das sie Wäsche zum Wechseln, ein Nachthemd und ihr Gebetbuch geschnürt hatte, zu Boden sinken und zählte mit angehaltenem Atem die Glockenschläge. Als der letzte Ton verklang, stieß sie die Luft aus und entspannte sich. Acht Uhr. Sie war nicht zu spät.

»Sie erwarten dich am Dienstagmorgen gegen halb neun«, hatte Pfarrer Nylund zwei Tage zuvor nach dem Ostergottesdienst zu Liv gesagt, ihr den Brief von Oddvar Treske gezeigt und lächelnd hinzugefügt: »Ich freue mich, dass du die Stelle bekommst.«

Ihre Zweifel, ob sie den Anforderungen in einem gehobenen Haushalt gewachsen sein würde und nicht besser in einer Fabrik als Hilfsarbeiterin ihr Glück versuchen sollte, hatte er mit einem ebenso energischen wie freundlichen Kopfschütteln zu entkräften versucht. »Ich habe dich stets als tüchtig, pflichtbewusst und aufgeweckt erlebt. Falls bei Familie Treske Arbeiten auf dich warten sollten, die du noch nicht kennst, wirst du die dazu nötigen Fertigkeiten rasch erlernen. Also, nur Mut! Die Treskes sind anständige Leute, die ihre Untergebenen gerecht behandeln. Erfülle du nur fleißig deine Aufgaben – dann wirst du dort ein gesichertes Einkommen haben und deine Mutter unterstützen können.« Nach einer kurzen Pause hatte er hinzugefügt: »Ganz zu schweigen davon, dass es sehr viel gesünder und ungefährlicher ist als in einer Fabrik.«

Liv war zusammengezuckt und hatte wieder das Bild ihres Vaters vor Augen gehabt, wie er drei Jahre zuvor blutüberströmt und vor Schmerzen schreiend aus Graverens Teglverk getragen worden war, wo Ziegeln und Töpferwaren hergestellt wurden. Sein rechter Arm war in eine Pressmaschine geraten und nicht mehr zu retten gewesen. Sein Verlust hatte dem ohnehin schwachen Lebensmut von Anders Svale den letzten Stoß versetzt und ihm jeden Willen genommen, wieder auf die Beine zu kommen und zum Unterhalt seiner Frau und der fünf Kinder beizutragen. Er verdämmerte seine Tage auf seinem Bett oder in einer Schänke, wo er die Verzweiflung über die zunehmende Not seiner Familie in Weinbrand ertränkte.

Die Erinnerung an das Gespräch mit Pfarrer Nylund, der sie mit der eindringlichen Ermahnung, ihre Tochterpflicht zu erfüllen, entlassen hatte, ließ Liv ihre Lippen zusammenpressen. Seit sie denken konnte, tat sie nichts anderes, als ihrer Mutter zu helfen. Das Leben war ungerecht! Warum durfte sie sich nicht wie ihre Freundin Janne eine Stellung suchen, bei der sie nicht die Bevormundung durch die Eltern gegen die durch fremde Dienstherren eintauschte? Weil du eben nicht Janne bist, rief sie sich zur Ordnung. Sie muss für niemanden als sich selbst sorgen.

Janne, mit der Liv die Volksschule besucht hatte, war das jüngste Kind in ihrer Familie, ihre beiden Schwestern waren bereits verheiratet. Der Vater verdiente als Monteur genug, um sich und den Seinen ein bescheidenes Auskommen zu sichern. Janne hatte nie die Schule schwänzen müssen, um wie Liv ihre Mutter als Näherin zu unterstützen. Ein findiger Unternehmer aus Sandnes ließ Frauen in Heimarbeit Hemden fertigen und zahlte ihnen einen sehr niedrigen Stücklohn. Für Familien wie die Svales war es dennoch eine unverzichtbare Verdienstmöglichkeit. So kamen wenigstens ein paar Kronen für die nötigsten Dinge des täglichen Lebens zusammen – während der Vater seine knapp bemessene Invalidenrente vertrank.

Kurz nach ihrer Konfirmation hatte Janne ihrer Freundin Liv verkündet, dass sie ihren Heimatort verlassen würde. Dank ihres guten Abschlusszeugnisses hatte sie eine Stelle im Telegrafenamt von Egersund bekommen. Liv hatte sich für sie gefreut und sich zugleich beschämt eingestanden, dass sie neidisch war. Was hätte sie darum gegeben, wie Janne fortzugehen! Sich wie diese mit zwei Kolleginnen eine Wohnung zu teilen, über ihr Gehalt verfügen zu können, sich ab und zu kleine Freuden zu gönnen, an Sonntagen nicht arbeiten zu müssen und stattdessen Ausflüge zu unternehmen oder Zeit zum Lesen zu haben.

Liv verscheuchte die Bilder von Jannes sorglosem Leben, in dem es freie Tage, Tanzveranstaltungen und andere Vergnügungen gab. Der Pfarrer hatte recht. Der Gedanke an die hungrigen Augen in den hohlwangigen Gesichtern ihrer Geschwister, die sich abends selten mit gefüllten Mägen auf ihre Strohsäcke legten, ließ den Wunsch nach Ungebundenheit und weniger Verantwortung selbstsüchtig erscheinen. In einer der Konservenfabriken, die seit einigen Jahren Stavangers Wirtschaft ankurbelten und in denen man gern Frauen beschäftigte, würde sie in langen Schichten im Akkord schuften und sich mit einem Bruchteil des Geldes begnügen müssen, das den Männern für die gleiche Tätigkeit bezahlt wurde. Als Hausmädchen musste sie nicht für Kost und Logis aufkommen, würde mit abgelegten Kleidungsstücken ihrer Herrin versorgt und durfte bei gutem Betragen mit Zuwendungen zu Weihnachten und Geburtstagen rechnen. So würde sie in der Lage sein, ihren gesamten Lohn nach Hause zu schicken – wie es ihre Mutter von ihr erwartete.

Als Liv sich an diesem Morgen lange vor Sonnenaufgang angezogen hatte – im Licht einer Tranfunzel, die den einzigen Raum der Kate kaum erhellte –, war Ruth Svale zu ihrer ältesten Tochter getreten, die zum ersten Mal allein in die Fremde ging.

»Sie werden dir deinen Lohn wöchentlich auszahlen und nicht nur zweimal im Jahr an den *flyttedager*, wie es eigentlich üblich ist«, hatte sie mit gesenkter Stimme und einem ängstlichen Blick auf ihren Mann, der sich im Schlaf unruhig hin und her wälzte, gesagt. »Pfarrer Nylund hat das mit deinem Dienstherrn ausgehandelt. Dann kannst du mir das Geld immer gleich montags per Postanweisung schicken. An mich! Hörst du! Nur ja nicht an ihn. Er würde es doch nur sofort ins Wirtshaus tragen.«

Liv hatte stumm genickt und die Tränen hinuntergeschluckt, die ihr in die Augen schossen. Sie hatte sich so sehr nach einer Umarmung, einem lieben Wort gesehnt, das ihr den Abschied leichter gemacht, ihr gezeigt hätte, dass ihre Mutter sie vermissen würde.

Doch diese hatte nur auf die Tür gedeutet. »Und nun geh mit Gott! Sei gehorsam und mach uns keine Schande.«

Noch bevor Liv die Hütte verlassen hatte, hatte sich Ruth Svale umgewandt und war wieder zum Ofen geeilt, um den dünnen Haferbrei umzurühren, den es zum Frühstück geben würde.

Beim Gedanken an eine Schale mit warmer Grütze zog sich Livs Magen zusammen. Ob man ihr wohl etwas zu essen anbieten würde, bevor sie mit der Arbeit beginnen musste?

Liv streifte ihre rechte Holzpantine ab, schüttete ein Steinchen heraus, das sich hinein verirrt hatte, schulterte ihr Bündel und lief zügig weiter zum Ortskern. Der älteste Teil von Stavanger lag in ihrer Laufrichtung unten am Vågen, einer Bucht, die durch die Halbinsel Holmen geschützt wurde und Schiffen seit alters einen sicheren Hafen bot. Im Nordosten breiteten sich am Østre Havn die neueren Stadtteile aus, mit schmucken Holzhäusern, dem Fischmarkt und mehreren Werften, Werkstätten und Fabriken.

Livs bloße Füße waren nach dem Marsch wundgescheuert. Sie war es nicht gewohnt, stundenlang zu laufen. Die vergangenen Monate hatte sie nahezu vollständig zu Hause verbracht – von frühmorgens bis spät in die Nächte hinein über die Näharbeiten gebeugt. Sehnsüchtig schaute sie zu den Schienen, die im Licht der Morgensonne glänzten. Sie stellte es sich herrlich vor, in einem Waggon der Jæderbanen zu sitzen und sich binnen einer halben Stunde von ihrem Heimatort Sandnes, der gut fünfzehn Kilometer südlich am Ende des Gandsfjords lag, zur Provinzhauptstadt an dessen Mündung fahren zu lassen. Ob sie sich jemals die vierzig Øre würde leisten können, die ein Billett für die dritte Klasse auf dieser Strecke kostete? Liv schüttelte den Kopf. Nein, das entsprach in etwa dem Tageslohn, den ihr die Treskes zahlen würden. Undenkbar, das Geld für einen Luxus wie eine Zugfahrt zu verplempern.

Liv passierte den Friedhof und sah den Bahnhofsplatz vor sich. Dahinter machte sie einen Teich und einen Park aus, über dem sich die mächtige Silhouette der Domkirche erhob. Im Hintergrund glitzerte das Wasser des Fjords, in dem mehrere Inselchen lagen. Liv rief sich die Wegbeschreibung von Pfarrer Nylund ins Gedächtnis und bog nach dem Theater in den Løkkeveien ein, der sie wieder aufwärts führte – vorbei an einem großzügigen Gartengrundstück mit Villa zu einem kleinen Friedhof. Von dort ging es nach links auf einem Feldweg weiter, über den sie in kaum bebautes Gelände gelangte. Kurz nachdem sie an einem geweißelten Holzhaus mit Säulenveranda vorbeigelaufen war, sah sie diesem schräg gegenüber am Ende einer großen Wiese ihr Ziel vor sich: das Anwesen der Missionsschule von Stavanger.

Blickfang war ein stattliches zweistöckiges Gebäude inmitten eines Gartens, dessen zahlreiche Apfelbäume in voller Blüte standen. In die Längsseite des Daches war ein breiter Zwerchgiebel mit drei Fenstern eingelassen, auf dessen First ein großes Kreuz befestigt war. Liv verengte die Augen und entzifferte die Worte, die in die Außenleisten der Schrägen unter dem Kreuz geschnitzt waren:

Gaar ud i al verden og prædiker Evangelium for al Skabningen.
Gehet hin in alle Welt und prediget das Evangelium aller Kreatur.

Etwas abseits hinter dem Hauptgebäude machte sie neben Stallungen, einer Scheune und mehreren Schuppen ein kleineres Haus aus, in dem laut Pfarrer Nylund Oddvar Treske, der zweite Lehrer der Schule, mit seiner Familie wohnte. Der Direktor, der ebenfalls unterrichtete, war im Schulhaus untergebracht.

Liv spürte, wie sich ihr Herzschlag beschleunigte. In wenigen Augenblicken würde ihr neues Leben als Dienstmädchen beginnen. Sie schloss kurz die Augen.

»Lieber Gott, ich fürchte mich so!«, flüsterte sie. »Was, wenn sie nicht zufrieden mit mir sind? Was, wenn sie mich davonjagen? Bitte, lieber Gott, steh mir bei.«

Der fröhliche Gesang einer Mönchsgrasmücke unterbrach ihr Stoßgebet. Liv öffnete die Augen und erspähte den hellgrauen Vogel mit der schwarzen Kappe, der auf dem obersten

Ast eines Holunderstrauchs saß und aus voller Kehle sein Lied hinausschmetterte. Sie lächelte und beschloss, diese Begrüßung als gutes Vorzeichen zu nehmen. Sie umrundete den eingezäunten Garten, hielt kurz an der Schmalseite der Schule vor einem Fenster inne und prüfte in der Spiegelung der Scheibe, ob sie ordentlich aussah. Unter den dichten Brauen blickten ihr ihre grauen Augen fragend und ein wenig ängstlich entgegen. Das schnelle Gehen hatte einen rosigen Hauch auf ihre Haut gezaubert, die während der Wintermonate blass und fahl geworden war. Aus ihrem Zopf hatte sich eine dunkelblonde Haarsträhne gelöst, die sie sich hinters Ohr strich. Liv sah an sich hinunter und zog die Schürze glatt, die sie über einem dunkelblauen Kattunkleid trug. Es war ausgeblichen, mehrfach geflickt und an den Armen ein wenig zu kurz. Auch das Wolltuch, das sie gegen die morgendliche Kühle umgelegt hatte, hatte schon bessere Tage gesehen.

Als sie sich gerade von dem Fenster abwenden wollte, fiel ein Sonnenstrahl ins Innere und ließ ein seltsames Gebilde matt aufleuchten. Liv trat näher, beschattete ihre Augen und spähte durch die Scheibe. Auf einem Tischchen stand ein riesiges Ei. Es war mindestens so hoch wie ihr Unterarm und hatte einen gewaltigen Durchmesser. Daneben stand ein weiteres Ei, das ebenfalls sehr viel größer als jedes Hühner- oder Entenei war, das Liv jemals gesehen hatte, sich im Vergleich zu dem anderen jedoch klein ausnahm. Während sich Liv fragte, welche Ausmaße die dazugehörigen Vögel wohl besaßen, wanderten ihre Augen weiter. Das Zimmer beherbergte ein – in ihren Augen willkürlich zusammengewürfeltes – Sammelsurium unterschiedlichster Gegenstände. Neben einem tragbaren Klappaltar hing an einer Wand ein Mantel aus schimmernder Seide, der mit Drachen und floralen Mustern bestickt war. In einem Regal lagen ein geflochtener Gürtel, an den Muscheln genäht waren, ein Halsband mit Silberornamenten, die Liv an Bärenklauen erinnerten, geschnitzte Holzlöffel, einfache Tonschalen und ein aus Bast gefertigter Fächer. In einer Ecke standen mit Tierhäuten bespannte Trommeln in verschiedenen Größen und meterhohe Bambusröhren, an denen dünne Metallsaiten befestigt waren.

»Hier treibst du dich herum! Was hast du da zu suchen?«

Der Klang der scharfen Stimme ließ Liv zusammenzucken. Schlechter hättest du dich gar nicht bei deiner neuen Herrschaft einführen können, schoss es ihr durch den Kopf. Noch bevor du die Stelle überhaupt angetreten hast, halten sie dich schon für eine Trödelliese. Sie holte tief Luft und drehte sich um. Kein Mensch war zu sehen.

»Wie kommst du dazu, das Haus zu verlassen?«, fuhr die Stimme fort.

Liv wurde flau vor Erleichterung. Sie war nicht gemeint! Der unsichtbare Sprecher musste sich irgendwo hinter der Missionsschule befinden und hatte sie gar nicht bemerkt.

»Du weißt ganz genau, dass du noch drei Tage Arrest hast! Wie kannst du es bloß wagen ...«

»Es tut mir leid«, antwortete eine helle Stimme. »Aber ich musste ...«

»Gar nichts musst du! Außer gehorchen!«

Der schneidende Ton jagte Liv einen Schauer über den Rücken. Wer wurde da so streng gescholten? Auf Zehenspitzen lief sie zur Ecke des Schulgebäudes und spähte auf den Platz dahinter. Vor einem Schuppen neben dem Lehrerhaus entdeckte sie einen mittelgroßen Mann in dunklem Anzug. Das musste Oddvar Treske sein. Er war um die fünfzig Jahre alt, hatte kurz geschorene graue Haare und ein rundliches Gesicht. An seiner Schläfe war eine Ader bläulich angeschwollen, seine Stirn war in tiefe Falten gelegt, und seine Augen waren auf den etwa neunjährigen Jungen heftet, der vor ihm stand. Dieser trug einen beigen Russenkittel mit rotem Gürtel und kurze Hosen, die den Blick auf verschorfte Knie und zerkratzte Schenkel freigaben.

22

Seine dunklen Locken waren verstrubbelt. Als spiegelten sie den Widerstandsgeist, der aus seinen einen Tick zu weit auseinanderstehenden Augen sprach.

»Es ist wirklich wichtig, Vater!«, sagte er.

Oddvar Treskes Miene verfinsterte sich noch mehr. Er fasste den Jungen an der Schulter.

»Schluss damit, Elias! Geh sofort hinein!«

»Aber es geht um Leben und Tod!«, rief Elias und riss sich los.

Der Mann holte aus und versetzte ihm eine Ohrfeige, die den Kleinen ins Wanken brachte. »Ich werd dir die Flausen schon noch austreiben!«, schrie er, packte den Jungen am Arm und zerrte ihn zum Haus.

Liv schaute ihnen mit vor Schreck geweiteten Augen nach. Sie hatte sich eine Faust vor den Mund gepresst, um den Aufschrei zu ersticken, der ihr beim Anblick des Hiebs zu entfahren drohte. Ihr war, als würde ihre eigene Wange brennen, als hätte sie selbst die Hand des Mannes zu spüren bekommen. Dem Akt hatte eine Brutalität und Kälte innegewohnt, die sie tief erschütterten. Sie selbst war Schläge gewöhnt. Ihrer Mutter rutschte immer wieder einmal die Hand aus, wenn ihr eines der Kinder im Weg war, etwas verschüttet oder zerbrochen hatte oder sich mit seinen Geschwistern zankte. Bei schweren Vergehen wurde der Vater eingeschaltet, der dem Übeltäter ein paar Streiche mit einer Rute verpasste. Liv hatte diese Bestrafungen wie Unwetter über sich ergehen lassen – es hatte keinen Zweck, sich dagegen aufzulehnen. Instinktiv hatte sie immer gespürt, dass ihre Mutter aus Überforderung und Erschöpfung die Hand gegen ihre Kinder erhob. Ihre Schläge schmerzten nur an der Oberfläche. Im Gegensatz zu der Ohrfeige, die der Junge eben bekommen hatte. Warum hatte er diese Bestrafung riskiert? Was war so wichtig, dass er seinen Stubenarrest missachtete und den Groll seines Vaters in Kauf nahm?

23

Liv sah zu dem Schuppen, vor dem Oddvar Treske seinen Sohn zur Rede gestellt hatte. Die Tür stand einen Spalt weit offen. Nachdem sie sich vergewissert hatte, dass sie unbeobachtet war, huschte sie über den Platz und schlüpfte in den Verschlag. Ein muffiger Geruch schlug ihr entgegen. Nachdem sich ihre Augen an das Dämmerlicht gewöhnt hatten, sah sie rechts neben dem Eingang Gießkannen, Rechen, Schaufeln, Hacken und andere Gartenwerkzeuge. Links waren Brennholzscheite gestapelt. Im hinteren Teil türmten sich entzweigegangene Geräte und andere ausrangierte Dinge – der ideale Platz für ein Versteck. Ein Geräusch lenkte Livs Aufmerksamkeit auf eine Kiste, die halb verborgen von einem leeren Gurkenfass und einem Stapel zusammengefalteter Kartoffelsäcke auf dem Boden stand. Sie beugte sich darüber und sah in ein kleines Auge, das ihr aus einem zerzausten Federbündel hellblau entgegenleuchtete. Es war eine Dohle. Der bräunlichen, matten Färbung des Gefieders nach zu schließen, eine sehr junge.

Wieder gab der Vogel ein klagendes Fiepen von sich.

»Wie kommst du denn hierher?«, fragte Liv leise.

Ihr Blick fiel auf einen der Flügel, den der Vogel abspreizte. Die Schwungfedern fehlten oder waren zerfetzt.

»Oh weh, bist du einer Katze in die Krallen geraten?«, murmelte Liv. »Und Elias hat dich gerettet und hier versteckt.« Vermutlich hatte er seinen Pflegling füttern wollen, als der Vater ihn überraschte. Neben der Kiste entdeckte Liv ein Einweckglas mit Brotstückchen, Apfelschnitzen und winzigen Fleischbrocken. Sie schraubte es auf und hielt der Dohle einen Bissen hin. Im Nu verschwand der Inhalt des Glases im Schnabel des Vogels. Anschließend flößte ihm Liv ein paar Schlucke Wasser ein, das in einer Flasche bereitstand. Elias hatte an alles gedacht. So, wie Gøran es getan hätte. Vor das Gesicht des fremden Jungen schoben sich die vertrauten Züge ihres Bruders, der sich mit Hingabe um alles Getier gekümmert hatte, das seiner Hilfe bedurfte. Liv schluckte. Wie Gøran jetzt wohl ausgesehen hätte? Dreizehn Jahre wäre er diesen Sommer geworden. Liv verscheuchte das Bild des windschiefen Holzkreuzes, unter dem ihr Lieblingsbruder seit drei Jahren begraben lag.

Liv erhob sich. Die Dohle sah mit schief gelegtem Kopf zu ihr auf.

»Ich muss dich jetzt leider allein lassen«, sagte Liv leise. »Aber ich komme wieder, sobald ich kann, versprochen.«

2

Schlesien, April 1905 – Karoline

»So konnte sie ungestört dasitzen und in die Stille hinausträumen, die bläulichklare, sternhelle Wüstennacht, die ringsum, als sei man auf hoher See, in das Dämmernde, Grenzenlose verschwamm. Die Reihen der Sanddünen hatten jetzt nicht mehr das Wilde, Fahle, die Senkungen der Salztümpel nicht mehr das geisterhaft Weiße und Unheimliche wie unter den sengenden, unerbittlichen Strahlen der Sonne. Die Milde des Mondes verklärte alles. Sie löste die harten, trotzig und unvermittelt nebeneinander stehenden Farbtöne des Tages – diesen Dreiklang vom Blau des Himmels und Gelb des Sandes und Weiß des Salzes, der dort in tiefdunklen Schatten über die Öde wob, ihre Unfruchtbarkeit verhüllte, ihre Furchtbarkeit dämpfte und aus dem, was unter dem Schein der Sonne ein Reich des Todes war, in der stillen Nacht ein geheimnisvolles Traum- und Zauberland machte.«

Karoline ließ die Zeitschrift auf ihre Knie sinken, schloss die Augen und versuchte sich vorzustellen, wie die Wüste aussah, wie sich sengende Hitze anfühlte, wie es war, wenn der Mund austrocknete und ein Schluck Wasser das Köstlichste war, was man sich nur wünschen konnte. Seit Januar begleitete sie nun Gerta, die Heldin von Rudolf Stratz' Roman »Die Hand der Fatme«, der in Fortsetzungen in der »Gartenlaube« gedruckt wurde. Jede Woche fieberte sie dem Erscheinen der nächsten Ausgabe entgegen, um die Geschicke der jungen Adligen weiter zu verfolgen. Gerta, die unter falschem Namen nach Tunesien gereist war, um ihren Bruder zu suchen, war Karoline in den vergangenen Monaten eine vertraute Freundin geworden, mit der sie zuweilen innere Zwiesprache hielt.

Mit ihren zweiundzwanzig Jahren war die Romanfigur zwar vier Jahre jünger als Karoline, nahm sich in deren Augen jedoch um Längen selbstbewusster und mutiger aus als sie selbst. Nie im Leben würde sie sich getrauen, gegen den Willen ihrer Familie mutterseelenallein in die Fremde zu reisen, noch dazu in ein Land, wo an jeder Ecke Gefahren lauerten – nicht nur für Leib und Leben. Gerta wandelte mit ihrem unkonventionellen Verhalten auf einem schmalen Grat zwischen Ehrbarkeit und dem Verlust ihres guten Rufs. Sie hatte ihrem Verlobten, einem eingebildeten Schnösel, der sie von oben herab behandelte und sich nicht um die Gefühle anderer scherte, den Laufpass gegeben. Gertas Unerschrockenheit imponierte Karoline. Dabei kannte die Romanheldin durchaus auch Momente, in denen sie verzagte und am liebsten aufgegeben hätte. Doch der Gedanke an Frank, den verwegenen Abenteurer, den sie in der Sahara kennen- und lieben gelernt hatte, gab ihr stets neue Kraft und Zuversicht.

Karoline öffnete die Augen. Ja, mit einem Mann wie Frank ben Salem an der Seite mochte es wohl leicht für eine Frau sein, Stärke zu beweisen und unbeirrt ihren Weg zu gehen. Einem Mann, der an sie glaubte, sie mit Respekt behandelte und ihr ritterlich zu Hilfe eilte, wenn sie in der Patsche saß.

Ein kühler Luftzug ließ Karoline erschauern und verwehte die Bilder von der lauen Wüstennacht, in die sie beim Lesen eingetaucht war. Das Rascheln der Palmenblätter wurde vom Rauschen des Regens übertönt, der seit zwei Tagen ohne Unterlass niederging. Karoline stand auf und ging zum Fenster, das eine Böe aufgedrückt hatte. Bevor sie es schloss, warf sie einen Blick zum Himmel. Dunkel lastete er dicht über den Bäumen des Parks, der sich hinter dem Herrenhaus ausbreitete, das seit neun

Jahren ihr Zuhause war. Die Wolkendecke war lückenlos, kein Lichtstreif erhellte das Grau. Aus südlicher Richtung, vom Riesengebirge her, tönte dumpfes Donnergrollen. Das trübe Dämmerlicht verriet nicht, wie weit der Tag fortgeschritten war. Der Geruch feuchten Mauerwerks drang in Karolines Nase, gemischt mit dem herben Duft des Efeus, der an der Rückseite von Schloss Katzbach emporrankte. Sie drückte die Fensterflügel fest in den Rahmen und legte den Riegel um. Er hatte zu viel Spiel und würde sich beim nächsten starken Windstoß erneut lösen. Auch die Scharniere der Fenster und Läden waren ausgeleiert und vom Rost zerfressen. Sie gehörten längst repariert oder durch neue ersetzt. Wie so vieles in diesem Haus.

Mitte des achtzehnten Jahrhunderts war das Schloss von einem Vorfahren ihres Schwiegervaters auf einer Anhöhe im Katzbachtal erbaut worden – ein paar Kilometer nördlich der kleinen Kreisstadt Schönau. Der zweigeschossige Bau hatte einen rechteckigen Grundriss und ein Mansarddach, unter dem sich Speicherräume und die Kammern für die Dienstboten befanden. Die Eingangstür auf der zum Tal hin gelegenen Frontseite wurde von einem Säulenportal überwölbt, in dessen Giebel das Wappen der Familie eingefügt war: ein roter Hirsch auf grünem Grund, der über drei gewellte, blaue Linien sprang. An der südlichen Flanke erhob sich ein runder Turm mit Spitzdach. Stallungen, Scheunen und Remisen lagen – von einigen alten Buchen verborgen – im Norden des Schlosses auf halbem Weg nach Moritzwaldau, einem kleinen Weiler, in dem von jeher die Bauern und Handwerker lebten, die die gräflichen Güter bewirtschafteten.

Karoline kehrte zu dem Sofa vor dem Kachelofen zurück. Es war – wie die beiden Sessel, die ihm gegenüberstanden – aus hellem Kirschholz und mit einem altrosa-beige gestreiften Satinstoff bezogen. Das Ensemble stammte wie das runde Tischchen, der verglaste Bücherschrank und der Sekretär aus ihrem Jungmädchenzimmer im Breslauer Haus ihrer Eltern. Das Bett und die Waschkommode im angrenzenden Schlafgemach dagegen hatte sie zur Hochzeit als Teil ihrer Mitgift erhalten, ebenso die Ausstattung ihrer beiden Zimmer mit zartfarbenen Seidentapeten und zierlichen Glasleuchtern, die von der Decke hingen. Sie setzte sich, streifte ihre Pantoffeln ab, schlug ihre Beine unter den Rock ihres Hauskleides und vertiefte sich wieder in ihre Lektüre.

»Die Einsamkeit der Wüste … Allmählich fing Gerta in diesen Tagen an zu verstehen, warum einer die Menschen mied und in der Wildnis lebte, um sich selber zu finden.

So ähnlich ging es ihr jetzt. Manchmal war ihr, als sei sie nun erst recht zum Leben aufgewacht und habe bis dahin ihre Tage so hingebracht, ohne es zu wissen.«

Ein Klopfen an der Tür schreckte Karoline auf. Sie verbarg die »Gartenlaube« unter einem der Sofakissen, setzte sich aufrecht hin und schlüpfte in ihre Hausschuhe. Dabei warf sie einen Blick auf die kastenförmige Tischuhr aus Messing, die auf dem Bücherschrank stand. Hatte sie die Zeit vergessen und versäumt, sich rechtzeitig zum Abendessen umzuziehen? Es wäre nicht das erste Mal, dass ihre Zofe Agnes sie daran erinnern musste und verhinderte, dass Karoline zu spät im Speisesaal erschien. Nein, es war erst vier Uhr nachmittags. Sie atmete tief durch und rief: »Herein!«

Beim Anblick ihrer Schwiegermutter, die über die Schwelle trat und drei Schritte vor ihr stehen blieb, zog Karoline unwillkürlich den Kopf zwischen die Schultern. Die Gräfin strahlte eine Energie und Tatkraft aus, die sie jünger als ihre sechzig Jahre wirken ließ. Ihre hellen Augen, die sie unverwandt auf ihr Gegenüber zu richten pflegte, flößten Karoline Unbehagen ein.

Sie ertappte sich wie so häufig bei der Frage, ob sie etwas getan oder unterlassen hatte, was den Unwillen von Alwina von Blankenburg-Marwitz erregt haben konnte.

Sei nicht albern, ermahnte sie sich. Du bist kein kleines Schulmädchen mehr, sondern eine erwachsene Frau. Also benimm dich auch so! Denk an Gerta. Sie würde sich nie so einschüchtern lassen. Karoline erhob sich. Neben der sehnigen Gestalt ihrer Schwiegermutter, die sie um einen halben Kopf überragte, kam sie sich stets besonders klein und pummelig vor. Alles an ihr wirkte weich und rund im Gegensatz zu den kantigen Formen der Gräfin, die Karoline an eine geschnitzte Märtyrerfigur aus dem Mittelalter erinnerte. Die Falten um Mund und Augen waren wie eingekerbt, die Gliedmaßen knochig. Selbst ihr ergrautes Haar sah aus, als wäre es aus Draht.

»Entschuldige, wenn ich dich – bei was auch immer – störe«, sagte Gräfin Alwina. Sie schaute mit stummem Vorwurf zu dem Nähkorb, der unter dem Sofa verstaubte, wohin ihn Karoline Wochen zuvor mit einem Fußtritt befördert hatte. »Ich wollte dich nur in Kenntnis setzen, dass mein Sohn in Kürze eintreffen wird.«

Karoline zog die Augenbrauen hoch. »In Kürze?«

»Mit dem Abendzug.«

»Heute? Aber ich dachte …«, begann Karoline. Die steile Falte, die sich auf der Stirn ihrer Schwiegermutter bildete, ließ sie den Rest des Satzes verschlucken. *… dass Moritz noch mindestens bis zur Eröffnung der Rennsaison in Berlin bleibt*, hatte sie sagen wollen. Sie räusperte sich. »Wie freundlich«, fuhr sie, um Fassung bemüht, fort, »dass du dich eigens her bemühst, um mir das mitzuteilen.«

Und nicht einen Diener damit beauftragt hast, fügte sie im Stillen hinzu. Damit nur ja der schöne Schein gewahrt bleibt und keiner merkt, dass ich keinen Schimmer habe, was mein Gatte so treibt und wann er beliebt, sich hier blicken zu lassen.

Ganz zu schweigen davon, dass er keinen Wert auf meine Begleitung legt. Dabei wissen doch alle vom Stalljungen bis zum Gutsverwalter, wie es um meine Ehe bestellt ist.

Die Gräfin warf ihr einen kühlen Blick zu. »Nun, es schien mir angebracht. In dem Aufzug«, sie musterte Karolines einfachen Zopf und das kaum taillierte Kleid mit Abscheu, »willst du ihn gewiss nicht begrüßen. So hast du noch Gelegenheit, dich zurechtzumachen. So gut es eben geht.«

Der verächtliche Ton machte Karolines Vorsatz zunichte, sich nicht verunsichern zu lassen. Sie senkte den Kopf. Was war gegen das Tragen bequemer Kleidung in den eigenen vier Wänden einzuwenden? Wozu sollte sie sich an Tagen, an denen kein Besuch erwartet wurde, aufwendige Frisuren machen lassen, die außer dem Personal und ihren Schwiegereltern niemand zu Gesicht bekommen würde?

»Ich begreife nicht, wie man sich derart gehen lassen kann. Kein Wunder, dass du meinen Sohn nicht hier halten kannst. Wenn du ihm wenigstens ein Kind ...« Die Gräfin unterbrach sich selbst mit einem unwilligen Schnauben und verließ das Zimmer.

Karolines Hals wurde eng. Sie ballte ihre Hände zu Fäusten, starrte auf die Stelle, an der ihre Schwiegermutter eben noch gestanden hatte, und dachte: Es ist so ungerecht! Als ob sich Moritz je auch nur im Geringsten um mich geschert hätte. Als ob er mir mehr Beachtung schenken würde, wenn ich mich auftakeln und nach dem letzten Schrei der Pariser und Berliner Modehäuser richten würde. Für ihn bin ich ein notwendiges Übel, das er vergisst, sobald er Schloss Katzbach den Rücken kehrt. Und da er so gut wie nie hier ist, spiele ich in seinem Leben allenfalls eine Statistenrolle. Ach, wenn ich doch nur die Zeit zurückdrehen könnte! Nie im Leben hätte ich ihm mein Jawort gegeben, wenn ich gewusst hätte, was mich erwartet.

Die Wochen vor der Hochzeit waren für Karoline im Nachhinein betrachtet die glücklichsten ihres bisherigen Lebens gewesen. Wobei sich in die Vorfreude auf ihr Dasein als Gräfin zunehmend ein banger Ton geschlichen hatte: die Furcht vor dem ominösen Geschlechtlichen, das sie erwartete. Bis kurz vor der Heirat hatte Karoline keine Vorstellung davon gehabt, was sie in der Hochzeitsnacht erwartete. Ihre Mutter hatte sie am Abend vor der Trauung beiseitegenommen und ihr mit einem verlegenen Lächeln das Büchlein »Die eheliche Pflicht« von Dr. Karl Weißbrodt in die Hand gedrückt, aus dem sie alles Wissenswerte erfahren würde. Mit klopfendem Herzen hatte Karoline den größten Teil ihrer letzten Nacht als Jungfrau mit der Lektüre dieses ärztlichen Führers »zu heilsamem Verständnis und notwendigem Wissen im ehelichen Leben« verbracht, dessen Autor in vierzehn Kapiteln die religiösen, wissenschaftlichen und praktischen Gesichtspunkte dieses »heiklen Gegenstandes« beleuchtete. Am Morgen hatte sich Karoline verstört eingestanden, dass sie die in ihren Kreisen übliche Scheu nachvollziehen konnte, über dieses Thema zu sprechen. Ihre Fantasie von zwei liebenden Seelen, die sich zärtlich und rücksichtsvoll miteinander vereinigten – was auch immer man sich darunter genau vorzustellen hatte –, war in Stücke geschlagen. Vor allem die fortwährende Betonung, dass sich die Frau dem Willen des Mannes vollständig unterzuordnen hätte, war ernüchternd gewesen. Noch Jahre später hatte Karoline die betreffenden Passagen im Kopf:

»Im Sinne des göttlichen Wortes … dein Verlangen soll nach deinem Manne sein, und er soll dein Herr sein. Ist es der Mann, dessen Wille allein entscheidend ist für die Vornahme des Begattungswerkes. Beim weiblichen Geschlechte ist dieser Trieb in der Regel weit weniger entwickelt als beim männlichen. Nach hausärztlicher Erfahrung tritt bei verheirateten Frauen

das geschlechtliche Verlangen meistens erst längere Zeit nach Beginn des Ehelebens, gewöhnlich erst nach einer oder mehreren Entbindungen ein. Bis dahin gibt sich die Frau dem Manne mehr aus Pflichtgefühl als aus eigenem Verlangen hin; manche Frauen empfinden geradezu Widerwillen gegen den ehelichen Akt, und wenn sie ihn dennoch zulassen, so erfüllen sie nur das Gebot des Herrn, das sie heißt, dem Manne untertänig zu sein.«

Der Verfasser hat recht, dachte Karoline und ließ die Schultern hängen. Ich ahne nicht einmal im Entferntesten, was an der Sache schön sein soll. Ihre schlimmsten Jungmädchen-Befürchtungen, was ihr Mann kraft des Eheversprechens mit ihr anstellen durfte, kamen ihr im Rückblick lächerlich vor. Es verletzte zwar nach wie vor ihr Schamgefühl und mutete sie unanständig an, an Stellen berührt zu werden, von denen ein wohlerzogenes Mädchen im Grunde gar keine Kenntnis haben sollte. Es ließ sich aber aushalten, war in der Regel rasch vorbei und in den letzten Jahren immer seltener vorgekommen.

Demütigend dagegen war die unverhohlene Missachtung, mit der Moritz sie behandelte. Er war nie unhöflich oder beleidigend, ging aber jeder vermeidbaren Begegnung unter vier Augen aus dem Weg. Bereits in der Hochzeitsnacht hatte er seine eigenen Gemächer aufgesucht, nachdem er seiner ehelichen Pflicht nachgekommen war. In den darauffolgenden Wochen hatte Karoline sich bemüht, seine Aufmerksamkeit zu erregen, im Gespräch interessante Themen anzuschneiden oder gemeinsame Unternehmungen vorzuschlagen. Moritz hatte ihre Versuche mit freundlichen Floskeln im Keim erstickt, wenn er sie überhaupt zur Kenntnis nahm. Nächtelang hatte sich Karoline den Kopf zermartert, was sie falsch machte und warum Moritz sich von ihr zurückzog.

Den Grund dafür hatte sie an einem lauen Sommerabend

noch im Jahr ihrer Hochzeit erfahren. Sie hatte sich nach dem Dinner in ihre Zimmer zurückgezogen und saß lesend am offenen Fenster. Moritz hatte einen alten Kameraden aus seiner Zeit beim Regiment in Ratibor zu Besuch, mit dem er auf der Terrasse hinter dem Haus noch eine Flasche Wein leerte. Eine Weile hatte Karoline ihre Unterhaltung nur als gedämpftes Gemurmel wahrgenommen. Der Alkohol schien die Zungen zu lösen, die Stimmen wurden lauter und drangen schließlich gut verständlich zu ihr hinauf.

»Verrätst du mir, warum zum Teufel du dir diesen Klotz ans Bein gebunden hast? Es sieht ja ein Blinder, dass du dir nichts aus ihr machst.«

Die Frage des Freundes hatte Karoline erstarren lassen.

Moritz hatte bitter aufgelacht und geantwortet: »Meine Eltern hatten mir die Wechsel gesperrt und darauf bestanden, dass ich eine gute Partie mache. Dass es Karoline geworden ist ... nun, ihr Vater hat die höchste Mitgift geboten. Und ist für meine Schulden aufgekommen.«

»Verstehe, sie ist dein Goldeselchen«, hatte der Kamerad gerufen und mit einem Lachen hinzugefügt: »Ihr Vater muss ja mächtig reich sein. Nicht jeder könnte sich einen Schwiegersohn wie dich leisten.«

Die Erinnerung an die Scham, die sie in jener Nacht am Fenster verspürt hatte, trieb Karoline erneut das Blut ins Gesicht. Wie naiv sie gewesen war! Geblendet von dem schneidigen Offizier in seiner schmucken Husarenuniform, der ihr so galant den Hof gemacht und das Gefühl gegeben hatte, begehrenswert zu sein. Beflügelt vom Stolz ihrer Eltern, die sich vor Begeisterung überschlugen, dass ihre Tochter die Gunst eines jungen Grafen errungen hatte, dessen Familie dem alten schlesischen Adel angehörte. Geschmeichelt vom Neid ihrer alten Schulfreundinnen, in deren Augen für Karoline ein Mädchentraum in Erfüllung ging: die märchenhafte Verwandlung einer unbedeutenden Bürgerlichen in eine angesehene Frau von Stand, die ein rauschendes Leben auf einem Schloss führen und in den besten Kreisen verkehren würde.

Wie bitter war die Realität, in der sie gelandet war! Die Einsamkeit, zu der Moritz sie verdammte. Die Nutzlosigkeit ihrer Existenz, die Eintönigkeit, mit der ihre Tage dahingingen. Sie war ein geduldetes Übel, ein Fremdkörper in seiner Familie, die keinen Hehl daraus machte, wie gering sie ihre Herkunft als Tochter eines Industriellen schätzte. Schloss Katzbach war ihr Gefängnis, bewacht von ihren Schwiegereltern, die ihr die Schuld dafür gaben, dass sie keinen Enkel auf ihren Knien schaukelten. Nach dem frühen Tod von Moritz' älterer Schwester, die an Schwindsucht gelitten hatte, ruhten alle diesbezüglichen Hoffnungen auf ihm. Seine jüngere Schwester hatte sich von der Welt abgekehrt und führte als Kanonissin ein zurückgezogenes Leben in einem Stift für adlige Fräulein.

Karoline presste ihre Lippen aufeinander und wappnete sich innerlich gegen die Spitzen, die ihre Schwiegermutter regelmäßig wegen ihrer Kinderlosigkeit abschoss, wenn ihr Sohn – selten genug – nach Hause kam. Ob sie jemals darüber nachgedacht hat, dass sie ihn mit ihren Vorwürfen verprellt?, fragte sich Karoline. Nun, ich werde dem alten Drachen heute zumindest keine Munition liefern und mich ordentlich in Schale werfen. Das wäre doch gelacht!

Sie ging hinüber in ihr Schlafzimmer und stellte sich vor den Spiegel, der über der Waschkommode an der Wand hing. Sie seufzte auf. Ihre Zuversicht schwand. Sie war einfach keine Schönheit. Schon als junges Mädchen hatte sie mit der feinen Beschaffenheit ihrer dunklen Haare gehadert und ihre Freundin Ida um deren üppige Lockenpracht beneidet. Während diese unzählige Kämme, Nadeln und Spangen benötigte, um ihre Haare in einen ansehnlichen Dutt zu bändigen, reichten für Karolines dünnen Zopf drei Klämmerchen. Ihre Wangen waren eine Spur zu füllig, ihre Nasenflügel etwas zu breit, und ihre braunen Augen zu rund, um dem gängigen Ideal eines herzförmigen Gesichts mit mandelförmigen Augen und ausgewogenen Proportionen zu entsprechen. Wenigstens ist deine Haut rein, versuchte sie sich zu trösten. Und du hast hübsche Hände, das hat zumindest deine Klavierlehrerin immer behauptet. Karoline zuckte mit den Schultern, drehte sich vom Spiegel weg und öffnete den Kleiderschrank, der neben einem Paravent dem Bett gegenüber an der Wand stand.

Was soll ich nur anziehen?, dachte sie. Am liebsten würde ich mich entschuldigen lassen und mich hier verkriechen.

3

Stavanger, April 1905 – Liv

Als Liv gerade an die Tür des Wohnhauses klopfen wollte, wurde diese geöffnet und Oddvar Treske trat heraus. Liv zuckte unwillkürlich zusammen. Er lächelte freundlich.

»Du musst Liv sein, nicht wahr?«, sagte er. »Ich hoffe, du hast gut zu uns hergefunden.«

Liv nickte stumm.

Er hielt ihr seine Rechte hin. »Herzlich willkommen.«

Liv schüttelte seine Hand und murmelte: »Danke sehr.«

Es war seltsam, diese Hand zu berühren, die wenige Minuten zuvor dem kleinen Jungen mit Wucht ins Gesicht geschlagen hatte. Die Höflichkeit, mit der der Missionslehrer sie begrüßte, wollte so gar nicht zu dem Wutausbruch passen, dessen Zeugin sie geworden war.

Oddvar Treske wies zur Tür. »Geh nur hinein. Meine Frau ist oben mit der Kleinen. Die zweite Tür rechts. Ich muss nun hinüber zur Schule, der Unterricht beginnt gleich. Wir sehen uns später beim Essen.« Er nickte ihr zu und eilte über den Hof.

Liv trat in den Hausflur. Direkt links neben der Tür führte eine Treppe ins obere Stockwerk. Rechter Hand befand sich eine Tür mit Milchglasfenster, hinter der sie die Küche vermutete – dem Geruch von frisch gebrühtem Kaffee nach zu schließen, der durch den Spalt über dem Boden drang. Weiter hinten schlossen sich drei weitere Räume an. Die Dielen schimmerten matt und dufteten nach Bohnerwachs, das Geländer der Treppe, die Garderobe und der Holzrahmen des Spiegels, der daneben an der Wand hing, waren auf Hochglanz poliert. Alles atmete Ordnung und Sauberkeit.

Liv stieg nach oben. Die Tür zum zweiten Zimmer stand offen. Sie hielt auf der Schwelle inne – gebannt von dem Bild, das sich ihr bot. Auf einem Schaukelstuhl vor dem Fenster saß eine Frau. In ihren Armen hielt sie ein weißes Bündel, aus dem ein rosiges Gesichtchen leuchtete. Ingrid Treske war über ihr Kind gebeugt, wiegte es hin und her und sang.

Nå ska' en liten få sova så søtt,
vøgga står reie te bånet.
Der ska' en ligga så vart og så bløtt,
trygt kan det sova det bånet.
Ro, ro, sova så søtt,
Guds engel tar vare på bånet.

»Nun soll das Kleine schlafen so süß,
die Wiege ist für das Kind gerichtet.
Es soll darin liegen so zart und weich,
sicher kann das Kind schlafen.
Ruhe, ruhe, schlafe so süß,
Gottes Engel passt auf das Kind auf.«

Die sanfte Melodie, die Zärtlichkeit auf dem Antlitz der Mutter und die Innigkeit, die zwischen ihr und dem Säugling herrschte, berührten Liv tief. Mit angehaltenem Atem lauschte sie dem Lied. Nach einer Weile stand Ingrid Treske auf und ging zu einem Korbbettchen, das in einer Ecke stand. Behutsam legte sie das Kind hinein, drehte sich um und fuhr erschrocken zurück, als sie Liv entdeckte. Sie hatte etwa ihre Größe und hellblondes Haar. Wenn Liv nicht von Pfarrer Nylund erfahren hätte, dass Frau Treske das gleiche Alter wie ihre Mutter hatte, wäre sie nie auf den Gedanken gekommen, dass beide Frauen neununddreißig Jahre alt waren. Ingrid Treske hätte sie um einiges jünger geschätzt. Im Vergleich zu ihr wirkte ihre Mutter mit ihren eingefallenen Wangen, den tiefen Falten, den vom vielen Nähen zerstochenen Händen und ihrer gebeugten Haltung wie eine alte Frau.

»Entschuldigen Sie bitte«, sagte Liv leise. »Ihr Mann sagte mir, dass ich zu Ihnen gehen soll und ...«

»Mach dir keine Vorwürfe. Ich bin ein wenig schreckhaft«, unterbrach sie Frau Treske. »Ich freue mich, dass du da bist. Pfarrer Nylund hat dich in den höchsten Tönen gelobt.«

Liv schlug verlegen die Augen nieder. »Hoffentlich enttäusche ich Sie nicht.«

»Das glaube ich nicht. Pfarrer Nylund ist ein guter Menschenkenner. Du findest dich sicher schnell bei uns zurecht«, sagte Frau Treske. »Jetzt zeig ich dir erst mal deine Kammer, damit du deine Sachen ablegen kannst. Und dann führe ich dich durchs Haus und sage dir, welche Aufgaben dich hier erwarten.«

Sie ging Liv voraus zu einer schmalen Stiege, die zum Dachboden führte. Neben einem geräumigen Speicher, der von Holzlatten umgeben war, bot er drei Kammern Platz. Frau Treske öffnete eine der Türen und wies in den Raum. »Momentan wohnst du allein hier oben. Unsere Köchin hat vor Kurzem geheiratet und kommt nur tagsüber ein paar Stunden zu uns. Darüber sind wir sehr froh, denn es ist heutzutage schwer, eine gute Köchin zu finden.«

Liv hörte ihr nur mit halbem Ohr zu. Sie stand in dem kleinen Zimmer, dessen Wände mit einer Blümchentapete beklebt waren. Auf dem Boden lag ein blau-weiß gestreifter Webteppich, das gleiche Muster hatte auch die Tagesdecke, die über das schmale Bett gebreitet war. Ein schlichter eintüriger Schrank, ein Schemel und ein Tisch, auf dem eine Waschschüssel aus Emaille stand, vervollständigten die Möblierung. Über dem

39

Bett war ein Kreuz aus dunklem Holz angebracht, und vor dem Fenster in einer Dachgaube hing ein blauer Vorhang.

Ingrid Treske zog ihn beiseite. Das hereinflutende Licht ließ das Stübchen in Livs Augen noch heimeliger erscheinen. Sie legte sich eine Hand aufs Brustbein, um ihr schnell pochendes Herz zu beruhigen. Ihr erstes Zimmer! Klein und bescheiden zwar, aber nur für sie! Noch nie hatte Liv auch nur ein ungestörtes Eckchen ihr eigen genannt. Ihre Familie teilte sich einen Raum, der kaum dreimal so groß war wie diese Kammer. Darin wurde geschlafen, gekocht, gegessen und gewaschen, es wurden Schulaufgaben gemacht und Hemden genäht.

»... hoffe, du wirst dich hier wohlfühlen«, drang die Stimme von Frau Treske an ihr Ohr.

Liv drehte sich zu ihr und nickte. Sie wollte sich bedanken, ihrer Freude Ausdruck verleihen, brachte jedoch keinen Ton heraus.

»Gut, dann zeige ich dir jetzt den Rest des Hauses«, sagte Frau Treske, als sie wieder im Flur des Obergeschosses standen. »Das Kinderzimmer unserer kleinen Margit kennst du ja schon. Am Ende des Ganges schlafen mein Mann und ich.« Sie deutete auf die Wand auf der den Zimmern gegenüberliegenden Seite. »Hier sind Schränke eingebaut für Bettwäsche, Handtücher, Tischdecken, Servietten und andere Textilien. Außerdem verstauen wir darin im Sommer die dicken Daunendecken, Wollpullover und Mäntel.« Sie zog eine Schublade heraus und reichte Liv eine zusammengefaltete Schürze aus ungefärbtem Leinen. »Die ist für die tägliche Arbeit. Wenn wir Gäste haben und du bei Tisch aufwartest, ziehst du dir bitte eine weiße an.«

Liv nickte und folgte ihr zur Treppe.

»Du wirst morgens als Erste aufstehen, den Küchenherd anfeuern und Wasser zum Waschen und für den Kaffee heiß machen«, erklärte Frau Treske.

»Um wie viel Uhr?«, fragte Liv.

»Halb sechs dürfte reichen. Brauchst du einen Wecker?«

»Nein, um die Zeit stehe ich bei uns auch immer auf, manchmal sogar früher«, antwortete Liv.

»Sehr gut. Vor dem Frühstück versammeln wir uns übrigens jeden Morgen um halb sieben zu einer Andacht im Speisezimmer. Abends sprechen wir dort ebenfalls noch zusammen ein Gebet.«

Dem Ton dieser Feststellung entnahm Liv, dass ihre Teilnahme vorausgesetzt wurde. Die Tür zu dem Zimmer am Anfang des Flurs war geschlossen, der Schlüssel steckte außen. Ingrid Treske machte keine Anstalten, es zu betreten.

»Und wer wohnt hier?«, rutschte es Liv heraus.

Die Miene ihrer Dienstherrin verdüsterte sich.

»Elias. Unser Sorgenkind. Du wirst ihn später kennenlernen.«

»Bitte, lass mich raus!«, rief der Junge von innen und trommelte gegen die Tür.

Ingrid Treske kniff ihren Mund zusammen.

»Bitte! Bitte!«

Das Flehen in seiner Stimme schnitt Liv ins Herz. Sie schielte zu seiner Mutter in der Erwartung, dass sie sich erweichen lassen und ihn aus seinem Gefängnis befreien würde. Doch Ingrid Treske wandte sich ab und eilte die Treppe hinunter. Liv blieb nichts anderes übrig, als ihr in die Küche zu folgen. Auch hier war kein Stäubchen zu sehen, alles glänzte und blitzte: von den weiß-schwarzen Bodenfliesen über die Messingarmaturen des Herdes und der Spüle, die Glasscheiben des Buffetschrankes sowie die lackierten Oberflächen der Arbeitstische und Seitenborde bis hin zu den Kupferpfannen und Brätern, die an der Wand hingen.

»Elias weiß ganz genau, dass er nicht sprechen darf«, stieß Ingrid Treske hervor. »Mein Mann hat es ihm ausdrücklich verboten. Er soll still über seine Untaten nachdenken und die

41

Gelegenheit nutzen, seine Fehler einzusehen. Stattdessen ist er schon wieder ungezogen und handelt seinem Vater zuwider.«

In ihrem Ausbruch lag weniger Zorn als Ratlosigkeit. Und Furcht. Livs Magen zog sich zusammen. Hatte Ingrid Treske Angst vor ihrem Mann? Es hätte sie nicht gewundert nach der Szene vor dem Schuppen. Ob er die Hand auch gegen seine Frau erhob? Erheben würde, korrigierte sie sich. Es käme ihr wohl nicht in den Sinn, seinen Unmut herauszufordern oder ihm Widerworte zu geben. Dazu ist sie viel zu eingeschüchtert.

»Ich weiß auch nicht, warum der Junge so bockig ist«, sagte Elias' Mutter. »Es bringt ihm doch nichts. Im Gegenteil. Er macht damit alles noch schlimmer.«

Während Liv noch überlegte, ob eine Antwort von ihr erwartet wurde, straffte sich Frau Treske und wechselte das Thema.

»Also, das ist das Reich von Frau Bryne, unserer Köchin. Du wirst ihr bei der Zubereitung der Speisen helfen und den Abwasch erledigen.« Sie deutete auf den Pumpschwengel neben dem Spülstein. »Wir haben fließendes Wasser.« In ihrer Stimme schwang Stolz mit. »Die Reinigungsmittel, Scheuersand, Essig, Schuhputzzeug, Polierpaste, Bohnerwachs und so weiter findest du hier«, fuhr sie fort und deutete auf einen hüfthohen Schrank.

Daneben befand sich die Vorratskammer, deren Regale gut gefüllt waren. Livs Blick glitt über sorgfältig beschriftete Gläser mit Kompott, eingelegtem Gemüse und Konfitüren, Flaschen mit Saft und Öl, Blechdosen für Mehl, Graupen, Reis, Nüsse und andere haltbare Lebensmittel, eine Schüssel mit Eiern, einen Steinguttopf mit Butter und einige runde Käselaibe. Von der Decke hingen geräucherte Würste und Schinken, in mehreren Körben lagerten Kartoffeln, Kohlköpfe und Zwiebeln.

Das Duftgemisch löste ein flaues Gefühl in Liv aus. Sie spürte, wie sich ihr Mund mit Speichel füllte. Sie schluckte und hoffte, dass das Knurren ihres Magens nicht zu hören war. Noch nie hatte sie eine solche Menge hochwertiger Lebensmittel in einem Privathaushalt gesehen. Wenn Mutter solch eine Speisekammer hätte, dachte sie und stellte sich vor, wie die Sorge aus deren Gesicht schwinden und einem zufriedenen Ausdruck Platz machen würde, wenn sie ihren Kindern jeden Tag eine kräftige, wohlschmeckende Mahlzeit zubereiten könnte, ohne mit den Zutaten geizen zu müssen.

»Wie du siehst, haben wir viele Vorräte und müssen wenig zukaufen. Frischen Fisch holen wir auf dem Markt, andere Dinge wie Salz, Zucker, Kaffee und dergleichen beim Krämer. Du kommst an seinem Laden vorbei, wenn du Elias in die Schule bringst und abholst. Das wird nämlich auch zu deinen Aufgaben gehören. Zumindest so lange, bis der Junge beweist, dass wir ihm wieder trauen können. Er hat letztens ein paar Mal die Schule geschwänzt oder auf dem Weg getrödelt.«

»In welche Klasse geht er denn?«, fragte Liv.

»Nach den Osterferien kommt er in die dritte. Anfang Mai wird er neun.« Ingrid Treske sah Liv forschend an. »Du traust dir doch zu, dich um ihn zu kümmern?«

»Aber natürlich, es ist mir eine Freude«, sagte Liv rasch.

»Elias ist ein schwieriges Kind. Leider. Eine rechte Prüfung hat der Herr uns mit ihm auferlegt.« Frau Treske schüttelte mit bekümmerter Miene den Kopf.

Liv dachte an Pfarrer Nylund. Nach einem Besuch vor Ostern in Stavanger bei seinem alten Studienkollegen Oddvar Treske hatte er Liv erzählt, dass dessen Frau unverhofft noch einmal Mutter geworden war. Um sich ganz dem Neugeborenen widmen zu können, suchte sie ein Dienstmädchen, das ihr im Haushalt zur Hand ging. Der Pfarrer hatte kurz innegehalten. »Ich habe den Eindruck, dass die gute Frau allgemein rasch an ihre Grenzen stößt«, hatte er mit gesenkter Stimme hinzugefügt. »Vor allem aber braucht sie jemanden, der ein Auge auf den Sohn hat. Sie scheint mir ein wenig überfordert mit seiner

Erziehung. Und da du so viele jüngere Geschwister hast, denke ich, dass du wie geschaffen für diese Aufgabe bist.«

Entferntes Weinen war zu hören.

»Die Kleine«, rief Frau Treske und hastete zur Tür. »Ich denke, das Nötigste weißt du nun. In ungefähr einer Stunde kommt die Köchin. Könntest du bitte als Erstes Feuerholz aus dem Schuppen holen, Wasser aufsetzen und die kochen«, sie zeigte auf eine große Schüssel, in der sich ein Berg Kartoffeln türmte. »Frau Bryne wird heute einen Vorrat an *lompe* zubereiten.«

Beim Gedanken an einen warmen Kartoffelfladen rumorte es erneut in Livs Magen. Wie lange würde sie wohl noch aushalten müssen bis zu ihrer ersten Mahlzeit an diesem Tag? Sie getraute sich nicht zu fragen. Frau Treske hatte die Küche bereits verlassen, kehrte aber noch einmal zurück.

»Das hätte ich fast vergessen«, sagte sie. »Du bist nach dem langen Weg gewiss hungrig. Du kannst dir gern von dem Brot und eine Tasse Kaffee nehmen.« Sie nickte zu dem Tisch neben dem Geschirrschrank hin und verschwand.

Neben einem Brett mit einem Brotlaib stand ein Stövchen mit einer schlichten Kanne aus braunem Ton, wie er im Teglverk Graveren in Livs Heimatort Sandnes verwendet wurde. Sie schnitt sich eine dicke Scheibe von dem Roggenbrot ab. Nur mit Mühe widerstand sie dem Drang, sie in sich hineinzuschlingen. Den ersten Bissen kaute sie langsam mit geschlossenen Augen und genoss den leicht säuerlichen Geschmack, in dem sie einen Hauch Kümmel ausmachte. Bevor sie erneut abbiss, holte sie sich einen Becher aus dem Schrank. Dabei fiel ihr Blick auf eine Dose, deren Deckel sie vorsichtig anhob. Sie war bis an den Rand mit goldgelben Kandisbrocken gefüllt. Ob sie davon nehmen durfte, ohne zu fragen? Verstohlen sah sie sich um, klaubte zwei Stücke heraus, schenkte sich Kaffee ein und ließ den Zucker in die dampfende Flüssigkeit plumpsen. Nachdem er sich unter Rühren aufgelöst hatte, probierte Liv einen Schluck. Ihr wurde schwindelig. Es war echter Bohnenkaffee, stark und aromatisch. Nicht wie das bittere Gebräu, das ihre Mutter aus getrockneten Löwenzahnwurzeln herstellte. Liv lehnte sich gegen den Tisch und spürte der Wärme nach, die sich in ihrem Bauch ausbreitete.

Die Aussicht, von nun an täglich satt zu werden, war beglückend und erfüllte sie mit tiefer Dankbarkeit. Liv verzehrte ihr Brot und wischte die bange Frage beiseite, wie sie mit Oddvar Treske auskommen würde. Sie durfte sich eben nichts zuschulden kommen lassen und musste versuchen, bei der Arbeit stets ihr Bestes zu geben. Und vielleicht täuschte sie sich ja auch in ihm, und die harte Bestrafung des Jungen war eine Ausnahme gewesen, die Reaktion auf ein besonders schweres Vergehen. Liv befahl der Stimme in sich, die daran zweifelte, zu schweigen, schnappte sich den leeren Korb neben dem Herd und ging hinaus, um Holz zu holen.

4

Schlesien, April 1905 – Karoline

Die Standuhr in der Eingangshalle schlug eben zur vollen Stunde, als Karoline pünktlich um sieben Uhr abends die breite Treppe hinunterschritt, die die beiden Flügel von Schloss Katzbach voneinander trennte. Mithilfe von Agnes, ihrer Zofe, hatte sie sich in ein stark tailliertes Seidenkleid mit Glockenrock und kurzer Schleppe gezwängt, dessen königsblaue Farbe gut mit ihren dunklen Augen harmonierte. Das Korsett verlieh ihr von der Seite gesehen eine S-förmige Silhouette, indem es den Bauch verschwinden ließ, die Brust betonte und die Hüften nach hinten drückte. Ihre zusammengepressten Lungen waren nur zu flacher Atmung imstande, was durch die leicht nach vorn gebeugte Haltung noch verstärkt wurde. Der Ausschnitt gewährte einen tiefen Blick in ihr Dekolleté – einem der wenigen Teile ihres Körpers, der sie mit Stolz erfüllte. Auf ihrem Kopf türmte sich eine Steckfrisur, die Agnes in einer aufwendigen Prozedur toupiert, mit falschen Haarteilen aufgefüllt und mittels einer Brennschere mit Löckchen über Stirn und Ohren versehen hatte. Zu guter Letzt hatte Karoline ein wenig Puder und ein dezentes Parfum aufgelegt, eine dreireihige Perlenkette um ihren Hals geschlungen und schwarze Satin-Handschuhe übergestreift, die bis zu den Ellenbogen reichten.

Vor der Tür des Speisezimmers hielt sie inne. Die bevorstehende Begegnung mit Moritz versetzte sie in Aufregung. An Weihnachten hatte sie ihn das letzte Mal gesehen – flüchtig bei den Gottesdiensten und den zahllosen Verwandten- und Bekanntenbesuchen, die man sich zwischen den Jahren abzustatten pflegte. Vergeblich hatte sie wieder einmal darauf gewartet, dass er sie in ihren Gemächern aufsuchen würde, das Bedürfnis verspürte, sich mit ihr auszutauschen oder ihr körperlich nahe zu sein. Auch während der mehrgängigen Festessen, die für Karoline zu einem einzigen endlosen Gelage verschmolzen, hatte Moritz nur selten das Wort an sie gerichtet.

Die stundenlange Sitzerei unter lauter Menschen, denen sie bestenfalls gleichgültig war, wenn sie nicht dem Beispiel ihrer Schwiegermutter folgten und sie ihre Verachtung offen spüren ließen, wurde so zur doppelten Qual – seelisch und körperlich. Eingequetscht in ihr Schnürmieder war sie kaum in der Lage gewesen, mehr als ein paar Häppchen von den Suppen und Salaten, den Braten, den Fisch-, Wild- und Geflügelgerichten, den Kartoffel- und Semmelklößen, den Kraut- und Gemüsebeilagen oder den sahnigen Cremes, Mohntorten, Käsekuchen, Früchtebroten, Mandelmakrönchen und anderen Leckereien zu sich zu nehmen, unter denen sich die Tische im wahrsten Sinne des Wortes bogen. Es verlangte Karoline jedes Mal viel Selbstbeherrschung ab, diese Feierlichkeiten mit Würde durchzustehen und nicht dem Drang nachzugeben, aufzuspringen, den Stuhl wegzuschleudern, ihr Glas auf dem Boden zu zerschmettern und in der anschließenden Stille ihrem Mann und seiner überheblichen Sippschaft vor all diesen Von und Zus die Meinung ins Gesicht zu schleudern.

Der einzige Mensch, der Karoline aufrichtige Zuneigung entgegenbrachte, war ausgerechnet der Bruder ihrer Schwiegermutter. Zu ihrem Bedauern bekam sie ihn selten zu sehen. Nach einem Reitunfall war Freiherr Waldemar von Dyhrenfurth seit 1895 an seinen Rollstuhl gefesselt und verließ sein Schloss in der Nähe von Liegnitz nur noch selten. Dort lebte er inmitten seiner Gemäldesammlung, die ganz den Werken von Landschaftsmalern aus Skandinavien gewidmet war. Vor seinem Unfall war er einmal im Jahr in den hohen Norden gefahren, um neue Bilder zu erwerben und seine Kontakte mit einigen Künstlern, die er im Laufe der Zeit näher kennengelernt hatte, zu pflegen. An die Stelle des persönlichen Austauschs war nun eine rege Korrespondenz getreten.

Karoline hatte Moritz' Onkel im Verdacht, dass ihm der Briefverkehr mit den Malern und das Betrachten ihrer Werke lieber war als Begegnungen mit seinen eigenen Verwandten und Bekannten. Bei einem Geburtstagsbankett seiner Schwester hatte er ihr anvertraut, dass er mit dem in seiner Familie vorherrschenden Verharren im Gestern wenig am Hut hatte. Insbesondere der Dünkel, mit dem Alwina Gräfin von Blankenburg-Marwitz durchs Leben ging, befremdete ihren Bruder. Seine Reisen hatten seinen Horizont erweitert und seinen Geist für moderne Errungenschaften und Gedanken geöffnet. Von seinem Neffen war er ebenfalls enttäuscht. Vor dessen Heirat hatte er große Stücke auf ihn gehalten und in ihm den Sohn gesehen, der ihm versagt geblieben war. Moritz' Vergnügungssucht und seine fortwährende Weigerung, sich politisch zu engagieren oder zumindest Interesse für kulturelle Themen an den Tag zu legen, verärgerten den Freiherrn und trugen ein Übriges zu seinem Rückzug bei.

Karoline saugte ihre Oberlippe ein und starrte auf die Esszimmertür. Warum war Moritz gekommen? Sie war überzeugt, dass die Gräfin von seinem Besuch genauso überrascht war wie sie selbst, auch wenn sie sich alle Mühe gegeben hatte, Karoline vom Gegenteil zu überzeugen. Diese wusste, dass sein Vagabundendasein Moritz' Eltern seit Jahren ein Dorn im Auge war – wenn auch aus anderen Gründen als seinem Onkel Waldemar. Ihren Wunsch, er möge endlich seinen Vater bei der Verwaltung der Güter unterstützen und sich um die Familienbelange kümmern, hatte er bislang nicht erfüllt. Moritz war ein Meister darin, diesbezügliche Anspielungen zu überhören. Sollte er sich nun mit seinen fünfunddreißig Jahren die Hörner abgestoßen haben und bereit sein, Verantwortung zu übernehmen? Hatte er beschlossen, sesshaft zu werden?

Das Fünkchen Hoffnung, das tief in Karolines Herz glomm, flackerte auf. Vielleicht war es ihr doch noch vergönnt, eine echte Ehe zu führen, Kinder zu bekommen und an der Seite ihres Mannes ein erfülltes Leben zu führen? Diese Aussicht beschleunigte ihren Herzschlag und beschwor romantische Bilder vor ihr geistiges Auge – genährt von der Lektüre unzähliger Fortsetzungsromane in der »Gartenlaube«. Sie sah Moritz reumütig zu ihren Füßen liegen, unendlich dankbar für die Langmut, mit der sie seine Eskapaden ertragen hatte, und glücklich über ihre Bereitschaft, ihm zu verzeihen. Sie sah sich, wie sie ihm die Hand reichte und zu sich emporzog. Sie glaubte seine Stimme zu hören, mit der er ihr Zärtlichkeiten ins Ohr flüsterte, bevor er sie auf seine Arme nahm, hinauf in sein Schlafgemach trug und dort …

Karoline spürte, wie ihr das Blut in die Wangen schoss. Sie atmete tief ein, legte ihre Hand auf die Klinke, öffnete die Tür und stutzte. Das Speisezimmer war leer. Der lange Tisch war für vier Personen eingedeckt. Auf einem Servierwagen standen eine Suppenschüssel und eine geöffnete Weißweinflasche in einem Kühler. Mit einem Stirnrunzeln blieb Karoline vor ihrem Platz an der Längsseite stehen. Noch nie hatte sich ihre Schwiegermutter verspätet. Pünktlichkeit war das oberste Gebot der ungeschriebenen Hausordnung, die den Tagesablauf auf Schloss Katzbach bestimmte. Auch der Graf hielt sich daran – gleichgültig wie sehr ihn gerade eines seiner Steckenpferde in Beschlag nahm. Die Zeiten, an denen man zu Tisch erwartet wurde, hatte er verinnerlicht. Es kam selten vor, dass er zu tief in seine Forschungen über seine Vorfahren abtauchte oder sich in der Lektüre der Zuchtbücher seiner Jagdhunde verlor und darüber eine Mahlzeit vergaß.

Erregte Stimmen lenkten Karolines Aufmerksamkeit auf den Salon, den man durch eine Flügeltür vom Esszimmer aus betreten konnte. Sie erkannte den sonoren Bass des Grafen und die energische Tonlage seiner Frau. Moritz hörte ihnen entweder stumm zu oder war nicht im Raum. Karoline ging leise zur Tür, stellte sich vor das Fenster daneben und tat so, als sei sie in den Anblick des Regens vertieft, der nach wie vor niederging. Sie wollte nicht beim Lauschen erwischt werden, falls ein Bediensteter hereinkam. So sehr sie auch die Ohren spitzte – sie konnte nicht verstehen, worüber ihre Schwiegereltern so aufgebracht diskutierten.

Die Türglocke läutete. Die Stimmen nebenan verstummten. Während sich Karoline noch fragte, warum der Esstisch nur für vier Personen gedeckt war, wenn noch Besuch kam, hörte sie die hölzernen Stufen unter festen Tritten knarzen, die die Treppe hinaufliefen. Karoline hielt es nicht länger im Speisezimmer. Als sie es verließ, prallte sie beinahe mit ihren Schwiegereltern zusammen, die ebenfalls der Treppe zustrebten. An der Garderobe hängte der Kammerdiener einen triefnassen Mantel auf, den er dem Mann abgenommen hatte, der eben den oberen Absatz erreichte. Karoline hob eine Hand vor den Mund, als sie ihn erkannte.

»Was ist passiert? Warum ist Doktor Lubinski hier?«

Die Gräfin ging wortlos an ihr vorbei, ohne sie eines Blickes zu würdigen, ihr Mann folgte ihr mit besorgtem Gesichtsausdruck. Karoline schluckte weitere Fragen hinunter. Sie wollte sich vor dem Kammerdiener keine Blöße geben.

»Wir werden heute später speisen. Wenn Sie bitte dafür sorgen wollen, Anton, dass die Suppe …«, sagte Karoline.

»Ich habe der Köchin längst Anweisung gegeben, sie warm zu stellen«, fiel er ihr ins Wort und verschwand Richtung Küche.

Karoline versteifte sich. Deutlicher konnte man ihr nicht zeigen, dass sie in diesem Hause nichts zu sagen hatte. Dieser unverschämte Kerl schreckte nicht einmal davor zurück, ihr frech ins Gesicht zu lügen und zu behaupten, er hätte an die Suppe gedacht, die auf dem Servierwagen erkaltete. Sie konnte sich lebhaft vorstellen, wie er sich mit der Köchin, der er in diesem Moment ihren Auftrag übermittelte, über sie lustig machte.

Karoline presste die Lippen aufeinander und dachte: Wie können sie auch Respekt vor mir haben, wenn ihnen diese Schreckschraube täglich zeigt, wie wenig sie von mir hält, dachte sie. Und ihr Mann würde es nie wagen, ihr Verhalten zu kritisieren. Da zieht er es vor, mich zu ignorieren.

Karoline war überzeugt, dass sie gut mit ihrem Schwiegervater auskommen würde. Wenn es nach ihm ginge. Gewiss hatte auch er sich für seinen Sohn eine standesgemäße Frau gewünscht. Er war Karoline aber nie mit Herablassung oder Abneigung begegnet. Doch Moritz' Vater war ein konfliktscheuer Mensch, der um des lieben Friedens willen alles vermied, was den Unmut der Gräfin erregen konnte. Auch der finanziellen Schieflage der Familie und dem unübersehbaren Verfall des Schlosses stellte er sich nicht. Während sein Sohn sich durch körperliche Abwesenheit entzog, floh Graf Hermann in die Vergangenheit seiner Sippe, in versunkene Zeiten, in denen seine Vorfahren seit dem Mittelalter auf diversen Schlachtfeldern den Ruhm des Geschlechts begründet hatten und keine Geldsorgen kannten.

Karoline verharrte unschlüssig in der Eingangshalle. Der Gedanke, in ihre Zimmer zurückzukehren, sich des Korsetts zu entledigen und lesend in die Wüste Tunesiens zu flüchten, wo Gerta sich gerade auf die Konfrontation mit ihrem ehemaligen Verlobten vorbereitete, war verlockend. Dort würde sie allerdings nicht erfahren, was mit Moritz los war. Dass Doktor Lubinski, der altgediente Hausarzt der Grafenfamilie, seinetwegen gekommen war, lag auf der Hand. Hatte sich Moritz auf der Reise von Berlin mit einem Infekt angesteckt? Oder einen Unfall gehabt? Oder litt er bereits länger an einer Krankheit? War er deshalb nach Hause gekommen? Wollte er sich hier auskurieren?

Was hindert mich eigentlich daran, in sein Zimmer zu gehen und den Arzt zu fragen?, dachte Karoline in einem Anflug von Trotz. Schließlich habe ich als Ehefrau ein Recht darauf zu erfahren, was Moritz fehlt. Bevor sie es sich anders überlegen konnte, raffte sie ihren Rock über die Knöchel und lief die Treppe hinauf. Dort bog sie in den linken Flügel ein, in dem sich die Räume ihrer Schwiegereltern und von Moritz befanden, während sie im rechten Flügel untergebracht war. Mit klopfendem Herzen trat sie in das Büro ihres Mannes, von dem aus man durch ein Ankleidezimmer in sein Schlafgemach gelangte. Doktor Lubinski hatte seine Visite bereits beendet und sich mit Moritz' Eltern in das Boudoir der Gräfin zurückgezogen – dem gedämpften Stimmengemurmel nach zu schließen, das von dort zu hören war.

Karoline sah sich in dem Raum um, in den die Gräfin nach der Hochzeit einen Schreibtisch und einen Aktenschrank hatte stellen lassen. Karoline bezweifelte, dass Moritz je auf dem Stuhl hinter dem Tisch gesessen hatte, um Bestandslisten, Abrechnungen, Verträge und andere wirtschaftliche Unterlagen zu studieren oder geschäftliche Briefe zu verfassen.

Als sie weitergehen wollte, hörte sie, wie nebenan die Tür geöffnet wurde, die vom Flur aus ins Ankleidezimmer führte. Karoline wich zurück und stellte sich hinter den Schrank. Sie wollte Moritz allein sehen und hoffte, dass der Störenfried nebenan sich bald wieder verzog.

»Vielen Dank für Ihre Mühe«, sagte ein kräftiger Tenor.

»Gern geschehen«, antwortete eine Frauenstimme. »Wenn ich sonst noch etwas für Ihren Herrn oder ... Sie tun kann ...«

Karoline konnte förmlich den schmachtenden Augenaufschlag sehen, mit dem ihre Zofe dieses Angebot begleitete. Es war ihr schon an Weihnachten aufgefallen, dass Agnes, eine wohlgeformte Brünette Mitte zwanzig, ein Auge auf den ein wenig älteren Anton geworfen hatte. Moritz hatte seinen Burschen nach dem Abschied vom Regiment in seinem Dasein als Zivilist nicht missen wollen und ihn als Diener eingestellt. Karoline verdrehte die Augen. Agnes würde die Gunst der Stunde für einen ausgedehnten Plausch nutzen. Während sie hier festsaß und keine Aussicht hatte, sich unbemerkt zu entfernen.

»Das ist sehr freundlich. Aber ich möchte Ihre Hilfsbereitschaft nicht über Gebühr ausnutzen«, sagte Anton. »Sie haben gewiss mehr als genug zu tun.«

»Manchmal wünschte ich, es wäre so.«

»Was meinen Sie?«

»Es klingt vielleicht undankbar, und ich sollte mich glücklich schätzen, dass meine Herrin so anspruchslos ist. Aber es gibt Tage, da komme ich bald um vor Langeweile und ...«

»Verstehe«, antwortete Anton. »Die Gnädige gibt wenig auf ihr Aussehen. Ganz im Gegensatz zu Ihnen, wenn ich mir die Bemerkung erlauben darf.«

Karoline verlagerte ihr Gewicht und wechselte das Standbein. Das Knarren eines losen Holzstabes im Parkettboden ließ sie erstarren. Erschrocken schaute sie zur Tür. Die beiden nebenan hatten es bestimmt gehört und würden nachsehen, wer sich im Arbeitszimmer aufhielt. Nein, sie waren offenbar vertieft in ihre Unterhaltung.

»Sie Charmeur!«, säuselte Agnes und kicherte geschmeichelt.

»Nein, in der Tat! Die paar Male im Jahr, in denen die junge Gnädige große Toilette macht, kann ich an einer Hand abzählen. Und ausgerechnet heute war es völlig umsonst.«

Karoline entspannte sich ein wenig. Die Erleichterung, nicht ertappt worden zu sein, überwog die Empörung über die abfällige Äußerung ihrer Zofe.

Nach einer kurzen Pause fragte diese: »Wissen Sie, wie lange der junge Graf dieses Mal zu bleiben gedenkt?«

»Wir sind sozusagen nur auf der Durchreise. Der Doktor hat meinem Herrn gerade dringend eine Kur in Warmbrunn empfohlen.«

»Was fehlt ihm denn?«

Karoline beugte sich weiter zur Tür, um kein Wort von Antons Antwort zu verpassen.

»Genau weiß ich es nicht. Er hat sich bisher geweigert, einen

Arzt aufzusuchen. Wegen einer Bagatelle, wie er es nennt. Aber seit einigen Wochen hat er ständig Fieber, wenig Appetit und Schmerzen in den Gelenken. Und als wir vorhin hier ankamen, war er so schwach, dass ich ihn fast in sein Bett tragen musste.«

Karoline runzelte die Stirn. Das hörte sich besorgniserregend an. Sie konnte sich Moritz, der stets vital und durchtrainiert auf sie wirkte, nicht derart kraftlos vorstellen, dass er fremde Hilfe benötigte.

Anton räusperte sich. »Das bleibt aber unter uns! Ich kann mich doch auf Ihre Diskretion verlassen?«

»Ich bin so verschwiegen wie ein Grab«, antwortete Agnes mit feierlichem Ton.

Karoline konnte gerade noch ein Prusten zurückhalten. Agnes und Verschwiegenheit! Genauso gut hätte ein Löwe behaupten können, kein Fleisch zu fressen.

»Wie ich Sie beneide«, sagte Agnes mit Sehnsucht in der Stimme.

»Mich? Aber wieso denn?«

»Sie kommen so viel herum mit dem Grafen. Und jetzt ins Riesengebirge nach Warmbrunn.«

»Naja, das ist nun nicht gerade mondän. Wenn es nach Baden-Baden oder nach Marienbad ginge – das ließe ich mir gefallen. Aber dieses Provinzkaff ...«

»Sehen Sie, das meinte ich«, stieß Agnes hervor. »So spricht ein Mann von Welt. Da kann unsereins, die wir kaum einmal nach Goldberg kommen, nicht mithalten.«

Agnes seufzte tief auf. Karoline ertappte sich dabei, dass sie ihre Hand an den Hals gelegt hatte und sich ausmalte, in einem Zugabteil oder einer Schiffskabine zu sitzen, auf dem Weg in eine unbekannte Stadt oder ein fernes Land. Agnes' nächste Frage und der sehnsüchtige Ton sprachen ihr aus der Seele.

»Was meinen Sie, Anton? Ob die Gnädige ihn wohl dieses Mal begleitet?«

»Wenn es nach mir ginge, unbedingt«, antwortete Anton. »Die Aussicht, Sie in meiner Nähe zu haben ... Aber ich fürchte, daraus wird nichts. So eine Kur will ja bezahlt sein ... es wird so schon kostspielig genug.«

»Daran hab ich gar nicht gedacht«, sagte Agnes kleinlaut. »Dafür aufzukommen wird nicht leicht für seine Eltern. Kurz bevor der Doktor gekommen ist, hab ich zufällig gehört, wie sie sich über ihn unterhalten haben.«

Gelauscht hast du, dachte Karoline und errötete bei der Erinnerung an ihren eigenen Versuch, das Gespräch ihrer Schwiegereltern zu verfolgen.

Offensichtlich war Agnes erfolgreicher gewesen. Wenn die Zofe es richtig verstanden hatte, war die Gräfin überzeugt, dass Moritz sein Unwohlsein nur vortäuschte, um sich unliebsamen Fragen zu entziehen. Sie ging davon aus, dass er wieder einmal all sein Geld verprasst hatte und nur gekommen war, um neue Wechsel zu fordern. Agnes imitierte mit verstellter, tiefer Stimme den alten Grafen, der darauf geantwortet hatte: »Du hast sicher recht, meine Liebe. So wie immer. Aber dieses Mal wird es keine neuen Wechsel geben. Wir können froh sein, wenn wir selbst über die Runden kommen.«

»Dann wird eben die Breslauer Kuh ein weiteres Mal gemolken«, sagte Anton.

Karoline brauchte einen Moment, bis sie verstand, wen der Diener meinte: ihren Vater. Sie sog scharf die Luft ein. Die Stäbe ihres Korsetts drückten in ihre Taille. Vor Schmerz wurde ihr schwindelig. Schwarze Punkte tanzten vor ihren Augen. Sie lehnte sich an die Wand und rang um Fassung. Zu ahnen, dass Moritz verächtlich über sie und ihre Familie dachte, war verletzend genug. Dass er daraus einem Untergebenen gegenüber keinen Hehl machte und sich abfällig über sie äußerte, war unerträglich. Karoline stieß sich von der Wand ab und flüchtete aus dem Zimmer.

5

Stavanger, April 1905 – Liv

Livs Vorsatz, sich nichts zuschulden kommen zu lassen, wurde rasch ins Wanken gebracht. Kaum hatte sie den Schuppen betreten, lenkte das Fiepen der jungen Dohle sie von ihrem Auftrag ab. Sie stellte den Korb neben den Holzstapel und beugte sich über die Kiste, in der der verletzte Vogel saß.

»Hier kannst du nicht bleiben«, murmelte Liv. »Es ist nur eine Frage der Zeit, bis dich jemand findet. Und ich glaube leider nicht, dass Elias' Eltern ihm erlauben, dich aufzupäppeln.«

Die Dohle krächzte leise, legte den Kopf schief und musterte Liv mit ihren eisblauen Augen.

»Wohin also mit dir?«, überlegte diese laut weiter.

Das Einfachste wäre es, sie irgendwo auszusetzen, meldete sich ihre Vernunftstimme. Das würde dir und auch Elias eine Menge Scherereien ersparen. Wie kannst du nur so herzlos sein, schalt sich Liv sofort. Nein, es muss eine andere Lösung geben!

»Du darfst jetzt keinen Mucks von dir geben«, sagte sie zu dem Vogel, der den Schnabel aufsperrte und krächzte.

Sie band ihre Schürze ab und breitete sie über die Kiste. Die Dunkelheit beruhigte das Tier, es war still. Rasch legte Liv mehrere Scheite in den Korb, stellte die Kiste obenauf und eilte zum Haus zurück. Nachdem sie das Brennholz in der Küche abgestellt hatte, schnitt sie eine Scheibe Brot ab und trug den Vogel, auf Zehenspitzen gehend, die Treppe hinauf. Auf dem Absatz im oberen Stockwerk verhielt sie lauschend. Aus dem Kinderzimmer von Klein-Margit drang die Stimme von Ingrid Treske, die leise auf den Säugling einsprach. Hinter Elias' Tür war nichts zu hören. Liv erklomm die Stiege zum Dachgeschoss, ging in ihre Kammer und schloss die Tür. Suchend sah sie sich um. Wo konnte sie den Vogel verstecken? Viele Möglichkeiten bot der kleine Raum nicht. Unter dem Bett? Nein, das war zu dunkel. Ihr Blick fiel auf das Fenster, das in eine vorspringende Dachgaube eingelassen war. Wenn sie die Kiste auf das Brett stellte und den Vorhang davor zuzog, hatte die Dohle ausreichend Licht und war nicht auf Anhieb zu entdecken. Liv entfernte die Schürze und hob die Kiste auf das Fensterbrett. Der Vogel schüttelte sein Gefieder aus und reckte den Kopf.

»Sei schön artig und mach keinen Lärm«, sagte Liv leise, zerteilte das Brot in kleine Brocken und legte sie vor ihren Schützling. Anschließend zog sie den Vorhang zu, band sich ihre Schürze wieder um und eilte hinunter in die Küche.

In den folgenden Stunden hatte Liv keine Gelegenheit, nach der Dohle zu sehen. Frau Bryne, die wie angekündigt gegen zehn Uhr kam, hielt Liv bis zum Mittag auf Trab. Die Köchin war eine stämmige Frau um die dreißig Jahre mit rosiger Haut, einem dicken weizenblonden Zopf und einer angenehmen Alt-Stimme, mit der sie die meiste Zeit vor sich hin trällerte. Ab und zu unterbrach sie sich und gab Liv neue Anweisungen. Sie war freundlich, wirkte jedoch ein wenig abwesend. Liv vermutete, dass sie in Gedanken bei ihrem frischgebackenen Ehemann war, einem Maurermeister, mit dem sie ein Häuschen im westlich des Vågen gelegenen Viertel bewohnte. Wenn sie ihn erwähnte – wobei sie von ihm als »mein Bryne« sprach –, leuchteten ihre Augen auf, und ein zufriedenes Lächeln umspielte ihre Lippen.

Nachdem Liv die gekochten Kartoffeln geschält und zerstampft hatte, drehte sie zwei Kilogramm Rinderkeule zweimal durch einen Fleischwolf und schnitt einen Berg Lauch und

Möhren klein. Während die Köchin das Gehackte mit Eiern, in Milch eingeweichten alten Brötchen, Salz und Kräutern verrührte, Bällchen daraus formte und diese in einer Pfanne briet, knetete Liv die Kartoffeln mit Mehl zu einem geschmeidigen Teig für die *lompe*, die Frau Bryne später ausbuk. Einen Teil der Fladen stellte sie im Ofenrohr warm, der Rest wanderte verstaut in eine Blechdose in die Vorratskammer. Nachdem die Köchin das Gemüse gedünstet und eine Quarkcreme mit eingemachten Kirschen zubereitet hatte, verabschiedete sie sich von Liv.

»Ich denke, du kommst nun allein zurecht. Gegen halb fünf gibt es die Hauptmahlzeit. Du brauchst die Sachen ja nur aufzuwärmen. Zu den *lompe* kannst du außer den Fleischbällchen noch geräucherte Makrelen reichen. Mittags essen die Treskes gewöhnlich nur belegte Brote, die kannst du nach Bedarf zubereiten.« Sie legte ihre Schürze zusammen. »Hast du noch Fragen?«

Liv schüttelte den Kopf.

»Gut, dann sehen wir uns morgen wieder. Ich muss mich nun sputen, damit mein Bryne auch etwas Ordentliches zwischen die Zähne bekommt.«

Nachdem die Köchin gegangen war, wusch Liv die Schüsseln, Messer, Bretter und anderen Utensilien ab, die sie verwendet hatten, legte Holz nach und fegte den Boden. Anschließend ging sie zu Frau Treske, die in der Wohnstube Hemdchen für Klein-Margit nähte, und bekam den Auftrag, bis zum Essen das Nachtgeschirr zu reinigen, die Zinkwanne, die zum Baden verwendet wurde, zu schrubben, Schuhe zu putzen und die Messingtöpfe und -pfannen zu polieren.

Als Liv später den Tisch decken wollte, stand sie ratlos vor dem Schrank im Esszimmer, in dem das Geschirr verwahrt wurde. Neben einem schlichten Service aus weißem Steingut entdeckte sie darin ein weiteres aus Porzellan, das mit grünen Girlanden verziert war. Welche Teller sollte sie nehmen? Und wie viele? Saß sie selbst mit am Tisch der Treskes oder sollte sie ihre Mahlzeiten in der Küche einnehmen? Auf dem Land wurden Mägde und Knechte meistens wie Familienmitglieder behandelt und aßen gemeinsam mit ihren Dienstherren. In städtischen Haushalten war es jedoch oft üblich, die Sphären strikt zu trennen.

Livs Unschlüssigkeit wurde durch das Erscheinen von Ingrid Treske beendet.

»Du bist wirklich flink und denkst mit«, sagte diese. »Gerade wollte ich dich bitten, den Tisch zu decken.«

Sie ging zu dem Schrank und deutete auf das einfache Service. »Das ist für den Alltag. Die Servietten findest du hier.« Sie zog eine Schublade auf und nahm längliche Stofftäschchen heraus, auf die Namen gestickt waren. »Für Gäste haben wir diese Serviettenhüllen mit verschiedenen Ornamenten, damit man sie unterscheiden kann. Du kannst dir eine für dich auswählen.«

»Heißt das, dass ich auch hier . . .«, begann Liv.

Frau Treske verengte ihre Augen. Liv biss sich auf die Zunge. Jetzt hält sie dich für anmaßend, dachte sie und nestelte an ihrer Schürze. Wie konntest du nur denken, dass du mit ihnen am selben . . .

»Normalerweise essen wir alle zusammen«, sagte Frau Treske. »Heute möchte ich dich aber bitten, mit Elias in der Küche zu bleiben. Mein Mann bringt einen Gast mit. Da Elias so unartig war, hat er es nicht verdient, dabei zu sein.« Sie räusperte sich und fuhr stockend fort: »Ich hoffe, dass du dich nun nicht . . .«

»Aber nein«, fiel Liv ihr ins Wort, erleichtert, dass sich ihre Befürchtung nicht bestätigt hatte. »Ich kümmere mich – wie gesagt – sehr gern um Ihren Sohn.«

»Danke! Du holst ihn bitte aus seinem Zimmer, wenn du uns das Essen serviert hast. Ich übernehme das Bedienen bei Tisch.

Aber jetzt stelle ich dir Elias schon mal kurz vor, du hast ihn ja noch gar nicht kennenge ...«

Stimmen und Schritte im Flur unterbrachen sie. Ingrid Treske schaute auf eine Pendeluhr, die an der Wand neben dem Geschirrschrank hing.

»Herrje! Sie sind schon da. Ich bin gar nicht umgezogen! Und es ist noch nicht gedeckt, und du kennst dich kaum aus und ...« Ingrid Treske schnappte nach Luft und riss die Augen auf.

»Keine Sorge, ich schaffe das schon«, sagte Liv. »Gehen Sie nur nach oben.«

»Sicher?«

Liv nickte und lächelte ihr aufmunternd zu. Frau Treske verließ das Zimmer.

Pfarrer Nylund hat recht, dachte Liv. Die Arme ist kaum belastbar. Wenn sie nur einen Tag lang mit Mutter tauschen müsste, würde sie wahrscheinlich abends zusammenbrechen. Wenn sie überhaupt so lange durchhalten würde.

Liv deckte rasch den Tisch für drei Personen und eilte in die Küche, wo sie die Fleischbällchen auf eine Platte legte, eine weitere mit den Kartoffelfladen belud, das Gemüse in eine Schüssel füllte und die geräucherten Makrelen aus der Vorratskammer holte. Nachdem sie die Speisen auf den Esstisch gestellt und eine Karaffe mit frischem Wasser gefüllt hatte, machte sie sich auf den Weg zu Elias. Von den Treskes und ihrem Gast war nichts zu sehen. Liv vermutete den Herrn des Hauses mit dem Besuch in der Wohnstube, wo sie auf Ingrid Treske warteten.

Die Tür zu Elias' Zimmer war offen. Sein Vater stand mit dem Rücken zum Flur auf der Schwelle. Er bemerkte Liv nicht.

»Ich höre?«, sagte er. Seine Stimme klang schneidend.

»Es tut mir leid«, kam leise die Antwort.

Liv schob sich näher und erhaschte einen Blick ins Zimmer. Elias kniete vor Oddvar Treske auf dem Boden.

»Wie war das?«

»Es tut mir leid«, wiederholte Elias lauter.

»Gelobe, dass du es nicht wieder tun wirst!«

Liv sah, wie es im Gesicht des Jungen arbeitete. Er wird das nicht sagen, erkannte sie. Er weiß, dass er sein Versprechen nicht halten kann. Er will aber auch nicht lügen. Merkt das sein Vater denn nicht? Warum interessiert es ihn nicht, warum sich Elias ihm widersetzt? Macht es ihm nichts aus, dass sein Sohn es nicht wagt, ihn ins Vertrauen zu ziehen? Elias könnte ihm einfach sagen, was er hören will. Aber das tut er nicht. Beweist das nicht, dass er sehr anständig ist? Wieder wurde sie von der Erinnerung an ihren Bruder Gøran übermannt. Seine Wahrheitsliebe hatte Liv imponiert, seine Bereitschaft, die Verantwortung für seine Handlungen zu übernehmen – so unangenehm sie auch sein mochten. Elias war aus demselben Holz geschnitzt. Eine Welle der Zuneigung durchflutete sie. Bevor der Junge seinem Vater antworten konnte, machte sich Liv durch ein Husten bemerkbar. Oddvar Treske drehte sich zu ihr um.

»Entschuldigen Sie bitte. Ich wollte Ihnen nur sagen, dass das Essen auf dem Tisch steht.«

Im selben Moment kam Ingrid Treske dazu. Sie hatte ihr Hauskleid gegen einen dunkelgrünen Rock und eine geblümte Bluse getauscht und ihre Haare zu einem lockeren Dutt hochgesteckt. Sie hakte sich bei ihrem Mann unter, der sie um einen Kopf überragte. »Komm, mein Lieber, wir sollten Herrn Eik nicht länger warten lassen.«

»Ja, das wäre sehr unhöflich«, antwortete er nach kurzem Zögern und legte seine Hand auf die seiner Frau. Er wandte sich an Elias, der nach wie vor auf den Dielen kniete. »In dieser Angelegenheit ist das letzte Wort noch nicht gesprochen!« Bevor er ging, sagte er zu Liv: »Lass dir nicht von ihm auf der Nase herumtanzen. Wenn er frech wird oder ausbüxen will, bringst du ihn sofort hierher zurück, schließt ihn ein und erstattest mir Bericht.«

Die Treskes entfernten sich. Liv ging in Elias' Zimmer. Der Junge war aufgestanden, hatte die Arme vor der Brust verschränkt und starrte sie unter gerunzelten Brauen feindselig an.

»Hallo, ich bin Liv«, sagte sie und streckte ihm ihre Rechte hin.

Elias wich einen Schritt zurück. Liv ließ die Hand sinken. Wahrscheinlich sah er in ihr nur eine weitere Erwachsene, die ihn maßregeln wollte. Sie machte keine weiteren Anstalten, sich ihm zu nähern oder ihn zu berühren.

»Hast du Hunger? Es gibt frische *lompe* mit Fleischbällchen.« Sie drehte sich zur Tür. »Leistest du mir Gesellschaft? Das würde mich freuen. Ich esse nicht so gern allein.«

Elias schob die Unterlippe nach vorn. Auf seinem Gesicht arbeitete es. Liv konnte seine Gedanken förmlich hören, seinen inneren Streit, ob er ihr vertrauen konnte. Sie ging hinaus. Der Junge folgte ihr nach ein paar Sekunden. In der Küche stellte Liv zwei Holzbrettchen und zwei Keramikbecher auf den Tisch. Als sie die Kartoffelfladen aus dem Ofen holen wollte, stürzte Elias zur Tür. Liv warf sich herum und packte ihn am Kragen seines Kittels.

»Lass mich gehen! Bitte! Es ist sehr wichtig!«

»Ich weiß«, antwortete Liv. »Aber du musst gar nicht nach draußen.«

»Doch, muss ich wohl!«

Elias wand sich unter ihrem Griff. Liv hatte Mühe ihn festzuhalten. Sie senkte die Stimme. »Dein kleiner Freund ist nicht mehr im Schuppen.«

Elias erstarrte. In seinen Augen spiegelten sich Angst und Wut. »Was hast du mit ihm gemacht?«

Liv ließ ihn los, legte einen Finger auf ihre Lippen und sagte leise: »Komm, ich zeig's dir.«

Sie füllte Wasser in einen Becher, gab Elias ein Schälchen mit etwas Hackfleisch, das sie abgezweigt hatte, und steckte den Kopf durch die Tür. Nachdem sie sich vergewissert hatte, dass niemand auf dem Gang war, winkte sie dem Jungen und führte ihn zu ihrer Kammer.

»Ich denke, dass er hier besser aufgehoben ist«, sagte sie und zog den Vorhang vor dem Fensterbrett beiseite.

»Kaja!«, rief Elias und rannte zu der Kiste.

Die Dohle begrüßte ihn mit einem freudigen *kjak, kjak* und trippelte aufgeregt hin und her. Elias kraulte sie im Nacken und fütterte sie mit dem Hackfleisch. Zum ersten Mal sah Liv ihn gelöst lächeln. Sie reichte ihm den Becher, aus dem er dem Vogel Wasser einflößte.

»Jetzt lass uns wieder nach unten gehen. Wir müssen aufpassen, dass niemand Verdacht schöpft.«

Liv ging zur Tür und drängte das mulmige Gefühl beiseite, das in ihr rumorte. War sie soeben im Begriff, die kaum angetretene Stellung aufs Spiel zu setzen? Für einen Vogel? Nein, nicht für die Dohle. Für Elias, der so große Ähnlichkeit mit Gøran hatte. Die Treskes würden das nicht verstehen. Zumindest für Oddvar Treske war ihr Verhalten unentschuldbar – davon war Liv überzeugt. Hatte er sie nicht vor wenigen Minuten aufgefordert, Elias zu überwachen und ihn zu verpetzen, sollte er unartig sein? Stattdessen unterstützte sie den Jungen dabei, seine Eltern zu hintergehen. Aber er tut doch nichts Unrechtes, hielt sie dagegen. Im Gegenteil, er hilft einem verletzten Geschöpf Gottes. Das zeugt von Fürsorglichkeit und einem großen Herzen.

Elias kam ihr nicht nach. Wieder hatte er seine Arme verschränkt. Das Misstrauen stand ihm ins Gesicht geschrieben.

»Warum tust du das? Du kennst mich doch gar nicht. Willst du mich reinlegen?«

Liv sah ihm in die Augen. »Das stimmt. Ich kenne dich nicht. Aber ich kannte einen Jungen, an den du mich erinnerst. Ich habe ihn sehr gemocht.«

Elias verzog den Mund. »Ist sicher ein ganz Braver. Nicht so ein Flegel wie ich.«

Liv zuckte mit den Achseln. »Er konnte auch ganz schön frech sein.«

»Ich bin nicht frech. Ich bin ungezogen und bockig.« Seine Stimme klang trotzig. »Ich wette, dass dein Junge seinen Eltern keinen Kummer bereitet und auch in der Schule keinen Ärger macht.«

Livs Hals wurde eng. Gøran war so wissbegierig gewesen und hatte es geliebt, in die Schule zu gehen. Zu seinem Kummer durfte er das viel zu selten. Liv sah ihn wieder verzweifelt weinen, als die Mutter ihm sein Rechenheft weggenommen und es zerrissen hatte, weil er Hausaufgaben machte, anstatt im Wald Holz zu sammeln.

»Siehste, wusste doch, dass er ein Musterknabe ist.«

Liv hob den Kopf und sagte mit belegter Stimme: »Vielleicht wäre er das sogar. Wenn er noch leben würde.«

Elias' Augen weiteten sich. Die Häme verschwand aus seiner Miene. »Er ist tot?«

»Ja, am Fieber gestorben.«

Elias biss sich auf die Unterlippe. Er rang sichtlich mit sich. Liv hielt seinem Blick ruhig stand. Machte keine Anstalten, ihn zu überreden, ihr zu vertrauen.

»Schwöre auf seinen Namen, dass du mich nicht verraten wirst«, stieß er schließlich hervor.

Liv machte einen Schritt auf Elias zu. »Ich schwöre beim Namen meines Bruders Gøran, dass ich dich nicht verrate. Sondern dir und deiner Dohle helfen werde.«

Elias zauderte einen Atemzug lang, bevor er ihr seine Hand hinstreckte. Liv nahm sie und drückte sie kräftig.

6

Schlesien, April 1905 – Karoline

Karoline hastete die Treppe hinunter, schnappte sich einen Schirm aus dem Ständer neben der Garderobe und verließ das Schloss. Das Rauschen des Regens füllte ihre Ohren, schluckte alle anderen Geräusche und umgab sie wie eine bewegliche Mauer. Sie umrundete das Gebäude und folgte einem Kiesweg ins Innere des Parks. Der Schirm bot ihr kaum Schutz, binnen weniger Minuten waren ihre Seidenschuhe durchnässt, der Stoff ihres bodenlangen Rockes sog sich mit Feuchtigkeit voll, und der Wind klatschte ihr dicke Tropfen ins Gesicht, die sich mit ihren Tränen mischten. Am Ufer eines Teichs, dessen Oberfläche mit Seerosenblättern bedeckt war, machte sie halt, rang schluchzend nach Luft und verfluchte das Korsett.

Nicht zum ersten Mal empfand sie es als tragbares Gefängnis, das ihre Bewegungsfreiheit einschränkte und sie zu würdevoller Gemessenheit verdammte. Undenkbar, damit längere Wanderungen zu unternehmen oder gar zu rennen. Wie hatte sie es als Kind geliebt, Fangen zu spielen, hinter einem Reifen oder einem Ball herzuspringen oder um die Wette zu laufen. Wie fern war diese unbeschwerte Zeit, unwiederbringlich versunken in der Vergangenheit. Karoline betrachtete ein Schwanenpaar, das gemächlich über den kleinen See glitt. Die haben es gut, dachte sie. Die sind glücklich miteinander. Und wenn es ihnen hier nicht mehr gefällt, müssen sie nur ihre Flügel ausbreiten, Anlauf nehmen und davonfliegen – wohin sie wollen. Ich dagegen bin dazu verdammt, hier zu versauern und mich demütigen zu lassen.

Hör sofort auf zu jammern und dich selbst zu bemitleiden!, wies sich Karoline zurecht und wischte die Tränen weg. Denk an Gerta, ermahnte sie sich. Die würde nicht so schnell klein beigeben. Und wenn sie einen Fehler begeht wie ihre kopflose Flucht vor ihrem Verlobten, dann zögert sie nicht lang und macht ihn wieder gut. Du musst Moritz und seinen Eltern eben beweisen, dass sie sich in dir täuschen. Dass mehr in dir steckt. Und du musst ihnen endlich klarmachen, dass du dir ihre Überheblichkeit nicht länger gefallen lässt.

Mit diesem Vorsatz machte sich Karoline auf den Rückweg. Auf dem Rondell vor dem Eingangsportal stand noch immer der Landauer von Doktor Lubinski. Das Verdeck war geschlossen. Der Kutscher saß in eine Pelerine gehüllt auf dem Bock, die beiden Pferde ließen die Köpfe hängen und dösten vor sich hin. Als Karoline an dem Gefährt vorbeilief, wurde der Wagenschlag geöffnet.

»Gnädige Frau, kann ich Sie kurz sprechen?«

Karoline blieb stehen und sah den Arzt erstaunt an. Er lud sie mit einer Handbewegung ein, zu ihm in die Kutsche zu steigen.

»Entschuldigen Sie den ungewöhnlichen Ort. Aber hier sind wir ungestört. Da drinnen«, er deutete mit dem Kinn zum Schloss, »haben die Wände zu viele Ohren.«

Karoline runzelte die Stirn. Das hörte sich bedrohlich an. Sie fingerte an ihrem Schirm herum und brauchte zwei Anläufe, bis sie ihn zusammengefaltet hatte. Mit wackeligen Knien stieg sie in die Kutsche und nahm dem Arzt gegenüber Platz. »Was fehlt meinem Mann?«

Gleichzeitig beugte sich Doktor Lubinski zu ihr und musterte sie eindringlich. »Wie geht es Ihnen?«

»Mir? Äh, gut ... wieso ...«

»Sie haben also keine Beschwerden?«

»Nein.«

Der Arzt räusperte sich und nahm ihre Hand. »Gnädige Frau, ich möchte Sie gewiss nicht beunruhigen. Aber ich muss sichergehen, dass Sie ganz gesund sind.«

Karoline schluckte. »Was für Beschwerden meinen Sie?«

»Zum Beispiel Bauchkrämpfe oder einen Blasenkatarrh. Oder eitrigen Ausfluss. Oder … ähm …. haben Sie manchmal Blutungen vor der Zeit?«

Karoline entzog ihm ihre Hand, schüttelte den Kopf und spürte, wie sie blass wurde. Die Fragen des Arztes verunsicherten sie. Die Symptome, die er erwähnte, klangen nach einer schlimmen Krankheit. Wie kam er darauf, dass sie daran leiden könnte? Sie biss sich auf die Lippe. Natürlich!, schoss es ihr in den Kopf. Er fürchtet, dass ich mich bei Moritz angesteckt habe. Sie öffnete den Mund und wollte ihre Eingangsfrage wiederholen.

Doktor Lubinski richtete sich auf. »Ich bin erleichtert, dass Sie wohlauf sind. Und damit das auch künftig so bleibt, möchte ich Ihnen dringend ans Herz legen, in nächster Zeit nicht intim mit … äh … auf Zärtlichkeiten mit Ihrem Gatten zu verzichten.«

Er wurde rot und stieß den Wagenschlag auf. Bevor sie reagieren und darauf bestehen konnte, mehr über Moritz' Zustand zu erfahren, half ihr der Arzt aus dem Wagen, gab seinem Kutscher den Befehl zum Aufbruch und lüftete seinen Hut. »Verzeihen Sie, aber ich muss dringend zu einem Patienten. Guten Tag«, rief er ihr aus dem Fenster zu.

Der Kutscher fasste nach den Zügeln und schnalzte mit der Zunge, die Pferde hoben die Köpfe und setzten sich mit einem Wiehern in Bewegung. Benommen sah Karoline dem Landauer nach, der sich rasch entfernte. Selten hatte sie Doktor Lubinski so verlegen erlebt. Warum sagte er nicht geradeheraus, was Moritz fehlte? Weil es etwas Delikates ist, gab sie sich selbst die Antwort und haderte mit sich, weil sie nicht auf einer Auskunft bestanden hatte.

Ein kaltes Rinnsal, das ihr aus den durchnässten Haaren in den Nacken floss, ließ Karoline erschauern. Sie schüttelte sich und kehrte ins Schloss zurück. Ein Blick in den mannshohen Spiegel neben der Garderobe bestätigte, was sie bereits geahnt hatte: Sie sah aus wie der sprichwörtliche begossene Pudel. Der Regen hatte ihre Frisur zu einem unförmigen Gebilde verunstaltet, das schief auf ihrem Kopf hing, ihr Kleid war voller Wasserflecken, und ihre Schuhe waren gänzlich ruiniert. Karoline zuckte mit den Schultern. Es war ihr gleichgültig. Wen scherte ihr Aussehen? Ihr war in diesem Moment nur eines wichtig: sich trockene Sachen anzuziehen und mit einer heißen Tasse Tee aufzuwärmen. Sie ging zur Treppe, zögerte und biss sich auf die Unterlippe. Nein, das musste warten – sosehr es sie auch danach verlangte. Zuvor musste sie sich Gewissheit verschaffen.

Sie bog zur Bibliothek ab, die sich neben dem Salon befand. Zu ihrer Erleichterung war sie leer. Ein schwacher Geruch nach altem Papier, Staub und Leder lag in der Luft. Die Wände verschwanden hinter den Einbauregalen und Schränken, die der Urgroßvater von Graf Hermann einst aus Buchenholz hatte anfertigen und mit reichem Schnitzwerk verzieren lassen. Karoline stellte sich vor das Regal, in dem die goldgeprägten Rücken der sechsten Ausgabe von »Meyers Großem Konversations-Lexikon« schimmerten. Sie zog den siebten Band »Franzensbad bis Glashaus« heraus und legte ihn auf ein Lesepult, das schräg vor einem der bis zum Boden reichenden Fenster stand. Nach einigem Blättern fand sie den Artikel, von dem sie sich mehr Aufklärung über das Siechtum ihres Mannes erhoffte:

Geschlechtskrankheiten,
im engeren Sinne diejenigen Krankheiten der Geschlechtsorgane, die meist durch direkte Übertragung erzeugt werden, aber auch ohne Berührung mit einer kranken Person erworben werden können (venerische Krankheiten), wie Tripper, weicher und harter (Syphilis) Schanker mit ihren verschiedenen Komplikationen.

Nachdem der Verfasser festgestellt hatte, dass die Geschlechtskrankheiten neben Tuberkulose und Alkoholismus zu den verheerendsten Gebrechen der Kulturvölker zählten, widmete er sich vor allem den gesellschaftlichen Auswirkungen, statistischen Erhebungen und Plänen zur Bekämpfung. Karoline überflog diese Passagen, stellte das Buch zurück und holte sich Band neunzehn, »Sternberg bis Vector«. Mit zitternden Fingern suchte sie den Beitrag über die Syphilis. Mit angehaltenem Atem las sie die Beschreibung der Symptome. Rasch war sie überzeugt, dass Moritz sich diese Lustseuche nicht eingefangen hatte, bei der unter anderem nässende Hautentzündungen, Geschwüre und Schuppenwucherungen typisch waren. Sein Bursche Anton hätte solche Veränderungen bemerkt, zumal sie häufig Gesicht und Hals betrafen. Karoline blätterte weiter zum Artikel über die zweite Geschlechtskrankheit, die namentlich erwähnt worden war.

Tripper (Gonorrhöa), die häufigste, durch unreinen Beischlaf entstehende, zwar venerische, aber nicht syphilitische Krankheit. Sie besteht in einer Entzündung der Harnröhrenschleimhaut und ist in hohem Grade ansteckend.

Es folgte eine ausführliche Aufzählung der Merkmale und Komplikationen. Karoline schwirrte bald der Kopf, es fiel ihr schwer, sich in dem Dickicht medizinischer Ausdrücke zurechtzufinden. Sie schloss kurz die Augen und rief sich die Worte von Anton ins Gedächtnis, der nicht genau hatte sagen können, was seinem Herrn fehlte: »Seit einigen Wochen hat er ständig Fieber, wenig Appetit und Schmerzen in den Gelenken. Und als wir vorhin hier ankamen, war er so schwach, dass ich ihn fast in sein Bett tragen musste.«

Erneut beugte sie sich über das Lexikon. Wenn Moritz einen

Tripper hatte, musste dieser längst chronisch sein. Dafür sprach, dass er sich nie in ärztliche Behandlung begeben hatte. In solchen Fällen bestand die Gefahr, dass die Gonokokken, die die Beschwerden auslösten, sich im Körper ausbreiteten und die oberen Harnwege, die Blase und häufig auch die Hoden infizierten, was zu hartnäckigen, sehr schmerzhaften Entzündungen und bei Letzteren sogar zur Funktionsunfähigkeit führen konnte. Also zur Unfruchtbarkeit, fügte Karoline für sich hinzu. Ein kalter Schauder überlief sie. Doktor Lubinski hatte sie nach Bauchschmerzen, Blasenkatarrh und unregelmäßigen Blutungen gefragt. Kein Zweifel, sie war auf der richtigen Spur. Als sie zum letzten Absatz der Beschreibung des Krankheitsverlaufs kam, krampfte sich ihr Magen zusammen.

Auf dem Wege des Blutkreislaufs können bei Männern und Frauen einzelne Kokken in entfernte Organe gelangen und namentlich chronische Entzündungen der Herzklappen (Endokarditis) und Gelenkentzündungen (Tripperrheumatismus) erzeugen.

War Moritz einer dieser seltenen Fälle? Karoline stolperte zum Regal und griff nach dem neunten Band, um sich über die Herzentzündung zu informieren. Die Anzeichen, die Anton aufgefallen waren, bestätigten ihre Befürchtung. Zumindest wurden Fieber, Appetitlosigkeit und Schwächeanfälle erwähnt. Handelte es sich um eine bösartige Form, war der Patient unweigerlich dem Tode geweiht. Karoline griff sich an die Brust und ließ sich auf die Trittleiter sinken, die vor einem Bücherschrank stand. War Moritz sterbenskrank?

Du bist kein Arzt, gab ihre Vernunftstimme zu bedenken. Außerdem wäre es sehr windig, aufgrund von Hörensagen eine Diagnose zu stellen. Das mag ja sein, antwortete die ängstliche Seite in ihr. Aber Doktor Lubinski hatte einen sehr besorgten Eindruck gemacht. Und ohne Not würde er auch keine Kur verordnen. Karoline sprang auf und lief rastlos auf und ab – bedrängt von Fragen, auf die sie keine Antworten fand: Wo hat sich Moritz infiziert? Besser gesagt bei wem? Geht er zu Prostituierten? Oder hat er eine Geliebte, vielleicht gar mehrere? Was ist mit denen? Sollte man sie nicht warnen? Karoline lachte in einem Anflug von Zynismus auf. Ich sollte wohl dankbar sein, dass er mich seit Monaten nicht mehr behelligt und auf die Erfüllung der ehelichen Pflichten bestanden hat.

Was wäre, wenn Moritz stirbt, fragte sie sich. Es wäre eine Befreiung, flüsterte ein Stimmchen in ihr. Karoline sog ihre Oberlippe ein. So etwas darfst du nicht denken!, befahl sie sich und ertappte sich im nächsten Augenblick dabei, wie sie sich ein Leben als Witwe ausmalte. Sie wäre nicht länger dazu verdammt, bei ihren Schwiegereltern zu wohnen. Sie könnte sich eine Anstellung als Gouvernante suchen. Oder eine Ausbildung machen – wenn ihr Vater bereit wäre, sie zu unterstützen. Vielleicht wäre es ihr sogar vergönnt, mit einem anderen Mann glücklich zu werden ... Schämst du dich nicht?, unterbrach sie ihre Tagträume. Man könnte meinen, dass du Moritz den Tod wünschst. Karoline legte ihre Hände an die Wangen. Sie waren heiß vom Blut, das ihr das schlechte Gewissen ins Gesicht getrieben hatte.

Sie atmete tief durch und verließ die Bibliothek. Auf dem Weg zur Treppe kam sie an dem schmalen Seitentisch vorbei, auf dessen Marmorplatte eine silberne Schale für Visitenkarten und ein flacher Korb standen, in dem zweimal täglich die Post deponiert wurde. Karoline warf einen flüchtigen Blick darauf und stutzte. Die geschwungene Schrift auf einem blasslila Umschlag, der unter einer Jagdzeitschrift und der neuesten Ausgabe des »Adelsblatts« hervorlugte, kam ihr bekannt vor. Er war an sie adressiert. Sie drehte ihn um und las den Namen des Absenders:

I. Krusche, Kamenzer Straße 5, Breslau

Krusche aus Breslau? Karoline verengte ihre Augen. Wer mochte das sein? Der zarte Duft nach Veilchen, der dem Brief entströmte, beschwor ein Gesicht vor ihr herauf, das sie seit vielen Jahren nicht mehr gesehen hatte: Das ihrer Schulfreundin Ida Schneider. Karoline lächelte. Natürlich hieß sie längst nicht mehr so. Sie hatte geheiratet und war jetzt die Gattin von Gustav Krusche, einem leitenden Angestellten einer Schokoladenfabrik, den sie sechs Jahre zuvor in Buenos Aires kennengelernt hatte, wo ihr Vater seit 1895 die Niederlassung einer Breslauer Chemiefabrik leitete. Seit Ida Deutschland verlassen hatte, gestaltete sich der Kontakt zwischen ihr und Karoline sehr sporadisch. Ida hatte sich – nachdem sie anfangs noch ausführliche Berichte über ihre neue Heimat Argentinien geschickt hatte – zu einem ausgesprochenen Schreibmuffel entwickelt, woran sich trotz mehrfacher Beteuerungen, sich zu bessern, nichts geändert hatte. In all den Jahren hatte Karoline nur ein paar Postkartengrüße, Glückwünsche zu Geburtstagen und kurze Weihnachtsbriefe von ihr erhalten, die ihr nur wenig Einblick in Idas Leben gewährten. Offenbar hatte es darin eine wichtige Veränderung gegeben: Sie wohnte nicht länger in Übersee, sondern war nach Deutschland zurückgekehrt.

Karoline lächelte und eilte so schnell es das Korsett und der lange Rock zuließen hinauf in ihre Zimmer. Nachdem sie sich ihrer feuchten Kleider entledigt und trockene angezogen hatte, riss sie den Umschlag auf und zog eine Ansichtskarte und einen Briefbogen heraus. Auf der Karte war ein Blick von der Neiße auf die Altstadt von Görlitz mit der Peterskirche zu sehen. Auf die Rückseite hatte Ida ein paar Zeilen geschrieben.

Hier haben wir uns nun also Anfang des Jahres niedergelassen. Ich kann es kaum erwarten, Dir die Stadt und die Umgebung zu zeigen beziehungsweise diese mit Dir zu erkunden, denn – wie im Brief angedeutet – hatte ich noch kaum Muße, meine neue Heimat kennenzulernen. Doch nun ist das Gröbste unter Dach und Fach. Deinem sehr baldigen Besuch steht also nichts mehr im Wege.

Karoline schüttelte den Kopf und schmunzelte. Das war Ida, wie sie leibte und lebte. Immer mit der Tür ins Haus, unbekümmert und vollkommen überzeugt, ihren Willen zu bekommen. Schon als junges Mädchen hatte Karoline ihrer Freundin nur schwer etwas abschlagen können. Idas Art war so gewinnend, dass sie es selten übers Herz gebracht hatte, sie zu enttäuschen. Sie setzte sich auf das Sofa und las den Brief.

Görlitz, Ostern 1905

Meine liebe Karoline,

ich weiß, ich weiß, viel zu lange habe ich nichts von mir hören lassen. Und Du darfst mir glauben, dass ich mich deswegen schäme und mich oft genug selbst gescholten habe. Es tut mir wirklich leid, denn Du bist und bleibst doch meine innigste Freundin!!! Ich kann nur hoffen, dass Du mir meine Saumseligkeit verzeihst. Nein, ich gestehe, ich hoffe es nicht, ich setze es voraus und bitte Dich von Herzen, meine Einladung anzunehmen und mich zu besuchen!

Wie Du bereits meiner Adresse entnehmen konntest, hat es mich mittlerweile zurück in unser schönes Schlesien verschlagen. Nie hätte ich mir träumen lassen, eines Tages wieder in Deiner Nähe zu leben. Wenn das kein Wink des Schicksals ist! Ich bin jedenfalls fest entschlossen, die Versäumnisse der Vergangenheit wiedergutzumachen und Dich, so oft es geht, zu treffen.

Wie wir uns hier eingerichtet haben und leben, schreibe ich Dir nicht – das wirst Du ja bald mit eigenen Augen sehen. Auch auf einen Bericht über meine Erlebnisse seit unserem Abschied vor nunmehr über zehn Jahren musst Du warten. Nur so viel sei verraten: Ich bin nach wie vor sehr glücklich mit meinem Gustav (der jetzt seine eigene Schokoladenfabrik besitzt) und unseren beiden Kindern (Rosalie, vier Jahre, und Kurtchen, ein Jahr).

Ich hoffe sehr, dass Du wohlauf bist, und fiebere unserem Wiedersehen entgegen, bei dem wir uns dann ALLES haarklein erzählen können. Bitte gib mir bald Bescheid, wann Du es einrichten kannst. Unser Gästezimmer steht für Dich bereit. Die Zugverbindungen sind sehr kommod, ich habe mich bereits erkundigt. Von Liegnitz aus bist Du mit Umsteigen in Kohlfurt in etwa drei Stunden hier – ein Katzensprung im Vergleich zu den Tausenden Kilometern, die uns bis vor Kurzem noch trennten.

Liebe Karoline, ich freue mich riesig auf Dich und schicke Dir tausend liebe Grüße,

Deine Ida

Karoline ließ das Blatt auf ihren Schoß sinken. In die Freude über Idas herzliche Worte und die Freundschaft, die aus ihnen sprach, mischte sich Unbehagen. Es war ihr peinlich, dem Glück ihrer alten Schulkameradin nichts entgegensetzen zu können. In ihren Briefen hatte sie es vermieden, den kläglichen Zustand ihrer Ehe zu erwähnen oder die beklemmenden Umstände, unter denen sie auf Schloss Katzbach ihr Leben fristete. Zu wissen, dass Ida mit Mitgefühl und Anteilnahme auf ihre Situation reagieren würde, machte die Sache nicht besser. Mitleid war das Letzte, was Karoline sich wünschte. Sie war sicher, dass es ihrem angeschlagenen Stolz den Todesstoß versetzen und den kümmerlichen Resten ihres Selbstwertgefühls den Garaus machen würde.

Sie faltete Idas Brief zusammen, steckte ihn mit der Ansichtskarte in den Umschlag und verstaute diesen in einer Schublade ihres Schreibtischs. Die Antwort musste warten. Karoline holte die »Gartenlaube« aus dem Versteck unter dem Sofakissen hervor und ließ sich von der »Hand der Fatme« nach Tunesien entführen.

7

Stavanger, April 1905 – Liv

Halvor Eik, der Gast der Treskes, blieb nach dem Essen und zog
sich mit dem Lehrer in dessen Arbeitszimmer zurück, das wie
die Wohnstube und das Esszimmer im Erdgeschoss lag. Ingrid
Treske stillte im ersten Stock Klein-Margit. Liv hatte Elias nach
der Mahlzeit wieder in sein Zimmer einschließen müssen – nicht
ohne ihm zu versprechen, nach der Dohle zu sehen, sooft sie es
einrichten konnte. Nachdem sie den Abwasch erledigt hatte,
brühte sie frischen Kaffee auf, den sie auf Geheiß von Frau
Treske deren Mann und seinem Gast servieren sollte. Sie holte
Tassen und Unterteller aus dem Geschirrschrank und stellte sie
samt der Kanne, Zuckerdose, Milchkännchen, Löffel und einem
Schälchen mit Keksen auf ein Tablett, das sie zu den beiden Herren trug.

Diese waren in ein angeregtes Gespräch vertieft, überhörten
ihr Klopfen und bemerkten Liv erst, als sie ins Zimmer trat.
Oddvar Treske und sein Besuch standen vor dem Schreibtisch,
auf dem mehrere Fotografien, Grundrisspläne und eine Landkarte ausgebreitet waren. Halvor Eik entpuppte sich als statt-
licher Hüne, dessen kraftvollen Bariton Liv bereits auf dem Flur
vernommen hatte. Sie schätzte ihn auf Ende zwanzig. Die Sonne
hatte sein Gesicht tief gebräunt und helle Strähnen in sein blon-
des Haar gebleicht.

Während Liv sich über seinen dunklen Teint wunderte und
sich fragte, ob er zur See fuhr und sich in südlichen Gewässern
aufgehalten hatte, sagte Herr Treske: »Danke, Liv. Du kannst
es dort abstellen.« Er deutete auf einen Schemel neben dem
Tisch.

Liv folgte seiner Aufforderung. Aus den Augenwinkeln bemerkte sie, dass Halvor Eik sie eingehend betrachtete und eine Frage überhörte, die ihm Oddvar Treske stellte. Der prüfende Blick machte sie nervös. Während Herr Treske mit einem Hüsteln die Aufmerksamkeit seines Gastes zurückforderte, setzte Liv das Tablett ab. Unsanft landete es auf dem Hocker, das Geschirr schepperte, ein Löffel fiel zu Boden. Liv zuckte zusammen, murmelte eine Entschuldigung und schenkte Kaffee in die Tassen.

»Für mich bitte einen ordentlichen Schuss Milch«, sagte Halvor Eik.

»Soll ich … äh … möchten Sie auch … Zucker?«, fragte Liv, ohne aufzusehen. Ihre Stimme erstarb. Das Blut stieg ihr in die Wangen.

»Nein, danke.«

Liv brachte ihm seine Tasse und fragte Oddvar Treske nach seinen Wünschen. Während sie ihm seinen Kaffee schwarz servierte, ließ Halvor Eik erneut seine Augen über sie wandern. Der intensive Blick verunsicherte sie. Warum sah er sie so an? Hatte sie einen Fleck im Gesicht? Livs Hände begannen zu zittern, die Tasse verrutschte und wäre um ein Haar zu Boden gefallen. Liv biss die Zähne zusammen. Ich kann das nicht, dachte sie. Ich bin viel zu ungeschickt, um Leute zu bedienen. Wenn er mich weiter so anschaut, werde ich gewiss etwas zerbrechen oder verschütten.

Oddvar Treske nahm ihr die Tasse ab. Bildete sie sich das nur ein, oder hatte er tatsächlich kurz seinen Mund verzogen, als läge ihm eine Rüge auf der Zunge? Der Knoten in Livs Magen verhärtete sich.

Halvor Eik nahm unterdessen einen Schluck aus seiner Tasse.

»Vielleicht hat Ihre Angestellte ja auch Interesse, im Mai zu einem meiner Vorträge zu kommen?«, fragte er an Oddvar

Treske gewandt. »Nächste Woche zum Beispiel. Da bin ich am Dienstagabend beim Bibelverein eingeladen.«

Liv zuckte zusammen und schielte zu ihrem Dienstherrn. Es überraschte sie nicht, dass dieser unwillig die Augenbrauen zusammenzog und den Kopf schüttelte. Bevor er etwas erwidern konnte, sprach sein Gast schon weiter.

»Wie sagen Sie selbst immer so trefflich: Wir müssen bereits bei unserer Jugend die Begeisterung für unsere Mission wecken und sie zum Dienst im Namen des Herrn ermuntern.«

Liv bemerkte, wie der Lehrer die Ablehnung des Vorschlags hinunterschluckte, die er – seinem Gesichtsausdruck nach zu schließen – hatte äußern wollen. Seine abweisende Miene hellte sich auf. Kein Zweifel, Halvor Eik hatte seine Worte richtig gewählt. Herr Treske war sichtlich geschmeichelt, dass sein Gegenüber ihn wörtlich zitierte.

»Nun, mal sehen«, sagte er. »Es spricht im Grunde nichts dagegen, wenn sie für ein Stündchen dazukommt.«

Liv sah ihn mit großen Augen an. Meinte er das ernst? Oder sagte er es nur, um seinen Gast nicht zu brüskieren?

»Darf ich also mit deiner Anwesenheit rechnen?«, fragte Halvor Eik.

Liv traute sich nicht, ihm zu antworten. Sie suchte den Blick ihres Dienstherrn.

»Nicht so schüchtern!«, fuhr dessen Gast fort und wandte sich mit einem spöttischen Grinsen an Oddvar Treske. »Oder darf sie nicht mit mir reden?«

»Selbstverständlich darf sie das, was für eine Frage!«, erwiderte Herr Treske. Seine verkniffene Miene strafte ihn Lügen.

»Ich weiß nicht«, murmelte Liv. »Ich habe noch nie einen Vortrag gehört. Ich würde vermutlich gar nichts versteh...«

»Aber woher denn!«, unterbrach Halvor Eik sie. »Ich erzähle lediglich ein bisschen von meinen Erfahrungen in einer unserer Missionsstationen.«

Er wandte sich an den Lehrer. »Legen Sie doch bitte ein gutes Wort für mich ein.«

Wieder hatte Liv den Eindruck, dass sich Oddvar Treske lieber die Zunge abgebissen hätte, als dieser Bitte nachzukommen.

»Wie gesagt, wenn es sich einrichten lässt«, presste er hervor.

Liv senkte den Kopf und machte einen Schritt in Richtung Tür. Zu gern hätte sie gefragt, in welchem Land der Missionar gewesen war. Sie wagte es nicht.

»Ich war auf Madagaskar«, sagte Halvor Eik, als hätte er ihre Gedanken gelesen.

»Oh«, hauchte Liv und hob eine Hand vor den Mund.

Madagaskar klang nach unvorstellbarer Ferne, nach Abenteuer, nach wilden Tieren und seltsamen Pflanzen, nach fremdartigen Völkern und ihren Sitten. Liv dachte an die exotischen Gegenstände im Schulhaus, auf die sie einen Blick durchs Fenster erhascht hatte. Die Aussicht, mehr über die Herkunft dieser Dinge zu erfahren, über die Menschen, die sie hergestellt und benutzt hatten und über ein Land, von dem sie nicht einmal ahnte, wo genau es sich befand, versetzte sie in Aufregung und löste ihre Zunge. »Wie lange haben Sie dort gearbeitet?«

»Gut drei Jahre«, antwortete Halvor Eik.

»Drei Jahre!«, rief Liv. Die Vorstellung, so lange Zeit in einem Land am anderen Ende der Welt zu verbringen, war beängstigend. »Hatten Sie denn kein Heimweh?«

Halvor Eik zuckte mit den Schultern. »Gelegentlich habe ich meine Eltern vermisst und freue mich nun, sie für ein paar Tage besuchen zu können. Aber wenn der Herr ruft«, er sah zur Zimmerdecke, »müssen persönliche Befindlichkeiten zurückstehen.«

Liv sah verlegen zur Seite und murmelte: »Ich weiß nicht, ob ich den Mut dazu hätte.«

»Ja, es ist oftmals eine Strapaze und nicht ganz ungefährlich«, räumte Halvor Eik ein. »Dazu kommt die große Verantwortung für all die Seelen, die noch nicht fest im rechten Glauben verankert sind. Deshalb ist es ja so wichtig, viele Unterstützer für unsere Sache zu gewinnen.«

Er nickte ihr mit einem bedeutungsvollen Lächeln zu und strich sich über seinen gepflegten Backenbart. Die Zufriedenheit seiner Miene stand in Gegensatz zu dem Schatten, der über das Gesicht des Lehrers flog. Livs Eindruck, dass dieser seine Erlaubnis bereits bereute, bestätigte sich. Er räusperte sich.

»Mein lieber Eik, das klingt ja geradezu so, als wollten Sie uns unsere Liv abwerben.«

Halvor Eik lachte auf.

»Sie haben recht, es ist ein absurder Gedanke«, fuhr Oddvar Treske rasch fort. »Wenn Liv ein Bursche wäre, könnte man sie zum Missionar ausbilden und zu den Heiden schicken. Aber so?«

»Könnte sie an der Seite eines Missionars dorthin...«, begann Halvor Eik.

»Wissen Sie, meine Frau ist sehr erleichtert, dass sie endlich jemanden gefunden hat, der ihr im Haushalt hilft«, fiel der Lehrer ihm ins Wort.

Halvor Eik klopfte ihm auf die Schulter. »Gottes Wege sind unergründlich. Aber keine Sorge. Ich habe Liv lediglich zu meinem Vortrag eingeladen.«

Oddvar Treske lächelte gezwungen. Es fiel ihm sichtlich schwer, das herablassende Verhalten seines Gastes zu ertragen.

»Natürlich. Wenn sie will, kann sie hingehen.« Er wandte sich an Liv. »Vorausgesetzt natürlich, dass du dich bis dahin bei der Arbeit bewährst und meine Frau dich entbehren kann.«

Mit einem knappen Wink entließ er sie und drehte sich wieder zum Schreibtisch. Liv machte einen Knicks und wandte sich zur Tür. Als sie an Halvor Eik vorbeiging, beugte er sich zu ihr hinunter.

»Bis nächste Woche also«, sagte er leise.

Im Flur blieb Liv benommen stehen. Selten war sie einem Menschen begegnet, der eine solche Ausstrahlung besaß wie dieser junge Missionar. Etwas Zwingendes ging von ihm aus, dem sie sich nur schwer entziehen konnte. Er war vollkommen von sich überzeugt und schien keine Zweifel zu hegen, dass ihm das, was er wollte, zustand und er es aus diesem Grund auch bekam. Etwas in ihr wurde von dieser Selbstgewissheit angezogen und zugleich eingeschüchtert. Vergeblich versuchte sie, sich auszumalen, wie es in einem Menschen wie Halvor Eik aussah, wie es sich anfühlte, sich fraglos der Leitung und dem Willen Gottes hinzugeben und in dessen Namen Forderungen zu stellen. Bezog er daraus seine Stärke? Ihr Gedankenspiel wurde von Ingrid Treske unterbrochen, die nach ihr rief und sie nach warmem Wasser schickte, mit dem sie Klein-Margit waschen wollte.

Bis zur Abendandacht, zu der sich die Familie gegen acht Uhr im Speisezimmer versammelte, war Liv damit beschäftigt, Windeln auszuwaschen und den Küchenherd sowie das Ofenrohr mit Eisenschwärze blank zu bürsten, die sie aus gemahlenem Graphit, etwas Öl und Wasser mischte. Zwischendurch huschte sie zweimal hinauf in ihre Kammer und fütterte die Dohle, die sie mit hungrig aufgesperrtem Schnabel erwartete.

Liv bekam Halvor Eik, der am frühen Abend das Haus verließ, nicht mehr zu Gesicht. Sie dachte erst wieder an ihn, als Ingrid Treske ihren Mann fragte, wann er den jungen Missionar erneut bei sich bewirten wollte. Er zuckte die Schultern und bedeutete Liv, die gerade mit Elias in die Stube trat, mit einer Handbewegung, auf einem der Stühle an der Längsseite des Tisches nahe der Tür Platz zu nehmen. Elias ließ sich auf der Fensterseite nieder.

»Ich möchte dich bitten, mir rechtzeitig Bescheid zu geben, damit ich Frau Bryne anweisen kann, ihm zu Ehren etwas Besonderes zuzubereiten«, fuhr Frau Treske fort und setzte sich ihrem Mann gegenüber an die Kopfseite des Tisches.

»Das ist sehr aufmerksam von dir, meine Liebe«, antwortete Oddvar Treske. »Ich weiß allerdings nicht, ob Herr Eik überhaupt die Zeit finden wird, sich noch einmal in unser bescheidenes Heim zu bemühen.«

Liv sah, wie sich Erstaunen auf dem Gesicht seiner Frau ausbreitete. »Was meinst du damit? Wollte er nicht noch einige Wochen in Norwegen bleiben?«

»Ja, das schon. Jetzt besucht er erst einmal seine Eltern in Larvik.«

»Aber er kommt doch vor seiner Abreise nach Madagaskar noch einmal nach Stavanger, oder?«, fragte seine Frau.

»Gewiss. Wenn ich ihn jedoch richtig verstanden habe, kann er sich während seines Aufenthaltes hier kaum vor Einladungen von Bekannten, Vereinen, Bibelkreisen und den Förderern der Missionsgesellschaft retten, denen er von seinen Erlebnissen berichten soll. Ich fürchte, wir bieten da ein weitaus weniger interessantes Publikum.« In seiner Stimme schwang ein gekränkter Unterton mit.

Seine Frau rutschte auf ihrem Stuhl nach vorn. »Nein, da täuschst du dich ganz bestimmt«, rief sie. »Beim Abschied vorhin hat er mir noch gesagt, wie wohl er sich bei uns fühlt. Er hat sich geradezu überschwänglich für unsere Gastfreundschaft bedankt.«

»Das war der Höflichkeit gegenüber der Dame des Hauses geschuldet«, entgegnete er.

Ingrid Treske schüttelte den Kopf. »Ich hatte überhaupt nicht den Eindruck, dass er nicht wiederkommen will. Ganz im Gegenteil! Ich glaube, er würde sehr gern ...« Sie unterbrach sich und sah ihren Mann erschrocken an.

Auf der Stirn des Lehrers hatte sich eine steile Falte gebildet. Seine Augen waren auf Liv gerichtet.

Ingrid Treske sah mit zunehmender Verunsicherung zwischen den beiden hin und her. »Was ist geschehen? Sollte Liv ihn etwa verärgert haben? Das kann ich mir gar nicht vorstell...«

»Nein, nein, sie hat nichts falsch gemacht«, sagte der Lehrer. Ein Ruck ging durch ihn. Er richtete sich auf und sagte betont jovial: »Sie ist zwar noch ein bisschen linkisch beim Bedienen, aber wenn sie fleißig übt...«

Liv spürte, wie ihr das Blut in die Wangen stieg. Er sprach über sie, als befände sie sich gar nicht im Raum. Sie suchte seinen Blick. Er wich aus, räusperte sich, zog die Schublade auf, die an seinem Kopfende unter dem Tisch angebracht war und holte drei kleine Bücher heraus, die in schwarzes Leinen eingebunden waren. »So, nun lasset uns unsere Andacht halten.«

Liv konnte sich des Verdachts nicht erwehren, dass die Gründe, warum Halvor Eik angeblich nicht mehr zu Besuch kommen würde, dem Wunschdenken des Lehrers entsprangen. Dass es ihm nicht recht war, den Missionar erneut in seinem Hause zu empfangen. War ihm der junge Mann mit seiner großspurigen Art auf die Zehen getreten? Sie rief sich die Szene vom Nachmittag in Erinnerung. Oddvar Treskes Stimmung war umgeschlagen, als Halvor Eik sie zu seinem Vortrag eingeladen hatte. Kann es sein, dass er ihm keine Gelegenheit geben will, mich zu sehen, fragte sie sich und spürte, wie sich ihr Herzschlag beschleunigte. Glaubt er tatsächlich, ein Mann wie Halvor Eik könnte sich ernsthaft für ein einfaches Mädchen wie mich interessieren? Nein, wo denkst du hin, schalt sie sich. Allein die Annahme ist vermessen und noch dazu ganz und gar abwegig!

Ingrid Treske verzichtete darauf, weiter in ihren Mann zu dringen. Aus der Schublade unter ihrem Platz förderte sie ebenfalls ein Gesangbuch und dazu ein größeres Buch zutage, auf dessen Vorderseite über einem Bildnis von Jesus' Haupt mit Dornenkrone »Andachtsbuch« in goldenen Lettern geprägt war.

Oddvar Treske wandte sich an seinen Sohn. »Wie lautete die Losung für diesen Tag, die wir heute früh gehört haben?«

Liv sah Elias, der mit gesenktem Kopf auf seinem Stuhl saß, zusammenzucken. Er stand auf und faltete seine Hände. Er presste sie so fest ineinander, dass die Knöchel weiß hervortraten. Liv hielt die Luft an. Würde der Junge erneut den Unmut seiner Eltern erregen, weil er die Frage nicht beantworten konnte?

Stockend sagte Elias: »Dienstag nach Ostern ... äh ... Johannes vierzehn, Vers neunzehn. Ich lebe ... und äh ... und ihr sollt auch leben.«

Liv atmete erleichtert aus und bemerkte, dass auch Ingrid Treskes Miene sich entspannte.

Ihr Mann hob die Augenbrauen, murmelte: »Na, geht doch«, und gab Elias durch einen Wink zu verstehen, dass er sich wieder setzen durfte. Er reichte Liv und Elias je ein Gesangbuch. »Wir singen Lied neunundachtzig«, verkündete er, »die Strophen eins, drei und vier.«

Nachdem alle die betreffende Seite aufgeschlagen hatte, stimmte er die erste Zeile an, seine Frau, Liv und Elias fielen mit ein:

»Jesus lebt, mit ihm auch ich!
Tod, wo sind nun deine Schrecken?
Er, er lebt und wird auch mich
von den Toten auferwecken.
Er verklärt mich in sein Licht;
dies ist meine Zuversicht.

Jesus lebt! Wer nun verzagt,
lästert ihn und Gottes Ehre.

Gnade hat er zugesagt,
dass der Sünder sich bekehre.
Gott verstößt in Christus nicht;
dies ist meine Zuversicht.

Jesus lebt! Sein Heil ist mein,
sein sei auch mein ganzes Leben;
reines Herzens will ich sein,
bösen Lüsten widerstreben.
Er verlässt den Schwachen nicht;
dies ist meine Zuversicht.«

Bei den Worten »reines Herzens will ich sein, bösen Lüsten widerstreben« nahm Oddvar Treske seinen Sohn ins Visier und drohte ihm mit erhobenem Zeigefinger. Nach dem Lied las seine Frau den zweiten Teil der Tagesandacht, in der Jesus Christus als Todesüberwinder und Lebensbringer gewürdigt wurde. Zum Schluss sprach der Lehrer ein Gebet. Wieder hatte Liv ihn im Verdacht, dass es vor allem auf Elias gemünzt war.

»Gott und Vater. Bewahre uns vor den Versuchungen, die täglich an uns herantreten, dass wir ehrlich bleiben im Handeln, gewissenhaft in der uns aufgetragenen Arbeit und rein im Denken. Lass uns treu in unserem Glauben sein, dass wir Deinen Willen tun und die Sünde meiden. Amen.« Oddvar Treske machte ein Kreuzzeichen, stand auf und ging zur Tür.

Seine Frau folgte ihm. Sie lächelte Liv an. »Ich denke, für heute hat Liv ihr Tagewerk beendet«, sagte sie mit fragendem Blick zu ihrem Mann. »Sie ist gewiss müde nach dem langen Marsch heute Morgen und all der Arbeit.«

Er nickte Liv zu. »Einverstanden. Du darfst auf deine Kammer gehen.« Er drehte sich zu Elias, legte seine Hand auf dessen Schulter und schob ihn vor sich her zur Tür. »Um

85

unseren kleinen Sünder hier kümmere ich mich heute persönlich.«

Liv sah, wie Elias die Lippen aufeinanderpresste. Sein Kinn
zitterte. Sehnsüchtig sah er seiner Mutter nach, die bereits die
Treppe zu Klein-Margit hinaufeilte – ohne sich zuvor mit einem
lieben Wort oder einer kleinen Geste der Zärtlichkeit von ihm
zu verabschieden. Liv empfand seine Enttäuschung, seinen
Schmerz so deutlich, als habe er sie in Worte gefasst. Wie konnte
man nur so kalt mit einem kleinen Jungen umgehen?

8

Schlesien, April 1905 – Karoline

Drei Tage waren seit Moritz' Ankunft und dem Gespräch mit Doktor Lubinski vergangen. Drei Tage, in denen Karoline Unpässlichkeit vorgeschützt hatte, sich die Mahlzeiten in ihre Räumlichkeiten bringen ließ und es nach Möglichkeit vermied, den anderen Bewohnern von Schloss Katzbach zu begegnen. Ihr graute davor, um der makellosen Fassade willen Normalität zu heucheln und so zu tun, als habe Moritz lediglich einen schlimmen Infekt – so die offizielle Version, die seine Mutter in Umlauf brachte. Das anhaltend regnerische Wetter erleichterte Karoline den Aufenthalt in ihrem selbst gewählten Gefängnis, dem sie geistig mithilfe ihrer Romane in ferne Länder entfloh.

Auf diese Weise entzog sie sich auch weitgehend den Tuscheleien der Angestellten, die bei jeder sich bietenden Gelegenheit in den Fluren und Nischen, Treppenhäusern und Seitengängen die Köpfe zusammensteckten und über den Zustand des jungen Grafen und das Verhältnis zu seiner Frau Spekulationen austauschten. Die Gerüchteküche brodelte, und manche Kostprobe kam Karoline trotz ihrer Isolation zu Ohren. Die neueste lautete: Sobald Moritz genesen sei, würde er die Scheidung einreichen, um frei für die Ehe mit einer anderen Frau zu sein, die ihm und seinen Eltern endlich den ersehnten Stammhalter bescheren würde.

Die Ungeheuerlichkeit dieser Behauptung schlug Karoline auf den Magen und bereitete ihr Übelkeit. Allein die Vorstellung, wie ihre Eltern auf einen solchen Skandal reagieren würden, schnürte ihr die Kehle zu. Karoline verbot sich, über solche Gerüchte nachzudenken, und bemühte sich, sie als haltlos und böswillig abzutun. Es gelang ihr schlecht. Spätestens in den Nächten wurde sie von quälenden Fragen und düsteren Zukunftsbildern geplagt, denen sie nur entkommen konnte, wenn sie die Petroleumlampe auf ihrem Nachttisch wieder anzündete und so lange las, bis sie in den frühen Morgenstunden schließlich in einen Erschöpfungsschlaf fiel. Nach drei Tagen musste sie das Unwohlsein nicht mehr vortäuschen. Sie fühlte sich übermüdet, kraftlos und verzagt.

Ganz im Gegensatz zu der Romanheldin Gerta, die sich in der neuesten Folge von »Die Hand der Fatme« in einer schmierigen Spelunke der überfälligen Aussprache mit ihrem ehemaligen Verlobten stellte.

Dabei stieg sie immer weiter hinauf, ohne sich zu übereilen, aber auch ohne nur eine Sekunde vor dem erst ungläubig, dann dräuend von oben auf sie gerichteten Blick zu zögern. Im Gegenteil – sie hielt den Blick ganz fest und ruhig aus – jetzt ohne Kampflust, mehr voll Ernst – und sah, als sie näher kam, zu ihrem eigenen Erstaunen: Der Dr. Hugo von Wallenrodt war lange nicht mehr so selbstsicher und in seiner Gottähnlichkeit ruhend wie sonst. Er wechselte ganz deutlich die Farbe.

An dieser Stelle klappte Karoline die »Gartenlaube« zu und legte sie beiseite. Es war ihr, als redete Gerta ihr ins Gewissen: So geht es nicht weiter! Du darfst dich nicht so gehen lassen und darauf warten, was andere mit deinem Leben vorhaben. Du musst selber tätig werden und herausfinden, wie die Dinge stehen. Auch wenn du dabei unangenehme Wahrheiten erfährst. Das ist allemal besser, als die Hände in den Schoß zu legen und wie ein Opferlamm des Schlachters zu harren.

Karoline schwang sich von ihrem Sofa, auf dem sie den Nachmittag in eine Decke gekuschelt verbracht hatte, und läutete nach ihrer Zofe, um sie nach frischem Wasser zum Waschen zu schicken. Zu ihrer Überraschung klopfte diese keine Minute später an die Tür und trat ein. Karoline zog die Brauen hoch – erstaunt über die Beflissenheit von Agnes, die es gewöhnlich nicht eilig hatte, dem Ruf ihrer Herrin Folge zu leisten.

»Die Gräfin wünscht Sie im Salon zu sprechen«, sagte die Zofe und sah Karoline unter gesenkten Lidern forschend an.

Schwang da ein schadenfreudiger Ton mit? Karoline versteifte sich und warf Agnes einen kühlen Blick zu. »Ich werde das fliederfarbene Kleid mit den weißen Spitzen anziehen«, sagte sie und ging ihr ins Schlafzimmer voraus – fest entschlossen, sich vor ihrer Angestellten keine Blöße zu geben. Seit sie zufällig belauscht hatte, wie Agnes mit dem Diener von Moritz über sie sprach, war sie ihr gegenüber befangen. Zunächst hatte der Ärger über die despektierliche Art überwogen, mit der die beiden über sie hergezogen waren. Mittlerweile war ihr Zorn verraucht. Karoline konnte Agnes ein Stück weit verstehen. Das Mädchen befand sich in einer ähnlichen Situation wie sie selbst, war dazu verdammt, den Großteil ihrer Zeit an einem Ort zu verbringen, an dem der Tagesablauf festen Regeln folgte und sich so gut wie nichts ereignete.

Karolines Mutter hatte die junge Zofe für ihre Tochter bei einer Dienstbotenvermittlung ausgesucht, nachdem ihre Vorgängerin gekündigt hatte, um ihrem verwitweten Vater den Haushalt zu führen. Als Agnes vor gut einem Jahr aus Breslau gekommen war, hatte sie sich das Leben auf dem Schloss gewiss in bunteren Farben ausgemalt. Das erwartungsvolle Leuchten, mit dem sie ihre neue Herrin damals begrüßt hatte, war längst erloschen. Erstickt unter der grauen Eintönigkeit, mit der die Tage hier dahinkrochen. Kein Wunder, dass sich die junge Frau nach Reisen sehnte, nach rauschenden Festen und interessanten Besuchen – auch wenn sie nur mittelbar daran teilhaben konnte. Karoline zog den Morgenmantel aus und griff nach dem Korsett, das Agnes ihr hinhielt. Während diese es schloss und zuschnürte, fragte sich Karoline, was wohl gerade in der Zofe vorging.

»Sich Gedanken über die Gefühle von Bediensteten zu machen, zeugt von einer niederen Herkunft.« Das würde dir die Gräfin vorhalten, wenn sie deine Gedanken lesen könnte, kam es Karoline in den Sinn. Sie verzog den Mund. Und wenn schon! Nur weil Agnes das Pech hatte, als Tochter eines Handwerksgesellen geboren worden zu sein, hat sie doch genau wie alle anderen Menschen Empfindungen und Bedürfnisse. Ein Argument, das Alwina von Blankenburg-Marwitz mit einem indignierten Naserümpfen abgelehnt hätte. Für sie schienen Dienstboten einer Spezies anzugehören, die nicht viel mit ihrer eigenen gemein hatte. Und mit dieser arroganten Einstellung ist sie nicht allein, dachte Karoline. Besonders in bürgerlichen Kreisen habe ich sie oft genug angetroffen.

»Wünschen Sie, dass ich Sie frisiere?«

Die Frage ihrer Zofe lenkte Karoline von ihren Überlegungen ab. Sie hatte eben das Kleid übergestreift, schloss die Knöpfe an den Ärmeln und musterte sich prüfend im Spiegel. »Ist denn noch Zeit dafür? Ich möchte meine Schwiegermutter nicht unnötig warten lassen.«

Agnes nickte und deutete auf eine Schachtel, in der Kämme und Haarnadeln aufbewahrt wurden. »Ich könnte sie hochstecken und mit dem schönen Perlmuttkamm befestigen. Das geht im Handumdrehen und macht was her.« Sie sah Karoline im Spiegel fragend an und stellte sich hinter sie.

Karoline setzte sich vor den Frisiertisch, öffnete das Kästchen und reichte ihr den Kamm. »Danke, das ist eine gute Idee.«

Agnes lächelte und machte sich eifrig ans Werk. »Ich bin froh, dass es Ihnen besser geht«, sagte sie. »Ich hab mir schon Sorgen gemacht.«

Karoline sah sie skeptisch an und kämpfte erneut mit dem Misstrauen, das Agnes' Anteilnahme als Heuchelei abtat. In deren Miene war jedoch kein Arg zu entdecken. Entweder ist sie eine sehr gute Schauspielerin, oder sie meint es schlicht und ergreifend ehrlich, dachte Karoline und beschloss, Letzteres anzunehmen und sich das Leben nicht unnötig schwer zu machen.

Zehn Minuten später lief sie durch die Eingangshalle zum Salon, dessen Tür offen stand.

»Es soll wohl so sein, Alwina. Wer sind wir, uns dem Schicksal entgegenzustemmen?«

Die Resignation in der Stimme des alten Grafen machte Karoline betroffen, die scharfe Entgegnung seiner Frau ließ sie auf der Schwelle zum Salon innehalten. Ihre Schwiegermutter stand mit dem Rücken zu ihr vor einer Sitzgarnitur bestehend aus einem niedrigen Tisch, einem Kanapee und vier Sesseln, die neben einem Kachelofen aufgestellt war und etwa die Hälfte des Raums einnahm. Der Graf saß in sich zusammengesunken in seinem Ohrensessel, einem wuchtigen Möbel mit abgewetztem Lederbezug. Mit seiner sorgenvollen Miene, dem schütteren Haar und den weißen Bartstoppeln wirkte er in diesem Moment älter als seine fünfundsechzig Jahre und wesentlich betagter als seine Frau, die fünf Jahre jünger war als er. Der Kontrast zwischen ihrer energiegeladenen Ausstrahlung und seiner resignierten Verzagtheit gab Karoline einen Stich. Sie konnte die Spannung zwischen den beiden förmlich mit Händen greifen und fragte sich nicht zum ersten Mal, wie ihr Schwiegervater damit zurechtkam, derart unter der Fuchtel seiner Frau zu stehen. Vermutlich blendet er es die meiste Zeit aus, dachte sie. Vielleicht kommt es ihm in gewisser Weise sogar gelegen – denn so kann er wichtige Entscheidungen an sie abgeben und sich in Ruhe seinen Steckenpferden widmen.

»Das meinst du unmöglich ernst!«, brauste die Gräfin auf.

»Soll das alles hier«, sie machte eine kreisende Handbewegung, »diesem Kretin und seiner Sippschaft in die Hände fallen?«

»Wir werden es nicht verhindern können«, antwortete ihr Mann. »Wenn Moritz nicht doch noch einen Sohn bekommt. Und so krank, wie er ist, stehen die Aussichten dafür schlecht.«

»Seine Frau hatte neun Jahre Zeit, ihm einen zu schenken. Aber selbst dazu taugt sie ja nicht«, zischte die Gräfin.

»Es ist doch gar nicht gesagt, dass es an ihr ...«

»Nun, an Moritz sicher nicht!«, unterbrach ihn seine Frau. »Er hat ja bereits bewiesen, dass er dazu in der Lage ist.«

Der Graf sah sie verwirrt an. »Wie soll ich das nun wieder verstehen?«

»Ach, nicht weiter wichtig.«

Der Graf setzte zu einer Erwiderung an. Dabei fiel sein Blick auf Karoline. Er straffte sich und winkte sie herein.

Die Gräfin wandte sich um. »Da bist du ja endlich.«

Karoline überging die Spitze und nahm auf dem Kanapee Platz, während sie über die letzte Bemerkung ihrer Schwiegermutter nachgrübelte. Diese stellte sich hinter ihren Mann und umfasste die obere Kante der Lehne seines Sessels mit beiden Händen.

»Wie du ja weißt, hat Doktor Lubinski bei unserem Sohn eine Entzündung der inneren Herzhaut festgestellt«, sagte sie über seinen Kopf hinweg zu Karoline. »Und daher ...«

»Nein, das wusste ich nicht«, fiel Karoline ihr ins Wort. »Doktor Lubinski hielt es nicht für nötig, mir seine Diagnose mitzuteilen.«

Genau wir ihr und euer Sohn. Für den ich allem Anschein nach gar nicht mehr existiere, fügte sie im Stillen hinzu.

Die Gräfin verengte die Augen. »Wie dem auch sei. Er hat Moritz jedenfalls dringend eine Kur in den Heilquellen von Warmbrunn empfohlen.«

»Kann er denn reisen? Ich meine, ist er kräftig genug?«

Karoline holte Luft und schob leise nach: »Wo er ja nicht einmal in der Lage ist, mich zu empfangen.«

Sie presste ihre Hände aneinander. Der Druck gab ihr Halt. Sie sah wieder das Feixen von Anton vor sich, der sie am Morgen nach Moritz' Eintreffen aufgefordert hatte, von Besuchen bei seinem Herrn abzusehen. Dessen Gesundheit sei gegenwärtig zu sehr angegriffen, und er werde ihr seine Aufwartung machen, sobald er sich dazu in der Lage sähe. Also am Sankt Nimmerleinstag, hatte Karoline für sich ergänzt. Es hatte sie gejuckt, Anton das Grinsen mit einer Ohrfeige aus dem Gesicht zu schlagen.

Der Graf seufzte auf. Seine Frau sog scharf die Luft ein.

»Spar dir deine Empfindlichkeiten!«, stieß sie gepresst hervor. »Im Übrigen ist Doktor Lubinski zuversichtlich, dass Moritz sich in ein paar Tagen so weit erholt hat, dass er die kurze Fahrt gut überstehen wird.«

»Das freut mich«, sagte Karoline und stand auf.

Die Gräfin streckte eine Hand aus, als wolle sie Karoline zurückhalten. »Ähm, setz dich doch wieder ... bitte.« Sie umrundete den Sessel ihres Mannes, ließ sich steif ihm gegenüber nieder und sprach nach einer kleinen Pause weiter. »Wie dir nicht entgangen sein dürfte, sind unserem finanziellen Spielraum derzeit enge Grenzen gesetzt.« Das Eingeständnis war ihr sichtlich unangenehm. Sie stockte und warf ihrem Mann einen auffordernden Blick zu.

Der Graf beugte sich zu Karoline. »Daher möchten wir dich bitten, uns zu helfen.«

»Wie könnte ich euch helfen?«, fragte Karoline. »Meine Mitgift ist längst aufgebraucht. Und ich bezweifle, dass der Verkauf meines Schmucks genug einbringen würde, um damit eine Kur bezahlen zu können.«

»Äh, ich habe mich unklar ausgedrückt«, sagte Graf Hermann. »Wir dachten da eher an eine Art Vermittlung deinerseits.«

»Vermittlung?«

»Äh . . . ja, wir haben uns gefragt, ob du vielleicht bereit . . .«

»Ist das denn so schwer zu begreifen«, unterbrach ihn seine Frau. »Du sollst dich an deinen Vater wenden.«

»Verstehe. Die Breslauer Kuh«, rutschte es Karoline heraus.

»Wie bitte?«, fragte ihre Schwiegermutter.

»So beliebt euer Sohn meinen Vater zu nennen.«

Die Erinnerung an die Bemerkung Antons entfachte erneut ihre Wut, die seit jenem Tag in ihr glomm. Und mit ihr den Mut, der Gräfin die Stirn zu bieten. Sie richtete sich auf und sah Alwina von Blankenburg-Marwitz direkt in die Augen.

»Soll ich meinem Vater bei der Gelegenheit vielleicht auch gleich mitteilen, dass er im Falle von Moritz' Genesung die längste Zeit dessen Schwiegervater gewesen ist?«, fragte sie mit bebender Stimme.

»Ich verstehe nicht . . . du redest wirr«, erwiderte die Gräfin mit eisiger Miene.

Ihr Mann schaute verschreckt von ihr zu Karoline. »Was meinst du damit?«

»Worauf auch immer ihre seltsame Anspielung abzielt: Karoline versucht offenbar, vom Thema abzulenken. Und beweist einmal mehr, dass sie unseres Namens nicht würdig ist«, zischte die Gräfin.

Die Kälte in ihrer Stimme zerknickte Karolines Selbstbewusstsein. Sie zog die Schultern hoch und schielte zur Tür. Es drängte sie, davonzulaufen und sich diesen gemeinen Anschuldigungen zu entziehen.

»Sie ist und bleibt eben ein Kleingeist ohne Familiensinn und Verantwortungsgefühl«, stichelte ihre Schwiegermutter weiter.

Karoline atmete gepresst. Auf ihrer Stirn bildete sich ein feiner Schweißfilm.

»Wenn du doch nur einmal etwas tun würdest, das unseren Respekt verdient!«, rief Gräfin Alwina.

Karoline sprang auf. »Aber Moritz tut das? Er zeichnet sich durch diese Eigenschaften aus, ja? Das ist absurd! Wer hat denn all das Geld verprasst? Wer treibt sich denn ständig in der Weltgeschichte herum?« Sie erstarrte. Hatte sie das eben gesagt? Laut? Ihr Fluchtwunsch war in Zorn umgeschlagen, den sie nicht länger im Zaum zu halten vermochte. Er kroch aus den Tiefen ihres Inneren, ließ sich nicht mehr zurückdrängen, war unaufhaltsam.

»Was erlaubst du d...«

»Ich sage nur, was offensichtlich ist«, fiel Karoline ihrer Schwiegermutter ins Wort. Das Erschrecken über die eigene Courage wich tiefer Befriedigung. Es tat gut, sich das alles endlich einmal von der Seele zu reden. Die Gräfin erhob sich und fixierte Karoline unter zusammengezogenen Brauen. Ihr Mann gab einen gurgelnden Laut von sich. Karoline hielt dem Blick ihrer Schwiegermutter stand. Ihre Knie zitterten, und das Herz schlug ihr bis zum Hals.

»Ich soll also meinen Vater allen Ernstes auffordern, für die Folgen des lotterhaften Lebenswandels seines Schwiegersohnes aufzukommen?«

»Du niederträchtiges Geschöpf!«, rief Alwina von Blankenburg-Marwitz. »Wie kannst du dich erdreisten, ihm die Schuld an seiner Herzerkrankung zu geben?«

Der Graf stand auf und berührte seine Frau am Arm.

»Bitte beruhige dich, Alwine. Es ist doch niemandem damit gedient, wenn wir uns gegenseitig zerfleischen.«

»Nun, nach dem, was Doktor Lubinski angedeutet hat, liegt das doch auf der Hand«, sagte Karoline. Ihre Stimme war ruhig.

Auf dem Gesicht der Gräfin machte sich Ratlosigkeit breit. Zum ersten Mal wirkte sie unsicher. Sie weiß es nicht, erkannte Karoline. Doktor Lubinski hat ihnen nicht gesagt, dass Moritz sich einen Tripper eingefangen hat. Sie kämpfte kurz gegen die

Versuchung an, das Versäumnis nachzuholen. Es ihrer Schwiegermutter genüsslich unter die Nase zu reiben, dass ihr Sohn an einer Lustseuche litt. Es wäre ein flüchtiges Vergnügen, argumentierte die Stimme der Vernunft. Und obendrein Wasser auf die Mühlen dieser dünkelhaften Person, die darin nur einen weiteren Beleg für deine ihre Ungeschliffenheit und niedere Gesinnung sehen würde.

Die Gräfin hatte ihre Fassung wiedererlangt. Mit starrer Miene wandte sie sich an ihren Mann. »Komm, Hermann. Verschwenden wir nicht länger unsere Zeit.« Sie rauschte aus dem Salon.

Der Graf sah ihr unschlüssig nach. Bevor er ihr folgen konnte, trat Karoline einen Schritt auf ihn zu.

»Erklärst du mir bitte, wen sie vorhin mit dem Kretin meinte, dem alles in die Hände fällt, wenn Moritz keinen Sohn bekommt? Und womit dieser bewiesen hat, dass er dazu in der Lage ist?«

Der Graf legte den Kopf schief und rieb sich das Kinn. »Letzteres ist auch mir ein Rätsel. Ich denke, sie hat es nur so dahingesagt.«

Das glaube ich nun ganz und gar nicht, widersprach Karoline im Stillen, verzichtete jedoch für den Moment darauf, weiter auf dem Thema zu bestehen. »Und Ersteres?«, fragte sie.

Der Graf presste die Lippen zusammen und legte seine Stirn in Falten. Der Unmut stand ihm ins Gesicht geschrieben.

»Ich bin mir bewusst, dass ihr in mir kein vollwertiges Familienmitglied seht«, sagte Karoline. »Aber wenn ich meinen Vater um Hilfe bitten soll – und wir reden hier gewiss von einer beträchtlichen Summe –, dann möchte ich doch in alle Zusammenhänge eingeweiht werden. Ich finde, das steht mir zu. Schließlich geht es auch um meine Zukunft.«

Ihr Schwiegervater musterte sie aufmerksam, als sähe er sie zum ersten Mal. Er schüttelte leicht den Kopf, legte sacht eine

Hand auf ihre Schulter. »Entschuldige bitte, meine Liebe«, sagte er freundlich. »Das ging nicht gegen dich! Es ist diese verfluchte Sippe. Allein der Gedanke an diese Menschen lässt mir die Galle hochkommen.«

Karoline blinzelte. Seine Geste und der vertrauliche Ton überrumpelten sie.

»Außerdem bin ich davon ausgegangen, dass du dich nicht für unsere Geschichte interessierst. Weil ja nicht einmal unser Sohn . . .« Der Graf brach ab und räusperte sich. »Du hast vollkommen recht! Du solltest auf jeden Fall erfahren, wie die Dinge stehen.«

Karoline, die sich auf eine Abfuhr eingestellt hatte, spürte, wie sich der Knoten in ihrer Brust löste.

»Wenn du mir bitte folgen möchtest? Dann kann ich dir besser erklären . . .« Er sah sie unsicher und zugleich hoffnungsvoll an.

Karoline lächelte. »Von Herzen gern!«

Der Graf fasste sie am Ellenbogen und führte sie zu der Flügeltür, die den Salon von der Bibliothek trennte. Dort hievte er einen in Leder gebundenen Folianten aus einem Regal, wuchtete ihn auf das Stehpult und legte seine Hand auf den Einband, in den das Wappen derer von Blankenburg-Marwitz geprägt war: ein roter Hirsch auf grünem Grund, der über drei gewellte blaue Linien sprang. Er klappte den Buchdeckel auf. Auf einer Doppelseite war ein weitverzweigter, stilisierter Baum gemalt, an dessen Ästen kleine Schilder hingen. Auf diesen standen Namen, Geburts- und Todesdaten. Der Graf zeigte auf eines, das sich weit außen am oberen Rand befand. »Das ist der Stein des Anstoßes.«

Karoline beugte sich über das Buch und las den Namen: »Kilian?«

»Genau. Wenn wir Pech haben, wird er dereinst Moritz' Platz einnehmen und hier alles erben.«

»Wieso ausgerechnet er?«, fragte Karoline.

»Weil Kilian laut den Statuten des Primogenitur-Gesetzes nach Moritz ein Anrecht auf das Erbe hat. Er ist der ihm am nächsten stehende männliche Spross, der noch lebt.«

»Aber warum ist das so schrecklich? Immerhin gehört er doch zur Familie«, erwiderte sie und zog die Stirn kraus. »Wo leben er und seine Eltern überhaupt? Gibt es keine Möglichkeit, sich mit ihnen zu versöhnen?«

Die Miene des Grafen verfinsterte sich. Er kniff die Lippen aufeinander und knurrte: »Nur über meine Leiche.«

Karoline zögerte kurz, fasste sich ein Herz und hakte nach. »Bitte, sag es mir! Was hat dieser Kilian verbrochen, dass du ihn so verabscheust?«

»Äh, er persönlich noch nichts.«

»Dann verstehe ich nicht ...«, begann Karoline.

Ihr Schwiegervater gebot ihr mit erhobener Hand zu schweigen. Sie hatte ihn nie zuvor so resolut erlebt. Ein Schauer lief ihr über den Rücken.

»Kilian entspringt einer Linie, die in schöner Regelmäßigkeit schwarze Schafe in die Welt setzt, die Schmach und Schande über uns bringen.«

Der Graf schaute Karoline ins Gesicht, das sie skeptisch verzogen hatte. »Stell dir vor, sie sind sogar gegen uns, ihr eigen Fleisch und Blut, in den Kampf gezogen!«, fuhr er aufgebracht fort.

Karoline hob eine Hand vor den Mund. Vor ihrem geistigen Auge tauchte eine Horde bis an die Zähne bewaffneter Ritter auf, die mordend und plündernd durch die Lande streiften, bis sie ihr eigentliches Ziel erreichten: das Schloss der Grafenfamilie. Während sie es umzingelten, mit Kanonen beschossen und versuchten, das Tor mit Rammböcken einzudrücken, setzten sich die Belagerten tapfer zur Wehr – bereit, bis zum letzten Blutstropfen ...

»… meinen Großvater 1813 in der Schlacht an der Katzbach, nicht weit von Waldemars Rittergut bei Liegnitz.«

Karoline ließ die Hand sinken, verscheuchte die Bilder und konzentrierte sich wieder auf die Ausführungen des Grafen.

»Und Kilians Vater hat in der Schlacht von Königgrätz gegen unser Regiment gekämpft.«

»Gegen euer Re… soll das heißen, du warst auch mit dabei?«, stieß Karoline hervor. Beschämt gestand sie sich ein, bei den Erzählungen des Grafen aus seinen Zeiten als aktiver Offizier oft nicht zugehört zu haben.

Er streckte die Brust heraus und nickte. »Oh, ja! Unsere Husaren waren Teil der zweiten preußischen Armee. Ich hatte die Ehre, unter Kronprinz Friedrich ins Feld zu ziehen!« Seine Augen leuchteten.

»Verzeih meine Unwissenheit«, sagte Karoline. »Aber wie kann es sein, dass ein Schlesier 1866 aufseiten der Österreicher stand?«

»*Ich* muss mich entschuldigen«, antwortete der Graf. »Ich hatte vergessen zu erwähnen, dass irgendwann im achtzehnten Jahrhundert ein Vorfahre von Kilian nach Sachsen geheiratet hat.«

»Verstehe«, rief Karoline, froh, einen Fetzen historischen Wissens parat zu haben. In der Schule war der Deutsche Krieg als wichtige Voraussetzung der Reichsgründung von 1871 oft besprochen worden. Am Jahrestag der Entscheidungsschlacht pflegte ihr Vater am Denkmal für die Gefallenen einen Kranz für einen seiner Onkel niederzulegen, der damals bei der Infanterie gekämpft hatte und tödlich verwundet worden war.

»Bei Königgrätz standen den Preußen ja nicht nur die Österreicher, sondern auch die Armeen der mit ihnen verbündeten Bayern, Sachsen, Württemberger und noch ein paar anderer Kleinstaaten gegenüber.«

Der Graf nickte. »Genau. Und im sächsischen Korps diente der Vater von Kilian.«

Karoline riss die Augen weit auf. »Bist du ihm persönlich begegnet? Habt ihr etwa gegeneinander gekämpft?«

Sie sah eine jüngere Version des Grafen in grüner Husarenuniform, umhüllt von Pulverdampfschwaden, der sich mit einem Schwert der Hiebe eines verschlagen dreinblickenden Gegners erwehrte und diesen schließlich in die Flucht schlug.

»Nein, das ist sehr unwahrscheinlich«, antwortete ihr Schwiegervater. »Wobei ich das nicht gänzlich ausschließen kann, da ich den Mann nie im Leben gesehen habe und ihn nicht erkennen würde, wenn er vor mir stünde.«

Karoline sah ihn nachdenklich an. »Allein das Wissen, dass ein Angehöriger auf der Gegenseite kämpft, war gewiss schlimm genug.«

Ihr Schwiegervater knurrte seine Zustimmung.

»Aber wie ist es dazu gekommen? Ich meine, warum sind Kilians Vorfahren so aus der Art geschlagen?«, fragte sie.

Der Graf seufzte schwer auf und klopfte auf das Stammbuch. »Das erste Mal zeigte sich ihre Verderbtheit in der Schlacht bei Wahlstatt, als Baidar Khan zehntausend Reiter gegen Heinrich den Frommen und seine Getreuen hetzte. Unter diesen waren auch zwei Brüder unserer Familie. Der ältere ist unser Stammvater, der jüngere der von Kilians Sippe. Während der ältere Bruder mutig dem Feind die Stirn bot, gab der Jüngere angesichts der erdrückenden Übermacht der Heiden seinem Pferd die Sporen, ließ sein Fußvolk im Stich und ergriff die Flucht.«

Karoline runzelte die Stirn. Eine vage Erinnerung an den Heimatkundeunterricht flackerte in ihr auf. Ihr Schwiegervater sprach höchstwahrscheinlich vom Einfall der Mongolen ins Herzogtum Schlesien. War das nicht im dreizehnten Jahrhundert gewesen? Der Empörung in seiner Stimme nach zu schließen, hätte sie ein viel kürzer zurückliegendes Datum angenommen. Sie konzentrierte sich wieder auf seine Ausführungen.

»... seine Veranlagung vererbt, denn er blieb im Laufe der Jahrhunderte nicht der Einzige, der sich weder um Ehre noch Ansehen der Familie scherte.«

»Jetzt begreife ich langsam, warum es eine Katastrophe wäre, wenn Schloss Katzbach mit all seinen Ländereien und Wäldern in die Hände von diesem Kilian fallen würde«, rief Karoline.

»Ja, damit würde der Albtraum Wirklichkeit, der schon meinen Großvater und meinen Vater umgetrieben hat«, sagte der Graf.

»Gibt es denn gar keine Möglichkeit, das zu verhindern?«

Der Graf hob die Schultern. »Nur wenn Moritz doch noch einen Sohn zeugen würde.«

Erneut kam Karoline die Anspielung ihrer Schwiegermutter in den Sinn. »Deine Frau meinte doch vorhin, dass es nicht an ihm liegen wü...«

»Wie gesagt, da steckt nichts dahinter«, unterbrach sie der Graf und wich ihrem Blick aus. »Sie lässt nun mal ungern etwas auf Moritz kommen.«

Karoline senkte den Kopf. Seiner Reaktion entnahm sie, dass er sie anschwindelte. Sie würde Mittel und Wege finden, die Anspielung der Gräfin zu entschlüsseln. Außerdem war es nicht ausgeschlossen, dass Moritz gar nicht mehr in der Verfassung war, Vater zu werden. Sie schielte zu dem Regal, in dem die Bände des »Meyerschen Konversationslexikons« standen. Laut dem Artikel über die Tripper-Erkrankung war es gut möglich, dass die Gonokokken nicht nur Moritz' Herz angegriffen, sondern ihn auch seiner Zeugungskraft beraubt hatten.

»Das war nicht gegen dich gemünzt«, hörte sie den Grafen sagen. »Ich mag zwar zuweilen etwas absent sein. Aber selbst mir ist nicht entgangen, dass mein Sohn seine Pflichten auch dir gegenüber sträflich vernachlässigt.«

Karoline blinzelte überrascht. Noch eine Stunde zuvor hätte sie es für absolut undenkbar gehalten, jemals ein solches Gespräch mit ihrem Schwiegervater zu führen. Sie war kurz davor, sich in den Arm zu kneifen. Da siehst du mal, was ein wenig mehr Selbstbewusstsein bewirken kann, dachte sie. Gerta wäre stolz auf dich!

9

Stavanger, April 1905 – Liv

Die ersten Tage in ihrem Dasein als Hausmädchen vergingen für Liv wie im Flug – ausgefüllt mit den unterschiedlichsten Aufgaben: Daunendecken lüften und Betten machen, Nachtgeschirre ausleeren und säubern, Waschwasser auf die Zimmer bringen, Milch aus der Melkkammer neben dem Stall holen, Böden und Treppen fegen, scheuern und bohnern, Staub wischen, Möbel mit Politur einreiben, Fenster putzen, Öfen beheizen und Asche entfernen, Teppiche ausklopfen, Silber und Messing reinigen, Jacken und Mäntel ausbürsten, Schuhe putzen, Socken stopfen, zerrissene und löchrige Kleidungsstücke flicken, Knöpfe annähen, bügeln, beim Kochen helfen, den Tisch decken und Essen servieren, Geschirr abräumen und abwaschen sowie vor dem Zubettgehen kontrollieren, ob überall im Haus die Lampen gelöscht waren.

Die vielen neuen Eindrücke, die auf sie einströmten, die ungewohnten Handgriffe und Arbeitsabläufe, die es zu lernen galt, und das Miteinander der Treskes, das sie hautnah erlebte, hielten sie auf Trab und verfolgten sie bis in ihre Träume.

Ihre Befürchtungen, den Anforderungen nicht gerecht zu werden, verflüchtigten sich bald. In Frau Bryne, der Köchin, hatte sie eine geduldige Lehrmeisterin, die ihr viele Küchenkniffe beibrachte und Rezepte lehrte, von denen man in Livs ärmlichem Zuhause nicht einmal die Zutaten kannte. Ingrid Treske war eine nachsichtige Dienstherrin, die über kleine Patzer und Missgeschicke hinwegsah und vor allem anderem dankbar für die Unterstützung war, die sie durch Liv erhielt. Ihr Mann war strenger, verbrachte jedoch die meiste Zeit im Schulgebäude oder bei Versammlungen in der Stadt und hatte kaum Gelegenheit, Liv zu kontrollieren. Er war ohnehin weniger an ihrer Geschicklichkeit beim Putzen, Bügeln oder Nähen interessiert als vielmehr an ihrem – in seinem Sinne – korrekten Umgang mit Elias. Oddvar Treske wurde der Ermahnungen nicht müde, seinem Sohn nichts durchgehen zu lassen und ihm Gehorsam und Demut abzuverlangen.

In der Woche nach Ostern waren noch Schulferien. Der Junge stand weiterhin unter Hausarrest und durfte nur in Begleitung sein Zimmer zu den gemeinsamen Mahlzeiten und Andachten verlassen. In den Stunden dazwischen sollte er Bibel- und Katechismustexte auswendig lernen und Sätze wie: »Ich war unartig und verdiene Strafe« oder das vierte Gebot: »Du sollst deinen Vater und deine Mutter ehren« in Schönschrift fünfzigmal schreiben. Während Elias das Lernen leichtfiel, wurden ihm die stumpfsinnigen Wiederholungen zu einem schier unlösbaren Problem. Er hatte eine klare, gut lesbare Schrift. Spätestens nach zwanzig Sätzen schlichen sich jedoch Flüchtigkeitsfehler oder Schludrigkeiten beim Setzen der Buchstaben ein – was sein Vater, der die Strafarbeiten abends überprüfte, als neuerlichen Beweis für seine Bockigkeit und Frechheit auslegte. Auf diese Weise entspann sich eine endlose Spirale von Vergehen und Strafe. Liv hätte sich am liebsten Augen und Ohren zugehalten, wenn Oddvar Treske mit kalter Stimme den kleinen Sünder maßregelte und ihm befahl, sich während des anschließenden Abendgebets in eine Ecke des Speisezimmers hinzuknien als Buße für seine Untaten.

Die unnachgiebige Härte, mit der ihr Dienstherr seinen Sohn behandelte, verringerte Livs Hemmungen, hinter seinem Rücken dafür zu sorgen, ein wenig Freude und Licht in Elias' Tage zu bringen. Wusste sie den Lehrer außer Haus und seine Frau beim Stillen von Klein-Margit, befreite sie den Jungen aus seinem Zimmer und ließ ihn in ihre Kammer zu seiner Dohle.

Die Freundschaft zwischen den beiden festigte sich zusehends. Der Vogel schien ebenso sehnsüchtig auf die gemeinsamen Augenblicke zu warten wie Elias und begrüßte ihn mit einem besonderen Laut, den er nie hören ließ, wenn nur Liv zu ihm kam.

Ihre Begegnungen mit dem Jungen verliefen meist wortlos. Sie verständigten sich mit knappen Gesten. Liv wollte jedes Risiko vermeiden, entdeckt zu werden. Zugleich hatte sie den Eindruck, dass es Elias recht war, nicht viel mit ihr reden zu müssen. Er brachte ihr nach wie vor ein gewisses Misstrauen entgegen, bei dem sie spürte, dass es weniger ihr persönlich galt, als vielmehr seiner jahrelangen Erfahrung geschuldet war. Offenbar hatte es in seinem kurzen Leben noch keinen Erwachsenen gegeben, der ihm Zuneigung und Liebe ohne Wenn und Aber geschenkt hatte. Dass er sich auch mit Gleichaltrigen schwertat, erfuhr Liv, als sie ihn am Montag nach den Ferien zur Schule begleitete.

Es war ein sonniger Morgen. Auf der Wiese vor der Missionsschule stieg eine Lerche in die Luft und schmetterte ihr Lied in den blauen Himmel. An den Gräsern hingen dicke Tautropfen, und die weißen Blüten eines Schneeballstrauchs verströmten ihren süßen Duft. Ungeduldig drängte Elias zum Aufbruch. Liv erklärte sich seine Eile mit der tagelangen Stubenhockerei, zu der ihn sein Strafarrest gezwungen hatte. Sie selbst hatte das Haus ebenfalls kaum verlassen und freute sich über die Gelegenheit, an die frische Luft zu kommen und sich die Beine zu vertreten.

Als sie sich dem geweißelten Holzhaus mit der Säulenveranda näherten, das der Missionsschule schräg gegenüber am Stokkaveien lag, der in die Stadt hinunterführte, beschleunigte Elias seine Schritte und richtete es so ein, dass Liv zwischen ihm und dem Gebäude lief. Kaum hatten sie es hinter sich gelassen, hörte Liv Füßetrappeln und helle Stimmen. Sie drehte den Kopf und sah mehrere Jungen und Mädchen, die eben aus der Eingangstür strömten. Wie Elias hatten sie mit Riemen zusammengeschnürte Bücherbündel geschultert und schlugen offenbar den gleichen Weg ein. Elias zog den Kopf zwischen die Schultern und presste seine Lippen zusammen.

»*Mammadalt! Mammadalt!* – Muttersöhnchen! Muttersöhnchen!«, ertönte es hinter ihnen.

Liv warf Elias einen Seitenblick zu. »Meinen die etwa dich?«

Seine finstere Miene beantwortete ihre Frage.

»Das versteh ich nicht«, fuhr sie fort. »Ich habe noch nie einen Jungen getroffen, auf den dieser Spottname weniger zutreffen würde als auf dich!«

»Ich glaube, die rufen das, weil ich bei meinen Eltern wohne und sie nicht«, sagte Elias leise.

»Ist das denn ein Waisenhaus?«

»Nein, aber ihre Eltern sind Missionare.«

Liv runzelte die Stirn. »Soll das heißen, dass die ihre Kinder nicht mitnehmen, wenn sie ins Ausland gehen?«

Elias schüttelte den Kopf. Von Ingrid Treske wusste Liv, dass die Missionare mindestens zwei Jahre in einer der Stationen in Afrika oder China verbringen sollten, bevor sie nach Norwegen zurückkehren durften. Die meisten blieben wesentlich länger. Während Liv sich noch wunderte, wie es Eltern über sich brachten, ihre Kinder in ein Heim zu geben und jahrelang nicht zu sehen, erreichten sie den kleinen Ekenæs-Friedhof. Liv wollte nach rechts in den Løkkeveien abbiegen, auf dem sie eine knappe Woche zuvor vom Bahnhof heraufgelaufen war. Elias zeigte geradeaus.

»Da lang geht es schneller.«

Liv zögerte. Der Beschreibung seiner Mutter zufolge war der andere Weg direkter. Ach, was soll's, wischte sie ihre Bedenken beiseite und folgte ihm hinunter zur Strandgata, die am Vågen verlief. Die Kinder aus dem Heim nahmen den Løkkeveien.

Linkerhand sah Liv am östlichen Ufer der Bucht den riesigen Zylinder des Gaswerks, der die umliegenden Häuser und Werkstätten um einige Meter überragte. Ihm gegenüber stand auf einer Anhöhe der Halbinsel Holmen ein mächtiger achteckiger Turm. Das musste der Valbergtårnet sein, in dem ein Feuerwächter wohnte, der auf die Stadt aufpasste und bei Bränden oder aufkommenden Stürmen die Bürger mittels einer Glocke warnte. Zu Füßen des Turms erstreckte sich direkt am Uferkai ein mehrstöckiges Gebäude aus Stein, davor ankerte am Eingang der Bucht ein großer Dampfer. Auf die Entfernung konnte Liv weder die Flagge am Heck erkennen noch den Namen des Schiffes lesen. Dass es kein heimisches Postschiff war, erkannte sie am roten Anstrich des Schornsteins. Die norwegischen Dampfer hatten schwarze Kamine.

Elias, der sich – nachdem sie die anderen Kinder nicht mehr im Nacken hatten – sichtlich entspannte und langsamer lief, blieb stehen und folgte ihrem Blick. »Das ist die ›S/S Tasso‹ von der Wilson-Linie«, sprudelte er hervor. »Sie kommt aus Hull in England. Sie hat eintausendvierhundertsiebenundsechzig Registertonnen, zweihundertvierzig Pferdestärken und macht zwölf Knoten Fahrt.«

Liv musterte ihn überrascht. Noch nie hatte er ihr gegenüber so unbefangen das Wort ergriffen. Ein warmes Gefühl breitete sich in ihr aus. Elias war einen Schritt aus dem Schutzwall herausgetreten, den er um sich errichtet hatte.

Seine Augen blitzten. Er streckte einen Arm aus und deutete auf ein weiteres Schiff, das von der offenen See her auf den Hafen zusteuerte. »Und das müsste ein Dampfer der Bergenschen Schiffsgesellschaft sein. Er ist ein wenig verspätet, denn normalerweise kommt er schon um ...«

»Du kennst dich aber gut aus!«, unterbrach ihn Liv mit ehrlicher Bewunderung. »Woher weißt du das alles?«

Elias Miene wurde abweisend, er errötete und lief rasch weiter. An seiner Verlegenheit erkannte Liv, dass er sich oft am Vågen herumtrieb und die Schiffe beobachtete, wenn er auf dem Heimweg von der Schule trödelte oder den Unterricht schwänzte. Sie schloss zu ihm auf. »Vielleicht haben wir demnächst ja mal etwas mehr Zeit, um Schiffe anzuschauen«, sagte sie, um einen leichten Ton bemüht. »Bei uns in Sandnes ankern nie so große. Deshalb kenne ich mich überhaupt nicht aus und würde mich freuen, wenn du mir ein bisschen was über sie erzählst.«

In Elias' Gesicht kämpften Skepsis und Freude.

»Ich meine es ernst«, fuhr Liv fort. Sie sah ihm in die Augen. »Das muss aber unter uns bleiben! Ich würde nämlich ganz schön Ärger bekommen, wenn dein Vater merkt, dass ich herumbummele anstatt zu arbeiten.«

Elias verzog seinen Mund zu einem winzigen Lächeln und nickte.

Nachdem sie den Torvet, den großen Marktplatz, überquert hatten, umrundeten sie die Domkirche und nahmen die Kongsgata, die hinter dem Bahnhof in die Sandeidgata mündete, wo drei Jahre zuvor die Storhaugskole eröffnet worden war. Beim Anblick des schmucken, dreistöckigen Gebäudes mit zwei Eingangsportalen in vorspringenden Treppenhäusern und dem riesigen Platz davor entfuhr Liv ein überraschter Laut.

»Wie viele Schüler seid ihr denn?«, fragte sie.

»Achtunddreißig«, antwortete Elias.

»Ich meinte nicht nur deine Klasse, sondern die ganze Schule.«

Elias zuckte mit den Schultern. »Weiß nicht.«

»Kannst du mir denn sagen, wie viele Klassenzimmer die Schule hat?«

»Zweiundzwanzig!« Die Antwort kam prompt.

Liv zog die Brauen hoch.

Elias verzog den Mund. »Das weiß ich ganz bestimmt. Ich

musste nämlich vor Ostern alle Nummernschilder an den Türen blank polieren.«

Bevor Liv nachhaken konnte, wodurch er sich diese Strafe zugezogen hatte, hob er eine Hand zum Gruß und rannte zu einem der Eingänge, denen Dutzende Kinder zustrebten.

»Um vier hol ich dich hier wieder ab!«, rief Liv ihm nach und wandte sich zum Gehen.

Während sie am Alten Friedhof entlanglief, war sie in Gedanken noch bei den Dimensionen der Volksschule, die ihr Respekt einflößten. Zweiundzwanzig Räume, in denen jeweils um die vierzig Kinder unterrichtet wurden. In das Gebäude hätte ein Drittel der Bevölkerung ihres Heimatorts gepasst. Liv rief sich das kleine Schulhaus von Sandnes ins Gedächtnis, das ihr als Kind so imposant vorgekommen war. Im Vergleich zu dieser Lehranstalt nahm es sich winzig aus.

»Entschuldigen Sie, mein Fräulein. Können Sie mir vielleicht sagen, wie ich von hier zum Museum komme?«

Liv hob den Kopf und sah sich einem jungen Herrn gegenüber, der eben aus dem Bahnhof getreten war, den sie mittlerweile erreicht hatte. Er trug einen dunkelgrauen Staubmantel und einen hellgrauen Filzhut, den er nun mit einer Hand höflich lüftete. In der anderen hielt er einen Lederkoffer. Er war von unscheinbarem Äußeren, hatte ungefähr Livs Größe, eine schmale Statur und feingliedrige Hände. Niemand, der auf Anhieb auffiel.

Liv schaute sich nach dem Fräulein um, das der Fremde angesprochen hatte. Es war keines in Sicht. Zwei Arbeiter mit ausgebeulten Joppen und Schiebermützen hasteten vorüber, ein Zeitungsjunge lungerte an einer Ecke des Stationsgebäudes herum, und ein Gepäckträger schob seine mit einem Schrankkoffer beladene Karre Richtung Altstadt, wo die Hotels angesiedelt waren. Liv senkte den Kopf und starrte auf ihre Füße. Der junge Herr hatte sie gemeint! Seine Frage überrumpelt sie. Nein, nicht die Frage. Die Anrede. Liv konnte sich nicht erinnern, jemals gesiezt worden zu sein.

»Es muss hier ganz in der Nähe sein«, fuhr er fort, machte einem älteren Paar Platz, das auf eine Droschke zuhielt, und stellte den Koffer ab.

Liv nickte, drehte den Oberkörper und zeigte wortlos schräg hinter sich über den Platz. Als sie den Kopf wieder nach vorn wandte, begegnete sie dem Blick des Reisenden. Seine hellbraunen Augen leuchteten, verstärkt von einem freundlichen Lächeln, das um seine Lippen spielte. Ihre Befangenheit schwand.

»Sehen Sie das große Gebäude hinter den Bäumen da?«, sagte sie leise. »Das ist das Theater. Direkt gegenüber finden Sie das Museum.«

Sein Lächeln wurde breiter. »Sie können ja doch sprechen. Ich hatte schon befürchtet, Sie seien stumm, und ich hätte Sie mit meiner Fragerei in eine peinliche Lage versetzt.«

Liv biss sich auf die Lippe. Machte er sich über sie lustig? Er redete mit ihr, als sei sie eine feine Dame.

Der Fremde nahm seinen Koffer wieder auf, tippte sich grüßend an den Hut und sagte: »Vielen Dank. Ich wünsche Ihnen noch einen schönen Tag.«

Ohne eine Antwort abzuwarten, lief er los. Liv schüttelte leicht den Kopf und eilte in die entgegengesetzte Richtung zum Krämerladen in der Dronningensgata Ecke Løkkeveien, wo sie Nähgarn, Hemdknöpfe und Reis besorgen sollte. Anschließend musste sie sich auf schnellstem Weg zurück nach Hause begeben und den Aufgaben widmen, die dort auf sie warteten.

Bevor sie Elias am Nachmittag von der Schule abholte, gab Ingrid Treske ihr den Auftrag, seine Abwesenheit zu nutzen und sein Bett neu zu beziehen, seine Kleider nach etwaigen Rissen und fehlenden Knöpfen durchzusehen und sein Zimmer gründlich zu reinigen. Zuvor hatte Liv diesen Raum nur flüchtig von der Schwelle aus gesehen, wenn sie den Jungen abgeholt oder wieder eingeschlossen hatte. Nun betrat sie ihn bewaffnet mit Besen, Handfeger und Schaufel, Putzeimer, Staubwedel und Fensterleder und schaute sich neugierig um. Links neben der Tür standen das Bett mit Eisengestell und daneben eine Kommode mit drei Schubladen, auf deren Ablage eine Waschschüssel abgestellt war. Auf der anderen Seite des Fensters, das der Tür gegenüber auf die Rückseite des Hauses hinausging, befand sich ein Schreibtisch, über dem ein Brett für Bücher angeschraubt war. Ein Kleiderschrank und ein Schemel komplettierten die Einrichtung. In der Mitte des Zimmers lag ein bunt gestreifter Webteppich, die Wände waren mit einer hellblauen Tapete beklebt, und über der Tür hing ein Kreuz aus dunklem Holz.

Als Erstes sichtete Liv die Kleidungsstücke und sortierte eine Hose mit Loch im Knie, ein Hemd mit aufgegangener Naht und mehrere Socken aus, die geflickt werden mussten. Dabei fiel ihr auf, dass weder im Schrank noch in den Schubladen der Kommode Spielsachen verstaut waren. Sie war davon ausgegangen, dass Elias als Kind bürgerlicher Eltern zumindest ein paar Malstifte, Zinnsoldaten, Brettspiele, Würfel oder Blechfiguren zum Aufziehen sein Eigen nennen würde. Hatte sein Vater sie ihm zur Strafe während seines Hausarrests entzogen? Oder machte sich Elias nichts aus solchen Dingen?

Beim Abstauben des Regalbretts über dem Schreibtisch fühlte sie sich in ihrer ersten Annahme bestätigt. Zwischen Nordahl Rolfsens »Lesebuch für Volksschulen«, einer Bibel, einem naturkundlichen Werk und einem Sammelband mit Erbauungsgeschichten für Kinder klafften Lücken. Sie glaubte zu wissen, wo sich die fehlenden Bücher befanden. Zwei Tage zuvor hatte sie sich über den eigenwilligen Lesegeschmack von Oddvar Treske gewundert, in dessen Arbeitszimmer sie beim

Bohnern der Holzdielen eine Kiste beiseitegeschoben hatte, in der sie ein Märchenbuch und mehrere Jugendromane entdeckte, die hauptsächlich von Seefahrern und ihren Abenteuern handelten, darunter »Masterman Flink« von Frederick Marryats.

Der Titel war ihr geläufig, ihr Bruder Gøran hatte ihn sich mehrmals in der Gemeindebibliothek ausgeliehen und heimlich gelesen, wenn die Mutter ihre Näharbeiten ablieferte oder zum Einkaufen außer Haus war. Es war die Geschichte einer mehrköpfigen Familie mit Dienstmädchen, die auf der Fahrt in die Südsee nach einem Schiffbruch zusammen mit dem namengebenden Steuermann auf einer tropischen Insel strandete und dank dessen Hilfe wie einst Robinson Crusoe alles zum Leben Notwendige selbst herstellte und beschaffte. Gøran war von diesem Abenteuer fasziniert gewesen und von der Lebensgeschichte des Autors, der als Kind ausgerissen war, um seinen sehnlichsten Wunsch zu verwirklichen und zur See zu fahren. Nachdem er sich dort erst bei der Marine und später als Kapitän einer Handelsfregatte bewährt hatte, widmete er sich dem Schreiben – wobei er aus dem reichen Fundus seiner Erlebnisse auf den Weltmeeren schöpfte.

Als Liv den Boden wischte, verhakte sich der Lappen unter dem Bett an der Wandleiste. Sie rückte es beiseite und kniete sich hin, um das Tuch zu befreien. Das Holzstück, an dem es hing, löste sich und gab eine kleine Vertiefung frei. Liv steckte die Hand hinein und zog einige zerfledderte Ausgaben einer Zeitschrift über neueste technische Errungenschaften und eine flache Zigarrenkiste heraus, in der sich Ausrisse aus Zeitungen und Prospekte befanden. Letztere stammten von diversen Schifffahrtsgesellschaften. Auch die Artikel drehten sich um seemännische Themen, soweit es Liv bei ihrer flüchtigen Sichtung erkennen konnte. Vor ihrem geistigen Auge war das Gesicht von Elias aufgetaucht, der sie vorwurfsvoll ansah. Rasch verstaute Liv die Papiere wieder in der Kiste, schob sie zusammen mit den Heften zurück in das Wandloch und drückte die lose Leiste fest in die Lücke.

Ob sie Elias darauf hinweisen sollte, dass sein Versteck nicht gut gesichert war? Nein, sie würde nichts sagen. Es würde sein ohnehin noch sehr zerbrechliches Vertrauen in sie erschüttern, wenn er erfuhr, dass sie in seinen Sachen gestöbert hatte, wenn auch ohne böse Absicht. Die Wahrscheinlichkeit, dass sein Vater die Wandleiste untersuchte, war gering. Geringer als die Gefahr, das zarte Pflänzchen der Zuneigung zu zertreten, das zwischen ihr und dem Jungen zu keimen begann.

10

Schlesien, Mai 1905 – Karoline

Der Mai zog ins Land. Moritz' Zustand besserte sich nicht so zügig, wie es die Vorhersage von Doktor Lubinski hatte hoffen lassen. Das anhaltende Fieber des Patienten und seine Schwäche verzögerten seinen Reiseantritt in das Kurbad im Riesengebirge. Entsprechend gedrückt war die Stimmung in Schloss Katzbach. Der Graf verbrachte die meiste Zeit in der Bibliothek und widmete sich seiner Ahnenforschung. Seine Frau unternahm ungeachtet des trüben Regenwetters lange Ausritte, inspizierte die Güter oder saß stundenlang über die Bücher gebeugt im Büro des Verwalters. Karoline sah sich außerstande, sich in ihr gewohntes inneres Exil zurückzuziehen. Sie war zu aufgewühlt, um zu lesen und sich auf das Schicksal einer Romanheldin einzulassen. Die Anspielung der Gräfin, die Kinderlosigkeit der Ehe ihres Sohnes sei nicht dessen Schuld, ließ ihr keine Ruhe und trieb sie immer tiefer in ihre Grübeleien.

Der Versuch ihres Schwiegervaters, diese Behauptung als bedeutungslos abzutun, hatte Karoline erst recht davon überzeugt, dass sie Hand und Fuß hatte. Ihre Schwiegermutter nahm für gewöhnlich kein Blatt vor den Mund und nannte die Dinge beim Namen. Wie Karoline es auch drehte und wendete, der Satz: »Er hat ja bereits bewiesen, dass er dazu in der Lage ist«, ließ nur einen Schluss zu: Moritz hatte ein Kind gezeugt. Die Erkenntnis stieß ihr bitter auf.

Als Karoline begriffen hatte, dass ihr Mann an einer Geschlechtskrankheit litt, die er sich bei außerehelichen Vergnügungen zugezogen hatte, war es ihr noch gelungen, diese als abstrakte Tatsache zu behandeln. Zu wissen, dass er Vater war, riss den Schleier beiseite und warf ein grelles Licht auf die verschwommenen Vorstellungen, die sie sich von derartigen Eskapaden, wie sie sie bei sich nannte, machte. Warum war ihm bei einer anderen Frau gelungen, was ihr verwehrt geblieben war? Weil Moritz diese begehrt, ja vielleicht sogar geliebt hatte? Lag hier der wahre Grund, warum ihre Verbindung ohne Nachwuchs geblieben war? Weil sie die Leidenschaft ihres Mannes nicht hatte entfachen können, die nötig war, damit er ihren Leib segnen konnte? Hatte die Gräfin am Ende doch Recht?

Aber woher wusste ihre Schwiegermutter davon? Karoline hielt es für äußerst unwahrscheinlich, dass Moritz es ihr erzählt hatte. Im Lauf der Jahre waren seine Vergnügungssucht und sein ausschweifendes Leben oft genug Gegenstand bitterer Anklagen und Vorwürfe gewesen. Freiwillig wäre Moritz ein solches Geständnis seiner Mutter gegenüber nie über die Lippen gekommen. Über solche Dinge sprach ein Gentleman nicht – und als solcher betrachtete sich Moritz trotz allem.

Zu der Frage, wie Gräfin Alwina von seinem folgenschweren Fehltritt Wind bekommen hatte, gesellten sich weitere, die Karoline noch stärker auf der Seele brannten: Wer war die Frau, die Moritz den Kopf verdreht hatte? Spielte sie in seinem Leben nach wie vor eine Rolle? Hatte er sie erst in letzter Zeit kennengelernt oder vor seiner Ehe? Wie stand er zu dem Kind? Beruhten die Gerüchte, er wolle die Scheidung, auf dieser Verbindung? Gedachte er, seinen Spross und dessen Mutter ehrbar zu machen, indem er seine Frau verstieß und die Geliebte heiratete?

Falls dem so war, hatte er seine Eltern nicht in diese Pläne eingeweiht. Die Irritation, mit der die Gräfin auf Karolines Andeutung reagiert hatte, war nicht gespielt gewesen. Sie mochte nichts von ihr als Schwiegertochter halten – einen Skandal zu provozieren und die Familie ins Gerede zu bringen, war jedoch etwas, das unter keinen Umständen für sie und erst recht ihren Mann infrage kam. Damit hätten sie sich in ihrem Selbstverständnis auf eine Stufe mit den verderbten Ablegern von Kilians Sippe begeben.

Als Karoline mit ihren Überlegungen an diesem Punkt angelangt war, beschloss sie, ihren Mann zur Rede zu stellen. Es war ohnehin ein unwürdiger Zustand, sich tagelang auf Geheiß seines Dieners von ihm fernzuhalten. Wenn Moritz sie nicht sehen wollte, sollte er ihr das persönlich von Angesicht zu Angesicht mitteilen. Für ihren Besuch wählte sie eine späte Nachmittagsstunde kurz nach der Visite, die Doktor Lubinski dem Patienten jeden Tag abstattete. Anschließend folgte der Arzt auch dieses Mal der Einladung ihrer Schwiegereltern, sich in ihrer Gesellschaft mit einem kleinen Imbiss zu stärken, bevor er zu seinem nächsten Termin weiterfuhr.

Nachdem Karoline sich vergewissert hatte, dass Anton im Aufenthaltsraum der Bediensteten im Erdgeschoss Zeitung las, lief sie in den linken Flügel des Schlosses und ins Ankleidezimmer von Moritz, von dem aus man in sein Schlafgemach gelangte. Sie klopfte an die Tür und lauschte mit angehaltenem Atem auf ein »Herein!« Als es ausblieb, stieß sie die Luft aus, drückte die Klinke herunter und verharrte auf der Schwelle. Das Zimmer war bis auf ein breites Bett mit dunklem Holzgestell, einem Stuhl und einem Waschtisch unmöbliert. Karoline hatte es nie betreten. Wenn Moritz in der Vergangenheit den Wunsch verspürt hatte, seinen ehelichen Pflichten nachzukommen, hatte er sie aufgesucht.

»Moritz!«, sagte sie leise und näherte sich dem Bett, in dem er unter einer dicken Daunendecke begraben lag.

Er antwortete mit einem Stöhnen. Karoline zog sich den Stuhl heran und setzte sich. Moritz war in einem unruhigen Schlummer gefangen. Beim Anblick der eingefallenen Wangen, der bläulichen Schatten unter den Augen, die tief in ihren Höhlen lagen, und der Schweißperlen auf der Stirn krampfte sich ihr Magen zusammen. Sein braunes Haar wirkte schütter, die Hand, die fahrig neben seinem Kopf auf dem Kissen zuckte, war abgemagert. Nichts erinnerte an den schmucken Offizier, der einst Karolines Mädchenherz hatte höherschlagen lassen. Die Wut, die sie in sein Zimmer getrieben hatte, verrauchte. Ein Anflug von Mitleid ließ sie nach seiner Hand greifen.

»Moritz!«

Er blinzelte, öffnete die Augen und starrte sie befremdet an. Erkannte er sie nicht? Hatte das Fieber seine Sinne verwirrt?

»Ich bin es, Karoline.«

»Geh!«, stieß er hervor und verzog das Gesicht.

Er will nicht, dass ich ihn so sehe, dachte Karoline. Seine Schwäche ist ihm peinlich.

»Nein. Mein Platz ist an deiner Seite. Gerade jetzt, wo du ...«

»Lass mich allein!«

»Aber ich bin deine Frau.«

»Eben drum«, erwiderte er.

Der Sarkasmus in seiner Stimme ernüchterte Karoline. Von wegen Fieberwahn. Er war klar und ganz bei sich. Sie ließ seine Hand los und richtete sich auf.

»Ich muss mit dir reden!«

»Aber ich nicht mit dir.«

Er drehte sich weg. Karoline stand auf. Wie hatte sie auch nur eine Sekunde lang Mitleid haben können? Glauben können, er würde sich über ihren Besuch freuen? Moritz mochte krank und geschwächt sein – seine abweisende Haltung ihr gegenüber war ungebrochen. Ohne ein weiteres Wort verließ Karoline das Zimmer. Sie biss die Zähne zusammen und würgte die Tränen hinunter, die ihr in die Augen stiegen. Moritz' Verhalten hatte sie in ihrem Entschluss bestärkt, auf eigene Faust dem Rätsel um sein Kind auf die Spur zu kommen.

Der Einzige, von dem Karoline vermutete, dass er es lösen

konnte, war Anton. Den Diener ihres Mannes auszuhorchen, war jedoch undenkbar. Sie spielte kurz mit der Idee, Agnes vorzuschicken. Ihrer Zofe, der er unverblümt den Hof machte, würde er gewiss bereitwillig Auskunft erteilen. Der Nachteil war, dass die Kunde von Karolines Neugier blitzschnell die Runde machen und so den Gerüchten neue Nahrung geben würde. Nein, sie musste ohne Hilfe auskommen.

Dass ihre Schwiegermutter ihre Information von einem Bediensteten hatte, hielt Karoline für ausgeschlossen. Hatte ihr vielleicht eine Bekannte von der folgenreichen Liebelei ihres Sohnes berichtet? Moritz hielt sich gern in Berlin auf. Karoline wusste, dass die Gräfin nach wie vor in lockerem Briefkontakt mit zwei Freundinnen aus Pensionatszeiten stand, die in der Hauptstadt lebten.

In der Nacht nach ihrem Besuch bei Moritz wurde die Versuchung, einen Blick in diese Korrespondenz zu werfen, immer stärker und lieferte sich einen erbitterten Kampf mit ihrem Gewissen, das eine solche Schnüffelei als unmoralisches Unterfangen ablehnte. Die Ungewissheit war nicht mehr auszuhalten, sie musste das Geheimnis lüften.

Am nächsten Vormittag konnte Karoline den Aufbruch ihrer Schwiegermutter zu ihrem morgendlichen Ausritt kaum erwarten. Immer wieder lief sie zum Treppenabsatz und spähte in die Halle hinunter. Gegen zehn Uhr erschien dort endlich die aufrechte Gestalt der Gräfin in Reitkleid und hohen Stiefeln. Kaum hatte sich die Eingangstür hinter ihr geschlossen, schlich Karoline in den linken Flügel des Schlosses. Im Boudoir von Gräfin Alwina stand neben einem Kachelofen der Sekretär, an dem diese ihre Privatkorrespondenz zu erledigen pflegte. Es war ein zierliches Möbel im Biedermeierstil mit gedrechselten Beinen, kunstvollen Intarsienarbeiten und einem ungefähr einen Meter hohen Aufsatz mit zahlreichen Schubladen, Nischen und Türchen, hinter denen Karoline zumindest ein Geheimfach vermutete – das ideale Versteck für einen Brief mit heiklem Inhalt.

Sie gebot der mahnenden Stimme, die sie von dem riskanten Vorhaben abbringen wollte, zu schweigen und begann mit klopfendem Herzen, den Schreibtisch zu inspizieren. Sie traute sich nicht, auf dem Stuhl davor Platz zu nehmen. Immer wieder hielt sie inne und lauschte, ob sich Schritte auf dem Flur näherten – bereit, sofort die Flucht zu ergreifen oder sich hinter den schweren Vorhängen zu verbergen, die rechts und links des Fensters von der Decke bis zum Boden hingen.

Ein großes Fach im Aufbau des Sekretärs war der Post vorbehalten, die die Gräfin von verschiedenen Mitgliedern ihrer Familie erhalten hatte. Da diese fast ausnahmslos in Schlesien lebten, schenkte Karoline ihr keine Beachtung. In den kleinen Schubladen befanden sich Stifte, Papiermesser, Tintenfässchen, Brieföffner, Löschpapier, Radiergummi und andere Utensilien, eine größere enthielt einen Vorrat an Briefpapier. Als sie die darunter befindliche Lade untersuchte, fiel ihr auf, dass diese weniger lang war. Aufgeregt zog sie sie ganz heraus und klopfte an die Rückwand. Es klang hohl. Sie drückte vorsichtig dagegen, ein Scharnier gab mit leisem Quietschen nach und den Blick frei in einen schmalen Zwischenraum. Karolines Handfläche wurde feucht. Sie wischte sie an ihrem Kleid ab und holte ein Päckchen aus dem Geheimfach. Es war in braunes Papier eingeschlagen und mit Bindfaden verschnürt. Sie biss sich auf die Lippe. Ihr Gewissen meldete sich und befahl ihr, den Fund unverzüglich zurückzulegen. Die forsche Seite in ihr widersprach und behielt die Oberhand.

Karoline drehte sich zur Tür und horchte. Nach wie vor war alles ruhig. Hastig knotete sie die Schnur auf, entfernte das Papier und seufzte enttäuscht auf. Der Inhalt des Päckchens war kein Brief oder anderes Schriftstück. Es war eine gerahmte

Miniatur, das Porträt eines jungen Mannes mit schwarzen Locken, geschwungenen Brauen über kornblumenblauen Augen und einem markanten Kinn. Karoline drehte das Bild um. Auf der Rückseite stand in verblasster Tinte:

Für Alwina. Ewig Dein. B.

B.? Dass es sich nicht um Graf Hermann handelte, hatte Karoline auf Anhieb erkannt. Der junge Mann hatte nicht die geringste Ähnlichkeit mit ihrem Schwiegervater. Seine Frau hätte dessen Bild auch kaum so sorgfältig versteckt. Die Vorstellung von der Gräfin als verliebtem jungen Mädchen mutete Karoline seltsam an. Wer war dieser gut aussehende B.? Warum hatte sie ihn nicht geheiratet? Eine schlechte Partie oder gar eine Mesalliance? Oder hatte sie ihn erst nach ihrer Hochzeit kennengelernt? Bilder von verstohlenen Treffen in abgelegenen Winkeln des Parks, tränenreichen Liebesschwüren und sehnsüchtigem Ausschauhalten nach dem Geliebten erschienen vor Karolines geistigem Auge. Jetzt ist nicht die Zeit für solche Fantasien!, rief sie sich zur Ordnung. Sie wickelte das Bild wieder ein, legte es in das Geheimfach zurück und setzte ihre Suche fort.

In einem Kästchen aus Rosenholz fand sie die aus Berlin gesendeten Briefe. Sie waren säuberlich nach den beiden Absenderinnen getrennt und mit Schleifen zusammengebunden. Karoline nahm die beiden Päckchen heraus und hielt den Atem an. Hatte da gerade eine Holzdiele geknarzt? Nein, alles war ruhig. Ihr Blick fiel auf den Boden der Kiste, wo ein einzelner Umschlag aus schwerem Büttenpapier lag. Er war nicht an die Gräfin allein, sondern an die Familie von Blankenburg-Marwitz adressiert. Die unverkennbar weibliche Schrift war Karoline unbekannt, eine Anschrift des Absenders fehlte. Die Briefmarke stammte nicht aus Deutschland. Sie zeigte ein kreisrund um die Zahl 20 gebogenes Posthorn mit einer Krone. Darüber stand *Norge*. Gestempelt war sie in einem Ort namens Røros. Im Dezember 1895.

Karoline kratzte sich am Kinn. Wo hatte sie eine solche Marke schon einmal gesehen? Sie sog ihre Oberlippe ein und kaute darauf herum. Natürlich! Bei Onkel Waldemar, dem Bruder ihrer Schwiegermutter! Seit Jahren unterhielt er einen regen Briefverkehr mit Künstlern aus Skandinavien, darunter zwei Landschaftsmalern aus Norwegen. Er hatte einmal erwähnt, dass *Norge* nichts anderes als »Weg nach Norden«, bedeutete. Aber wie war ein Brief aus diesem Land in den Besitz seiner Schwester geraten? Karoline verengte ihre Augen. War Moritz nicht im Sommer vor ihrer Verlobung im Auftrag seines Onkels in den hohen Norden gereist, um dort für ihn nach interessanten Gemälden Ausschau zu halten? Das war nach dem schrecklichen Reitunfall im Frühjahr 1895 gewesen, der den Freiherrn erst ans Bett gefesselt und später zu einem Dasein im Rollstuhl verdammt hatte. Wenn sie sich recht erinnerte, war Moritz damals außerdem in einer geheimen militärischen Mission in der norwegisch-schwedischen Grenzregion unterwegs gewesen.

Karolines Magen zog sich zusammen. Die Gewissheit, die Antwort auf all ihre Fragen in den Händen zu halten, überkam sie, ohne dass sie deren Ursprung hätte benennen können. Wie von selbst zogen ihre Finger den Bogen aus dem Umschlag und falteten ihn auf.

Røros, Donnerstag, 5. Dezember 1895

Guten Tag, Moritz!

Ich wende mich heute an Dich als Ehrenmann. Unser Rendezvous im Gesindehaus des Proviantskrivergården ist nicht ohne Folgen geblieben. Seit einigen Tagen habe ich darüber

Gewissheit. Noch ahnt niemand etwas von meiner Lage, doch allzu lange werde ich meinen Zustand nicht mehr verbergen können.

Du hast mir damals wortwörtlich versichert: »Ich möchte auf keinen Fall, dass Ihr guter Ruf leidet«, und zu Recht angenommen, dass man in einem Städtchen wie dem unseren schnell ins Gerede kommt. Ich fordere Dich daher auf, Dich Deiner Verantwortung zu stellen und Dich zu mir und dem Kind, das ich von Dir erwarte, zu bekennen.

Ich bestehe keineswegs auf einem ehelichen Zusammenleben, das ohnehin auf Heuchelei gegründet wäre. Ich will lediglich in den Augen meiner Familie als unbescholtene Frau dastehen und so verhindern, dass ein Makel deren Ansehen beschmutzt. Im Gegenzug hast Du mein Wort, dass ich Dich nach einer angemessenen Zeitspanne um die Scheidung ersuchen und keine weiteren Ansprüche an Dich stellen werde.

Ich bitte Dich inständig, mich nicht im Stich zu lassen! Und denk vor allem an Dein Kind! Gib ihm die Chance auf einen guten Start ins Leben.

In der Hoffnung auf eine rasche Antwort (bitte schicke sie an die Adresse der Bibliothek: Raukassa, Kirkegata 39) verbleibe ich mit vielen Grüßen,

Sofie

Karoline ließ sich auf den Stuhl sinken, der vor dem Sekretär stand, und starrte auf die Zeilen, die vor ihren Augen verschwammen. Übelkeit breitete sich in ihr aus. Erst in diesem Moment, in dem sie ihren Verdacht schwarz auf weiß bestätigt sah, wurde ihr bewusst, wie sehr sie sich davor gefürchtet hatte. Sie stand auf, ging ans Fenster, öffnete es und sog die kühle Luft in tiefen Zügen ein.

Der Regen hatte aufgehört, und die Wolkendecke zeigte

Lücken, durch die Sonnenstrahlen blitzten. Die Fliederbüsche und Sträucher, die den Rasen auf der Rückseite des Schlosses umgaben, troffen vor Nässe. Zwei Kohlmeisen jagten sich mit Gezeter gegenseitig auf den Zweigen der mächtigen Buche, die in der Mitte des Gartens stand. Der Efeu an der Hausmauer verströmte einen herben Geruch, der sich mit dem Duft der blauen Blütentrauben einer Glyzinie mischte, die sich an einem Regenrohr emporrankte. Karolines Herzschlag beruhigte sich. Sie nahm einen letzten tiefen Atemzug, kehrte zum Schreibtisch zurück, hob den Brief auf und las ihn ein zweites Mal.

Wer war diese Sofie, die sich vor knapp zehn Jahren so dringlich an Moritz gewandt hatte? Der Hinweis auf das Ansehen ihrer Familie und den Ruf, den sie in ihrem Heimatstädtchen genoss, deutete darauf hin, dass sie eine Tochter aus gutem Hause war, die sich hinter dem Rücken ihrer Eltern auf ein Techtelmechtel mit dem jungen deutschen Offizier eingelassen hatte. Karoline stellte sich Sofie als eine hoch gewachsene, stämmige Maid mit hellblauen Augen, dicken blonden Zöpfen und gesunder Gesichtsfarbe vor – entsprechend dem Bild einer zünftigen Norwegerin, das in ihrem Kopf herumspukte. Für naiv hielt sie Sofie nicht. Deren Worten nach zu urteilen, hatte sie sich keinen Illusionen hingegeben, was Moritz' Gefühle für sie anging. Vermutlich hatte er sich nach seinem Aufenthalt im Sommer nie mehr bei ihr gemeldet. Ob sie schon vor diesem Dezember-Brief versucht hatte, schriftlich Kontakt zu ihm aufzunehmen? Hatte sie mehr für ihn empfunden, ihn gar geliebt? Karoline starrte auf den Namen am Ende des Textes.

»Sofie, wieso hast du dich Moritz hingegeben?«, sagte sie leise vor sich hin. »Hat er dich verführt? Dir die Ehe versprochen und sich dann sang- und klanglos aus dem Staub gemacht, nachdem du ihm zu Willen gewesen bist?«

Zu ihrer eigenen Überraschung empfand Karoline Mitleid mit dieser Sofie. Wie mochte es ihr in der Zwischenzeit ergangen sein? Was hatte sie getan, als Moritz ihrer Bitte, die ihr sicher nicht leicht aus der Feder geflossen war, nicht nachgekommen war? Als sie feststellen musste, dass er sie im Stich ließ? Wie hatte ihre Familie auf ihre Schwangerschaft reagiert? Was war aus dem Kind geworden?

»Darf ich erfahren, was du da zu suchen hast?«

Die schneidende Stimme der Gräfin riss Karoline aus ihren Überlegungen. Sie sprang auf und wich vor ihrer Schwiegermutter zurück, die von ihr unbemerkt den Raum betreten hatte. Sie hatte ihre Arme vor der Brust verschränkt und funkelte sie empört an. Karoline starrte sie an, unfähig einen Ton hervorzubringen. So musste sich das sprichwörtliche Kaninchen fühlen, das sich unverhofft einer Schlange gegenübersah.

11

Stavanger, Mai 1905 – Liv

»Ich habe dich gestern Abend vermisst.«

Die tiefe Stimme in ihrem Rücken ließ Liv vor Schreck zusammenzucken. Um ein Haar wäre ihr die Milchkanne aus der Hand geglitten, die der Melker ihr gefüllt hatte. Sie drehte sich um und sah sich Halvor Eik gegenüber. Er musste um die Ecke der Missionsschule gebogen sein, als sie von der Melkkammer kommend die zwei Stufen zum Wohnhaus der Treskes hinaufgestiegen war.

Liv war überrascht gewesen, dass sich auf dem weitläufigen Grundstück der Missionsschule ein regelrechter Bauernhof befand: Neben Stallungen für Kühe, Schweine, Ziegen und Geflügel gab es Scheunen, Werkstätten, Geräteschuppen und eine Backstube sowie Wiesen mit Obstbäumen und Gemüsegärten – weswegen das Anwesen im Volksmund *misjonsmarka* genannt wurde. Dieses Missions-Landgut wurde von einem Vorsteher verwaltet, dem mehrere Knechte unterstanden. Außerdem unterwies er die Schüler. Die angehenden Heidenbekehrer sollten dereinst nicht nur Gottes Wort verkünden, sondern sich in den ausländischen Stationen nach Möglichkeit selbst versorgen. Neben der Teilnahme am Unterricht und gymnastischen Übungen zur körperlichen Ertüchtigung gehörten daher auch Arbeiten im Schulhaushalt, in den verschiedenen Werkstätten und im landwirtschaftlichen Betrieb zu ihren Pflichten. So erwarben sie praktische Kenntnisse und Fertigkeiten und sicherten nebenbei den Bewohnern des Anwesens die Grundversorgung mit Nahrungsmitteln.

Liv sah Halvor Eik verständnislos an und stammelte: »Vermisst? ... Mich?«

»Im Bibelverein. Ich hatte dich eingeladen.«

Er sah ihr direkt in die Augen. Livs Magen zog sich zusammen. Ein leiser Vorwurf lag in seinem Blick. Und ein Ausdruck, den sie erst vor wenigen Tagen in einem anderen Augenpaar gesehen hatte. Aber wo und bei wem? Richtig! Auf dem Marktplatz. Eine Matrone hatte einem Fischverkäufer ein halbes Dutzend prächtige Forellen für einen Spottpreis abgehandelt und dabei das Gleiche wie Halvor Eik ausgestrahlt: unerschütterliche Siegesgewissheit. Der Händler, der Liv keine zwei Minuten zuvor, ohne mit der Wimper zu zucken, deutlich mehr für ihren Einkauf abverlangt hatte, war förmlich geschrumpft und hatte Liv fast leidgetan – so eingeschüchtert war er gewesen. Das gleiche Gefühl ergriff nun von ihr Besitz. Halvor Eiks selbstsicheres Auftreten bereitete ihr Unbehagen. Als sei sie ihm etwas schuldig – ohne auch nur im Entferntesten zu ahnen, was das sein könnte. Sie errötete und senkte den Kopf. Sie hatte den Vortrag des jungen Missionars vollkommen vergessen.

Neben all den Verpflichtungen und Aufgaben, die ihr kaum Raum für andere Gedanken ließen, hatte sie am Tag zuvor nur eine Frage bewegt: wie es ihr gelingen konnte, Elias eine kleine Freude zu bereiten. Erst bei der Morgenandacht hatte sie erfahren, dass der zweite Mai ein besonderes Datum war: Elias wurde neun Jahre alt. Sein Vater hatte wie gewöhnlich das Andachtsbuch aus der Schublade unter dem Tisch hervorgeholt, es aufgeschlagen, zur passenden Seite geblättert und nach kurzem Zögern wieder zugeklappt.

Während sich Liv noch über diese Abweichung wunderte, hatte Oddvar Treske mit Blick auf seinen Sohn die Hände gefaltet und ein Gebet gesprochen. Er hatte Gott um seinen Segen gebeten für dieses schwierige Kind, auf dass es endlich zu einem folgsamen Sohn werde, seinen Eltern zur Freude und dem Herrn ein Wohlgefallen. Im Gegenzug hatte er gelobt, seine Christenpflicht zu erfüllen und Elias, den er in diesem Zusammenhang als eine ihm auferlegte Prüfung bezeichnete, auch in dessen nächstem Lebensjahr mit der gebührenden Strenge zu leiten. Erst an dieser Stelle hatte Liv begriffen, dass Elias Geburtstag hatte. Nur mit Mühe hatte sie ein Stöhnen unterdrückt. Am liebsten hätte sie den Jungen, der mit hängendem Kopf auf seinem Stuhl saß, an der Hand genommen und wäre mit ihm aus dem Zimmer geflüchtet.

Auch beim Frühstück hatten Elias' Eltern keine Anstalten gemacht, ihm zu gratulieren. Ingrid Treske hatte zwar ihren Mann halblaut gefragt, ob er Elias nicht wenigstens das Buch geben wollte, das dieser sich gewünscht hatte. Angesichts der Zornesfalte auf Oddvar Treskes Stirn hatte sie das Ansinnen jedoch nicht weiter verfolgt und auch später, als der Lehrer außer Haus war, keinen Versuch mehr unternommen, den Geburtstag ihres Sohnes zu feiern.

Liv hatte Elias am Nachmittag, als sie ihn von der Schule abholte, mit einem Abstecher zum Hafen überrascht, wo sie das Ablegemanöver eines großen Frachtschiffes verfolgten. Mit seligem Lächeln hatte er dabei die Karamellbonbons genascht, die Liv am Vormittag eigens für ihn gekocht hatte. Frau Bryne hatte bereitwillig Butter, Zucker und Sahne aus der Vorratskammer herausgerückt und dabei gemurmelt: »Der arme Junge. Nicht mal heute lässt sein Vater Milde walten.«

Ihre verspätete Rückkehr hatte Liv – nach kurzem inneren Ringen, ob diese Notlüge erlaubt sei – mit der langen Schlange entschuldigt, in der sie beim Apotheker angeblich warten mussten. Ingrid Treske hatte sie beauftragt, dort einen Tiegel Lanolin zum Einfetten von Klein-Margits Wollhosen, die über die Windeln gezogen wurden, und eine Tube Menthol-Byrolin zum Einreiben der Schläfen gegen Kopfschmerzen zu besorgen. Am Abend war es Liv sogar noch gelungen, Elias unbemerkt in ihre Kammer zu schleusen, wo er eine Viertelstunde mit seiner Krähe Kaja spielte, deren verletzter Flügel fast verheilt war. Als

Liv ihn anschließend in sein Zimmer zurückbrachte, hatte er sie zum ersten Mal umarmt und gesagt: »Das war sooo schön. Vielen Dank!«

»Macht ja nichts«, drang Halvor Eiks Stimme in ihre Erinnerung. »Es gibt noch genügend andere Gelegenheiten. Am Freitagabend zum Beispiel. Der Direktor des hiesigen Museums hat mich gebeten, von den Gebräuchen der Madagassen zu berichten. Er baut nämlich eine völkerkundliche Sammlung auf, und ich habe ihm ein paar Kultgegenstände und Werkzeuge mitgebracht.«

»Ich weiß nicht, ob ich darf ... äh, ich meine ... ich habe viel Arbeit und ...«

Das finstere Gesicht ihres Herrn, mit dem dieser das Ansinnen des jungen Missionars beantwortet hatte, kam Liv in den Sinn. Nie im Leben würde sie den Mut aufbringen, um einen freien Abend und die Erlaubnis zu bitten, der Einladung zu folgen.

»Liv? Wo bleibt die Milch?«

Der Ruf der Köchin erscholl aus dem Inneren des Hauses. Liv zuckte erneut zusammen. »Ich muss jetzt gehen«, sagte sie, froh, einen Vorwand zu haben, das Gespräch zu beenden, und eilte hinein.

»Mit wem hast du denn da geplaudert?«, fragte Frau Bryne, als Liv die Milchkanne auf dem Küchentisch abstellte.

»Ich wollte gar nicht ...«, begann Liv. »Er hat mich aufgehal...«

Die Köchin machte eine ungeduldige Handbewegung. »Schon gut. Komm, wir müssen uns sputen. Blanchiere die schon mal für die Suppe und hack sie anschließend klein.« Sie deutete auf einen flachen Korb, den Liv am Rand der Wiese vor der Missionsschule mit Brennnesseln gefüllt hatte, nachdem sie auch an diesem Morgen Elias zur Schule begleitet hatte. »Ich kümmere mich derweil um die Fischklöße.«

Als Liv eine Viertelstunde später ins Speisezimmer lief, um eine Porzellanschüssel für den Pudding zu holen, den es zum Nachtisch geben sollte, stand Ingrid Treske in der Haustür. Hinter ihr sah Liv die hünenhafte Gestalt von Halvor Eik, mit dem sich ihre Herrin offenbar unterhalten hatte.

In diesem Moment entdeckte sie Liv. »*Når man snakker om solen, så skinner den* – wenn man von der Sonne spricht, dann scheint sie«, zitierte sie mit einem Lächeln das Sprichwort. Sie winkte Liv heran und wandte sich wieder zu Halvor Eik. »Jetzt möchte ich Sie nicht länger aufhalten und wünsche Ihnen noch einen schönen Tag.«

Der Missionar verbeugte sich, nickte Liv zu und schritt davon.

Ingrid Treske schloss die Tür. »Ich habe gehört, dass du übermorgen Abend zu dem Vortrag im Museum eingeladen bist.«

Liv knotete ihre Hände in die Schürze und sah auf die Spitzen ihrer Holzpantinen, die unter dem Rock hervorlugten. »Ich weiß nicht«, stammelte sie. »Ich glaube, ich gehe lieber nicht.«

»Aber warum denn nicht? Das wird sicher interessant.«

»Gewiss. Aber es gibt so viel zu tun und …«

Ingrid Treske schüttelte den Kopf. »Für zwei Stunden können wir dich auf jeden Fall entbehren. Du arbeitest immer so fleißig, da hast du dir eine kleine Belohnung verdient. Und so eine freundliche Einladung auszuschlagen, wäre nicht höflich.«

Liv wagte es nicht, sie auf den Unmut ihres Mannes anzusprechen, was dieses Thema betraf. Oder gar das unbehagliche Gefühl zu erwähnen, das sie in der Gegenwart des Missionars verspürte. Stattdessen schaute sie an sich herunter. »Ich habe gar kein Kleid, mit dem ich mich auf so einer Veranstaltung blicken lassen kann«, murmelte sie.

»Na, daran soll's nicht scheitern!«, rief Frau Treske. »Ich habe ein, zwei Sachen, die mir nach der Geburt von Klein-

Margit zu eng geworden sind. Die kannst du gern haben. Du brauchst ohnehin etwas Anständiges für den Sonntagsgottesdienst.« Bevor Liv weitere Einwände vorbringen konnte, lief ihre Herrin zur Treppe. »Komm zu mir, wenn du in der Küche fertig bist. Dann kannst du sie anprobieren.«

Beim Eindecken des Tisches nutzte Liv die Gelegenheit, einen kurzen Blick in das Andachtsbuch zu werfen. Seit sie sich bei der Begegnung mit Halvor Eik an das Gebet erinnert hatte, das Herr Treske für seinen Sohn gesprochen hatte, rumorte die Frage in ihr, was die Losung an Elias Geburtstag gewesen wäre und warum sein Vater sie nicht vorgelesen hatte.

Der Stein, den die Bauleute verworfen, ist zum Eckstein worden./Das ist vom Herrn geschehen und ist ein Wunder vor unseren Augen.

Der Satz war Teil des Psalms 118. Liv überflog die folgende Auslegung und presste die Lippen aufeinander. Es verwunderte sie nicht länger, dass Oddvar Treske es vorgezogen hatte, ein eigenes Gebet zu sprechen. Der kurze Text, der seiner Haltung gegenüber seinem Sohn in allem widersprach, musste ihm ein Dorn im Auge gewesen sein, vor allem Sätze wie: *Das Volk Israel, von den Mächtigen als unnütz verworfen, wurde durch seinen Gott wieder zu Ehren gesetzt.* Oder: *Sie haben Jesus hinausgestoßen aus Jerusalems Toren und als einen Übeltäter verdammt zum Tode. Aber Gott hat sich zu ihm bekannt durch die Auferweckung von den Toten und hat ihm einen Namen gegeben, der über alle Namen ist.*

Aus dem gleichen Grund hatte er vermutlich darauf verzichtet, die in dem Andachtsbuch empfohlene Strophe des Liedes »Dankt, dankt dem Herrn, jauchzt volle Chöre« anzustimmen:

Dies ist der schönste aller Tage,
den Gott uns schenkt, weil er uns liebt,
dass jeder nun der Furcht entsage,
sich freue, weil Gott Freude gibt.
Schenk heut, Erbarmer, Heil und Segen,
es ist dein Tag der Herrlichkeit!

Später beim gemeinsamen Essen hatte Liv kaum einen Bissen hinunterbekommen. Warum konnte Oddvar Treske seinen Sohn nicht lieben? Wieso sah er eine Prüfung in ihm, die Gott ihm und seiner Frau zumutete? Der Abgrund, der hinter diesen Fragen lauerte, erfüllte sie mit Furcht und nahm ihr den Appetit.

Am Freitagabend sah Liv zum ersten Mal in ihrem Leben ein Museum von innen. Sie trug ein schlichtes Kleid aus violettem Kattun mit einem runden Kragen aus weißer Spitze, das ihrer Herrin einst als Hausgewand gedient hatte. Nachdem Liv es an Taille und Busen enger genäht und die Ärmel etwas gekürzt hatte, passte es ihr wie angegossen. Dazu trug sie flache, schwarze Schnürschuhe, die Frau Bryne ihr überlassen hatte, und ein ausrangiertes Schultertuch von Ingrid Treske. Ihre Haare hatte sie zu einem Zopf geflochten und um ihren Kopf gewunden. Bevor sie das Haus verließ, hatte sie ein paar Atemzüge lang vor dem Spiegel neben der Garderobe verharrt und sich mit einem Anflug von Staunen betrachtet. Sie kam sich ein bisschen verkleidet vor, wie eine Fremde, die das gleiche Gesicht hatte wie sie, jedoch wesentlich vornehmer aussah.

Das dreistöckige Museum, das zwölf Jahre zuvor auf einer kleinen Anhöhe in der Nähe weiterer Neubauten – dem Krankenhaus, dem Theater, einem Gymnasium und einer Turnhalle –

errichtet worden war, bestand aus einem Eingangsgebäude, das von einer mächtigen, rechteckigen Kuppel überspannt wurde, gekrönt von einem Oberlicht aus Glas. Daran schloss sich der Nordflügel an. Der Bau des geplanten Südflügels stand noch aus. Es gab wohl Unstimmigkeiten im Stadtrat, was die Finanzierung betraf. Das hatte Oddvar Treske angedeutet, als er Liv mit freundlichem Lächeln mitgeteilt hatte, dass sie der Einladung von Halvor Eik gern Folge leisten dürfe.

Sie vermutete die Fürsprache seiner Frau hinter diesem unerwarteten Sinneswandel. Vielleicht hatte ihn aber auch der junge Missionar mit schmeichelhaften Bemerkungen gewogen gestimmt. Jedenfalls war ihr Dienstherr vor ihrem Aufbruch in aufgeräumter Stimmung gewesen und hatte ihr voller Stolz von dem »schönsten und größten Prachtbau der Stadt« vorgeschwärmt, das von dem Architekten, einem gewissen Eckhoff, im Stile der Neorenaissance entworfen worden war. Liv hatte stumm zugehört und sich nicht getraut, ihre Unwissenheit einzugestehen und zu fragen, was es mit diesem Baustil auf sich hatte. In ihren Augen nahm sich das Museum wie ein Märchenschloss aus: An Vorsprüngen und Ecken ragten Türmchen in die Höhe, Dreiecksgiebel krönten das Portal und die Schmalseiten des Daches, die Fensterrahmen waren mit Rosetten und Löwenköpfen verziert und die Kapitelle der Blendsäulen mit floralen Ornamenten geschmückt.

Liv war feierlich zumute, als sie die Stufen zum Eingang hinauflief und das Vestibül betrat. Angesichts eines ausgestopften Elefanten, der rechts von einer breiten Treppe stand, die nach oben führte, wich Liv unwillkürlich einen Schritt zurück und fasste sich an den Hals. Das riesige Tier machte den Eindruck, als könne es jeden Moment mit einem Trompeten lostraben. Die Vorstellung entlockte Liv ein Kichern. Das Bild von einem Elefanten, der die Straßen Stavangers unsicher machte, war zu komisch. Bevor sie sich ins Untergeschoss begab – wo

laut Oddvar Treske der Vortrag im Ausstellungsraum der völ-
kerkundlichen Sammlung stattfinden sollte –, legte sie den Kopf
in den Nacken und bewunderte die Decke. Diese bestand aus
flachen, quadratischen Vertiefungen, deren Holzrahmen mit
Schnitzereien verziert waren. Die Flächen hatte man im Scha-
blonendekor mit Blumen und Blättern ausgemalt.

Liv schloss sich einer Gruppe weiterer Besucher an, die eben
an ihr vorbei zur Stiege in den Keller liefen. Unten befand sich
rechts und links des Treppenhauses je eine große Werkstatt,
direkt gegenüber lag die Wohnung des Tierpräparators. Dem
Stimmengewirr nach zu schließen, das durch die offen stehende
Tür des angrenzenden Raumes auf den Gang hinaus schallte, war
in diesem die ethnografische Ausstellung untergebracht. Als Liv
eben hineingehen wollte, wurde eine Tür auf der anderen Seite
des Flurs geöffnet, wo sich die kulturhistorische Sammlung befand. Ein drahtiger Herr, den sie auf fünfzig Jahre schätzte, kam
heraus. Er trug einen Anzug aus dunklem Tweed, einen sorgfältig
gestutzten Vollbart und eine Brille mit runden Gläsern.

Ihm folgte ein jüngerer Mann, in dem Liv den Reisenden
wiedererkannte, der sie einige Tage zuvor nach dem Weg zum
Museum gefragt hatte. Es war ihr schleierhaft, wie sie ihn bei
ihrer ersten Begegnung als unscheinbar hatte wahrnehmen können. Das Leuchten seiner hellbraunen Augen durchflutete sie
mit einer freudigen Vorahnung, die ihr Herz schneller schlagen
ließ. So wie es der erste laue Hauch nach einem langen Winter
tat, der vom Frühling kündete, vom Ende der dunklen Nächte
und vom Schmelzen des Eises auf Seen und Flüssen. Als der
junge Mann, den sie auf Mitte zwanzig schätzte, ihrer ansichtig
wurde, strahlte er übers ganze Gesicht und hob grüßend die
Hand. Liv merkte, wie sich ihr Mund ohne ihr Zutun zu einem
breiten Lächeln verzog.

»Ah, da ist er ja, unser Redner«, rief sein Begleiter im gleichen
Moment.

Liv drehte sich um und sah Halvor Eik um die Ecke in den Gang biegen. Der Mann im Tweetanzug drängte sich an ihr vorbei und eilte ihm entgegen.

»Herr Eik, darf ich Sie mit Bjarne Morell bekannt machen? Er kommt vom Norwegischen Volksmuseum in Kristiania und ist sehr an Ihren Ausführungen interessiert. Sein Hauptgebiet ist zwar vornehmlich unsere heimische Geschichte, nichtsdestoweniger ...«

Liv wartete nicht ab, aus welchen Gründen sich Bjarne Morell für den Vortrag interessierte. Während der Mann im Tweetanzug Halvor Eik die Hand schüttelte, schlüpfte sie von diesem unbemerkt durch die Tür – getrieben von einem vagen Unbehagen. Der Gedanke, der Missionar könnte ihre Sympathie für Bjarne Morell wahrnehmen, war ihr unangenehm und verstärkte die Beklommenheit, die sie in seiner Gegenwart spürte. Hinzu kam die förmliche Begrüßung durch den Mann im Tweetanzug. Sie rückte Halvor Eik in ein neues Licht. Aus dem jungen Missionar, den sie bislang in ihm gesehen hatte, war eine Respektsperson geworden, dem eine ebensolche umständlich vorgestellt wurde.

Der längliche Ausstellungsraum wurde von Gaslampen erleuchtet, die Wände waren in einem matten Rotton gehalten und weitgehend von hohen Schaukästen verdeckt. In der Mitte des Bodens lag ein filigranes Boot mit Segelmast und einem Schwimmbalken, der durch Querstangen mit dem Schiffskörper verbunden war. Davor sowie rechts und links davon standen Stühle für die Zuhörer bereit. Sie waren auf den Durchgang zum nächsten Saal ausgerichtet, der die steinzeitlichen Fundstücke aus der Umgebung von Stavanger beherbergte. Davor war ein Tisch aufgebaut, neben dem sich mehrere Kisten stapelten. Die meisten Plätze waren bereits besetzt, nur in den beiden vorderen Reihen klafften Lücken.

Unschlüssig blieb Liv einen Atemzug lang stehen. Es kam ihr

anmaßend vor, sich so weit nach vorn zu setzen. Zu ihrer Erleichterung entdeckte sie am Rand der vorletzten Reihe einen freien Stuhl direkt neben einer Vitrine. Sie schlängelte sich, Entschuldigungen murmelnd, an den Sitzenden vorbei, ließ sich mit einem scheuen Lächeln neben einer mittelalten, gut gekleideten Dame nieder, die zart nach Flieder duftete und in ihrem Handtäschchen herumkramte. Liv vertiefte sich in die Betrachtung des Schaukastens, der laut einer handbeschriebenen Karteikarte Exponate aus Melanesien enthielt: Holzschalen und Tonkrüge, Schaber und Schöpfkellen, geflochtene Tragbehälter aus Blättern und mit symmetrischen Mustern bemalte Schmuckstücke, die aus Knochen, Schneckenhäusern, Muscheln und Schildpatt gefertigt waren. Über der Vitrine hingen aus Holz geschnitzte Masken mit helmartigen Haarraupen aus gelb gefärbten Kokosfasern, deren grimmige Mimik Liv einen Schauer über den Rücken jagte. Während sie noch rätselte, welchem Zweck sie dienten und wo sich dieses Melanesien befand, verstummten die Gespräche.

Liv sah nach vorn. Die beiden breitschultrigen Männer vor ihr nahmen ihr fast vollständig die Sicht auf den Rednertisch, an dem in diesem Moment der Herr im Tweetanzug und Halvor Eik eintrafen. Wo Bjarne Morell, der Museumsmann aus Kristiania, Platz genommen hatte, konnte sie nicht ausmachen. Die Dame neben ihr beugte sich zu ihrer Begleiterin, einem Mädchen in Livs Alter. »Das ist Tor Helliesen, der Kurator«, flüsterte sie aufgeregt. »Man bekommt ihn viel zu selten zu Gesicht. Er ist immer so beschäftigt.« In ihrer Stimme schwangen Bedauern und ein Hauch von Vorwurf.

Das Mädchen, vermutlich ihre Tochter, zuckte mit den Schultern. Es hatte nur Augen für Halvor Eik, der entspannt in seinem Stuhl lehnte und seinen Blick über die vor ihm Sitzenden schweifen ließ, als suche er etwas. Jemanden, verbesserte sich Liv. Hielt er etwa nach ihr Ausschau? Unwillkürlich duckte sie sich.

Was bildest du dir bloß ein?, wies sie sich selbst zurecht. Er hat seine Aufforderung, hierherzukommen und ihm zu lauschen, gewiss schon vergessen. Das war eine freundliche Geste, nichts weiter. Was sollte er von einem ungehobelten Trampel wie dir wollen? Hier wimmelt es nur so von hübschen, gebildeten Frauen aus guten Familien. Liv schluckte trocken. Du bist völlig fehl am Platze, ätzte ihre strenge Seite weiter. Es hätte sie nicht gewundert, wenn ein Wärter erschienen wäre und sie empört des Raumes verwiesen hätte. Sie war drauf und dran, aufzuspringen und hinauszurennen. Gleichzeitig flüsterte ein anderes Stimmchen in ihr: Wenn es ihm wirklich gleichgültig wäre, ob du kommst oder nicht, hätte er sich vorgestern wohl kaum zum Haus der Treskes bemüht, um seine Einladung zu wiederholen. Wieder empfand sie dieses Unbehagen, das der Missionar ihr einflößte.

»Guten Abend, meine Damen und Herren«, ertönte die Stimme von Tor Helliesen. »Ich begrüße Sie recht herzlich und freue mich, dass Sie so zahlreich den Weg zu uns gefunden haben.«

Liv lugte an der Schulter ihres Vordermannes vorbei und sah, dass sich Tor Helliesen erhoben hatte.

»Es ist mir eine Ehre, Ihnen heute Herrn Eik präsentieren zu können.«

Liv unterdrückte ein Glucksen. Es klang so, als wolle der Kurator seinen Ehrengast als besondere Leckerei auf einem Tablett servieren.

»Er hat nicht nur reiche Gaben für unsere Sammlung im Gepäck«, fuhr Herr Helliesen fort und deutete auf die Kisten neben dem Tisch, »sondern er ist darüber hinaus auch bereit, uns einen Einblick in seine Erkenntnisse über die Gebräuche der Madagassen und insbesondere ihres Aberglaubens zu gewähren, die er während seiner Jahre auf dieser Insel im Indischen Ozean gewonnen hat. Er hat dort für die norwegische

136

Missionsgesellschaft im Dienste des Herrn viele Jahre verbracht, denen – so ich ihn richtig verstanden habe – noch viele weitere folgen werden. Es erfüllt mich daher mit aufrichtiger Dankbarkeit, dass er uns in den kurzen Urlaubswochen, die er dieser Tage in der Heimat verbringt, einen Teil seiner kostbaren Zeit schenkt.« Er verneigte sich in Halvor Eiks Richtung. »Darum will ich ihm diese nicht länger stehlen und bitte ihn nun, das Wort zu ergreifen.«

Unter dem Applaus der Zuhörer stand Halvor Eik auf, erwiderte die Verbeugung, stellte sich vor den Tisch und folgte der Aufforderung des Kurators.

»Ich danke Ihnen für diesen freundlichen Empfang und hoffe, den Erwartungen, die unser liebenswürdiger Gastgeber so hoch gesteckt hat, gerecht zu werden.«

Der selbstbewusste Ausdruck seines Gesichts strafte die demütige Wortwahl Lügen. Liv konnte sich des Eindrucks nicht erwehren, dass es Halvor Eik nicht sonderlich scherte, wie andere über ihn urteilten. Als hätten ihn ihre Gedanken auf sie aufmerksam gemacht, schaute er in ihre Richtung und erspähte sie zwischen den Schultern ihrer Vordermänner. Ein zufriedenes Lächeln umspielte seine Lippen, während er mit seinem Vortrag begann.

Wieder überkam Liv eine Verunsicherung, von der sie nicht wusste, ob sie von der ungewohnten Aufmerksamkeit herrührte, die der Missionar ihr entgegenbrachte, oder von der unterschwelligen Bedrohung, die sie in seiner Gegenwart spürte. Er strahlte etwas aus, dem sie sich nur schwer entziehen konnte. So stellte sie sich den Sog eines Malstroms vor. Wie den des Moskenstraumen hoch oben im Norden bei den Inseln der Lofoten. Ein mit ihrem Vater befreundeter Fischer, der im Winter dorthin fuhr, wenn die Dorschschwärme kamen, hatte von diesem starken Wasserwirbel erzählt, der angeblich kleinere Boote hinab zum Meeresgrund ziehen konnte.

137

Sei nicht albern, ermahnte sich Liv. Halvor Eik ist doch kein Strudel, der einen ins Verderben reißt. Sie setzte sich aufrecht hin, konzentrierte sich auf seine Rede und verdrängte, so gut es ging, die Verwirrung, die sich ihrer bemächtigt hatte.

12

Schlesien, Mai 1905 – Karoline

»Es gelingt dir immer aufs Neue, mir ungeahnte Einblicke in deine Unverfrorenheit zu verschaffen. Dir ist wohl gar nichts heilig. Weiß man in deinen Kreisen nicht, was Privatsphäre ist?« Gräfin Alwina rümpfte die Nase und musterte Karoline mit einem Ausdruck, als betrachte sie eine besonders ekelerregende Kreatur.

Karolines Knie zitterten. Ihr wurde schwarz vor Augen. Halt suchend griff sie nach der Lehne des Stuhls.

»Untersteh dich, jetzt in Ohnmacht zu fallen!«, zischte die Gräfin.

Karoline biss sich auf die Lippe und schmeckte Blut. Der Schmerz vertrieb den Schwindel.

»Also! Was hast du an meinem Sekretär zu suchen?«

Der Urheber des Ausdrucks »sich in Grund und Boden schämen« hatte sich wohl in einer ähnlich schrecklichen Lage befunden. Karoline spürte die Bedeutung dieser Worte körperlich. Es hätte sie nicht erstaunt festzustellen, dass sie binnen der letzten Sekunden geschrumpft war. Dass sie ihrer Schwiegermutter recht geben musste, war fast noch schlimmer als die peinliche Situation, in die sie sich manövriert hatte. Wie sie es auch drehte und wendete: Ihr Verhalten war unverzeihlich.

»Angriff ist die beste Verteidigung!« Der Aphorismus, der dem preußischen General Carl von Clausewitz zugeschrieben wurde, tauchte aus dem Nichts in ihr auf. Ihr Vater zitierte ihn gern, wenn er vor schwierigen Verhandlungen stand. An ihrer Misere, die sie mit ihrem Leichtsinn verschuldet hatte, konnte sie nichts mehr ändern. Was konnte da der Versuch schaden, noch ein paar Informationen aus der Gräfin herauszukitzeln? Karoline trat einen Schritt auf sie zu und hielt ihr den Brief aus Norwegen hin. »Ist das der Beweis für die Zeugungskraft deines Sohnes, auf die du neulich angespielt hast?«

Die Gräfin zog die Brauen hoch, nahm das Blatt und überflog die Zeilen.

»Wie steht Moritz zu diesem Kind und seiner Mutter?«, fuhr Karoline fort, bevor sie etwas sagen konnte. »Rühren seine ewigen Schulden in Wahrheit daher? Weil er ihnen Unterhalt zahlt?«

Die Gräfin schnaubte. »Moritz? Das wäre ja noch schöner! Er weiß ja nicht einmal, dass...« Sie unterbrach sich.

»Soll das etwa... Moritz kennt diesen Brief gar nicht?«, rief Karoline. »Aber warum nicht? Hat nicht zumindest er ein Recht auf die Wahrheit?«

»Die Wahrheit! Welche Wahrheit?«, höhnte die Gräfin.

Karoline ballte ihre Fäuste und nahm all ihren Mut zusammen. »Auf die du ein alleiniges Anrecht zu haben glaubst. Und weil ich das leid bin, habe ich eben nach Hinweisen gesucht.« Sie drückte ihre Brust heraus. »Auch wenn du der Überzeugung bist, dass es mich nichts angeht: Ich will jetzt unverzügl...«

»Ich wüsste in der Tat nicht, was dich das angeht«, schnitt ihr die Gräfin das Wort ab. »Erstens ist es vor eurer Hochzeit geschehen. Und zweitens vermutlich ohnehin gelogen.«

»Wie bitte? Gelogen? Warum sollte diese Sofie...«

»Sie wäre nicht die Erste, die sich auf diese Weise eine Ehe erschleichen wollte.«

»Ich kann dir nicht folgen«, sagte Karoline. »Entweder bist du sicher, dass Moritz Kinder bekommen kann – dafür spricht, dass du diesen Brief als Beweis aufbewahrt hast und mir Unfruchtbarkeit unterstellst. Oder du glaubst, dass diese Sofie eine dreiste Lügnerin ist – womit deine anderen Behauptungen haltlos wären. Und wo steht geschrieben, dass es nicht

Moritz ist, der die Schuld für das Ausbleiben eines Stammhalters trägt?«

Im Gesicht der Gräfin zuckte es. Für den Bruchteil einer Sekunde kostete Karoline den Triumph aus, dieser die Widersprüchlichkeit ihrer Argumentation aufgezeigt zu haben. Ihre Schwiegermutter verengte die Augen, knüllte den Brief zusammen und warf ihn in den Papierkorb neben dem Sekretär. »Lenk nicht mit Spitzfindigkeiten von deinem unverzeihlichen Verhalten ab«, zischte sie.

Karolines Genugtuung verflog. Die Scham kehrte zurück. Und mit ihr die Angst. »Ich weiß, dass es keine Entschuldigung dafür gibt.« Sie deutete auf die offen stehende Schreibtischschublade und das Rosenholzkästchen. »Aber verstehst du denn nicht, dass ...«, fuhr sie mit einem Flehen in der Stimme fort.

»Schweig!«, donnerte die Gräfin. »Verschone mich mit deiner Wehleidigkeit und deinen ewigen Ausreden. Ich ertrage das nicht mehr. Nein, ich korrigiere mich: Ich ertrage dich nicht mehr!«

Karoline schloss die Augen und senkte den Kopf. Was würde als Nächstes kommen? Die Aufforderung, Moritz freizugeben und sich scheiden zu lassen? Was hatte sie nur geritten, in das Boudoir ihrer Schwiegermutter einzudringen und dort herumzuschnüffeln? Legte sie nicht selbst größten Wert darauf, dass man ihren privaten Bereich respektierte? Wäre sie nicht genauso außer sich gewesen, wenn sie jemanden beim Stöbern in ihren Sachen erwischt hätte? Sie hatte es verdient, mit Schimpf und Schande davongejagt zu werden! Karoline sah sich bereits mit einem Koffer in der Hand die Auffahrt des Schlosses hinunterwanken, verfolgt vom Hohngelächter der Angestellten. Sie sah, wie sich alte Bekannte angewidert von ihr abwandten und hinter vorgehaltener Hand über sie tuschelten. Als sie sich die entsetzten Gesichter ausmalte, mit denen ihre Mutter

141

und ihr Vater auf die Hiobsbotschaft reagieren würden, entrang sich ihr ein Gurgeln.

»... von deiner Anwesenheit befreist«, sagte die Gräfin gerade.

Karoline wurde es kalt. So fühlte es sich also an, wenn das eintrat, was man am meisten befürchtete. Von dem man wusste, dass es der Anfang eines Lebens sein würde, das diese Bezeichnung nicht verdiente. Dahinvegetieren traf es besser. Ausgestoßen von der Gesellschaft, geächtet, bestenfalls bemitleidet.

»Du könntest deine Eltern für ein paar Wochen besuchen, das dürfte doch kein Problem darstellen, oder?«

Karoline blinzelte. Hatte sie richtig gehört? Sie sollte nur verreisen? Eine Welle der Erleichterung durchflutete sie und brachte ihre Knie erneut zum Zittern. Davongekommen!, war alles, was sie denken konnte.

Ihre Schwiegermutter sah sie fragend an. »Oder täusche ich mich?«

Karoline räusperte sich. »Selbstverständlich ... äh, nein ... ich meine ... kein Problem.«

»Dann ist das also geklärt«, sagte die Gräfin und sah demonstrativ zur Tür.

Karoline raffte ihren Rock und stolperte an ihr vorbei hinaus in den Flur. Aus den Augenwinkeln bemerkte sie Anton, der an der Wand lehnte. Hatte er etwa gelauscht? Karoline würdigte ihn keines Blickes. Es war ihr gleichgültig. Sie wollte nur eins: so rasch wie möglich in ihre Zimmer und sich verkriechen. Dort angekommen, schleuderte sie ihre Schuhe von sich, warf sich auf ihr Sofa, öffnete die obersten Knöpfe ihrer Bluse und rang schluchzend nach Luft.

Nach einer Weile atmete sie ruhiger, schnäuzte sich und setzte sich aufrecht hin. Ihre Gedanken kreisten sogleich wieder um Sofie und das Kind, das diese von Moritz erwartet hatte. Im

Gegensatz zu ihrer Schwiegermutter glaubte Karoline nicht, dass die junge Norwegerin ihre Schwangerschaft vorgetäuscht hatte, um Moritz zur Ehe zu nötigen. Das erschien ihr zu weit hergeholt. Als Sofie ihren Brief schrieb, hatte sie schon mehrere Monate keinen Kontakt mehr zu dem jungen Offizier gehabt. Aus ihren Zeilen hatte in erster Linie Sorge um den Ruf ihrer Familie und das Wohl des Kindes gesprochen. Ein Satz hatte Karoline besonders imponiert: »Ich bestehe keineswegs auf einem ehelichen Zusammenleben, das ohnehin auf Heuchelei gegründet wäre.« Ebenso die Zusage, Moritz nach einiger Zeit wieder freizugeben. So abgeklärt und nüchtern schrieb keine Frau, die einen Mann an sich binden und eine Ehe mit ihm führen wollte. Davon abgesehen hielt Karoline es für unwahrscheinlich, dass Sofie Angst gehabt hatte, als alte Jungfer zu enden. Sie entstammte einer angesehenen Familie und war vermutlich eine gute Partie gewesen. Und unansehnlich konnte sie auch nicht sein. Moritz hätte sich nicht die Mühe gemacht, ein hässliches Mauerblümchen zu verführen.

Wie war es Sofie ergangen, als Moritz sich nicht gemeldet hatte? Karoline zog die Stirn kraus. Sie mochte sich gar nicht ausmalen, wie ihre Eltern auf eine uneheliche Schwangerschaft von ihr reagiert hätten, dessen Urheber sich auf Nimmerwiedersehen aus dem Staub gemacht hatte. Ihr Vater hätte getobt, ihre Mutter hysterische Krämpfe über den unvorstellbaren Skandal bekommen, der daraus entstehen konnte. Ob sie sie verstoßen hätten? Nein, sie hätten wohl eher versucht, die Sache zu vertuschen. Für wohlhabende Familien gab es Mittel und Wege, solche Fehltritte diskret aus der Welt zu schaffen. Verschwiegene Sanatorien in abgelegenen Gegenden, in denen die kränkliche Tochter angeblich einige Monate zur Kur weilte und nach der Geburt in ihr altes Leben zurückkehrte, während die unerwünschte Frucht ihrer Liebelei in ein Waisenhaus oder zu Adoptiveltern gegeben wurde.

Karoline stopfte sich ein Kissen in den Rücken, zog ihre Beine unter sich, stützte den Kopf auf einen angewinkelten Arm und überlegte weiter: Sofies Kind war jetzt neun Jahre alt. War es ein Junge oder ein Mädchen? Sicher ein Junge. Wenn man den Ausführungen des Dr. Weißbrodt in seinem Büchlein »Die eheliche Pflicht« Glauben schenken durfte, galt: »Um Knaben zu erzeugen, muss der Beischlaf nur selten ausgeübt werden.« Sofie hatte in ihrem Brief auf ein einmaliges, folgenschweres Rendezvous angespielt. Und wie hatte Karolines Großmutter immer gesagt: »Ein in Saft und Kraft stehender Mann schenkt seiner Frau stramme Jungs.« Vor zehn Jahren hatte Moritz vor Gesundheit nur so gestrotzt und laut dieser Regel gewiss einen männlichen Nachkommen in die Welt gesetzt.

Hatte Sofie einen verständnisvollen Mann geheiratet, der bereit gewesen war, ihren Sohn wie seinen eigenen großzuziehen? Karoline schüttelte unwillkürlich den Kopf. So etwas mochte in Romanen das versöhnliche Ende dramatischer Schicksale sein, im wirklichen Leben waren solche selbstlosen Menschen die Ausnahme. Hatte Sofie ihren Jungen fortgegeben? Um ihm die Chance auf den besten Start ins Leben zu ermöglichen, die sie sich von Moritz für ihn erhofft hatte? Wie wahrscheinlich war es, eine entsprechend angesehene und gut situierte Familie zu finden, die ein Kind mit zweifelhafter Herkunft adoptierte? Karoline verzog den Mund. Auch das war eher eine Lösung, die Schriftstellern einfiel. Sofies Lage gestaltete sich wohl sehr viel weniger angenehm.

Karoline sah eine karg eingerichtete Kammer vor sich, in der eine verhärmte junge Frau mit einem neunjährigen Jungen hauste. Irgendwo in einer grauen Industriegegend, wo sie in einer Fabrik für einen Hungerlohn schuftete – fern von ihrem Heimatort Røros, den Karoline sich als schmucke Kleinstadt an einem malerischen Fjord vorstellte. Das Bild war eindrücklich und ging ihr zu Herzen. Eine Idee, die in ihrem Hinterkopf herumspukte, nahm Gestalt an. Eine Idee, bei der alle Beteiligten nur gewinnen konnten. Aufgeregt sprang Karoline vom Sofa und ging in ihrem Zimmer auf und ab.

Sie würde Sofie suchen und den Jungen nach Deutschland holen! Seine Mutter konnte ein neues Leben beginnen und würde dankbar sein, dass ihrem Kind eine rosige Zukunft als Adelsspross winkte. Weil Karoline ihn wie einen eigenen Sohn aufnehmen würde! Damit wäre die Erblinie auf Schloss Katzbach fürs Erste gesichert. Ihr selbstloses Engagement und ihre Bereitschaft, Moritz' uneheliches Kind zu adoptieren, würden diesem und Gräfin Alwina die Augen über Karolines edlen Charakter öffnen. Sie würden sie nach all den Jahren der Zurückweisung und der Verachtung endlich als Angehörige ansehen und ihr die ihr gebührende Stelle in der Familie einräumen. Und ihre eigenen Eltern brauchten keinen Skandal zu fürchten.

Für einen winzigen Moment tauchte das Gesicht von Fräulein Schroeder vor Karolines geistigem Auge auf, die sie zweifellos für diese – in ihren Augen – oberflächliche Sichtweise getadelt hätte. Die Direktorin des Mädchenpensionats war nicht müde geworden, ihren Schülerinnen die inneren Werte ans Herz zu legen, und hatte es als verwerfliches, weil nichtiges Streben verdammt, nach gesellschaftlichem Ansehen und Aufstieg in höhere Kreise zu schielen. Als sie Karoline und deren Freundin Ida eines Tages erwischt hatte – über die Familiennachrichten in der »Schlesischen Zeitung« gebeugt und versunken in ein Gespräch über die beglückenden Aussichten, die den Bräuten von jungen Adligen oder wohlhabenden Bankierssöhnen und Fabrikanten winkten –, hatte sie ihnen tüchtig den Kopf gewaschen. Ida hatte mit den Augen gerollt.

»Nur weil die olle Schreckschraube keinen abgekriegt hat, redet sie jetzt so abgeklärt daher«, hatte sie später empört festge-

145

stellt. »Ich würde ein Pfund von Hofkonditor Brunies Pralinés darauf wetten, dass sie in unserem Alter die gleichen Ambitionen hatte und keineswegs davon träumte, als alte Jungfer zu enden und ihr Dasein als Leiterin eines Pensionats zu fristen. Davon abgesehen würden uns unsere Eltern gehörig den Marsch blasen, wenn wir ihnen mit solchen Ideen kämen. Wir sind es ihnen schuldig, ihre Erwartungen zu erfüllen und uns eine angemessene Zukunft zu sichern. Und das geht nun mal nicht ohne eine gute Partie.«

Karoline hatte damals vor allem die Vorstellung amüsiert, eine Naschkatze wie Ida könnte freiwillig einen Berg ihres Lieblingskonfekts aufs Spiel setzen. Sie musste ihrer Sache schon sehr sicher sein, wenn sie solch einen Wetteinsatz vorschlug. Erst an diesem Tag ein Jahrzehnt später wurde Karoline bewusst, wie zutreffend Idas Einschätzung gewesen war. Es war vollkommen undenkbar, ihre Eltern durch das Scheitern ihrer Ehe mit Moritz zu brüskieren. Allein die Vorstellung bereitete Karoline Übelkeit. Sie legte eine Hand auf ihren Magen und atmete tief durch. Es mochte Frauen geben, denen derartige Ängste fremd waren, die sich frei machen konnten von solchen Verpflichtungen und sich nicht um ihr Ansehen scherten. Ihr jedoch fehlte der Mut, mit den Normen zu brechen, die das Leben in ihren Kreisen bestimmten. Aber nicht der Mut, nach Moritz' Kind zu suchen!, schloss sie ihre Selbstvorwürfe ab.

Als Erstes galt es, alle Informationen zusammenzutragen, die sie hatte. Karoline setzte sich an ihren Schreibtisch und griff nach einem Notizblock und einem Bleistift. Der Brief aus Norwegen war für sie verloren. Undenkbar, sich noch einmal in die Höhle des Löwen zu wagen und ihn aus dem Papierkorb zu fischen, in den ihn die Gräfin geworfen hatte. Spätestens am nächsten Morgen würde das Stubenmädchen diesen leeren und den Inhalt verbrennen. Karoline rief sich den Brief ins Gedächtnis und notierte die Adresse, die sie gottlob behalten hatte:

Sofie. Dezember 1895. Røros in Norwegen. Gesindehaus Pro-
viantskrivergården. Bibliothek, Kirkegata 39.

Viel war das nicht. Sie kannte weder den Nachnamen von Sofie
noch deren Wohnanschrift. Oder lebte ihre Familie in diesem
Proviantskrivergården, was auch immer sich hinter dieser Bezeichnung verbergen mochte? Karoline kam es sehr riskant
vor, ein heimliches Rendezvous ausgerechnet im Haus für die
Dienstboten auf dem eigenen Grundstück zu verabreden. Und
warum hatte sie Moritz gebeten, seine Antwort an die Adresse
der Bibliothek zu schicken? Natürlich, damit ihre Eltern keinen
Wind von ihrem Techtelmechtel bekamen – das lag auf der Hand.
Aber warum die öffentliche Bücherei? Hatte sie dort gearbeitet?
War das für eine Tochter aus höherem Hause nicht eher unwahrscheinlich? Vielleicht war sie ja mit dem Bibliothekar bekannt?
Karoline rieb sich die Stirn. Ihre Spekulationen brachten sie nicht
weiter. Selbst wenn es sich so verhalten hatte – es lag zehn Jahre
zurück.

Ihr erster Einfall, Sofie einen Brief zu schreiben und sich nach
dem Kind zu erkundigen, erschien ihr nach kurzem Nachdenken wenig erfolgversprechend. Die Adresse war zu lückenhaft –
selbst wenn Sofie noch in Røros wohnte und eine Verbindung
zur Bibliothek hatte. Die Gefahr, dass ihre Anfrage in falsche
Hände geriet, war zu groß. Nein, es gab nur eine Möglichkeit:
Sie musste nach Norwegen fahren und sich persönlich auf die
Suche machen.

Wie soll das gehen?, hielt ihre Vernunftsstimme dagegen. So
eine Reise ist kein Pappenstiel, weder finanziell noch von der
Planung her. Du weißt ja noch nicht einmal, wo dieses Røros
liegt und wie man dorthin gelangt.

»Das lässt sich ändern«, sagte Karoline halblaut, stand auf
und verließ ihr Zimmer. Sie war fest entschlossen, sich nicht von

ihren Bedenken und Ängsten gängeln zu lassen. Und schon gar nicht von der Gräfin. Das war sie ihrer Selbstachtung schuldig. Wenn ihre Schwiegermutter sie aus den Augen haben wollte, konnte sie die Gelegenheit nutzen, dieser zu beweisen, dass sie sich gründlich in ihr getäuscht hatte. Auf dem Weg hinunter in die Bibliothek, wo sie nach Informationen über Sofies Heimatort suchen wollte, grübelte sie über den Besuch in Breslau bei ihren Eltern nach, den die Gräfin ihr nahegelegt hatte. Er hatte nur bei sehr flüchtiger Betrachtung etwas Verlockendes. Sicher, ihre Mutter würde sie nach Strich und Faden verwöhnen und ausgiebige Einkaufsbummel mit ihr unternehmen. Dabei würde sie sie aber mit Fragen nach ihrem Alltag auf dem Schloss löchern, den sie sich in den herrlichsten Farben ausmalte. Karoline hatte es in der Vergangenheit peinlich vermieden, ihre Eltern über ihre Situation aufzuklären und sie im Glauben gelassen, ihre einzige Tochter führe ein erfülltes und glückliches Leben.

Behutsam öffnete Karoline die Tür zur Bibliothek und spähte hinein. Zu ihrer Erleichterung war sie leer. Der Graf stattete um diese Zeit am späten Vormittag dem Zwinger seiner Jagdhunde einen Besuch ab, wo er mit dem Stallburschen, der sie versorgte, fachsimpelte und sich in allen Einzelheiten über seine Lieblinge informieren ließ. Auch das Dienstmädchen, das seine Abwesenheit zum Staubwischen nutzte, war bereits wieder verschwunden.

Karoline holte sich den siebzehnten Band »Rio bis Schönebeck« des »Meyerschen Konversations-Lexikons« aus dem Regal und suchte den norwegischen Heimatort von Sofie. Zu ihrer Enttäuschung war der Artikel sehr knapp.

Röros, *Bergstädtchen im norweg. Amt Süddrontheim, 628 m ü. M., auf einem Plateau unweit der Quellen des Glommen in rauher Gegend gelegen, Station der Staatsbahnlinie Eidsvold –*

Drontheim hat seit 1646 bearbeitete Kupfergruben und (1900)
2217 Einw.

Das war alles. Karoline klappte das Lexikon zu. Immerhin
weißt du jetzt, dass man den Ort mit der Eisenbahn erreichen
kann, tröstete sie sich. Und die Einwohnerzahl ist überschau-
bar. Das dürfte die Suche doch sehr erleichtern. Sie stellte das
Buch zurück. Von hier aus kannst du eine so weite Reise nicht
planen, überlegte sie weiter. Zumal die Gräfin erwartet, dass du
besser heute als morgen verschwindest. Karoline sog ihre Oberlippe ein. Sie brauchte einen Ort, wo sie ohne Störfeuer nachdenken und planen konnte.

Also doch zu den Eltern nach Breslau? Dort konnte sie sich
in Stangens Reise-Bureau über eine Fahrt in den hohen Norden
erkundigen. Aber wie sollte sie Vater und Mutter erklären,
warum sie aus heiterem Himmel mutterseelenallein verreisen
wollte? Was in der Tat eine Schnapsidee war. Vielleicht konnte
sie eine der Gruppenreisen buchen, die sich neuerdings großer
Beliebtheit erfreuten? Keine schlechte Idee. Die nur einen großen Haken hatte: Es war kostspielig und würde ihre Bewegungsfreiheit erheblich einschränken. Und dass ein abgelegener
Bergbauort auf der Route von organisierten Nordlandfahrten
stand, konnte sich Karoline beim besten Willen auch nicht vorstellen.

Onkel Waldemar wäre der perfekte Begleiter, schoss es ihr in
den Sinn. Wenn er nicht im Rollstuhl säße ..., ätzte die skeptische Stimme. »Ein Besuch bei ihm könnte dennoch nicht schaden«, sagte Karoline laut. Der Bruder der Gräfin kannte sich in
Skandinavien aus und hatte sicher viele gute Ratschläge für sie.
Andererseits konnte sie nicht einschätzen, wie er auf ihren Plan
reagieren würde. Wenn er sie nicht unterstützte, würde er versuchen, ihn ihr auszureden. Bestenfalls. Schlimmstenfalls würde

er sie an seine Schwester verraten. Karoline konnte das Hohnge-lächter förmlich hören, in das Gräfin Alwina ausbrechen würde, wenn sie von ihrem Vorhaben erfuhr. »Ausgerechnet du willst in einem wildfremden Land nach einem Kind suchen, das ver-mutlich gar nicht existiert? Und was macht dich so sicher, dass es kein Mädchen ist? Das wäre genauso unnütz wie du selbst!«

Karoline zog fröstelnd die Schultern hoch. Nein, ihre Schwie-germutter sowie alle anderen Mitglieder der Familie durften erst eingeweiht werden, wenn sie erfolgreich zurückkehrte – zusam-men mit dem künftigen Erben.

13

Stavanger, Mai 1905 – Liv

Eine gute Stunde lang entführte Halvor Eik seine Zuhörer weit
weg von den Ufern des Gandsfjords in den Indischen Ozean.
Er leitete seinen Vortrag mit einem kurzen Überblick über
die geologischen und klimatischen Verhältnisse Madagaskars
ein – schwülheiße, regenreiche Sumpfgebiete und tropische Ur-
wälder an den Küsten, kühlere Savannen auf den Hochebenen
der Gebirge und trockene Dornbuschsteppen im Süden – und
streifte einige Besonderheiten in Flora und Fauna, bevor er sich
seinem Hauptthema zuwandte: den Eingeborenen und ihren
Sitten.

Seine Schilderungen regten Livs Fantasie an. Gern hätte sie
mehr über Tiere wie Flughunde, Ameisenschleichkatzen und
vor allem die Lemuren erfahren. Halvor Eik hatte Letztere als
possierliche Halbaffen beschrieben – was immer man sich unter
einem Halbaffen vorzustellen hatte –, die es wie viele andere
Spezies ausschließlich auf Madagaskar gab. Wie mochte es sein,
durch einen Dschungel zu streifen, in dem es von seltsamen
Wesen nur so wimmelte? Sie kannte ja nicht einmal die uner-
messlich weiten Wälder ihrer Heimat im Osten und Norden,
in denen Bären, Elche, Wölfe, Rentiere, Vielfraße und Wild-
katzen lebten. Nur aus den Märchen und Sagen, denen zufolge
dort zudem Trolle, Nisser und andere geheimnisvolle Gestalten
hausten.

Die tragende Stimme des Missionars zog Liv wieder in ihren
Bann.

»Madagaskar diente den Europäern ungefähr seit dem siebzehnten Jahrhundert als Handelsstützpunkt. Auch Araber,

Inder und Suaheli haben sich dort niedergelassen. Wann und von wem die Insel jedoch als Erstes besiedelt wurde, ist noch nicht genau erforscht. Man geht heute von zwei Volksstämmen aus, die als Urbevölkerung gelten: den Sakalaven, die im Süden und Westen Viehzucht treiben, in primitiven Hütten leben und dem negroiden Typ angehören – unschwer zu erkennen an ihrer schwarzbraunen Hautfarbe und dem gekräuselten, wolligen Haar, das sie zu Zöpfchen flechten.« Halvor Eik entrollte eine großformatige, farbige Lithografie und hielt sie in die Höhe. Darauf waren mehrere Köpfe zu sehen. Er zeigte auf das Porträt eines dunkelhäutigen Mannes mit breiter Nase. »Und den Hova im Osten, die von den Malaien abstammen.« Sein Finger wanderte zu einem Frauenkopf mit heller Gesichtsfarbe. »Davon zeugen ihr olivgelber Teint, die glatten oder leicht gewellten Haare, kastanienbraune Augen und ebenmäßige Gesichtszüge mit gerader oder gebogener Nase. Auch die Sprache der Hova deutet auf deren malaiische Wurzeln hin, ebenso einige Gebräuche wie zum Beispiel der Anbau von Reis und Zuckerrohr und die Verwendung von Blasebalgen zur Eisenschmelze. Sie fertigen recht schöne Teppiche aus Wolle oder Seide an und verfügen dank ihrer Geschicklichkeit in der Metallverarbeitung über viele Werkzeuge, Hausgeräte und Musikinstrumente.«

Zur Untermauerung seiner Worte zog der Missionar ein buntes Tuch aus einer der Kisten, breitete es über den Tisch aus und stellte Schalen und Trinkbecher aus schwarzem Ton, Holzlöffel mit kunstvoll geschnitzten Stielen, eine aus Speckstein gefertigte Öllampe sowie Trommeln aus Tierfellen und Blasinstrumente aus Seemuscheln und Rinderhörnern darauf. Liv bedauerte es, sich nicht auf einen Platz weiter vorn getraut zu haben. Von ihrem Stuhl aus konnte sie die Gegenstände nicht mehr sehen, sobald sie auf dem Tisch lagen. Sie lehnte sich zurück und konzentrierte sich auf den Vortrag, den Halvor Eik nach kurzer Pause fortsetzte.

»Man darf getrost behaupten, dass es sich bei den Hova um die zivilisierteste und geistig am höchsten entwickelte Gruppe der Eingeborenen handelt.«

Liv ertappte sich dabei, wie sie den Mund verzog. Der Ton, mit dem der Missionar die Hova lobte, stieß ihr übel auf. Es klang von oben herab, so als spräche er von unmündigen Kindern. Aber sind sie das nicht?, hielt ihre Zweifelstimme dagegen. Sagt nicht auch Pfarrer Nylund immer, dass die Ungläubigen wie die Kinder sind, denen man den rechten Glauben beibringen muss? Liv kniff ihre Lippen zusammen. Ja, aber bei ihm klingt es nicht so überheblich. Sondern voller Mitgefühl und echter Sorge um ihr Seelenheil.

»... nimmt es daher kaum Wunder, dass sie die anderen Stämme weitgehend unter ihr Joch gezwungen hatten«, drang Halvor Eiks Stimme in ihre Grübeleien. Sie straffte sich und richtete ihre Aufmerksamkeit wieder auf ihn.

»Bis sich die Franzosen Madagaskar vor neun Jahren in ihr Kolonialreich einverleibt haben, herrschten im vorigen Jahrhundert Königsfamilien der Hova über große Teile der Insel. Sie führten auch das Christentum als Staatsreligion ein und ...«

»Hört, hört«, ließ sich eine Männerstimme vernehmen. »Wozu braucht es dann noch Missionare?«

Der Kurator zuckte zusammen. Im Publikum wurde Tadel an der Bemerkung des Zwischenrufers laut. Liv folgte den Blicken der anderen, die sich auf einen untersetzten Mann richteten, der mit vor der Brust verschränkten Armen ein paar Reihen vor ihr saß. Seine Frau zupfte mit hochroten Wangen an seinem Ärmel und flüsterte auf ihn ein. Er schob trotzig das Kinn vor.

»Die Frage wird doch wohl erlaubt sein«, knurrte er. »Für mich klingt das nach purer Geldverschwendung.«

Der Empörung auf den Mienen der anderen Besucher nach

153

zu schließen, war er mit seiner Meinung allein. Kam er vielleicht von außerhalb und war mit den Verhältnissen in Stavanger nicht vertraut? Oder gehörte er zu den Menschen, denen es Freude bereitete, andere zu provozieren?

Von Ingrid Treske wusste Liv, dass die Missionsgesellschaft in der Stadt hohes Ansehen genoss. Viele Bürger unterstützten sie regelmäßig mit Geldspenden, Landwirte und Fischer mit Naturalien. Die Schüler der Missionsschule galten als begehrte Heiratskandidaten, obwohl die meisten von ihnen aus armen Bauern- oder Handwerkerfamilien stammten. Ihre solide Ausbildung, die Weihe zum Priester und ihr selbstloses Engagement im Namen des Herrn wogen diesen Makel nicht nur auf, sondern verschafften ihnen große Wertschätzung und eine angesehene gesellschaftliche Stellung. Davon zeugten zahlreiche Eheschließungen von Töchtern aus gutem Hause mit ehemaligen Missionsschülern.

Halvor Eik hob eine Hand. »Aus hiesiger Sicht mag dies eine berechtigte Frage sein«, entgegnete er gelassen. »Bei näherer Betrachtung der Umstände auf Madagaskar stellt sich die Lage dagegen anders dar. Dort treibt nämlich noch allerlei Heidnisches sein Unwesen. So ist die Vielweiberei nach wie vor an der Tagesordnung. Wobei kurioserweise von den Mädchen vor der Heirat keine Keuschheit verlangt wird, Ehebruch aber unter Strafe steht.«

Erneut unterbrach erregtes Getuschel seine Rede. Die Dame neben Liv sog scharf die Luft ein und verzog missbilligend das Gesicht.

Der Missionar nickte mit ernster Miene. »Ja, meine Damen und Herren, es liegt noch ein beschwerlicher Weg vor uns, bis wir diese verirrten Seelen aus den Klauen des Höllenfürsten befreit haben.«

Liv spürte, wie sich die Härchen auf ihren Unterarmen aufstellten. Die Erwähnung des Teufels beschwor die Erinnerung an die Sonntagsschule herauf, die sie als Kind besucht hatte. Mit erhobenem Zeigefinger und mahnender Stimme hatte die Frau von Pfarrer Nylund vom schrecklichen Los der Heiden erzählt, die wegen ihres unchristlichen Lebenswandels im Fegefeuer schmoren und schreckliche Qualen erdulden mussten. Liv hatte sich keine rechte Vorstellung von diesen Heiden machen können. In ihrer Fantasie waren es Fabelwesen wie Zwerge oder Riesen gewesen. Dass es sich um – wenn auch exotisch aussehende – Menschen wie sie selbst handeln könnte, hatte sie sich bis zu diesem Augenblick nicht wirklich klargemacht.

»Die Unzucht ist für uns aber eine der geringeren Sorgen«, fuhr Halvor Eik fort. »Besonders zu schaffen macht uns der Ahnenkult, der kaum auszurotten ist. Zunächst einmal klingt es harmlos, ja lobenswert, seine verstorbenen Vorfahren zu ehren. Doch das madagassische Verständnis vom Tod steht einer wahren Bekehrung im Wege.« Er räusperte sich, nahm einen Schluck Wasser aus einem Glas, das neben einer Karaffe auf dem Tisch bereitstand, und wandte sich erneut an sein Publikum. »Bei den Hova bildet der Glaube an eine enge Verbindung zwischen Lebenden und Toten das Fundament der religiösen und sozialen Werte, ebenso wie die Überzeugung von der Existenz eines obersten Schöpfers. Letzteres ist natürlich eine günstige Ausgangslage für die Missionierung, da keine Vielgötterei ausgemerzt werden muss wie bei anderen Wilden. Allerdings bedeutet den Madagassen der Tod nicht das Ende des irdischen Daseins, nach dem das Jenseits auf uns wartet. Für sie vollzieht sich vielmehr mit dem Sterben ein Übertritt in eine neue, spirituelle Art des Seins. Die Seelen der Ahnen existieren weiter als Geister, die das Schicksal der Lebenden im guten wie im schlechten Sinne beeinflussen. Sie sind die Vermittler zwischen dem göttlichen Schöpfer und den Menschen, wobei die Ahnen als Fürsprecher für die Lebenden eintreten.«

»Wie die Heiligen bei den Papsthörigen«, flüsterte Livs Nachbarin ihrer Tochter mit hörbarem Abscheu zu.

Liv runzelte die Stirn. Wen meinte die Dame? Ihr schwirrte der Kopf von all den unbekannten Begriffen und komplizierten Zusammenhängen. Sie biss sich auf die Lippe. Wenn ich doch nur nicht so unwissend wäre!, dachte sie. Hoffentlich merkt niemand, dass ich so vieles nicht recht verstehe.

»Ja, Mutter. Manchmal frage ich mich, ob wir nicht besser die Katholiken bekehren sollten«, entgegnete die Tochter leise und fügte mit einem sehnsüchtigen Blick auf Halvor Eik hinzu: »Dann müssten unsere Missionare nicht gar so weit von der Heimat leben.«

Liv entspannte sich. Es war beruhigend, dass auch ein gebildetes Fräulein dem Vortrag nicht so folgte, wie man es erwarten sollte. Wenn der Missionar wüsste, welche Gedanken manche seiner Zuhörer bewegten! Er wäre geschmeichelt, gab sie sich selbst die Antwort und richtete ihre Augen wieder nach vorn.

»... komme ich nun zu einem besonders abstoßenden Brauch: der Totenumbettung«, sagte Halvor Eik gerade. »Dabei werden die Verstorbenen aus dem Familiengrab geholt, ihre Überreste aus den Leichentüchern freigelegt, berührt und der Familie präsentiert, bevor man sie in neue, kostbare Seidenstoffe einwickelt und wieder bestattet. Diese Zeremonie gilt als wichtigstes Ritual im madagassischen Ahnenkult, und jeder Familienclan feiert es im eigenen Rhythmus, gewöhnlich alle sieben Jahre.« Er beugte sich über eine andere Kiste und förderte einen geflochtenen Gürtel zutage, der mit Muscheln behängt war. »Solche Gurte werden bei den Tänzen getragen, die zu Ehren des Toten stattfinden«, erklärte er und legte ihn zu den anderen Gegenständen auf den Tisch. »Bevor ich nun zum Abschluss komme, möchte ich Ihnen noch einen anderen wichtigen Aspekt des Ahnenkults vorstellen: die *fady*, was so viel wie Tabu bedeutet. Krankheiten, persönliche Schicksalsschläge oder Naturkatastrophen verstehen die Madagassen nämlich als Strafe eines Ahnen, der über die Übertretung oder Missachtung eines *fady* erzürnt ist. Es würde zu weit führen, diese Tabus näher zu beleuchten – es gibt schier unendlich viele davon, die für unsere Begriffe rein willkürlich festgelegt werden. So ist es untersagt, gleichzeitig zu essen und zu singen, bestimmte Gegenstände mit der linken Hand aufzuheben oder einen Verstorbenen an einem Dienstag zu beerdigen. Mal ist es ein See, in dem man nicht schwimmen darf, weil sich dort angeblich ein Geist herumtreibt, mal ist es eine bestimmte Speise, deren Genuss verboten ist. Die abergläubische Furcht, ein Tabu zu übertreten, bestimmt das Leben der Madagassen – gleichgültig, ob sie getauft sind oder nicht. Das Sprichwort: ›Ich würde lieber sterben, als etwas zu essen, das *fady* ist‹, belegt das sehr eindrucksvoll.«

Halvor Eik hielt kurz inne, schaute in die Runde und beendete seinen Vortrag mit den Worten: »Ich denke, Sie haben nun eine Vorstellung davon, wie mühselig eine tiefe Verankerung von Gottes Wort und dem rechten Glauben in den Herzen dieser Menschen vonstattengeht. Umso tröstlicher ist das Wissen um die Unterstützung, die uns aus der Heimat zuteilwird – in Form von Gebeten und von Zuwendungen, die es uns ermöglichen, weitere Schulen und Stationen zu errichten als Bollwerke gegen die Mächte der Finsternis. Im Kampf zwischen ewigem Leben und ewigem Tod. Getreu unserem Motto: Das Licht der Erlösung denen bringen, die in der Dunkelheit darben!«

Applaus brandete auf. Der Kurator erhob sich und schüttelte Halvor Eik kräftig die Hand. Dieser verneigte sich und nahm hinter dem Tisch Platz. Während Liv in die Hände klatschte, kreisten ihre Gedanken um die Zuwendungen, die der Missionar erwähnt hatte. Wurde von den Zuhörern eine

Spende erwartet? Ging vielleicht bereits ein Sammelkorb durch die Reihen? Ihr wurde heiß. Sie hatte keine einzige Øre bei sich. Zu ihrer Erleichterung erwies sich ihre Befürchtung als unbegründet.

»Ich darf Sie herzlich einladen, die Gelegenheit zu nutzen und unserem geschätzten Redner Fragen zu stellen«, sagte Tor Helliesen und setzte sich ebenfalls wieder hin. »Ich werde mich bemühen, die Meldungen in der korrekten Reihenfolge zu berücksichtigen.«

Noch während er sprach, reckten sich mehrere – überwiegend weibliche – Arme in die Luft. In der folgenden halben Stunde wurde Halvor Eik regelrecht mit Fragen bestürmt. Liv bewunderte die Ruhe, mit der er sie erwiderte, ohne sich zu verhaspeln oder ins Stocken zu geraten. Gleichgültig, ob es um die Bitte nach Ausführungen zu den Tabus der Hova oder der Rolle ihrer Medizinmänner ging, um Informationen zur Organisation der Missionsstationen oder Gefahren, die durch Krankheiten und unzuträgliches Klima drohten – nie war er um eine Antwort verlegen.

Als sich eine junge Dame, der er etwas zu den Fetischen erklärt hatte, die die Hova gegen Krankheiten und zur Austreibung böser Geister verwendeten, lautstark über diesen törichten Aberglauben lustig machte, entgegnete ein Herr aus dem Publikum: »Verzeihen Sie die Bemerkung. Aber gibt es nicht auch bei uns viele, die auf Beschwörungsformeln oder aus Sicht der modernen Medizin nutzlose, ja sogar schädliche Substanzen setzen, wenn es gilt, ihre Gesundheit zu schützen oder wiederherzustellen?«

Die Stimme ließ Livs Herz schneller schlagen. Sie gehörte Bjarne Morell, dem Volkskundler aus Kristiania. Sie spähte zwischen den Schultern ihrer beiden Vordermänner hindurch und entdeckte ihn schräg vor ihr in einer Stuhlreihe jenseits des Segelboots.

Ungeachtet des aufgebrachten Gemurmels, das seinem Einwurf folgte, sprach er weiter: »Denken Sie doch nur an das Besprechen von Warzen. Oder die mancherorts herrschende Überzeugung, dass heilkundige Frauen am Heiligen Abend Metall von den Kirchenglocken kratzen als Zutat für ihre Arzneien.«

Vor Livs geistigem Auge tauchte das Gesicht von Berit auf, einer längst verstorbenen Tante, die früher bei ihnen in Sandnes gewohnt hatte. Wenn sich eins der Kinder einen Knöchel verstaucht hatte, pflegte sie diesen anzuspucken, gegen den Uhrzeigersinn darüber zu streichen und dabei dreimal eine Beschwörungsformel zu murmeln. Eines Tages hatte Livs Mutter sie dabei überrascht und war fuchsteufelswild geworden. Liv hatte das nicht verstanden. Berits Sprüche halfen und linderten die Schmerzen. Eine Nachbarin, deren Sohn unter Rachitis litt, hatte ihren Rat befolgt und ihm etwas Brandy eingeflößt, in dem ein Löffel Erde von einem Grab verrührt war. Offenbar hatte das Mittel angeschlagen, denn die Frau hatte Tante Berit zum Dank eine Schüssel mit Haferkeksen gebracht.

»Ich verbiete dir diese teuflischen Rituale! Sollen die Leute etwa denken, dass hier eine Hexe wohnt?«, hatte ihre Mutter geschrien und anschließend zwei Tage lang kein Wort mehr mit der Tante gesprochen. Diese hatte mit den Achseln gezuckt, etwas von dummen Menschen gegrummelt, auf deren Meinung sie pfeife, und sich über ihre Strickarbeit gebeugt. Liv hatte die Anschuldigung der Mutter zutiefst getroffen. In ihrem kindlichen Verständnis waren Hexen böswillige alte Weiber, die das Vieh mit Flüchen belegten, die es krank oder unfruchtbar machten, die Unwetter heraufbeschworen oder die Ernte vernichteten. Tante Berit, diese gütige Person, konnte unmöglich eine von ihnen sein. Andererseits warnte auch Pfarrer Nylund in seinen Predigten immer wieder vor unchristlichen Ritualen, die Gottes Geboten widersprachen.

»Es mag ja noch ein paar rückwärtsgewandte Sonderlinge geben, die solchen Praktiken frönen«, hörte sie Halvor Eik sagen. »Aber im Großen und Ganzen ist solcher Humbug bei uns doch Geschichte.«

Die junge Dame klatschte Beifall, in den einige andere Zuhörer einfielen. Bjarne Morell legte seinen Kopf zur Seite und wartete ab, bis Ruhe eingekehrt war, bevor er wieder das Wort ergriff.

»Ich gebe gern zu, dass es ein befremdlicher Gedanke ist, zumal in unserer aufgeklärten Zeit. Und ich gestehe, dass es mich selbst überrascht hat, wie häufig ich auf meinen Reisen kreuz und quer durch unsere Heimat auf abergläubische Praktiken und Vorstellungen gestoßen bin. Zum Beispiel hätte ich nicht vermutet, dass sich die Svartebøker, jene uralten Sammlungen von magischen Ritualen, obskuren Rezepten und Beschwörungsformeln, trotz ihrer Verdammung durch unsere Kirche nach wie vor größerer Beliebtheit erfreuen, als man annehmen würde. So gesehen, haben wir es auch hierzulande nach wie vor mit einem gerüttelt Maß an heidnischem Brauchtum zu tun.«

Halvor Eik verzog das Gesicht. Zum ersten Mal an diesem Abend schien er seine Gelassenheit einzubüßen. »Das ist ein starkes Stück! Das klingt ja, als wollten Sie die Wilden auf Madagaskar mit uns Norwegern gleichsetzen.«

Liv hielt unwillkürlich den Atem an. Diese Anschuldigung war ungeheuerlich. Aber war Bjarne Morell mit seiner Behauptung nicht tatsächlich zu weit gegangen? Dieser hielt dem Blick des Missionars stand.

»Warum eigentlich nicht?«, erwiderte er mit fester Stimme. »Bei uns hat es schließlich auch Jahrhunderte gedauert, bis das Christentum wirklich Fuß gefasst hat.«

Stille breitete sich aus. Liv kam es so vor, als habe sich die Luft um einige Grade abgekühlt. Die Sitznachbarn des jungen Mannes rückten von ihm ab. Liv beschwor ihn innerlich, zu schweigen und sich nicht noch tiefer in die Nesseln zu setzen. Doch Bjarne Morell sprach unbeirrt weiter.

»Manche alten Gebräuche und Vorstellungen leben fort, auch wenn das vielen gar nicht so klar ist. Denken Sie nur an unser Weihnachtsfest. Schon allein der Name *jul* ist heidnischen Ursprungs. Das Julfest, die Wintersonnenwende, war ein Bittopfer an die Götter, bei dem um Segen für Haus und Hof gebeten wurde. Und da es zeitlich in etwa mit dem christlichen Weihnachtsfest zusammenfiel, ließ Hakon der Gute die beiden Feiern zusammenlegen.« Er lächelte freundlich in die Runde. Liv sah, wie es in seinen Augen mutwillig funkelte. Nach einer winzigen Pause schob er nach: »Bei Lichte betrachtet, gibt es sogar Ähnlichkeiten auf gesellschaftlich-politischem Gebiet zwischen uns und den Hova.«

Das eisige Schweigen wurde von drohendem Grummeln gebrochen.

»So wie die Madagassen sind auch wir nicht die Herren im eigenen Lande«, fuhr Bjarne Morell etwas lauter fort. »Zwar sind wir keine Kolonie und können im Innern selbst über unsere Politik entscheiden. Aber die Union mit Schweden macht uns zu einem abhängigen Staat, der nach außen nicht souverän auftreten und mit anderen verhandeln kann.«

»Da hat er recht«, hörte Liv einen ihrer Vordermänner sagen. Es klang verblüfft. Sein Nachbar brummte bejahend. Die Stimmung schlug um. Liv schielte zum Rednertisch. Der Kurator, der dem Schlagabtausch zunächst mit besorgter Miene gefolgt war, nickte mit nachdenklichem Gesicht. Der Anblick von Halvor Eik, der den Museumsmann aus Kristiania finster musterte, verhärtete den Knoten in Livs Magen. Etwas sagte ihr, dass sie soeben Zeugin eines Kampfes geworden war, bei dem nur vordergründig um verschiedene Sichtweisen gefochten worden war. Im Kern war es dabei jedoch um etwas Wesentlicheres gegangen. Bjarne Morell hatte sich soeben einen Feind gemacht. Liv spürte ihr Herz schneller schlagen. Halvor Eik gegen sich aufzubringen, war gefährlich.

14

Görlitz, Mai 1905 – Karoline

Karoline entstieg dem Frauencoupé der zweiten Klasse und hielt nach ihrer Zofe Agnes Ausschau, die weiter hinten im Zug in einem Wagen der dritten Klasse nach Görlitz gefahren war. Idas von Herzen kommende Einladung hatte die Frage, wie Karoline die Forderung ihrer Schwiegermutter erfüllen und wo sie fürs Erste unterschlüpfen konnte, rasch beantwortet. Ihre ursprünglichen Bedenken hatte sie beiseitegeschoben. In ihrer Lage konnte sie sich Scham und Angst vor der Offenbarung ihrer wahren Lebensumstände nicht leisten. Und falls sich ihre Freundin nicht grundlegend geändert hatte, bestand ohnehin kein Anlass dazu. Ida hatte nie zu Selbstgerechtigkeit oder moralinsaurer Überheblichkeit geneigt.

Nach der beschaulichen Ruhe, die auf Schloss Katzbach herrschte, kam sich Karoline auf dem vor Menschen wimmelnden Bahnsteig ein wenig verloren vor. Reisende hasteten vorüber, Gepäckträger schoben ihre Sackkarren durchs Gedränge, ein Schaffner wies einem Herrn den Weg zu dessen Abteil, Mütter riefen nach ihren Kindern, eine Gruppe Korpsstudenten mit bunten Brustbändern und ebensolchen Käppis nahm zwei Kameraden mit markigen Sprüchen in Empfang. Eine junge Frau mit einem Säugling auf dem Arm verabschiedete sich unter Tränen von ihrem Ehemann, der sie linkisch tätschelte – sichtlich peinlich berührt von ihrem Gefühlsausbruch.

Die Luft war geschwängert von Rauch, dem Geruch nach erhitztem Gummi, Ruß und Maschinenöl sowie dem appetitlichen Duft von in Schmalz gebackenen Kringeln, die eine Frau in einem Korb vor sich hertrug und für fünf Pfennige das Stück feilbot.

In das Stimmengewirr mischten sich das Zischen des Dampfes, den eine Lokomotive abließ, das Glockenbimmeln, mit dem ein Zeitungsverkäufer die aktuelle Ausgabe der »Görlitzer Nachrichten und Anzeiger« anpries, und der Pfiff einer Trillerpfeife, mit dem auf einem anderen Gleis das Signal zur Abfahrt eines Zuges gegeben wurde.

»Linchen!«

Der Ruf der hellen Stimme übertönte die anderen Geräusche. Eine Sekunde später schoss eine Gestalt in hellblauem Cape auf Karoline zu und fiel ihr um den Hals. Eine Duftwolke aus Veilchenparfum, Puder und Stärkepulver hüllte sie ein. Sie schloss die Arme um Ida, die einen Kopf kleiner war als sie, und spürte, wie ihr Hals eng wurde.

Mit einem Schniefen löste sich Ida von ihr und rückte den mit dunkelblauen Federn bestückten Hut auf ihrem Kopf gerade, der bei der Umarmung verrutscht war. Karoline ließ ihren Blick über sie gleiten. Die zehn Jahre seit ihrem Abschied waren fast spurlos an ihrer Freundin vorübergegangen. Die blonden Locken türmten sich nach wie vor zu einem üppigen Dutt, ihre blauen Augen leuchteten unter fein geschwungenen Brauen, und ihr Teint war glatt und rosig. Lediglich die Wangen waren fülliger geworden, und ihren Körper hatte Karoline schlanker und fester in Erinnerung.

»Mein Linchen, wie hab ich dich vermisst!«, rief Ida.

Der alte Kosename ließ Karolines Augen übergehen. »Und ich dich erst! Du ahnst nicht, wie sehr!«, antwortete sie heiser, zog ein Taschentuch aus ihrem gehäkelten Beutel, den sie am Gürtel trug, und tupfte sich die nassen Wangen trocken. Die Worte kamen Karoline aus tiefster Seele. Ihr war nicht bewusst gewesen, wie schmerzlich sie ihre Freundin entbehrt hatte.

Ida räusperte sich. »Das muss deine Agnes sein.« Sie nickte zu der Zofe hin, die zu ihnen getreten war und einen Knicks vor Ida machte. Karoline nickte. »Gut, dann lasst uns gehen, hier ist es entschieden zu laut und ungemütlich«, fuhr Ida fort.

Sie gab einem Gepäckträger die Anweisung, sich der Koffer und Taschen anzunehmen, hakte Karoline unter und lief mit ihr zur Treppe einer Unterführung, die von unzähligen kugelförmigen Gaslaternen erleuchtet wurde und zur Empfangshalle des Bahnhofs mit den Fahrkartenschaltern, einem Restaurant und Wartesälen führte. Hier sorgte ein fünfarmiger Leuchter für Licht und ließ an den Wänden die Wappen von Berlin, Breslau, Cottbus, Dresden, Hirschberg und Görlitz erstrahlen – den wichtigsten Stationen der Bahnlinien, deren Knotenpunkt die Stadt an der Neiße war.

Auf dem Vorplatz hielt Ida auf einen viersitzigen Landauer mit zwei Apfelschimmeln zu, dessen Verdeck an diesem sonnigen Nachmittag geöffnet war. Während der Gepäckträger die Koffer mithilfe des Kutschers verstaute, der eine schmucke Livree aus bordeauxrotem Stoff mit goldenen Knöpfen und Litzen trug, nahmen Karoline und Ida nebeneinander in Fahrtrichtung Platz, Agnes setzte sich ihnen gegenüber. Kurz darauf trabten sie an der Ostseite des Bahnhofs vorbei, die von zwei wuchtigen, achteckigen Türmen flankiert wurde, unterquerten die Gleise durch einen Tunnel und bogen nach rechts in die Sattigstraße ein.

Karoline kämpfte nach wie vor mit den Tränen. Ida hielt ihre Hand und mimte in launigem Ton die Stadtführerin. Karoline war dankbar für die Feinfühligkeit, mit der ihre Freundin auf ihre Aufgewühltheit reagierte und ihr die Gelegenheit gab, sich zu fassen, indem sie für Ablenkung sorgte und darauf verzichtete, sie in ein Gespräch zu verwickeln. Agnes lauschte Ida mit vor Aufregung geröteten Wangen und sah sich neugierig um.

Seit Karoline ihr mitgeteilt hatte, dass sie sie nach Görlitz begleiten sollte, war die Zofe wie ausgewechselt. Der Streit mit der Gräfin, bei dem diese ihrer Schwiegertochter einen ausgedehnten Besuch bei ihren Eltern in Breslau nahegelegt, um nicht zu sagen befohlen hatte, hatte unter den Angestellten des Schlosses im Nu die Runde gemacht. Offenbar war Agnes davon ausgegangen, bei der Gelegenheit von Karoline entlassen zu werden. In deren altem Zuhause gab es ausreichend Personal, und der kostspielige Kuraufenthalt von Moritz verbot jede überflüssige Ausgabe. Als Agnes erkannte, dass sich ihre Befürchtung nicht bewahrheitete, hatte sie Karoline überschwänglich gedankt und sich voller Eifer darangemacht, ihre Koffer zu packen, ihre Garderobe auf Vordermann zu bringen und sich bemüht, ihr jeden Wunsch von den Augen abzulesen.

»Willkommen also in unserem schönen Görlitz, auch Perle der Lausitz genannt«, begann Ida mit einem Augenzwinkern. »Nahezu in der geografischen Mitte von Deutschland gelegen, gemahnen zahlreiche Bauwerke an die hohe Blüte und historische Bedeutung der Stadt während des Mittelalters. Heute ist sie ein Dorado für alle, die sich gern in einem sowohl an Naturschönheiten als auch Kunstdenkmälern reichen Gemeinwesen aufhalten, wo Handel und Industrie blühen und Künste sowie Wissenschaften gepflegt werden.«

Karoline blinzelte die Tränen weg und setzte sich aufrechter hin. Ida drückte ihre Hand. »Die Sehenswürdigkeiten der Altstadt, die wir auf der anderen Seite der Bahngleise zurückgelassen haben, müssen auf unseren Besuch warten. Jetzt geht es erst einmal in die Südstadt, wo wir uns häuslich niedergelassen haben.« Sie deutete auf eine dreischiffige Kirche aus roten Backsteinen, die sich auf einer begrünten Anhöhe erhob. »Aber auch unser Viertel kann durchaus mit prächtigen Bauten aufwarten« verkündete Ida salbungsvoll. »Dies zum Beispiel ist die Sankt Jakobus-Kirche. Sie wurde im Stile

der Neorenaissance erbaut und erst vor fünf Jahren eingeweiht.«

Agnes starrte Ida an wie ein Wunderwesen. Der Anblick ihres
offenen Mundes vertrieb Karolines rührselige Anwandlung
vollends. Sie kicherte und erwiderte Idas Händedruck. Der
Kutscher lenkte die Pferde nach links in die Kunnerwitzer-
straße, die auf einen großen, nahezu quadratischen Platz zulief,
dessen Innenfläche mit Büschen und Bäumen bepflanzt war
und von zwei diagonal übergreifenden Wegen durchschnitten
wurde, die ihn in vier Dreiecke unterteilten. Die ihn umgeben-
den Straßen wurden von vierstöckigen Wohnhäusern gesäumt,
deren hohe Fenster, Erker, Türmchen, Pilaster und breite Tor-
bögen auf den gediegenen Wohlstand ihrer Bewohner schließen
ließen.

»Et voilà!«, rief Ida. »Der Sechsstädte-Platz. Jetzt sind wir
gleich da.«

Kurz darauf hielten sie auf der Westseite in der Kamenzer-
straße vor einem weiß getünchten Haus, an dessen Beletage im
ersten Obergeschoss ein Balkon mit einem schwarzen Eisengit-
ter über den Gehsteig ragte.

Ein kleines Mädchen wedelte mit einem Tuch durch die mit
geschmiedeten Blättern und Blüten bestückten Stäbe und rief:
»Mama! Mama!«

»Rosalie! Ich bin gleich bei dir, mein Schatz.«

Ida warf der Kleinen eine Kusshand zu und öffnete den
Wagenschlag. Bevor ihr der Kutscher zu Hilfe eilen konnte,
sprang sie hinaus und winkte Karoline mit einem strahlenden
Lächeln, ihr zu folgen.

Eine Stunde später setzten sich die beiden Freundinnen zu Kaffee und Kuchen in den kleinen Damensalon, den Ida ganz nach
ihrem Geschmack hatte gestalten dürfen. Zuvor hatten sie dem

Spielzimmer einen Besuch abgestattet, wo Kurt und Rosalie gerade vom Kindermädchen für ihren nachmittäglichen Spaziergang angekleidet wurden. Während der einjährige Kurt, ein stämmiges Kind, dessen runder Kopf von dunklem Flaum bedeckt war, mit einem vergnügten Krähen die Ärmchen nach seiner Mutter ausstreckte, hatte seine drei Jahre ältere Schwester, die mit ihren hellen Locken und blauen Augen nach Ida kam, deren Gast eingehend gemustert. Offenbar zufrieden mit dem Ergebnis, hatte sie Karoline an der Hand genommen und zu einer Puppenküche gezogen. Diese entsprach bis ins kleinste Detail einer echten Küche: Es gab einen Herd mit Ofenrohr und herausnehmbaren Feuerringen und einen Spülstein sowie einen Buffetschrank, hinter dessen verglasten Fenstern winzige Zinnteller und Kannen verstaut waren. An den Wänden hingen Miniaturpfannen aus Gusseisen, Gugelhupfformen aus glasierter Keramik, Geschirrtücher, Schaumkelle, Reibeisen, Handquirle und Schöpflöffel.

»Du darfst nachher mit mir spielen«, hatte Rosalie mit feierlichem Ernst verkündet.

Karoline hatte sich ein Lachen verbissen und ebenso würdevoll geantwortet: »Vielen Dank, es ist mir eine große Ehre.«

»Das ist es wirklich«, hatte Ida erklärt, als sie Karoline zu einer kurzen Führung durch den zur Straßenseite hin gelegenen Teil der Wohnung weiterlotste. »An ihre Küche lässt Rosalie nämlich nicht jeden.«

Alle Räume waren sehr groß und lichtdurchflutet, hatten um die drei Meter hohe Wände und mit Stuck verzierte Decken. Mit sichtlichem Stolz zeigte Ida ihrer Freundin nacheinander das klassizistisch gehaltene Speisezimmer mit einem ausziehbaren Tisch, an dem bis zu zwanzig Personen Platz fanden, den mit gedrechselten Mahagonimöbeln bestückten Rauchersalon und ein im Geschmack des Biedermeiers eingerichtetes Zimmer für Empfänge. All diese Räume waren durch Schiebetüren miteinander verbunden. Der Damensalon befand sich – wie das eheliche Schlafgemach, die beiden Bäder, ein Klosett, das Gäste- und das Kinderzimmer – auf der zum Hinterhof hinausgehenden Seite. Die Küche lag an einem separaten Flur, der mittels einer Tür vom Rest der Wohnung getrennt war und über einen eigenen Zugang für Dienstboten und Lieferanten zum Treppenhaus verfügte.

Ida hatte ihr Zimmer nach der neuesten Mode im Jugendstil eingerichtet, wie man seit der Leipziger Kunstgewerbeausstellung von 1897 eine Strömung bezeichnete, die mit der vorherrschenden Neigung brach, historische Vorbilder zu imitieren. Stattdessen waren Künstler und Ausstatter bestrebt, Material und Funktion eines Möbelstücks aufeinander abzustimmen, wobei sie sich an der Natur orientierten.

Im Damensalon hatten die Messingbeschläge auf den Nussbaummöbeln die Form von Seerosenblättern und -blüten. Ebensolche waren in die blassgrünen Bezüge der Sitzgruppe und in die Vorhänge gewebt. Das Milchglas der elektrischen Lampen, die an den Wänden angeschraubt waren, war Lilienkelchen nachempfunden, und die Kabel der Stromleitung verliefen in Blumenstängeln aus Metall. Selbst das Kaffeeservice war mit stilisierten Blättern bemalt. Ein üppig wuchernder Strauch argentinischer Minze auf einem Blumenständer und das Gezwitscher eines Kanarienvogels, dessen Käfig nahe des Fensters auf einer schlanken Marmorsäule stand, vervollständigten die Anmutung, sich in einem Garten zu befinden.

Einzig ein schwarz lackierter Metallkasten mit mehreren winzigen Schubladen und einem kuppelförmigen Deckel aus Glas, der neben der Tür aufgestellt war, fiel aus dem Rahmen. Bevor Karoline und Ida sich am Tisch niederließen, drückte diese ihrer Freundin eine goldene Spielzeugmünze in die Hand und forderte sie auf, sie in den Schlitz zu werfen, der sich an einer Seite befand. Als Karoline der Bitte nachkam, setzte sich

169

im Inneren des Kastens ein Räderwerk in Gang. Eine Melodie erklang, in der Kuppel öffnete sich eine Bodenklappe, und eine handgroße Ballerina aus Porzellan tauchte aus der Versenkung auf und drehte sich zur Musik. Gleichzeitig sprang eines der Schubfächer an der Frontseite des Automaten auf. Darin lag eine in Stanniol gewickelte Praline.

Ida klatschte in die Hände. »Ist es nicht allerliebst? Das hat mein Gustav extra für mich anfertigen lassen. Und jeden Tag lässt er sie auffüllen. Oft mit Kreationen, die seine Chocolatiers neu entwickeln. Und stell dir vor: Nur wenn sie mir schmecken, werden sie ins Verkaufssortiment aufgenommen.« In ihrer Stimme schwang Entzücken.

Karoline bemühte sich um ein Lächeln und hoffte, dass Ida ihr Befremden nicht bemerkte. In ihren Augen nahm sich das Verhältnis der Eheleute Krusche seltsam aus. Sie setzte sich auf das Sofa hinter dem Tisch, während Ida sich über Eck auf einen Sessel niederließ. Sie schenkte Karoline Kaffee ein.

»Bedien dich bitte.« Sie deutete auf eine dreistöckige Etagere, auf der verschiedene Gebäcksorten drapiert waren. »Ich hoffe, es ist etwas für deinen Geschmack dabei. Hier oben haben wir Marzipanmakrönchen, darunter Mocca-Eclairs und Windbeutel. Besonders empfehlen kann ich die Mürbteigschiffchen mit Schokoladenbuttercreme. Und auch die Biskuitkugeln sind sehr lecker. Sie sind mit Vanillepudding und Himbeeren gefüllt.«

»Sie sehen allesamt sehr verführerisch aus«, sagte Karoline. Sie griff nach der Gebäckzange und legte sich ein Schokoladenschiffchen auf ihren Teller.

»Ich sehe dir an der Nasenspitze an, was du denkst: Ida lebt in einem goldenen Käfig und wird von ihrem Mann wie ein Püppchen behandelt«, sagte Ida schmunzelnd, nachdem auch sie sich bedient hatte.

Karoline machte gar nicht erst den Versuch, die Unterstellung abzuwehren. Ihre Freundin hatte ins Schwarze getroffen.

Genau dieser Gedanke hatte sich ihr beim Gang durch die verschwenderisch ausgestatteten Räumlichkeiten aufgedrängt. Es war jedoch der Automat in Idas Salon, der ihren Verdacht festigte, Gustav Krusche sähe in seiner Gattin ein unmündiges Wesen, das er nach Strich und Faden verwöhnte, es herausputzte und mit ihm als lebendem Schmuckstück auftrumpfte. Als Gegenleistung erwartete er vermutlich, dass Ida ihm einen behaglichen Ort des Rückzugs nach anstrengenden Tagen in der rauen Arbeitswelt bot, ihn nicht mit Haushaltsfragen oder anderem alltäglichen Kleinkram belästigte und sich ihm stets mit guter Laune präsentierte. Ob er sie als erwachsene Frau ernst nahm? Karoline hatte da ihre Zweifel. Und wie kam Ida damit zurecht, wenn dem nicht so war? Augenscheinlich gut – der heiteren Gelassenheit nach zu urteilen, die sie ausstrahlte. Ganz im Gegensatz zu mir, dachte sie und sagte mehr zu sich als zu Ida: »Besser ein goldener Käfig als ein verfallendes Burgverlies mit kaltherzigem Kerkermeister.«

Idas Miene wurde ernst. Sie legte die Kuchengabel auf ihren Teller und beugte sich zu Karoline. »So schlimm?«

Karoline schluckte und bemühte sich, ihre Äußerung durch ein Lächeln abzumildern.

Ida sah ihr in die Augen. »Ich habe sofort bemerkt, dass du unglücklich bist, wollte aber nicht mit der Tür ins Haus fallen.« Sie schüttelte den Kopf, als Karoline zu einer Entgegnung ansetzte. »Ich kenne doch mein Linchen. Ich mag oberflächlich wirken und mich an überflüssigem Tand erfreuen«, sie machte eine Handbewegung zu dem Schokoladenautomaten und den Nippesfiguren im Vitrinenschrank hin. »Aber das bedeutet nicht, dass mir das Wohl meiner liebsten Freundin gleichgültig ist und ich nicht mitbekomme, wenn es ihr nicht gut geht. Also, meine Liebe, was bekümmert dich?«

Karoline spürte, wie ihr Kinn zu zittern begann. Es war, als hätte Idas Frage eine Schleuse in ihr geöffnet. Einen Atemzug später lag sie schluchzend in den Armen ihrer Freundin und ließ ihren Tränen freien Lauf – nicht länger in der Lage, ihre Verzweiflung, Trauer und ungestillte Sehnsucht nach Liebe zu verleugnen, die sich während ihrer Ehe mit Moritz angestaut hatten.

15

Stavanger, Mai 1905 – Liv

Als Liv gegen halb zehn aus dem Museum trat, war es noch hell. Die tief stehende Sonne ließ ein paar Wölkchen über ihr rosig erstrahlen. Auf einem Mauervorsprung sang eine Amsel ihr Abendlied. Der vom offenen Meer her auffrischende Westwind befreite die Luft vom Räucherdunst aus den Fischkonservenfabriken unten am Fjordufer, der häufig über der Stadt waberte. Liv hielt ihr Gesicht in die Brise und schmeckte ein Aroma aus Tang und Salz, in das sich der Duft eines blühenden Fliederbusches mischte. Sie wollte eben die Stufen der Treppe vor dem Eingangsportal hinunterlaufen und sich auf den Heimweg machen, als hinter ihr die Tür geöffnet wurde.

»Ah, da hab ich ja noch Glück gehabt!«

Liv zuckte zusammen. War Halvor Eik ihr nachgekommen? Sie hatte gehofft, er habe ihren verstohlenen Aufbruch nicht bemerkt und würde noch eine Weile von den Damen in Beschlag genommen, die sich im Anschluss an den Vortrag und die Abschiedsworte des Kurators am Rednertisch um ihn versammelt hatten. Während er die letzten Fragen aus dem Publikum beantwortet hatte, war sein Blick mehrmals zu Liv gewandert. Eine Dringlichkeit hatte darin gelegen, die sie beunruhigte. Als wollte er sie bannen und zum Bleiben zwingen. Oder bildete sie sich das nur ein? Liv hatte beschlossen, die stumme Aufforderung nicht zu beherzigen. Der Gedanke, ihm gegenüberzustehen und mit ihm reden zu müssen, war ihr unangenehm. Sie fühlte sich dem nicht gewachsen und hatte sich im Schutz einer Gruppe aufbrechender Besucher davongeschlichen.

»Sie sollten um diese Zeit nicht allein unterwegs sein.«

Liv drehte sich langsam um. Ihr Herz setzte einen Schlag lang aus. Dieses Mal vor Freude. Es war der junge Museumsmann aus Kristiania, der ihr gefolgt war.

»Darf ich Ihnen meine Begleitung anbieten?«, fuhr er fort.

Liv errötete ob der förmlichen Ansprache und stammelte: »Das ist nicht nö... es ist ja noch hell und ... und ...« Sie verstummte.

»Es wäre mir ein Vergnügen«, antwortete er und bot ihr seinen Arm.

Liv starrte diesen perplex an, wich einen Schritt zurück und trat ins Leere. Bjarne Morell griff nach ihr, bekam ihren Ellenbogen zu fassen und zog sie auf den Treppenabsatz zurück. Liv keuchte vor Schreck. Um ein Haar wäre sie rücklings die Stufen hinuntergefallen.

»Entschuldigen Sie, ich wollte Ihnen nicht zu nahe treten«, sagte er und ließ sie wieder los. Er lächelte und schüttelte den Kopf. »Sie müssen mich für sehr ungezogen halten. Ich habe mich Ihnen ja noch nicht einmal vorgestellt.« Er hielt ihr seine Hand hin. »Bjarne Morell.« Als Liv keine Anstalten machte, ihm zu antworten oder die Hand zu schütteln, schob er nach: »Und Sie sind Fräulein ...?«

»Liv«, murmelte sie und begann, die Treppe hinunterzugehen.

Er folgte ihr und sah sie erwartungsvoll von der Seite an. Vermutlich wartete er darauf, dass sie ihren Nachnamen nannte.

»Sie brauchen mich nicht zu siezen. Ich bin nur ein Dienstmädchen.«

»Nur?« Bjarne Morell runzelte die Stirn.

Livs Befangenheit wuchs. Warum war er verärgert? Sie zog das Schultertuch enger um sich und beschleunigte ihre Schritte. Er blieb an ihrer Seite.

»Meine Großmutter war vor ihrer Heirat auch nur Magd auf einem Bauernhof«, sagte er mit einem weichen Klang in der

Stimme. »Sie ist eine der weisesten und warmherzigsten Frauen, die ich kenne.« Er hielt kurz inne und setzte energischer hinzu: »Ich würde es niemals zulassen, dass jemand verächtlich über sie spricht, weil sie einst als Dienstmädchen ihren Lebensunterhalt bestritten hat. Menschen, die so über andere urteilen, glauben, etwas Besseres zu sein. Meiner Meinung nach ist das Gegenteil der Fall. Sie offenbaren damit vor allem ihre eigene niedere Gesinnung.«

Livs Anspannung löste sich. Ihre letzten Zweifel, ob er sich nicht doch über sie lustig machte, waren ausgeräumt.

»Svale«, sagte sie. »So heiße ich mit Nachnamen.«

Bjarne Morell wiederholte leise: »Fräulein Svale also.«

»Nein, bitte … ich … ich bin es nicht gewohnt … können Sie nicht einfach Liv und du zu mir sagen?«, stieß Liv hervor.

»Gern. Wenn du mich Bjarne nennst.« In seinen Augen erschien wieder dieses mutwillige Blitzen, das seine Bemerkungen zu Halvor Eiks Vortrag begleitet hatte.

Mittlerweile hatten sie den Bahnhofsplatz hinter sich gelassen und liefen am Breiavatnet entlang, einem kleinen Weiher in einer Grünanlage, hinter der sich der mächtige Bau der Domkirche erhob. Bjarne streckte einen Arm aus und zeigte geradeaus Richtung Vågen. »Am Dienstag habe ich dich am Hafen gesehen. Ich wollte dich eigentlich begrüßen, aber du und dein kleiner Bruder wart wohl sehr in Eile und …«

»Das muss eine Verwechslung sein. Meine Familie lebt nicht hier«, unterbrach ihn Liv und bog nach links in den Olavskleivå ein, der nach wenigen Metern in der Kreuzung zum Løkkaveien mündete.

Bjarne zog die Brauen hoch. »Ich bin mir aber ganz sicher, dass du es …«

Liv stutzte. »Ach, Sie meinen Elias!«

»Du, nicht Sie! Schon vergessen?«, erinnerte er sie mit einem

175

Schmunzeln. »Wer ist Elias? Ihr beide habt einen sehr vertrauten Eindruck auf mich gemacht. Deshalb dachte ich, dass er dein Bruder ist.«

»Er ist der Sohn von den Treskes. Meiner Herrschaft«, sagte Liv. »Aber Sie ... äh ... du hast schon recht. Für mich ist er wie ein Bruder.«

Bjarne lächelte und sah sich um. »In dieser Gegend war ich noch nicht. Wo wohnen die Treskes denn?«

»Draußen bei der Missionsschule«, antwortete Liv. »Ich kann wirklich allein weitergehen. Du musst ja den ganzen Weg wieder zurück und ...«

Bjarne überging ihre Bemerkung. »Ah, deshalb bist du also heute Abend zu dem Vortrag ...« Er unterbrach sich und fragte: »Lass mich raten: Herr Treske ist bei der Schule angestellt, richtig?«

Liv nickte. »Er ist dort Lehrer.«

Bjarne grinste kurz, setzte eine gespielt würdevolle Miene auf. »Und er kennt den eifrigen Missionar, der uns vorhin mit seinen Einblicken in die gottlosen Gebräuche und schwarzen Seelen der Madagassen beglückt hat, die dank seiner unermüdlichen Bekehrungsarbeit bald aus den Fängen des Höllenfürsten errettet werden.«

Livs Mundwinkel zuckten. »Ja, nicht wahr? Es klang so, als würde er dem Teufel die Heiden mit bloßen Händen entreißen.«

Bjarne behielt seine Rolle bei und ahmte den salbungsvollen Tonfall des Missionars nach: »Nun, mein Kind, darf ich denn auf deine Gebete und deine Unterstützung zählen im Kampf gegen die Mächte der Finsternis?«

Liv entfuhr ein Kichern. Bjarnes Spott weckte eine Mischung aus Übermut und Furcht in ihr. Wenn Halvor Eik das hören könnte, dachte sie und rieb sich fröstelnd die Arme bei der Erinnerung an dessen vor Unmut verzerrtes Gesicht, mit dem er auf Bjarnes Meinung reagiert hatte, die der seinen widersprach.

»Ist dir kalt?«, fragte Bjarne und machte Anstalten, seine Jacke auszuziehen.

Liv schüttelte den Kopf. Ihre Befangenheit kehrte zurück. Die Aufmerksamkeit und die fürsorgliche Geste ihres Begleiters machten sie verlegen. Gleichzeitig wünschte sie, der Løkkeveien würde nie enden, und sie könnte an der Seite von Bjarne immer weiter aus der Stadt und in die Dämmerung hinauslaufen. Viel zu schnell kam der kleine Ekenæs-Friedhof in Sicht, von dem aus es nur noch ein Katzensprung zum Missionsanwesen war. An der Abzweigung blieb sie stehen.

»Vielen Dank, dass du mich begleitet hast.«

»Ich danke dir. Es war ein schöner Spaziergang.«

Froh, dass er nicht darauf bestand, sie bis zum Haus der Treskes zu bringen, lächelte sie ihn an und wandte sich zum Gehen. Er streckte die Hand nach ihr aus, ohne sie zu berühren.

»Ich würde mich sehr freuen, dich bald wiederzusehen. Vielleicht habt ihr, Elias und du, ja Lust, mich einmal im Museum zu besuchen? Vom Dach aus hat man eine herrliche Aussicht.«

Liv bemerkte, dass er den Atem anhielt. Er meint es wirklich ernst, schoss es ihr durch den Kopf. Und er wäre enttäuscht, wenn ich Nein sage. Die Erkenntnis rief ein Prickeln in ihrem Magen hervor.

»Das würde ich sehr gern«, sagte sie leise. Aber ob Elias mitkommt...?« Sie zuckte mit den Schultern und presste die Lippen zusammen.

»Wieso sollte er nicht. Es gibt da viel Interessantes zu entdecken. Oder war er schon so oft dort, dass er keine Lust mehr...«

»Nein, nein, es würde ihm gewiss großen Spaß machen«, sagte Liv. »Aber ich weiß nicht, ob ihm seine Elt...«

Sie unterbrach sich und sah zu Boden. Es gehörte sich nicht, Dinge über seine Herrschaft auszuplaudern oder gar schlecht über sie zu reden. Hastig sprach sie weiter. »Und ich habe erst Ende nächster Woche wieder einen freien Nachmittag.«

»Ich bin noch eine gute Weile in der Stadt und in der Umgebung unterwegs, um für unser Museum in Kristiania interessante Ausstellungsstücke aufzuspüren«, sagte Bjarne.

Als hätte sie die Frage, ob er überhaupt so lange in Stavanger bleiben würde, laut gestellt. Sie hob den Kopf.

Er sah ihr direkt in die Augen. »Wir finden schon einen Weg.«

Liv versank in seinem Blick. Für einige Sekunden bestand die Welt nur aus diesem Augenpaar, das keine Forderungen stellte wie das von Halvor Eik. Das nichts Bedrohliches ausstrahlte. Sondern Interesse und Zuneigung.

»Pass auf dich auf«, sagte Bjarne, nickte ihr zu und wandte sich zum Gehen.

»Und du auf dich«, flüsterte Liv, unfähig, die Worte laut zu sprechen.

Ein Gefühl der Zärtlichkeit für diesen Menschen, den sie doch kaum kannte, durchflutete sie und ließ ihre Augen feucht werden. Sie sah seiner kleiner werdenden Gestalt nach. Sie wusste so wenig über ihn. Wie konnte es sein, dass er ihr dennoch so vertraut war? Als wäre er ein Teil von ihr. Ein Teil jedoch, von dem sie bis zu diesem Augenblick nicht geahnt hatte, dass er ihr fehlte.

Als sie wenige Minuten später ins Haus trat, empfing Liv erregtes Gezeter. In die schneidende Stimme von Oddvar Treske mischte sich das Flehen seiner Frau, untermalt vom Brüllen von Klein-Margit. Livs Magen krampfte sich zusammen, als sie begriff, dass Elias wieder einmal ausgescholten wurde. Wie hatte er dieses Mal den Unmut seines Vaters geweckt? Und warum weinte sein Schwesterchen? Hatte er ihr etwa wehgetan – aus Eifersucht? Nein, das sah ihm nicht ähnlich. Liv zweifelte zwar nicht daran, dass die unverblümte Bevorzugung der Kleinen durch die Eltern seinen Neid weckte. Sich deswegen an ihr zu rächen, wäre ihm jedoch nie in den Sinn gekommen. Liv hatte ihn stets liebevoll im Umgang mit seinem Schwesterchen erlebt.

Sie lief zur Küche, aus der die Stimmen drangen, und blieb im Halbdunkeln vor der geöffneten Tür stehen.

Das Bild, das sich ihr bot, war ihr mittlerweile wohlbekannt: Elias stand mit gesenktem Kopf und trotzig zusammengepressten Lippen vor seinem Vater, der seine Hände in die Seiten gestemmt hatte und auf ihn hinabsah. Ingrid Treske hielt sich etwas abseits, schaute unglücklich von einem zum anderen und warf ab und zu Sätze ein, die ihren Mann beruhigen sollten, zumeist jedoch ungehört verhallten. An diesem Abend hatte sie Klein-Margit auf dem Arm. Über ihrer Schulter lag ein Tuch aus aufgerauter Baumwolle. Sie benutzte es, wenn sie der Kleinen die Brust gab, um ihr den Mund abzuwischen oder sie ihr Bäuerchen machen zu lassen. Vermutlich war sie vom Tumult in der Küche beim Stillen gestört worden und dorthin geeilt. Das erklärte auch die Unzufriedenheit des Säuglings, dessen Mahlzeit so rüde unterbrochen worden war.

»Das Maß ist voll!«, rief Oddvar Treske. »Jetzt bestiehlst du uns auch noch!«

»Aber er hat doch nur eine Handvoll Rosinen genommen«, wandte seine Frau schüchtern ein und wiegte ihre Tochter auf ihrer Hüfte hin und her.

Klein-Margit hörte auf zu greinen, legte den Kopf an ihre Schulter und nuckelte an dem Tuch.

»Das ist doch nicht so schlimm …«

»Nicht so schlimm?«, fiel er ihr ins Wort. »Ich kann mich nur

179

über dich wundern, Ingrid! Es spricht zwar für deine Herzensgüte, wenn du den Missetäter in Schutz nimmst. Aber auch für eine unangebrachte Nachgiebigkeit, die in diesem Fall sogar geradewegs ins Verderben führen kann. Denn – wie schon in der Bibel geschrie…«

Frau Treskes Unterlippe begann zu zittern. Bevor ihr Mann die Autorität der Heiligen Schrift ins Feld führen konnte, fasste sie ihn am Unterarm und murmelte kleinlaut: »Verzeih! Du kannst das natürlich viel besser beurteilen. Ich weiß, dass ich zu weich bin. Wie oft hast du es mir schon vorgehalten und mich zu Standfestigkeit ermahnt. Aber ich enttäusche dich immer aufs Neue.«

Oddvar Treske tätschelte ihre Hand. »Dass du es einsiehst, ist doch schon ein schönes Zeichen deines Willens, dich zu bessern. Und es ist ja auch meine Pflicht als Ehemann, dich auf dem steinigen Pfad der christlichen Tugend zu leiten und zu stützen. Dem Weibe ist es nun einmal nicht gegeben, ein übergeordnetes Ziel mit der nötigen Beharrlichkeit zu verfolgen, da es sich allzu leicht von seinen Gefühlen ablenken lässt.«

Liv trat einen Schritt zur Seite, tiefer in den Schatten. Noch hatte das Ehepaar sie nicht bemerkt – und das sollte so bleiben. Sie wollte nicht als Zeugin dieser Belehrung ertappt werden und Ingrid Treske in zusätzliche Verlegenheit stürzen. Deren Mann dagegen wäre es vermutlich sogar nicht unlieb gewesen, ein größeres Publikum um sich zu wissen. Liv hatte ihn im Verdacht, sich gern über Fragen von Anstand und Sittlichkeit reden zu hören – jedenfalls nutzte er jede sich bietende Gelegenheit dazu weidlich aus.

»Es geht ums Prinzip!«, hörte sie ihn sagen. »Der Junge hat keine Moral. Da kommt er ganz nach seiner …«

»Oddvar! Nicht!«, fiel Ingrid Treske ihm ins Wort.

»Nun, wie dem auch sei«, fuhr er nach einem Räuspern fort. »So geht es nicht weiter! Wenn Elias sich auch fürderhin so verstockt zeigt und uns nicht mit Respekt begegnet, gibt es nur eine Lösung.«

»Nein, Vater! Bitte nicht!«

Der angstvolle Aufschrei, gefolgt von einem dumpfen Geräusch, ging Liv durch und durch. Sie schlich auf Zehenspitzen näher, stellte sich seitlich neben die Tür und lugte in die Küche. Elias hatte sich auf die Knie fallen lassen und die Hände in einer flehenden Geste zu seinem Vater erhoben.

»Bitte, ich will nicht nach Lindøy!«

Lindøy? Hatte sie Elias richtig verstanden? Das Entsetzen in seinen Augen beantwortete die Frage. Livs Knie wurden weich. Sie presste sich eine Hand vor den Mund. Vor ihrem inneren Auge tauchte das verhärmte Gesicht ihrer Mutter auf. Wenn diese mit einem aufmüpfigen Sohn nicht zurande kam, rief sie zuweilen: »*Hvis du ikke er snill, så sendes du til Lindøy* – Wenn du nicht brav bist, wirst du nach Lindøy geschickt!«

In der Regel sorgte diese Drohung für Ruhe und Folgsamkeit. Nicht so sehr, weil Livs Brüder fürchteten, ihre Mutter würde sie tatsächlich in die Besserungsanstalt stecken lassen. Es waren vielmehr die Verzweiflung und Kraftlosigkeit in der Stimme von Ruth Svale, die sie bewogen, zu gehorchen und diese nicht weiter zu reizen.

Oddvar Treske hingegen schien es ernst mit seiner Ankündigung, seinen Sohn nach Lindøy zu schicken. Die Unerbittlichkeit in seinen Zügen ließ keinen Zweifel daran zu.

Auf der kleinen Insel im Byfjord nordöstlich von Stavanger lag das Redningshjem og Oppdragelsesanstalt – Rettungsheim und Erziehungsanstalt. Die Einrichtung bot rund dreißig sogenannten unartigen und verdorbenen Jungen Platz.

Liv erinnerte sich an eine Nachbarin in Sandnes, die den Pfarrer unter Tränen um Hilfe gebeten hatte, nachdem man ihren achtjährigen Sohn dorthin geschickt hatte. Er war dabei erwischt worden, wie er einem allseits verhassten Pfandleiher ein Fenster eingeworfen hatte. Der Kleine hatte wohl aufgeschnappt, wie seine Eltern – und nicht nur sie – über die Hartherzigkeit dieses Mannes klagten, und es ihm auf kindliche Art heimzahlen wollen. Dass sein Streich ihn geradewegs in die Hölle von Lindøy führen würde, brach seiner Mutter schier das Herz. Pfarrer Nylund konnte ihr zu seinem Bedauern nicht beistehen.

Zwar sollten laut dem Vormundschaftsgesetz von 1896, das die Behandlung von vernachlässigten Kindern regelte, nur Jungen im Alter von zehn bis sechzehn Jahren aufgenommen werden. Es gab aber viele Fälle, in denen bereits Sieben- und Achtjährige dorthin verbannt worden waren. Aus ähnlich nichtigen Gründen wie bei dem Nachbarsjungen: Es reichte aus, die Schule geschwänzt oder etwas stibitzt zu haben, im Unterricht zu stören oder aus einer armen Familie zu stammen, der man es nicht zutraute, ihrer Aufsichtspflicht zu genügen und sich angemessen um ihre Kinder zu kümmern. Wie viele Monate oder Jahre die kleinen Missetäter auf der Insel verbringen mussten, lag allein im Ermessen der Schulleitung, die mit harter Hand für Disziplin und Wohlverhalten sorgte. Peitschenhiebe, Entzug von Essen oder warmer Kleidung und schwere körperliche Arbeit wie Steine hauen waren übliche Strafen, mit denen geringste Vergehen geahndet wurden.

»Das hättest du dir früher überlegen sollen«, drang Oddvar Treskes Antwort auf Elias Flehen an ihr Ohr. »Meine Geduld ist erschöpft.«

»Bitte, bitte nicht, Vater!«, stieß Elias schluchzend hervor.

Gleichzeitig sagte seine Mutter: »Ich bin sicher, er hat seine Lektion gelernt.«

Ihr Mann verzog das Gesicht und knurrte: »Das würde mich wundern.«

Bevor Ingrid Treske weiter in ihn dringen konnte, hob er eine Hand und fuhr an Elias gewandt fort: »Nun gut, dank der Fürsprache deiner Mutter werde ich für dieses eine Mal noch Gnade vor Recht ergehen lassen. Aber beim nächsten Fehlverhalten ist Schluss damit. Dann kommst du ins Heim! Da wird man dich Mores lehren!«

Die Vorstellung, Elias müsste an diesem schrecklichen Ort auch nur einen einzigen Tag, geschweige denn einen längeren Zeitraum verbringen, schnürte Liv die Kehle zu. Das würde ihn vollends zerbrechen, dachte sie. Nicht nur wegen des strengen Regiments, das dort herrscht. Sondern weil seine eigenen Eltern ihn dorthin abschieben. Das ist so grausam und trostlos! Nicht einmal seine geliebte Krähe würde er mitnehmen dürfen. Und ich könnte ihm keine Besuche abstatten, weil ich nicht zur Familie gehöre. Ich dürfte ihm höchstens ab und zu schreiben. Und selbst dabei müssen starre Regeln eingehalten werden.

Liv ballte ihre Hände zu Fäusten. Nein, das darf nicht geschehen, sie dürfen ihn nicht wegschicken! Aber wie könntest ausgerechnet du das verhindern?, meldete sich ihr Kleinmut zu Wort. Willst du dich gegen Oddvar Treske auflehnen? Wer bist du, seine Autorität infrage zu stellen? Er würde sich diese Einmischung in die Erziehung seines Sohnes verbitten und sich fragen, ob er dich weiterhin in seinem Haushalt dulden kann.

»Geh jetzt auf dein Zimmer!«

Der an Elias gerichtete Befehl riss Liv aus ihren Überlegungen. Rasch entfernte sie sich von der Küche und tat so, als habe sie erst in diesem Moment das Haus betreten.

Blicklos stolperte Elias auf dem Flur an ihr vorbei. Er war totenbleich und bewegte tonlos die Lippen.

»Lieber Gott, hilf mir! Lieber Gott, hilf mir!«, wiederholte er unablässig

Die abgrundtiefe Hoffnungslosigkeit in seinen Augen schnitt Liv ins Herz. Während er aus ihrem Blickfeld verschwand, richtete sie im Stillen das Wort an ihn:

Ich werde dich nicht im Stich lassen, Elias – ganz gleich, was es mich kostet.

16

Görlitz, Mai 1905 – Karoline

Bereits nach wenigen Tagen in der Wohnung ihrer Freundin kam Karoline das Leben auf Schloss Katzbach wie eine tief in der Vergangenheit versunkene Episode vor. Neben dem Ortswechsel und den vielen neuen Eindrücken war es vor allem der rege Austausch mit Ida, der sie beflügelte und ihr vor Augen hielt, wie einsam sie gewesen war. Wie hatte sie es nur all die Jahre ausgehalten, niemandem ihr Herz ausschütten zu können? Sich in ein inneres Exil zurückzuziehen und es mit Gestalten aus Romanen zu bevölkern, denen sie sich verbundener und näher fühlte als den Menschen um sich herum? Sie hatte fast vergessen, wie es war, eine Vertraute zu haben, die ihre Sorgen und Nöte anhörte, ohne über sie zu urteilen. Die ohne Heuchelei an ihrem Wohlergehen interessiert war und ohne Wenn und Aber bereit, ihr beizustehen.

Karoline zögerte dennoch, Ida in ihr Vorhaben einzuweihen, das Kind von Moritz in Norwegen zu suchen. In den Augen ihrer Freundin nahm sich das sicher wie eine Schnapsidee aus, geboren aus Verzweiflung und Panik. Das wirst du erst wissen, wenn du es ihr erzählst, hielt sie in ihrem inneren Dialog dagegen. Eine Woche lang haderte Karoline mit sich und ließ mehrere Gelegenheiten, in denen sie tagsüber ungestört mit Ida hätte reden können, ungenutzt verstreichen.

An den Abenden hatte Gustav Krusche für ein abwechslungsreiches Programm gesorgt. Als beste Freundin seiner Frau hatte er Karoline fraglos in seinem Heim willkommen geheißen und sie eingeladen, so lange zu bleiben, wie es ihr beliebte. Es waren keine leeren Floskeln. Die Gastfreundschaft, die er ihr angedeihen ließ, kam von Herzen. Ebenso wie die Zuneigung, die er Ida und seinen Kindern entgegenbrachte. Beschämt gestand sich Karoline ein, wie bereitwillig sie sich aufgrund einiger Äußerlichkeiten wie dem Pralinen-Automaten ein unvorteilhaftes Bild von Gustav als einem überheblichen Schnösel ausgemalt hatte, der seine Frau nicht für voll nahm.

Zwar behandelte er sie zuweilen tatsächlich wie ein unwissendes, naives Mädchen, das ohne seine leitende Hand rettungslos verloren wäre. Und Karoline zuckte jedes Mal zusammen, wenn er Ida mit »mein Zuckerschnütchen« ansprach. Im Wesentlichen entpuppte sich der Schokoladenfabrikant jedoch als liebenswürdiger Mittdreißiger. Er hatte eine kräftige Statur, einen runden Kopf, den sein dunkles Haar nur noch spärlich bedeckte, und einen prächtigen Schnauzbart, dessen Enden nach oben gezwirbelt waren. Er hatte eine Vorliebe für bunte Einstecktücher und trug bei privaten Ausflügen gern Gaucho-Hüte aus schwarzem Filz mit breiter Krempe und flacher Hutkrone, die er sich aus Argentinien mitgebracht hatte. Rein äußerlich entsprach er nicht dem schnittigen Traumprinzen, der einst durch Idas Jungmädchenfantasien galoppiert war. Dass er auch nach fünf Ehejahren sichtlich verliebt in seine Frau war, wog in Karolines Augen jedoch schwerer. Ida erwiderte seine Gefühle und umsorgte ihn mit zärtlicher Hingabe. Was sie nicht daran hinderte, ihren »Amorcito«, wie sie ihren Schatz in Erinnerung an die Jahre in Südamerika nannte, in ihren Bahnen zu lenken und ihn dabei im Glauben zu lassen, der unangefochtene Herrscher in seinem Reich am Sechs-Städte-Platz zu sein.

Gustav hatte in diesen Maitagen als Mitglied des Görlitzer Gewerbevereins alle Hände mit den letzten Vorbereitungen für die Niederschlesische Gewerbe- und Industrie-Ausstellung zu tun. Seit zwei Jahren wurde das Großereignis geplant, zu dem über tausend Aussteller erwartet wurden. Ab dem ersten Juni bis Ende September sollte es Fachleuten und interessierten

Laien auf einem riesigen Gelände zu Füßen der 1902 eingeweihten Ruhmeshalle am Ostufer der Neiße seine Pforten öffnen. Trotz der vielen Arbeit hatte es sich Gustav nicht nehmen lassen, Ida und Karoline ins Stadttheater zu einer Opernaufführung und einem Schauspiel zu begleiten, mit ihnen ein Konzert und eine Varietévorstellung zu besuchen und sie zum Souper ins Restaurant Stadt Dresden auszuführen.

Am achten Abend ihres Besuchs entschuldigte sich Gustav nach dem Essen und ging zu einem Treffen seines Ausstellungskomitees. Fasziniert hatte Karoline zuvor beobachtet, wie Ida ihrem Mann vermittelte, nur äußerst ungern auf seine Gesellschaft zu verzichten, ohne die alles nur halb so schön sei. Und ihn in dem Moment, als er gewillt war, ihretwegen seine Teilnahme abzusagen, darin zu bestärken, keinesfalls auf seine Anwesenheit in der Planungsrunde zu verzichten. Mit den Worten: »Wir dürfen nicht selbstsüchtig sein und sie deiner Fachkundigkeit und Weitsicht berauben«, hatte sie ihn umarmt und dem Diener einen Wink gegeben, Hut und Mantel seines Herrn zu holen. Nach seinem Abschied hatte sie Rosalie und Kurt ein Märchen vorgelesen, bevor die beiden vom Kindermädchen ins Bett gebracht wurden. Anschließend kam sie in den Damensalon, wo Karoline auf sie wartete. Mit einem wohligen Aufatmen ließ sich Ida in ihren Sessel sinken.

»Ah, das tut gut! Ein gemütlicher Abend zu Hause.« Sie griff nach der Karaffe mit Südwein, die das Serviermädchen samt zwei Gläsern und einem Teller mit Mandelgebäck auf den Tisch gestellt hatte, schenkte Karoline und sich ein und prostete ihr zu. »Und nun zu dem Geheimnis, das dich umtreibt.«

Karoline, die während des Essens hin und her überlegt hatte, ob sie sich nicht endlich ein Herz fassen und Ida von ihrem norwegischen Vorhaben erzählen sollte, wie sie es bei sich nannte, verschluckte sich und stellte hustend ihr Glas ab.

»Was meinst du ... äh ... ich habe kein Ge...«

»Na, vielleicht ist es kein Geheimnis im eigentlichen Sinne. Aber irgendetwas beschäftigt dich. Also, raus mit der Sprache! Oder sollte ich umsonst dafür gesorgt haben, dass wir heute Abend unter uns sind?« Sie zwinkerte Karoline zu.

Diese holte tief Luft, dachte: Augen zu und durch, und sprudelte ihren Plan heraus, bevor sie es sich anders überlegen konnte. Als sie geendet hatte, brach Ida weder in Gelächter aus noch machte sie Anstalten, ihr das Ganze als undurchführbar und unsinnig auszureden – so wie Karoline es insgeheim befürchtet hatte. Im Gegenteil. Ida ließ sich manche Einzelheit näher erklären, wollte wissen, was Karoline bislang über Røros und die Anreise dorthin in Erfahrung gebracht hatte, und stellte Fragen zu dem alten Familienzwist in der Grafenfamilie. Schließlich war sie Feuer und Flamme für die Idee, den Sohn von Moritz zu suchen, ihn zu adoptieren und als Stammhalter des Grafenerbes aufzuziehen. Nicht nur, weil diese Vorstellung zweifellos die romantische Seite in ihr ansprach. Ida sah darin vor allen Dingen eine Möglichkeit, die Zukunft ihrer Freundin zu sichern. Blieb Karolines Ehe weiter kinderlos, hing das Damoklesschwert der Scheidung über ihr und damit das gesellschaftliche Aus. Wahrscheinlicher war es aber, dass Moritz sie früh zur Witwe machte. Es war ungewiss, ob seine Herzerkrankung geheilt werden konnte oder ob sie ihn in absehbarer Zeit dahinraffen würde. Und da Karolines Schwiegereltern nicht mehr die Jüngsten waren, würde sie nach deren Tod ohne Dach über dem Kopf und mittellos dastehen. Ida hatte starke Zweifel, dass der künftige Schlossherr Karoline ein Wohnrecht auf Katzbach gewähren würde.

»Und selbst wenn er es täte«, schloss sie ihre Überlegungen, »was ist das denn für eine Aussicht? Du wärest vom Wohlwollen eines Fremden abhängig, dessen Vorfahren seit Jahrhunderten mit denen des alten Grafen verfeindet sind. Das kommt doch gar nicht infrage! Du würdest eingehen wie eine Primel!«

»Stimmt, dagegen nähme sich mein jetziges Leben auf dem Schloss direkt idyllisch aus«, sagte Karoline und verzog den Mund zu einem schiefen Grinsen.

Es tat ihr gut, dass Ida die Dinge klar beim Namen nannte und nicht um den heißen Brei herumredete. Umgehend machte sich diese daran, handfeste Pläne zu schmieden – mit einem Eifer, der Karoline in die kuriose Lage versetzte, die Rolle der Bedenkenträgerin einzunehmen. Ida ließ keinen ihrer Einwände gelten, nicht einmal die Unsicherheit, was das Geschlecht von Moritz' Sprössling betraf.

»Wenn er ein Mädchen in die Welt gesetzt hat, wäre das natürlich ein herber Schlag«, sagte sie und zog kurz die Stirn kraus. »Doch es müsste mit dem Teufel zugehen, wenn es deinem Mann und seinen Eltern nicht imponiert, was du alles auf dich nimmst, um den schändlichen Kilian von ihrem Schloss und dem Erbe fernzuhalten! Darüber können sie nicht einfach hinweggehen.«

»Du kennst die Gräfin nicht«, murmelte Karoline.

Ida schüttelte energisch den Kopf. »Sei nicht so pessimistisch! Wenn ich dich richtig verstanden habe, ist dein Schwiegervater nicht so kaltschnäuzig und dir durchaus wohlgesonnen. Auch wenn er sich nicht getraut, seiner Xanthippe Paroli zu bieten. Aber wer weiß, vielleicht wird ihn ja dein beherztes Handeln endlich dazu ermutigen.«

Karoline lächelte. »Ja, wenn ich ehrlich bin, hoffe ich das auch.« Sie rieb sich die Stirn. »Aber wie soll ich es anstellen? Dieses Røros ist so schrecklich weit weg. Und ich darf nicht davon ausgehen, dass Sofie noch dort wohnt.«

»Vermutlich nicht. Aber nur dort kannst du die Spurensuche aufnehmen«, sagte Ida. Sie rutschte auf ihrem Sessel nach vorn. »Am liebsten würde ich auf der Stelle meine Koffer packen lassen und dich in den hohen Norden begleiten!« Sie legte eine Hand auf Karolines Knie. »Wäre das nicht herrlich? Wir beiden im Land der Wikinger. Was für ein Abenteuer!« Sie sah verträumt vor sich hin und schien sich für einen Moment in dieser Fantasie zu verlieren, bevor sie sich straffte und fortfuhr: »Aber davon kann nun gar keine Rede sein! Mein Platz ist hier an der Seite meines Mannes und meiner Kinder.«

»Selbstverständlich«, sagte Karoline. »Obwohl ich mir nichts Schöneres vorstellen kann, als mit dir ...« Sie unterbrach sich. Es hatte keinen Sinn, unerfüllbaren Wünschen nachzuhängen.

Ida nahm sich ein Mandelplätzchen und legte kauend die Stirn in Falten. »Also, machen wir Nägel mit Köpfen! Morgen früh lasse ich uns einen »Baedeker's« über Norwegen aus der Buchhandlung holen. Ich denke, dass du am besten mit einem Schiff von Hamburg oder Bremen aus startest. Da rufen wir beim Norddeutschen Lloyd an, um uns nach der schnellsten Verbindung zu erkundigen. Die haben sehr komfortabel ausgestattete Dampfer. Vielleicht können wir auch gleich eine Passage für dich buchen. Und für Agnes natürlich. Du kannst unmöglich ohne Zofe reisen. Und dann ...«

Karoline räusperte sich und nestelte an einer Franse der Tischdecke. »Äh, warte. Ich ... äh ... es ist mir sehr peinlich, das zuzugeben. Aber ich glaube nicht, dass ich mir das leisten ...«

»Das Finanzielle soll nicht deine Sorge sein«, fiel Ida ihr ins Wort. »Dafür bin ich zuständig.«

Karoline riss die Augen auf und starrte Ida an. »Ich verstehe nicht ... wie meinst ...«

»Du hast es zwar nicht direkt angesprochen. Aber ich glaube doch verstanden zu haben, dass Moritz deine Mitgift verjubelt hat und du über keine eigenen Mittel verfügst. Also werde ich ...«

Karoline schüttelte den Kopf. »Aber nein, das kann ich unmöglich annehmen!«

»Ich bitte dich, natürlich kannst du das! Und mir wäre es eine Freude.«

189

Karoline wandte den Blick ab und spürte, wie ihr die Röte ins Gesicht stieg. »Ich würde ja meinen Vater bitten. Aber dann müsste ich ihm …« Die Stimme versagte ihr.

»Ihm eingestehen, wie es um deine Ehe bestellt ist«, vollendete Ida ihren Satz. Sie beugte sich zu Karoline. »Bitte, schäme dich deswegen nicht. Nicht vor mir! Ich kann so gut verstehen, dass dir dieser Gedanke unerträglich ist.«

»Es ist alles so verfahren«, murmelte Karoline. »Ich bringe es einfach nicht über mich, meinen Eltern reinen Wein einzuschenken. Es würde sie furchtbar enttäuschen. Sie sind so stolz auf ihren adligen Schwiegersohn, auch wenn mein Vater dessen Hang zu Müßiggang nicht gutheißt. Aber damit kann er leben – zumal er glaubt, dass ich an Moritz' Seite ein unbeschwertes, erfülltes Leben führe. Ich kann ihm und Mutter doch unmöglich die Wahrheit sagen.«

Ida nickte. »Ich weiß. Sie würden sehr wahrscheinlich dir die Schuld für Moritz' schnödes Verhalten geben. Genau wie für eure Kinderlosigkeit.«

Karoline biss sich auf die Lippe. Ida hatte laut ausgesprochen, was sie sich kaum zu denken getraute: dass sich ihre Eltern in diesem Punkt nicht von ihrer Schwiegermutter unterschieden. Und im Falle einer Scheidung nicht unbedingt auf ihrer Seite stehen würden. Die Schuld an dem Skandal würden sie allein ihrer Tochter anlasten. Es war schmerzlich, sich das einzugestehen.

Ida berührte sie am Oberarm. »Versteh das bitte nicht falsch, ich schätze deine Eltern sehr. Aber sie haben – genau wie meine und die allermeisten ihrer Freunde und Bekannten – ein sehr konservatives Frauen- und Familienbild.«

Karoline rang sich ein schiefes Grinsen ab. »Stimmt. Und deswegen glaube ich auch nicht, dass sie Verständnis für meinen Plan aufbringen würden. Sie würden mir eher zu einer Bade- und Trinkkur raten, um meine Fruchtbarkeit zu stärken. Vermutlich wären sie sogar bereit, das zu bezahlen.«

Ida räusperte sich. »Womit wir wieder beim Thema wären.«

Karoline runzelte die Stirn. »Welches Thema meinst du?«

»Die Finanzierung deiner Reise«, antwortete Ida.

Karoline hob ihre Hand zu einer abwehrenden Bewegung.

Ida fuhr freundlich, aber bestimmt fort: »Nimm mir meine Offenheit nicht übel. Aber wenn du wirklich ernsthaft vorhast, den Jungen zu suchen, brauchst du eine ordentlich gefüllte Reisekasse.«

Als Karoline den Mund zu einer Erwiderung öffnete, nahm Ida ihre Hand und drückte sie. »Bitte, meine Liebe, lass uns nicht darüber streiten. Du würdest doch genau das Gleiche für mich tun. Und damit mein Linchen glücklich wird und sich keine Sorgen um die Zukunft machen muss, würde ich weit mehr geben als ein bisschen Geld.«

Karolines Hals wurde eng. »Ich werde es dir zurückzahlen, sobald es mir nur irgend möglich ist!«

»Schon gut. Jetzt müssen wir dich erst einmal auf den Weg bringen.« Ida goss Wein nach und hob ihr Glas.

Bevor sie einen Trinkspruch ausbringen konnte, sagte Karoline: »Auf dich! Auf die beste Freundin der Welt!«

Am folgenden Morgen teilte Karoline ihrer Zofe beim Ankleiden beiläufig mit, dass sie mit dem Gedanken spielte, eine Reise nach Norwegen zu unternehmen. Sozusagen im Fahrwasser von Kaiser Wilhelm, der jeden Sommer mit seiner Jacht dieses sagenumwobene Land besuchte und damit unter seinen Landsleuten eine wahre Nordland-Reiseleidenschaft ausgelöst hatte.

Ida hatte ihr geraten, Agnes nach Möglichkeit erst spät – wenn überhaupt – in ihre wahren Beweggründe einzuweihen. »So sympathisch ich die junge Frau finde, Verschwiegenheit gehört wohl eher nicht zu ihren Vorzügen.«

Karoline hatte kichernd mit den Augen gerollt und erwidert: »Dir entgeht aber auch nichts. Ja, Agnes ist diesbezüglich kein Kind von Traurigkeit.«

Ida hatte mit den Schultern gezuckt und gemeint: »Eigentlich kann ich das gut nachvollziehen. Schließlich haben unsere Dienstboten kaum die Gelegenheit, ein eigenes Leben zu führen. Wen wundert es da, dass sie sich umso mehr für unsere Belange interessieren und sich darüber austauschen? Im Übrigen bist du um deine Agnes zu beneiden. Sie ist sehr geschickt, freundlich und aufgeweckt. Es ist gar nicht leicht, heutzutage so jemanden zu finden.« Nach einem tiefen Seufzer hatte sie hinzugefügt: »Mit meiner Martha bin ich zwar sehr zufrieden, aber sie wohl nicht mit mir. Sie macht immer so ein verkniffenes Gesicht. Ich glaube nicht, dass sie lange bleiben wird.«

Karoline, die die Knöpfe ihrer Bluse schloss, warf der hinter ihr stehenden Zofe im Spiegel einen Blick zu und verzog erstaunt das Gesicht. Agnes, die mit einem heiteren Lächeln das Gästezimmer betreten hatte, war bei der Erwähnung von Karolines Reiseplänen zusammengezuckt. Ihre Miene verschloss sich. Nur mit Mühe rang sie sich ein »Oh, das klingt interessant« ab.

Karoline zog die Augenbrauen hoch. Sie hatte erwartet, dass Agnes die Aussicht auf einen Urlaub im Ausland freuen würde – zumal sie mit eigenen Ohren gehört hatte, wie ihre Zofe im Gespräch mit dem Diener von Moritz über die Ereignislosigkeit ihres Daseins geklagt und sich Reisen in ferne Länder gewünscht hatte. Hatte sie sich getäuscht? Nicht nur, was Agnes' Fernweh anging, sondern vor allem in Bezug auf deren veränderte Haltung ihr gegenüber? Seit sie in Görlitz waren, überschlug sie sich geradezu, ihre Aufgaben mustergültig zu erledigen. Mehrfach hatte sie durchblicken lassen, wie dankbar sie war, dass Karoline sie mitgenommen hatte. Nun, vielleicht ist sie einfach nur überrumpelt, dachte Karoline. Oder sie leidet unter Seekrankheit. Sie ließ das Thema fallen und bat Agnes, den Saum eines Rockes anzunähen, der sich gelöst hatte.

Ihr selbst waren über Nacht wieder etliche Zweifel gekommen. Als Alleinreisende war sie sehr exponiert. Wie sollte sie da unauffällig Nachforschungen anstellen? Noch schwerer lag ihr im Magen, nicht selbst für die Kosten aufkommen zu können und auf Idas Großzügigkeit angewiesen zu sein. Es fiel ihr nicht leicht, das Angebot ihrer Freundin anzunehmen. Letzteres behielt sie für sich, um Ida nicht zu kränken. Ihre anderen Bedenken ließ sie jedoch durchblicken, als sie am Nachmittag im Damensalon die Köpfe über dem Reiseführer zusammensteckten und die Routen studierten, die dort für die Anreise nach Norwegen vorgeschlagen wurden.

»Hm, vielleicht ist das mit dem Alleinreisen wirklich nicht so optimal«, sagte Ida. »Du könntest dich sehr einsam fühlen. Deine Agnes ist zwar nett, aber eben doch eine Dienstbotin und keine ebenbürtige Gefährtin.«

»Dazu kommt, dass sie offenbar überhaupt keine Lust hat, mich zu begleiten«, sagte Karoline. »Du hättest ihr Gesicht sehen sollen, als ich heute früh meine Pläne angedeutet habe.«

»Wie seltsam!«, rief Ida. »Ich hätte gedacht, dass ...« Sie stockte, kniff die Augen zusammen und fuhr mit einem Grinsen fort: »Ich glaube, ich kenne den Grund für ihre Reiseunlust.«

Karoline hob fragend die Augenbrauen.

»Sagt dir ein gewisser Anton Kern was?«

»Der Diener meines Mannes heißt Anton. Seinen Nachnamen kenne ich nicht.«

»Offenbar schreiben sich die beiden. Meine Zofe hat sich darüber beschwert, dass Agnes immer an der Tür herumlungert, wenn die Post gebracht wird und aufgeregt nach Briefen für sich fragt. In Marthas Augen gehört sich das nicht.« Ida verdrehte die Augen. »Schon gar nicht, wenn sie von einem Mann kommen, mit dem man nicht verwandt ist.«

Karoline legte den Kopf schief. »Ich wusste gar nicht, dass die beiden so eng … ich hab gedacht, es sei eine harmlose Tändelei.«

»Wohl eher handfeste Verliebtheit. Zumindest auf Agnes' Seite«, sagte Ida.

»Und du meinst, deswegen schreckt sie der Gedanke, wochenlang unterwegs zu sein?«, fragte Karoline und antwortete sich selbst: »Das leuchtet mir ein.«

»Nun, wie dem auch sei«, sagte Ida. »Wir müssen eine Lösung für dich finden.« Sie tippte auf den »Baedeker's«. »Vielleicht solltest du dich doch einer organisierten Reisegruppe anschließen. Und wenn ihr in einem Ort seid, der nicht allzu weit von Røros entfernt ist, kannst du dich für ein, zwei Tage absetzen und einen Abstecher dorthin machen.«

Idas Überlegungen wurden von der Köchin beendet, die mit ihr den Speiseplan für die nächsten Tage durchgehen wollte. Karoline war nicht traurig über die Unterbrechung. Ihr schwirrte der Kopf von all den Dampferlinien und Zugverbindungen, Reiserouten und Etappen, die in dem Norwegen-Führer aufgezählt wurden. Sie klappte ihn zu und griff nach der neuesten Ausgabe der »Gartenlaube«, die auch im Hause Krusche fester Bestandteil der Zeitungsabonnements war.

Sie stopfte sich zwei Kissen in den Rücken, lehnte das aufgeschlagene Heft an ihre angewinkelten Oberschenkel und begann zu lesen. Bereits nach wenigen Sätzen hatte sie das Boudoir von Ida verlassen und saß in Gedanken an der Seite von Gerta und Frank ben Salem in einer Wüstenhöhle, in die sich die Heldin des Fortsetzungsromans »Die Hand der Fatme« vor ihrem vor Wut tobenden Bräutigam Hugo von Wallenrodt geflüchtet hatte. Er hatte die Auflösung der Verlobung nicht akzeptiert, wollte Gerta um jeden Preis zurück und vor allem Rache an seinem Nebenbuhler nehmen. Dieser war bereit, sich dem Finsterling zu stellen – und wenn er dafür sein Leben lassen musste.

Was Gerta natürlich verhindern wollte. Mit klopfendem Herzen verschlang Karoline die Zeilen.

»Gehen Sie nicht!«, keuchte Gerta. »Er wird sich auf Sie stürzen. Ihr Leben steht auf dem Spiel!«
»Es steht noch mehr auf dem Spiel!«, sagte Frank ben Salem ruhig. »Ihr Ruf! Und nun lassen Sie mich gehen! Ich muss da hinaus! Es ist auch nicht meine Art, mich vor einem Mann zu verstecken, und am wenigsten hinter einer Frau!«

Karolines Augen flogen über die nächsten Absätze, in denen es Gerta nicht gelang, ihren Liebsten davon abzuhalten, die Höhle zu verlassen und seinem Widersacher entgegenzutreten. Tatsächlich war dieser zum Äußersten entschlossen, richtete eine Pistole auf Frank ben Salem, drückte ab – und traf Gerta in die Brust, die sich im letzten Moment in die Schusslinie geworfen hatte. Während der Schütze voller Entsetzen über seine Tat das Weite suchte, sank Gerta zu Boden. Karoline hielt den Atem an. War die Heldin tödlich getroffen? Frank ben Salem stürzte zu ihr, fing sie auf und begann zu lachen. Karoline runzelte die Stirn. Hatte er vor Schmerz über ihren Verlust den Verstand verloren? Nein, er lachte vor Erleichterung. Die Hand der Fatme, das Amulett, das Gerta als Glücksbringer um den Hals trug, hatte die Kugel abgefangen und ihr das Leben gerettet. Sie war mit einer Prellung und dem Schrecken davongekommen.

Die Brust tat ihr weh, aber im Herzen ward ihr wohl, und sie schloss die Augen und träumte und träumte: Er trug sie hinweg auf seinen Armen – weiter und immer weiter – und fernhin in ein glückliches Land.

Karoline hob den Blick von der Zeitschrift, strich sich eine Haarsträhne hinters Ohr und dachte: Wie es sich wohl anfühlt, sich der Liebe eines anderen so gewiss zu sein? Sich so bedingungslos anvertrauen zu können? Widerfährt solches Glück nur Romanheldinnen, oder gibt es das auch im echten Leben?

17

Stavanger, Mai 1905 – Liv

In der Nacht zum Samstag fand Liv keinen Schlaf. Zum einen war es die Angst um Elias, die sie wach hielt. Der Junge stand sozusagen mit einem Bein in der Erziehungsanstalt von Lindøy. Es schien nur eine Frage der Zeit, bis sein Vater einen Vorwand fand, seine Drohung wahr zu machen. Zum anderen wanderten ihre Gedanken immer wieder zu Bjarne Morell.

»Wir finden schon einen Weg«, hatte er gesagt, als sie sich nach dem Vortrag im Museum verabschiedet hatten und nicht wussten, wann und wo sie sich wieder treffen konnten. Die Ungewissheit, wie dieser Weg aussehen könnte und wann sie Bjarne wiedersehen würde, ließ Liv keine Ruhe. Bis zu ihrem nächsten freien Nachmittag war es noch fast eine Woche hin – und sie wusste nicht einmal, ob Bjarne da überhaupt Zeit hatte. Warum nur hatte sie ihn nicht gefragt? Sollte sie ihm schreiben? Aber wie konnte er ihr antworten, ohne dass ihre Herrschaft davon Wind bekam? Oddvar Treske würde ihr den Umgang mit Bjarne gewiss untersagen. Laut dem *Tyendeloven*, dem Dienstbotengesetz, war sie ein unmündiges Familienmitglied ohne Anrecht auf ein eigenes Privatleben. Ihr Dienstherr war für sie verantwortlich und befugt, über ihre Kontakte zu bestimmen. Liv wollte das Risiko nicht eingehen, gegen ein ausdrückliches Verbot des Lehrers zu verstoßen und sich gegen seinen Willen mit Bjarne zu treffen.

Beim Ankleiden im Morgengrauen beschloss sie, sich ein Herz zu fassen, an ihrem freien Nachmittag zum Museum zu gehen und sich dort nach Bjarne zu erkundigen. Falls sie ihn nicht antreffen würde, konnte sie ihm eine Botschaft hinterlassen. Die Aussicht, nicht untätig abzuwarten, sondern selbst dafür zu sorgen, dass ein Wiedersehen möglich wurde, hob Livs Laune. Beschwingt eilte sie ins Erdgeschoss, um Wasser für den Kaffee aufzusetzen.

Als Ingrid Treske ihr nach dem Frühstück den Arbeitsplan für die kommende Woche verkündete, erhielt Livs Hochgefühl einen Dämpfer. Der bevorstehende Nationalfeiertag am siebzehnten Mai, an dem der Verabschiedung des Grundgesetzes im Jahre 1814 gedacht wurde, warf seine Schatten voraus und würde ihr neben ihren täglichen Pflichten viele zusätzliche Aufgaben bescheren: Die Festtagskleidung der Familie musste auf Vordermann gebracht und das Haus einer besonders gründlichen Reinigung unterzogen werden. Zudem galt es, Dutzende Fahnenwimpel in den norwegischen Farben zu nähen, mit denen die Eingangstüren der Missionsschule und des Wohnhauses geschmückt werden sollten. Um das alles vor und nach der Anwesenheit der Köchin zu bewältigen, musste Liv mit der Sonne um fünf Uhr früh aufstehen, und würde erst lange, nachdem diese gegen zehn Uhr untergegangen war, ins Bett finden.

Mit Bedauern in der Stimme stellte Frau Treske fest: »Ich fürchte, ich werde dir erst nach dem siebzehnten Mai wieder freigeben können. Dafür dann aber einen ganzen Tag.«

Liv bemühte sich, ihre Enttäuschung zu verbergen. Sie rang sich ein Lächeln ab und lief in die Küche, wo Frau Bryne eben eingetroffen war. Auch sie machte Liv wenig Hoffnung, vor dem Feiertag ein wenig freie Zeit für sich herausschlagen zu können. Die Vormittage waren ganz dem großen Buffet gewidmet, das die Köchin mit ihrer Unterstützung vorbereiten sollte. Der Vorstand der Missionsgesellschaft, dem Oddvar Treske angehörte, plante am Abend des Verfassungstages einen festlichen Empfang in der Missionsschule. Von der Frau des Lehrers wurde erwartet, dass sie sich maßgeblich an der Bestückung der Speisetafel beteiligte – eine Aufgabe, die sie weitgehend ihrer

Köchin und deren Gehilfin Liv übertrug. Lediglich die Auswahl der Gerichte wollte Ingrid Treske gemeinsam mit Frau Bryne treffen.

Als Liv am Nachmittag zu Elias' Schule aufbrach, hatte sie einen Zettel mit den Bestellungen bei sich, die sie auf dem Rückweg beim Metzger und dem Weinhändler aufgeben sollte. Es würde nicht der letzte Auftrag dieser Art sein. Die Liste mit den Zutaten für die Festtagsgerichte war lang und würde sie in den kommenden Tagen noch häufig zum Krämer, auf den Fischmarkt und in die Apotheke führen. Dort gab es neben Arzneien, Salben und Heiltees auch viele seltene Gewürze und Kräuter zu kaufen sowie Branntwein, den Frau Bryne zum Ansetzen eines Likörs benötigte, und Natronpulver, das sie als Treibmittel beim Backen verwendete.

Der Nieselregen, der am Morgen eingesetzt hatte, war stärker geworden und hatte die Luft abgekühlt. Liv wickelte sich in ihr Umschlagtuch, raffte ihren Rock und lief mit gesenktem Kopf los. Der Feldweg, der am Grundstück der Missionsschule und dem Solbakken-Kinderheim vorbeiführte, war mit Pfützen übersät, denen sie mit kleinen Sprüngen auswich. Mehrfach drohten ihre Holzpantinen im Schlamm stecken zu bleiben. Liv spürte, wie die Feuchtigkeit durch das Schultertuch drang. Bald würde es klatschnass sein. Sie beschleunigte ihre Schritte.

»Ich hab's doch geahnt. Du bist ohne Schutz gegen den Regen unterwegs«, sagte eine Stimme, als Liv an der Einfriedung des Ekenæs-Friedhof vorbeihastete.

Sie hielt abrupt inne. Bevor sie sich nach dem Sprecher umdrehen konnte, jauchzte in ihr die Erkenntnis: Er ist es! Bjarne ist da!

»Bei dem Wetter solltest du dich besser einpacken. Sonst holst du dir noch eine Erkältung.« Er trat zu ihr und hielt ihr ein Stoffbündel hin. »Es hat leider keine Kapuze. Aber es wird dich warm halten und den Wind abweisen.«

Liv starrte Bjarne stumm an. Er trug einen Regenmantel, hatte Gamaschen über die Schuhe geknöpft und einen Hut mit breiter Krempe aufgesetzt. Sie war nicht imstande, ihm zu antworten oder sich zu rühren. Die Freude, ihn zu sehen, lähmte sie und wühlte sie gleichzeitig auf. Ihr Magen geriet in Aufruhr. Sie fürchtete, sich im nächsten Moment übergeben zu müssen.

Bjarne faltete das Bündel auseinander, legte ihr einen ärmellosen Umhang über die Schultern, knöpfte ihn zu, trat einen Schritt zurück und fragte: »So ist es besser, nicht wahr?«

Liv sah an sich hinunter. Die Pelerine aus schwarzer Wolle reichte ihr bis zu den Knien. Vorne hatte sie zwei Schlitze für die Hände. Sie fühlte sich weich und leicht an und war innen mit einem glatten Baumwollstoff gefüttert. Nicht zu vergleichen mit den Schals und Strickjacken aus grober Schurwolle, die sie im Winter trug. Diese rochen stark nach Schaf und kratzten.

»Es ist ... wunderschön«, stammelte Liv. »Aber das kann ich doch nicht annehm...«

»Dann sieh es als Leihgabe«, fiel Bjarne ihr ins Wort, fasste sie sanft am Ellenbogen und zog sie Richtung Lokkeveien. »Wir sollten uns ein wenig sputen. Die Schule ist gleich aus. Du willst den Jungen sicher nicht warten lassen.«

Die Erwähnung von Elias löste Livs Erstarrung. Sie setzte sich in Bewegung. »Woher wusstest du eigentlich, dass ich hier vorbei ...«

»Das war nicht schwer zu erraten«, sagte Bjarne. »Du hattest erwähnt, dass du Elias jeden Tag von der Schule abholst. Und da der Unterricht um vier Uhr endet, musst du ungefähr eine Viertelstunde vorher aufbrechen.«

Liv nickte. In ihrem Kopf wirbelten Fragen und Gedankenfetzen durcheinander. Warum beschenkte Bjarne sie einfach so? Sie kannten sich doch kaum. Erwartete er eine Gegenleistung? Sie hörte die Stimme ihrer Mutter, die ihre Töchter wiederholt ermahnt hatte, sich vor Männern in Acht zu nehmen, die jungen

Frauen schöne Augen machten und sie mit Schmeicheleien und Geschenken dazu verführten, ihnen das einzig Wertvolle zu geben, das auch ein Mädchen aus armen Verhältnissen besaß: seine Keuschheit und Unschuld. Liv schüttelte unwillkürlich den Kopf. Nein, so einer war Bjarne nicht. Sie streifte ihn mit einem Blick. Er schaute sie aufmerksam an.

»Eine Øre für deine Gedanken«, sagte er.

Liv spürte, wie ihr das Blut in die Wangen stieg. Ahnte er, was ihr durch den Kopf ging? Sie knetete ihre Hände unter dem Umhang.

»Äh ... ich ... ich habe mich gefragt, was du hier machst«, platzte sie mit dem Erstbesten heraus, das ihr einfiel. »Ich meine ... äh ... was das für Ausstellungsstücke sind, die du für das Museum in Kristiania aufspüren sollst.«

Bjarne verengte kurz die Augen, bevor er mit einem winzigen Lächeln antwortete: »Geschirr, Werkzeug, Möbel, Spinnräder, Textilien, landwirtschaftliche Geräte, Musikinstrumente, Küchenutensilien ...«

»Also ganz gewöhnliche Alltagsgegenstände?«, unterbrach Liv seine Aufzählung und sah ihn erstaunt an. »Ich dachte immer, die Leute gehen ins Museum, um wertvolle Gemälde zu betrachten. Oder exotische Sachen aus fernen Ländern, so wie sie hier in Stavanger ausgestellt sind.«

Bjarne nickte und wich einem Mann aus, der einen Karren über den Platz vor der Domkirche schob, den sie gerade überquerten. In diesem Moment begannen die Glocken zur vollen Stunde zu läuten. Bjarne wartete den vierten Schlag ab, bevor er antwortete.

»Das stimmt. Es ist auch ein vergleichsweise neuer Ansatz. Das norwegische Volksmuseum in Kristiania gibt es noch nicht sehr lange. Unser Direktor Hans Aall hatte vor gut zehn Jahren die Vision, auf der Halbinsel Bygdøy ein Freiluftmuseum nach dem Vorbild des Skansen-Museums in Stockholm zu gestalten.

Es geht darum, das Leben unserer Vorfahren in den letzten fünfhundert Jahren möglichst vollständig darzustellen, zu erforschen und für die Nachwelt zu erhalten.«

»Ein Freiluftmuseum? Was bedeutet das? Ist es denn kein Haus?«, fragte Liv und schämte sich im selben Moment ihrer Unwissenheit.

»Doch, besser gesagt sehr viele. Im Ridehus, einer ehemaligen Reithalle, sind Haushaltsgegenstände und Kunsthandwerk aus allen Landesteilen untergebracht. Viele alte Handwerkstechniken, Möbel und Geräte werden früher oder später verschwinden, weil sie durch moderne Maschinen oder neue Moden ersetzt werden. Vor allem aber suchen wir überall nach alten Bauernhöfen, Almhütten, Stadthäusern, Werkstätten, Fischerkaten, Mühlen und anderen Bauwerken, die wir abtragen und auf dem Museumsgelände wieder errichten. Sogar eine alte Stabkirche haben wir schon.«

Liv zog die Brauen hoch. »Und was ist mit den Besitzern all dieser Häuser?«

Vor ihrem geistigen Auge tauchte das Bild einer Bauernfamilie auf, die nach einem langen Arbeitstag auf dem Feld zu ihrem Hof zurückkehrte – und sich auf einem leeren Platz wiederfand.

Bjarne schien ihre Gedanken zu lesen. »Keine Sorge, wir klauen sie ihnen nicht unterm Hintern weg«, sagte er mit einem verschmitzten Lächeln.

Liv kicherte.

Ernster fuhr er fort: »Die meisten alten Gebäude wären dem Verfall oder Abriss preisgegeben, weil die Bewohner sie verlassen haben, um woanders ihr Glück zu suchen, oder weil sie in komfortablere Wohnungen gezogen sind.«

»Aber wer will denn abgewohnte Bauernhöfe oder gar fensterlose Katen anschauen?«, rutschte es Liv heraus. Die Vorstellung, jemand könnte sich für die ärmliche Behausung ihrer Familie interessieren, erschien ihr abwegig.

Bjarne legte den Kopf schief. »Wir stammen fast alle von Bauern oder Fischern ab. Da liegen unsere Wurzeln. Das Volksmuseum will das Gefühl der Zusammengehörigkeit stärken, indem es das Leben früherer Generationen beleuchtet. Wir wollen zeigen, wie unsere Ahnen der schroffen Natur getrotzt und ihr Nahrung abgerungen haben. Welche handwerklichen Fähigkeiten sie hatten, wie sie wohnten und sich kleideten, wie sie ihre Kinder erzogen, und an was sie glaubt haben. So kann man die Entwicklung unserer Kultur besser verstehen.«

Liv strich sich eine nasse Haarsträhne aus dem Gesicht. »So hab ich das noch nie gesehen«, sagte sie nachdenklich. »Dass auch die kleinen Leute wichtig sind.«

»Oh, unbedingt!«, rief Bjarne. »Viele vergessen das und bilden sich ein, sie wären etwas Besseres, nur weil sie nicht mehr im Schweiße ihres Angesichts den Boden beackern müssen. Aber wer nicht weiß, woher er kommt, verliert den Halt und wird Schwierigkeiten haben, seinen Weg in der Welt zu finden.«

Liv horchte seinen Worten nach. Aus seinem Mund klang das so selbstverständlich. Sie ahnte, dass Oddvar Treske oder auch der Missionar Halvor Eik nicht dieser Meinung waren. Im Gegenteil. Sie würden sie vermutlich als unzulässige Gleichmacherei ansehen, die die von Gott bestimmte Ordnung gefährdete. Wie Bjarne das wohl sieht?, dachte sie. Wie steht er zur Kirche? Ob ich ihn das fragen kann? Oder ist das zu persönlich?

Bjarne blieb stehen. Liv hatte nicht bemerkt, dass sie mittlerweile die Straßenecke Hjelmelandsgata und Sandeidsgata kurz vor dem Pausenhof der Storhaugskole erreicht hatten. Die letzten Töne der Schulglocke waren bereits verhallt. Die Türen der beiden Portale wurden aufgerissen. Dutzende Kinder sprangen die Treppenstufen hinunter, rannten – sich gegenseitig jagend und neckend – zur Straße, platschten durch die Pfützen oder schlenderten ins Gespräch vertieft nebeneinander her. Gelächter, Pfiffe und Lebewohl-Rufe erfüllten die Luft.

»Bis übermorgen? Oben am Friedhof?«, fragte Bjarne.

Liv schluckte und nickte stumm. Der Abschied raubte ihr die Stimme. So viele Fragen brannten ihr auf der Seele.

»Nächste Woche hast du doch deinen freien Nachmittag, nicht wahr? Hättest du vielleicht Lust, einen Ausflug mit mir zu machen? Wir könnten nach ...«

Liv schüttelte den Kopf und stieß hervor: »Daraus wird nichts.«

»Wenn es dir unangenehm ist, mit mir allein ...«

»Nein, das ist es nicht ...« Liv räusperte sich. »Ich ... ich bekomme erst nach dem Feiertag wieder frei. Davor ist zu viel zu tun.«

Bjarne verzog mitfühlend das Gesicht. »Nicht traurig sein«, sagte er leise. »Es warten noch so viele freie Tage auf dich.«

Er hob die Hand, streifte Livs Wange mit dem Rücken seines Zeigefingers, nickte ihr zu und lief die Sandeidsgata hinunter Richtung Museum.

Liv sah ihm mit angehaltenem Atem nach. Die flüchtige Berührung, kaum spürbar, war wie ein Sonnenstrahl gewesen. Wärmend und tröstlich. Und zugleich aufwühlend. So wie seine Worte. Es lag eine Verheißung darin, die Livs Herz schneller schlagen ließ.

»Was gibt es denn da vorn zu sehen?«

Elias' Stimme drang in Livs Bewusstsein. Sie hatte sein Kommen nicht bemerkt. Er stand neben ihr und spähte mit einem Ausdruck der Ratlosigkeit die Straße hinunter. Diese war bis auf ein paar trödelnde Schüler und zwei Frauen mit Einkaufskörben leer. Bjarne war längst verschwunden.

Liv sah zu Elias hinunter. »Entschuldige, ich war in Gedanken. Ich muss noch einige Besorgungen machen und darf nichts vergessen.«

Elias runzelte die Stirn, warf ihr einen zweifelnden Blick zu, zog sich seine Kappe tiefer ins Gesicht und begann, neben ihr her zu trotten. Liv biss sich auf die Lippe. Sie wollte Elias nicht belügen. Gleichzeitig scheute sie davor zurück, von Bjarne zu sprechen. Das, was da zwischen ihnen keimte, war so zart und neu. Eine abergläubische Anwandlung überkam sie und warnte sie, »es« laut auszusprechen. Als könnte »es« dadurch verscheucht werden.

Sie drückte Elias' Schulter. »Wir haben heute Haferkekse gebacken«, sagte sie betont munter. »Ich hab einen Teller für dich in deinem Zimmer versteckt. Im Kleiderschrank.«

Elias hob den Kopf und strahlte sie an. »Die teile ich mit Kaja. Ich darf doch?«

Liv nickte. »Natürlich. Sobald die Luft rein ist, kannst du deine Dohle besuchen.«

Nach dem Strafgericht, dessen Zeugin Liv am Abend zuvor geworden war, herrschte im Hause Treske eine angespannte Stimmung. Nur von außen betrachtet war alles friedlich und ging seinen gewohnten Gang. Elias war bemüht, sich unsichtbar zu machen und alles zu vermeiden, was den Zorn seines Vaters erneut entfachen konnte. Liv beobachtete mit Sorge, wie dieser seinen Sohn bei der gemeinsamen Mahlzeit am späten Nachmittag und der Abendandacht mit Blicken verfolgte, in denen etwas Lauerndes lag – als warte er förmlich darauf, ihn bei einer Missetat zu erwischen. Ingrid Treske entzog sich dem schwelenden Konflikt, mied den Kontakt zu Elias und hatte ausschließlich Augen für Klein-Margit.

Die trügerische Ruhe zerrte an Livs Nerven. Dennoch löste sie ihr Versprechen ein und schmuggelte den Jungen zu einem kurzen Besuch bei seiner gefiederten Freundin in ihre Kammer. Die Dohle flatterte ihm zum ersten Mal entgegen. Der verletzte Flügel war ausgeheilt. In die Freude über Kajas Genesung mischte sich Wehmut. Liv musste Elias nicht darauf hinweisen, dass er den Vogel nicht länger im Haus verstecken konnte. Er wusste selbst, dass das Risiko einer Entdeckung zu groß war und sie von Glück sagen konnten, dass bislang niemand von Kajas Anwesenheit Wind bekommen hatte. Mit Tränen in den Augen öffnete der Junge das Fenster und setzte sie auf das äußere Sims.

»Leb wohl!«, murmelte er heiser. »Und nimm dich vor Katzen und Raubvögeln in Acht!«

Die Dohle sah sich neugierig um und trippelte ein paarmal auf und ab, bevor sie die Flügel ausbreitete und davonflog. Elias wandte sich ab. Seine Schultern zuckten. Widerstandslos ließ er sich von Liv in die Arme nehmen und presste sein Gesicht in ihren Bauch. Sie drückte ihn an sich und streichelte seinen Rücken. Während sie noch nach einem Wort des Trostes suchte, ertönte das vertraute *kjak, kjak*. Kaja war wieder auf dem Fensterbrett gelandet, legte den Kopf schief und sah sie aus ihren eisblauen Augen an.

»Kaja!«, rief Elias, löste sich von Liv und kraulte den Vogel im Nacken.

Die junge Dohle plusterte sich auf und schmiegte sich in die Hand des Jungen. Liv beobachtete die beiden mit gemischten Gefühlen. Sie freute sich für Elias und fragte sich im selben Moment, wie es künftig gelingen konnte, seine Freundschaft zu dem Vogel vor seinem Vater geheim zu halten. Dass Oddvar Treske diese billigen würde, hielt Liv für ausgeschlossen. Wobei es in diesem Fall gleichgültig war, wer die Dohle hinter seinem Rücken gepflegt hatte. Alles, was in seinem Hause ohne sein Wissen und seine ausdrückliche Billigung geschah, erregte den Unmut des Lehrers.

»Du musst ihr beibringen, dass sie wegfliegt«, sagte Liv. »Ich meine, wenn jemand kommt, der sie nicht sehen soll.«

Elias sah zu ihr auf. »Heißt das, sie darf bleiben?«

Liv grinste schief. »Das hat Kaja wohl so entschieden. Ich glaube, sie hält uns für ihre Familie.«

Wie zur Bestätigung von Livs Worten gab die Dohle ein leises *tscharr, tscharr* von sich, flog auf Elias' Kopf und begann, seine Haare zu zausen. Seine Gesichtszüge entspannten sich. Er kicherte. »Das kitzelt!«

Livs Magen zog sich zusammen. Der Junge lacht so selten, dachte sie. Dabei ist es so einfach, ihm eine Freude zu bereiten und ihm ein wenig Glück zu schenken. Warum sind seine Eltern dazu nicht in der Lage? Was hindert seine Mutter daran, ihn ab und zu mal in den Arm zu nehmen? Oder seinen Vater, ihn für die Dinge zu loben, die er richtig macht? Anstatt immer nur das Schlechte zu sehen, das sich sein Sohn zuschulden kommen lässt?

Sie hörte wieder die kalte Stimme von Oddvar Treske, mit der er festgestellt hatte: »Der Junge hat keine Moral. Da kommt er ganz nach seiner ...«

Seine Frau hatte ihn daran gehindert, den Satz zu vollenden. Wen machte der Lehrer für die vermeintliche Verderbtheit seines Sohnes verantwortlich? Liv wusste wenig über die Familien ihrer Herrschaft. Gab es da ein schwarzes Schaf? Befürchtete Elias' Vater, sein Sohn könne die in seinen Augen verwerflichen Eigenschaften einer Verwandten geerbt haben? Liv beschloss, die Köchin zu fragen, ob sie vielleicht mehr wusste. Schließlich arbeitete Frau Bryne schon seit vielen Jahren für die Treskes. Bei der nächsten sich bietenden Gelegenheit für einen ungestörten Plausch in der Küche würde sie sich ein wenig näher erkundigen.

18

Görlitz, Mai 1905 – Karoline

Am zweiten Maisonntag schlug Gustav angesichts des sonnigen Wetters nach dem Mittagessen einen Spaziergang zu den Weinbergen vor, die unweit der Südstadt an der Neiße lagen.

»Wir könnten unseren Kaffee auf der Terrasse des Weinberghauses einnehmen.«

»Ich wusste gar nicht, dass in dieser Gegend Reben gedeihen«, sagte Karoline. »Ist das Klima nicht zu rau?«

»Die Zeiten, in denen hier gekeltert wurde, sind in der Tat lange vorbei«, erwiderte Gustav. »Im Mittelalter hat man an den Südhängen des Flussufers Weinstöcke gepflanzt. Ob der Rebensaft allerdings gemundet hat …« Er zuckte mit den Achseln.

Ida verzog den Mund. »Das war sicher ein saures Vergnügen.«

Gustav lachte. »Ja, für dich, mein Zuckerschnütchen, wäre es wohl nichts gewesen.« Er faltete seine Serviette zusammen. »Also, meine Damen. Wäre euch der kleine Ausflug genehm?«

»Unbedingt!«, sagte Ida und wandte sich an Karoline. »Es ist wirklich allerliebst dort.«

»Und man hat eine famose Aussicht«, sagte Gustav und fügte mit einem Schmunzeln hinzu: »Wegen seiner freien Lage nennt der Volksmund das Lokal übrigens die Ozonschenke.«

Eine halbe Stunde später waren sie abmarschbereit, wie Ida es mit gespieltem Kasernenton verkündete, als das Kindermädchen mit Rosalie und Kurtchen im Entree erschien. Der Kleine hatte einen winzigen Matrosenanzug an, seine Schwester ein knielanges Kattunkleidchen aus geblümtem Stoff mit breitem Kragen. Gustav ließ sich von seinem Diener einen seiner Gaucho-Hüte reichen und in einen grauen Gehrock helfen. Seine Frau und Karoline trugen helle Frühjahrstoiletten aus Kreppvoile, die Ida für sie beide bei ihrem Schneider in Auftrag gegeben hatte. Sie waren nach der neuesten Mode gefertigt, bei der Muster aus Lochstickerei eine wichtige Rolle spielten. Die Röcke hatten einen weichen Faltenwurf und leicht gebauschte Taillen, die von einem breiten Gürtel umspannt wurden. Die Oberteile waren Blusen mit hochgeschlossenen Halskrausen und Puffärmeln, die an den Ellenbogen in eng anliegende Manschetten übergingen. Dazu hatten sie runde Hüte aufgesetzt, die mit Seidenrosen bestückt waren.

Die Begeisterung, mit der Ida die Schnittvorlagen ausgewählt, Stoffe begutachtet und Verzierungen diskutiert hatte, war mitreißend gewesen. Karolines Unbehagen, erneut die Großzügigkeit der Freundin in Anspruch zu nehmen, hatte Ida im Keim erstickt.

»Du würdest mich eines großen Vergnügens berauben«, hatte sie gerufen. »Bitte, beharre nicht auf deinem dummen Stolz! Ich habe mich so darauf gefreut, für uns beide neue Kreationen schneidern zu lassen! Das macht zu zweit doch viel mehr Spaß!«

Als Karoline erkannte, dass sie ihre Freundin ernsthaft vor den Kopf stoßen würde, wenn sie auf ihrer Weigerung bestand, hatte sie ihre Bedenken beiseitegeschoben. Sie war selbst überrascht, wie viel Freude sie daran hatte, sich Gedanken um Nichtigkeiten wie Farbkombinationen, die Breite von Schleifen oder das Volumen von Ärmeln zu machen.

Ihre Zofe Agnes war ohnehin in ihrem Element. Ida war entzückt von deren fachkundigen Vorschlägen und ihrem guten Gespür für Schnittmuster und Stoffe. Es stellte sich heraus, dass Agnes eine eifrige Leserin der Sonderbeilage der »Gartenlaube« war. In »Die Welt der Frau« widmete sich jede Woche eine umfangreiche Rubrik der Mode. Karoline überblätterte diese Seiten für gewöhnlich. In den vergangenen Jahren hatte sie nicht über die Mittel verfügt, den Inhalt ihres Kleiderschranks in jeder Saison auf den neuesten Stand zu bringen. Jeder Anlass erforderte eine spezielle Ausstattung: Da gab es Morgen- oder Hauskleider, bei denen bequeme Schnitte ohne Mieder gestattet waren, Straßenkostüme aus Wollstoff für Besorgungen am Tage und elegante Nachmittagskleider für Besuche. Sportliche Kombinationen, die mehr Bewegungsfreiheit boten, eigneten sich etwa zum Golf- oder Federballspielen. Für festliche Soupers, Theaterbesuche und andere gesellschaftliche Ereignisse waren Abendgarderoben vorgesehen, bei denen stark geschnürte Korsetts, tiefe Dekolletés, Schleppen und kostbare Stoffe nach wie vor nicht wegzudenken waren. Selbst wenn Karoline sich die beständige Erneuerung einer solch umfangreichen Garderobe hätte leisten können – auf Schloss Katzbach wäre sie weitgehend unbenutzt geblieben.

»Agnes kommt mir vor wie ein Rennpferd, das endlich an einem Turnier teilnehmen darf und sein Talent zeigen kann«, hatte Karoline ihrer Freundin zugeraunt, als ihre Zofe mit glühenden Wangen Vorschläge für Dekorationen gemacht hatte, mit denen sie Karolines Hüten neuen Pfiff verleihen wollte. Ida hatte genickt und laut geantwortet: »Ja, an deiner Agnes ist eine Modistin verloren gegangen.« Agnes hatte sich mit einem strahlenden Lächeln und einem tiefen Knicks für das Kompliment bedankt und sich noch eifriger ins Zeug gelegt.

An diesem Sonntag hatte Karoline ihrer Zofe freigegeben. Agnes hatte im Vorfeld mehrfach beiläufig fallen lassen, dass Anton Verwandte in Greiffenberg besuchen wolle und vorgeschlagen habe, die günstige Gelegenheit für ein Treffen zu nutzen. Das Städtchen lag nur vierzig Kilometer von Görlitz entfernt und war mit der Schlesischen Eisenbahn gut zu erreichen. Karoline hatte es nicht übers Herz gebracht, Agnes den freien Nachmittag zu verweigern und sie so daran zu hindern, Anton zu treffen. Sie selbst traute dem Diener von Moritz nicht recht über den Weg. Sie hegte Zweifel, was seine Absichten anging und ob er es ernst mit Agnes meinte. Ihre Bedenken hatte sie jedoch tunlichst für sich behalten. Verliebte hatten für gewöhnlich taube Ohren für derlei Mahnungen. Die junge Frau musste selbst herausfinden, ob Anton nur mit ihren Gefühlen spielte. Abgesehen davon lag die Entscheidung, sich fest zu binden, nicht bei ihm. Ohne die Zustimmung seines Herrn konnte er nicht heiraten – zumindest, wenn er weiterhin bei ihm in Lohn und Brot stehen wollte.

Während sich Agnes auf den Weg zum Bahnhof machte, spazierten Familie Krusche und ihr Gast hinaus zu den städtischen Anlagen, die sich rechts und links der Neiße erstreckten. Mit ihren leicht gewellten Hügeln, Terrassen, Steilabhängen, Schluchten und Felsenkuppen boten sie ein abwechslungsreiches Bild. Die Stadt hatte nach und nach die Ufergrundstücke erworben und die einstmals kahlen Hänge am Fluss bepflanzt. Im Laufe der Jahre war so ein lichter Laubwald mit einigen eingestreuten Koniferen entstanden.

Ida und Karoline liefen rechts und links von Gustav, das Kindermädchen folgte mit Kurtchen auf dem Arm und beaufsichtigte Rosalie, die am Wegrand Gänseblümchen pflückte. Zunächst ging es zum Viadukt. Schon von Weitem sah Karoline die mächtigen Bögen der Eisenbahnbrücke, die sich hoch über der Neiße spannte und die sie auf ihrer Fahrt nach Görlitz überquert hatte. Am westlichen Ufer folgten sie der Neiße flussaufwärts ins Weinberggelände. Von einem Hang grüßten die Gebäude der Aktienbrauerei Landskron, wo laut Gustav das östlichste Bier Deutschlands hergestellt wurde.

Idas Mann fand sichtlich Gefallen daran, Karoline die

Sehenswürdigkeiten der Stadt zu präsentieren und Anekdoten dazu zu erzählen. Aus diesem Grund machte er kleine Abstecher zu besonderen Aussichtspunkten und schließlich in einen kleinen Hain aus Büschen und niedrigen Bäumen, in dem ein Denkmal stand. In den Sockel waren zwei Bronzereliefs eingelassen, die Szenen eines Geflügelhofs mit Enten und Hühnern darstellten. Auf dem unbehauenen Granitblock darüber prangte das Porträt eines gewissen Robert Oettels – flankiert von einem lebensgroßen Hahn, der auf einem seitlichen Vorsprung platziert war.

Ratlos betrachtete Karoline das Ensemble. »Es tut mir leid, aber der Name Oettel sagt mir nichts.«

»Mir war der Gute bis vor Kurzem auch unbekannt«, sagte Ida. »Dabei war er ein sehr bedeutender Mann«, fügte sie betont würdevoll hinzu.

»War er ein Künstler?«, fragte Karoline mit Blick auf die Bronzereliefs.

Ida schüttelte den Kopf: »Nein, er hat sich auf einem ganz anderen Gebiet verdient gemacht.«

»Nämlich?«

Ida konnte ihre Heiterkeit nicht länger zurückhalten und brach in Gekicher aus.

Gustav drohte ihr spielerisch mit dem Finger. »Das hat er in der Tat! Auch wenn es sich in deinen Augen lächerlich ausnimmt. Aber ohne ihn ...«

»Gäbe es die Rassegeflügelzucht nicht«, beendete Ida seinen Satz, prustete los und zwinkerte Karoline zu.

Diese zog die Brauen hoch. »Ein Denkmal für einen Hühnerhalter?«

Gustav nickte. »Oettel war seines Zeichens Kaufmann und betrieb die Geflügelzucht nur als Steckenpferd. Als er vor gut fünfzig Jahren den Hühnerologischen Verein Görlitz gründete, den ersten Geflügelzuchtverein in Deutschland, gab es hierzulande nur sechs Hühnerrassen, die allesamt im Winter keine Eier legen konnten. Robert Oettel importierte asiatische Hühnerrassen, die das ganze Jahr über Eier produzieren und zudem bedeutend mehr Fleisch ansetzen.«

Ida hakte sich bei ihrem Mann ein und sagte mit neckendem Unterton: »Letzteres ist für einen selbst erklärten Liebhaber von Hühnchengerichten aller Art natürlich ein besonders wichtiger Aspekt.«

Gustav schmunzelte. »Ertappt! Übrigens hätte Oettel deine spöttischen Bemerkungen nicht übel genommen. Der Mann verfügte über ein gerüttelt Maß an Humor und feiner Selbstironie.« Er deutete auf den Hahn auf dem Denkmal und rezitierte:

»Auf mein Grab müsst ihr mir setzen
einen schönen, stolzen Hahn.
Kräht er, würd' es mich ergötzen,
auch wenn ich's nicht hören kann.

Das hat Robert Oettel einst scherzhaft zu seinen Freunden gesagt. Und die haben ihm seinen Wunsch erfüllt.« Er bot Karoline seinen anderen Arm und fuhr fort: »Aber nun lasst uns weitergehen. All das Gerede über Hühner und Eier macht mir Appetit auf ein schönes Stück Kuchen.«

Wenige Hundert Meter weiter erreichten sie das Ziel ihres Ausflugs, das Weinberghaus mit seinem hölzernen Aussichtsturm. Das Kindermädchen blieb mit Rosalie und Kurtchen unten, die drei Erwachsenen erklommen die rund hundert Stufen, die zur obersten Plattform führten.

Gustav deutete nach Osten und sagte zu Karoline: »Dort sieht man das Iser- und das Riesengebirge.«

Sie ließ ihre Augen über die Höhenzüge am Horizont wandern. Ihre Gedanken schweiften für einen Moment zu Moritz, der mittlerweile in Warmbrunn eingetroffen war. Es versetzte ihr einen Stich, dass sie das nur wusste, weil Agnes mit seinem Diener in Briefkontakt stand. Weder Moritz selbst noch ihre Schwiegereltern hatten es für nötig befunden, sie von seinem aktuellen Aufenthaltsort in Kenntnis zu setzen. Wie es ihm wohl ging? Ob die Kur anschlagen und zu seiner Genesung führen würde? Karoline verscheuchte die Erinnerung an seine eingefallenen Gesichtszüge – und an den kalten Blick, mit dem er sie von seinem Krankenbett weggeschickt hatte. Sie straffte sich und folgte Ida und Gustav, die sich wieder auf den Weg nach unten begaben.

Die Gaststätte war ein im Schweizer Stil gestaltetes Holzhaus mit Dachgauben, geschnitzten Geländern und Ziergiebeln. Es besaß einen überdachten Rundgang, der teilweise als Veranda diente und auf der Hangseite mit mehreren Pfeilern abgestützt wurde. Gustav ergatterte einen eben frei gewordenen Tisch an der Brüstung und sorgte dafür, dass Karoline den Platz bekam, von dem aus man den besten Blick auf das Wahrzeichen von Görlitz hatte: die Landeskrone. Der kegelförmige Berg erhob sich südwestlich der Stadt ungefähr vierhundert Meter über den umliegenden Wiesen und Feldern. In der klaren Luft konnte Karoline einen trutzigen Bismarckturm und das Ausflugslokal ausmachen, das der Ritterburg nachempfunden war, die einst auf dem Gipfel gethront hatte. Bevor sie im späten Mittelalter geschleift worden war, hatte sie der Überwachung der Via Regia, der Handelsstraße von Erfurt nach Breslau, gedient.

Ein Kellner eilte herbei und nahm ihre Bestellung auf. Ida bat ihn, dem Kindermädchen ein Stück Streuselkuchen zu bringen. Sie hatte sich mit Kurtchen, der unterwegs eingeschlafen war, auf eine Parkbank vor dem Gasthaus gesetzt.

Nachdem der Kellner verschwunden war, zog Gustav die Sonntagsausgabe der »Berliner Börsen-Zeitung« aus seiner

Manteltasche und fragte: »Ihr erlaubt doch, dass ich kurz hineinsehe?«

»Aber gewiss, mein Lieber. Ich weiß doch, dass du dieser Tage kaum dazu kommst, Zeitung zu lesen«, antwortete Ida, die ihm gegenüber neben Karoline Platz genommen hatte.

Der Anblick der Titelseite versetzte Karoline in ihre Jugendzeit zurück. Ihr Vater hatte diese nationalliberale Zeitung ebenfalls abonniert, in der neben Börsenkursen und Meldungen aus Industrie und Handel auch politische Nachrichten publiziert wurden. Außerdem gab es Neuigkeiten aus aller Welt, und insbesondere aus den Kolonien, einen umfangreichen Feuilleton-Teil, private und geschäftliche Klein- und Werbeanzeigen, in Fortsetzung veröffentlichte Romane sowie zahllose Sonderbeilagen.

Während Gustav sich in die Lektüre vertiefte, rannte Rosalie auf den Vorplatz, auf dem ein paar Kinder mit Murmeln spielten. Ida hatte sich in ihrem Stuhl zurückgelehnt und schaute mit einem versonnenen Lächeln vor sich hin. Die Betrachtung der kleinen Familie, die Zufriedenheit und Harmonie ausstrahlte, stimmte Karoline wehmütig. Sie entsprach dem Bild, das sie sich als Jugendliche für ihr eigene Zukunft ausgemalt hatte. Wie weit war ihr heutiges Leben davon entfernt!

Als hätte sie ihre Gedanken gelesen, lehnte Ida sich zu ihr. »Manchmal kann ich es kaum fassen, wie gut es das Schicksal mit mir meint«, sagte sie leise. »Hier sitze ich, umgeben von den liebsten Menschen in meinem Leben, und bin im wahrsten Sinne des Wortes wunschlos glücklich.«

Karoline unterdrückte ein Seufzen. Ida erschien ihr wie ein Wesen aus einer anderen Welt. Ihre Bemerkung warf ein grelles Licht auf die Trostlosigkeit ihrer eigenen Situation. Es ging nicht an, noch länger wie ein Schmarotzer am Glück anderer Leute zu saugen, um die eigene Leere und Einsamkeit nicht zu spüren. Sie musste endlich Nägel mit Köpfen machen. Sie hatte die Entscheidung für eines der Angebote für Gruppenreisen nach Nordeuropa in den vergangenen Tagen vor sich hergeschoben. Zum einen, weil sie dafür erneut Idas Unterstützung in Anspruch nehmen musste. Zum anderen, weil der Gedanke, sich einer Reisegesellschaft anzuschließen und sich später in Norwegen auf eigene Faust auf die Suche nach Sofie und ihrem Kind zu begeben, ein mulmiges Gefühl in ihr auslöste. Die Versuchung, Idas Einladung anzunehmen, noch eine Weile bei ihnen in Görlitz zu bleiben, war groß. Doch damit musste jetzt Schluss sein! Selbst wenn ihr Plan scheiterte – alles war besser, als weiterhin untätig herumzusitzen.

Ida legte ihre Hand auf Karolines Unterarm und drückte ihn sanft. »Es tut mir leid, Linchen. Wie kann man nur so gedankenlos sein. Für dich muss das wie der reinste Hohn klingen.«

Karoline erschrak. Waren ihr ihre Gedanken so deutlich anzusehen? Sie schüttelte den Kopf. »Nein, Ida, im Gegenteil. Abgesehen davon, dass ich dir dein Glück von Herzen gönne, bin ich froh zu sehen, dass ein erfülltes Familienleben möglich ist. Und gerade aus diesem Grund muss ich nun endlich mein eigenes in Ordnung bringen. Oder es zumindest versuchen.«

Ida nickte. »Dann lass uns gleich morgen eine Reise buchen.« Sie sah Karoline in die Augen. »Ich weiß, dass es dir unangenehm ist, auf meine Hilfe angewiesen zu sein. Ich kann das verstehen, mir würde es umgekehrt genauso gehen. Aber es ist nun mal ...«

»Du hast recht«, unterbrach Karoline sie. »Es ist sehr undankbar von mir. Ich sollte mich einfach glücklich schätzen, eine so großzügige Freundin zu haben.«

Die Rückkehr des Kellners enthob Ida einer Antwort. Mit leisem Klirren stellte er Kännchen und Tassen ab, verteilte Teller und Kuchengabeln und platzierte in der Mitte des Tisches eine Platte, auf der sich dicke Scheiben einer Mohnrolle, Prasselschnitten und Mandelbrezeln türmten.

Ida schob ihren Stuhl zurück. »Ich hole Rosalie.«

Gustav hob den Kopf und sprang auf. »Nein, bleib du nur sitzen, das übernehme ich.« Er faltete die Zeitung zusammen und hielt sie Ida hin. »Wirf doch inzwischen bitte mal einen Blick hier hinein. Wäre das nichts für unseren Sommerurlaub an der Ostsee? Heringsdorf auf Usedom zum Beispiel wäre über Berlin mit der Bahn gut zu erreichen.«

Gustav lächelte ihr zu und verließ die Veranda. Karoline beugte sich mit Ida über die Zeitung. Gustav hatte den Hotel- und Bäder-Anzeiger aufgeschlagen. Unter einer alphabetischen Auflistung der von der Redaktion empfohlenen Hotels waren einige Annoncen gedruckt. Die größte zeigte eine Ansicht von Lindemanns Hotel in Heringsdorf, das direkt an der Strandpromenade lag und einen sehr vornehmen Eindruck machte.

»Das ist es!«, rief Ida. »Das ist die Lösung für dein Problem!«

19

Stavanger, Mai 1905 – Liv

Livs Vorhaben, sich bei der Köchin nach den Familienverhält-
nissen der Treskes zu erkundigen und etwas über die Gründe
für Elias' Rolle als schwarzes Schaf herauszufinden, erwies sich
in den Tagen vor dem Nationalfeiertag als undurchführbar. Frau
Bryne nahm die Vorbereitungen des üppig bestückten Buffets
nach einem ausgeklügelten Plan in Angriff, der einem militärischen Strategen zur Ehre gereicht hätte. Mit dem Ruf: »*Da gjør
vi det!* – Packen wir's an!« betrat sie morgens die Küche, zählte
die Arbeiten auf, die im Laufe der folgenden Stunden auf sie
und Liv warteten, und ging mit konzentrierter Miene ans Werk.
Liv getraute sich nicht, ihr Fragen zu stellen, die nichts mit der
Arbeit zu tun hatten.

Zunächst wurden die Speisen vorbereitet, die ein paar Tage
Wartezeit im Vorratsraum gut aushielten. Nachdem ein Fisch-
händler einen großen Korb mit fangfrischen Forellen, Lachsen
und Makrelen gebracht und eine Metzgerei eine Schweine-
hälfte, zwei Lämmer sowie mehrere Kilogramm Rindfleisch
und drei Mastgänse geliefert hatten, ging es ans Räuchern, Mari-
nieren, Braten, Beizen, Kochen und Schmoren. Nach und nach
füllten sich dickwandige Keramikschüsseln mit herzhaften
Sülzen, Leber- und Geflügelterrinen, gekochten Schinken und
kalten Braten, die in einen kühlen Kellerraum wanderten. Von
der Decke der Speisekammer baumelten dicht an dicht Würste,
Schinken und Speckseiten, die geräucherten Fische wurden
in Pergamentpapier gewickelt und fanden neben Tiegeln mit
Kräutersenf, Gewürzpasten und *brunost* – karamellisiertem
Molkenkäse – in den Regalen Platz.

Liv kochte und schälte Berge von Kartoffeln, aus denen Fladen, Klöße und Salate zubereitet werden sollten, knetete Sauerbrotteig, mahlte Nüsse und Mandeln für Desserts und Gebäck, zerstieß Pfeffer und andere Gewürze im Mörser, setzte Magermilch und Kümmel für *pultost*, einen Streichkäse, an und buk blecheweise knuspriges *flatbrød*.

Dabei ertappte sie sich immer wieder dabei, wie ihre Gedanken abschweiften und um Bjarne Morell kreisten. Um den Mann, der ihr Herz schneller schlagen ließ. Der neue Ideen in ihren Kopf pflanzte und sie über Dinge grübeln ließ, über die sie sich zuvor nie mit jemandem ausgetauscht hatte. Mit Bjarne konnte Liv über alles reden, konnte ihm Fragen zu Bereichen und Zusammenhängen stellen, die sie nicht kannte oder verstand, ohne fürchten zu müssen, wegen ihrer Unwissenheit ausgelacht zu werden. Im Gegenteil, er schätzte ihre Neugier und hatte sichtlich Freude daran, mit ihr die unterschiedlichsten Themen zu diskutieren und sie zum Nachdenken über vermeintlich unumstößliche Gewissheiten anzuregen.

Jeden Nachmittag zählte Liv die Minuten, bis sie endlich die Küchenschürze abbinden und sich auf den Weg zur Schule begeben konnte. Jeden Nachmittag machte ihr Herz einen Sprung, wenn sie schon von Weitem die schlanke Gestalt erblickte, die vor dem Ekenæs-Friedhof stand und ihr zuwinkte. Bjarne hatte es bislang jeden Tag einrichten können, ihr kleines Ritual, wie er es nannte, einzuhalten und Liv in die Stadt zu begleiten. Ihre Befürchtung, Anlass für Tratschereien zu bieten, die ihrer Herrschaft zu Ohren kommen könnten, schwand rasch. Bjarne verhielt sich zurückhaltend und machte keine Anstalten, sie zu berühren oder auf andere Weise in Verlegenheit zu bringen. Er achtete darauf, ihre Begegnungen wie zufällig aussehen zu lassen, hielt einen gebührenden Abstand, wenn sie nebeneinanderher gingen, und schlug immer wieder andere Wege zur Storhaugskole ein, während sie sich angeregt unterhielten.

Bereits nach wenigen Tagen konnte Liv es sich nicht mehr vorstellen, wie sie je ohne die Gespräche mit Bjarne hatte auskommen können. Sie haderte mit dem kurzen Weg zur Schule, der immer kürzer zu werden schien und kaum Zeit bot, sich ausführlich auszutauschen. Die Straßenecke vor dem Pausenhof, an der sich ihre Wege trennten, wurde ihr zu einem verhassten Anblick. Während Liv unter den nach draußen strömenden Schülern nach Elias Ausschau hielt, lief Bjarne zum Museum weiter.

Dort hatte ihm der Kurator einen Kellerraum zur Verfügung gestellt für die Fundstücke, die er auf seinen morgendlichen Streifzügen durch die Umgebung von Stavanger zusammentrug. Im Museum konnte er sie in Ruhe ordnen, beschriften und in Kisten verpacken, in denen sie später nach Kristiania transportiert werden sollten. Bjarne war ebenfalls im Untergeschoss des Museums einquartiert. Man hatte ihm die Wohnung des Präparators angeboten, der für einige Wochen am Reichsmuseum für Naturgeschichte in Leiden seinem niederländischen Kollegen Hermann ter Meer über die Schulter guckte, der auf dem Gebiet der Dermoplastik als Koryphäe galt. Bei dieser Technik wurde der Tierbalg nicht einfach nur ausgestopft, sondern die gegerbte Haut über einen exakt nachmodellierten Körper gezogen und das Präparat in natürlicher Haltung in Position gebracht.

Die Treffen mit Bjarne versetzten Liv in eine andere Welt, in der sich Liv, das Dienstmädchen, in Fräulein Svale verwandelte. In eine Person, deren Meinung zählte, deren Ansichten von Interesse waren und die ein Anrecht auf eine respektvolle Behandlung hatte. Liv begegnete dieser jungen Frau, die Bjarne in ihr sah, mit einer Mischung aus Staunen und Verunsicherung. War das wirklich sie? Durfte sie das sein? War es nicht vermessen, sich als etwas Besseres wahrzunehmen? Verstieß sie damit nicht gegen die von Gott gewollte Ordnung, die jedem Menschen seinen Platz in der Gesellschaft zuwies? So wie sie es einst in der Sonntagsschule gelernt hatte? Aber war dort nicht auch stets das Loblied auf Fleiß und Strebsamkeit gesungen worden? Verhaltensweisen, die zusammen mit Aufrichtigkeit, Demut und Gottesfurcht dem Herrn wohlgefällig waren und durchaus bereits auf Erden mit einer Verbesserung der Lebensverhältnisse belohnt werden konnten.

Bjarne war überzeugt, dass sie kurz vor dem Anbruch einer neuen Zeit standen, in der Norwegen endlich seine staatliche Unabhängigkeit erlangen und seine Gesellschaft nach den Idealen der Gerechtigkeit umformen würde. »Du wirst sehen, es wird keine Ungleichheit mehr geben«, hatte er ein paar Tage zuvor mit leuchtenden Augen gerufen. »Weder zwischen Armen und Reichen noch zwischen Frauen und Männern. Endlich – zum ersten Mal in der Geschichte unseres Landes – werden alle das Recht haben, selbst über ihr Leben zu bestimmen.«

Besonders der letzte Satz ermutigte Liv, die Glaubenssätze anzuzweifeln, die man ihr von klein auf eingetrichtert hatte. Sie kamen ihr – sie getraute sich kaum, es zu denken, geschweige denn laut auszusprechen – verlogen und unchristlich vor. Bjarne hatte eine Tür in ihr aufgestoßen, hinter die sie die Fragen verbannt hatte, von denen sie spürte, dass Leute wie der Pfarrer, die Treskes und auch ihre Eltern sie als unbotmäßig, ja gefährlich empfanden: Warum mussten sich so viele Menschen krumm und krank schuften für einen Lohn, der mit Müh und Not zum Überleben ausreichte? Warum sah sich ihre Mutter – wie so viele andere – genötigt, ihre eigenen Kinder von zu Hause wegzuschicken und bei anderen Leuten in Dienst zu geben, damit sie nicht verhungerten? Was hatte sie sich zuschulden kommen lassen? Wieso musste sie ein so hartes Schicksal ertragen? Oder ihr Vater, der nach seinem schlimmen Unfall keine Unterstützung von der Ziegelei erhalten hatte. Und warum hatte ihr Bruder Gøran sterben müssen?

Die Tochter des Hemdenfabrikanten, die am gleichen Fieber erkrankt gewesen war, hatte dank sorgfältiger Pflege und der Arznei überlebt, die ihr ihre Eltern gekauft hatten. Livs Familie hatte sich weder die regelmäßigen Besuche eines Doktors noch die teure Medizin leisten können. War das wirklich Gottes Wille? Oder diente diese Behauptung nicht vielmehr denjenigen als bequeme Ausrede, die durch die Schinderei der Fabrikarbeiter, Tagelöhner und anderer sogenannter kleiner Leute zu Reichtum kamen und sich ein Leben in Saus und Braus leisten konnten?

Diese Fragen, denen sie sich ohne die Gespräche mit Bjarne nie gestellt hätte, trieben Liv um, während sie einen Tag vor dem großen Empfang den Rhabarber für das *grunnlov-dessert* einkochte, das traditionell zur Feier am siebzehnten Mai gereicht wurde. Wenn man sich die Zutaten leisten kann, dachte Liv, die diese Grundgesetz-Nachspeise bislang noch nie gekostet hatte. Das säuerliche Kompott, zu dem weich gedünstete Dörrpflaumen als süßer Kontrast beigefügt wurden, verteilte sie nach dem Abkühlen in Dutzende kleine Schälchen. Darüber würde kurz vor dem Servieren eine Schicht aus sämiger Vanille-Eiercreme gehäuft, die mit Sahnetupfern, den restlichen Trockenpflaumen und gerösteten Mandelsplittern dekoriert werden sollte. Allein die Beschreibung der Köchin ließ Liv das Wasser im Munde zusammenlaufen.

Als sie acht oder neun Jahre alt gewesen war, hatte eine Nachbarin ihrer Mutter am Nationaltag einmal sechs Eier und ein Tütchen Zucker geschenkt als Dankeschön für eine Gefälligkeit. Damit hatte Ruth Svale für ihre Kinder *eggedosis* zubereiten können, eine Süßspeise, die ebenfalls üblich an diesem Feiertag war. Als Liv damals ihre Portion von dem cremig geschlagenen Zuckerei andächtig gelöffelt hatte, war sie überzeugt, dass es sich um Ambrosia handeln musste, das den Engeln im Himmel als Nahrung diente. Es konnte unmöglich etwas Köstlicheres geben.

Die Erinnerung beschwor das Bild von der Kochnische in der elterlichen Kate herauf. Ihre Mutter war schon froh, wenn sie ausreichend Roggen- oder Gerstenschrot und Milch für die Grütze kaufen konnte, die es gewöhnlich zum Frühstück gab. An manchen Tagen war der Brei die einzige Mahlzeit. Der Überfluss und die Qualität der Lebensmittel, die Liv in der Küche der Treskes umgaben, ließen sie einmal mehr mit den Entbehrungen hadern, unter denen ihre Familie litt und die aus ihrer Mutter eine gramvolle, harte Frau gemacht hatten, die kaum mehr in der Lage war, ihren Kindern ein Lächeln zu schenken.

Als Liv an diesem Nachmittag an Bjarnes Seite auf einer Parallelstraße des Løkkeveien hinunter ins Stadtzentrum lief, ließ sie ihrer Empörung freien Lauf. »Das ist alles so ungerecht! Warum gibt es diese großen Unterschiede zwischen armen und reichen Leuten? Ich kann unmöglich glauben, dass das Gottes Wille ist. Und ist es nicht auch sehr unchristlich? Hat Jesus nicht Gerechtigkeit und Nächstenliebe gepredigt? Würde er gutheißen, wie es bei uns zugeht? Und was ist mit ...«

Erschrocken hielt sie inne, biss sich auf die Lippe und dachte: Bin ich zu weit gegangen? Hält er mich nun für gottlos? Oder gar für eine Anarchistin? Ein Schauer lief ihr den Rücken hinunter. Laut Pfarrer Nylund hatten diese Leute nur eines im Sinn: die Zerstörung jeglichen Rechts und der staatlichen Verfassung. Sie hätten sich dem Teufel verschrieben, der ihnen ihre Zweifel an der göttlichen Ordnung einflüsterte. Aus den Augenwinkeln schielte sie zu Bjarne. Er sah sie aufmerksam an.

»*Mennesken først – kristen så.* Zuerst Mensch – dann Christ«, sagte er, als sie nicht weitersprach. »Das war der Leitsatz von

Nikolai Grundtvig, einem dänischen Theologen. Er hat sich sehr für soziale Gerechtigkeit eingesetzt.«

Liv atmete erleichtert aus und drehte den Kopf zu ihm. »Dieser Spruch gefällt mir.«

Bjarne nickte. »Ja, mir auch.«

»Lebt Herr Grundtvig noch?«

»Nein, er ist leider schon vor über dreißig Jahren gestorben. Aber seine Überzeugungen, die er auch in Taten umsetzte, sind so lebendig wie eh und je«, antwortete Bjarne. »Wenn du möchtest, bringe ich dir mal eine seiner Schriften mit.«

Liv schlug die Augen nieder und murmelte: »Ich glaube nicht, dass ich so ein gelehrtes Werk verstehe. Ich bin viel zu dumm und kann ...«

»Du bist nicht dumm! Lass dir das von niemandem einreden!«, unterbrach Bjarne sie. »Es ist nicht deine Schuld, dass du kaum zur Schule gehen konntest. Dumm wäre es, sich damit abzufinden!« Er atmete durch und fuhr ruhiger fort: »Abgesehen davon war Grundtvig alles andere als ein abgehobener Gelehrter. Er hat sich energisch für eine bessere Bildung aller Schichten starkgemacht und ist der Begründer der Volkshochschulen.«

»Sind das diese Schulen, in denen junge Leute in der Winterzeit für ein paar Wochen oder Monate unterrichtet werden und dort auch wohnen?«, fragte Liv.

»Genau die meine ich«, antwortete Bjarne. »Die Idee dahinter ist, dass das gemeinsame Leben und Lernen die Schüler zusammenschweißt und sie sich gegenseitig unterstützen. Gleichgültig aus was für Verhältnissen sie stammen.«

»Und wie sieht der Unterricht aus?«, fragte Liv.

»Ganz anders als in normalen Schulen. Zum Beispiel werden keine Noten vergeben.«

»Keine Noten?«, wiederholte Liv. »Aber wie bewerten die Lehrer denn dann die Leistungen ihrer Schüler?«

»Auf jeden Fall nicht nach dem üblichen System, bei dem es ja vor allem darum geht, Wissen auswendig zu lernen und abzufragen. Nein, in den Grundtvig-Schulen sollen die Lehrer nicht nur Jahreszahlen, Formeln und anderen Lehrstoff vermitteln, sondern auch selbst lernen durch die Fragen der Schüler. Dahinter steht die Idee einer Schule des Lebens für alle Beteiligten. Denn man ist ja nie fertig mit dem Lernen.«

»Das klingt wunderbar«, sagte Liv. »Dieser Grundtvig muss wirklich ein ganz besonderer Mensch gewesen sein.«

Bjarne nickte. »Und sehr vielseitig. Er hat sich nämlich außerdem für das allgemeine Wahlrecht, die Gleichberechtigung der Frauen und die Religionsfreiheit eingesetzt.«

Liv blieb stehen und sah Bjarne ungläubig an. »Ein Theologe, der für die Religionsfreiheit eintritt? Ein Mann, der Frauen dieselben Rechte zugesteht wie den Männern?«

Sie waren mittlerweile von der Møllegata in die Prinsensgata eingebogen und gingen an einem Holzhaus mit Walmdach und weiß getünchter Fassade entlang. Die mit Birkenreisern geschmückte Eingangstür erinnerte Liv daran, dass sie nicht vergessen durfte, auf dem Rückweg mit Elias frische Zweige zu besorgen und zusammen mit den Fähnchen an den Türrahmen der Missionsschule und des Wohnhauses anzubringen.

In Bjarnes Augen blitzte es auf. »Kaum zu glauben, ich weiß. Zu Anfang war Grundtvig übrigens erzkonservativ. Aber dann wurde er immer liberaler. Man könnte auch sagen menschlicher. Oder christlicher – im ursprünglichen Sinne.«

Liv lief weiter. Bjarnes Beschreibung der Volkshochschulen regte ihre Fantasie an. Sie stellte es sich herrlich vor, ein paar Wochen lang nur lernen zu dürfen. Ohne Zwang und Druck, gemeinsam mit Gleichgesinnten, unterrichtet von Lehrern, die selbst wissbegierig waren und sicher nicht viel mit den Oddvar Treskes dieser Welt gemein hatten.

»Darf ich fragen, was dich beschäftigt?«, drang Bjarnes Stimme in ihre Überlegungen. »Du schaust so sehnsüchtig.«

Liv wurde rot. »Ach, nichts weiter. Ich hatte mir nur vorgestellt, wie es wohl auf so einer Grundtvig-Schule zugeht.«

Bjarne warf ihr einen forschenden Blick zu. »Warum findest du es nicht selbst heraus? Hier in der Nähe gibt es gleich zwei Volkshochschulen. Auf der Insel Karmøy nicht weit von Haugesund und in Kleppe an der Jæren-Küste.«

»Wie könnte ich das? Das kostet doch bestimmt viel Geld.«

»Eigentlich nicht. Und es gibt die Möglichkeit, sich für ein Stipendium zu bewerben. Dann muss man gar nichts bezahlen.«

Livs Herz begann schneller zu schlagen. »Ach, das wäre wunder ...« Sie unterbrach sich und ließ die Schultern hängen. »Es geht nicht. Ich muss arbeiten. Meine Familie ist auf meinen Lohn angewiesen.«

Bevor Bjarne etwas erwidern konnte, nickte sie ihm zu und rannte die letzten Meter zum Grundstück der Storhaugskole. Sie wollte nicht, dass er die Tränen sah, die ihr in den Augen brannten.

20

Görlitz, Mai 1905 – Karoline

Karoline runzelte die Stirn. »Ich verstehe nicht. Wie soll Lindemanns Hotel meine Probleme lösen?«

Ida stutzte, lachte auf und zeigte auf eine Anzeige neben der Hotelwerbung. »Ich meinte die hier.«

Karoline beugte sich erneut über die Zeitung und las:

Gebildete, heitere Dame gewünscht als
Privatsekretärin und Reisebegleitung
schöne Handschrift + gute Englischkenntnisse erforderl.,
tadellose Umgangsformen.
Treffpkt. Kopenhagen, spät. Anf. Juni,
Weiterreise nach Schweden u. Norwegen.
Dauer ca. 2–3 Mon. (Verlängerung mögl.)
Kost + Logis frei, Wochenlohn n. Vereinb.
Offerten unter 5534
Auguste Bethge, dz. London

Ida beobachtete sie gespannt. »Na, was sagst du? Ist das nicht ein Wink des Schicksals?«

»Du meinst, ich soll als Gesellschaftsdame nach Norwegen reisen?« Karoline sah ihre Freundin überrascht an.

»Das ist doch wie auf dich zugeschnitten«, antwortete Ida. »Du erfüllst alle Anforderungen: Du hast ein gewinnendes Wesen, hattest in Englisch immer die besten Noten und ...«

»... ich wäre meiner finanziellen Sorgen enthoben«, vollendete Karoline den Satz.

Ida verengte ihre Augen. »Das wollte ich eigentlich nicht sagen. Du weißt, wie gern ich dir in der Hinsicht helfen würde.«

»Und dafür werde ich dir ewig dankbar sein!«, sagte Karoline. »Aber sehr viel wohler ist mir, wenn ich selbst für mich ...«

Ida nickte. »Natürlich. Abgesehen davon wäre so eine Anstellung für dich sehr vorteilhaft. Sie ist zeitlich begrenzt, bietet dir eine sichere und komfortable Reisegelegenheit in gediegener Gesellschaft und lässt dir genügend Raum für deine Nachforschungen.«

»Was macht dich da so sicher?«, fragte Karoline. »Wir wissen doch gar nichts über diese Auguste Bethge und ihre ...«

»Du untertreibst«, fiel Ida ihr ins Wort. »Wir wissen sogar eine Menge.« Sie deutete auf die Anzeige. »Erstens: Frau Bethge ist vermögend. Eine Annonce dieser Größe ist kostspielig. Und welche Frau leistet sich schon eine Privatsekretärin? Ich nehme an, dass sie eine reiche Witwe ist, die es sich nach dem Tod ihres Gatten gut gehen lässt, durch die Welt karriolt und zu faul ist, ihre Briefe selbst zu schreiben.«

Karoline zog die Brauen zusammen. »Wie kommt eine Witwe zu einer derart umfangreichen Korrespondenz, dass sie jemanden anstellt, der sie für sie erledigt? Das ist schon etwas merkwürdig, findest du nicht?«

»Nein, so ungewöhnlich ist das nicht«, widersprach Ida. »Wenn sie eine mitteilsame Natur ist, wird sie das Bedürfnis haben, all ihre Freundinnen über ihre Reiseerlebnisse auf dem Laufenden zu halten.«

»Du meine Güte!«, rief Karoline. »Ich sehe mich schon begraben unter nach Veilchen duftenden Briefbögen, die ich nach Diktat mit ausufernden Beschreibungen von malerischen Dörfchen, imposanten Bergmassiven, pulsierenden Metropolen, entzückenden Trachten und atemberaubenden Landschaften füllen muss.«

Ida kicherte. »Vergiss nicht die ausgiebigen Klatschgeschichten über Mitreisende und andere Hotelgäste. Und natürlich die Antworten auf die Ergüsse der Daheimgebliebenen, die ja auch gewürdigt werden müssen.«

Karoline verzog den Mund. Ida lenkte ihre Aufmerksamkeit wieder auf die Zeitungsannonce.

»Zweitens: Frau Bethge legt Wert auf eine angenehme Begleitung«, fuhr sie fort. »Sonst hätte sie nicht gebildet und heiter als erwünschte Eigenschaften genannt. Schon aus diesem Grund wird sie dafür Sorge tragen, dass du dich wohlfühlst. Und dir ausreichend freie Zeit einräumen. Als Gesellschaftsdame bist du ja nicht irgendeine niedrige Dienstbotin, sondern begegnest ihr auf Augenhöhe. Du kannst durchaus Bedingungen stellen.«

Karoline rieb sich die Stirn. Ihr fielen auf Anhieb ein halbes Dutzend Einwände gegen Idas optimistische Auslegung ein. Sie tippte mit dem Zeigefinger auf die Zeile mit den Anforderungen. »Tadellose Umgangsformen? Wenn sie das eigens erwähnt, scheint sie wohl sehr etepetete zu sein. Und ich weiß nicht ...«

»Jetzt mach dich nicht verrückt!«, fiel Ida ihr ins Wort. »Bei mir verstauben noch irgendwo ›Die Sitten der guten Gesellschaft‹, die uns Fräulein Schroeder damals zum Abschied verehrt hat. Da kannst du bei Bedarf ein paar Regeln des guten Tons auffrischen. Auch wenn ich nicht glaube, dass du das nötig hast.«

Karoline grinste schief.

Ida drückte ihre Hand. »Linchen, du musst nichts überstürzen. Aber es schadet doch nichts, auf die Anzeige zu antworten. Ganz unverbindlich. Dann kannst du Frau Bethge auf den Zahn fühlen und herausfinden, wie sie sich deine Tätigkeit für sie en detail vorstellt und ob sie bereit ist, dir Raum für private Erledigungen zu geben.«

»Mama, Mama! Sieh mal! Ich hab drei Murmeln gewonnen!«

Der Ruf von Rosalie unterbrach das Gespräch. Die Kleine war ihrem Vater vorausgerannt und hielt Ida mit strahlenden Augen ihre kleine Faust hin, in der sie ihre Beute barg.

Ida bewunderte sie gebührend, schenkte ihr eine Tasse mit Kakao ein und zeigte auf die Platte mit dem Gebäck. »Da hast du dir ja nun deinen Kuchen redlich verdient.«

Während Rosalie sich eine Mandelbrezel nahm und Ida ihren Mann, der sich wieder zu ihnen setzte, mit Kaffee und einer Scheibe von der Mohnrolle versorgte, dachte Karoline über den Vorschlag ihrer Freundin nach. Ida hatte recht. Die Gelegenheit, als bezahlte Reisebegleiterin nach Norwegen zu gelangen, sollte sie sich nicht entgehen lassen. Vielleicht war es ja tatsächlich ein Wink des Schicksals.

Am nächsten Vormittag zogen sich die beiden Freundinnen in Idas Salon zurück. Gustav war früh ins Kontor seiner Schokoladenfabrik aufgebrochen. Rosalie und ihr kleiner Bruder wurden vom Kindermädchen beaufsichtigt. Ida hatte nach dem Frühstück mit der Köchin den Speiseplan der Woche und anfallende Einkäufe besprochen, das Hausmädchen mit dem Putzen der Fenster beauftragt, die zur Straße hinausgingen, und Karoline gebeten, ihr Agnes auszuborgen. Sie sollte ihrer Zofe Martha zur Hand gehen, die zwei Sommerhüte vom Vorjahr mit neuen Seidenrosen bestücken und ein abgetragenes Abendkleid zu einem Hauskleid umarbeiten sollte.

»Martha ist zwar ein Ausbund an Tugendhaftigkeit und ein wandelndes Anstandsbuch. In modischen Fragen ist sie aber wenig bewandert – um es diplomatisch auszudrücken«, begründete Ida ihr Ansinnen und fügte mit einem Augenrollen hinzu: »Vermutlich hält sie es für überflüssigen Schnickschnack, sich herauszuputzen. Sie hält es mehr mit den inneren Werten.«

Karoline grinste, rief nach Agnes, die Idas Bitte mit sichtlichem Vergnügen nachkam, und folgte ihrer Freundin in den Damensalon.

»So, nun haben wir freie Bahn«, sagte Ida, zog eine Schublade ihres Sekretärs auf und entnahm ihr einen Schreibblock und einen Bleistift. Karoline setzte sich auf einen Sessel in der Sitzecke.

»Ans Werk!«, rief Ida und nahm ihr gegenüber Platz. »Als Erstes brauchen wir einen Namen für dich. Du kannst dich ja kaum als die Ehefrau von Moritz Graf von Blankenburg-Marwitz bei Frau Bethge bewerben.«

»Nein, das nähme sich in der Tat seltsam aus«, sagte Karoline. »Außerdem würde meine Schwiegermutter vor Wut platzen, wenn sie davon Wind bekäme. Für sie wäre das Netzbeschmutzung der schlimmsten Sorte.« Karoline richtete sich auf, streckte den rechten Zeigefinger in die Höhe und ahmte den scharfen Tonfall von Gräfin Alwina nach: »Eine Trägerin unseres ehrwürdigen Namens in einem Angestelltenverhältnis? Niemals! Nur über meine Leiche!«

Ida schürzte ihre Lippen. »Sie soll sich mal nicht so haben. Ich kenne einige Frauen aus sehr guten Familien, darunter auch eine verarmte Adlige, die sich als Gesellschaftsdamen verdingt haben. Das ist ein respektabler Beruf!«

»Die Gräfin würde lieber verhungern, als sich so weit zu erniedrigen«, murmelte Karoline. Sie räusperte sich und sagte laut: »Ich denke, ich nehme den Mädchennamen meiner Mutter. Meinen Vornamen kann ich ja behalten. Karoline Bogen, das klingt doch gut, oder?«

»Das ist eine vorzügliche Idee«, sagte Ida. »Das kannst du dir auch besser merken als irgendeinen Fantasienamen.«

Sie schrieb den Namen auf den Schreibblock. Ihr zufriedenes Lächeln verschwand. »Oh, ich fürchte, das geht nicht.«

Karoline sah sie fragend an.

»Dein Reisepass! Da steht ja dein echter ...«

Karoline schüttelte den Kopf. »Man braucht keinen für die Einreise. Weder in Dänemark noch in Norwegen oder Schweden. Das hab ich im »Baedeker's« gelesen.«

»Was für ein Glück!«, rief Ida.

»Welche Angaben gehören denn in so einen Bewerbungsbrief?«, fragte Karoline.

Ida stützte ihren Kopf in eine Hand und klopfte sich mit der anderen den Bleistift gegen das Kinn. »Hm, du musst unbedingt ein Arbeitszeugnis beilegen. Besser noch zwei. Du sollst ja schließlich einen erfahrenen Eindruck machen und die besten Referenzen vorweisen. Außerdem würde man sich sonst fragen, was du die ganzen Jahre seit dem Pensionat gemacht hast.«

»Und wie komme ich an solche Empfehlungen? Ich kann sie ja schlecht selbst schreiben und mir irgendwelche Arbeitgeber ausdenken. Wenn Frau Bethge sich bei ihnen nach mir erkundigen wollte, würde der Schwindel ruck, zuck auffliegen.«

Ida steckte den Bleistift in den Mund und kaute darauf herum. Nach kurzem Nachdenken erhellte sich ihre Miene. »Ich werde dir ein Zeugnis ausstellen! Ich habe dich nach meiner Rückkehr nach Deutschland angestellt. Jetzt verlässt du unseren Haushalt auf eigenen Wunsch, weil du neue Herausforderungen suchst, gern auf Reisen gehen möchtest und dich der hohe Norden schon immer magisch angezogen hat. Ich verzichte natürlich nur äußerst ungern auf deine unersetzlichen Fähigkeiten und lasse dich dementsprechend widerstrebend gehen. Andererseits habe ich aber vollstes Verständnis für dein Ansinnen, möchte mich einem so geschätzten Menschen nicht in den Weg stellen und wünsche dir für die Zukunft und dein berufliches Fortkommen aufrichtig nur das Beste.«

Karoline kicherte. »Ich bin beeindruckt. Das klingt sehr versiert.«

Ida grinste. »Oh, ich könnte stundenlang so weitermachen.

Ich hatte schon öfter das Vergnügen. Mein lieber Gustav tut sich schwer mit solchen Schreiben, die er ausscheidenden Mitarbeitern aushändigen muss. Er will sie nicht seinem Sekretär überlassen, sondern schätzt die ›weibliche Note‹, die ich seiner Meinung nach ins Spiel bringe.«

»Da kann ich ihn gut verstehen«, sagte Karoline. »Du bist sehr überzeugend.« Sie legte den Kopf schief. »Und wo war ich, bevor ich in deine Dienste trat?«

»Auf Schloss Katzbach.«

»Äh, ja ... ich meine doch ... wo war ich angeblich angest...«

»Auf Schloss Katzbach«, wiederholte Ida. »Karoline Bogen war ein paar Jahre die Gesellschafterin der jungen Gräfin, die ihr ebenfalls ein hervorragendes Zeugnis ausgestellt hat.«

Karoline zog die Brauen hoch. »Ich soll mir selbst ...«

»Warum denn nicht?« Ida rutschte auf ihrem Sessel nach vorn. »Bei deinem Lebenslauf solltest du dich so nah wie möglich an die Wahrheit halten. Sonst läufst du Gefahr, dich in Lügen und Widersprüche zu verstricken. So aber kannst du geläufig vom Leben bei den Grafen berichten – nur eben aus der Sicht einer Angestellten.«

»Das ist genial!«, rief Karoline.

Ida lächelte geschmeichelt.

»Aber was, wenn Frau Bethge die junge Gräfin anschreibt, um mehr über mich zu erfahren?«, fragte Karoline.

»Das wird schwierig für sie«, antwortete Ida ohne zu Zögern. »Die Gnädige musste dich nämlich zu ihrem unendlichen Bedauern entlassen, weil sie ihren Mann auf eine lange Genesungsreise in den Süden begleitet, auf die sie nur ihre Zofe mitnehmen konnte.« Ida hielt kurz inne. »Oder etwas in der Art. Da fällt uns sicher etwas Stimmiges ein.«

Karoline nickte. »Ich muss mir auch überlegen, was ich mit Agnes mache, wenn ich eine Zusage erhalte. Die denkt ja noch, dass ich mit ihr nach Norwegen reisen will. Das kommt unter diesen Umständen natürlich nicht mehr infrage.« Sie rieb sich die Stirn. »Ich fürchte, ich muss ihr kündigen.«

Zu ihrer Überraschung errötete Ida. Sie druckste ein wenig herum.

»Also, ich würde sie ... selbstverständlich nur, wenn du nichts dagegen ...«

»Übernehmen?«, fragte Karoline.

Ida nickte.

»Aber das ist doch wunderbar!«, rief Karoline. »Ich bin mir sicher, dass Agnes begeistert sein wird. Bei dir ist sie doch so richtig in ihrem Element, kann ihre modischen Talente nach Herzenslust entfalten und hat viel mehr Trubel um sich herum.«

»Es wäre dir also nicht unangenehm?«, fragte Ida.

»Aber woher denn! Im Gegenteil! Ich bin froh, dass sie eine so gute Stelle bekommt. Außerdem hatte sie doch gar keine rechte Lust, mich zu begleiten.«

»Apropos«, sagte Ida. »Was ist nun eigentlich mit diesem Anton? Den hat sie doch gestern getroffen. Konntest du herausfinden, ob sich da etwas Ernstes anbahnt?«

»Hm, schwer zu sagen. Wie du schon richtig vermutet hast, ist Agnes sehr verliebt. Ob er ihre Gefühle genauso stark erwidert, weiß ich nicht.« Karoline hob die Schultern. »Immerhin scheint es ihm nicht gleichgültig zu sein, dass sie so lange außer Reichweite sein wird. Er wollte wohl genau wissen, wann wir nach Norwegen aufbrechen, wie unsere Reiseroute aussieht und wie lange wir unterwegs sein werden. Agnes musste ihm versprechen, ihm regelmäßig zu schreiben.«

»Nun, dann werden die beiden Turteltäubchen erleichtert sein, dass Agnes hierbleibt«, sagte Ida. »Viele Gelegenheiten, sich zu treffen, haben sie so zwar auch nicht. Aber Görlitz ist nicht gar so weit aus der Welt.«

»Willst du sie etwa verkuppeln?«

»Nein, ganz sicher nicht. Dann würde ich ja eine fähige Zofe verlieren, kaum dass ich sie gewonnen habe. Aber es hat auch keinen Sinn, sich der Liebe in den Weg zu stellen. Wenn die beiden wirklich heiraten wollen, sollte man sie nicht daran hindern.«

»Manchmal bist du so schrecklich vernünftig«, sagte Karoline mit einem Augenrollen. »Aber ich stimme dir vollkommen zu. Ich halte auch nichts davon, Angestellten ihre Gefühle zu verbieten. Was ohnehin nicht möglich ist.«

Ida nickte. »Agnes würde mich dafür hassen und sich schlimmstenfalls in irgendeiner Weise rächen wollen. So jemanden möchte ich nicht um mich haben!«

»Nein, das ist wirklich keine angenehme Vorstellung«, sagte Karoline. Sie zog die Schultern hoch. Mit einem Frösteln erinnerte sie sich an die Tratschereien der Dienerschaft über ihre Eheprobleme. Sie waren vergleichsweise harmlos gewesen. Nicht auszudenken, wie jemand lästern und üble Gerüchte verbreiten würde, der sich schlecht behandelt fühlte.

Ida warf ihr einen Blick zu und sagte: »Wir sollten dafür sorgen, dass deine neuen Reisepläne unter uns bleiben. Ich nehme doch an, dass du nicht willst, dass dein Mann und seine Eltern vorzeitig davon erfahren?«

»Auf gar keinen Fall!«

»Dann müssen wir uns noch eine plausible Geschichte ausdenken, die du Agnes präsentierst.«

»Stimmt. Daran hatte ich noch gar nicht gedacht«, sagte Karoline. »Sie wird Anton ja brühwarm von ihrer neuen Anstellung bei dir berichten und den Gründen dafür. Ich glaube zwar nicht, dass er es seinem Herrn weitererzählt. Dazu interessiert sich Moritz viel zu wenig für mich. Aber sicher ist sicher!«

Ida sah auf ihre Taschenuhr und stand auf. »Du entschuldigst mich. Ich muss kurz in der Küche nach dem Rechten sehen. Und danach gehe ich auf einen Sprung ins Kinderzimmer. Ich habe Rosalie versprochen, mit ihr neue Kleider für ihre Ankleidepuppen auszuschneiden. Wir sehen uns dann beim Mittagessen.«

Karoline erhob sich ebenfalls und griff nach dem Schreibblock. »Vielen Dank für deine hilfreichen Anregungen. Ich werde jetzt den Brief an Frau Bethge aufsetzen.« Sie presste kurz die Lippen aufeinander. »Ich komme mir vor wie vor unserem Examen im Pensionat. Ehrlich gesagt, bin ich sogar noch aufgeregter als damals und befürchte ...«

Ida legte ihr eine Hand auf den Arm. »Dazu besteht gar kein Grund. Frau Bethge kann sich glücklich schätzen, dass du ihr deine Dienste anbietest. Es ist wirklich höchste Zeit, dass du wieder mehr Zutrauen in dich und deine Fähigkeiten bekommst. Diese Grafen-Sippe tut dir gar nicht gut.« Sie lächelte ihr zu und verließ das Zimmer.

Karoline atmete tief durch, klappte den Sekretär auf und setzte sich auf den Stuhl davor. Die Erwähnung ihrer Schulzeit spülte einen Satz aus Schillers »Wallenstein« in ihr Bewusstsein, den Fräulein Schroeder gern zitiert hatte, um ihre Schülerinnen anzuspornen: »Die Weltkugel liegt vor Ihm offen, wer nichts waget, der darf nichts hoffen.«

»Na, dann mal los«, murmelte Karoline, legte einen Papierbogen auf die Schreibplatte und beugte sich darüber.

21

Stavanger, Mai 1905 – Liv

Am Mittwochmorgen um sieben Uhr verkündeten Salutschüsse den Beginn der Festlichkeiten. Liv buk gerade einen Berg Waffeln, die es zur Feier des Nationaltages zum Frühstück geben sollte, als sie das dumpfe Knallen der Kanonenböller hörte, das von der Halbinsel Holmen herüberschallte. Anschließend setzten die Glocken sämtlicher Kirchen mit ihrem Geläut ein. Liv wischte sich mit dem Handrücken über die erhitzte Stirn. Sie musste sich sputen, bis zur Andacht gab es noch viel zu tun. Sie stellte den Teller mit den Waffeln zum Warmhalten in den Ofen und setzte Wasser für die Zubereitung des *kokekaffe* auf. Anschließend klemmte sie sich die Kaffeemühle zwischen die Knie, mahlte eine Handvoll Bohnen, schüttete das grobkörnige Pulver in den Topf mit kochendem Wasser und rührte es um. Nach ungefähr sieben Minuten war der Satz auf den Boden gesunken. Vorsichtig goss Liv den Kochkaffee in eine Porzellankanne. Um die letzten Schwebeteilchen herauszufiltern, verwendete sie eine *klareskin*, die getrocknete Schwimmblase eines Fisches. Als sie gerade Butter, Marmelade, Honig und Schinken aus der Speisekammer holen wollte, kam Frau Treske herein und bat sie, nach Elias zu sehen.

»Ich werde inzwischen den Tisch decken«, sagte sie und nahm Liv das Tablett aus der Hand. »Sorge du dafür, dass der Junge sich gründlich wäscht und sein Anzug keine Flecken hat. Er soll nachher schließlich einen guten Eindruck machen.«

Liv ging zur Tür. »Bringen Sie und Ihr Mann Elias nach dem Frühstück zur Schule, oder kommen Sie erst zum Umzug hinun…?« Der verlegene Ausdruck auf dem Gesicht ihrer Dienstherrin ließ sie verstummen.

Ingrid Treske sah zur Seite und sagte kaum hörbar. »Noch so viel zu erledigen … und äh …« Sie räusperte sich und fuhr lauter fort: »Begleite du ihn bitte. Wir schaffen es vermutlich erst zum Gottesdienst im Dom. Zumindest mein Mann. Ich selbst werde wohl hierbleiben und mich um Klein-Margit kümmern.«

»Wenn Sie möchten, hüte ich sie gern ein«, sagte Liv. »Dann könnten Sie vielleicht doch … ich meine, Elias würde sich gewiss freuen, wenn …«

»Das ist nett von dir«, fiel Ingrid Treske ihr ins Wort. »Aber meine Kleine bekommt gerade ihren ersten Zahn. Da möchte ich sie nicht allein lassen. Sie fiebert ein wenig und ist sehr unruhig.«

Liv nickte, schluckte die Entgegnung hinunter, die ihr auf der Zunge lag, und verließ die Küche. Es erschütterte sie, dass Elias' Eltern nicht einmal bei einem Ereignis, auf das alle Kinder seit Tagen hinfieberten, dabei sein wollten. Der *barnetog*, der Kinderumzug, bildete den Auftakt für die Feierlichkeiten am Nationalfeiertag. Jede Schule schickte ihre Schüler und Schülerinnen in langen Zügen mit norwegischen Fahnen und Wimpeln ausgerüstet auf den Weg zur Domkirche. Ihnen voraus marschierten Musikkapellen, die ihre Lieder begleiteten, während die Bürger der Stadt die Straßenränder säumten und den Kindern zujubelten. Die Vorstellung, dass Elias vergeblich nach seinen Eltern Ausschau halten würde, schnürte Liv die Kehle zu.

Sie fand den Jungen in seinem Zimmer vor dem offenen Fenster kauernd vor, wo er Zwiesprache mit Kaja hielt. Die Dohle verbrachte die meiste Zeit in der Nähe des Hauses. Sie hatte schnell herausgefunden, hinter welchem Fenster Elias wohnte und leistete ihm Gesellschaft, wenn er Hausaufgaben machte

238

oder las. Liv war beeindruckt von der Auffassungsgabe des Vogels, der die unterschiedlichen Stimmen und Schritte der Hausbewohner auseinanderhalten konnte. Näherte sich Oddvar Treske dem Zimmer seines Sohnes, suchte Kaja das Weite. Der Warnpfiff, den Elias ihr beigebracht hatte, kam kaum noch zum Einsatz. Das gelehrige Tier begriff selbst, von wem ihm Gefahr drohte. Liv vermutete, dass es die Furcht spürte, die Elias in der Gegenwart seines Vaters überkam.

Liv dagegen wurde von der Dohle mit einem freudigen Ruf begrüßt. Sie flog auf ihren Arm und pickte nach ihrer Schürzentasche, in der Liv auch an diesem Morgen einen Leckerbissen für Kaja stecken hatte. Elias sprang auf und begrüßte Liv mit einer Umarmung. Sie holte seinen guten Anzug aus dem Schrank und bürstete die Jacke aus. Elias zog sich derweil ein weißes Hemd an. Gewaschen hatte er sich bereits, was die Spritzer rund um die Wasserschüssel auf der Kommode verrieten. Er wirkte in sich gekehrt und angespannt.

»Bist du sehr aufgeregt?«, fragte Liv.

Als sie Elias am Abend zuvor zu Bett brachte, hatte er ständig die Strophen der Lieder vor sich hingemurmelt, die von den Kindern beim Umzug gesungen werden sollten. Liv hatte sich alle Mühe gegeben, ihm die Angst zu nehmen, er könnte Teile der Texte vergessen oder Zeilen vertauschen und so den Zorn seines Lehrers erregen. Dieser war von Oddvar Treske ausdrücklich dazu aufgefordert worden, ihm jegliches Fehlverhalten von Elias unverzüglich zu melden.

»Mach dir keine Sorgen«, fuhr Liv fort. »Heute ist ein Festtag. Keiner wird mit einem Kind schimpfen, das bei einem der vielen Lieder mal ins Stocken gerät. Außerdem wird es gar niemandem auffallen. Ihr seid doch so viele Schüler, und die Musikkapelle spielt ja auch noch.«

Elias starrte mit gerunzelter Stirn auf den Boden. In ihm arbeitete es sichtbar. Hatte er ihr überhaupt zugehört? Als sie

239

eben fragen wollte, was ihn bedrückte, platzte er heraus: »Ich kann das Königslied nicht singen!«

Liv ließ die Bürste sinken. »Aber natürlich kannst du das! Du hast es mir doch gestern erst fehlerfrei vorgetragen«, widersprach sie. »Komm, wir probieren es gemeinsam«, schlug sie vor und stimmte die erste Strophe des Liedes an, das der Schriftsteller Henrik Wergeland 1841 nach dem Vorbild der englischen Hymne »God save the Queen« gedichtet hatte:

»Gud signe Kongen vor!
Gud ham bevare for
Sygdom og Sorg!

Gott segne unseren König!
Gott bewahre ihn vor
Krankheit und Leid!«

Elias presste die Lippen aufeinander und schüttelte den Kopf. Liv brach ab und sah ihn ratlos an.

»Ole hat gesagt, dass er jeden verhaut, der dieses Lied singt.«

»Ole Jensen aus deiner Klasse?«

Elias nickte. Vor Liv tauchte das Gesicht eines stämmigen Jungen mit kurz geschorenen Haaren auf. Ole war ein Jahr älter als seine Klassenkameraden und den meisten an körperlicher Stärke überlegen – womit er seine schwachen Leistungen in allen Fächern bis auf Turnen wettmachte. Im Bewusstsein, einst das Geschäft seines Vaters zu übernehmen, hielt sich sein schulischer Ehrgeiz in überschaubaren Grenzen. Hausaufgaben zu erledigen, Vokabeln zu lernen oder geschichtliche Daten zu pauken waren Zumutungen, denen er sich entzog. Die Rügen und Kopfnüsse des Lehrers ließ er mit gelassener Miene über sich ergehen – was ihm bei seinen Mitschülern Respekt und den

Ruf eines harten Knochens verschaffte, dessen Rolle als Anführer niemand infrage stellte. Seine Verweigerungshaltung, die bei anderen Kindern zu strengen Verweisen bis hin zum Schulausschluss geführt hätte, wurde vom Schuldirektor stillschweigend geduldet. Es wurde gemunkelt, dass seine Nachsicht einer großzügigen Spende von Oles Vater geschuldet war, einem wohlhabenden Pelzhändler und Mitglied des Stadtrates, die die Anschaffung kostspieliger Sportgeräte ermöglicht hatte.

Liv setzte sich auf Elias' Bett und zog ihn zu sich heran. »Was hat Ole denn gegen das Lied? Weiß er nicht, dass es von einem unserer berühmtesten Dichter geschrieben wurde? Er sollte sich was schämen und ...«

Elias zuckte mit den Schultern. »Sein Vater hat gesagt, dass ein guter Norweger es nicht singen soll. Weil darin der schwedische König geehrt wird.«

»König Oskar ist aber auch der König von Norwegen«, sagte Liv.

»Ole sagt, dass er sich gar nicht für uns interessiert und uns schlechter behandelt als die Schweden. Und deshalb sollen wir Gott nicht bitten, auf ihn Acht zu geben.«

»Und nun will Ole jeden verhauen, der das Lied singt?« Liv legte eine Hand auf Elias' Schulter. »Da hätte er viel zu tun. Außerdem wird euer Lehrer das nicht dulden und ihn ...«

»Ist mir egal, ob er mich schlägt«, murmelte Elias.

Liv hob die Brauen. »Aber ich dachte, du ...«

Elias schaute Liv in die Augen und fragte leise: »Hat Ole recht?«

Liv erwiderte seinen Blick und hörte Bjarnes Stimme, der ihr erst wenige Tage zuvor sein Herzensanliegen erläutert hatte: die Loslösung Norwegens von Schweden und die Unabhängigkeit seiner Heimat, die seiner Meinung nach längst überfällig war. Er empfand es als Skandal, dass die Norweger nicht selbst über ihre

Beziehungen zu anderen Staaten bestimmen durften und keine eigenen Auslandsvertretungen besaßen.

Liv hatte sich eingestehen müssen, dass dieses Thema zu den Dingen gehörte, zu denen sie sich bislang keine eigene Meinung gebildet hatte. Ihre Eltern taten solche politischen Fragen mit Bemerkungen ab wie: »Das ist was für die reichen Leute. Wir haben keine Zeit, uns über etwas den Kopf zu zerbrechen, auf das wir ohnehin keinen Einfluss haben«, und warfen nur selten einmal einen Blick in eine Tageszeitung. Livs Dienstherr Oddvar Treske war – nach allem, was sie bisher mitbekommen hatte – königstreu und verurteilte die lauter werdenden Rufe nach einer Unionsauflösung und der Abwendung von König Oskar II. als Verrat. Nach seinem Verständnis hatte Gott den König eingesetzt. Als frommer Christ hatte man ihn daher anzuerkennen und zu ehren – gemäß dem dreizehnten Kapitel des Römerbriefs, in dem es hieß: »Jedermann sei untertan der Obrigkeit, die Gewalt über ihn hat. Denn es ist keine Obrigkeit ohne von Gott; wo aber Obrigkeit ist, die ist von Gott verordnet.«

Bjarne sah das anders. Auch er war im Glauben verwurzelt, was ihn jedoch nicht davon abhielt, manche Auslegungen der Bibel infrage zu stellen. In diesem Fall war er überzeugt, dass Gott nicht den regierenden König als Obrigkeit eingesetzt hatte, sondern lediglich die Rechts- und Gesetzordnung – was also auch einen anderen Monarchen denkbar machte und dem norwegischen Volk eine größere Selbstständigkeit gegenüber der Königsmacht in Stockholm einräumte.

Liv hatte ihm mit klopfendem Herzen zugehört und anschließend noch lange darüber gegrübelt. Der Gedanke atmete Freiheit und Rebellion. Nicht nur in Bezug auf die Bevölkerung eines Landes. War nicht jedes einzelne Leben davon betroffen? Durfte nicht auch sie sich fragen, inwieweit sie bereit und willens war, Obrigkeiten – und sei es in Gestalt eines Dienstherrn –

fraglos anzuerkennen und ihnen bedingungslos zu gehorchen? War ein Mensch mehr wert als ein anderer, nur weil er mehr Geld und Bildung besaß? Waren für Jesus nicht alle Menschen gleich gewesen? Hatte er nicht alle ohne Ansehen ihrer gesellschaftlichen Stellung und ihres Leumunds bei sich willkommen geheißen? Sogar die Kinder? Verdammte Oddvar Treske aus Furcht vor einem Verlust seines Machtanspruchs die Idee, das Volk könnte das Recht besitzen, einem Herrscher die Gefolgschaft zu kündigen? Sah er seine eigene Rolle als Oberhaupt der Familie bedroht, wenn sich die angeblich von Gott verfügte Ordnung als menschliche Deutung seines Testaments entpuppte?

Elias' Überlegungen schienen in eine ähnliche Richtung zu gehen. Er trat von einem Fuß auf den anderen. »Muss man jemanden lieb haben, der einen nicht lieb hat?«, fragte er.

Liv schluckte. Was sollte sie darauf antworten? Es war klar, dass es Elias längst nicht mehr um den schwedischen König ging, diese ferne Person, die keine unmittelbare Bedeutung für sein Leben hatte. Im Gegensatz zu seinem Vater. Pfarrer Nylund würde nun das vierte Gebot zitieren und unbedingten Gehorsam und Respekt gegenüber Vater und Mutter verlangen. Oddvar Treske begründete seine Strenge gegenüber seinem Sohn mit der Sorge um dessen Seelenheil. Tief in ihrem Innersten aber wusste Liv, dass das eine Lüge war. In ihm glomm kein Funken der Zuneigung für Elias. Im Grunde war es ihm gleichgültig, wie es dem Jungen ging, wie er sich fühlte und wonach er sich sehnte. Warum aber sollte ein Kind seine Eltern ehren, wenn sie es ungerecht behandelten und ihm ihre Liebe vorenthielten? Liv erschrak vor dieser Schlussfolgerung. Ermunterte sie nicht zu Ungehorsam und Aufsässigkeit?

Kaja stieß den Warnpfiff aus, den Elias ihr beigebracht hatte, und flog aus dem Fenster. Der Junge versteifte sich. Liv stand auf. Einen Moment später wurde die Tür aufgestoßen. Oddvar

Treske stand auf der Schwelle und musterte sie mit mürrischem Blick.

»Wir wollten gerade nach unten gehen«, sagte Liv rasch und half Elias in die Jacke.

Beschämt gestand sie sich ein, dass sie froh über das Auftauchen des Hausherrn war. Er hatte ihr Aufschub verschafft und verhindert, dass Elias seine Frage wiederholen konnte, die sie in Verlegenheit brachte. Sie wollte den Jungen nicht mit heuchlerischen Phrasen abspeisen und versuchen, ihm seine Enttäuschung über die Ablehnung durch seine Eltern auszureden. Andererseits getraute sie sich nicht, ehrlich zu antworten. Sie konnte ihm doch unmöglich sagen, dass sie seinen Vater für kaltherzig hielt und seine Mutter für zu ängstlich, um nicht zu sagen feige, sich auf Elias' Seite zu stellen. Ingrid Treske zog es vor, die Augen vor dem Unglück ihres Sohnes zu verschließen und ihre gesamte Aufmerksamkeit ihrer kleinen Tochter zu widmen.

Oddvar Treske brummte etwas, drehte sich auf dem Absatz um und ging ihnen voraus zur Treppe. »Du brauchst Elias nachher nicht in die Stadt zu begleiten«, sagte er über die Schulter gewandt zu Liv. »Das kostet zu viel Zeit. Du hast ja noch einiges zu tun mit den Vorbereitungen für heute Abend. Elias kann mit ein paar von meinen Missionsschülern gehen, die ihn später auch wieder zurückbringen.«

Liv biss sich auf die Lippe. Sie war davon ausgegangen, Elias nicht nur zum Schulhof zu begleiten, wo sich die Kinder versammelten, sondern ihm anschließend beim Umzug zuwinken zu können. Nun würde niemand am Straßenrand auf ihn warten. Und sie hätte keine Gelegenheit, nach Bjarne Ausschau zu halten. Insgeheim hatte sie fest damit gerechnet, ihn wenigstens kurz zu sehen und sich zu vergewissern, dass er ihr den wortlosen Abschied am Tag zuvor nicht nachtrug. Und um mehr über seine Gedanken zu Herrschenden oder anderen Machthabern zu erfahren und über das Recht, gegen diese zu rebellieren und ihnen in gewissen Fällen den Gehorsam zu verweigern.

Oddvar Treske schien ihre Enttäuschung zu spüren. Er blieb am unteren Treppenabsatz stehen und drehte sich zu ihr um. »Es tut mir leid, dass du auch an diesem Feiertag arbeiten musst. Aber es geht nun einmal nicht anders.«

Liv nickte, zwang sich zu einem Lächeln und verschwand in der Küche, während Elias und sein Vater ins Speisezimmer liefen.

In den folgenden Stunden blieb Liv keine Zeit, sich über Elias oder Bjarne Gedanken zu machen. Die Vorbereitungen für das abendliche Buffet im Speisesaal der Missionsschule verlangten ihre ungeteilte Aufmerksamkeit und ließen sie keine Minute zur Ruhe kommen. Angetrieben von der Furcht, nicht fertig zu werden, gönnte sie sich keine Pause. Unermüdlich rührte sie Cremes, schnippelte Gemüse und Kartoffeln klein, schlug Eiweiß und Sahne steif, belegte winzige runde Brötchen mit Schinken und Wurst, briet Hackbällchen, füllte Dessertgläser, hobelte Käse in feine Scheibchen, richtete Platten mit kalten Braten und Räucherfischen an und legte Pastetchen auf Bleche, die kurz vor dem Servieren im Ofen erhitzt werden sollten.

Am Nachmittag stand unverhofft Frau Bryne in der Küche. Liv hatte nicht mit ihr gerechnet, sie war davon ausgegangen, dass sie den ganzen Feiertag mit ihrem Mann verbringen wollte. Beim Anblick der stämmigen Gestalt mit dem weizenblonden Zopf fiel ihr ein Stein vom Herzen. Gemeinsam würden sie es rechtzeitig schaffen.

»Dachte ich mir's doch!«, brummte die Köchin, setzte ihren Hut ab und griff nach ihrer Schürze, die an einem Haken neben der Tür hing. »Sie lassen dich ganz allein hier schuften. Während alle Welt sich amüsiert.«

Sie verschaffte sich einen Überblick über die noch ausstehenden Aufgaben und lobte Livs Arbeit. »Die Treskes können sich wirklich glücklich schätzen. So ein umsichtiges und fleißiges Dienstmädchen findet man nicht alle Tage.« Sie drückte ihr einen Korb in die Hand. »Ich denke, ein bisschen frische Luft um die Nase tut dir gut. Könntest du bitte im Garten Salat pflücken?« Sie sah ihr prüfend ins Gesicht. »Du bist ganz blass. Hast du überhaupt schon was gegessen?« Bevor Liv antworten konnte, holte Frau Bryne einen Steinguttopf aus der Vorratskammer und entnahm ihm eine *lefse*. Sie belegte den Kartoffelfladen mit Räucherlachsscheiben, rollte ihn zusammen und reichte ihn Liv. »So, lass es dir schmecken«, sagte sie. »Und hetz dich nicht«, fügte sie hinzu, als Liv eilig zur Tür lief.

Als sie eine halbe Stunde später mit dem Salat zurückkehrte, empfing Frau Bryne sie mit einem zufriedenen Lächeln. »Es geschehen noch Zeichen und Wunder«, rief sie und nahm Liv den Korb ab. »Gerade war Herr Treske hier. Ich wollte ihm schon ins Gewissen reden, dass er dich heute den ganzen Tag arbeiten lässt. Aber das war gar nicht nötig. Er lässt dir nämlich ausrichten, dass du zwei Stunden frei hast und auf den Marktplatz zum Feiern gehen darfst. Der junge Mann wartet dort vor der Sparkasse auf dich.«

»Der junge Mann?«, fragte Liv.

»Ja, er hat Herrn Treske wohl nach dem Gottesdienst im Dom angesprochen und nach dir gefragt.«

In Livs Bauch kribbelte es. Vor Aufregung zerknüllte sie mit den Händen ihre Schürze. Es war ihre erste richtige Verabredung mit Bjarne. Nicht zu vergleichen mit den kurzen Gesprächen auf dem Weg zur Schule.

Die Köchin zwinkerte Liv zu. »Ich vermute mal, dass du ihm die Großzügigkeit unseres Herrn Lehrers zu verdanken hast. Es war ihm sicher peinlich zuzugeben, dass er dich dazu verdonnert hat, diesen besonderen Tag in der Küche zu verbringen.«

Sie sah Liv erwartungsvoll an. Die Neugier stand ihr ins Gesicht geschrieben.

Liv senkte die Augen. In ihre Freude mischte sich leises Befremden. Dieser Vorstoß passte so gar nicht zu Bjarne. Es irritierte sie, dass er auf einmal so forsch vorging und, ohne sich mit ihr abzustimmen, ihren Dienstherrn um Erlaubnis fragte, sich mit ihr zu treffen.

»Worauf wartest du?«, fragte die Köchin. »Zieh dich um. Und dann husch, husch in die Stadt! Du willst doch nicht, dass sich dein Verehrer die Beine in den Bauch steht.«

Liv spürte, wie die Freude wieder in ihr aufwallte und die Zweifel wegschwemmte. Bjarne wollte sie sehen und sich vor aller Augen zu ihr bekennen! Er hatte wohl die Heimlichtuerei und das Versteckspiel satt und die Gelegenheit ergriffen, sich offiziell bei Herrn Treske vorzustellen. Offenbar hatte er bei diesem einen guten Eindruck hinterlassen. Zwei ganze Stunden durfte sie ausgehen! Liv strahlte Frau Bryne an und rannte, so schnell sie konnte, hinauf in ihre Kammer.

22

Stettin/Kopenhagen, Mai 1905 – Karoline

Zwei Wochen, nachdem Karoline auf die Anzeige von Auguste Bethge geantwortet hatte, machte sie sich auf den Weg nach Dänemark. Ida ließ es sich nicht nehmen, sie in aller Herrgottsfrühe zum Bahnhof zu begleiten. Noch als sich der Zug in Bewegung setzte und Karoline sich aus dem Fenster beugte, um ihr ein letztes Mal die Hand zu drücken, rief Ida ihr gute Ratschläge und Ermahnungen zu, wie sie sich verhalten sollte, damit ihre falsche Identität nicht aufflog. Die geplante Reise ihrer Freundin versetzte sie in ebenso große Aufregung wie Karoline selbst, was deren Nervosität noch steigerte.

Während der Bahnfahrt gelang es ihr, sich mit der Lektüre des neuesten Historienromans von Adam Josef Cüppers abzulenken, den Ida ihr zum Abschied geschenkt hatte. Versunken in das Schicksal von Zenobia, der Königin von Palmyra, die einst dem römischen Kaiser Aurelian die Stirn geboten hatte, bekam Karoline kaum mit, wie die Stunden verflogen.

Als der Schaffner am Nachmittag die kurz bevorstehende Ankunft des Zuges in Stettin verkündete, glaubte Karoline, sich verhört zu haben. Ein Blick auf ihre Taschenuhr verriet ihr, dass sie tatsächlich die erste Etappe ihrer Reise hinter sich hatte. Mit der »M. G. Melchior«, einem Schiff der dänischen Forenede Dampskibsselskab, die mehrmals wöchentlich Fahrten nach Kopenhagen, Göteborg und Kristiania anbot, sollte es nach Dänemark weitergehen. Während Karoline sich den Mantel anzog, ihre Reisetasche aus dem Gepäcknetz hob und das Abteil verließ, breitete sich ein flaues Gefühl in ihrem Magen aus. Zögernd stieg sie aus dem Waggon. Das trübe Wetter, das sie in

Stettin empfing, schien ihr in einer Anwandlung abergläubischer Furcht ein ungünstiges Vorzeichen. Am liebsten hätte sie auf der Stelle den nächsten Zug zurück nach Görlitz genommen.

»Haben Sie einen Gepäckschein?«

Karolines Hand griff wie von selbst in ihre Manteltasche, förderte den Zettel zutage und reichte ihn dem Dienstmann, der vor ihr stand. Er warf einen Blick darauf.

»Ein Schrankkoffer von Karoline Bogen?«

»Nein, Blankenburg-Mar...«, Karoline unterbrach sich hastig, hustete und fuhr fort: »Äh... Bogen, ganz recht.«

Karoline verwünschte ihre Unachtsamkeit. Du musst besser aufpassen!, wies sie sich zurecht und lief zum Ende des Gleises. Ida hat recht: Du darfst dir keine Versehen erlauben und musst stets auf der Hut sein!

Von einem Schutzmann ließ sie sich am Ausgang der Bahnhofshalle eine Blechmarke mit der Nummer einer der auf dem Vorplatz wartenden Droschken aushändigen, die der Gepäckträger für sie heranwinkte. Kurz darauf wurde sie zum Freihafen kutschiert, den sie kurz vor dem Ablegen des Dampfers am späten Nachmittag erreichte. Nachdem sie ihre Reisetasche in ihrer Kabine abgestellt hatte, die sie für die rund fünfzehnstündige Passage gebucht hatte, lief sie hinaus zum Vorderdeck. Der Himmel lag grau über den Dächern und Türmen der Hauptstadt von Pommern, deren Silhouette nun langsam an ihr vorbeizog. Karoline umfasste das Geländer der Reling mit beiden Händen und schloss die Augen. Das Abenteuer hatte begonnen. Aus der jungen Gräfin von Blankenburg-Marwitz war das Fräulein Bogen geworden, das nach Dänemark reiste, um eine neue Anstellung anzutreten.

Nur Ida wusste von dieser Verwandlung. Alle anderen in ihrem Haushalt einschließlich Agnes glaubten, Karoline wäre bei Verwandten in Stettin zu Besuch und hätte deren Einladung

249

angenommen, im Sommer mit ihnen einige Wochen in einem Seebad Urlaub zu machen. Ihre Schwiegereltern hatte sie in einem kurzen Brief davon in Kenntnis gesetzt. Während Gräfin Alwina sie keiner Antwort würdigte, hatte ihr Mann ein paar Zeilen geschrieben, Karoline schöne Tage am Meer gewünscht und sie gebeten, rechtzeitig Bescheid zu geben, bevor sie wieder nach Katzbach zurückkehrte, damit er eine Kutsche zum Bahnhof schicken konnte. Karoline hatte sich über diese freundliche Geste gefreut und seinen Worten entnommen, dass er in der Zwischenzeit keine Post von ihr erwartete. Es erleichterte sie, keine weiteren Lügengebilde errichten zu müssen.

In den vergangenen vierzehn Tagen hatten die beiden Freundinnen jede unbeobachtete Minute genutzt, um Karolines »Nordische Mission«, wie Ida es nannte, vorzubereiten und alle Stolpersteine und Gefahrenquellen zu beseitigen, die diese behindern konnten.

Agnes war – wie erwartet – nicht traurig über die Absage der Norwegenreise. Dass Karoline ihre Dienste als Zofe vorerst nicht länger benötigte, leuchtete ihr ein. Bei deren Stettiner Gastgebern würde es ausreichend Personal geben, das ihr beim Ankleiden und Frisieren zur Hand gehen konnte. Agnes war dankbar, als Kammermädchen bei Ida in Görlitz und damit in der Nähe von Anton bleiben zu können, mit dem sie einen regen Briefkontakt unterhielt.

Auch Ida und Karoline wollten sich so oft wie möglich schreiben. Um keinen Verdacht zu erwecken, würde Ida ihre Briefe an Frl. Bogen c/o Frau Auguste Bethge adressieren und bei etwaiger Nachfrage behaupten, Fräulein Bogen sei eine Bekannte aus ihrer Schulzeit. »Wir müssen so nah wie möglich bei der Wahrheit bleiben«, lautete Idas Parole. Aus diesem Grund hatte sie auch Stettin als Ausgangspunkt für die Reise vorgeschlagen. Tatsächlich wohnte dort eine entfernte Verwandte aus Karolines mütterlicher Linie.

Karoline öffnete die Augen und ließ sie über die Ufer der Oder wandern, deren Mündung sie ungefähr nach vier Stunden bei Swinemünde erreichen würden. Mittlerweile hatten sie Stettin hinter sich gelassen. Linker Hand folgten mehrere Ortschaften mit Fabriken, Dampfmühlen, Zuckersiedereien und Maschinenbauwerkstätten, darunter die riesige Anlage der Vulkan-Werke, deren siebentausend Arbeiter rund um die Uhr Lokomotiven, Kriegsschiffe und Ozeandampfer bauten. Auf der rechten Seite erstreckten sich Wiesen und Felder. Der Fahrtwind blies Karoline die feinen Tröpfchen ins Gesicht, die aus der Wolkendecke herabrieselten. Sie drehte sich um und lief zu einer Tür, die ins Innere des Schiffes führte.

Im Gang blieb sie unschlüssig stehen. Wo sollte sie die drei Stunden bis zum Abendessen verbringen? Im Gesellschaftssalon, der mit bequemen Sofas und Sesseln ausgestattet war und durch große Fenster einen guten Ausblick bot? Falls sie dort noch einen Platz fand. Das schlechte Wetter hatte die meisten Fahrgäste von den Außendecks vertrieben. Bei der Vorstellung, in einem überfüllten Raum mit wildfremden Menschen auszuharren und – schlimmer noch – später mit einigen von ihnen an einem Tisch sitzen und eine Mahlzeit einnehmen zu müssen, krampfte sich Karolines Magen zusammen. Sollte sie sich stattdessen in ihre Kajüte zurückziehen, lesen und sich einen Imbiss bringen lassen? Das Bild der winzigen Kammer, in der sich neben einer schmalen Pritsche ein Nachttischchen und ein Schemel quetschten, löste ebenfalls Beklemmungen in ihr aus. Die Enge, die karge Einrichtung und das winzige Bullauge, das kaum Licht hereinließ, erinnerten Karoline an eine Klosterzelle. Oder ein Verlies.

Übertreib nicht so, wies sie sich zurecht. Du tust ja gerade so, als habe man dich verstoßen und weggesperrt. Genauso fühlt es sich aber an, hielt die verzagte Seite in ihr dagegen. Karoline presste die Lippen aufeinander. Erst in dieser Sekunde wurde

251

ihr bewusst, dass sie zum ersten Mal ganz allein unterwegs war. Was eine Romanheldin wie Gerta als willkommene Freiheit begrüßen mochte, erschien ihr bedrohlich. Verflogen war die Vorfreude auf das Unbekannte, auf die erste richtige Reise ihres Lebens, die diesen Namen verdiente. Die Aufenthalte mit ihren Eltern in Sommerfrischen wie Zobten am Berg, Krummhübel und anderen schlesischen Ferienorten zählten nicht. Angst vor der eigenen Courage ergriff Besitz von ihr. Sie hätte einiges darum gegeben, sich von einer guten Fee zurück in Idas freundliches Heim zaubern zu lassen, wo ihre Freundin sich vermutlich gerade ihre nachmittägliche heiße Schokolade servieren ließ. Oder sich Ida an ihre Seite wünschen zu können. Ohne sie kam sie sich hilflos und verlassen vor.

Nun, dann wird es höchste Zeit, dass du damit zurechtkommst, sagte die strenge Stimme in ihr. Du bist eine erwachsene Frau von bald siebenundzwanzig Jahren! Es wäre doch gelacht, wenn du dich nicht allein durchbeißt! Außerdem kannst du dich nicht immer verstecken oder davonlaufen. Diese Zeiten sind vorbei!

Das Auftauchen eines Ehepaars mit zwei halbwüchsigen Söhnen unterbrach Karolines inneren Dialog. Sie beeilte sich, den Weg freizumachen, und stieß die Tür zum Gesellschaftssalon auf.

Am nächsten Morgen wurde Karoline von lautem Tuten aus einem unruhigen Schlummer gerissen, in den sie erst spät gefallen war. Sie rappelte sich auf, kniete sich auf ihrem Bett vor das Bullauge und schaute hinaus. Als sie das letzte Mal kurz nach Mitternacht einen Blick durch das runde Fenster geworfen hatte, war der Leuchtturm von Arcona am nördlichsten Punkt der Insel Rügen zu sehen gewesen. Nun hatte die »M. G. Melchior« längst dänische Gewässer erreicht und umrundete die Insel Amager, die laut der Beschreibung im »Baedeker's« kurz vor Kopenhagen im Øresund lag. Höchste Zeit also, sich anzukleiden und für das Verlassen des Schiffes bereit zu machen.

Als Karoline wenig später backbords an die Reling trat, lag Dänemarks Hauptstadt im Licht der Morgensonne vor ihr. Der Himmel war wolkenlos und spiegelte sich im glatten Wasser. Einige Möwen schwebten neben dem Dampfer, ließen sich zurückfallen, holten wieder auf und fingen im Flug Brotstücke auf, die ihnen ein kleiner Junge zuwarf. Ihre schrillen Schreie zerrissen die Luft und überlagerten das Stampfen der Schiffsturbinen. Karoline sah ihnen eine Weile zu, während der Dampfer am Stadtteil Christianshavn vorbeifuhr, dessen Wahrzeichen, der spiralförmige Turm der barocken Erlöserkirche, herübergrüßte. Weiter hinten ragten von Ruß geschwärzte Ruinen auf. Das mussten die Überreste des Schlosses Christiansborg sein, das ihrem Reiseführer zufolge 1884 einer Feuersbrunst zum Opfer gefallen war.

Die Eltern des Jungen, der die Möwen fütterte, gesellten sich zu ihm und verfolgten neben Karoline die Einfahrt des Dampfers in den Hafen. Der Mann reiste offenbar nicht zum ersten Mal nach Kopenhagen. Immer wieder streckte er den Arm aus, zeigte auf markante Gebäude und erklärte seiner Gattin, welche Bewandtnis es mit ihnen hatte. So erfuhr auch Karoline, dass die dem Hafen vorgelagerte Festungsanlage auf einer künstlichen Insel stand, Trekroner, also Drei Kronen hieß und einst als Bollwerk gegen feindliche Flotten errichtet worden war. Nachdem sie sie umrundet hatten, folgte rechter Hand hinter der Langelinie-Promenade das abgetrennte Becken des Freihafens mit den Speichern, Silos und Kontoren von Kaufleuten und Handelsgesellschaften aus aller Herren Länder. Der Dampfer hielt auf die Anlegestelle an der Toldbod, dem Zollamt, zu, das sich am Eingang des inneren Hafens befand.

Gegenüber ankerten die Fregatten und Kanonenboote der Kriegsmarine.

Die »M. G. Melchior« drosselte ihre Maschinen und drehte bei. Ein heller Glockenton forderte diejenigen Fahrgäste auf, von Bord zu gehen, deren Reise in Kopenhagen endete. Karoline riss sich vom Anblick der unzähligen Schiffe los, die am Pier festgemacht hatten oder auf ihrem Weg weiter stadteinwärts an ihnen vorbeiglitten. Sie war benommen von den Eindrücken, die auf sie einströmten – untermalt von einem Geräuschteppich, der aus dem Tuckern von Motoren, dem Tuten der Dampfpfeifen, dem Quietschen von Seilwinden, dem Rasseln der Ankerketten, dem Rumpeln von Lastkarren und den Rufen der Matrosen und Hafenarbeitern gewoben war. Sie nahm ihre Reisetasche und lief mit einigen anderen Passagieren die Gangway hinunter. Ein Stewart schleppte ihren Schrankkoffer auf den Kai und wies einen der dort harrenden Lastenträger an, ihn zum Zoll zu transportieren. Karoline folgte ihm und ließ ihr Gepäck abfertigen.

Als sie das Gebäude wieder verließ, wäre sie um ein Haar an dem Burschen vorbeigegangen, der in einer roten Livree vor dem Zollhaus stand und ein Schild hochhielt. Der Schriftzug *Bristol*, der mit Goldfaden auf sein rundes Käppi genäht war, ließ sie innehalten. *Ich erwarte Sie im Hotel Bristol am Rådhusplads,* hatte Frau Bethge in ihrem letzten Brief geschrieben. Karoline warf einen Blick auf das Schild, auf dem ihr Name stand.

Frl. Bogen aus Görlitz

Kein Zweifel, der Junge wartete auf sie. Karoline sog ihre Oberlippe ein. Solche Schnitzer, wie ihn beinahe zu übersehen, durften nicht passieren! Sonst war ihre Tarnung zunichte, bevor sie ihre Stellung überhaupt angetreten hatte. Sie ging zu dem

Hotelpagen und nickte ihm zu. Er tippte sich an die Mütze, griff nach ihrer Reisetasche und folgte dem Träger, der mittlerweile Karolines Schrankkoffer wieder auf seine Sackkarre gewuchtet hatte und sie zu einer der Pferdedroschken schob, die in der Nähe auf Fahrgäste warteten.

Auf der Hafenstraße ging es in flottem Trab am ehemaligen Zeughaus vorbei zur Vestervoldgade, die zum Rathaus führte. Karoline hatte im »Baedeker's« gelesen, dass der imposante Bau aus dunklen Ziegelsteinen erst vor Kurzem fertiggestellt und offiziell noch nicht eröffnet worden war. Er war im Renaissancestil gestaltet und hatte einen über einhundert Meter hohen Turm mit einem Glockenspiel. Davor erstreckte sich ein weiter Platz, auf dem sich mehrere Straßenbahnlinien kreuzten. Eine Seite wurde vom Freizeit- und Vergnügungspark Tivoli begrenzt, hinter dem sich der Hauptbahnhof befand.

Karoline starrte vor sich hin, ohne viel von ihrer Umgebung wahrzunehmen. Sie versuchte, ruhig zu atmen und der Nervosität Herr zu werden, die erneut mit Macht von ihr Besitz ergriff. Am Abend zuvor war es ihr gelungen, ihre Ängste beiseitezuschieben, ihre Schüchternheit zu überwinden und mit ihren Tischgenossen Konversation zu machen.

Die Zuversicht, ebenso unbefangen ihre Stellung als Gesellschaftsdame antreten zu können, hatte sich in Luft aufgelöst. Mit wackeligen Knien stieg Karoline aus der Kutsche, die vor einem stattlichen Gebäude zwischen der Frederiksberggade und der Vestergade angehalten hatte. Der Sockel war aus grob behauenen Granitsteinen gemauert, die übrigen Stockwerke aus roten Ziegelsteinen. An einer Ecke ragte ein ungefähr fünfzig Meter hoher Turm mit Kupferdach empor, der dem Ganzen die Anmutung eines italienischen Palazzos verlieh. Auf den Markisen über den Fenstern im Erdgeschoss entdeckte sie denselben Schriftzug wie auf der Kappe des Pagen, der ihr mit einem beflissenen Lächeln den Wagenschlag aufhielt. Sie entlohnte den

255

Kutscher, lief zur Eingangstür des Hotels und durchquerte das weitläufige Foyer, um zur Rezeption zu gelangen.

»Da sind Sie ja endlich!«, rief eine scharfe Frauenstimme.

Karoline zuckte zusammen und drehte sich zu den Sesseln und Sofas, die in der Nähe eines offenen Kamins um niedrige Tische herum platziert waren. Sie waren etwa zu einem Drittel besetzt mit zwei Zeitung lesenden Herren, einer Gruppe englischer Touristen, die sich über einen Stadtplan beugten und lebhaft über die Stationen einer Besichtigungstour diskutierten, und drei Männern in militärischen Uniformen, die schweigend Zigarren rauchten.

»Wie lange gedachten Sie denn, mich noch warten zu lassen? Eine Unverschämtheit ist das!«

Karolines Blick fiel auf eine schwarz gekleidete Dame, die weiter hinten steil aufgerichtet auf der Kante eines Sessels saß und mit vorwurfsvoller Miene in ihre Richtung schaute. Alles an ihr atmete Verärgerung: der zu einem Strich zusammengepresste Mund, das Beben des eng eingeschnürten Busens, die knochige Hand, die sich um den Griff eines Gehstockes krallte, und der kalte Glanz ihrer Augen.

Der Knoten in Karolines Magen verhärtete sich. Ihre schlimmsten Befürchtungen wurden wahr: Frau Bethge war eine übellaunige Witwe, die – was den überheblichen Gesichtsausdruck und den schneidenden Tonfall anging – eine Schwester von Gräfin Alwina hätte sein können. Da bist du geradewegs vom Regen in die Traufe geraten, schoss es Karoline durch den Kopf. Nein, das halte ich nicht aus! Ich kann unmöglich wochenlang mit dieser Schreckschraube verbringen. Wie von selbst machten ihre Füße zwei Schritte rückwärts. Dabei prallte Karoline beinahe mit einem Kellner zusammen, der mit einem Tablett an ihr vorbei zu der grimmigen Dame eilte und dieser eine Tasse Kaffee servierte.

»Das sind so die Augenblicke«, sagte jemand in ihrem

Rücken, »in denen man sich seiner Landsleute schämt und sich wünscht, nicht ebenfalls als Deutsche erkannt zu werden, nicht wahr?«

Karoline wandte sich um und sah sich einer mittelalten Frau gegenüber, die ungefähr ihre Größe hatte und sie mit lebhaften Augen betrachtete. Die dunkelbraunen Haare, die an den Schläfen von weißen Strähnen durchzogen wurden, waren zu einem weichen Knoten geschlungen. Darauf war ein kleiner flacher Hut festgesteckt, an dem grün gefärbte Federn wippten. Sie waren farblich auf ihr Kleid aus hellgrünem Crêpe de Chine abgestimmt, das lose von den Schultern herabfiel, ohne die Taille einzuschnüren. Auch die Ärmel waren weit geschnitten.

Ein Reformsack. So bezeichnete Ida mit einem abfälligen Naserümpfen Kleider, die ohne Korsetts getragen wurden. Seit einigen Jahren gab es Stimmen, die deren Abschaffung forderten. Ärzte prangerten die Gefahren an, denen der weibliche Körper durch die starke Schnürung ausgesetzt war, Frauenrechtlerinnen verdammten das Korsett als Zeichen der Unterdrückung der weiblichen Entfaltungsmöglichkeiten, und sportliche Damen sehnten sich nach mehr Bewegungsfreiheit.

»Es gibt sicher Bequemeres als die Mode, die gerade en vogue ist«, hatte Ida festgestellt, als sie mit Karoline die neuesten Kreationen der Saison in einem Magazin betrachtet hatte. »Aber das nehme ich gern in Kauf. Als unförmiger Haufen gehe ich jedenfalls nicht unter die Leute.« Karoline hatte ihr nicht widersprochen. So sehr sie es auch genoss, in ein miederloses Hauskleid zu schlüpfen und es sich auf einem Sofa halb liegend, halb sitzend gemütlich zu machen – sich in solch einem legeren Aufzug auf der Straße oder gar bei einer festlichen Veranstaltung blicken zu lassen, wäre ihr nie in den Sinn gekommen.

Die Frau lächelte ihr zu und fragte. »Fräulein Bogen?« Als Karoline nickte, hielt sie ihr die rechte Hand hin. »Ich bin Frau Bethge.«

Karoline stutzte kurz, ergriff die Hand und drückte sie vor Erleichterung fester, als es sich schickte. Dabei wanderten ihre Augen unwillkürlich zu der Dame in Schwarz, die eben einen Schluck von dem Kaffee gekostet hatte und sich beim Kellner beschwerte, dass er nicht heiß genug sei. Ihre Stimme war schrill vor Empörung.

Frau Bethge folgte Karolines Blick. Sie hob die Augenbrauen. Ein amüsiertes Lächeln kräuselte ihre Lippen. »Sie haben doch nicht etwa gedacht, dass die da ...«

»Nein, nein!«, fiel Karoline ihr ins Wort und spürte, wie ihr die Röte ins Gesicht stieg.

Frau Bethge ging Karoline voraus zum Empfangstresen. »Ich habe dafür gesorgt, dass Sie ein Zimmer neben meinem bekommen. Ich hoffe, das ist Ihnen recht?« Bevor Karoline antworten konnte, fuhr sie fort: »Ich denke, das ist am praktischsten.« Sie winkte den Hotelpagen heran und bat ihn, Karoline zu begleiten. »Nehmen Sie sich die Zeit, die Sie benötigen. Sie werden sich sicher frisch machen wollen.« Sie warf einen Blick auf eine Standuhr, die neben dem Kamin stand. »Das Café hier im Hause ist ganz ordentlich. Da können wir uns stärken und ein wenig kennenlernen. Sagen wir, in einer Stunde?«

Karoline nickte stumm. Frau Bethges Art, ihre Anweisungen in rhetorische Fragen zu kleiden, überrumpelte sie. Sie folgte dem Burschen, der an der Tür des Aufzugs stand, und ließ sich von ihm in die zweite Etage fahren.

23

Stavanger, Mai 1905 – Liv

Schon von Weitem hörte Liv die Kapelle, die auf dem Marktplatz zum Tanz aufspielte. Sie beschleunigte ihre Schritte und erreichte die Ecke, an der der Olafskleven in den Torvet mündete. Die Buden und Verkaufsgestelle, die an Markttagen dort aufgebaut wurden, waren langen Bänken und Tischen gewichen, an denen gegessen und getrunken wurde. Ein Teil des Platzes war mit Holzplanken abgedeckt, auf denen sich Dutzende Paare im Dreivierteltakt eines *Springar* drehten. Die Fidelspieler saßen erhöht auf einem Podest hinter der Tanzfläche. In die Klänge der beschwingten Weise mischten sich Stimmengewirr, Kindergeschrei und Gelächter.

Liv ging am oberen Ende des Platzes entlang Richtung Sparkasse. Sie spürte ihr Herz schneller schlagen. Nur noch wenige Sekunden, dann würde sie Bjarne gegenüberstehen. Ob er sie wohl zum Tanz aufforderte? Die Vorstellung, ihm ganz nah zu sein, sich an seiner Hand um ihn herum zu drehen oder sich Arm in Arm mit ihm im Rhythmus der Musik zu bewegen, ließ ihre Wangen glühen. Drei Mädchen, die untergehakt vor ihr herliefen, bogen nach links zu einem Stand ab, an dem Kuchen verkauft wurde, und gaben den Blick frei auf das weiß gestrichene Gebäude. Liv blieb stehen und verengte die Augen.

Der blonde Hüne, der vor dem Bankhaus an eine Gaslaterne gelehnt stand und Ausschau hielt, war nicht Bjarne. Es war Halvor Eik. Liv schnappte nach Luft. Was für ein dummer Zufall! Hastig suchte sie die Umgebung nach Bjarne ab. Sie konnte ihn nirgends sehen. Ihr Impuls, sich vor dem Missionar zu verstecken, kam einen Lidschlag zu spät. Er hatte sie entdeckt, hob grüßend die Hand und kam auf sie zu.

»Da bist du ja endlich. Ich hatte schon befürchtet, dass Herr Treske es sich doch noch anders überlegt hat. Oder hast du getrödelt?«

Liv riss die Augen auf. Das konnte nicht sein! Warum glaubte er, sie sei mit ihm verabredet? Unwillkürlich schüttelte sie den Kopf.

Halvor Eik schien das als Antwort auf seine Unterstellung auszulegen. »Nun, zum Glück halte ich es mit der Bibel, wo es heißt: Wer geduldig ist, der ist weise; wer aber ungeduldig ist, offenbart seine Torheit«, fuhr er mit salbungsvoller Stimme fort.

Liv verstand kaum, was er sagte. Seine Stimme drang wie aus weiter Ferne zu ihr. Alles wurde grau. Langsam sickerte die Erkenntnis in sie ein: Bjarne würde nicht kommen. Nicht er war bei Oddvar Treske vorstellig geworden, damit dieser ihr ein paar freie Stunden und ein Treffen mit ihm bewilligte. Benommen stolperte sie neben Halvor Eik her, der ihre Hand ergriffen und auf seinen Unterarm gelegt hatte. Sie liefen vom Marktplatz weg den Kai entlang. Das Rauschen in Livs Ohren übertönte die Worte, die aus dem Mund ihres Begleiters strömten. Sie gab sich keine Mühe, ihm zuzuhören. Die Enttäuschung über ihren Irrtum ließ keinen Raum für andere Wahrnehmungen.

Liv machte sich heftige Vorwürfe. Warum war sie am Tag zuvor einfach davongelaufen? Vielleicht hatte Bjarne sie ja noch fragen wollen, ob sie sich am Feiertag treffen würden. Sie kämpfte mit den Tränen. Wie hatte sie Frau Bryne nur so gründlich falsch verstehen können? Weil du überhaupt nicht mehr an den Missionar gedacht hast, gab sie sich selbst die Antwort. Du wusstest ja nicht einmal, dass er überhaupt noch in Stavanger ist.

Mittlerweile hatten sie fast das Ende des Vågen erreicht und befanden sich vor der prachtvollen Front des Hotels Victoria, das einige Jahre zuvor beim Landeplatz der großen Dampfer für betuchte Touristen und gut situierte Geschäftsleute erbaut worden war. Halvor Eik blieb stehen. Liv zog ihre Hand von seinem Arm, hob den Kopf und sah zur Anlegestelle, vor der ein Schiff der Bergenske Dampskibsselskab ankerte. Weiter hinten, an der Spitze des Piers, lag ein Dreimastschoner, an dessen Heck eine dänische Fahne hing. Auf dem Poller, an dem er vertäut war, kauerte eine kleine Gestalt.

Der Schreck fuhr Liv in die Glieder. Was machte Elias hier? Sollte er nicht längst in Begleitung der Missionsschüler zu seinen Eltern zurückgekehrt sein? Offenbar hatte er den Festtagstrubel ausgenutzt und war abgehauen. Wie leichtsinnig er war! Wenn sein Vater sein Fehlen bemerkte ... Liv biss sich auf die Lippe. Sie mochte sich nicht ausmalen, welche Strafe sich Oddvar Treske einfallen lassen würde.

Halvor Eik streckte einen Arm aus, zeigte auf die Anlegestelle, und Liv konzentrierte sich auf seine Stimme.

»... werde ich hier an Bord gehen. Zusammen mit meiner kleinen Frau, die mir hoffentlich bald ihr Jawort gibt.«

Liv blinzelte. Hatte sie das richtig verstanden? Halvor Eik wollte heiraten? Sie sah zu ihm auf. Seine Augen ruhten auf ihr. Erwartete er eine Antwort auf eine Frage, die sie überhört hatte? Oder eine Reaktion auf die Verkündung seiner bevorstehenden Verlobung?

»Das freut mich sehr«, murmelte sie.

Ihr Blick schweifte erneut zu dem Poller bei dem dänischen Segelschiff. Elias war verschwunden. Vermutlich war er auf die andere Seite der Halbinsel zur Ryfylke-Landungsbrücke im östlichen Hafen gelaufen. Liv sog scharf die Luft ein. Sie musste ihn sofort holen und nach Hause bringen! Vielleicht gelang es ihr, sein Ausbüxen zu vertuschen und ihn unbemerkt in sein Zimmer zu schaffen.

Halvor Eik hatte unterdessen weitergeredet und bemerkte soeben: »... ist natürlich noch einiges zu erledigen. Aber ich bin zuversichtlich, dass sich bald alles fügt und ...«

»Entschuldigung, ich muss weg!«, stieß Liv hervor. Sie nickte dem Missionar zu, der sie verblüfft musterte. »Ich wünsche Ihnen alles Gute!«

Ohne seine Antwort abzuwarten, raffte sie ihren Rock mit beiden Händen und rannte los.

Sie entdeckte Elias auf dem Kjerring Holmen, einem Halbinselchen, das den Børrevigen von der Østervåg-Bucht trennte. Darauf befanden sich eine kleine Schiffswerft und mehrere Speichergebäude für die Weizen- und Kohleimporte aus dem Ausland, die hier gelöscht wurden. Der Junge stand auf dem Kai vor einem Frachter aus England und versuchte, durch Winken die Aufmerksamkeit eines Matrosen zu erregen, der auf dem Deck saß und Pfeife rauchte.

»Elias!«, rief Liv und legte rennend die letzten Meter zu ihm zurück.

Er schrak zusammen und sah ihr mit schuldbewusster Miene entgegen. Sie hielt sich die Seite und rang nach Atem.

»Was machst du denn hier? Solltest du nicht nach dem Gottesdienst nach Hause gebracht werden?«

Elias zuckte mit den Achseln. »Die andern wollten noch zum Marktplatz.«

»Verstehe. Und du solltest allein zur Missionsschule laufen.«

Elias schob die Unterlippe vor und senkte den Kopf.

Liv hielt ihm ihre Hand hin. »Komm, lass uns nach Hause gehen.«

Elias warf ihr einen argwöhnischen Blick zu. »Schickt dich mein Vater?«

262

»Nein. Ich hab dich zufällig entdeckt. Und ich hoffe sehr, dass dich sonst niemand gesehen hat.«

Elias' Züge entspannten sich. Er nahm Livs Hand und schlug den Weg ein, den sie gekommen waren. Liv deutete in die andere Richtung.

»Lass uns lieber die Kirkegata nehmen«, sagte sie. »Sonst laufen wir noch den Schülern deines Vaters in die Arme.« Oder Halvor Eik, fügte sie im Stillen hinzu.

Elias nickte und trabte an ihrer Seite Richtung Dom. Nach einer Weile kramte er einen Zettel aus seiner Hosentasche und hielt ihn Liv hin. »Das soll ich dir geben.«

»Mir? Von wem?«

»Von dem, der dich immer zur Ecke am Schulhof begleitet.«

Liv stutzte. Elias hatte nie erwähnt, dass er sie mit Bjarne gesehen hatte. Sie war davon ausgegangen, dass er nichts von ihren verstohlenen Treffen wusste. Sie nahm den Zettel und steckte ihn in den Bund ihres Blusenärmels.

»Willst du es nicht lesen?«, fragte Elias.

»Später«, antwortete Liv und hoffte, dass ihre Stimme gleichgültig klang und nichts von ihrem inneren Aufruhr verriet. Sie spürte das zusammengefaltete Papierstück an ihrem Handgelenk. Es war wie eine Berührung von Bjarne.

»Er ist nett«, sagte Elias. »Er weiß eine Menge über Schiffe.«

Liv lächelte. »Ja, er ist ein sehr kluger Mann.«

»Und sehr nett«, wiederholte Elias und sah sie prüfend an. »Wirst du ihn heiraten?«

Liv zog die Brauen hoch. »Wie kommst du denn darauf?«

»Deine Hand hat gezittert, als du den Zettel genommen hast. Und wenn du ihm an der Straßenecke nachschaust, machst du immer so!« Elias legte den Kopf schief, hob eine Hand an die Brust und imitierte ein übertrieben sehnsüchtiges Lächeln.

Liv verzog den Mund. »Frechdachs! So albern sehe ich nicht aus!«

263

Elias grinste. »Tust du wohl!«

Liv schlug spielerisch nach ihm. Elias ließ ihre Hand los, sprang um sie herum und sang: »Liv hat sich verliebt, Liv hat sich verliebt!«

Liv errötete. So unverblümt ausgesprochen zu hören, was sie sich selbst kaum eingestand, machte sie verlegen. Sie senkte den Kopf und hastete durch den kleinen Park, der hinter der Domkirche am Breidvannet-Weiher angelegt war. Elias schloss wieder zu ihr auf.

»Bist du mir böse?« Es klang ängstlich.

»Aber nein!« Liv zauste ihm das Haar. »Du hast ja recht. Ich mag Bjarne sehr gern.«

Elias presste die Lippen aufeinander. Nach kurzem Schweigen fragte er leise: »Wirst du ... mit ihm weggehen?«

Die Furcht machte seine Stimme dünn. Liv blieb stehen, beugte sich zu ihm hinunter und sah ihm direkt in die Augen. »Ich werde dich nicht im Stich lassen! Ganz egal, was passiert. Das verspreche ich dir!«

Elias öffnete den Mund.

»Außerdem ist gar keine Rede davon, dass ich Bjarne heirate«, fuhr Liv rasch fort. »Er wird bald wieder nach Kristiania zurückkehren. Und ich habe hier meine Arbeit. Die kann ich nicht einfach aufgeben. Meine Familie braucht den Lohn, den dein Vater mir bezahlt.«

Elias gab sich mit dieser Erklärung zufrieden, griff wieder nach Livs Hand und lief weiter. Als das Anwesen der Missionsschule in Sicht kam, verlangsamte Liv ihren Schritt.

»Lass uns einen Bogen machen und von der Seite zum Wohnhaus laufen. Dann müssen wir nicht an der Schule vorbei und vermeiden auch den Innenhof. Wir wollen ja nicht deinen Eltern oder einem der Schüler begegnen.«

Elias nickte. Im Schutz einer Hecke, die die Wiese eingrenzte, huschten sie bis auf die Höhe der Gebäude. Vorsichtig spähte

Liv durch die Zweige. Vor dem Haus der Treskes war niemand zu sehen.

»Ich glaube, wir können es wagen«, flüsterte sie und zwängte sich zwischen zwei Büschen hindurch.

Ein scharfer Pfiff ertönte. Liv erstarrte und sah sich um. Ein schwarzer Schatten flog über sie hinweg. Gleichzeitig zog Elias an ihrem Rock. Sie wich hinter die Hecke zurück, duckte sich und folgte dem Blick des Jungen. In diesem Moment bog Oddvar Treske um die Ecke der Missionsschule. Liv hielt den Atem an. Der Lehrer ging zügig zum Wohnhaus und verschwand darin.

»Puh, das war knapp«, sagte Liv.

»Ja, zum Glück hat Kaja uns gewarnt.«

»Stimmt, das war der Pfiff, den du ihr beigebracht hast«, erwiderte Liv und schaute zu der Dohle, die sich auf Elias Kopf niedergelassen hatte und zärtlich mit dem Schnabel in seinem Haar herumzupfte. »Sie ist wirklich ein kluges Tier.«

Liv richtete sich auf, vergewisserte sich, dass die Luft rein war, und winkte Elias, ihr zu folgen. Im Haus der Treskes hatte niemand sein Ausbleiben bemerkt. Liv brachte ihn zu seinem Zimmer und zog sich kurz in ihre Kammer zurück, um sich umzuziehen. Und um endlich den Zettel zu lesen, den Bjarne ihr hatte zukommen lassen.

Liebe Liv,

nun habe ich wohl leider keine Gelegenheit mehr, mich persönlich von Dir zu verabschieden. Zum Glück ist mir Elias zufällig begegnet!

Ich bin für einige Tage unterwegs, um mir einen alten Bauernhof im Setesdalen anzusehen, den ich vielleicht für unser Freiluftmuseum erwerben kann. Ich melde mich, sobald ich wieder in Stavanger bin, und freue mich schon sehr auf unser Wiedersehen!

Auf bald, Bjarne

Liv, deren Herzschlag beim Wort »verabschieden« ausgesetzt hatte, seufzte vor Erleichterung. Bjarne war nur kurz weg! Seit sie Elias gegenüber erwähnt hatte, dass er die Stadt bald für immer verlassen würde, konnte sie die Frage nicht länger verdrängen, die seit einiger Zeit in ihr rumorte: Wie würden ihre Tage ohne Bjarne aussehen? Sie hatte es vermieden, über die Zukunft nachzudenken und sich keine Träumereien gestattet, in denen sie ihr Dasein als Dienstmädchen hinter sich ließ. In denen sie aus ihrem bisherigen Leben ausbrach, sich von Arbeitsverträgen, Tochterpflichten und anderen Fesseln befreite und dem Mann folgte, dem ihr Herz gehörte.

»Wirst du ihn heiraten?« Elias Frage klang in ihr nach. In seiner kindlich direkten Art hatte er ausgesprochen, was sie selbst nicht zu denken wagte. Liv ließ die Hände sinken, mit denen sie gerade ihre Arbeitsschürze umband, und gab sich einen Moment lang ihren Fantasien hin: Sie sah sich an einem Sommerabend in Kristiania an Bjarnes Arm die Karl Johans Gata entlangschlendern – in einem hübschen Kleid, Bjarne in einem hellen Anzug und mit einem Hut, den er gelegentlich lüftete, um Bekannte zu grüßen. Ab und zu blieben sie stehen, um die Auslagen der Geschäfte zu betrachten, die die Haupteinkaufsstraße säumten. Oder um einem Leierkastenmann zu lauschen. Vielleicht würden sie auch in eins dieser neuen Lichtspielhäuser gehen und einen Film ansehen. Oder ein Konzert besuchen.

Hör sofort auf damit! Es war, als hörte Liv ihre Mutter, die sie zur Ordnung rief und sie ermahnte: Es ist nicht gut, sich in solchen Träumen zu verlieren. Warum sollte Bjarne dich heiraten? Was hast du schon zu bieten? Du bist ungebildet und würdest in den Kreisen, in denen er verkehrt, eine schlechte Figur machen. Ganz zu schweigen davon, dass du keine Mitgift hast. Bjarne findet dich ohne Zweifel nett – als Ehefrau und Mutter seiner Kinder wird er sich aber sicher eine Tochter aus gutem Hause erwählen. Mach dir nichts vor!

Bjarne ist nicht so, hielt Liv dagegen. Seine eigene Großmutter war ein Dienstmädchen. Er verachtet solchen Standesdünkel.

Das mag ja sein. Aber woher nimmst du die Gewissheit, dass er dir gegenüber ernste Absichten hegt? Du weißt doch kaum etwas über ihn. Vielleicht wartet in Kristiania eine Verlobte auf ihn. Mach dich nicht unglücklich, indem du dich falschen Hoffnungen hingibst!

Liv ließ die Schultern hängen. Mit einem Mal erschien ihr Bjarnes Vorsicht, auf ihren gemeinsamen Gängen nicht von den Treskes oder deren Bekannten gesehen zu werden, in einem anderen Licht. Bjarne hatte nie von Gefühlen gesprochen, nie versucht, sie zärtlich zu berühren. Sie hatte diese Zurückhaltung als Zeichen seiner Rücksichtnahme auf ihren guten Ruf gedeutet. Steckte ganz einfach Desinteresse dahinter? Oder schlimmer noch der Wunsch, nicht mit ihr in Verbindung gebracht zu werden? Schämte er sich ihrer – trotz seiner anderslautenden Behauptungen? War sie für ihn nur eine willkommene Ablenkung, ein Zeitvertreib, den er bei der nächsten Station seiner Reise durch einen anderen ersetzte? Wenn schon ein kleiner Junge wie Elias sah, wie sie für Bjarne empfand, war es ihm als Mann von Welt gewiss nicht verborgen geblieben. Schmeichelte es ihm? Oder machte er sich insgeheim lustig über die Macht, die er nach so kurzer Zeit über ihre Gedanken und Gefühle erlangt hatte?

Je länger Liv darüber nachdachte, desto düsterer wurden ihre Vermutungen. Das Stimmchen, das mit einer optimistischeren Auslegung dagegenhielt, verhallte ungehört. Selbst der Zettel, den Bjarne ihr hatte überbringen lassen, schien Liv nun ohne tiefere Bedeutung. Seine Vorfreude auf ein Wiedersehen war gewiss nichts als eine höfliche Floskel, wie man sie unter flüchtigen Bekannten austauschte. Liv würgte die Tränen hinunter, die in ihren Augen brannten. Rasch knotete sie die Schürzenbänder zusammen und eilte nach unten in die Küche, um Frau Bryne bei den letzten Vorbereitungen für das festliche Buffet in der Missionsschule zu helfen.

24

Kopenhagen, Mai/Juni 1905 – Karoline

Hotel Bristol
København – Danmark

Montag, den 29. Mai 1905

Liebe Ida,
   wie Du dem Briefkopf entnehmen kannst, bin ich mittlerweile in Dänemark eingetroffen. Du findest mich am Schreibtisch meines Hotelzimmers sitzend, von dem aus ich einen schönen Ausblick auf den Rathausplatz habe. In diesem Moment wird er von der tief stehenden Sonne beleuchtet, die hier gut eine halbe Stunde später als bei Dir untergeht. Ich kann kaum glauben, dass noch keine vierzig Stunden seit unserem Abschied am Görlitzer Bahnhof vergangen sind. Es ist so viel passiert, ich weiß gar nicht, wo ich mit dem Erzählen beginnen soll. Am besten mit dem Anfang, höre ich Dich sagen ...
   Über die Reise gibt es nichts Bemerkenswertes zu berichten, sie verlief reibungslos und angenehm. Bei meiner Ankunft wartete allerdings eine Überraschung auf mich. Wir haben uns beide gründlich geirrt, was den Charakter und die Hintergründe von Frau Bethge angeht! Angefangen bei ihrem Familienstand. Sie ist nämlich eigentlich ein Fräulein, da sie nicht verheiratet ist oder jemals war. Sie verbittet sich diese Anrede jedoch auf das Energischste. Für eine gestandene Frau ihres Alters findet sie diese Titulierung schlicht albern und setzt sich über die übliche Handhabung hinweg. Auguste Bethge ist also keine vergnügungssüchtige Witwe, die das Erbe ihres Mannes auf Reisen verjubelt. Vor allem aber ist sie keine verknöcherte Schreck-

269

schraube, die mit Argusaugen über die Einhaltung von gesitte-
ten Manieren und gutem Ton wacht. Das Gegenteil scheint mir
der Fall zu sein – soweit ich das nach der kurzen Zeit beurteilen
kann. Warum sie in der Zeitungsanzeige ausdrücklich auf tadel-
lose Umgangsformen als Voraussetzung für eine Anstellung ge-
pocht hat, habe ich noch nicht ergründen können. Ich bin sehr
neugierig, was für ein Leben sie bislang geführt hat, und hoffe,
dass ich Dir bald mehr über sie berichten kann. Sie ist jedenfalls
eine warmherzige Person, die offen auf die Menschen zugeht.
Eine Spur zu direkt vielleicht, denn sie äußert ihre Meinung,
ohne sich darum zu scheren, wie andere über sie urteilen.

Karoline hielt inne und sah sich wieder mit Frau Bethge am
Tisch im Restaurant des Hotels sitzen, wo sie zwei Stunden
zuvor zu Abend gespeist hatten. Auch die Dame in Schwarz, die
ihr am Vormittag in der Empfangshalle aufgefallen war, hatte
dort diniert. Als die dreijährige Tochter eines englischen Ehepaars aus Versehen ein Glas umstieß und sich dessen Inhalt auf
den Boden ergoss, empörte sie sich lautstark über die Unsitte,
kleine Kinder an den Mahlzeiten der Erwachsenen teilnehmen
zu lassen, anstatt sie der Obhut einer Kinderfrau anzuvertrauen.
Karoline war nicht sicher, ob die jungen Eltern Deutsch verstanden – den Sinn der Schimpftirade begriffen sie sehr wohl.
Die Mutter war vor Scham rot angelaufen, ihr Ehemann hatte
sich von seinem Stuhl erhoben und sich Entschuldigungen murmelnd vor der schwarzen Witwe verbeugt. Was diese keineswegs besänftigt hatte. Mit bebender Brust hatte sie weiter geze-
tert, sich über den Verfall der Sitten und die schlechte Erziehung
der Jugend im Allgemeinen und der englischen im Besonderen
beschwert und sich dabei um Unterstützung heischend an die
anderen Gäste gewandt. Karoline hatte jedoch niemanden entdeckt, der diesen Unmut teilte. Die meisten der Anwesenden

hatten betreten auf ihre Teller geschaut und sich bemüht, die Szene zu ignorieren, oder dem Elternpaar mitleidige Blicke zugeworfen. Das kleine Mädchen war unterdessen in Tränen ausgebrochen und hatte laut schluchzend in den Armen seiner Mutter Trost gesucht. Diese hatte die Kleine hochgehoben und wollte den Speisesaal verlassen.

Auguste Bethge, die das Gezänk bis dahin stumm und mit gerunzelten Brauen verfolgt hatte, war aufgestanden, hatte der Engländerin mit einem freundlichen Lächeln bedeutet, wieder Platz zu nehmen, und sich vor dem Tisch der schwarzen Witwe aufgebaut.

»Nun regen Sie sich gefälligst ab und lassen die Leute hier in Ruhe essen!«

»Was erlauben Sie sich? Das ist ja wohl ...«

Frau Bethge hatte den Einwurf überhört und weitergesprochen: »Meine Kinderstube mag nicht die Feinste gewesen sein. Aber eines hat man mir doch beigebracht: Es zeugt von Rücksichtslosigkeit und Egoismus, sich wegen einer Nichtigkeit derart aufzuspielen. Taktvolles Darüberhinwegsehen wäre hier doch wohl angebracht gewesen. Zumal die Kleine das Glas ja nicht mit Absicht umgekippt hat. Wenn Ihnen die Gesellschaft hier nicht genehm ist, dann sollten Sie besser gehen und den anderen den Abend nicht vergällen.«

Die schwarze Dame hatte sich mit einer theatralischen Geste an die Brust gefasst, nach Luft geschnappt und den Mund bewegt, ohne einen Laut hervorzubringen. Frau Bethge hatte ihr mit einem zufriedenen Lächeln zugenickt, »Na, sehen Sie, ist doch gar nicht so schwer« gesagt und sich wieder an ihren Tisch begeben.

Die Erinnerung entlockte Karoline ein Kichern. Auguste Bethges Auftritt hatte ihr imponiert und sie zugleich befremdet. Man konfrontierte die Leute nicht derart unverblümt mit ihrem Fehlverhalten. So etwas tat »man« nicht. Man dachte es

271

allenfalls. Sie beugte sich über den Briefbogen und schrieb weiter.

Ich denke, ich habe es sehr gut getroffen. Und auch Frau Bethge scheint zufrieden mit ihrer Wahl, denn sie entließ mich vorhin mit den Worten: »Ich bin mir sicher, dass wir gut miteinander auskommen werden, und freue mich auf unsere gemeinsame Zeit. Die hoffentlich ein wenig länger ausfällt als bei Ihrer Vorgängerin.«

Diese hat nämlich nach nur fünf Wochen während ihres Aufenthalts in London gekündigt. Sie hat sich dort Hals über Kopf in den Erben des Hotels verliebt, in dem sie mit Frau Bethge logierte, und wird bald eine frisch gebackene Mistress sein.

Was nun meine Aufgaben angeht und die weitere Reiseroute: Frau Bethge lässt sich gern aus aktuellen Tageszeitungen und anderen Blättern vorlesen, während sie ihrer Lieblingsbeschäftigung nachgeht, dem Häkeln von kleinen Perlentaschen. Außerdem wird sie mir ihre Briefe diktieren, weil sie laut eigener Aussage eine furchtbare Klaue hat. Darüber hinaus benötigt sie beim Schriftverkehr mit manchen ihrer ausländischen Bekannten eine Übersetzerin, da sie weder des Englischen noch des Französischen mächtig ist.

Wir werden noch ein paar Tage in Kopenhagen bleiben, bevor es dann nach Norwegen weitergeht (mit einem Abstecher nach Schweden). Frau Bethge möchte einige Damen besuchen, die sie im letzten Jahr beim Internationalen Frauenkongress in Berlin kennengelernt hat, wo unter anderem der Weltbund für Frauenstimmrecht gegründet wurde.

Ja, nun ist es heraus, meine Arbeitgeberin ist eine Frauenrechtlerin! Ich sehe Dich die Augenbrauen hochziehen, die Hand vor den Mund schlagen und rufen: »Oh Graus, mein Linchen ist in die Hände einer Feministin geraten!« Aber keine Sorge, Frau Bethge ist keine dieser verbohrten Gestalten, die allem, was Hosen trägt, den Kampf angesagt haben. Ihre Ansichten sind weder radikal noch weltfremd, sondern klingen in meinen Ohren ganz vernünftig. Sie hat unter anderem vor, sich in Zukunft für bessere Ausbildungsmöglichkeiten von Mädchen und jungen Frauen aus armen Verhältnissen einzusetzen, und prüft nun verschiedene Einrichtungen und Initiativen, die sich das gleiche Ziel auf die Fahnen geschrieben haben. Wenn ich sie richtig verstanden habe, will sie selbst eine solche Ausbildungsstätte gründen. Bei den Verabredungen von Frau Bethge mit ihren Bekannten soll ich als Protokollantin fungieren und wichtige Informationen notieren.

Wie gesagt brenne ich darauf, mehr über meine Arbeitgeberin zu erfahren. Sie war ja nie verheiratet. Wie sie wohl zu ihrem Vermögen gekommen ist? Aus was für einer Familie stammt sie? Einer gutbürgerlichen wohl nicht. Es kommt mir alles ein bisschen geheimnisvoll vor.

Für heute schließe ich und sage Dir Adieu. Eben höre ich eine Glocke zehn Uhr schlagen. Ich sollte schleunigst zu Bett gehen, denn Frau Bethge ist eine Frühaufsteherin und erwartet, dass ich morgen um halb acht Uhr in ihrem Zimmer zum Frühstück erscheine und ihr die neuesten Nachrichten aus den Morgenausgaben der deutschen Zeitungen vorlese, die hier im Hotel zu haben sind.

Ich werde Dir aber bald wieder schreiben und Dich über die Eindrücke meines neuen Daseins als Fräulein Bogen auf dem Laufenden halten.

Grüße mir Deinen Gustav und Deine beiden entzückenden Goldschätzchen! Ich umarme Dich und hoffe, bald Nachrichten von Dir in den Händen zu halten.

Herzlichst, Deine Karoline

In den folgenden Tagen kam Karoline nicht dazu, ihr Versprechen einzulösen und ausführlich an Ida zu schreiben. Ihre Tätigkeiten für Auguste Bethge empfand sie zwar überwiegend als angenehm, interessant und bereichernd. Sich beinahe rund um die Uhr um die Belange eines anderen Menschen kümmern zu müssen, auf Abruf zu dessen Verfügung zu stehen und kaum Einfluss auf die Gestaltung des täglichen Ablaufs zu haben, kostete sie jedoch mehr Kraft, als sie vermutet hatte. Abends fielen ihr in der Regel gleich die Augen zu, sobald sie unter die Bettdecke geschlüpft war. Und die Zeiten, in denen Frau Bethge ihre Dienste tagsüber nicht benötigte, waren so zerstückelt und unvorhersehbar, dass sie darin kaum Muße für Vorhaben wie das Verfassen eines langen Briefes fand.

Dabei drängte es sie, die unzähligen neuen Eindrücke mit Ida zu teilen und schreibend für sich zu ordnen. Sie kam sich vor wie ein trockenes Beet, auf das nach Jahren der Dürre Regen fiel, der die unterschiedlichsten Pflanzen hervorbrachte. Manche hatten als Samen in ihr geschlummert, andere wurden erst jetzt gesät – darunter Gewächse, die in den Augen ihres bisherigen Umfeldes als Unkraut gegolten hätten. Das betraf in erster Linie die Gesinnung ihrer Arbeitgeberin, die sie sehr fortschrittlich dünkte, und die teilweise sogar den Keim der Rebellion in sich trug. An ihrer Seite betrat Karoline eine Welt, von der sie zuvor nur vom Hörensagen und durch Zeitungsartikel Kenntnis erlangt hatte.

Es überraschte sie, wie viele Mitstreiterinnen und auch männliche Unterstützer es für die Sache der Frauen gab, wobei sie rasch feststellte, dass diese untereinander teilweise arg zerstritten waren über die Ziele und Vorgehensweisen. Der tiefste Graben tat sich zwischen den Arbeiterinnen und den Damen aus dem Bürgertum auf. Während sich Letztere in erster Linie für bessere Bildungsmöglichkeiten, den Zugang zu Universitäten und das Recht auf freie Berufswahl einsetzten, kämpften ihre mittellosen Geschlechtsgenossinnen um gerechtere Löhne, erträgliche Arbeitsbedingungen und Teilhabe an politischen Entscheidungen.

Auguste Bethge stand einseitigen Ideologien jeglicher Couleur mit einer tief verwurzelten Skepsis gegenüber: zum einen den Idealen der sozialistischen und kommunistischen Frauenrechtlerinnen, die im Sinne ihrer geistigen Führer einen Umsturz der bestehenden Verhältnisse und eine neue Weltordnung herbeisehnten, in der alle Menschen dieselben Rechte und – dank der Umverteilung der Besitztümer – die gleichen wirtschaftlichen Voraussetzungen haben würden. Ebenso fragwürdig erschienen Frau Bethge zum anderen die Forderungen von Feministinnen, die das Ende der männlichen Vorherrschaft zugunsten einer weiblichen auf ihre Fahnen geschrieben hatten. Sie hielt nichts von solchen Traumtänzereien, die ihrer Meinung nach der menschlichen Natur widersprachen und daher zum Scheitern verurteilt waren. Sie baute auf Veränderungen, die im Kleinen ansetzten und so zum Erfolg führen konnten. Auf dem Berliner Frauenkongress hatte sie daher vor allem mit Gleichgesinnten das Gespräch gesucht, die wie sie nach durchführbaren Ansätzen suchten oder diese bereits gefunden hatten.

Zwei Tage nach ihrer Ankunft begleitete Karoline sie quer über den Rathausplatz zur Vesterbros Passage, durch die sich der Verkehr nach Westen zur Vorstadt Frederiksberg wälzte. Frau Bethge hielt auf einen roten Backsteinbau zu, der aus einer riesigen Halle bestand. Sie wurde rechts und links von zweigeschossigen Seitenflügeln mit Eckpavillons im Stile der italienischen Renaissance eingerahmt. Vor einem davon blieb sie stehen.

»Hier muss es sein«, sagte sie. »Fräulein Suhr hat mir geschrieben, dass sie mit ihrer Schule vor Kurzem in die Räume des ehemaligen Industribygning umgezogen ist, das vor dreißig

Jahren anlässlich der Nordischen Industrie- und Kunstausstellung am Rathausplatz erbaut wurde. Davor hatte sie ihre Ausbildungsküche in einem kleinen Haus in der Altstadt.«

Karoline deutete auf ein Messingschild, das neben der Eingangstür befestigt war.

Suhrs Husholdningsskole

Auguste Bethge kniff die Augen leicht zusammen und nickte. »Ja, das ist es.«

Karoline wollte eben den Klingelknopf drücken, als eine Stimme in ihrem Rücken rief: »Auguste? Nein, welch eine Freude!«

»Eline!«, rief Frau Bethge und schloss eine Frau in die Arme, die Karoline auf Mitte vierzig schätzte. Sie trug ein hoch geschlossenes, violettes Kleid, einen kurzen Umhang und einen flachen Hut, dessen Krempe ein ovales Gesicht mit breitem Mund und wachen Augen beschattete. Nachdem sie sich aus der Umarmung gelöst hatte, drehte sie sich zu Karoline und drückte ihr kräftig die Hand.

»Ich bin Eline Hansen.«

»Frau von ... äh Fräulein Bogen.«

Karoline biss sich auf die Zunge. Die ungezwungene Art der Dänin, sich ohne Umschweife selbst vorzustellen, hatte sie überrumpelt. Du musst besser aufpassen!, ermahnte sie sich.

Frau Bethge strahlte Eline Hansen an. »Ich wusste nicht, dass du schon wieder in Kopenhagen bist. Ehrlich gesagt, hatte ich gar nicht zu hoffen gewagt, dich vor meiner Abreise noch zu sehen.«

»Eigentlich wäre ich auch noch unterwegs. Aber als Ingeborg mir sagte, dass du sie besuchen willst, bin ich früher zurückgekehrt. Ich kann meine Inspektionsfahrt auch später fortsetzen.«

»Das freut mich sehr«, sagte Frau Bethge. »In Berlin hatten wir viel zu wenig Zeit, uns ausführlich auszutauschen. Briefe können das direkte Gespräch nun einmal nicht ersetzen.«

Eline Hansen nickte und öffnete die Tür. »Ja, das stimmt. Zumal ich ohnehin zu selten Muße zum Schreiben finde. Aus diesem Grund wollte ich dich auf keinen Fall verpassen.«

Karoline wunderte sich einen Moment lang über die guten Deutschkenntnisse der Dänin, bis ihr wieder einfiel, dass Deutsch in Dänemark, Schweden und Norwegen die wichtigste Fremdsprache war und den Schülern als Erstes beigebracht wurde. Während sie den beiden Frauen in das Gebäude folgte, rief sie sich ins Gedächtnis, was Frau Bethge ihr über Eline Hansen erzählt hatte. Die studierte Lehrerin hatte sich der landesweiten Einrichtung von Schulküchen verschrieben, in denen Mädchen und junge Frauen aller Gesellschaftsschichten gründliches Wissen über die Zubereitung gesunder Speisen, Lebensmittelkunde und wirtschaftliches Haushalten erwerben sollten. Als Vorstandsmitglied der Kopenhagener Schullehrer-Vereinigung hatte Eline Hansen in Berlin einen Vortrag über ihre bisherigen Fortschritte und ihr Ringen um staatliche Unterstützung gehalten. Darüber hinaus war sie in der dänischen Frauenbewegung aktiv und trat für die Einführung des Frauenwahlrechts und die Gleichstellung von männlichen und weiblichen Lehrkräften ein.

Wenige Augenblicke später standen sie in einem lang gestreckten Raum, in dem die Lehrküche der Haushaltsschule untergebracht war. Karoline holte ein kleines Blankobuch und einen Bleistift aus ihrer Manteltasche und machte sich Notizen, während Ingeborg Suhr, eine brünette Mittdreißigerin, ihre Besucherinnen herumführte.

»Darf ich fragen, wie Sie das alles finanzieren?«, fragte Frau Bethge nach einer Weile. »Ich stelle es mir doch recht kostspielig vor, solche Räume zu mieten, einzurichten und zu unterhalten.

Außerdem müssen ja auch Unterrichtsmaterialien angeschafft und Lebensmittel eingekauft werden.«

Ingeborg Suhr nickte. »Im Augenblick bin ich noch ganz auf zahlungskräftige Kundinnen angewiesen, sprich, Töchter aus gutem Hause. Dabei soll es aber nicht bleiben. Schließlich möchte ich auf Dauer in erster Linie Mädchen aus ärmeren Verhältnissen die Möglichkeit bieten, hier zu lernen.«

Eline Hansen verzog den Mund. »Lass mich raten. Deine Bemühungen um staatliche Förderung waren noch nicht von Erfolg gekrönt.«

»Mein Antrag wird bearbeitet. Aber du weißt ja ...«

»Die Mühlen der Behörden mahlen langsam«, beendete Eline Hansen den Satz. Sie wandte sich an Frau Bethge. »Es ist schon merkwürdig. Da predigen uns die Herren der Schöpfung unablässig, dass unser Platz am Herd sei und der Haushalt unsere Aufgabe. Aber wenn wir dafür sorgen wollen, jungen Frauen aller Schichten eine solide hauswirtschaftliche Ausbildung zu geben, werden sie plötzlich knauserig und unterstützen uns oft erst nach langwierigen Verhandlungen.«

Frau Bethge brummte etwas Zustimmendes und bat Karoline, sich die Frage zu notieren, welche Stellen man in Deutschland ansprechen konnte, um eine Förderung zu erhalten.

Karoline, die der Unterhaltung interessiert gelauscht hatte, platzte heraus: »Wäre es nicht besser, nach privaten Geldgebern zu suchen? Läuft man sonst nicht Gefahr, dass sich kommunale oder staatliche Stellen einmischen und einem Vorschriften machen?«

Die drei Frauen drehten sich zu ihr und musterten sie. Karoline spürte, wie ihr das Blut in die Wangen stieg. Sie war aus ihrer Rolle gefallen. Es schickte sich für eine Angestellte nicht, ungefragt ihre Meinung zu äußern. Sie schielte zu Frau Bethge.

Diese legte den Kopf schief. »Das ist eine gute Frage. Ich

muss gestehen, dass ich wenig Lust verspüre, mich mit bornierten Beamten herumzuschlagen.«

Karoline atmete erleichtert aus. Offenbar waren die anderen so in das Thema vertieft, dass ihnen ihr Fauxpas gar nicht aufgefallen war. Eline Hansen tauschte einen Blick mit Ingeborg Suhr.

»Ich verstehe eure Bedenken. Darüber haben wir auch schon des Öfteren diskutiert. Aber schlussendlich streben wir eine staatliche Anerkennung an und die Möglichkeit, dass unsere Schülerinnen offizielle Abschlüsse machen können.«

Auguste Bethge sah sie nachdenklich an. »Stimmt, das muss natürlich das Ziel sein.«

Nachdem Ingeborg Suhr ihnen die modern und funktional eingerichtete Küche gezeigt hatte, erläuterte sie ihr neuestes Seminarkonzept, das eine Ausbildung zur Schulkochlehrerin bot. Auch sie sprach gut Deutsch und schwärmte von Berlin, wo sie einige Jahre zuvor an einer Fortbildung teilgenommen hatte. Ihre wichtigsten Inspirationen hatte sie aber – ähnlich wie Eline Hansen – in einem Lehrerinnenseminar in Kristiania bekommen. Die beiden stimmten darin überein, dass die norwegische Lehrmethode eine der besten war.

»Man hat dort das deutsche mit dem englischen System zu einer sehr fruchtbaren Kombination verbunden«, erklärte Fräulein Suhr.

Auguste Bethges fragender Gesichtsausdruck spiegelte Karolines Ratlosigkeit.

»Sie meint die Einteilung der Schülerinnen in kleine Gruppen und die Demonstration der praktischen Übungen durch eine Lehrerin«, sagte Eline Hansen.

»Und die gelungene Mischung von der Vermittlung der theoretischen Grundlagen und deren konkreter Anwendung«, fügte Ingeborg Suhr hinzu.

Frau Bethge wandte sich an Eline Hansen. »In deinem Vortrag letztes Jahr hast du erwähnt, dass ihr auch Wanderlehrerinnen einsetzt. Die Idee finde ich interessant. Gerade auf dem Land haben viele Frauen keine Möglichkeit, sich fortzubilden, wenn sie dazu ihre Höfe verlassen müssten. Da liegt es geradezu auf der Hand, ihnen vor Ort Seminare anzubieten.«

Eline Hansen nickte. »Ja, in der Haushaltsschule in Sorø werden solche Lehrerinnen ausgebildet. Im Winter ziehen sie von Dorf zu Dorf und unterrichten die Bauersfrauen. Letztes Jahr haben rund fünfzehntausend von ihnen an den Seminaren teilgenommen.«

»Beeindruckend«, sagte Auguste Bethge.

Sie drehte sich zu Karoline, die in Gedanken versunken war und sich fragte, wie es wohl war, ganz allein übers Land zu fahren, alle paar Wochen das Quartier zu wechseln und ständig mit wildfremden Menschen zusammenzutreffen. Es mochte Leute geben, die das reizvoll fanden. Ihr jagte allein die Vorstellung einen kalten Schauer über den Rücken.

Frau Bethge räusperte sich leicht und warf einen bedeutungsvollen Blick auf das Blankobüchlein, das Karoline in der Hand hielt. »Könnten Sie das bitte aufschreiben?«

Karoline schrak zusammen. Sie hatte ihre Aufgabe erneut vollkommen vergessen. Sie musste sich endlich zusammenreißen und durfte sich nicht derart gehen lassen! Errötend beugte sie sich über das kleine Buch und notierte den Namen der Ausbildungsstätte. Mit halbem Ohr bekam sie mit, wie Eline Hansen sich mit Ingeborg Suhr über deren Wunsch unterhielt, auf lange Sicht ein eigenes Haus für ihre Schule zu finden. Sie spürte Frau Bethges Blick auf sich ruhen. Ihre Hand begann zu zittern. Sie fühlte sich in ihre Schulzeit zurückversetzt, wenn Fräulein Schroeder sie beim Tuscheln mit Ida ertappt hatte. Frau Bethge trat näher an sie heran. Karoline versteifte sich in Erwartung eines Tadels.

»Ich weiß zwar nicht, warum Sie unter falscher Flagge

segeln«, hörte sie sie stattdessen leise sagen. »Aber wenn Ihre Tarnung glaubhaft sein soll, müssen Sie noch ein bisschen daran feilen.«

Karoline erstarrte. Der Stift fiel ihr aus der Hand. Sie wagte nicht, den Kopf zu heben.

25

Stavanger, Mai/Juni 1905 – Liv

Den Vormittag nach dem Nationalfeiertag verbrachte Liv damit, die Schüsseln, Töpfe, Platten, Teller, Gläser, Karaffen und Bestecke zu spülen, die beim festlichen Buffet zum Einsatz gekommen waren. Laut Frau Treske war der Empfang ein voller Erfolg gewesen – nicht zuletzt dank der Speisen, denen die Gäste bis auf ein paar Reste den Garaus gemacht hatten. Als sie in die Küche kam, um auch Frau Bryne dieses Lob auszusprechen, fand sie nur Liv vor. Die Köchin war noch nicht erschienen.

»Wie seltsam, das ist gar nicht ihre Art. Sie ist doch sonst die Pünktlichkeit in Person«, sagte Frau Treske und zog die Stirn kraus. »Vielleicht hat sie gestern noch länger gefeiert und heute früh nicht aus den Federn gefunden.« Sie zuckte mit den Schultern. »Wie dem auch sei, schicke sie bitte zu mir, wenn sie kommt.«

Liv nickte abwesend und tauchte den nächsten Teller ins Spülwasser. Ihre Gedanken kreisten unablässig um Bjarne. Wann würde er wieder nach Stavanger kommen und sie treffen? Und wie stand er zu ihr? Sie schwankte zwischen Trostlosigkeit und Hoffnung und zermarterte sich mit Fragen, auf die sie keine Antworten wusste.

Liv polierte gerade die Gläser blank, als Frau Bryne mit erhitztem Gesicht in die Küche stürmte und mit der neuesten Ausgabe des liberalen »Stavanger Aftenblad« wedelte.

»Nun ist es bald so weit!«, rief sie. »Wir werden endlich ein freies Volk!«

Liv sah die Köchin verwirrt an. Diese hielt ihr die Zeitung hin und tippte auf einen ganzseitigen Artikel unter einem Bild, auf dem eine große Menschenmenge vor einem steinernen Gebäude zu sehen war.

»Gestern hat Herr Nansen eine wundervolle Rede auf dem Paradeplatz der Akerhusfestung in Kristiania gehalten. Er hat gesagt, dass wir allen Grund haben, stolz auf unsere Heimat zu sein und uns offen dazu bekennen sollen. Er hat uns alle aufgerufen, unsere Liebe zu unserem Vaterland mit Taten zu beweisen und selbst dafür zu sorgen, dass wir unabhängig und selbstständig werden.« Sie legte den Finger auf einen Absatz und deklamierte: »Nun sind alle Wege des Rückzugs versperrt. Nun gibt es nur noch einen Weg, den Weg nach vorn, möglicherweise verbunden mit Schwierigkeiten und Nöten, aber vorwärts für unser Land, für ein freies Norwegen.« Sie ließ das Blatt sinken und sah Liv mit leuchtenden Augen an. »Ist das nicht großartig? Mein Bryne ist ganz aus dem Häuschen.«

Liv rang sich ein Lächeln ab und musste wieder an Bjarne denken, der die Begeisterung der Köchin geteilt hätte. Er hatte Liv viel über die Konflikte zwischen Norwegern und Schweden erzählt, die seit fast hundert Jahren unter einem König vereint waren, und ihr die Hintergründe dieser Union erläutert, über die sie zuvor nur oberflächliche Kenntnisse gehabt hatte. Dank Bjarne wusste sie nun, dass es bereits 1814 Bestrebungen gegeben hatte, Norwegen endlich wieder zu einem selbstständigen Land zu machen, nachdem es jahrhundertelang ein Vasallenstaat Dänemarks gewesen war.

»Im Grunde haben wir das dem Franzosenkaiser Napoleon zu verdanken«, hatte Bjarne mit einem Schmunzeln gesagt. »Nach der Französischen Revolution hat er die europäischen Länder mit Eroberungskriegen überzogen. Als sich dann viele Nationen gegen ihn erhoben, um seine Herrschaft abzuschütteln, haben sich die Dänen auf seine Seite geschlagen. Ich denke, dass sie diese Entscheidung bald bitter bereut haben. Denn

Napoleons Truppen wurden vernichtend geschlagen, er selbst wurde auf eine einsame Insel verbannt, und Dänemark musste ebenfalls kräftig Federn lassen.«

Seine Bemerkung hatte in Liv vage Erinnerungen an den Heimatkundeunterricht geweckt. »Die Dänen mussten unser Land an Schweden abtreten, nicht wahr?«

Bjarne hatte genickt. »Und das wollten unsere Vorfahren natürlich nicht. Sie wollten endlich einen eigenen Staat. Doch die Schweden haben auf ihrem Anspruch beharrt. Und weil Norwegen damals noch kein eigenes Heer hatte und die Schweden mit den Säbeln rasselten, begab man sich zähneknirschend in die Union mit ihnen. Aber damit ist nun bald Schluss!«

Liv hatte die Stirn kraus gezogen und wissen wollen, was Bjarne da so sicher machte.

»Weil wir heute sehr viel besser dastehen als unsere Großväter«, hatte er gerufen. »Unser Außenhandel blüht, wir haben ein eigenes Heer, wir fühlen uns als ein Volk. Es ist geradezu absurd, dass wir nicht endlich auch selbst über unsere Außenpolitik bestimmen dürfen. Es ist so, als würden Eltern ihren längst erwachsenen Kindern immer noch vorschreiben, mit wem sie verkehren dürfen.«

Liv hatte nachdenklich ihre Zustimmung gemurmelt. In den vergangenen zehn Jahren hatte der Streit um ein eigenständiges norwegisches Konsulatswesen immer wieder zu heftigen Spannungen mit den Schweden geführt, die dem »kleinen Bündnispartner« dieses Recht nicht zugestehen wollten. Auch innerhalb Norwegens war es wegen dieser Frage zu schweren Regierungskrisen, Rücktritten von Ministern und Tumulten im Parlament gekommen. In diesem Frühling hatten die Gegner der Union endgültig die Oberhand gewonnen – angeführt von dem Polarforscher und Nationalhelden Fridtjof Nansen, der ein glühender Verfechter der Unabhängigkeit war. Zugleich wurden die seit 1901 an der schwedischen Grenze errichteten Befestigungen verstärkt, Truppen mobilisiert und eine hohe Anleihe für militärische Ausgaben aufgenommen.

Liv schaute die Köchin forschend an. »Was meint Herr Nansen mit ›Schwierigkeiten und Nöten‹? Glauben Sie, es wird Krieg geben?«

Frau Bryne hob die Schultern. »Das will ich natürlich nicht hoffen. Aber Herr Nansen hat recht. Wir müssen endlich für unsere Belange eintreten und dürfen uns nicht länger gängeln lassen.« Sie streckte die Brust heraus. »Mein Bryne sagt, dass er jederzeit bereit ist, dafür zu kämpfen.«

Liv hob eine Hand vor den Mund. »Das wäre ja schrecklich! Ich meine, wenn ihm etwas zustoßen würde.«

»Daran darf ich gar nicht denken.« Frau Bryne schüttelte energisch den Kopf. »Aber wenn unser Vaterland zu den Waffen ruft, darf ich meinen Bryne nicht zurückhalten. Das wäre selbstsüchtig. Außerdem würde er es mir nie verzeihen.«

Liv setzte zu einer Erwiderung an, schluckte sie jedoch hinunter. Es befremdete sie, dass ein frischgebackener Ehemann ohne Not das Risiko eingehen wollte, seine Frau zur Witwe zu machen – für ein Ideal, das keinen unmittelbaren Einfluss auf sein Leben hatte. Es ging schließlich nicht darum, blutrünstige Angreifer abzuwehren, die ihn und die Seinen überfallen wollten. Vermutlich empfand Herr Bryne es aber als eine solch grundsätzliche Bedrohung. Wie Bjarne wohl dazu stand? Wäre er ebenfalls bereit, für Norwegens Freiheit zu kämpfen und sein Leben zu opfern? Würde er über sie den Kopf schütteln, weil sie das nicht nachvollziehen konnte?

»So, jetzt muss ich mich aber an die Arbeit machen«, sagte Frau Bryne.

Liv räusperte sich. »Gehen Sie bitte erst noch kurz zu Frau Treske. Sie wollte Sie vorhin sprechen.«

Die Köchin nickte und eilte hinaus. Liv griff zum Geschirrtuch, trocknete die restlichen Gläser ab und versank erneut in ihren Grübeleien über Bjarne.

An den folgenden Nachmittagen hielt sie auf dem Weg zur Schule vergebens nach ihm Ausschau. Die Stelle vor dem Ekenæs-Friedhof, an der er immer auf sie gewartet hatte, blieb verwaist. Wie lange würde er im Setesdalen bleiben? Wie viel waren »einige Tage«? Drei, vier oder gar eine ganze Woche? Vielleicht auch länger? Wie sollte sie das nur aushalten? Sie sehnte sich so sehr nach ihm. Erst jetzt, wo sie ihn nicht mehr täglich sah, wurde ihr bewusst, wie fest er bereits in ihrem Herzen verwurzelt war. Wie hatte ihre Tante Berit immer gesagt: »*Fravær gjør kjærligheten sterkere* – Abwesenheit macht die Liebe stärker.« Als Kind hatte Liv nicht verstanden, was sie damit meinte. Nun erlebte sie es am eigenen Leib. Unerträglich war der Gedanke, dass Bjarne in absehbarer Zeit die Gegend für immer verlassen und nach Kristiania zurückkehren würde. Wann würde er seine Zelte in Stavanger abbrechen und weiterziehen? Bei dieser Frage wurde Livs Kehle eng. Sie raubte ihr den Schlaf und den Appetit und sorgte dafür, dass sie oft blicklos in die Gegend starrte und sich nur schwer auf Gespräche konzentrieren konnte. Einzig die Arbeit lenkte sie ab und gab ihr Halt. Und die kurzen Momente, die sie mit Elias verbrachte, wenn sie ihn auf dem Schulweg begleitete oder sich in sein Zimmer stahl, um ihm und seiner Dohle eine Leckerei zu bringen.

Sechs Tage nach Fridtjof Nansens flammender Rede folgte das Parlament in Kristiania, das Stortinget, dem Antrag des norwegischen Staatsministers Christian Michelsen, stimmte für die Errichtung eines eigenständigen Konsulatswesens zum ersten April 1906 und bewilligte die dafür erforderlichen Geldmittel.

Am siebenundzwanzigsten Mai machte der dänische König Oskar II. von seinem Vetorecht gegen diesen verfassungswidrigen Beschluss Gebrauch, woraufhin das Kabinett Michelsen geschlossen seinen Rücktritt einreichte. Der König lehnte das Gesuch ab, was die norwegischen Minister mit einem Streik beantworteten. Die Lage spitzte sich weiter zu, da sich niemand fand, der eine neue Regierung bilden wollte.

Während Frau Bryne die Ereignisse mit Genugtuung verfolgte und Liv jeden Tag haarklein über die neuesten Entwicklungen unterrichtete, von denen sie und ihr Mann hofften, dass sie zur Loslösung Norwegens von Schweden führen würden, verdüsterte sich Oddvar Treskes Laune zunehmend. In seinen Augen verhielten sich der Staatsminister und seine Leute unverantwortlich. Abgesehen davon, dass sie geltendes Recht brachen, provozierten sie eine Eskalation der Krise und steuerten mutwillig auf eine militärische Konfrontation zu.

Liv fand diese Aussicht zwar beunruhigend, war jedoch so in ihrem Kummer über Bjarnes Abwesenheit verstrickt, dass sie die politischen Verwerfungen nur wie ein fernes Donnergrollen wahrnahm. Während ihr Land um seine Unabhängigkeit rang, fühlte sie sich gefangen in einem Zustand, aus dem sie keinen Ausweg sah. Je länger Bjarne ausblieb, desto überzeugter war Liv, dass er gar nicht mehr nach Stavanger zurückkehren würde. Seine Sachen, die er im Museum deponiert hatte, konnte er sich ohne Weiteres nach Kristiania schicken lassen. Die Botschaft, die er ihr durch Elias hatte überbringen lassen, enthielt nichts als eine leere Floskel. Vermutlich war er damals sogar erleichtert gewesen, sich nicht persönlich von ihr verabschieden zu müssen. Er hatte sich ebenso plötzlich aus ihrem Leben davongemacht, wie er einst darin aufgetaucht war. Ein anderer Grund, der hinter Bjarnes Verschwinden stecken konnte, war nicht weniger finster: Ihm war etwas zugestoßen. Liv wusste nicht, welche der beiden Möglichkeiten schlim-

mer war, und versank von Tag zu Tag mehr in ihrer Trostlosigkeit.

Zu ihrer Erleichterung war auch Halvor Eik von der Bildfläche verschwunden. Anders als bei Bjarne verschwendete sie
keinen Gedanken daran, wo er sich aufhielt und wie er seine
Tage verbrachte. Sie vermied es geflissentlich, die Sprache auf
ihn zu bringen oder nach ihm zu fragen. Vielmehr war sie heilfroh, von seiner Anwesenheit verschont zu sein und weder von
ihm noch von anderen mit mysteriösen Andeutungen, die sie
beide betrafen, behelligt zu werden.

Wenn Liv sich nicht gerade um Bjarne grämte, machte sie
sich Sorgen um Elias, in dem es sichtlich brodelte. Angesteckt
von der allgemeinen Aufbruchstimmung wuchs sein Wider-
wille, sich dem strengen Regiment seines Vaters zu unterwer-
fen, das er als ungerecht empfand. Liv konnte den Jungen
gut verstehen, bemühte sich jedoch, ihn von seiner trotzigen
Haltung abzubringen. Sie fürchtete, dass der nächste Zusam-
menstoß mit seinem Vater unabsehbare Folgen haben würde.
Liv zweifelte nicht daran, dass Oddvar Treske seine Drohung wahr machen und Elias in die Erziehungsanstalt stecken
würde.

Am Mittwoch, den siebten Juni, wurde Liv durch die aufge-
brachte Stimme ihres Dienstherrn aufgeschreckt.

»Nein! Das ist unerhört! Das geht zu weit!«

Sie schrubbte gerade den Boden des Hausflurs, als sein Aufschrei aus dem Arbeitszimmer ertönte. Im ersten Augenblick
fürchtete sie, Elias habe seinen Unmut erregt und schaute ängstlich zur Tür in der Erwartung, Oddvar Treske würde heraus-
kommen und nach oben zu seinem Sohn stürmen, der über seinen Hausaufgaben brütete. Sie war nicht die Einzige, die der
Ruf alarmiert hatte.

Ingrid Treske erschien am oberen Treppenabsatz. »Was ist passiert?«

Liv stand auf und zuckte mit den Schultern. »Ich weiß es nicht.«

Oddvar Treske trat aus seinem Zimmer. In seinen Händen zerknüllte er die aktuelle Ausgabe der »Stavanger Amtstidende og Adresseavis«, der konservativen Tageszeitung, die er abonniert hatte. An seiner Schläfe war eine Ader bläulich angeschwollen, seine Stirn war in tiefe Falten gelegt, und sein Atem ging heftig.

»Um Gottes willen«, rief seine Frau und eilte zu ihm. »Ist dir nicht wohl?«

»Nein, ganz und gar nicht«, stieß er hervor. »Diese Rebellen haben es doch tatsächlich auf die Spitze getrieben!«

Ingrid Treske sah ihn ratlos an. »Welche Rebellen?«

»Michelsen und seine Bande. Sie haben den König für abgesetzt erklärt.«

»Oh, das ... äh ... wie furchtbar.«

Es klang lahm. Liv konnte sich des Eindrucks nicht erwehren, dass Ingrid Treske die Aufregung ihres Mannes nicht ganz nachvollziehen konnte. Insgeheim vermutete sie, dass es ihr herzlich gleichgültig war, ob sich Norwegen von Schweden lossagte oder nicht. Hauptsache, sie konnte ihr friedliches Leben fortführen.

»Das ist es allerdings!«, fauchte Oddvar Treske. »Es ist infam!«

Liv trocknete sich ihre Hände an der Schürze ab, trat einen Schritt auf ihn zu und fragte leise: »Entschuldigen Sie, aber mit welcher Begründung haben die das getan?«

Der Lehrer sah sie unter zusammengezogenen Brauen an. Liv schluckte, hielt seinem Blick jedoch stand.

Er brummte etwas Unverständliches, faltete die Zeitung auseinander und las vor: »Da Seine Majestät der König sich außerstande erklärt hat, dem Lande eine neue Regierung zu geben, und die Monarchie ihre verfassungsmäßige Aufgabe nicht mehr erfüllt, ermächtigt das Parlament die zurückgetretenen Mitglieder der Regierung, bis auf Weiteres im Amt zu bleiben und alle Vollmachten auszuüben. Die Vereinigung mit Schweden unter einem König ist aufgelöst, nachdem der König aufgehört hat, als norwegischer König zu fungieren.«

Liv wiederholte den Text im Stillen und riss ihre Augen auf. »So einfach geht das?«, rief sie. »Das Stortinget löst die Union auf, weil der König keine neue Regierung einsetzen kann?«

»Ich sagte ja, es ist infam«, knurrte Oddvar Treske.

Bjarne würde sagen: genial, schoss es Liv durch den Kopf. So ganz verstand sie den Vorgang nicht, ahnte aber, dass seiner Schlichtheit eine Wucht innewohnte, die imstande war, die politischen Verhältnisse grundlegend zu ändern.

»Was wird König Oskar tun?«, fragte Ingrid Treske und kam damit Liv zuvor, der dieselbe Frage auf der Zunge lag.

»Den Verrätern die Stirn bieten!«, rief der Lehrer und fügte nach einer kurzen Pause hinzu: »Das hoffe ich jedenfalls. Es ist jedoch kein Geheimnis, dass in seinem Umfeld einige nicht abgeneigt sind, den Forderungen der Abtrünnigen nachzugeben. Darunter sein eigener Sohn, Kronprinz Gustav.« Der Ausdruck seines Gesichts wurde noch finsterer.

»Aber was wäre denn so verkehrt daran, wenn Norwegen ein unabhängiger Staat würde?«, wollte seine Frau wissen.

Liv zog unwillkürlich den Kopf ein. Oddvar Treskes Miene versteinerte. Ingrid Treske biss sich auf die Unterlippe.

»Versündige dich nicht! König Oskar ist unser Herrscher. Wo kämen wir hin, wenn man ihm ungestraft die Gefolgschaft aufkündigen könnte.«

»Du hast selbstverständlich recht«, murmelte seine Frau und senkte den Blick. »Das wäre gegen die göttliche Ordnung.«

Oddvar Treskes Falten glätteten sich. »Ich will es dir nachsehen. Schließlich bist du nur eine Frau und nicht imstande, mit deinem weiblichen Verstand solche komplizierten Zusammenhänge zu durchschauen.«

Seine Frau griff nach seinem Arm und schaute zu ihm auf. »Deshalb bin ich ja so dankbar, dass du sie mir erklärst und dafür sorgst, dass ich die Dinge richtig einordne.«

Liv beugte sich rasch zu ihrem Putzeimer und tauchte das Scheuertuch hinein. Sie fürchtete, die Treskes könnten ihr ansehen, wie befremdet sie war. Warum machte sich die Frau des Lehrers so klein? Und warum hatte er es nötig, immer wieder auf der angeblichen Minderwertigkeit ihrer Geisteskräfte herumzureiten? Befürchtete er, sie könnte seine eigene Beschränktheit bemerken, wenn sie anfing selbst zu denken? Die Tollkühnheit dieser Unterstellung raubte Liv den Atem. Sie wrang den Lappen aus, wickelte ihn um die Wurzelbürste und scheuerte die Dielen. Mehr und mehr begann sie zu verstehen, warum es Leute gab, die nicht daran interessiert waren, Frauen Zugang zu guter Bildung und aktiver Teilhabe am gesellschaftlichen Leben einzuräumen. Wie würde sich die Politik eines Landes wie Norwegen verändern, wenn auch Frauen daran beteiligt wären? Wie würden sie in der gegenwärtigen Krise mit Schweden handeln?

»Ist Herr Eik eigentlich schon wieder zurück?«

Die Frage von Ingrid Treske holte Liv in den Hausflur zurück. Der Lehrer hatte sich eben in sein Arbeitszimmer zurückziehen wollen, als sich seine Frau nach dem jungen Missionar erkundigte.

»Ich habe ihn noch nicht gesehen. Vermutlich kommt er morgen oder übermorgen«, antwortete Oddvar Treske. »Ich gebe dir rechtzeitig Bescheid, wenn er zum Essen bleibt.«

Liv seufzte innerlich. Sie hatte gehofft, Halvor Eik nie mehr zu sehen. Seine Gegenwart machte sie befangen und sorgte dafür, dass sie sich klein und machtlos fühlte. Der Lehrer verschwand in seinem Zimmer.

Ingrid Treske sah Liv mit einem verschwörerischen Lächeln an. »Du bist bestimmt schon sehr gespannt, wie es ihm ergangen ist. Ich bin mir aber sicher, dass sich alles gut fügt.« Sie nickte Liv zu und kehrte ins obere Stockwerk zurück.

Liv schaute ihr verdutzt nach. Sie hatte keine Ahnung, worauf Frau Treske anspielte. Warum glaubte alle Welt, dass sie sich für den Missionar interessierte? Auch die Köchin war ja davon ausgegangen. Hatte sie ihn nicht gar für ihren Verehrer gehalten? Die Erinnerung trieb Liv die Röte in die Wangen. Was für ein abwegiger Gedanke! Sie schüttelte sich und bearbeitete energisch die letzten Dielen mit der Bürste. Es war ihr vollkommen gleichgültig, was sich für den Missionar zum Guten fügen sollte. Hauptsache, er ließ sie in Frieden. Sie würde ihm aus dem Weg gehen und ihm keine Gelegenheit geben, sie mit seinem fordernden Auftreten zu verunsichern.

26

Kopenhagen, Juni 1905 – Karoline

Im Nachhinein konnte Karoline nicht mehr sagen, wie sie den Rest des Besuchs in Ingeborg Suhrs Haushaltsschule überstanden hatte. Sie wusste nur noch, dass sie sein Ende gefürchtet hatte. Wenn sie allein mit Frau Bethge sein würde, die ihre Tarnung offenbar mühelos durchschaut hatte. Sie hatte ihren Blick fest auf ihr Notizbüchlein geheftet und mechanisch die Gespräche der drei Frauen protokolliert, ohne dass der Sinn ihrer Worte zu ihr durchgedrungen wäre. Als sich Frau Bethge und Eline Hansen von Fräulein Suhr unter gegenseitigen Beteuerungen verabschiedeten, bis zum nächsten Weltfrauenkongress, der 1906 in Kopenhagen stattfinden sollte, in Briefkontakt zu bleiben, wäre sie am liebsten wortlos davongestürzt. Stattdessen stand sie mit gesenktem Kopf hinter ihnen und wappnete sich innerlich für die Szene, die nun folgen würde.

»Ist Ihnen kalt? Sie zittern ja wie Espenlaub.«

Frau Bethges Stimme klang besorgt. Karoline sah auf. Ingeborg Suhr, die ihre Gäste zur Eingangstür des Gebäudes begleitet hatte, war bereits wieder hineingegangen. Eline Hansen eilte über den Platz zu einer Straßenbahn.

»Kommen Sie, eine schöne Tasse Kaffee wird Ihnen guttun«, sagte Frau Bethge. »Das Café Paraplyen im Hotel Central dort drüben hat es mir angetan.« Sie deutete auf ein stattliches Eckhaus am Rathausplatz an der Kreuzung zur Vesterbrogata. »Dort gibt es vorzügliche Kuchen, und die Bedienungen sind sehr freundlich.«

Karoline starrte sie an und hauchte: »Sie schicken mich nicht fort?«

Frau Bethge zog die Brauen hoch. »Sollte ich das?«

»Nun ... äh ... ich habe Sie angelogen und Ihr Vertrauen missbraucht«, stammelte Karoline.

Auguste Bethge hob eine Hand. »Sie werden Ihre Gründe haben. Solange Sie kein weiblicher Georges Manolescu sind und polizeilich gesucht werden.« Sie zwinkerte ihr zu.

Karoline entfuhr ein Kichern. Sie hatte mit allem gerechnet – mit Ausnahme einer humorvollen Bemerkung. Georges Manolescu, einem aus Rumänien stammenden Hoteldieb, Hochstapler und Heiratsschwindler, war vier Jahre zuvor der Prozess gemacht worden. Der Fall war auf ein enormes Publikumsinteresse gestoßen. Nachdem ihn mehrere Ärzte für geisteskrank und somit nicht schuldfähig erklärt hatten, wurde er freigesprochen und in die Dalldorfer Irrenanstalt eingewiesen. Dort hatte er seine Memoiren »Ein Fürst der Diebe« geschrieben, die vor Kurzem erschienen waren und wiederum viel Aufsehen erregten. Auch Karoline hatte sich von der Geschichte dieses Mannes in den Bann ziehen lassen: Der blendend aussehende Manolescu hatte sich als Fürst Lahovary erfolgreich Zugang zu den höheren Kreisen verschafft und eine deutsche Gräfin geheiratet. Man munkelte, dass er für den Verzicht auf die Niederschrift einiger pikanter Abenteuer von den Beteiligten deutlich mehr Geld bekommen hatte als für die Memoiren selbst.

»Ich versichere Ihnen, dass ich nichts Kriminelles zu verbergen habe und ...«, begann Karoline.

»Das weiß ich doch«, fiel ihr Frau Bethge ins Wort. »Ich mag ja nicht besonders gebildet sein. Aber auf meine Menschenkenntnis kann ich mich in der Regel verlassen.« Sie lächelte verschmitzt. »Ich kenne natürlich Ihre Beweggründe nicht. Bei einer jungen Frau wie Ihnen steckt wahrscheinlich ein romantisches Geheimnis dahinter. Die Flucht vor einer erzwungenen Ehe. Oder aus Liebeskummer.« Sie streifte Karoline mit einem mitfühlenden Blick.

Diese schluckte. »Ich ... also ... es ist so, dass ...«

Frau Bethge schüttelte den Kopf. »Lassen Sie nur. Für mich sind Sie bis auf weiteres Fräulein Bogen mit den besten Referenzen Ihrer früheren Arbeitgeberinnen. Vielleicht haben Sie irgendwann Lust, mir zu erzählen, wer Sie wirklich sind. Und wenn nicht, kann ich auch gut damit leben.« Sie setzte sich in Bewegung. »Und jetzt genehmigen wir uns eine Stärkung und gehen die Planung für die nächsten Tage durch.«

Sie steuerte auf das Café zu. Karoline folgte ihr und sandte ein stummes Dankeschön an ihr Schicksal, das sie zu dieser großherzigen Frau geführt hatte. Sie fühlte sich mit einem Mal leicht und frei. Mehr als ihr bewusst gewesen war, hatte es sie belastet, Frau Bethge anzuschwindeln. Sie zögerte dennoch, sich ihr gänzlich anzuvertrauen und ihr Vorhaben zu enthüllen. Sie wollte damit warten, bis sie ihre Reaktion besser einschätzen konnte. Auguste Bethge sollte auf keinen Fall denken, dass sie die Stelle nur angenommen hatte, um günstig nach Norwegen zu gelangen und sich dort auf die Suche nach Moritz' Kind zu machen.

Aber genau so verhält es sich doch, meldete sich Karolines strenge Stimme zu Wort. Ja, das war der ursprüngliche Anlass, hielt sie dagegen. Mittlerweile ist mehr daraus geworden. Ich finde es aufregend, an der Seite dieser bemerkenswerten Frau eine Welt kennenzulernen, die mir bislang weitgehend unbekannt und verschlossen war. Vor allem aber ist es ein wunderbares Gefühl, sein eigenes Geld zu verdienen und nicht nur als Anhängsel von jemandem wahrgenommen zu werden.

Bei ihrer Rückkehr ins Hotel holte Karoline die Post für Frau Bethge beim Portier ab und bat ihn, weitere Briefe an ihre Unterkunft in der Nähe von Göteborg weiterzuleiten, wohin sie am nächsten Tag reisen würden. In dem Stapel fand sie auch einen an sich adressierten Umschlag von Ida. Sie steckte ihn in ihre Handtasche und öffnete ihn später am Abend, als sie in ihrem Bett lag.

Berlin, Montag, den 5. Juni 1905

Liebstes Linchen,

ja, Du hast richtig gelesen: Ich schreibe Dir aus der Hauptstadt. Denk Dir nur, welch wundervolle Überraschung mir mein Amorcito bereitet hat: Er ist mit mir zu den Feierlichkeiten gereist, die hier anlässlich der Hochzeit des Kronprinzen stattfinden!

Karoline kratzte sich am Kinn. Sie hatte dieses Ereignis, das seit Wochen seine Schatten vorauswarf und in allen Zeitungen ausführlich besprochen wurde, in den letzten Tagen vollkommen vergessen. Im September des vergangenen Jahres hatte sich die erst siebzehnjährige Herzogin Cecilie von Mecklenburg-Schwerin mit dem deutschen Kronprinzen Wilhelm verlobt, nachdem sie sich zwei Monate zuvor auf der Hochzeit von Cecilies Bruder zum ersten Mal begegnet waren. Die Eheschließung war das gesellschaftliche Ereignis des Jahres und zog Besucher aus der ganzen Welt an.

Es ist so schade, dass Du nicht hier bist! Erinnerst Du Dich, wie oft wir uns als junge Mädchen Prinzenhochzeiten ausgemalt und uns nichts sehnlicher gewünscht haben, als einmal eine aus nächster Nähe zu erleben? Mir ist dieses Glück nun beschieden.

Wir sind am Samstagmittag angereist und wollten uns direkt zum Pariser Platz kutschieren lassen – was sich als schier aussichtsloses Unterfangen entpuppte. Die Straßen waren so verstopft, dass kein Durchkommen war. Ich glaube, ganz Berlin hatte das gleiche Ziel, zusammen mit unzähligen auswärtigen Gästen. Also haben wir uns zu Fuß durchgeschlagen. Zeit war zum Glück genug, denn das Brautpaar ließ auf sich warten. Fast drei Stunden lang harrten wir inmitten der Menge aus. Es herrschte eine schwüle Hitze, und einige Damen wurden ohnmächtig und mussten von den bereitstehenden Sanitätern versorgt werden. Endlich ertönte Militärmusik, und vom Tiergarten her ritt an der Spitze der zweiten Compagnie des ersten Garderegiments der Kronprinz durch das Brandenburger Tor ein. Gewaltiger Jubel begrüßte ihn, wofür er sich mit dem Senken seines Degens bedankte. Kurz darauf verkündete das Geschrei der Menge das Nahen der Braut, die in einer von sechs Rappen gezogenen Prunkkarosse neben ihrer künftigen Schwiegermutter, der Kaiserin Auguste Viktoria, saß. Für ihre Fahrt zum Schloss war der Boulevard Unter den Linden zur »Via triumphalis« geschmückt worden – ein einziges Fahnenmeer, flankiert von Tribünen, die mit bordeauxfarbenem Stoff umkleidet waren.

Ach, Linchen, was für eine elegante Erscheinung diese blutjunge Herzogin ist! Wie freundlich sie lächelte und nach allen Seiten hin grüßte, so natürlich und anmutig. Sie hat mein Herz im Sturm erobert. Und nicht nur meines. Alle ringsumher waren sehr bewegt und jauchzten minutenlang. Sie trug übrigens ein sehr schickes rosa geblümtes Kleid und im Haar ein funkelndes Diamantendiadem. Gustav meint, dass mir das auch gut stehen würde.

Karoline schmunzelte. Das war ihre Ida. Noch im Augenblick äußerster Ergriffenheit dachte sie an ihre Garderobe.

Am Empfang im Schloss konnten wir natürlich (leider!!!) nicht teilnehmen. Dafür führte mich Gustav sehr gediegen in das

Restaurant des Kaiserhotels am Wilhelmplatz aus. Der eigentliche Höhepunkt aber erwartete mich am heutigen Abend. Ich weiß nicht, wie er es zuwege gebracht hat, aber mein Amorcito hatte Karten für die Galavorstellung in der Königlichen Oper Unter den Linden ergattert! Ich bin noch ganz berauscht und aufgedreht von diesem Erlebnis. Zwar hatten wir nur Plätze im dritten Rang, aber allein das Wissen, dieselbe Luft wie unser Kaiser und seine Familie zu atmen, von den vornehmsten und edelsten Damen und Herren unseres Reiches und des befreundeten Auslands umgeben zu sein, war erhebend. Überall blitzte es von Uniformen und Ordenssternen, von Geschmeiden und kostbaren Abendroben. Auch fremdländische Gewänder konnte ich entdecken, besonders bemerkenswert fand ich die reich bestickten Trachten der chinesischen und japanischen Gesandten.

Dir kann ich es ja gestehen: Von der eigentlichen Aufführung habe ich nicht viel mitbekommen. Es wurden je ein Akt aus dem »Lohengrin« und den »Meistersingern« gegeben. Die Sänger (laut Gustav waren sie die Crème de la Crème des Opernensembles) hätten auch Volkslieder trällern können – ich war so mit Schauen beschäftigt, dass ich es kaum bemerkt hätte. Ein Lob dem Erfinder des Operngguckers! Wie trefflich ließ sich damit die illustre Gesellschaft in den Logen, dem ersten Rang und im Parkett beobachten. Es fehlte mir nur ein Souffleur, der mir Namen und Rang der Herrschaften zugeflüstert hätte – dann wäre mein Glück vollkommen gewesen.

Karoline gähnte und stopfte sich ein Kissen in den Rücken. Noch einige Wochen zuvor hätte sie Idas Begeisterung geteilt. Als sie Moritz geheiratet hatte, glaubte sie sich am Beginn eines rauschenden Lebens, in dem sich Bälle, Theaterbesuche, festliche Empfänge und andere gesellschaftliche Anlässe in den höchsten Kreisen zu einem glänzenden Reigen verbanden. Stattdessen war sie auf Schloss Katzbach versauert, während Moritz sich ohne sie in Berlin und an anderen interessanten Orten vergnügte. Sie hatte mit den Hofnachrichten und den Zeitungsartikeln über Premieren, Ausstellungen, Konzerten und ähnlichen kulturellen Veranstaltungen vorliebnehmen müssen, um wenigstens eine Ahnung von dem Dasein zu erhaschen, das ihr versagt blieb.

Als Karoline nun den Brief ihrer Freundin las, stellte sie fest, dass sie kein Bedauern empfand, ganz zu schweigen von Neid. Im Gegenteil, sie hätte keine Sekunde mit Ida tauschen wollen. Sie wunderte sich über sich selbst. Hatte das Zusammensein mit Auguste Bethge bereits nach so kurzer Zeit ihre Sichtweise verändert? Diese machte sich wenig aus Titeln und gesellschaftlichem Status.

Mit deutlicher Belustigung hatte sie Karoline erzählt, wie wichtig es im vergangenen Jahr vielen Besucherinnen der Frauenkonferenz gewesen war, von Würdenträgern des Staates empfangen zu werden. So hatte die Kaiserin eine Abordnung von Damen begrüßt, Gartenempfänge waren von den Gattinnen des Reichskanzlers und des Staatssekretärs ausgerichtet worden, und die Stadt Berlin hatte dem Kongress zu Ehren einen Festabend im Rathaus veranstaltet.

Frau Bethge verstand zwar, dass es für die Sache der Frauen wichtig war, einflussreiche Mitstreiter und Fürsprecher zu gewinnen. Andererseits hatte sie bald erkannt, dass diese öffentlichen Stellen keineswegs alles guthießen, für was sich die Damen einsetzten. Insbesondere deren Wunsch nach dem Wahlrecht lehnten sie strikt ab. Da dieses für die Anhängerinnen der gemäßigten Frauenbewegung nicht zu den wichtigsten Themen zählte, manche es sogar für ein übertriebenes Ansinnen hielten, waren sie nicht bereit, ihre gesellschaftliche Anerkennung zu gefährden. Frau Bethge war noch immer enttäuscht, dass diese Einstellung der Konferenz einiges an Wind aus den Segeln genommen hatte und Ideale geopfert wurden, weil sich viele Damen von der Beachtung seitens »wichtiger Persönlichkeiten« geschmeichelt fühlten. Mit einem Kopfschütteln hatte Frau Bethge ausgerufen: »Die Vertreter der Regierung haben uns zwar empfangen, aber als Damen, nicht als organisierte Frauen, die ihr Recht fordern.«

Diese Haltung teilte sie mit Adele Schreiber, von der sie Karoline begeistert erzählt hatte. Die junge Frau stammte aus gutem Hause, hatte es jedoch schon früh verlassen und sich mit ihrem Engagement für uneheliche Kinder und ihrer Sympathie für die Sozialdemokratie noch weiter vom Leben einer höheren Tochter entfernt. Mit Frau Bethge war sie der Überzeugung gewesen, dass die Empfänge kein Grund waren, auf unpopuläre Forderungen zu verzichten und man Frau genug sein sollte, die Konfrontation mit der Gesellschaft auszuhalten. Laut Frau Bethge hatte sich Adele Schreiber für die demütig entgegengenommene Aufmerksamkeit der meisten anderen Damen geschämt, ebenso für deren Putzsucht und Eitelkeit.

Sie hatten nicht nur teure Kleider getragen, sondern ihre Garderobe obendrein zweimal täglich gewechselt. Viele schienen kaum an ernsthaften Diskussionen interessiert zu sein, sondern wollten Bekanntschaften schließen und sahen den Kongress im schlimmsten Fall als rein gesellschaftliches Ereignis, wo man sich zeigte und seine liberale Gesinnung demonstrierte. In den Augen von Frau Bethge hatten sie so dem Spott der Männer eine willkommene Angriffsfläche geboten und dem weiblichen Kampf um mehr Gleichberechtigung und Selbstbestimmung Schaden zugefügt. Abschließend hatte Frau Bethge bemerkt, dass auf diese Weise die Kluft zu den Arbeiterinnen und anderen Frauen aus ärmeren Verhältnissen noch weiter vertieft worden war. Abgesehen davon, dass diese keine aufwendige Garderobe ihr Eigen nannten, war auch das erhobene Eintrittsgeld für die

Teilnahme am Kongress eine Zumutung, die sich kaum eine von ihnen hätte leisten können. Für Frau Bethge war das ein trauriges Zeichen für die mangelnde Solidarität unter den Frauen. Wenn diese schon nicht bereit waren, gemeinsam für ihre Belange zu streiten, konnte man erst recht nicht auf die Unterstützung der Männer zählen.

Karoline hatte den Berichten und Überlegungen von Auguste Bethge mit klopfendem Herzen gelauscht. Vor allem der Gedanke, dass alle Frauen unabhängig von ihrer Herkunft und Einkommenslage am gleichen Strang ziehen und sich gemeinsam für ihre Gleichstellung mit den sogenannten Herren der Schöpfung einsetzen sollten, leuchtete ihr ein und stieß sie zugleich ab. Das war purer Sozialismus und aus Sicht aller Menschen ihres bisherigen Umfeldes verwerflich, um nicht zu sagen ketzerisch.

Karoline überflog den Rest von Idas Brief, in dem diese ihrer Hoffnung Ausdruck verlieh, am Trauungstag wenigstens vom Straßenrand aus einen Blick auf das Brautpaar zu erhaschen, bevor sie wieder mit Gustav nach Görlitz zurückfahren musste. Sie schloss mit den innigsten Grüßen und dem erneuten Bedauern, dass Karoline dem epochalen Ereignis in Berlin nicht hatte beiwohnen können. Unter ihrer Unterschrift war ein Nachsatz, der Karoline ein Stirnrunzeln entlockte:

P.S. Ich möchte niemanden in Verruf bringen und falsche Anschuldigungen erheben. Aber seit Du unterwegs bist, habe ich den Eindruck, dass Deine Briefe geöffnet werden. Die Umschläge wurden eindeutig unter Wasserdampf aufgemacht und anschließend wieder zugeklebt. Da Derartiges während unserer bisherigen Korrespondenz noch nie vorgekommen ist, glaube ich nicht, dass es unter meinen Dienstboten ein schwarzes Schaf gibt, das sich an meiner Post zu schaffen macht und seine neugierige Nase in Dinge steckt, die es nichts angehen. Ich vertraue ihnen allen, auch Deiner Agnes, die sich übrigens ganz wunderbar macht und mir eine große Hilfe ist! Ich habe in den letzten Tagen alle Briefe überprüft, die wir hier bekommen, und sie sogar extra länger ungeöffnet liegen lassen. Bei keinem ist mir etwas Verdächtiges aufgefallen. Mit Ausnahme eben jener beiden Briefe, die ich bisher von Dir erhalten habe. Deshalb frage ich mich, ob Frau Bethge doch etwas neugieriger ist, als Du glaubst.

Karoline richtete sich auf. Was für ein unangenehmer Gedanke! Sie rieb sich die Stirn. Die Gelegenheit, ihre Umschläge heimlich zu öffnen, hatte Frau Bethge durchaus. Karoline pflegte ihre Briefe an Ida auf die Post zu legen, die sie jeden Tag im Zimmer ihrer Arbeitgeberin zur Abholung durch einen Hotelpagen aufstapelte. Dieser gab sie zusammen mit den Briefen der anderen Gäste auf dem Postamt auf.

War es mit der Menschenkenntnis ihrer Arbeitgeberin doch nicht so weit her, wie diese behauptet hatte? War sie Karoline auf die Schliche gekommen, weil sie ihre Briefe gelesen hatte? Ein schaler Geschmack breitete sich in ihrem Mund aus. Was wusste sie denn über Frau Bethge? Steckte hinter der harmlosen Fassade eine durchtriebene, hinterhältige Person, die irgendwelche finsteren Absichten hegte? War sie vielleicht doch eine fanatische Feministin, die ihre Ziele mit allen Mitteln verfolgte? Hoffte sie, auf kompromittierende Informationen zu stoßen, um etwas gegen ihre Untergebene in der Hand zu haben? Frau Bethge war resolut und entschlossen, ihre Vorstellungen umzusetzen. Wie weit würde sie dabei gehen? Würde sie die Grenzen der Legalität überschreiten?

Hör sofort auf damit!, gebot Karoline sich selbst. Deine Fantasie geht mit dir durch! Es ist nicht gut, auf einen bloßen Verdacht hin jemandem das Vertrauen zu entziehen. Du musst dir so rasch wie möglich Gewissheit verschaffen. Karoline legte sich wieder hin, löschte die Nachttischlampe und rollte sich unter ihrer Decke zusammen. Sie hoffte inständig, dass Ida sich täuschte. Der Verdacht ließ ihr jedoch keine Ruhe. Unruhig wälzte sie sich von einer Seite auf die andere. Frau Bethge hatte zwar behauptet, nicht an ihrer wahren Identität interessiert zu sein. Was, wenn das Gegenteil der Fall war und sie alles daransetzte, sie zu lüften? Wie würde sie reagieren, wenn sie erfuhr, dass sie mit einem Adligen verheiratet und ohne dessen Wissen nach Norwegen unterwegs war? Würde sie sie erpressen, für ihre Zwecke einspannen und zu kriminellen Handlungen anstiften? Und damit drohen, sie andernfalls bloßzustellen?

27

Stavanger, Juni 1905 – Liv

Am zehnten Juni, dem Samstag vor Pfingsten, legte König Oskar II. Einspruch gegen die vom norwegischen Parlament erklärte Auflösung der Union ein. Die Regierung in Kristiania reagierte umgehend, indem sie alle Pfarrer des Landes anwies, vor ihren Kirchen die sogenannte »reine« norwegische Flagge ohne die schwedischen Hoheitszeichen zu hissen. In ihren Pfingstgottesdiensten sollten sie den Beschluss des Stortinget vom siebten Juni, der Oddvar Treske so erbost hatte, verlesen und einen besonderen Segen für das Wohl Norwegens erteilen. Anschließend sollte »*Gud signe vårt dyre Fedreland* – Gott segne unser teures Vaterland« von Elias Blix oder ein ähnlich patriotisches Lied gesungen werden.

Oddvar Treske verkündete diese von ihm als Ungeheuerlichkeit empfundene Forderung mit finsterer Miene bei der morgendlichen Familienandacht und erwog, aus Protest der Kirche an diesem Tag fernzubleiben. Zu Livs Überraschung stieß er damit bei seiner Frau auf energischen Widerstand. Ingrid Treske gab sich zwar vordergründig verständnisvoll, machte aber zugleich klar, wie unvernünftig, ja gefährlich sie seine Haltung fand. Sie befürchtete, dass seine Einstellung, die mittlerweile nur noch von einer kleinen Schar Gleichgesinnter geteilt wurde, dazu führen würde, seine Position als Lehrer und Respektsperson zu schwächen und nicht nur ihn, sondern die ganze Familie ins Abseits zu manövrieren.

Oddvar Treske lauschte ihr mit versteinertem Gesicht. Liv konnte den Kampf, der sich in seinem Inneren abspielte, in seinen Augen lesen. Es fiel ihm merklich schwer, seiner Frau recht zu geben und von seiner starren Einstellung abzurücken. Ihr Argument, alle seine Kollegen und Schüler der Missionsschule und nicht zu vergessen die Honoratioren der Stadt würden im Dom anwesend sein und sich gewiss fragen, warum er als Einziger nicht gekommen war, überzeugte ihn schließlich. Er stand auf und brummte etwas, das Liv als »Nun gut, wir gehen« verstand. Seine Frau atmete erleichtert aus und bat Liv, ihnen die Mäntel zu bringen.

Obwohl Liv bereits mehrfach in der großen Kirche gewesen war, flößte ihr der imposante Bau aus Specksteinquadern immer aufs Neue Ehrfurcht ein. Von ihrem Dienstherrn wusste sie, dass er nach dem Trondheimer Dom die bedeutendste und älteste Kathedrale Norwegens war. Das Mittelschiff mit fünf schweren Pfeilern, auf denen runde Bögen ruhten, stammte noch aus der ersten Bauperiode im zwölften Jahrhundert. Der Chor, die Portale und die Vorhalle waren nach einem Brand im gotischen Stil mit Spitzbögen und reichen Ornamenten erbaut worden.

Zur Feier des Tages war der Innenraum mit grünen Laubzweigen und *pinseliljer*, weißen Narzissen, geschmückt. Den Altar bedeckte ein rotes Tuch, auf das eine Taube gestickt war. Auch der Talar des Pfarrers war in Rottönen gehalten. Die Farbe war das Sinnbild für die Feuerzungen, die sich fünfzig Tage nach der Auferstehung Christi – erfüllt vom Heiligen Geist – auf die Köpfe der Apostel herabgesenkt hatten. Anschließend konnten sie in fremden Sprachen reden und waren in der Lage, Gottes Wort in die Welt hinauszutragen und allen Völkern zu verkünden.

Liv konnte sich kaum auf den Gottesdienst konzentrieren. So unauffällig wie möglich ließ sie ihre Augen durch das weiträumige Gotteshaus schweifen, während sie mit halbem Ohr der Predigt des Pfarrers und der Lesung lauschte, mechanisch die Gebete sprach und die Lieder mitsang. Ihre Hoffnung,

305

Bjarne wäre zu den Feiertagen nach Stavanger zurückgekehrt, hatte sich nicht erfüllt. Tränen der Enttäuschung stiegen ihr in die Augen, als sich die Gemeinde zum Schlusschoral erhob und der Organist die ersten Takte von »*Vår Gud han er så fast en borg* – Ein feste Burg ist unser Gott« intonierte.

Nach dem Gottesdienst gesellten sich die Treskes vor der Kirche zu einer Gruppe mit Bekannten. Liv dagegen musste unverzüglich nach Hause zurückkehren, um das Mittagsmahl zuzubereiten. Während sie durch die Straßen lief, blickte sie mehrmals zum Himmel und fragte sich, ob das Wetter wohl halten würde. Ein frischer Wind blies von Westen und trieb Wolken vor sich her, die sich zeitweise vor die Sonne schoben. Das Essen sollte im Freien an einer langen Tafel auf der Wiese vor der Missionsschule aufgetragen und zusammen mit Mitgliedern der Missionsgesellschaft, Angestellten und Schülern eingenommen werden.

Während die Küche der Schule gebratene Hähnchen und Enten beisteuerte, war Liv das Kochen der Vorsuppe und der Beilagen für den Hauptgang übertragen worden. Bereits am Tag zuvor hatte sie zusammen mit Frau Bryne mehrere Sahnetorten gebacken, die sie nun mit frischen Erdbeeren dekorieren würde – eine weitere Anspielung auf die Flämmchen der Pfingst-Erleuchtung.

Der von Liv befürchtete Regenschauer setzte ein, als sie eben die leer gegessenen Teller des Hauptgangs abräumte. Unter Gelächter und Rufen sprang die Festgesellschaft auf. Während Frau Treske die Mitglieder des Missionsvereins in ihr Wohnzimmer führte und Liv bat, ihnen dort Kaffee und Torte zu servieren, flüchteten die Schüler und Angestellten ins Schulgebäude, um dort weiter zu tafeln. Elias nutzte den Trubel, um sich in sein Zimmer zurückzuziehen und Kaja mit den Erdbeeren zu füttern, die Liv ihm zugesteckt hatte. Sie hatte die Dohle während des Essens ein paarmal über die Wiese fliegen sehen. Zu ihrer Erleichterung hatte sich der Vogel Elias jedoch nicht genähert, sondern war zu dem Baum hinterm Haus zurückgekehrt, auf dem er für gewöhnlich saß und auf den Jungen wartete, wenn dieser unterwegs war.

Liv füllte eben eine Porzellankanne mit Kaffee, als sie im Flur vor der Küche den Bariton von Halvor Eik hörte. Offenbar war er gerade eingetroffen und wurde von Oddvar Treske in Empfang genommen. Liv biss sich auf die Lippe. Hoffentlich kam er nicht auf die Idee, ihr in der Küche einen Besuch abzustatten. Behutsam stellte sie die Kanne auf ein Tablett und ging auf Zehenspitzen zum Geschirrschrank, um die Zuckerdose zu holen. Dabei kam sie an der einen Spalt breit offen stehenden Tür vorbei.

»Ich freue mich, dass Sie heute doch noch zu uns gefunden haben«, hörte sie den Lehrer sagen.

»Ich wollte eigentlich schon vor ein paar Tagen zurück sein«, antwortete Halvor Eik. »Aber wie es so geht, manches dauert eben länger als geplant.«

»Hauptsache, Sie hatten Erfolg.«

Offenbar war ein Nicken die Antwort, denn Oddvar Treske fuhr fort: »Das freut mich ungemein. Es ist ja kein Geheimnis, dass ich anfangs nicht so begeistert von Ihrem Vorhaben war. Aber Ihr Vorschlag hat mich überzeugt, und ich möchte Ihrem Glück gewiss nicht im Wege stehen!«

»Vielen Dank, ich weiß das sehr zu schätzen. Und ich darf Ihnen versichern, dass Sie keinen schlechten Tausch machen. Laut Pfarrer Nylund, der die Familie Svale ja gut kennt, ist die Schwester ebenfalls sehr anstellig und ein fügsames, fleißiges Mädchen.«

»Sie steht aber doch bei einem Bauern in Diensten, wenn ich das richtig verstanden habe?«, fragte Oddvar Treske.

Liv zuckte zusammen. Sprachen die beiden von ihrer Schwester Gudrun? Sie war anderthalb Jahre jünger als sie und arbeitete seit zwei Jahren als Magd auf einem Hof in der Nähe von Ålgård, einem Dorf zehn Kilometer südöstlich von Sandnes. Liv hatte sie das letzte Mal kurz an Weihnachten gesehen und seither nichts mehr von ihr gehört.

»Das stimmt«, erwiderte Halvor Eik. »Ich habe ihn aber schon aufgesucht und mit ihm gesprochen. Er ist bereit, ihren Vertrag vorzeitig zu kündigen. Einer Entlassung von Liv Ihrerseits steht also nichts mehr im Wege.«

Liv erstarrte. Um ein Haar wäre ihr die Zuckerdose entglitten. Sie stellte sie rasch auf dem Tisch ab und rang nach Luft, während sich auf dem Gang die Stimmen Richtung Wohnstube entfernten. Warum wollten die Treskes sie entlassen? Ihre Knie zitterten. Sie setzte sich auf einen Schemel. Nein, die Frage musste anders lauten. Warum wollte Halvor Eik, dass sie freigestellt wurde? Offenbar war es seine Idee, ihre Schwester als ihre Nachfolgerin zu holen. Aber warum?

Sie hörte wieder seine tiefe Stimme, mit der er ihr am Nationalfeiertag unten am Hafen mitgeteilt hatte: »Werde ich hier an Bord gehen. Zusammen mit meiner kleinen Frau, die mir hoffentlich bald ihr Jawort gibt.«

Liv fröstelte. Du bist es, mit der er demnächst nach Madagaskar aufbrechen will! Die Erkenntnis raubte ihr den Atem. Sie sackte in sich zusammen. Warum hatte sie das nicht schon damals verstanden? Weil du vor Enttäuschung über Bjarnes Ausbleiben blind und taub gewesen bist, gab sie sich selbst die Antwort. Du hast kaum auf Halvor Eiks Worte geachtet, die dir in dem Moment unwichtig erschienen sind.

Jetzt verfluchte Liv ihre mangelnde Aufmerksamkeit. Sie schloss die Augen und versuchte, sich die Begegnung ins Gedächtnis zurückzurufen. Er hatte sie so forschend und zugleich siegesgewiss angesehen. Aber tat er das nicht immer?

Liv schlug die Augen wieder auf. Es lag auf der Hand, dass der Missionar sich ihrer sicher war. Dass er glaubte, sie wolle ihn heiraten. Anders konnte sie sich sein forsches Vorgehen nicht erklären. Sogar mit dem Bauern, bei dem ihre Schwester arbeitete, hatte er sich bereits geeinigt. Ob man Gudrun gefragt hatte, was sie von dem bevorstehenden Stellenwechsel hielt? Nun, sie wird sich freuen, dachte Liv. Schließlich ist das Leben hier im gepflegten Haus der Treskes ein wahres Zuckerschlecken im Vergleich mit der Schufterei als Magd.

Die Tür wurde aufgestoßen. Ingrid Treske stand im Rahmen und musterte sie mit fragender Miene. »Wo bleibst du denn?«

Liv stand auf und stammelte: »Entschuldigung ... ich ... äh ... mir war ein wenig schwindlig.«

Frau Treskes Miene wurde milder. Bevor sie etwas sagen konnte, setzte Liv rasch hinzu: »Es geht schon wieder.«

Sie griff nach dem Tablett, folgte der Frau des Lehrers ins Speisezimmer und stellte es auf dem Tisch ab, auf dem bereits ein Stapel kleiner Teller und die Kuchenplatte standen. Aus der angrenzenden Wohnstube drangen die Stimmen der Gäste. Liv schielte nervös zur Verbindungstür. Es grauste sie, vor all den Fremden auf Halvor Eik zu treffen, wenn sie Torte und Kaffee servieren musste. Wie würde er sie begrüßen? Als seine Braut, die er demnächst zum Altar führen würde? Allein der Gedanke verursachte ihr Übelkeit. Das Ganze war ein furchtbares Missverständnis, das sie so rasch wie möglich aus der Welt schaffen musste. Aber nicht vor lauter fremden Leuten. Nein, sie konnte ihm jetzt unmöglich unter die Augen treten. Ihr musste rasch eine Ausrede einfallen.

»Am einfachsten ist es wohl, wenn sich heute ausnahmsweise jeder selbst bedient«, sagte Frau Treske, als hätte sie ihre Gedanken gelesen. »Es ist drüben doch recht eng mit all den Leuten. Wir müssen eben ein wenig improvisieren.« Sie nickte Liv zu. »Ruh dich etwas aus. Den Abwasch kannst du später erledigen.«

Liv hauchte ein Dankeschön und schlüpfte auf den Gang. Sie

war schon auf dem Weg zu ihrer Kammer, als sie kehrtmachte. Vor der Eingangstür zögerte sie kurz. Durfte sie das Haus einfach verlassen, ohne um Erlaubnis zu fragen? Frau Treske ging ja davon aus, dass sie sich für ein Schläfchen hinlegte, weil ihr schwindlig war. Aber wenn sie durch Livs Frage mitbekam, dass sie durchaus kräftig genug war, nach draußen zu gehen, würde sie es sich vielleicht anders überlegen und sie umgehend in die Küche zum Geschirrspülen schicken. Das wollte sie nicht riskieren. Sie lauschte. Alles war ruhig. Vorsichtig drückte sie die Klinke hinunter und schlich hinaus.

Der Regen hatte aufgehört, und die Sonne blitzte durch die Löcher, die der Wind in die Wolken riss. Liv sog in tiefen Zügen die frische Luft ein und lief los. Sie hatte so selten Gelegenheit, allein und ohne Auftrag nach draußen zu gehen. Wenn sie es sich recht überlegte, hatte sie noch nie einen Spaziergang gemacht, ohne ein bestimmtes Ziel zu haben. Das war etwas für die reichen Leute, die genug Zeit und Muße hatten.

Liv folgte einem schmalen Trampelpfad über die Felder zum Lille Stokkavatn, einem kleinen See, von dem Elias ihr erzählt hatte. Nach zehn Minuten hatte sie ihn erreicht. Das nördliche Ufer war von einem lichten Wäldchen bewachsen, gegenüber breitete sich ein weites Schilfmeer aus. In dessen Stängeln raschelten und fiepten verschiedene Wasservögel, die dort nisteten, und auf dem Wasser schwammen ein paar Enten mit ihren Küken. Liv setzte sich auf einen bemoosten Felsbrocken und ließ das Idyll auf sich wirken.

Ihr Atem wurde ruhiger. Der Satz: Halvor Eik will, dass ich seine Frau werde, dehnte sich in ihr aus, verlangte ihre Aufmerksamkeit. Sie konnte diese Tatsache nicht länger verdrängen, auch wenn sie ihr nach wie vor unwahrscheinlich vorkam. Der Mann kannte sie doch kaum. Sie hatten selten miteinander gesprochen, von einer echten Unterhaltung konnte schon gar nicht die Rede sein. Warum hatte er es sich in den Kopf gesetzt, ausgerechnet sie zu heiraten? Da er offenbar keinen Wert auf eine Braut aus vermögenden Verhältnissen und mit einer höheren Bildung legte, mussten es andere Eigenschaften sein, die ihn reizten. Liv kniff die Augen leicht zusammen und versuchte, sich selbst aus der Sicht des Missionars zu betrachten.

Fand er sie schön? Weckte sie sein leibliches Begehren, wie Pfarrer Nylund es mit gesenkter Stimme zu nennen pflegte? Liv ließ den Blick an sich hinuntergleiten: Ihre Figur hatte sich im Haus der Treskes, in dem sie nie hungrig zu Bett gehen musste, ein klein wenig gerundet – von kurviger Weiblichkeit war sie jedoch weit entfernt. Sie war muskulös und sehnig. Dazu kamen ihre vom vielen Waschen, Putzen und Spülen rauen und geröteten Hände. Im Vergleich zu den jungen Damen, denen Halvor Eik bei seinen Vorträgen und anderen Veranstaltungen begegnete, nahm sie sich wie ein grober Klotz aus.

Einen kurzen Moment schweiften Livs Gedanken zu Bjarne. Wie sah er sie? Auch er hatte viele Gelegenheiten, auf gepflegte Schönheiten zu treffen. Liv unterdrückte ein Seufzen und zwang sich, wieder zu Halvor Eiks Beweggründen zurückzukehren. Wie hatte er ihre Schwester Gudrun beschrieben? »Ebenfalls sehr anstellig und ein fügsames, fleißiges Mädchen.« Sie setzte sich aufrechter hin und murmelte: »Das muss es sein. Er sucht eine tüchtige Hausfrau, die keine großen Ansprüche stellt und zupacken kann.«

Von Frau Treske wusste sie, dass das Leben als Missionarsfrau auf Madagaskar sehr entbehrungsreich und mühsam sein konnte. Ihre Dienstherrin hatte durchblicken lassen, dass sie heilfroh gewesen war, als sie nach Norwegen zurückkehren durfte. Dabei hatten sie und ihr Mann nicht in einer der abgelegenen Stationen irgendwo in der Wildnis gelebt, sondern in Antsirabe, einer Stadt im Landesinneren, wo die norwegischen Missionare seit einigen Jahrzehnten unter anderem ein Krankenhaus, eine Lepra-Station, ein Kinderheim und eine Schule unterhielten. Frau Treske hatte mehrere einheimische Dienstboten zur Verfügung gehabt und ein Leben geführt, das nicht viel mit dem der meisten Missionarsfrauen gemein hatte. In den kleineren Ansiedlungen, die sich weitgehend selbst versorgten, mussten sie sich um das Vieh und die Landwirtschaft kümmern und den Haushalt in Schuss halten, während ihre Männer die heidnischen Seelen bekehrten, Kinder unterrichteten und Kranke versorgten.

Liv presste die Lippen aufeinander. Kein Wunder, dass Halvor Eiks Wahl auf sie gefallen war. In seinen Augen war sie ein strapazierfähiges Arbeitstier, das sich glücklich schätzen durfte, von ihm auserkoren zu sein, ihn bei seiner wichtigen Aufgabe zu unterstützen. Mit dieser Einstellung war er nicht allein. Die Treskes waren offenbar einverstanden, die Köchin würde sie beglückwünschen, und ihre eigene Familie wäre aus dem Häuschen vor Freude. Liv sah das selige Lächeln ihrer Mutter förmlich vor sich, das sich bei dieser Nachricht auf deren abgehärmten Gesicht ausbreiten würde. Die Aussicht, ihre Tochter könnte in bessere Kreise aufsteigen und die Welt der dunklen Katen, des Hungers und der Hoffnungslosigkeit ein für allemal hinter sich lassen, wäre ihr ein Trost in ihrem an Freude so armen Leben.

Aber ich will das nicht!, schrie es in Liv. Ich will nicht mit einem Mann zusammen sein, der mir Angst einflößt und das Gefühl gibt, ein unmündiges Geschöpf zu sein, das ihm willig zu Diensten ist und überallhin folgt. Ein kleines Stimmchen flüsterte: Bjarne würdest du folgen. Selbst an noch entlegenere, unwirtlichere Orte als dieses Madagaskar. Ja, aber Bjarne ist nicht mehr da, würgte sie den Einwand ab. Es hat keinen Sinn, mir auszumalen, was ich für ihn täte.

Liv stand auf. Sie musste mit Halvor Eik sprechen und ihm sagen, dass sie ihn nicht begleiten würde. Ihr Magen zog sich zusammen. Ihre Beine weigerten sich, den Rückweg anzutreten.

Es war nicht nur die unmittelbar bevorstehende Auseinandersetzung mit dem Missionar, die sie zögern ließ. Fast noch mehr fürchtete sie die Reaktion der anderen, die ihre Entscheidung ziemlich sicher weder verstehen noch gutheißen würden.

Haben sie recht? Muss ich dankbar sein, dass er mich erwählt hat und mir ein besseres Leben bietet, als es sich meine Eltern je für mich hätten träumen lassen? Liv sackte auf den Felsbrocken zurück. Bin ich denn kaum etwas Besseres als ein Stück Vieh, für das ein neuer Eigentümer gefunden werden muss? Das nicht gefragt wird, an wen man es verscherbelt? Das zufrieden sein muss, wenn es in einen einigermaßen anständigen Stall kommt und nicht zu Tode geschunden wird?

Ein Wimmern entrang sich ihrer Kehle. Gab es keinen Ausweg? War das das Leben, das Gott für sie vorgesehen hatte? Sie schlug die Hände vors Gesicht und schluchzte.

Nein, jeder Mensch hat das Recht, selbst über sich zu bestimmen. Lass dir nichts anderes einreden!

Liv schaute sich unwillkürlich um, so deutlich hatte sie Bjarnes Stimme gehört. Sie war nach wie vor allein am Seeufer. Sie richtete sich auf. Auch wenn sie Bjarne nie wiedersah, er hatte ihre Sicht auf die Welt für immer verändert! Sie würde sich nicht mehr willenlos herumschieben lassen. Liv erhob sich und ballte die Fäuste. »Genau das werde ich Halvor Eik mitteilen«, sagte sie laut. »Komme, was da wolle!«

28

Kopenhagen/Göteborg, Juni 1905 – Karoline

Nach einer Nacht voller beunruhigender Träume, in denen sie orientierungslos durch ein Gewirr von Straßen und Gässchen irrte, verfolgt von einem Wesen, das sie nie zu Gesicht bekam, dessen Stimme jedoch allgegenwärtig raunte: »Ich werde dich kriegen, gleich hab ich dich!«, fühlte sich Karoline zerschlagen und kraftlos. Es kostete sie viel Selbstüberwindung, aufzustehen, Toilette zu machen und mit einem Lächeln in Frau Bethges Zimmer zu treten, wo bereits das Frühstück auf einem niedrigen Sofatisch bereitstand.

Frau Bethge saß im Morgenmantel in einem Sessel, strahlte sie an und deutete auf das Fenster, durch das helles Sonnenlicht flutete. »Was für ein Wetter! Wie gemacht für einen Tag auf See. Wir werden nachher eine wunderschöne Überfahrt haben.«

Karoline nickte. Es fiel ihr schwer, den Argwohn, den Idas Brief geweckt hatte, angesichts der heiteren Miene und der Unbefangenheit ihrer Arbeitgeberin aufrechtzuerhalten. Sei dennoch auf der Hut, befahl sie sich. Leute, die Übles im Schilde führen, verfügen oftmals über ein beachtliches schauspielerisches Talent, mit dem sie ihre Opfer in Sicherheit wiegen, bevor sie zum Schlag ausholen.

Karoline zog einen Umschlag aus ihrer Tasche und legte ihn auf die Briefe, die ihr Frau Bethge am Abend zuvor diktiert hatte. Es wurde Zeit, ihrer Arbeitgeberin auf den Zahn zu fühlen. Noch in der Nacht hatte sie einen kurzen Brief an Ida geschrieben, in dem sie ihr das nächste Reiseziel mitteilte und ankündigte, der Sache mit den geöffneten Umschlägen auf den Grund zu gehen.

»Ich muss nachher noch eine kleine Besorgung machen«, sagte sie, um einen beiläufigen Tonfall bemüht. »Bei der Gelegenheit könnte ich unsere Briefe beim Postamt aufgeben.« Sie vermied es, Frau Bethge anzusehen. Mit angehaltenem Atem wartete sie auf ihre Reaktion. Die Antwort kam prompt.

»Vielen Dank, meine Liebe. Das ist eine sehr gute Idee. So gelangen sie gewiss schneller ans Ziel, als wenn sich das Hotel darum kümmert. Da weiß man ja nie, wie lange sie noch irgendwo herumliegen.«

Karoline nahm die Umschläge und verstaute sie in ihrer Tasche. Dabei warf sie Frau Bethge einen verstohlenen Blick zu. Sie machte nach wie vor einen entspannten Eindruck, nichts wies darauf hin, dass sie verärgert oder enttäuscht war, keinen Zugriff mehr auf Karolines Brief zu haben. Waren Idas Verdächtigungen also unbegründet und ihre eigenen Vermutungen Ausgeburten einer überhitzten Fantasie? Es war auch denkbar, dass Ida sich nur einbildete, ihre Briefe seien geöffnet worden.

Karoline beschloss, bis auf Weiteres davon auszugehen. Es schadete sicher nicht, auf der Hut zu bleiben – sich in unbegründeten Ängsten zu verlieren dagegen sehr wohl. Die Entscheidung vertrieb die letzten Schatten, die Karolines Gemüt verdunkelt hatten. Sie setzte sich Frau Bethge gegenüber an den Sofatisch, schenkte sich eine Tasse Kaffee ein und biss voller Appetit in ein *wienerbrød*, ein mit Marzipan gefülltes Plunderhörnchen.

Wenig später klopfte es an der Tür, und ein Page steckte den Kopf herein. »Entschuldigen Sie bitte die Störung. Ich habe ein Telegramm für Fräulein Bogen.«

Er trat auf Karoline zu und hielt ihr ein Silbertablett hin, auf dem ein zusammengefaltetes Blatt Papier lag. Sie zog die Augenbrauen hoch und spürte ihren Mund trocken werden. Die Botschaft konnte nur von Ida stammen. Es musste etwas

Schlimmes geschehen sein. Einer Bagatelle wegen würde sie nicht telegrafieren.

»Sie erlauben«, sagte sie an Frau Bethge gewandt und nahm das Telegramm.

Reise nach Norwegen zu unsicher. Kriegsgefahr! Komm bitte zurück. In Sorge, Ida

»Schlechte Nachrichten?«, fragte Frau Bethge.

Gleichzeitig erkundigte sich der Page, ob er eine Antwort abwarten und weiterleiten sollte.

Karoline schüttelte den Kopf, gab ihm ein Trinkgeld und schickte ihn weg.

»Ich weiß nicht, was ich davon halten soll«, sagte sie anschließend zu Frau Bethge. »Eine Freundin von mir befürchtet, dass in Norwegen ein militärischer Konflikt bevorsteht, und hält es für gefährlich, jetzt dorthin zu fahren.«

Frau Bethge runzelte die Stirn. »Vermutlich geht es um die Querelen mit Schweden. In letzter Zeit gab es gehäuft Meldungen darüber. Die Norweger wollen es wohl nicht länger hinnehmen, dass sie keine eigenen Konsulate unterhalten dürfen. Wenn die Schweden weiter stur bleiben, könnte das zum Bruch der Union führen.«

Sie griff nach der Morgenausgabe der »Berliner Börsen-Zeitung« vom Samstag, den zehnten Juni, und begann, darin zu blättern. »Sie ist zwar von gestern, aber besser als nichts.«

Karoline starrte auf Idas Telegramm. Auf Familienfesten war zwischen Moritz und seinem Onkel die Sprache oft auf Norwegen gekommen. Freiherr Waldemar von Dyhrenfurth hatte das nordische Land vor seinem Unfall regelmäßig besucht und verfolgte die Geschehnisse und insbesondere das Streben nach Unabhängigkeit in Norwegen mit großem Interesse. 1895 war sein Neffe Moritz ebenfalls dorthin gereist. Zum einen, um in Waldemars Auftrag Bilder norwegischer Künstler zu erwerben. Zum anderen in geheimer Mission als militärischer Berater für Festungsbau. Und als Verführer der armen Sofie, flüsterte ein Stimmchen. Karoline drängte die Erinnerung daran weg und konzentrierte sich wieder auf die Gesprächsfetzen, die bei ihr hängen geblieben waren: Das norwegische Heer hatte im Konflikt mit dem ungeliebten Unionspartner massiv aufgerüstet. Dabei wurden auch die Grenzen nach Schweden verstärkt, um das Land gegen einen Angriff zu wappnen.

»Ah, hier steht etwas«, rief Frau Bethge. »Offenbar hat sich die Krise dramatisch zugespitzt. Norwegen versteht sich nicht länger als Untertan des schwedischen Königs.« Sie las vor: »Durch dieses revolutionäre Vorgehen hat das Storting nicht nur ohne Mitwirkung des Königs, sondern auch ohne jede Rücksichtnahme auf Schweden aus eigener Machtvollkommenheit über das Aufhören einer Union Beschluss gefasst, die auf Grund gegenseitigen, durch Gesetz festgelegten Abkommens besteht und die ohne die Zustimmung beider Länder nicht aufgehoben werden kann. Dieser Beschluss des Stortings ist eine schwere Verletzung der Rechte Schwedens.« Sie schaute Karoline über den Rand der Zeitung hinweg an. »Das klingt in der Tat beunruhigend. Ich kann mir nicht vorstellen, dass die Schweden das einfach so hinnehmen werden. Und das könnte durchaus ernste Folgen haben.«

»Sie meinen also auch, dass es zu einem Krieg kommen könnte?«, fragte Karoline.

»Das steht zu befürchten, da gebe ich Ihrer Freundin recht«, antwortete Frau Bethge.

Karoline rieb sich die Stirn. Möglicherweise unmittelbar Zeugin einer militärischen Konfrontation zu werden, mutete sie unwirklich an. Zwar waren die Zeitungen täglich voll von spaltenlangen Berichten über den japanisch-russischen Krieg im chinesischen Meer, den blutigen Konflikten der deutschen Schutztruppen mit den Hottentotten in Deutsch-Südwestafrika oder den Unruhen auf Kreta gegen die britische Besatzung. Breiten Raum nahmen auch die Gefechte zwischen Truppen des Osmanischen Reichs und des Königs von Montenegro, die Aufstände der Marokkaner gegen die Vorherrschaft der Europäer sowie Pogrome gegen Juden in Polen und die gewaltsame Niederschlagung von Streiks in Russland ein. Doch all das geschah in weiter Ferne und hatte keinen spürbaren Einfluss auf ihr eigenes Leben. Karoline ertappte sich dabei, die Vorstellung, sich mitten in ein solches Geschehen zu begeben, nicht nur beunruhigend, sondern auch aufregend zu finden.

»Und wer weiß, ob Deutschland da nicht auch mit hineingezogen wird«, drang Frau Bethges Stimme in ihre Gedanken. »Es ist schließlich kein Geheimnis, dass unser Kaiser den schwedischen König sehr schätzt und vor allem kein Freund von revolutionären Umbrüchen ist.«

Karoline legte den Kopf schief. »Das stimmt schon. Aber ich weiß von meinem … äh … ich habe mal aufgeschnappt, dass seine Minister in dieser Frage anders denken. Sie haben Seiner Majestät immer wieder erklärt, dass es äußerst unklug wäre, sich direkt einzumischen.«

»Nun, hoffen wir, dass sie Gehör finden. Der Gute ist ja manchmal etwas impulsiv.«

Karoline versteifte sich ein wenig. Es ziemte sich nicht, derart despektierlich über den Monarchen zu sprechen. Frau Bethge verzog den Mund zu einem winzigen Lächeln und entfaltete die »Vossische Zeitung«. Während sie darin blätterte, rief sich Karoline Bemerkungen von Moritz ins Gedächtnis, der in Berlin mit Vertrauten des Kaisers verkehrte und einen guten Einblick in dessen Meinung zu den skandinavischen Verhältnissen hatte.

Obwohl Wilhelm II. ein erklärter Freund Norwegens war, stand er – im Gegensatz zu den meisten seiner Berater und

Minister – einer Auflösung der Union ablehnend gegenüber. In der Vergangenheit hatte er mehrfach versucht, den schwedischen König zu einem harten Durchgreifen gegen die Rebellen zu bewegen, die an dessen Machtanspruch rüttelten. Zu einer Einmischung des Deutschen Reiches in den Konflikt war er jedoch nicht bereit und verweigerte die Erfüllung von König Oskars Wunsch, ihn aktiv zu unterstützen und ihm Truppen und Kriegsschiffe gegen das »toll gewordene« Norwegen zur Verfügung zu stellen. Intern pflegte der Kaiser sich sogar abfällig über den schwedischen Monarchen und dessen Regierung zu äußern und hatte bereits zehn Jahre zuvor geschimpft: »Die ollen Schweden werden sich doch noch aufrappeln müssen.« Ihr mangelnder Elan hatte seiner Meinung nach einen einfachen Grund: »Das liegt an dem großen Konsum schwedischen Punsches, der die Leute obtus und plump macht.« Sie hatte das ihr unbekannte Wort »obtus« damals nachgeschlagen und erfahren, dass es »stumpf« bedeutete.

Frau Bethge ließ die Zeitung auf ihren Schoß sinken und trank einen Schluck Kaffee. »Sie liegen richtig, Fräulein Bogen«, sagte sie. »Es ist unwahrscheinlich, dass König Oskar mit deutscher Hilfe rechnen kann. Unser Reichskanzler hat dem schwedischen Kronprinzen Gustav, der zur Hochzeit unseres Kronprinzen in Berlin weilte, die Hoffnung auf deutsche Unterstützung genommen und klargemacht – ich zitiere: ›Wir haben gar kein Interesse daran, die Norweger schlecht zu behandeln.‹ Und der Kaiser hat vorgestern in Hinblick auf den schwedischen König ziemlich unverblümt gesagt: ›Wir haben Mitleid mit dem alten Mann, aber helfen wollen wir ihm nicht.‹«

»Das sind deutliche Worte«, sagte Karoline. »Bleibt abzuwarten, wie sich England und Russland verhalten werden. Und ob in Norwegen und Schweden die Befürworter einer bewaffneten Auseinandersetzung die Oberhand gewinnen oder die gemäßigten Kräfte.«

319

»Hoffen wir auf die Vernunft«, sagte Frau Bethge. Nach kurzem Schweigen beugte sie sich zu Karoline und sah ihr in die Augen. »Wenn Sie Bedenken haben weiterzureisen und lieber wieder nach Deutschland zurückkehren möchten, dann sagen Sie es bitte offen. Ich könnte das verstehen und würde es Ihnen nicht übelnehmen.«

Karoline erwiderte ihren Blick. Beschämt dachte sie an die Verdächtigungen, die sie in der Nacht wach gehalten hatten. Sie fielen in diesem Moment endgültig in sich zusammen. Wie hatte sie nur annehmen können, diese freundliche Person würde ein hinterhältiges Spiel mit ihr treiben und sie ausspionieren? Wer auch immer ihre Briefe an Ida geöffnet hatte – Frau Bethge war es gewiss nicht gewesen.

»Nein, ich habe überhaupt keine Bedenken«, antwortete sie und spürte, dass es sich genauso verhielt. »Ich muss gestehen, dass ich es sogar aufregend finde. Ich meine, die Möglichkeit zu haben, hautnah ein historisches Ereignis mitzuerleben. Die Gelegenheit bietet sich nicht alle Tage. Und wenn sich die Lage tatsächlich gefährlich zuspitzen sollte, können wir uns ja immer noch in Sicherheit bringen. Das werde ich auch meiner Freundin mitteilen.«

In Frau Bethges Augen blitzte es auf. »Sie sind vom rechten Schrot und Korn! Dann also auf nach Göteborg!«

Am Pfingstmontag betraten sie um die Mittagszeit schwedischen Boden. Auf der sechzehnstündigen Dampferfahrt hatten sie – wie von Frau Bethge vorhergesagt – schönstes Wetter gehabt. Auch das Kattegat, die Meerenge zwischen Schweden und Jütland, das seinen Namen »Katzenloch« den durch Untiefen und Felsriffen beengten Fahrrinnen verdankte und als gefährliches Gewässer bekannt war, passierten sie bei glatter See. Nachdem der Dampfer durch einen riesigen Schärengarten mit unzähligen Felseninselchen gefahren war, hatte er den Hafen von Göteborg angesteuert.

Die nach Stockholm größte Stadt Schwedens lag halbkreisförmig an der östlichen Mündung des Flusses Göta älv und war von holländischen Kolonisten, die sich hier neben Schotten und Deutschen im siebzehnten Jahrhundert angesiedelt hatten, nach niederländischer Tradition symmetrisch angelegt worden. Die geraden Straßen wurden größtenteils von zwei- bis dreistöckigen Steinhäusern gesäumt und von mehreren schiffbaren Grachten gekreuzt.

Zu Karolines Bedauern wollte Frau Bethge unverzüglich zur Insel Särö weiterfahren, wo ihre Bekannte Frigga Carlberg die Sommermonate verbrachte. Zu gern hätte sie die Innenstadt durchstreift, den Dom und die deutsche Christinenkirche besichtigt, das Kunstmuseum besucht sowie einen Spaziergang durch den Volkspark Slottskogen gemacht, in dem sich laut dem »Baedeker's« Gehege mit Hirschen und Elchen befanden. Bereits in Kopenhagen hatte Karoline jedoch bemerkt, dass Auguste Bethge wenig Interesse an Sehenswürdigkeiten und Museen hatte und das Flanieren durch Einkaufsstraßen oder Gartenanlagen für Zeitverschwendung hielt. Ihr Motto lautete: Berge von unten, Kirchen von außen, Wirtshäuser von innen.

Mit der Säröbahn, die erst zwei Jahre zuvor ihren Betrieb aufgenommen hatte, ging es stadtauswärts Richtung Süden. Nach fünfzigminütiger Fahrt erreichten sie ihr Ziel, die nur durch einen schmalen Wassergraben vom Festland getrennte Insel, auf der sich eines der schönsten Seebäder der schwedischen Westküste befand. Es diente nicht nur begüterten Göteborgern als Sommerfrische, sondern wurde auch – wenn man dem Reiseführer Glauben schenken durfte – von der schwedischen Königsfamilie regelmäßig besucht. Vom Bahnhof aus ließen sie sich auf die andere Seite der Insel kutschieren. Im Gegensatz zu den meisten Schären, die ohne nennenswerte Vegetation vor der Küste lagen und Karoline an schrumpelige Elefantenrücken erinnerten, war Särö von Wäldern mit uralten Buchen, Kiefern und Eichen bedeckt, zwischen denen sich mächtige, dunkle Steinkegel erhoben.

Frigga Carlberg hatte für Auguste Bethge und Karoline Zimmer in einem Gasthaus reserviert, das am Rande eines weiten, zur Meeresküste niedergehenden Tales lag. Daneben entdeckte Karoline Tennisplätze und einige Holzhäuser. Ringsumher an den Hängen, im Inneren der Wälder und auf der felsigen Küste standen die Blockhausvillen der Göteborger Handelsherren und anderer reicher Bürger. Darunter auch das Feriendomizil der Carlbergs.

Der Mann von Frau Bethges Bekannter, die sie ebenfalls auf dem Berliner Kongress getroffen hatte, war ein hoher Postangestellter in Göteborg. Seine Frau Frigga engagierte sich in der Armenfürsorge, hatte kürzlich ein Heim für Kinder tuberkulosekranker Eltern eröffnet und war die Mitbegründerin und Vorsitzende des Göteborger Frauenvereins, der sich für die Einführung des Frauenwahlrechts starkmachte.

Im Hotel hatte sie eine Botschaft für Frau Bethge hinterlegt, in der sie ihr mitteilte, sie erst am folgenden Tag begrüßen zu können. Ein dringender Termin habe sie kurzzeitig fortgerufen. Frau Bethge nahm es gelassen und beschloss, das im »Baedeker's« angepriesene Warmbad aufzusuchen, sich eine Massage zu gönnen und zeitig zu Bett zu gehen. Mit den Worten: »Wir sehen uns dann morgen in alter Frische beim Frühstück« gab sie Karoline den Rest des Tages frei.

Särö bei Göteborg, Pfingstmontag 1905

Liebe Ida,

mittlerweile sind wir nun also in Schweden, genauer auf Särö, einer kleinen Insel in der Nähe von Göteborg. Es ist schon fast halb elf Uhr abends, doch draußen ist es immer noch nicht richtig dunkel. Die Tage sind hier merklich länger als daheim, die Sonne geht erst nach zehn Uhr unter, also eine gute Stunde später als bei euch in Görlitz. Mein Körper ist müde und sehnt sich nach Schlaf, meine Sinne dagegen sind hellwach. Bevor ich mich also sinnlos in den Laken wälze, nutze ich die Gelegenheit, um Dir endlich wieder ausführlicher zu berichten.

Vorhin bin ich zum Festland hinübergewandert. Ganz allein! Es war ungewohnt – und einfach herrlich! Die Landschaft hier mutet oft urtümlich und schroff an – ein starker Kontrast zu den lieblichen Reizen unserer schlesischen Berge und Täler.

Vorbei an weißen Holzvillen und rot gestrichenen Bauernhäusern ging es über viel Gestein hinauf auf einen steilen Felsen. Die Mühe hat sich gelohnt, die Aussicht raubte mir schier den Atem! Weit unter mir lag das kleine grüne Särö, das sich neben all den kahlen Klippeninseln wie ein grüner Juwel ausnahm. Dahinter breitete sich das tiefblaue Meer aus, auf dem ich einen der schwarz-gelb gestrichenen Schärendampfer ausmachte, der Richtung Göteborg unterwegs war. Drehte ich mich um, sah ich landeinwärts eine unendliche Felsenwüste, die im Schein der tief stehenden Sonne violett schimmerte. Kein Laut störte die Stille, kein Mensch ließ sich blicken. Nur weit entfernt erspähte ich eine Schafherde zwischen Heidekrautbüscheln und Wachholdersträuchern. Auch wenn es nicht Italien war, ich fühlte mich versucht, mit Goethe zu rufen: »Auch ich in Arkadien!«

Aber genug von meinen Naturschwärmereien, die Dir vermutlich unangemessen erscheinen angesichts der drängenden Fragen, die im Raume stehen. Ich sehe Dich schon mit leisem Vorwurf den Kopf schütteln... Und Du hast ja recht! Aber für mich war dieser kleine Spaziergang so viel mehr als nur ein Spaziergang. Er war wie ein Sinnbild, gab mir eine Ahnung von einem Leben, in dem mir niemand vorschreibt, wohin ich meine Schritte lenken, welche Ziele ich ansteuern und welchen Weg ich wählen soll. Aber nun endgültig genug davon und zurück zu den »ernsten« Dingen:

Deine Bedenken, die politische Krise zwischen Schweden und Norwegen betreffend, nehme ich sehr ernst, werde meine Reise aber dennoch vorerst fortsetzen. Zu meiner Entscheidung hat sicher auch Frau Bethge beigetragen, die ein gutes Gespür für lauernde Gefahren und Veränderungen hat und nicht zu riskanten Unternehmungen neigt. Sollte sich die Situation also in Richtung Krieg zuspitzen, werden wir uns rechtzeitig aus der Schusslinie begeben.

Du merkst es ohne Zweifel: Ich vertraue Frau Bethge und bin überzeugt, dass sie mir nicht hinterherspioniert. Das mag auch daran liegen, dass sie mir auf unserer langen Dampferfahrt einen Einblick in ihr früheres Leben gewährt hat.

Ida, es ist der reinste Roman und könnte ohne Weiteres in der »Gartenlaube« gedruckt werden!

Wie ich vermutet hatte, stammt Auguste Bethge aus sehr einfachen Verhältnissen. Ihre Eltern starben früh, ihre Jugend bei einer entfernten Verwandten war von Entbehrungen und Lieblosigkeit geprägt. Als sie Anfang zwanzig war, sah es für einen Moment so aus, als würde der berühmte Traumprinz – hier in Gestalt eines reichen Fabrikantensohns – das Aschenputtel auf sein weißes Pferd heben und in sein Schloss heimführen. Es war die große Liebe – auf beiden Seiten! Doch seine Eltern machten dem jungen Glück einen dicken Strich durch die Rechnung und zwangen ihren Sohn in eine Ehe mit einer sehr guten Partie.

Meiner Frau Bethge brach schier das Herz. Die nächsten zwanzig Jahre verdingte sie sich als Haushälterin eines Witwers und verbrachte ein zurückgezogenes, arbeitsreiches Dasein. Ihr

Dienstherr behandelte sie anständig, schien sie aber weniger als menschliches Wesen als vielmehr wie einen dienstbaren Geist wahrzunehmen. Mit seinen beiden Kindern hatte er nach einem Zerwürfnis, dessen Ursache Frau Bethge nie ergründen konnte, keinen Kontakt mehr. Er lebte auch sonst sehr einsiedlerisch. Er war äußerst sparsam, um nicht zu sagen geizig, und hatte außer ihr keine Dienstboten fest angestellt. Daraus schloss Frau Bethge, dass er nur über bescheidene Mittel verfügte.

Welch ein Irrtum! Nach seinem Tod gingen sein Haus und sein Bankvermögen, das in der Tat nicht sehr bedeutend war, an seine Kinder. Frau Bethge, die wenigstens auf eine kleine Zuwendung gehofft hatte, ging bis auf ein paar abgenutzte Haushaltsutensilien leer aus. Unter diesen war ein unscheinbares Kästchen ... Und darin befand sich – im wahrsten Sinne des Wortes! – der Schlüssel zu dem Vermögen, das Frau Bethge seit drei Jahren ein komfortables Auskommen sichert und ihr auch in Zukunft ein behagliches Leben ermöglichen wird. In einem Bankfach, von dem niemand wusste, hatte der Witwer Aktienpapiere mehrerer aufstrebender Unternehmen deponiert und dafür gesorgt, dass sie nicht seinen Kindern in die Hände fielen, sondern der treuen Seele, die ihn so lange umsorgt hatte.

Ich gestehe, ich hatte Tränen in den Augen, als Frau Bethge mir das erzählte. Und ein sehr schlechtes Gewissen, weil ich selbst aus meinem Herzen eine Mördergrube mache und weiterhin verschweige, wer ich eigentlich bin. Ach Ida, ich sehe dich verwundert die Brauen hochziehen und höre Dich fragen: »Was hält dich davon ab? Wenn du Frau Bethge so große Wertschätzung entgegenbringst und ihr vertraust?«

Die Frage ist mehr als berechtigt! Und glaube mir, ich war schon drauf und dran, reinen Tisch zu machen. Aber die Scham war zu groß. Ich könnte es nicht ertragen, wenn Frau Bethge mich lächerlich findet. Ich weiß aber, dass ich mir früher oder später ein Herz fassen muss ...

Den unverhofften Geldsegen will Frau Bethge übrigens in erster Linie dazu nutzen, sich für weniger glückliche Frauen und Mädchen einzusetzen. Da sie dabei auch auf die Unterstützung einflussreicher Persönlichkeiten hofft, ist es ihr ein Anliegen, diesen auf Augenhöhe begegnen zu können.

Diesem Wunsch war die ausdrückliche Betonung der »tadellosen Umgangsformen« geschuldet, die sie in der Stellenanzeige von einer Gesellschaftsdame erwartete. Wir konnten uns ja keinen rechten Reim darauf machen. Ich soll nicht nur ihrer Korrespondenz mit amtlichen Stellen und höher stehenden Leuten den richtigen Schliff verpassen, sondern sie auch über deren Denkweisen und Etikette in Kenntnis setzen und auf zukünftige Begegnungen vorbereiten. Sie gibt zwar persönlich nicht viel auf solche – ihrer Meinung nach – oftmals hohlen Förmlichkeiten, hat aber eingesehen, dass es in manchen Fällen hinderlich ist, sich ihnen zu verweigern.

Ich kann es nicht anders sagen: Ich fühle mich geehrt, Frau Bethge ein Stück des Weges begleiten und ihr – soweit es in meinen bescheidenen Möglichkeiten liegt – helfen zu dürfen. Es ist wohltuend und inspirierend, an der Seite dieser Frau Zeit zu verbringen. Wenn es doch nur mehr solcher Menschen gäbe! Die Welt wäre eine bessere!

Mit den herzlichsten Grüßen schließe ich für heute und schicke Dir einen innigen Kuss,

Deine Karoline

29

Stavanger, Juni 1905 – Liv

»Wo kommst du denn jetzt her?«

Liv schrak zusammen und drehte sich um. Ingrid Treske stand am Ende des Flurs hinten im Halbschatten und kam nun mit einem vorwurfsvollen Ausdruck auf sie zu.

»Ich habe überall nach dir gesucht. Du wolltest dich doch in deiner Kammer ausruhen. Es war mir sehr peinlich, Herrn Eik unverrichteter Dinge gehen lassen zu müssen.«

Liv unterdrückte ein Seufzen. Ihr Plan, sich unbemerkt in die Küche zu stehlen, mit dem Abwasch zu beginnen und Halvor Eik, den sie noch unter den Gästen in der Wohnstube vermutete, bei seinem Aufbruch abzupassen, war gründlich danebengegangen.

»Ich ... äh ... ich brauchte frische Luft. Und da ich Sie nicht stören wollte, bin ich einfach ...«

Frau Treske schüttelte den Kopf und machte eine abwinkende Handbewegung.

»Du konntest ja nicht wissen, dass er dich sprechen wollte. Dennoch war es nicht recht von dir, dich ohne Erlaubnis zu entfernen.«

Liv senkte den Kopf und murmelte etwas, das als Entschuldigung verstanden werden konnte. In ihr brodelte es. Sie war doch keine Leibeigene, die über keine Minute ihres Lebens selbst verfügen durfte! Doch, laut dem Gesindegesetz bist du als minderjährige Dienstbotin nicht viel besser gestellt, meldete sich ihre kühle Vernunftsstimme. Und komm jetzt bloß nicht auf die Idee, deinen Unmut zu zeigen. Das führt zu nichts. Schlimmstenfalls erfährt ihr Mann davon, und dann wird es richtig unangenehm.

327

Ingrid Treske kehrte in die Wohnstube zurück, wo, dem gedämpften Stimmengewirr nach zu schließen, noch einige Gäste versammelt waren. Liv zog sich in die Küche zurück, wo sich Berge von schmutzigen Tellern und Schüsseln vom Pfingstmahl türmten. Während sie ihnen mit Spülbürste und Scheuermittel zu Leibe rückte, kreisten ihre Gedanken um den Missionar. Sie war sich ziemlich sicher, dass er mit ihr über seine Hochzeitspläne hatte reden wollen. Zu dumm, dass sie ihn verpasst hatte. Je früher sie ihm mitteilte, dass er ohne sie nach Madagaskar zurückfahren würde, umso besser.

Wie aber würde es dann für sie weitergehen? Die Frage löste ein unbehagliches Gefühl in Liv aus. Die Treskes hatten es zwar noch nicht für nötig befunden, mit ihr über die bevorstehenden Änderungen zu sprechen. Da sie sich aber offensichtlich mit Halvor Eik geeinigt hatten, war ihre Kündigung wohl beschlossene Sache. Ihre jüngere Schwester Gudrun war vielleicht bereits auf dem Weg hierher, um ihre Stelle bei den Treskes zu übernehmen. Undenkbar, sie wieder fortzuschicken. Abgesehen von der Enttäuschung, die sie ihr damit zumuten würde, war der Weg zurück versperrt. Der Bauer hatte gewiss schon Ersatz für sie gesucht. Außerdem stand es gar nicht in ihrer Macht, über Gudruns weiteres Schicksal zu bestimmen.

Das strenge Gesicht von Oddvar Treske erschien vor ihrem geistigen Auge. Seine Reaktion auf ihre Weigerung, den Antrag des Missionars anzunehmen, mochte sich Liv gar nicht ausmalen. Wie konnte sie hoffen, als seine Untergebene ihren Willen durchzusetzen, wenn schon Halvor Eik all seine Überredungskünste hatte spielen lassen müssen, um den Lehrer für seinen Plan zu gewinnen? Liv ließ die Bürste sinken und starrte die Kacheln hinter dem Spülstein an. Der Knoten in ihrem Magen verhärtete sich.

»Ich sitze in der Falle«, flüsterte sie.

Einige Stunden später waren die letzten Gäste gegangen. Auf Geheiß von Ingrid Treske bereitete Liv eine einfache *mortesuppe* zu, die sie der Familie nach der Abendandacht servieren sollte. Die Hauptmahlzeit, die an gewöhnlichen Tagen am späten Nachmittag eingenommen wurde, war nach dem üppigen Festmahl ausgefallen. Liv war gerade dabei, eine Mehlschwitze mit Fischbrühe aus Rotaugen abzulöschen, als sie durchs geöffnete Fenster Elias' Stimme hörte, der halblaut vor sich hinsang. Es klang trotzig. Liv rührte um, legte einen Deckel auf den Topf und ging zum Fenster.

Elias war offensichtlich dazu verdonnert worden, Grasbüschel und Unkraut auszuzupfen, die in den Ritzen zwischen den Steinen des Fundaments des Hauses wucherten. Während sich Liv noch fragte, wie er sich wohl diese Strafarbeit an einem Feiertag eingehandelt haben mochte, sah sie Oddvar Treske um die Ecke des Hauses biegen. Elias bemerkte ihn nicht. Die Miene des Lehrers, die zunächst ausdruckslos gewesen war, verfinsterte sich. Erst in diesem Augenblick wurde Liv bewusst, was der Junge sang: »*For Norge, Kiempers Fødeland* – Für Norwegen, das Geburtsland der Kämpfer«.

Es war ein Trinklied, das während der Befreiungsbewegung Anfang des vorangegangenen Jahrhunderts als heimliche Nationalhymne der Norweger gegolten hatte und damals von der dänischen Obrigkeit verboten worden war. Der Dichter Henrik Wergeland hatte das Lied wegen seines rebellischen Charakters als norwegische Marseillaise bezeichnet.

»Ich träume süß von der Freiheit«, sang Elias. »Doch eines Tages werde ich erwachen und aus Ketten, Fesseln und Zwängen ausbrechen!«

Liv sog scharf die Luft ein. War der Text nicht ursprünglich in der Wir-Form gedichtet? Kein Wunder, dass Oddvar Treske sich herausgefordert fühlte. Elias verstummte. Der Schatten seines Vaters, der sich direkt hinter ihm aufgebaut hatte, war auf ihn gefallen. Liv biss sich auf die Lippe. Elias drehte sich um. Oddvar Treske beugte sich zu ihm, packte ihn am Ohr und zog ihn hoch. Der Junge verzog vor Schmerz das Gesicht.

»Ich habe mir wirklich Mühe gegeben«, rief er. »Ich bin auch schon fast fertig mit dem Jäten.« Er deutete auf einen Korb, in dem ein ansehnlicher Haufen Unkraut lag.

Der Lehrer ließ Elias los und betrachtete ihn mit einem Abscheu, der Liv erschauern ließ. »Was hast du da gesungen, du unverschämter Bengel?«, knurrte er.

Elias sah ihn verwirrt an. Sein Vater trat einen Schritt auf ihn zu. Der Junge wich zurück.

»In meinem Hause werden keine revolutionären Weisen angestimmt!«

»Wir sind aber gar nicht im Haus«, rutschte es Elias heraus.

Liv schloss die Augen. Was war nur in den Jungen gefahren?

»Wie kannst du es wagen?«, donnerte der Lehrer und versetzte seinem Sohn eine Ohrfeige.

Hinter Liv zischte es. Die Suppe kochte über. Sie stürzte zum Herd, zog den Topf vom Feuerring und eilte zum Fenster zurück.

Die Wucht des Schlags hatte Elias gegen die Hauswand geschleudert. Er hielt sich die Wange und hatte Tränen in den Augen.

»Oddvar, was ist los?«

Ingrid Treske kam mit Klein-Margit auf dem Arm herbeigelaufen. Ihr Mann zeigte mit ausgestrecktem Arm auf Elias. »Er hat keinerlei Respekt vor mir und stellt meine Autorität infrage. Das lasse ich mir nicht länger bieten!«

»Aber was hab ich denn Schlimmes getan?«, begehrte Elias auf. »Alle singen dieses Lied.« Er dachte kurz nach und fuhr fort: »Sogar deine Schüler in der Missionsschule.«

Liv schlug eine Hand vor den Mund. Der Junge schien ernst-

330

haft überzeugt, ein gutes Argument zu seiner Verteidigung vorgebracht zu haben.

Oddvar Treske schüttelte die Hand ab, die ihm seine Frau auf den Unterarm gelegt hatte. Die Ader an seiner Schläfe schwoll bläulich an. Liv hatte den Eindruck, dass er vollkommen außer sich war. Die mühsam gewahrte Beherrschung, die er seinen Gästen gegenüber gezeigt hatte, war dahin. Instinktiv spürte sie, dass sich hier sehr viel mehr Bahn brach als die Empörung über Elias. Es war die Wut über die politische Entwicklung, die ihn mit seiner Treue zum schwedischen König zum Außenseiter gemacht hatte und die an seinen Grundüberzeugungen rüttelte. Das Verhalten seines Sohnes war lediglich der Tropfen, der das Fass zum Überlaufen brachte.

»Du Ausgeburt der Hölle!«, schrie er. »Geh mir aus den Augen, bevor ich mich vergesse!«

Elias wurde noch blasser und starrte seinen Vater aus weit aufgerissenen Augen an. Dieser hatte seine Rechte zur Faust geballt und hob sie drohend gegen den Jungen.

»Das hast du von deiner Mutter! Gegen ihr verderbtes Blut kommt keine noch so gute Erziehung an.«

Elias stieß sich von der Wand ab und rannte weg. Liv gurgelte entsetzt und schaute zu Ingrid Treske. Wie würde sie auf diese ungeheuerliche Anschuldigung reagieren? Zu ihrer Überraschung wirkte die Frau des Lehrers zwar unangenehm berührt, aber keineswegs verletzt. Sie streichelte Klein-Margit, die sich verschreckt vom Geschrei an sie drückte, den Rücken.

»Oddvar, bitte, es muss doch nicht alle Welt erfahren...«, sagte sie beschwörend.

Der Lehrer stierte sie aus blutunterlaufenen Augen an, schüttelte sich und stapfte in Richtung des Schulgebäudes davon. Seine Frau machte keine Anstalten, ihn zurückzuhalten oder ihm zu folgen. Sie sah sich mit besorgter Miene aufmerksam nach allen Seiten um. Liv beeilte sich, ihren Lauschposten zu verlassen, und kehrte zurück an den Herd.

Während sie den Topf wieder aufs Feuer stellte, süße Sahne hineingoss und in feine Streifen geschnittene Karotten hinzufügte, rasten ihre Gedanken wild durcheinander: Elias ist nicht der leibliche Sohn der Treskes! Diese Erkenntnis, die als vage Ahnung schon länger in ihr geschlummert hatte, beschleunigte ihren Herzschlag. Die Reaktion ihrer Dienstherrin hatte die letzten Zweifel beseitigt. Ingrid Treske war in erster Linie daran gelegen, dass es keine Zeugen für den Ausbruch ihres Mannes gab. Was er bei Elias angerichtet hatte, schien ihr dagegen gleichgültig zu sein.

Liv presste die Lippen zusammen. Sie musste sofort nach dem Jungen sehen! Sie wischte sich die Hände an ihrer Schürze ab, vergewisserte sich, dass die Cremesuppe nur leicht köchelte, und verließ die Küche. Vorsichtig huschte sie die Treppe hinauf, pochte sacht an seiner Tür, öffnete sie und steckte den Kopf ins Zimmer. Elias lag auf seinem Bett und hatte seinen Kopf ins Kissen gedrückt. Seine zuckenden Schultern verrieten Liv, dass er weinte. Sie ging zu ihm, kniete sich neben ihn auf den Boden und streichelte seinen Kopf.

»Elias?«

Er fuhr herum und stieß sie fort. »Geh weg, ich will dich nicht sehen!«

»Bitte, ich will dich doch nur ...«

»Geh weg! Du bist genau wie die!«

»Ich? Aber wieso ... ich verstehe nicht«, sagte Liv verblüfft.

»Du hast mich angelogen!«

»Ich wusste nichts davon, das schwöre ich dir!«, rief Liv. »Ich habe es auch erst vorhin erfahren.«

Elias sprang vom Bett und verschränkte seine Arme. »Du hast mich angelogen«, beharrte er.

»Warum denkst du das?« Liv streckte eine Hand nach ihm aus. »Ich habe dich noch nie belogen, ehrlich!«

Elias schüttelte heftig den Kopf. »Hast du wohl!«, brach es aus ihm heraus. »Du heiratest den Missionar und hast mir nichts davon gesagt. Du gehst fort und lässt mich hier allein. Obwohl du versprochen hast, mich nie im Stich zu lassen. Ich hasse dich!«

Elias warf sich wieder auf sein Bett und zog die Decke über sich. Liv stand auf. Es hatte keinen Sinn, weiter in ihn zu dringen, ihm zu erklären, dass auch sie von Halvor Eiks Heiratsabsichten erst an diesem Tag erfahren hatte. Er würde ihr keinen Glauben schenken, dazu war er viel zu aufgewühlt. Der Anblick des bebenden Körpers unter der Decke tat ihr in der Seele weh. Sie hätte ihn so gern in den Arm genommen und getröstet.

Sie kehrte in die Küche zurück. Es gab zu viele Fragen, auf die sie keine Antwort hatte: Warum nur hatten die Treskes ein Kind adoptiert, wenn sie ihm keine Liebe schenken konnten oder wollten? Hatten sie ihn aus Pflichtgefühl bei sich aufgenommen? Weil er der Sohn von verstorbenen Verwandten war? Das erklärte aber nicht den unversöhnlichen Hass. Wahrscheinlicher war, dass Elias das uneheliche Kind einer Familienangehörigen war, die durch diesen Fehltritt in den Augen von Oddvar Treske »verderbt« war. Nur so konnte sich Liv seinen Abscheu und die Strenge erklären, mit der er den Jungen behandelte.

Die Andacht und das gemeinsame Abendessen fielen an diesem Tag aus. Frau Treske teilte Liv mit, ihr Mann würde außer Haus speisen, und ließ sich von ihr einen Teller Suppe in Klein-Margits Zimmer bringen. Elias hatte seine Tür von innen verbarrikadiert und weigerte sich, Liv hineinzulassen und ihm etwas zu essen zu bringen. Schweren Herzens stieg sie mit einem Stapel

Stopfarbeiten in ihre Kammer und saß noch lange nähend am Fenster, bis die Sonne kurz vor elf Uhr unterging.

Mitten in der Nacht wurde sie von Geschrei geweckt. Es kam aus dem Erdgeschoss. Schlaftrunken tappte sie zur Treppe und lief hinunter. Aus dem Arbeitszimmer drang der flackernde Schein einer Kerze.

»Hab ich dich auf frischer Tat ertappt!«, schrie Oddvar Treske.

Liv eilte zur Tür und spähte ins Zimmer. Der Lehrer – noch in Hut und Mantel – war offenbar eben erst nach Hause zurückgekehrt und hatte Elias überrascht, der sich an seinem Schreibtisch zu schaffen machte.

»Suchst du das hier?« Oddvar Treske zog eine Schatulle aus einer der Schubladen, die der Junge herausgezogen hatte. »Wolltest du an mein Geld?«

Elias schüttelte den Kopf. »Nein! Ich wollte nichts stehlen! Ich bin kein Dieb! Ich will nur wissen ...«

»Schweig!«

Der Lehrer packte den Jungen am Kragen seines Nachthemds und schleifte ihn zur Tür. Liv wich ins Dunkel des Flurs zurück. Er bemerkte sie nicht und zerrte Elias durch den Gang zur Treppe bei der Eingangstür, die in den Keller hinabführte.

»Jetzt ist es so weit! Gleich nach den Feiertagen kommst du nach Lindøy! Da werden sie dich Mores lehren!«, zischte er.

»Nein, bitte nicht!«, wimmerte Elias und klammerte sich ans Geländer.

»Meine Geduld ist zu Ende«, knurrte Oddvar Treske. »Gott ist mein Zeuge, ich habe wahrhaft alles versucht, um dich auf den rechten Pfad zu bringen.«

Er riss den Jungen los, klemmte ihn unter seinen Arm und polterte die Treppe hinunter. Liv hörte, wie eine Tür zugeschlagen und abgeschlossen wurde. Sie widerstand dem Impuls, den beiden zu folgen und den Lehrer um Gnade für Elias zu bitten.

Es war sinnlos. Was konnte sie schon ausrichten? So schwer es ihr auch fiel, sie musste fürs Erste stillhalten und in Ruhe überlegen, wie sie dem Jungen helfen konnte.

Sie hörte die schweren Schritte Oddvar Treskes auf der Treppe. Es war zu spät, unbemerkt in ihre Kammer zu gelangen. Liv drückte sich in den Türrahmen der Wohnstube und hielt den Atem an. Der Lehrer ging kurz ins Arbeitszimmer, holte die Kerze und stieg mit ihr hinauf zu den Schlafzimmern. Liv verharrte einige Augenblicke regungslos. Über ihr knarrten ein paar Dielen, dann kehrte Ruhe ein. Ingrid Treske hatte offenbar nichts von dem nächtlichen Zwischenspiel mitbekommen. Oder es vorgezogen, sich taub zu stellen. Liv tastete sich den Flur entlang. Vor der Tür zum Arbeitszimmer machte sie Halt. Was hatte Elias dort gesucht? Geld, wie Oddvar Treske es ihm unterstellt hatte? Nein, die Empörung, mit der der Junge diesen Verdacht von sich gewiesen hatte, hatte echt geklungen. Er mochte aufmüpfig sein, ein Lügner oder gar ein Dieb war er nicht. Dafür hätte sie sich jederzeit verbürgt. Was aber hatte ihn dann mitten in der Nacht zum Schreibtisch des Lehrers getrieben? Dieser verwahrte in den Schubladen und Fächern Unterrichtsmaterialien, das Haushaltsbuch und diverse geschäftliche Papiere auf.

»Ich will nur wissen ...«, hatte Elias gerufen, bevor ihn Oddvar Treske zum Schweigen brachte.

Natürlich! Elias wollte herausfinden, wer seine leiblichen Eltern waren und warum er bei den Treskes gelandet war. Ein verständlicher Wunsch. Ohne nachzudenken, drückte Liv die Klinke hinunter und schlüpfte in das Arbeitszimmer. Es lag im diffusen Licht des Mondes vor ihr, der durchs Fenster schien. Auf Zehenspitzen ging sie zum Schreibtisch und begann ihn zu durchsuchen. In einer Mappe, in der Zeugnisse und Urkunden lagen, wurde sie fündig. Im Mai 1896 war Elias kurz nach seiner Geburt von Oddvar Treske und seiner Frau adoptiert worden.

30

Särö, Schweden, Juni 1905 – Karoline

Die Zeit auf Särö empfand Karoline wie einen einzigen langen Sommertag. Während sich über dem Festland zuweilen dunkle Wolken zusammenbrauten und in heftigen Regenschauern entluden, lag der Schärengarten vor Göteborg meistens unter einem tiefblauen Himmel im Sonnenschein. Die kurzen Nächte, in denen es auch nach Sonnenuntergang nie richtig dunkel wurde, ließen die Grenzen zwischen den einzelnen Tagen verschwimmen. Die unzähligen neuen Eindrücke, die auf Karoline einstürmten und in ihrem Kopf durcheinanderwirbelten, beschäftigten sie bis in ihre Träume hinein, bevor sie am nächsten Morgen von weiteren Begegnungen, Erlebnissen und Gesprächen abgelöst wurden.

Den Mittelpunkt dieses Strudels bildete Frigga Carlberg, die zugleich sein Ruhepol war. Karoline verstand auf Anhieb, warum Auguste Bethge sich glücklich schätzte, die Schwedin in Berlin kennengelernt zu haben und den Kontakt zu ihr nun weiter zu vertiefen. Frigga Carlberg war eine kultivierte Mittfünfzigerin, die – aus begütertem Hause stammend – als eine der ersten Frauen ihres Landes nach der Schule eine Universität hatte besuchen dürfen. Die Kämpfe, die sie zuvor mit ihrem Vater ausfechten musste, hatten den Grundstein für ihren unermüdlichen Einsatz für die Rechte ihrer Geschlechtsgenossinnen gelegt. Ein weiteres Herzensanliegen war ihr die Unterstützung von Kindern aus schwierigen Verhältnissen. Sie war nicht nur in den verschiedensten Organisationen und Vereinen tätig, sondern verfasste zudem Zeitungsartikel, politische Flugblätter und Theaterstücke, in denen sie mit einer ausgewogenen

Mischung aus Humor und Ernsthaftigkeit brisante Themen wie Ausbeutung, Ungerechtigkeit und andere Missstände behandelte. Auguste Bethge machte Karoline gegenüber keinen Hehl daraus, dass sie Frigga Carlberg bewunderte und als Vorbild für ihr eigenes künftiges Engagement sah.

Die Schwedin führte mit ihrem Mann, der sich gerade auf einer Dienstreise befand, ein gastfreies Haus und empfing den Besuch aus Deutschland mit einer Herzlichkeit, die Karoline auf der Stelle ihre Befangenheit nahm und sich binnen Stunden heimisch fühlen ließ. Auch einige mit Frigga Carlberg befreundete Göteborgerinnen, die die Sommermonate wie sie auf Särö verbrachten, luden Frau Bethge und Karoline zu den reihum organisierten Spaziergängen mit Picknicks am Strand, Gartenfesten und abendlichen Umtrünken in ihren Villen ein. Frau Bethge stürzte sich mit Begeisterung in diese »lustigen Weiberrunden«, wie sie diese Veranstaltungen mit einem Augenzwinkern nannte.

Auch Karoline genoss die zwanglosen Zusammenkünfte. Sie entsprachen so gar nicht dem Bild, das sie sich zuvor vom Leben der Frauenrechtlerinnen gemacht hatte, das sie sich als weitgehend graue und trostlose Angelegenheit vorgestellt hatte. Die Damen um Frigga Carlberg jedenfalls waren weder durchweg alternde Jungfern noch verbissen, sittenstreng oder gar männerfeindlich. Es war eine bunt gemischte Gruppe aus verheirateten Hausfrauen, Lehrerinnen und anderen Berufstätigen, Witwen und Studentinnen, die eines einte: die Bereitschaft, sich tatkräftig für die Belange von Benachteiligten einzusetzen und dem Bedürfnis, die Umstände nicht hinzunehmen, sondern selbst mitzugestalten.

Dass diese Geisteshaltung auch zu einer besonderen Offenheit dem norwegischen Unabhängigkeitsstreben gegenüber beitrug, zeigte sich während einer Unterhaltung, die sich auf der Terrasse eines Ausflugslokals entspann. Mit Rücksicht auf Frau

Bethge wurde auch sie wie gewohnt weitgehend auf Deutsch geführt.

Karoline hatte ihre Arbeitgeberin, Frigga Carlberg und drei weitere Damen – eine junge Lehrerin, ihre Schwester und die brünette Gattin eines Werftbesitzers – auf einem Spaziergang auf dem Promenadenweg begleitet, der mit einem Geländer versehen auf dem Klippenkamm der Insel entlang des Ufers verlief. Er bot eine gute Aussicht über die Felseninselchen und das dahinter liegende Meer. Karoline liebte es, wenn der Seewind durch ihre Kleider fuhr und ihr den Geruch nach Salz und Algen in die Nase wehte. Die Schreie der Möwen und das gelegentliche Tuten der Schärendampfer und Frachtschiffe ließen ihr Herz höherschlagen. Sie weckten ein Fernweh in ihr, das über die bloße Sehnsucht nach fremden Ländern hinausging. Es war ein tiefer Wunsch nach Veränderung, den sie in solchen Momenten verspürte und der eine Gefühlsmischung aus vager Furcht und Leichtigkeit in ihr auslöste.

Am späten Nachmittag ließ sich die kleine Gesellschaft im Windschatten des Wirtshauses, das schlicht *Restaurationen* hieß, mit Blick auf das Kattegatt nieder und bestellte Kaffee und frisch gebackene *kanelbullar*. Beim ersten Bissen in eine dieser aromatischen, noch ofenwarmen Zimtschnecken musste Karoline an Ida denken, die der schwedischen Spezialität gewiss mit Begeisterung zugesprochen hätte.

Angesichts eines Kanonenbootes der schwedischen Marine, das am Horizont vorbeifuhr, kam das Gespräch auf die norwegisch-schwedische Krise.

»Wenn es nach unserem Kronprinzen ginge, wäre die Auflösung der Union längst vollzogen«, sagte die junge Lehrerin. »Er hat seinem Vater schon vor Monaten geraten, die Norweger in Frieden gehen zu lassen.«

Ihre Schwester, die in einem Handelskontor angestellt war, nickte. »Ja, das wird aber von gewissen Kreisen gern ignoriert.

Es passt manchen nicht, dass Kronprinz Gustav in dieser Frage so nachgiebig ist.«

»Nachgiebig? Ich finde, man sollte es besser vernünftig nennen«, wandte Auguste Bethge ein.

Die dritte Dame, deren Namen sich Karoline ebenso wenig hatte merken können wie den der beiden Schwestern, nickte. »Ganz recht! Früher hat der Kronprinz wohl anders gedacht. Aber als ihm klar wurde, dass weder von England noch von Deutschland eine militärische Unterstützung zu erwarten ist, hat er seine Meinung geändert.«

»Bedauerlich, dass sein Vater nicht auf ihn hört, sondern auf stur schaltet«, sagte die Lehrerin.

»Da ist er leider nicht der Einzige«, murmelte Frigga Carlberg. »Ich werde es nie begreifen, warum man aus verletztem Stolz eine blutige Auseinandersetzung riskiert.«

Die Brünette nickte. »Vor allem wenn man bedenkt, dass unser Reichstag die Auflösung der Union gar nicht um jeden Preis verhindern will. Es geht in erster Linie darum, dass Norwegen Schuld an dem Bruch haben soll.«

Frau Bethge verdrehte die Augen. »Ist es die Möglichkeit? Verzeihen Sie meine Offenheit, aber das klingt für mich doch sehr unreif. Es handelt sich schließlich um gestandene Männer und erfahrene Politiker.«

Die Brünette hob die Schultern. »Das sollte man meinen. Übrigens sieht es auf norwegischer Seite nicht viel besser aus. Wie ich von einer Freundin weiß, die nach Kristiania geheiratet hat, wird dort die Initiative unseres Kronprinzen ebenfalls gern unter den Tisch gekehrt. Es macht sich in den Augen der dortigen Patrioten besser, wenn sie allein die Befreiung des Landes vorantreiben.«

»Grundgütiger!«, rief Frau Bethge. »Das ist ja das reinste Affentheater!«

Karoline versteifte sich ein wenig. Die Wortwahl ihrer

Arbeitgeberin war zuweilen doch recht gewagt. Ihre Sorge, die Bemerkung könnte als Affront aufgefasst werden, erwies sich jedoch als unbegründet. Die beiden Schwestern kicherten. Die junge Lehrerin beugte sich zu Karoline.

»Frau Bethge ist so erfrischend direkt«, flüsterte sie ihr zu.

Gleichzeitig sagte Frigga Carlberg: »Dieser Eindruck kann sich einem durchaus aufdrängen. Wie gesagt, ich kann diese überzogene Ehrpusseligkeit nicht nachvollziehen. Das grenzt in meinen Augen an mutwillige Kriegstreiberei.«

»Ich finde, die Herren der Schöpfung könnten sich ein Beispiel an uns Frauen nehmen«, sagte die Schwester der Lehrerin. »Sie sollten öfter über ihren Tellerrand hinausschauen. Unsere Bewegung für das Stimmrecht wird doch unter anderem deswegen immer kraftvoller, weil wir uns mit den Frauen aus anderen Ländern vernetzen.«

Die brünette Dame nickte. »Wohl wahr! Außerdem nimmt sich diese Staatenunion aus weiblicher Sicht ohnehin noch einmal ganz anders aus. Wie hat es Randi Blehr, die Frau eines norwegischen Ministers, überaus trefflich formuliert?« Sie räusperte sich und zitierte: »Norwegen und Schweden – das ist wie eine Ehe, in der der Mann alles, die Frau nichts zu sagen hat, und das gibt nach modernen Begriffen keine glückliche Ehe. Norwegen spielt in der Union die Rolle dieser autoritätslosen Frau, und was es verlangt, ist – was heute die gleichberechtigte Gattin in der Ehe fordert: das Recht der Persönlichkeit.«

»Das ist in der Tat ein sehr interessanter Vergleich«, rief Frau Bethge.

Karoline pflichtete ihr im Stillen bei und dachte über das Gesagte nach. Wie weit war sie selbst davon entfernt, ihrem Mann gleichberechtigt zu sein! Moritz scherte sich ja noch nicht einmal darum, ob sie überhaupt irgendwelche Wünsche hatte – geschweige denn, dass er diese berücksichtigen würde. Sie hatte geglaubt, sich damit abfinden zu müssen. War es ihr nicht so beigebracht worden? Diese Frauen hier waren offenbar nicht dazu bereit, sie wollten als ebenbürtige Partnerinnen wahrgenommen werden.

Abgesehen davon war Karoline beeindruckt von ihrem politischen Wissen. Es berührte sie peinlich, dass sie selbst lange Jahre kaum Interesse für solche Themen gezeigt hatte. In ihrem Elternhaus, im Pensionat und auch auf Schloss Katzbach hätte man es befremdlich gefunden, wäre es anders gewesen. Obwohl ihre Schwiegermutter selbst durchaus gut über die Tagespolitik informiert war, fand sie es unziemlich, wenn sich junge Frauen damit beschäftigten. Und die meisten Männer waren ohnehin der Überzeugung, dass das weibliche Gehirn gar nicht in der Lage war, komplexe und abstrakte Inhalte und Zusammenhänge zu begreifen.

»So ein Schwachsinn!«

»Was meinen Sie?«, fragte die brünette Dame und sah Karoline erstaunt an.

Auch Frau Bethge warf ihr einen fragenden Blick zu. Karoline riss die Augen auf. Hatte sie den letzten Satz etwa laut gesagt? Sie spürte, wie ihr das Blut in die Wangen schoss, und rang um Worte.

»Verzeihung ... ich ... äh ... das war nicht auf Sie gemünzt!«, stammelte sie. »Ich musste nur gerade an die verbreitete Meinung denken, dass wir Frauen von Natur aus dümmer seien als Männer und ...« Karoline verstummte. Laut ausgesprochen kam ihr eine solche Unterstellung noch absurder vor.

Die Brünette zog die Augenbrauen hoch, Frigga Carlberg nippte kopfschüttelnd an ihrem Kaffee, die Schwestern tauschten amüsierte Blicke.

Frau Bethge schnaubte. »Ach, das ist nur das letzte Aufbegehren der ewig Gestrigen, die nicht wahrhaben wollen, dass sich die Zeiten gerade grundlegend ändern.«

Frigga Carlberg stellte ihre Tasse zurück. »Ihr Optimismus in allen Ehren. Ich fürchte aber, es liegt noch ein langer, steiniger Weg vor uns.«

Die Brünette beugte sich zu ihr und lächelte sie an. »Das hat Sie aber zum Glück noch nie abgeschreckt.« Sie wandte sich an Auguste Bethge und Karoline. »Ohne Frau Carlberg wären wir schlecht dran. Sie ist das Herz unserer Bewegung und ...«

»Meine Liebe, nun übertreiben Sie aber«, fiel ihr Frigga Carlberg errötend ins Wort und wechselte rasch das Thema.

Während sie Frau Bethge von dem Denkansatz berichtete, nach dem die von ihr betreuten Kinderheime geführt wurden – weg vom bloßen Kasernieren und Versorgen hin zu dem Versuch, den Kleinen die Eltern, so gut es ging, zu ersetzen und ihre individuellen Fähigkeiten zu fördern –, versank Karoline erneut in ihre Gedanken. In ihrer Fantasie marschierte sie Seite an Seite mit Gleichgesinnten Transparente schwingend durch die Straßen und forderte mehr Rechte für Frauen. Sie zog – eine Schar Waisenkinder im Gefolge – durch die schlesischen Wälder und erkundete mit ihnen die Schönheit ihrer Heimat. Oder sie gab nach einer Ausbildung zur Lehrerin jungen Mädchen Unterricht. Die Bilder lösten ein Prickeln in ihrer Magengegend aus. Zum ersten Mal meldete sich die kühle Vernunftstimme in ihr nicht mit Einwänden zu Wort. Zum ersten Mal regte sich in Karoline die Hoffnung, dass es auch ihr möglich sein könnte, solche Träume zu verwirklichen.

Höhepunkt und zugleich Abschluss der Tage auf Särö sollte die *midsommar*-Feier sein, die traditionell am Vorabend des Johannistages am dreiundzwanzigsten Juni stattfand. Anschließend wollte Frau Bethge die Reise nach Norwegen fortsetzen. Karoline freute sich, diesen Brauch miterleben zu können, von dem sie schon viel gehört hatte. Immer öfter vergaß sie, dass sie sich nicht im Urlaub befand, sondern als Angestellte von Frau Bethge unterwegs war.

Diese trug ihr zwar Erledigungen auf, diktierte ihr Briefe, ließ sie Protokolle und Listen anfertigen und bat sie, ihr aus Zeitungen und Fachbüchern vorzulesen, während sie ihre Perlentäschchen häkelte. Da sie Karoline jedoch im Laufe der Zeit viel Persönliches erzählte, sie nach ihrer Ansicht zu Presseartikeln fragte und ausdrücklich auch an Widerspruch interessiert war, kam sich Karoline eher wie eine jüngere Verwandte vor als eine bezahlte Gesellschaftsdame. Umso mehr bedrückte es sie, sich Frau Bethge nach wie vor nicht anvertraut und ihr ihre wahre Identität offenbart zu haben. Hatte sie anfänglich die Sorge davon abgehalten, ihre Arbeitgeberin könnte sich von ihr ausgenutzt fühlen, war es mittlerweile die Furcht, diese würde ihren Plan lächerlich finden. Die Vorstellung, in Auguste Bethges Achtung zu sinken, war Karoline zu ihrer eigenen Überraschung unangenehmer als eine mögliche Verdammung durch ihre Schwiegermutter oder andere Familienangehörige. Sie verspürte ein wachsendes Bedürfnis, vor den Augen dieser Frau zu bestehen.

Am Freitagabend strömten die Inselbewohner, ihre Besucher und Urlauber zum Bassängbacken, einer großen Wiese an einer Bucht, die von Büschen und Bäumen eingefriedet war. Die meisten Frauen trugen weiße Kleider, die Herren helle Anzüge und Strohhüte, vereinzelt sah Karoline Trachten. Als sie mit Frau Bethge und einigen Bekannten von Frigga Carlberg auf dem Festplatz eintraf, hatten die jungen Leute der Insel unten auf dem Uferstreifen bereits einen Scheiterhaufen aufgeschichtet, der bei Sonnenuntergang entzündet werden sollte. Auch die *majstång* stand schon in der Mitte der Wiese. Es war ein etwa zehn Meter hohes Kreuz, das mit Birkenblattwerk umwunden war. An den Seitenarmen, von denen Girlanden zur Spitze führten, hingen dicke Blumenkränze. An den Enden bauschten sich

343

zwei schwedische Fahnen in der Brise, die vom Meer her wehte.

»Warum wird sie Maistange genannt? Müsste sie nicht Junistange heißen?«, fragte Karoline die beiden Schwestern, die sich auf dem Weg zu ihnen gesellt hatten. »Sie erinnert mich an die geschmückten Baumstämme, die bei uns mancherorts am ersten Mai aufgestellt werden.«

Die junge Lehrerin schüttelte den Kopf. »*Maj* hat in diesem Fall nichts mit dem Monat zu tun, sondern geht auf das altertümliche Verb *maja* zurück. Es bedeutet: mit Blumen schmücken.«

»Übrigens haben wir diesen schönen Brauch aus Ihrer Heimat übernommen«, fügte ihre Schwester hinzu. »Ursprünglich wurden in der Mittsommernacht bei uns nur große Feuer gemacht, um die herum man tanzte. Im siebzehnten Jahrhundert wurden dann zunehmend geschmückte Stämme nach dem Vorbild deutscher Maibäume zum Mittelpunkt des Festes.«

Eine beschwingte Melodie erklang und lenkte die Aufmerksamkeit der drei jungen Frauen auf eine Gruppe Musikanten, die zum ersten Tanz aufspielten. Viele der festlich gekleideten Menschen – darunter zahlreiche Kinder – begaben sich zur Mitte der Wiese und begannen, um den bekränzten Baumstamm herum einen Reigen zu tanzen. Dazu sangen sie:

»Jungfru, jungfru, jungfru, jungfru skär,
här är karusellen,
som ska gå till kvällen.

Jungfrau, Jungfrau, Jungfrau, Jungfrau zart,
hier ist das Karussell,
das sich bis zum Abend drehen wird.«

Ehe es sich Karoline versah, hatten die beiden Schwestern sie bei den Händen gefasst und sich mit ihr in den Kreis der Tanzenden eingereiht. Für den Bruchteil einer Sekunde blitzte vor Karolines innerem Auge das Gesicht von Gräfin Alwina auf. Es war angewidert verzogen ob des unziemlichen Vergnügens, dem sich ihre Schwiegertochter hingab. »Man« mischte sich nicht unters gemeine Volk und nahm schon gar nicht an dessen Festen teil. Allenfalls ließ man sich bei gewissen Anlässen wie der Erntedankfeier kurz beim Gesinde und der Dorfbevölkerung blicken, nahm Geschenke entgegen, hielt eine Ansprache und zog sich anschließend wieder zurück. Sie streckte der Gräfin in Gedanken die Zunge heraus und überließ sich dem Rhythmus der Musik, der ihr in die Beine fuhr.

Zwei Slängpolskor und einen Kreistanz später, bei dem unterschiedliche Musikinstrumente pantomimisch nachgeahmt worden waren, ließen sich Karoline und die beiden Schwestern erhitzt an einem der langen Holztische nieder, die am Rand der Wiese aufgestellt waren. Frau Bethge saß dort bereits mit Frigga Carlberg und zwei anderen Damen, die aus mitgebrachten Körben ein appetitliches Picknick angerichtet hatten: sauer eingelegte Heringe, Frühkartoffeln mit Dill, Sauerrahm und Dickmilch mit Schnittlauch und feingewürfelten roten Zwiebeln, verschiedene Käsesorten, knuspriges Fladenbrot und große Schüsseln mit Erdbeeren und Sahne. Dazu gab es Bier und Limonade, außerdem Kräuterschnaps und Aquavit.

Letztere Getränke wurden auch an den benachbarten Tischen reichlich ausgeschenkt und nach dem Absingen kurzer Trinklieder gemeinsam geleert. Besonderer Beliebtheit erfreute sich dabei eines, das mit den Worten *Helan går* begann. Vor dem letzten Refrain hoben alle ihre *nubbe* und tranken die Schnapsgläschen in einem Zug aus. Als das Liedchen zum dritten Mal angestimmt wurde, hatte sich Karoline genug Mut angetrunken und sang lauthals mit:

»Helan går, sjung hopp fallerallan lallan lej!
Och den som inte helan tar, han heller inte halvan får.
Helan gåååår!«

Das Ganze geht, sing hopp farellallan lallan lej!
Und der, der nicht das Ganze nimmt, der bekommt auch
nicht das Halbe.
Das Ganze geeeht!«

Karoline zögerte ein drittes Mal mit anzustoßen. Ach, warum
nicht, es fühlte sich so gut an, wischte sie die Bedenken beiseite,
griff nach ihrem Schnaps und kippte ihn hinunter.
»Sjung hopp fallerallan lej!«
Karoline stellte ihr Glas ab. Ihr war ein wenig schwindlig.
Der ungewohnt starke Alkohol tat seine Wirkung. Sie legte den
Kopf in den Nacken und sah zum Himmel empor, den die tief
im Westen stehende Sonne in verschiedene Rot-, Violett- und
Orangetöne eingefärbt hatte.
Ich bin jung!, jubelte es in ihr. Ich bin noch keine alte Ma-
trone, die mit dem Leben abgeschlossen hat. Ich will nicht so
enden wie Gräfin Alwina! Als verbitterte Frau, die kaum noch
eine andere Freude kennt, als mich zu piesacken.
»Nein! Das will ich nicht!«
»Was wollen Sie nicht?«, fragte Frau Bethge, die ihr gegen-
übersaß.
Frigga Carlberg hatte kurz zuvor weitere Bekannte entdeckt
und sich zu ihnen gesetzt, die beiden Schwestern waren mit den
Damen, die noch an ihrem Tisch saßen, in ein angeregtes
Gespräch vertieft.
Karoline stutzte. Wieder einmal hatte sie einen Gedanken
laut ausgesprochen, ohne es zu bemerken. Sie lächelte. »Ach,
nicht so wichtig.«

Frau Bethge zuckte mit den Schultern. »Ein kluger Mann hat mal gesagt: Die Fähigkeit, das Wort Nein auszusprechen, ist der erste Schritt zur Freiheit«, meinte sie beiläufig. Bevor Karoline darauf antworten konnte, beugte sie sich zu der Lehrerin und deutete auf ein Mädchen, das eben an ihrem Tisch vorbeiging. Es lächelte verträumt und hatte einen kleinen Blumenstrauß an seinen Busen gedrückt. »Entschuldigen Sie, ich sehe hier immer wieder junge Frauen, die sich still vom Festplatz entfernen und mit Blumen zurückkehren. Hat es damit eine besondere Bewandtnis?«

Die Lehrerin nickte. »Das ist ein Aberglaube aus alter Zeit. Danach erscheint ledigen Frauen ihr Zukünftiger im Traum, wenn sie in der Mittsommernacht sieben verschiedene Wildblumen wie Vergissmeinnicht, Margeriten, weißes Wollgras, Veilchen, Wiesen-Lieschgras, Glockenblumen und Klee unter ihr Kopfkissen legen. Diese müssen auf sieben Wiesen gepflückt werden, und zwar in absoluter Stille. Nur dann kann der Zauber wirken.« Sie schmunzelte und stand auf, um ihrer Schwester zu einer neuen Tanzrunde zu folgen.

Auguste Bethge zwinkerte Karoline zu. »Nun, meine Liebe, wollen Sie diesen reizenden Brauch nicht ausprobieren?«

Karoline kicherte beschwipst und schüttelte den Kopf. »Ich? Nein, dafür ist es zu spät.«

»Aber woher denn!«, widersprach Frau Bethge. »Sie sind im besten Heiratsalter!«

Karoline prustete los. »Sie meinen, doppelt hält besser?«

Auguste Bethge hob die Brauen. »Was wollen Sie damit ... Sie sind verheiratet?«

Die Fassungslosigkeit in ihrem Gesicht vertrieb Karolines Heiterkeit. Der trunkene Schwindel war wie weggeblasen – und mit ihm alle Leichtigkeit.

»Also, damit hatte ich nun nicht gerechnet.« Frau Bethge verengte die Augen. »Lassen Sie mich raten: Ihr Mann weiß nichts

347

von all dem hier«, fuhr sie fort und machte mit einer Hand eine kreisende Bewegung.

Schwang in ihrer Stimme ein Vorwurf, eine Drohung gar? Karoline senkte den Kopf und spürte, wie ihr die Kälte den Rücken hinaufkroch. Was, wenn Auguste Bethge sich genötigt sah, sie zurückzuschicken? Vielleicht sogar Anzeige gegen sie erstattete? Schließlich durfte eine verheiratete Frau ohne die Einwilligung ihres Mannes kein Geld verdienen oder einen Beruf ergreifen. Karoline presste die Lippen aufeinander und traute sich nicht, Frau Bethge in die Augen zu sehen. Bang wartete sie auf deren Urteilsspruch.

31

Stavanger, Juni 1905 – Liv

In dem Aktendeckel mit dem Dokument, das die Adoption belegte, fand Liv auch die Taufurkunde von Elias, die vom Pfarrer der Kirche in Buvika ausgestellt worden war. Außerdem ein Schreiben von einem Dr. Gunnar Tåke, dem leitenden Arzt eines Sanatoriums in der Kommune Buvik, Amt Sør-Trøndelag. Dieser hatte im Mai 1896 festgehalten, dass die leibliche Mutter von Elias aus Gründen der Diskretion anonym bleiben wollte. Anschließend bescheinigte er nach bestem Wissen und Gewissen, dass die junge Frau:

1. gesund an Körper und Geist war,
2. aus einer angesehenen, gut situierten Trondheimer Familie stammte und
3. ihr Kind aus freiem Willen zur Adoption freigab und keinen Versuch unternehmen würde, künftig Kontakt zu ihm aufzunehmen.

Nachdem Liv die drei Blätter im fahlen Licht des Mondes entziffert hatte, nahm sie nach kurzem Überlegen einen Bleistift und notierte auf einem Zettel:

Taufe in Kirche von Buvika / Geburt im Sanatorium von Doktor Gunnar Tåke, Kommune Buvik, Verwaltungsbezirk Sør-Trøndelag / Mutter von Elias. aus Trondheim, reiche Familie. Kind zur Adoption freigegeben.

Ein Knarzen ließ sie erschrocken zusammenfahren. Sie hielt den Atem an und lauschte. Von oben drang kein Laut. Es war wohl nur das Knacken des arbeitenden Holzes der Dielen oder eines Möbelstücks. Liv legte die Dokumente zurück in den Aktendeckel, schob diesen in die Schublade mit den Familienpapieren, steckte den Notizzettel in den Ärmel ihres Nachthemds und verließ das Arbeitszimmer. Auf dem Treppenabsatz im ersten Stock hielt sie inne. Einer Ahnung folgend, lief sie nicht weiter nach oben in ihr Stübchen. Vorsichtig tastete sie sich im Dunkeln zu Elias' Tür. Aus dem Schlafzimmer seiner Eltern drang Schnarchen. Liv huschte in das Zimmer des Jungen. Sie sah das Bündel auf den ersten Blick. Es lag auf seinem Bett. Daneben hatte er seine Alltagshose aus derbem Stoff, einen Kittel und Strümpfe zum Hineinschlüpfen bereit ausgebreitet. Liv knöpfte den Kissenbezug auf, den Elias als Beutel verwenden wollte, und prüfte rasch den Inhalt: Wäsche zum Wechseln, zwei Paar Socken, sein Sonntagshemd und die feine Hose, zwei Papiertüten, eine gefüllt mit Rosinen, die andere mit Knäckebrot, ein Stück zusammengerollte Schnur, eine Schachtel Zündhölzer und ein einfaches Klappmesser.

Liv schürzte die Lippen. Ihre Vermutung, dass Elias weglaufen wollte, hatte sich bestätigt. Ohne nachzudenken, klemmte sie sich das Bündel unter den Arm, raffte die Kleidungsstücke zusammen, griff nach der Joppe und der Schirmmütze, die an einem Haken neben der Tür hingen, und schlüpfte hinaus auf den Flur. Eine Minute später stand sie am geöffneten Fenster ihrer Kammer und hielt ihr erhitztes Gesicht in die kühle Nachtluft. Sollte sie jetzt gleich in den Keller schleichen? Die Sonne würde in etwa zwei Stunden kurz nach vier Uhr aufgehen. Bis die Treskes aufstanden, würden noch einmal gut drei Stunden vergehen. Ein Vorsprung von fünf Stunden ...

Was um Himmels willen hast du vor?, meldete sich ihre strenge Stimme zu Wort. Du willst Elias doch nicht etwa zur Flucht verhelfen? Wo soll er denn hin? Man wird ihn schnell wieder einfangen und fürchterlich bestrafen. Und wenn er nicht erwischt wird und sich als blinder Passagier auf eines der Schiffe unten am Hafen schmuggeln kann, nähme es auch kein gutes Ende. Wie soll er sich denn in einem fremden Land mutterseelenallein durchschlagen? Nein, wenn du ihn aus dem Kellergefängnis befreist und laufen lässt, würdest du ihm einen wahren Bärendienst erweisen.

Vor Livs Auge tauchte Pfarrer Nylund auf. In der Sonntagsschule hatte er den Kindern zur Belohnung für braves Lernen und Zuhören oft ein kurzes Märchen oder eine Sage erzählt. Besonders angetan hatten es ihm die Tierfabeln eines französischen Dichters, die stets mit einem erbaulichen Reim endeten. Der Schlusssatz der Geschichte vom Bären, der friedlich mit einem Gärtner zusammenlebte, bis er diesen bei dem Versuch, ihn von einer lästigen Fliege zu befreien, aus Versehen erschlug, hatte sich Liv besonders eingeprägt: »Nichts bringt so viel Gefahr uns als ein dummer Freund, weit besser ist ein kluger Feind.«

Liv drehte sich vom Fenster weg, verstaute Elias Sachen in ihrer Truhe und setzte sich auf ihr Bett. Du darfst jetzt nichts überstürzen, ermahnte sie sich. Du musst in Ruhe überlegen, wie du verhindern kannst, dass Elias in dieses schreckliche Erziehungsheim gesteckt wird. In ihrem Innersten wusste sie die Antwort längst: Sie würde mit ihm zusammen fortlaufen. Eine andere Möglichkeit, ihr Versprechen einzulösen, ihn niemals im Stich zu lassen, gab es nicht.

Das Gesicht von Bjarne tauchte vor ihrem inneren Auge auf. Wenn sie Stavanger verließ, schwand jede Hoffnung, ihn jemals wiederzusehen. Liv schlang die Arme um ihren Oberkörper. Mach dir doch nichts vor, wies sie sich zurecht. Wie wahrscheinlich ist es denn nach all den Wochen, dass er noch einmal hier auftaucht? Und selbst wenn er es vorhat, du hast doch keine Ahnung, wann das sein wird. Du würdest es dir außerdem nie verzeihen, Elias seinem Schicksal zu überlassen, um auf einen Mann zu warten, der dich vermutlich längst vergessen hat.

Liv stand auf und stellte sich wieder ans Fenster. Der Hof unter ihr lag im Dunkeln. Den Mond konnte sie nicht sehen, er stand auf der anderen Seite des Hauses. Sein Licht erhellte den Himmel und ließ die Schindeln eines Schuppens und die Blätter der Bäume matt glänzen. Ein schwarzer Schatten flog auf sie zu. Mit einem leisen *kjak* ließ sich die Dohle von Elias auf dem Fenstersims vor Liv nieder und betrachtete sie mit schiefgelegtem Kopf. Liv streckte eine Hand aus und kraulte den Vogel mit zwei Fingern im Nacken.

»Ach, Kaja, was soll ich nur tun?«, flüsterte sie. »Elias steckt in der Klemme. Ich muss ihm helfen. Aber wie? Ich weiß mir keinen Rat.«

Die Dohle drückte ihren Kopf gegen Livs Hand, plusterte sich auf und steckte den Schnabel unter ihren Flügel.

Liv verzog den Mund zu einem winzigen Lächeln. »Das ist eine gute Idee. Am besten, ich schlafe darüber. Morgen ist zum Glück noch ein Feiertag, da wird Herr Treske Elias nicht fortschaffen. Und ich gewinne etwas Zeit, mir einen guten Plan auszudenken.«

Livs Hoffnung, Oddvar Treskes Zorn könnte sich über Nacht gelegt haben, er würde Elias verzeihen und ihn aus seinem Kellergefängnis entlassen, verflüchtigte sich beim Anblick seiner düsteren Miene, mit der er die morgendliche Andacht leitete. Er erwähnte den Jungen mit keinem Wort. Seine Frau war bleich, wagte nicht, den Blick zu heben, und nestelte die ganze Zeit über nervös an ihrem Kleid. Während der Lehrer die Tageslosung verlas, konnte sich Liv des Eindrucks nicht erwehren, dass er den Sinn der Worte gar nicht erfasste. »Ich will euch ein neu Herz und einen neuen Geist in euch geben«, rezitierte er, »und will das steinerne Herz aus eurem Fleisch wegnehmen und euch ein fleischern Herz geben.«

Das Bibelzitat des Propheten Ezechiel erschien Liv wie blanker Hohn vor dem Hintergrund des Schicksals, das Oddvar Treske seinem Adoptivsohn zugedacht hatte, ebenso die anschließende Auslegung in dem Andachtsbuch. Darin wurde Gott darum gebeten, die Menschen in die Lage zu versetzen, die tiefen Schätze seiner Barmherzigkeit und des Heilsgedankens zu erkennen und sich ihnen zu öffnen.

Als sie das Lied »Zieh ein zu deinen Toren« anstimmten, brachte Liv kaum einen Ton über die Lippen. Die frohe Botschaft von Liebe und Vergebung kam ihr angesichts von Oddvar Treskes Unversöhnlichkeit verlogen vor. Ihre Stimme versagte vollends bei der Strophe:

»Du bist ein Geist der Liebe,
ein Freund der Freundlichkeit,
willst nicht, dass uns betrübe
Zorn, Zank, Hass, Neid und Streit.
Der Feindschaft bist du feind,
willst, dass durch Liebesflammen
sich wieder tun zusammen,
die voller Zwietracht seind.«

Kaum hatte der Lehrer den abschließenden Segen gesprochen, sprang er auf und verkündete, sofort hinüber zur Missionsschule zu gehen, um mit dem dort installierten Telefonapparat den Direktor der Besserungsanstalt auf Lindøy anzurufen und ihm seine Absicht mitzuteilen, Elias am folgenden Tag bei ihm abzuliefern. Den zaghaften Einwand seiner Frau, ob er nicht doch noch ein paar Tage warten und Elias eine allerletzte Chance geben wolle, wischte er unwirsch beiseite. »Auf gar keinen Fall! Je eher mir dieser Bastard aus den Augen kommt, desto besser«, knurrte er und stapfte aus dem Zimmer.

Ingrid Treske sah ihm verschreckt hinterher und floh nach oben zu Klein-Margit, nachdem sie Liv aufgetragen hatte, ihrem Mann sein Frühstück später in seinem Arbeitszimmer zu servieren. Sie selbst habe keinen Appetit.

Liv spielte kurz mit dem Gedanken, in den Keller zu schleichen und nach Elias zu sehen. Die Furcht, von Oddvar Treske dabei erwischt zu werden, hielt sie davon ab. Sie durfte nichts tun, was die Lage des Jungen noch verschlimmerte. Viel ausrichten konnte sie ohnehin nicht, der Lehrer hatte den einzigen Schlüssel bei sich. Schweren Herzens zog sie sich in die Küche zurück und begann Kartoffeln zu schälen.

Jetzt war kein Zweifel mehr möglich, Elias' Abschiebung war beschlossene Sache und stand unmittelbar bevor. Noch vor Anbruch des nächsten Tages musste sie mit ihm fliehen – sonst war es für immer zu spät. Aber wie sollte sie den Jungen aus seinem Verlies befreien? Sie konnte die Tür ja schlecht aufbrechen, der Lärm wäre viel zu groß, zumal in der Stille der Nacht. Wie sie es auch drehte und wendete, sie musste irgendwie an den Schlüssel herankommen. Ein weiteres Hindernis auf dem Weg in die Freiheit, für dessen Überwindung sie noch keinen Plan hatte. Ein heftiger Schmerz durchfuhr ihre linke Hand. Das Messer war von der Kartoffel abgerutscht und in den Daumen gefahren. Sie fluchte unterdrückt und steckte den verletzten Finger in den Mund.

Wenig später kam Frau Bryne für eine Stunde vorbei, um Liv beim Kochen des Festmahls zu helfen, das es nach dem Pfingstmontagsgottesdienst geben sollte.

»Was ist denn vorgefallen?«, fragte sie, kaum dass sie die Küchentür hinter sich geschlossen und ihre Schürze umgebunden hatte. »Man kann die Spannung, die hier in der Luft liegt, förmlich mit den Händen greifen. Herr Treske sieht aus, als sei ihm eine ganze Herde Läuse über die Leber gelaufen.« Sie sah Liv aufmerksam an. »Und du bist auch ganz blass um die Nase. Hast du Ärger mit der Herrschaft?«

Liv schüttelte den Kopf. »Nein, es geht um Elias.«

Die Köchin verzog mitfühlend das Gesicht. »Schon wieder? Der arme Junge. Er kann es seinem Vater nie recht machen. Was hat er denn dieses Mal ausgefressen?«

Liv zögerte mit der Antwort. Durfte sie Frau Bryne sagen, was Oddvar Treske im Zorn herausgerutscht war? Dass Elias nicht sein leiblicher Sohn war? Es war gut möglich, dass er dieses Geständnis mittlerweile bereute und nicht wollte, dass alle Welt davon erfuhr.

»So schlimm?«

Liv nickte. »Ich fürchte ja. Herr Treske will Elias nach Lindøy in die Besserungsanstalt bringen.«

»Oh weh, da muss der Junge aber wirklich etwas Schlimmes angestellt haben.«

Frau Bryne verschwand kurz in der Vorratskammer und kehrte mit dem Topf zurück, in dem sie einige Tage zuvor ein großes Stück Ochsenschulter in *surmelk* eingelegt hatte.

Liv hielt es für das Beste, sich vorsichtig an das heikle Thema heranzutasten und zunächst herauszufinden, was die Köchin wusste. Sie begann, die *kumle med dott* vorzubereiten, die es – zusammen mit Kohlrabimus – als Beilage geben sollte. Aus einer Masse aus geraspelten gekochten und rohen Kartoffeln und Mehl formte sie faustgroße Klöße, in deren Mitte sie jeweils ein paar Speckwürfel drückte.

»Haben Sie eine Erklärung dafür, warum Herr Treske Elias so sehr hasst?«, fragte Liv. »Seit ich hier bin, hat er ihn kein einziges Mal gelobt, liebevoll berührt oder auch nur freundlich angelächelt. Der Junge ist vielleicht nicht der Bravste. Aber er ist gut in der Schule und tut in der Regel, was man ihm aufträgt.«

Die Köchin nahm das Fleisch aus der Dickmilch, tupfte es ab und bestreute es mit Salz und Pfeffer. Nach einer kurzen Pause antwortete sie: »Ich habe da so einen Verdacht.« Sie beugte sich zu Liv und raunte: »Ich glaube, Elias ist gar nicht sein leibliches Kind.«

Liv entfuhr ein überraschter Laut. Sie hatte nicht damit gerechnet, dass Frau Bryne das Geheimnis der Treskes bereits kannte. Zumindest ihr gegenüber hatte sie nie eine Andeutung gemacht, die darauf hätte schließen lassen.

»Ich weiß, das klingt merkwürdig und sicher fragst du dich, wie ich darauf komme.«, fuhr die Köchin fort, sichtlich zufrieden mit Livs Reaktion. »Wie du weißt, bin ich nun schon seit einigen Jahren in diesem Haushalt und habe die Treskes ganz gut kennengelernt.«

Liv beschloss, weiterhin die Ahnungslose zu spielen und die Gelegenheit zu nutzen, mehr über ihre Dienstherren zu erfahren. Sie nickte und sah die Köchin erwartungsvoll an.

»Herr Treske hat sehr darunter gelitten, dass die Ehe so lange kinderlos blieb. Wenn ich seine Frau, die sich mir einmal deswegen anvertraut hat, richtig verstanden habe, zweifelte er an seiner Manneskraft und empfand es als großen Makel. Ich erinnere mich noch gut, wie bedrückt er oft war.« Sie legte das Fleisch in eine tiefe Pfanne, in der sie Butterschmalz erhitzt hatte. Das laute Zischen unterbrach ihren Bericht. Nachdem sie die Rinderschulter von allen Seiten angebraten hatte, löschte sie den Braten mit Rotwein und Brühe ab und schob ihn in den Ofen.

»Vor zehn Jahren hat Frau Treske ihren Mann auf eine mehrmonatige Reise zu anderen Missionsvereinen im Land begleitet. Sie kamen mit dem neugeborenen Elias nach Stavanger zurück. Wie alle anderen hier ging ich davon aus, dass Frau Treske ihn unterwegs geboren hatte. Er wurde uns als ihr Sohn vorgestellt, es gab keinen Grund, daran zu zweifeln.«

Liv hatte mittlerweile den letzten Kloß geformt und legte die leere Teigschüssel in den Spülstein. »Und warum haben Sie Verdacht geschöpft?«

»Nun, anfangs schien das Glück perfekt. Herr Treske präsentierte den Kleinen voller Stolz seinen Freunden und Bekannten und ließ sich zu seinem Stammhalter gratulieren.« Frau Bryne stellte einen Topf auf den Herd, ließ ein großes Stück Butter darin schmelzen und streute Mehl dazu. Als es angebräunt war, löschte sie es mit Gemüsebrühe ab. »Ich kann gar nicht sagen, wann sich das geändert hat«, fuhr sie nachdenklich fort. »Es kam schleichend. Mir fiel als Erstes auf, dass er seinen Sohn so gut wie nie berührt oder auf den Arm genommen hat und schon bei kleinsten Verfehlungen sehr ungehalten reagierte. Es hat mich befremdet, dass er es genau so nannte: Verfehlungen. Und das nur, weil der Kleine vor Hunger schrie oder weswegen sonst Säuglinge nun mal weinen. Als würde er das absichtlich tun, um ihn zu ärgern.«

»Das ist wirklich seltsam«, sagte Liv. »Kein Wunder, dass Sie da hellhörig wurden.« Sie schnitt mit einem Wiegemesser einen Bund Kresse für die Suppe klein, die es als Vorspeise geben sollte.

Die Köchin zuckte mit den Schultern. »Seine Frau hat mal zu mir gesagt, dass ihr Mann die Widerborstigkeit von Elias als Strafe Gottes angesehen hat, weil er seine Kinderlosigkeit nicht mit Demut hingenommen hatte. Und als dann Klein-Margit gekommen ist, wollte er seine Dankbarkeit beweisen und hat sich seitdem, wie es er ausdrücken würde, der ihm auferlegten Prüfung, als die er Elias' schwieriges Wesen empfindet, mit noch größerem Eifer gewidmet, um die gefährdete Seele mit der gebotenen Strenge auf den rechten Pfad zu leiten. Herr Treske ist wohl selber in einem sehr strengen Elternhaus aufgewachsen. Es ist ja oft so, dass Leute, die selbst mit Härte erzogen wurden, ihre Kinder genauso behandeln.«

Frau Bryne griff nach dem Brett mit der Kresse und gab sie in den Topf mit der Mehlschwitze. »Irgendwann habe ich aber begriffen, dass er Elias einfach nicht liebt. Ich fand das unnatürlich und habe die beiden unwillkürlich genauer beobachtet.

Dabei ist mir zweierlei aufgefallen: Erstens sieht der Junge weder ihm noch Frau Treske im geringsten ähnlich. Und zweitens scheint der Herr ihn für etwas Ungeheuerliches – er würde wohl von Sünde sprechen – zu verdammen, was Elias sich unmöglich selbst hat zuschulden kommen lassen. Er ist ja noch ein Kind. Es muss also was mit seiner wahren Herkunft zu tun haben. Und so hab ich eins und eins zusammengezählt ...«

»... und daraus geschlossen, dass Elias adoptiert ist«, beendete Liv den Satz.

Die Köchin nickte und prüfte mit einer Gabel, ob die Kohlrabistücke, die auf dem Herd köchelten, bereits gar waren. »Seit Klein-Margit auf der Welt ist, ist alles noch viel schlimmer. Sie ist zwar in den Augen von Herrn Treske nur ein Mädchen. Aber unverkennbar seine Tochter. Ihr gegenüber ist er manchmal richtig zärtlich und verliert nie ein böses Wort, wenn sie schreit oder zappelt.« Sie goss das Kochwasser ab und holte einen Stampfer, mit dem sie den Kohlrabi zerdrückte. Sie räusperte sich und fuhr mit gesenkter Stimme fort: »Auch wenn es grausam klingt: Ich vermute, dass unser Dienstherr Elias lieber heute als morgen loswerden möchte. Da wundert es mich nicht, dass er ihn nun in dieses Heim stecken will. Vermutlich ist er sogar überzeugt, das Beste für den Jungen zu tun, weil sie ihn da auf den Pfad der Tugend zurückbringen werden.«

Liv entfuhr ein Schnauben. »Sein Herz wird man ihm dort endgültig brechen und seine Seele dazu!«

»Nun übertreib mal nicht«, sagte Frau Bryne. »Vielleicht ist Elias dort sogar tatsächlich besser aufgehoben. Hier ist er ja nicht gerade glücklich. Und je älter seine kleine Schwester wird, desto schmerzlicher wird es für ihn sein, wie anders seine Eltern sie behandeln.« Sie schmeckte das Mus ab, rührte einen Löffel Butter hinein und schob den Topf zum Warmhalten in ein Seitenfach des Herdes.

Liv verzichtete darauf, der Köchin zu widersprechen. Es gab

viele Leute, die gar nicht so genau wissen wollten, welche Zustände auf Lindøy herrschten. Außerdem war Frau Bryne der Ansicht, dass man sich als Angestellte aus den Privatangelegenheiten der Herrschaft herauszuhalten hatte. So warmherzig und hilfsbereit sie auch war, es würde ihr nie in den Sinn kommen, sich auf Elias' Seite zu schlagen und seinetwegen ihr gutes Verhältnis zu den Treskes und ihren Arbeitsplatz aufs Spiel zu setzen.

Vor dem Kirchgang am späten Vormittag, zu dessen Teilnahme der Lehrer sie ausdrücklich aufgefordert hatte, gelang es Liv nicht, sich in den Keller zu stehlen und Elias wenigstens durch die Tür zu trösten und ihm Mut zuzusprechen. Oddvar Treske hatte sich nach seiner Rückkehr von dem Telefonat in der Missionsschule in sein Arbeitszimmer gesetzt und die Tür einen Spaltbreit offen stehen lassen. Die Gefahr, von ihm bemerkt zu werden, war zu groß.

Als Liv frisch gewaschene Windeln und Spucktücher nach oben in Klein-Margits Zimmer brachte, hielt sich Frau Treske immer noch dort auf. Wie gelähmt saß sie am Fenster und schien Livs Anwesenheit nicht wahrzunehmen. Erst als sich diese beiläufig erkundigte, ob sie Elias mit Essen und Kleidung versorgen sollte – er trug schließlich nach wie vor nur sein Nachthemd –, erwachte Ingrid Treske aus ihrer Erstarrung, schüttelte heftig den Kopf und blickte verängstigt zur Tür.

»Um Gottes willen, nein!«, stieß sie hervor. »Mein Mann hat verbot ... äh ... will nicht, dass ... äh ... er kümmert sich selbst darum.«

Liv nickte und verließ den Raum, ohne nachzuhaken. Sie hatte beschlossen, sich so unauffällig wie möglich zu verhalten, um nicht den geringsten Verdacht zu erregen. Niemand durfte etwas von ihren Fluchtplänen ahnen.

32

Särö, Schweden, Juni/Juli 1905 – Karoline

Frau Bethges Antwort ließ auf sich warten. Der Kloß in Karolines Hals wurde dicker. Wie hatte sie so leichtsinnig sein können? Sie presste ihre Fingernägel in die Handflächen. Die Sekunden dehnten sich. Warum konnte sie sich nicht einfach in Luft auflösen?

Ein Glucksen drang an ihr Ohr. Es wurde lauter und schwoll zu einem herzhaften Lachen an. Verwirrt hob Karoline den Kopf.

Frau Bethges Busen wogte, sie hielt sich eine Seite und japste nach Luft. »Da brat mir einer einen Storch!«, stieß sie hervor. »Ich wäre jede Wette eingegangen, dass Sie ledig sind. Sie sind doch ein sehr viel tieferes Wasser, als ich dachte.« Nach einem letzten Prusten zog sie ein Taschentuch aus ihrem Ärmel, tupfte sich die Lachtränen weg und sah Karoline an. »Dass Sie nicht die sind, als die Sie sich mir vorgestellt haben, hatte ich ja schnell durchschaut. Ich hielt Sie für eine höhere Tochter auf der Flucht vor einem ungeliebten Eheanwärter. Oder etwas dergleichen. Aber eine ausgebüxte Ehefrau? Nein, da habe ich Sie dann doch unterschätzt.« Sie schüttelte den Kopf, offenbar mehr aus Erstaunen über sich selbst als über Karoline. »Ich fasse es nicht, dass mir in diese Richtung nicht der geringste Verdacht gekommen ist.«

In Karolines Verblüffung über diese Reaktion, mit der sie am wenigsten gerechnet hatte, mischte sich ein Hauch Pikiertheit. Warum erschien es Frau Bethge derart unwahrscheinlich und amüsant, dass sie eine verheiratete Frau war?

Als habe sie ihre Gedanken gelesen, sagte Frau Bethge: »Nehmen Sie es mir nicht übel. Aber Sie wirken so … wie soll ich sagen … unberührt.«

Karoline schluckte. Frau Bethge hatte recht. Auch wenn sie streng genommen natürlich nicht mehr unberührt im Sinne von jungfräulich war – sie fühlte sich nicht wie eine Frau, die im biblischen Verständnis »erkannt« worden war. Es versetzte ihr einen Stich, ihr beschämendes Geheimnis so unverblümt aufgetischt zu bekommen. Frau Bethge hatte wirklich ein gutes Gespür für Menschen. Diese stand auf und nickte Karoline zu.

»Was halten Sie von einem kleinen Spaziergang am Strand? Ich denke, es wird Ihnen guttun, sich einmal alles von der Seele zu reden.«

Karoline wagte keinen Einwand. Sie erhob sich steif und folgte ihr. Die Sonne war mittlerweile hinterm Horizont verschwunden, der tiefrot glühte. Am Himmel zeigten sich vereinzelte Sterne. Eine schwarz gefiederte Gryllteiste schoss mit schnellen, schwirrenden Flügelschlägen niedrig über die Wasseroberfläche dahin, auf der ein paar Möwen dümpelten, sich putzten oder die Köpfchen ins Gefieder gesteckt vor sich hin dösten. Weit oben zog ein Falke seine Kreise. Ein Großteil der Festgesellschaft hatte sich um den brennenden Scheiterhaufen versammelt. Funken stoben aus den knackenden Scheiten und wirbelten durch die Luft, die vom Geruch nach Rauch und würzigem Harz geschwängert war.

Auguste Bethge lief mit Karoline am Feuer vorbei zum Ende der kleinen Bucht, setzte sich auf einen Felsbrocken und bedeutete Karoline, auf dem daneben liegenden Platz zu nehmen.

»Um eines von vornherein klarzustellen«, begann sie. »Ich habe nicht die Absicht, mich in Ihre Angelegenheiten zu mischen oder Sie zu nötigen, mir Dinge anzuvertrauen, die Sie für sich behalten wollen. Aber ich habe schon seit einigen Tagen den Eindruck, dass etwas Sie bedrückt, das mit mir zu tun hat. Und das belastet mich. Ich ertrage unausgesprochene Probleme nicht gut und wäre Ihnen deshalb dankbar, wenn wir reinen Tisch machen könnten.«

Wieder war Karoline überrascht. Frau Bethge schaffte es immer aufs Neue, ihre Befürchtungen ad absurdum zu führen.

»Ich schäme mich so«, sagte sie leise. »Sie sind der großherzigste Mensch, der mir je begegnet ist. Und ausgerechnet Sie habe ich angelogen und obendrein dazu gebracht, sich unnötige Gedanken darüber zu machen, ob Sie vielleicht der Grund für meine Befindlichkeit sind. Ich versichere Ihnen: Sie haben nicht den geringsten Anteil daran! Ganz im Gegenteil!«

Frau Bethge beugte sich vor und tätschelte Karolines Oberschenkel. »Das freut mich sehr zu hören. Und nun quälen Sie sich bitte nicht länger. Das Leben ist viel zu kurz, um sich mit unnötigem Gedankenballast zu beschweren.«

»Ich habe mich nicht getraut, Ihnen die Wahrheit zu sagen«, entgegnete Karoline leise, »weil ich befürchte, dass Sie mich lächerlich finden oder schlimmer noch verachten, wenn Sie sie kennen.«

Frau Bethge legte den Kopf schief. »Es ehrt mich ja, dass Ihnen meine Meinung so wichtig ist. Aber finden Sie nicht, dass Sie in erster Linie vor sich selbst bestehen sollten? Solange Sie mit ihren Entscheidungen einverstanden sind, ist es doch gleichgültig, wie andere darüber denken.«

Karoline setzte zu einer Erwiderung an, wollte darauf hinweisen, dass es so einfach nun doch nicht war, dass man sehr wohl von den Ansichten seiner Mitmenschen abhängig war und ohne deren Zustimmung schnell zum Außenseiter wurde. Sie sah in Frau Bethges Augen, die aufmerksam auf ihr ruhten. »Ich wünschte, ich hätte diese Größe.« Sie senkte den Kopf, holte tief Luft und begann – zunächst ohne Frau Bethge anzusehen –, von ihrer trostlosen Ehe zu erzählen, von der Verachtung ihrer Schwiegermutter, dem einsamen Leben auf Schloss Katzbach, ihrer Kinderlosigkeit und ihrer Hoffnung, die sie auf den von

Moritz in Norwegen gezeugten Nachkommen setzte. Frau Bethge lauschte ihr, ohne sie zu unterbrechen.

Schließlich richtete sich Karoline auf. »Verstehen Sie nun, warum ich gezögert habe, mich Ihnen anzuvertrauen? In Ihren Ohren klingt das doch sicher nach einem lächerlichen Plan.«

Frau Bethge schüttelte den Kopf. »Nein, ich höre vor allem Ihre Verzweiflung, Ihre Sehnsucht nach der Liebe Ihres Mannes und der Anerkennung durch die Familie, in die Sie eingeheiratet haben. Und eine berechtigte Existenzangst. Denn wenn Ihr Mann tatsächlich sterben würde und das Erbe an diesen Kilian fiele, sähe Ihre Zukunft nicht sehr rosig aus.«

Karoline musterte Frau Bethge. »Ehrlich gesagt hatte ich erwartet, dass Sie mir raten, auf die Konventionen zu pfeifen, mich scheiden zu lassen und mein Leben selbst in die Hand zu nehmen.«

Frau Bethge lächelte leicht, wurde aber sofort wieder ernst. »Von außen ist es einfach, gute Ratschläge zu geben und sich zum Richter über andere aufzuschwingen. Aber erstens weiß ich nicht, wie ich in Ihrem Alter in Ihrer Situation gehandelt hätte. Zweitens werden Sie im Gegensatz zu dieser adligen Mischpoke tätig, versuchen, eine Lösung für das Problem zu finden, und warten nicht ergeben ab, was das Schicksal bringen wird. Und drittens sind Sie es, die mit einer Entscheidung wie einem radikalen Bruch leben müsste. Aus diesem Grund halte ich nichts davon, anderen zu ihrem vermeintlichen Besten verhelfen zu wollen. Das geht selten gut.« Sie deutete auf eine Ente, die einige Meter von ihnen entfernt im Schilf auf einem Nest saß. »Hatten Sie schon einmal die Gelegenheit, einem Küken beim Schlüpfen zuzusehen?«

Karoline schüttelte den Kopf.

»Meine Mutter hielt stets ein paar Hühner, damit wir wenigstens frische Eier und ab und an ein Suppenhuhn im Topf hatten. Ich hatte die Aufgabe, die Eier einzusammeln, den Stall zu put-

363

zen und die Hennen zu füttern. Dabei habe ich ein paarmal verfolgt, wie ein Küken sich aus dem Ei befreit. Das ist eine mühselige Angelegenheit, die sich bis zu zwei Tagen hinziehen kann. Einmal hielt ich es nicht aus und wollte dem Kleinen helfen, das am Ende seiner Kräfte schien. Also drückte ich die Eischale mit einem Holzstäbchen ein und holte das Küken heraus.« Sie hielt inne, räusperte sich und fuhr mit belegter Stimme fort: »Es überlebte nur wenige Stunden. Der Dottersack war noch nicht vollständig eingezogen gewesen und entzündete sich. Das Kleine verendete qualvoll, ohne dass ich etwas zu seiner Rettung unternehmen konnte.«

»Das war sicher schrecklich für Sie«, sagte Karoline. »Schließlich hatten Sie dem Küken helfen wollen.«

Frau Bethge nickte. »Ja, ich fühlte mich entsetzlich und konnte es mir lange nicht verzeihen. Vor allem aber war mir dieses Erlebnis eine Lehre. Jeder hat sein eigenes Tempo. Niemand kann für einen anderen entscheiden, wann er was am besten tun sollte. Es hat keinen Sinn – und sei es noch so gut gemeint –, die Rezepte, die man fürs eigene Glück gefunden hat, anderen aufzunötigen. Jeder muss sie für sich selbst finden, auch wenn es aus Sicht der anderen einfachere oder vernünftigere Wege geben mag.«

Karoline ließ die Worte auf sich wirken. Frau Bethges Klugheit und vor allem ihre Güte berührten sie tief. Sie griff nach ihrer Hand und drückte sie. »Ich danke Ihnen von ganzem Herzen. Ich schätze mich unendlich glücklich, Ihnen begegnet zu sein.«

Frau Bethge versteifte sich ein wenig. »Nun übertreiben Sie nicht. Ich bin doch nur eine alternde Frau, die ein bisschen Lebenserfahrung gesammelt hat.«

Karoline verzichtete auf weitere Dankesbekundungen. »Ich bin mir sicher, dass Sie den Mädchen und jungen Frauen, für die Sie sich künftig engagieren wollen, eine wertvolle Unterstützung sein werden«, rief sie stattdessen. »Mit Ihnen als Vorbild werden sie bestens für ihr weiteres Leben gerüstet.«

Frau Bethge stand auf. »Das wird sich zeigen. Der Verwirklichung von Idealen stellt das Leben ja meistens eine Reihe von Widrigkeiten in den Weg. Ich bin schon froh, wenn ich mein Scherflein dazu beitragen kann, der ein oder anderen auf die Sprünge zu helfen.«

Anfang Juli gingen Karoline und Frau Bethge vormittags an Bord eines Passagierdampfers, der – von Hamburg kommend – über Fredrikshavn und Göteborg nach Kristiania fuhr. In der Reiseagentur, in der Karoline bereits eine Woche zuvor die Passage gebucht hatte, war sie angenehm überrascht gewesen, wie mühelos sie zwei Kabinen hatte reservieren können. Mitten in der Hauptsaison hatte sie nicht damit gerechnet. Mit einem verschmitzten Zwinkern hatte ihr der Büroangestellte zu verstehen gegeben, dass sie das ihren Landsleuten verdankte.

Anfang Juni war bekannt geworden, dass Kaiser Wilhelm II. in diesem Sommer die Route seiner alljährlichen Nordlandreise aus politischer Rücksichtnahme dem schwedischen König Oskar II. gegenüber ändern würde. Anstatt wie gewöhnlich die von ihm besonders geschätzte norwegische Westküste mit seiner Jacht »Hohenzollern« bis hinauf nach Trondheim zu schippern, würde er das Meer vor Dänemarks und Schwedens Küsten befahren. Nach dieser Meldung hagelte es bei den Reedereien Stornierungen, und manche Schiffe brachen gar nicht erst nach Norwegen auf.

Karoline wusste, dass Seine Majestät viele Deutsche mit seiner Begeisterung für die »Wiege der Germanen« angesteckt hatte, die sie in den Sommermonaten scharenweise in den Norden lockte. Für viele verlor eine solche Reise jedoch an Reiz, wenn der Kaiser nicht zur selben Zeit vor Ort war und so die –

wenn auch geringe – Möglichkeit bestand, ihm persönlich zu begegnen. Traf ein Touristendampfer auf die kaiserliche Jacht, gab sich Wilhelm II. durchaus leutselig: Besucher durften die »Hohenzollern« besichtigen und konnten mit Glück sogar ein Autogramm von ihrem Herrscher ergattern.

Frau Bethge, die ebenfalls darauf gefasst gewesen war, die Fahrt zu Norwegens Hauptstadt ohne die Bequemlichkeit einer eigenen Kabine verbringen zu müssen, hatte zufrieden und ein wenig spöttisch gelächelt. »Des einen Leid, des anderen Freud. Ich für meinen Teil bin sogar ganz froh, dem Rummel um unseren Reisekaiser zu entgehen.«

Das sonnige Wetter, das die Tage auf Särö geprägt hatte, war umgeschlagen. Der Himmel über Göteborg war wolkenverhangen, eine steife Brise trieb Regenschauer vor sich her, und es war merklich kühler als auf der Insel. Karoline sah der gut achtzehnstündigen Dampferfahrt mit einem mulmigen Gefühl entgegen. So umsichtig sie und Ida ihre Reise vorbereitet hatten – an die Möglichkeit, dass Karoline seekrank werden könnte, hatten sie nicht gedacht. Sie hatten keine der von Ärzten neuerdings empfohlenen Betäubungsdrogen wie Chloroform, Arsen, Blausäure oder Opium besorgt, mithilfe derer zur Seekrankheit neigende Passagiere unter Narkose dahindämmerten. Die Bemerkung im »Baedeker's«, das Skagerrak sei für seine oftmals raue See berüchtigt, die selbst erfahrenen Matrosen zu schaffen machte, verstärkte Karolines bange Erwartungen.

Die Fahrt ließ sich zunächst ruhig an. Im Schärengarten vor der Küste, in dem sich das Schiff bewegte, war es vor den hohen Wellen des offenen Meeres geschützt. Entlang des Küstenstrichs Bohuslän, auch Viken genannt – der Heimat der Wikinger –, ging es neun Stunden lang nach Norden. Der Dampfer glitt gleichmäßig dahin, das befürchtete Geschaukel blieb aus. Karoline entspannte sich, schrieb ein paar Briefe für ihre Arbeitgeberin ins Reine, las im Reiseführer das Kapitel über

Norwegens Geschichte und nahm mit Frau Bethge ein frühes Abendessen im Speisesalon ein. Anschließend befolgte sie deren Rat und legte sich danach umgehend in ihrer Kabine ins Bett.

»Wenn Sie einschlafen, bevor wir aufs Skagerrak hinausfahren, bekommen Sie mit etwas Glück gar nichts vom Wellengang mit«, sagte Frau Bethge. »Das ist die beste Vorbeugung gegen die Seekrankheit.«

Einige Stunden später weckte ein dumpfer Knall Karoline auf. Ihr Kopf dröhnte. Benommen richtete sie ihren Oberkörper auf und sah sich in der Kajüte um. Durch das Bullauge drang mattes Licht. Auf der an der Wand festgeschraubten Tischplatte kullerten ihr Füllfederhalter, das Tintenfässchen aus Messing und ein zusammenklappbarer Reisewecker hin und her. Auch der Boden hatte sich in eine schiefe Ebene verwandelt, auf der ihre Schnürstiefel und ihre Pantoffeln herumrutschten. Karoline fasste sich an die Stirn und befühlte die schmerzende Stelle. Im heftigen Schlingern des Schiffes musste ihr Kopf gegen einen Bettpfosten gestoßen sein. Sie tastete nach dem Wecker und hielt ihn sich vor die Augen. Es war kurz nach neun Uhr. Der Dampfer befand sich demnach längst auf dem Skagerrak – bei hohem Seegang und stürmischem Wetter.

Karoline horchte in sich hinein. Sie entdeckte keines der verräterischen Symptome der Seekrankheit, die im »Baedeker's« beschrieben waren: weder verstärkten Speichelfluss und zwanghaftes Schlucken, noch kalten Schweiß auf der Stirn. Nicht einmal ein flaues Gefühl in der Magengegend, geschweige denn Übelkeit oder gar Brechreiz. Mittlerweile war sie hellwach und beschloss, an Deck zu gehen. Sie zog ihren Staubmantel über das Nachthemd, schlüpfte in ihre Stiefel und verließ die Kabine. Der Gang lag im Schein einer Deckenleuchte vor ihr. Niemand war zu sehen. Sie legte ihr Ohr an die Tür der Nachbarkajüte, in der Frau Bethge untergekommen war. Kein Laut drang heraus. Offenbar verschlief sie, ihrem eigenen Rat folgend, den stürmischen Teil der Reise.

Karoline hangelte sich am Geländer entlang, das zu beiden Seiten des Flurs in Hüfthöhe montiert war – und über dessen Zweck sie sich am Vortag noch gewundert hatte –, bis zur Treppe, die zum Promenadendeck hinaufführte. Als sie oben die Außentür öffnete, riss ihr eine Bö die Klinke aus der Hand. Karoline beeilte sich, hinauszutreten, die Tür hinter sich zuzudrücken und sich an einem der dicken Stützpfeiler festzuklammern, die das Dach über dem Deck trugen. Auch hier war sie allein. Das Schiffspersonal hatte die Sonnenliegen mit dicken Drahtseilen gesichert. Über die Planken schäumte weiße Gischt, die in unregelmäßigen Abständen vom Bug her über die Reling schwappte. Das Schiff stampfte durch die Wogen, die der Sturm aufpeitschte. Dunkle Wolken hingen tief über der See. Ab und an rissen sie auf und gaben den Blick frei auf den Himmel, den die unsichtbare Sonne erhellte.

Karoline betrachtete das Schauspiel mit wachsender Begeisterung. Sie kämpfte sich weiter nach vorn, rutschte aus, schwankte, verlor fast das Gleichgewicht und erreichte schließlich den Bug. Ihre Kleidung war durchnässt, ihr Zopf hing schwer vom Meerwasser auf ihrem Rücken, ihre Wangen brannten von den Tröpfchen, die ihr der Wind ins Gesicht blies. Ein nie gekanntes Gefühl der Lebendigkeit bemächtigte sich ihrer. Wie von selbst formten ihre Lippen die Worte eines Liedes, das sie als kleines Mädchen gehört hatte. Ein Angestellter ihres Vaters, der als junger Mann zur See gefahren war, hatte es oft vor sich hin gesungen. Sie hielt ihr Gesicht in den Sturm und schmetterte gegen sein Tosen an:

»Wildes, schäumendes, brausendes Meer
Rollende Wogen, von wo kommt ihr her?
Pfeilschnelle Möwen, was sagt euer Schrei?
Endloses Meer, nur auf dir bin ich frei.
Wiegt mich ihr Wogen und singt mir ein Lied!
Stolz unser Schiff in die Ferne zieht.«

Eine unverhoffte Windflaute unterbrach das Heulen des Windes. Ein Stöhnen drang an Karolines Ohr, gefolgt von einem Würgen. Sie schaute sich um. Ein gutes Dutzend Schritte von ihr entfernt auf der anderen Seite des Bugs hing eine Gestalt über der Reling. Gefährlich weit auf der Seeseite. Die nächste Bö, die nächste starke Bewegung des Schiffes konnte sie über Bord schleudern. Karoline duckte sich und überquerte mehr schlitternd als rennend den freien Platz zwischen den beiden überdachten Gängen. Eine gewaltige Welle rollte auf den Dampfer zu und hob ihn mehrere Meter in die Höhe. Karoline krallte sich mit einer Hand am Geländer fest, packte mit der anderen die Gestalt an der Schulter und zerrte sie mit aller Kraft nach unten. Das Schiff sackte ins Wellental, Karoline fiel hinten über und zog dabei die Gestalt mit.

Der Aufprall auf den Planken nahm ihr den Atem, sie japste nach Luft und setzte sich auf. Neben ihr lag ein Mann auf dem Rücken, den sie auf ungefähr dreißig Jahre schätzte. Sein fahler Teint schimmerte im diffusen Dämmerlicht, seine Haare klebten wirr an seinem Kopf, und seine Augen waren geschlossen.

Karoline sah sich um. Nach wie vor war weder ein Angestellter des Schiffs noch ein Passagier auf dem Deck unterwegs. Sollte sie Hilfe holen? Was aber, wenn der Unbekannte in der Zwischenzeit zu sich kam und sich, von Übelkeit übermannt, erneut zu weit über die Reling beugte? Sie stand auf, fasste den Ohnmächtigen unter den Achseln und schleifte ihn zur Wand. Keuchend zwängte sie ihn zwischen zwei Sonnenliegen und achtete darauf, seinen Kopf um neunzig Grad auf die Schulter zu drehen. Laut ihrem Reiseführer wurde bei dieser Stellung die Auf- und Abwärtsbewegung des Schiffes über die Kopfachse in eine weniger unangenehme seitliche Drehbewegung verwandelt.

Die Lider des Seekranken begannen zu flattern. Mit einem

Stöhnen kam er zu sich. Als er versuchte, sich aufzurichten, legte ihm Karoline eine Hand aufs Brustbein und hielt ihn davon ab.

»Nein, bleiben Sie bitte liegen.«

Er sank zurück. Ein weiterer Ratschlag kam ihr in den Sinn. Tiefes Atmen sollte helfen. Dabei durfte man nicht den Fehler machen, nur beim Heruntergehen des Schiffes Luft zu holen, da dadurch das flaue Gefühl in der Magengrube noch verstärkt wurde.

»Versuchen Sie, gleichmäßig zu atmen.«

Seine Augen waren unverwandt auf sie gerichtet. Auf seinen Zügen machte sich Verwirrung breit.

Hatte er sie nicht verstanden? Konnte er kein Deutsch?

»*Please, breathe deeply and exhale! And again: inhale and*…«

»Wie komme ich hierher?«, fiel er ihr ins Wort.

»Ich habe Sie hergebracht. Es erschien mir auf die Schnelle der sicherste Ort. Um ein Haar wären Sie über Bord gegangen. Sie hatten sich gefährlich weit über die Reling gebeugt.«

»Über Bord?« fragte er mit Entsetzen in der Stimme. »Ich muss bei dem Auf und Ab vollkommen die Orientierung verloren haben.« Wieder sah er sie aufmerksam an. »Dann haben Sie mir also das Leben gerettet?«

Karoline stutzte und unterdrückte den Reflex, ihre Tat herunterzuspielen, wie es sich für eine wohlerzogene, bescheidene Frau gehörte. Statt des Nicht-der-Rede-wert, das ihr auf der Zunge lag, sagte sie: »Ja, das habe ich wohl.«

33

Stavanger, Juni 1905 – Liv

Nach dem Gottesdienst verweilten viele Kirchgänger noch auf dem Platz vor dem Dom, kommentierten die Predigt, tauschten Neuigkeiten aus und diskutierten das Für und Wider einer kompromisslosen Haltung den Schweden gegenüber und der damit verbundenen Kriegsgefahr. Liv wollte sich von den Treskes verabschieden, um unter dem Vorwand, letzte Vorbereitungen für das Mittagessen treffen zu müssen, nach Hause zu eilen und Elias in ihre Fluchtpläne einzuweihen. Das Erscheinen von Halvor Eik, der sich zu ihrer Gruppe gesellte, machte ihr einen Strich durch die Rechnung. Nachdem er die Treskes und deren Bekannten begrüßt hatte, wandte er sich an Liv.

»Ich sehe mit Freude, dass du wieder wohlauf bist.«

Liv sah zu ihm auf und blinzelte verwirrt.

»Nun, gestern wollte ich dich ja sprechen. Doch Frau Treske meinte, sie habe dir gestattet, dich mitten am Tage auszuruhen, weil dir unwohl war.« In seiner Stimme schwang weniger Sorge als Unmut mit. »Ich will doch nicht hoffen, dass so etwas öfter vorkommt? Man hat mir versichert, dass du dich einer robusten Gesundheit erfreust und zuverlässig deine Pflicht ...«

»Das tut sie auch«, fiel Ingrid Treske ihm ins Wort. »Unsere Liv neigt nicht zum Kränkeln. Und schon gar nicht dazu, sich vor der Arbeit zu drücken. Ganz im Gegenteil! Gestern war eine Ausnahme. Ich hatte dem armen Mädchen wohl zu viel aufgebürdet.«

Liv spürte, wie sie rot wurde. Das unverhoffte Lob machte sie verlegen. Wenn Frau Treske wüsste, was ich im Schilde führe, dachte sie und senkte den Kopf.

»Vielen Dank, verehrte Frau Treske«, hörte sie Halvor Eik sagen. »Aus Ihrem Munde ist mir das eine große Beruhigung.« Er griff nach Livs Hand und fuhr salbungsvoll fort: »Wie heißt es in den Sprüchen: Wem eine tüchtige Frau beschert ist, die ist viel edler als die köstlichsten Perlen.«

Es kostete Liv große Überwindung, ihre Hand nicht wegzuziehen und ein unbefangenes Lächeln aufzusetzen. Die Berührung seiner Finger, die sich mit festem Druck um ihre schlossen, erregte einen Widerwillen in ihr, den sie als körperliche Übelkeit wahrnahm. Die Vorstellung, ihn als verheiratete Frau noch viel näher an sich herankommen lassen zu müssen, rief einen Würgereiz hervor, den sie nur mühsam wegschlucken konnte. Rasch verdrängte sie die unwillkommenen Bilder.

»Nun musst du dich nicht mehr lange gedulden, bis du meine Frau wirst. Die Zeit des Wartens ist bald vorüber«, sagte er. Sein Tonfall ließ keinen Zweifel daran, dass er davon ausging, Liv fiebere der Hochzeit entgegen. »Nutze die Zeit gut.« Er holte einen zusammengefalteten Zettel aus seiner Westentasche und hielt ihn Liv hin. »Den wollte ich dir gestern schon geben. Ich habe die Dinge notiert, die du hier besorgen oder nähen solltest. Die Überfahrt dauert ja einige Wochen. Drüben in Madagaskar werden wir dann von der Missionsgesellschaft mit allem versorgt, was wir für unseren Haushalt benötigen. Du musst dich also nur um die Kleidung und Wäsche kümmern, die du auf dem Schiff brauchst.«

Liv nickte stumm und steckte den Zettel in ihre Jackentasche, ohne ihn zu entfalten und einen Blick darauf zu werfen.

»Bist du denn gar nicht neugierig, wann wir heiraten und nach Madagaskar aufbrechen?«, fragte er – nun doch irritiert durch ihr Schweigen.

Sie widerstand der Versuchung zu rufen: Nein, denn es gibt weder ein Wir noch eine gemeinsame Reise! Sie zwang sich zu einem Lächeln und zitierte leise: »Ihr Frauen, ordnet euch euren Männern unter, wie sich's gebührt in dem Herrn.«

Halvor Eik stutzte kurz, bevor er zufrieden lächelte. »Du hast also in der Sonntagsschule gut achtgegeben. So gefällt mir meine kleine Frau gleich noch einmal so gut!«

Liv hauchte ein »Danke« und wandte den Blick von seinen Augen ab. Der Besitzerstolz darin verstärkte ihre Übelkeit, die sich noch steigerte, als einige Bekannte des Missionars zu ihnen traten und ihnen zur bevorstehenden Hochzeit gratulierten. Sie kam sich wie eine Betrügerin vor und ließ die Segenswünsche mit gesenktem Kopf und geröteten Wangen über sich ergehen.

Eine Geste, die als Schüchternheit ausgelegt wurde, wie Liv einigen halblauten Bemerkungen entnahm, die sie aufschnappte. Von dem unverschämten Glück der Braut aus niedersten Verhältnissen wurde getuschelt, aus denen der junge Missionar sie errettete und zu sich erhob. Vor allem aber von dessen Großherzigkeit. Schließlich hätte er eine gute Partie machen können. Allein in Stavanger gab es einige Töchter aus angesehenen Familien, die dem stattlichen Mann liebend gern das Jawort gegeben hätten. Die Bewunderung für dessen Selbstlosigkeit hielt sich die Waage mit einem gewissen Unverständnis für seine Wahl.

In Livs schlechtes Gewissen, den Missionar noch nicht darüber aufgeklärt zu haben, dass sie seine Pläne durchkreuzen würde, mischte sich zunehmend Verärgerung. Halvor Eik sprach buchstäblich über ihren Kopf hinweg mit den Leuten über sie und ihre gemeinsame Zukunft, ohne sie mit einzubeziehen. Niemand schien sich daran zu stören, niemand unternahm einen Versuch, Liv an der Unterhaltung zu beteiligen. Immerhin erfuhr sie nun, dass ihre Schwester Gudrun noch bis Ende des Monats – also gut zwei Wochen – bei dem Bauern arbeiten musste und sie selbst so lange noch bei den Treskes in Diensten stand. Anschließend würde die Hochzeit stattfinden, und un-

373

mittelbar im Anschluss daran sollte das frischgebackene Ehepaar die Fahrt nach Madagaskar antreten.

An diesem Punkt schlugen Livs Ärger und Scham in Belustigung um. Vor ihrem geistigen Auge tauchte das Innere einer mit Blumen geschmückten Kirche auf, deren Bänke bis auf den letzten Platz besetzt waren. Der Organist spielte einen Eröffnungschoral. Vorn am Altar stand Halvor Eik in einem dunklen Anzug und wartete auf das Erscheinen der Braut. Und wartete ... und wartete. Die Vorstellung, wie dumm er aus der Wäsche gucken würde, wenn sie nicht erschien, entlockte ihr ein Kichern, das sie rasch als Husten tarnte. Es verschaffte ihr ein Gefühl der Genugtuung, dass es ihr gelingen könnte – wenn auch nur durch ihre Abwesenheit –, diese unerträgliche Selbstgewissheit wenigstens für einen Augenblick aus seinem Gesicht zu wischen und ihm zu zeigen, dass sie nicht zu denen gehörte, die nach seiner Pfeife tanzten. Einen Augenblick lang bedauerte sie es, dass es nie zu dieser Szene kommen würde. Ihre kurz bevorstehende Flucht mit Elias würde die Hochzeitsvorbereitungen im Keim ersticken.

Mittlerweile lösten sich nach und nach die Gruppen der Gottesdienstbesucher auf, die vor der Kirche standen und sich unterhielten. Man verabschiedete sich und strebte nach Hause zum Essen. Zur Enttäuschung des Lehrers und zu Livs Erleichterung konnte Halvor Eik die Einladung der Treskes zum Pfingstbraten nicht annehmen. Er hatte noch eine wichtige Besorgung außerhalb von Stavanger zu erledigen – wie er mit einem bedeutungsvollen Blick zu Liv verkündete.

Nachdem er sich von ihnen verabschiedet hatte und Liv im Schlepptau des Lehrers und seiner Frau den Heimweg antrat, stockte ihr der Atem. Gerade verschwand Tor Helliesen, der Kurator des Museums, hinter der Ecke des Doms, an der die Kongsgata zum Bahnhof führte, von dem es nur einen Katzensprung bis zum Museum war. Neben ihm lief ein Mann, dessen

374

Statur Liv unter Hunderten erkannt hätte. War Bjarne etwa zurück in Stavanger? Ungläubig schüttelte sie den Kopf.

Nein, das bildest du dir nur ein, sagte ihre Vernunftstimme. Du hast ihn ja nur einen Lidschlag lang gesehen. Es war wohl eher eine Ausgeburt deiner Sehnsucht nach ihm. Es ist höchst unwahrscheinlich, dass er nach all den Wochen noch einmal hierher zurückgekehrt ist.

Und wenn doch?, flüsterte die Stimme der Hoffnung.

Dann will er offensichtlich nichts mehr von dir wissen. Wenn er im Dom und anschließend bis gerade eben hier auf dem Vorplatz war, hätte er doch versuchen können, sich dir irgendwie bemerkbar zu machen. Der Rummel um Halvor Eik kann ihm schwerlich entgangen sein.

Liv presste die Lippen zusammen. Da war doch der Gedanke erträglicher, dass sie sich getäuscht und einen Fremden für Bjarne gehalten hatte. Sie seufzte und beeilte sich, zu den Treskes aufzuschließen, die sich bereits einige Meter von ihr entfernt hatten.

Kurz nach Mitternacht zog sich Liv im Schein der Unschlittlampe an, die auf dem Tisch neben der Waschschüssel stand. Als sie die Jacke überstreifte, knisterte es leise. Sie griff in die Tasche und zog den Zettel hervor, auf den Halvor Eik die Dinge notiert hatte, die sie für die Überfahrt nach Madagaskar beschaffen sollte. Sie setzte sich auf den Schemel und holte einen Bleistiftstummel aus der Schublade unter dem Tisch, in der sie Kleinkram wie Nähzeug, eine Bürste und Haarnadeln aufbewahrte. Sie entfaltete das Papier, strich die Liste durch und schrieb auf die Rückseite:

An Herrn und Frau Treske!

Schweren Herzens habe ich mich entschlossen, Ihr Haus und meine Stellung ohne Abschied zu verlassen. Es ist mir bewusst, dass ich mich in Ihren Augen eines unverzeihlichen Vergehens schuldig mache. Mein Gewissen lässt mir jedoch keine andere Wahl. Ich kann nicht zulassen, dass Elias nach Lindøy gebracht wird. Er würde dort zerbrechen. Um ihn vor diesem Schicksal zu bewahren, werde ich mit ihm fortgehen.

Liv hielt inne und starrte auf den letzten Satz. Den ganzen Tag über hatte sie überlegt, wohin sie mit Elias fliehen sollte. Sie vermutete, dass er sich auf die Suche nach seinen leiblichen Eltern machen wollte und sich in seiner kindlichen Fantasie rührende Szenen ausmalte, in denen der verlorene Sohn begrüßt wurde. Liv sah das nüchterner. Seine ledige Mutter hatte ihn nach einem Fehltritt loswerden wollen und ausdrücklich zur Adoption freigegeben. Gewiss, es bestand die Möglichkeit, dass ihre Familie sie dazu gezwungen hatte, sie diesen Schritt mittlerweile bitter bereute und sich tatsächlich nichts sehnlicher wünschte, als ihr Kind zu sich zu nehmen.

Auch wenn Elias' Hoffnungen sich nicht erfüllten, sollten sie mehr über seine Wurzeln herausfinden. Liv spürte instinktiv, dass das Wissen, woher man kam, wichtig war. Auch wenn die Wahrheit nicht so schön oder gar bitter war. Nur so konnte man seinen Weg im Leben finden. Außerdem gab es vielleicht Verwandte, die sich des Jungen annehmen würden. Seit seiner Geburt waren neun Jahre vergangen – Zeit genug, um Gras über den Makel seiner Herkunft wachsen zu lassen. Es kam oft vor, dass Kinder ärmerer Familienzweige bei reicheren aufwuchsen oder nach dem Verlust der eigenen Eltern von Verwandten großgezogen wurden.

Da Elias' Mutter aus einer Trondheimer Familie stammte und

sich das Sanatorium, in dem sie ihn geboren hatte, in der Nähe der Stadt befand, hatte Liv beschlossen, dort mit der Spurensuche zu beginnen. Die Frage, was sie tun sollte, wenn diese im Sande verlief, drängte sie beiseite. Darüber würde sie sich den Kopf zerbrechen, wenn es so weit war.

Vor ihrem Aufbruch in den Norden wollte sie allerdings ihre Eltern besuchen. Zum einen hoffte sie, bei ihnen zumindest für eine Nacht Unterschlupf zu finden. Zum anderen wollte sie die Gegend nicht verlassen, ohne Abschied von ihrer Familie genommen zu haben. Die Begegnung stand ihr bevor. Sie ahnte, dass weder ihre Mutter noch ihr Vater ihre Entscheidung gutheißen würden. Ohne deren Segen wollte sie aber nicht gehen. Liv seufzte und beugte sich wieder über den Zettel.

Ich wage es nicht, für mich um Ihre Vergebung zu bitten, schrieb sie weiter. *Ich bitte Sie aber inständig, meine Schwester Gudrun nicht an meiner Stelle zu bestrafen und sie fortzuschicken. Sie hat sich nichts zuschulden kommen lassen und soll nicht für etwas büßen, für das sie nichts kann. Sie wird Ihnen treu dienen und Sie gewiss nicht enttäuschen.*

Liv stockte erneut. Sie hörte Oddvar Treske beim Lesen dieser Stelle höhnisch schnauben und mit schneidender Stimme sagen: »Das hätte sie sich vorher überlegen sollen. Liv allein trägt die Verantwortung für die Folgen ihrer ungeheuerlichen Tat!«

Liv presste die Lippen aufeinander. Der Gedanke, ihrer Schwester zu schaden, schmerzte sie. Sie hatte jedoch keine andere Wahl und konnte nur hoffen, dass die Treskes Nachsicht walten lassen und Gudrun einstellen würden.

*In der Hoffnung, dass Sie meine Bitte erfüllen werden, sage ich
Lebwohl und wünsche Ihnen Gottes Segen.*
Liv Svale

Sie legte den Brief auf den Tisch und beschwerte ihn mit der
Lampe. Nachdem sie das Licht ausgeblasen hatte, griff sie nach
ihrem Bündel, in das sie den Umhang von Bjarne, ihr altes Kleid,
ihr Nachthemd, Wäsche, eine Bürste, Haarklammern und ihr
Gebetsbuch geschnürt hatte, und ging zur Tür. Auf der Schwelle
blieb sie kurz stehen und ließ ein letztes Mal ihre Augen durch
die Kammer wandern, ihr kleines Reich, das ihr in den letzten
Wochen ein Gefühl der Geborgenheit geschenkt hatte.

Vorsichtig schlich sie die Treppe hinunter. Das Haus lag in
tiefer Stille. Bevor sie in den Keller lief, machte sie einen Abstecher in die Küche. Dort hatte sie Elias' Sachen in einem leeren Korb versteckt. Sie holte seine Kleider heraus, zündete eine
Petroleumlampe an und stieg mit klopfendem Herzen die
schmale Stiege hinab.

Der schwierigste Teil lag noch vor ihr: das Schloss, mit dem
Elias' Verließ gesichert war. Den Schlüssel dazu trug Oddvar
Treske stets bei sich. Es war ihr nicht gelungen, auch nur in seine
Nähe zu gelangen, geschweige denn, ihn unbemerkt zu entwen-
den. Ihre Hoffnung, der Lehrer würde ihn in der Tasche seiner
Jacke aufbewahren, hatte sich zerschlagen. Als sie diese zum
Ausbürsten an sich genommen hatte, war sie nicht fündig
geworden. Als sie ihm wieder hineinhalf, hatte sie eine Leder-
schnur bemerkt, an der er den Schlüssel um den Hals trug. Ein
herber Schlag, der sie zunächst in Verzweiflung gestürzt hatte.
Wie sollte sie nun bloß vorgehen? Am Nachmittag hatte sie sich
ein Stück starken Draht aus dem Geräteschuppen besorgt und
betete inbrünstig, damit die Tür öffnen zu können. Es musste
einfach gelingen!

Ein Rascheln ließ sie erstarren und erschrocken lauschen. Es sind sicher nur Mäuse, beruhigte sie sich und leuchtete in den Gang. Es gab drei Türen. Zwei davon waren nicht verschlossen. Hinter einer befand sich der Eiskeller, der Ende des Winters mit dicken Schollen bestückt wurde, die noch bis in den Sommer hinein verderbliche Speisen kühlten. Im zweiten Raum wurden Konserven und Weinflaschen gelagert.

Den dritten hatte Liv nie betreten. An seiner Tür war ein Vorhängeschloss angebracht. Erleichterung durchflutete sie. Es war kein komplizierter Mechanismus. Sie stellte die Lampe auf den Boden, zog den Draht aus ihrer Tasche und begann, damit in dem Schlüsselloch herumzustochern. Nach einer Weile ließ sie entmutigt die Schultern hängen. Die Sache war doch nicht so einfach wie gedacht. Ihr Blick fiel auf die Schrauben, mit denen die Metallbänder des Schlosses an Türblatt und Rahmen festgemacht waren. Ihr Herz machte einen Sprung. Sie kramte nach ihrem Geldbeutel, nahm eine Münze heraus, steckte sie in den Schlitz einer Schraube und drehte sie. Nach anfänglichem Sträuben gab sie nach und ließ sich herausdrehen. Drei Minuten später hielt sie das Schloss in den Händen, drückte die Tür auf und betrat mit der Lampe das Gefängnis von Elias.

Der Junge lag zusammengerollt auf einem Strohsack und schlief. Liv kniete sich vor ihn hin, streichelte seine Schulter. »Elias, wach auf!«

Er schreckte hoch und stieß einen Schrei aus. Liv fuhr zusammen, presste ihm eine Hand auf den Mund. »Keinen Mucks!«

Sie lauschte angespannt. Hatte Elias seine Eltern geweckt? Da, ein Klacken! Waren das Schritte auf der Treppe? Sie versteifte sich. Das Geräusch wiederholte sich nicht, es war wieder still. Der Junge wand sich unter ihrem Griff und gurgelte entrüstet.

»Pst, sei leise! Oder willst du, dass man uns entdeckt?«

Elias musterte sie mit finsterer Miene, hörte aber auf zu

protestieren. Liv nahm die Hand von seinem Mund. Er wich vor ihr zurück.

»Was willst du?«

»Dich hier rausholen und mit dir fortgehen.«

Elias musterte sie. Das Misstrauen stand ihm ins Gesicht geschrieben.

»Ich meine es ernst«, fuhr Liv fort. »Ich habe versprochen, dich nie im Stich zu lassen.« Sie stand auf und ging zur Tür. »Komm, wir müssen uns sputen.«

Elias Züge entspannten sich. Er sprang auf und rannte zu ihr. »Ich hatte solche Angst!«, schluchzte er. »Ich war so allein. Ich dachte, du hättest mich vergessen!«

»Ich hätte dich gern früher besucht. Aber es war zu gefährlich.«

Sie deutete auf seine Kleider, die sie im Gang abgelegt hatte. Nachdem er sie angezogen hatte, schlichen sie die Treppe hinauf und in die Küche, um ihre Bündel zu holen. Gleich haben wir es geschafft, dachte Liv. Sie suchte Elias' Blick.

»Bist du bereit?«

Er sah zu ihr auf und nickte. Der Ausdruck unbedingten Vertrauens in seinen Augen wischte Livs letzte Bedenken beiseite. Du tust das einzig Richtige, sprach sie sich Mut zu, löschte die Petroleumlampe, fasste nach seiner Hand und schlich auf Zehenspitzen zur Haustür. Behutsam drückte sie die Klinke hinunter. Lautlos schwang die Tür auf – dank des Öls, mit dem sie die Scharniere tags zuvor eingefettet hatte. Elias drängte an ihr vorbei ins Freie, Liv folgte ihm und sandte ein stummes Dankgebet gen Himmel, der von Sternen übersät war. Sie waren entkommen!

Im selben Moment flackerte ein Lichtschein hinter ihr auf. Liv stockte der Atem. Langsam drehte sie sich um. Am Fuß der Treppe stand Ingrid Treske. Elias schrie unterdrückt auf und klammerte sich an Liv, die schwarze Punkte vor ihren Augen

380

tanzen sah. Kurz spielte sie mit dem Gedanken, einfach wegzu-
rennen, verwarf die Idee aber umgehend. Sie würden nicht weit
kommen. Sobald Ingrid Treske Alarm schlug, würden ihnen
nicht nur ihr Mann, sondern auch die gesamte Belegschaft der
Missionarsschule auf den Fersen sein.

Sie saßen in der Falle.

34

Norwegen, Juli 1905 – Karoline

Der Sturm heulte erneut auf und verschluckte die Antwort des Unbekannten. Die See war in den letzten Minuten noch unruhiger geworden. Das Schiff neigte sich zur Seite und durchschnitt eine Welle, deren Gischt hoch über die Reling spritzte und auf Karoline und den jungen Mann niederging. Sie schüttelte sich und beugte sich zu seinem Ohr.

»Wir sollten besser reingehen.«

Ohne sein Einverständnis abzuwarten, griff Karoline nach seinem Arm. Auch wenn der Aufenthalt an frischer Luft für Seekranke empfohlen wurde – länger im Freien zu bleiben, erschien ihr unvernünftig, ja lebensbedrohlich. Die Gefahr, über Bord gespült zu werden, war zu groß. Sie legte sich den Arm des Unbekannten über die Schultern und hievte ihn hoch. Er stützte sich schwer auf sie. Immer wieder knickten seine Beine unter ihm weg. Die wenigen Schritte bis zur Tür, die ins Innere führte, wurden zu einer Herausforderung, der sich Karoline mit zusammengebissenen Zähnen unter Aufbietung all ihrer Kräfte stellte.

Als sie schließlich im Trockenen angekommen waren, ließen sie sich gleichzeitig schwer atmend zu Boden gleiten und lehnten sich gegen die Wand.

»Es ist mir so unsagbar peinlich!«, murmelte er. »Eine zarte Dame überrascht mich nicht nur in der demütigendsten Situation meines Lebens. Nein, sie bewahrt einen kühlen Kopf, handelt entschlossen und bringt mich in Sicherheit. Es sollte genau umgekehrt sein!«

»In einem Roman wäre es ja auch genau so«, rutschte es Karoline heraus.

»Was müssen Sie nur von mir denken ...«

Sein aufrichtiges Hadern erregte ihr Mitgefühl. Es musste für einen gut durchtrainierten, muskulösen Mann wie ihn besonders ehrenrührig sein, sich in einem desolaten Zustand der Schwäche zu befinden und dabei auch noch von einer Wildfremden überrascht zu werden, ohne deren Hilfe er vermutlich in eine noch schlimmere Lage geraten wäre.

Vor ihrem inneren Auge tauchte Idas Gesicht auf, die mit gespielter Entrüstung wissen wollte, wie sie zu ihrer Kenntnis über die körperliche Verfassung des Unbekannten gelangt war. Das ließ sich gar nicht vermeiden, gab sie schnippisch zur Antwort. Ich musste ihn in Sicherheit bringen, das ging nun mal nicht, ohne ihm sehr nahezukommen.

Die Erinnerung an die Wärme seines Körpers dicht an ihrem jagte Karoline einen wohligen Schauer durch die Adern. Verstohlen musterte sie den jungen Mann. Sein Anzug war maßgeschneidert, durch die Nässe jedoch etwas mitgenommen. Sein Hemdkragen war an einer Seite abgerissen, der oberste Knopf hing nur noch einem Faden. Sein schmal geschnittenes Gesicht war nach wie vor grünlich bleich, seine dunkelblauen Augen unter fein geschwungenen Brauen wirkten glasig, und seine Lippen waren blutleer. Ein Bild des Jammers. In ihr Mitleid mischte sich ein Hauch Belustigung und das Gefühl der Überlegenheit. Ihr konnte der heftige Seegang nichts anhaben, sie fand ihn vielmehr belebend und aufregend. Im Gegensatz zu diesem gestandenen Mann, der – seinem kurzen Haarschnitt und der athletischen Statur nach zu schließen – wahrscheinlich eine militärische Laufbahn eingeschlagen hatte. Sie verbiss sich ein Grinsen.

»Ich werde schweigen wie ein Grab«, sagte sie betont feierlich. »Diese Szene heute Nacht hat sich nie ereignet.«

Er rang sich ein Lächeln ab, krümmte sich erneut zusammen und verschränkte seine Arme vor dem Bauch.

Karoline wurde wieder ernst und wiederholte ihre Aufforderung, es mit einer tiefen, gleichmäßigen Atmung zu versuchen. »Sie befinden sich mit Ihrem Leiden übrigens in bester Gesellschaft«, sagte sie, um ihn abzulenken. »Unser Kaiser hat einmal im Kreis von Vertrauten gestanden, dass er an den ersten beiden Tagen auf seiner Jacht immer seekrank ist.« Bevor er nachfragen konnte, wie sie an intime Informationen über Seine Majestät gelangt war, schob Karoline rasch nach: »Und selbst einem Vielfahrer wie dem Briten Lord Nelson wurde regelmäßig übel. Zeit seines Lebens – sogar noch als berühmter Admiral – litt er stark an der Seekrankheit.«

Am Ende des Gangs tauchte ein Steward auf. Als er sie bemerkte, eilte er zu ihnen und erkundigte sich besorgt, ob alles in Ordnung sei und er irgendwie behilflich sein könnte.

Karoline stand auf, strich sich den zerknitterten Mantel glatt. »Wenn Sie bitte den Herrn zu seiner Kabine bringen könnten. Ihm ist unwohl, darum hat er ein bisschen frische Luft geschnappt.«

Der Angestellte nickte, half dem Fremden hoch und deutete auf das Fenster. »Den ungemütlichsten Teil der Reise haben wir bald hinter uns. Sehen Sie das Licht dort? Das ist der Leuchtturm von Færder. Er markiert die Einfahrt in den Kristianiafjord. Da sind wir dem Sturm nicht mehr so stark ausgesetzt, und der Wellengang wird schwächer.«

Karoline lächelte dem jungen Mann zu, der schwankend neben dem Steward stand, die Zähne zusammenbiss und sich am Geländer festhielt.

»Das sind doch gute Neuigkeiten«, sagte sie. »Ich bin sicher, bald sind Sie wieder wohlauf.«

Bevor er etwas erwidern konnte, setzte sich der Steward in Bewegung und führte ihn weg. Karoline sah ihnen kurz nach und kehrte in ihre Kajüte zurück. Als sie auf ihren Wecker schaute, konnte sie kaum glauben, dass sie keine halbe Stunde unterwegs gewesen war. Sie schälte sich aus dem nassen Mantel und dem Nachthemd, entledigte sich ihrer Stiefel, rieb sich trocken, zog ein frisches Hemd an und kuschelte sich unter die Bettdecke. Die Bewegungen des Schiffes hatten merklich abgenommen, es pflügte nun ohne größere Schwankungen durchs Wasser. Durch das Bullauge konnte Karoline die Uferlinie als dunkelgrauen Schatten erahnen, aus dem vereinzelt Lichter herüberblinkten.

Laut ihrem Reiseführer verpasste sie in der Dunkelheit den malerischen Anblick der norwegischen Küste, die mit Kiefern und Birken bewachsen war und von vielen kleineren und größeren Dörfern, Handelsstädtchen und Badeorten belebt wurde. Dahinter erstreckten sich saftige Wiesen und dunkle Nadelholzwälder mit großen Anwesen und Gehöften, im Westen – tiefer im Landesinneren – überragt von hohen Gipfeln, die oftmals bis weit in den Sommer hinein von Schnee bedeckt waren. Gegen drei Uhr morgens würde hinter einigen Inselchen die Festung Akershus auftauchen, das Wahrzeichen von Norwegens Hauptstadt, bevor ihr Schiff schließlich in den Hafen in der Bucht Bjørviken einlaufen und beim Toldbod, dem Zollhaus, vor Anker gehen würde. Zur Untersuchung des Handgepäcks der Passagiere, die das Schiff umgehend zu verlassen wünschten, würde noch in der Nacht ein Zollbeamter an Bord kommen. Karoline und Frau Bethge hielten es jedoch wie der Großteil ihrer Mitreisenden, verbrachten die Stunden bis zum Morgen in ihren Kajüten auf dem Dampfer und würden sich erst nach dem Frühstück am folgenden Morgen der Gepäckrevision unterziehen.

Karoline, die nicht damit gerechnet hatte, nach ihrem aufwühlenden Erlebnis ein Auge zutun zu können, erwachte kurz nach sieben Uhr aus tiefem Schlaf. Benommen setzte sie sich auf und rieb sich die Stirn. Das Schiff lag bewegungslos im Wasser, das Wummern der Turbinen war verstummt, ebenso das Tosen

385

des Windes. Hatte sie den Sturm nur geträumt? Ihr Blick fiel auf das zerknitterte Nachthemd und ihren Mantel, die sie in der Nacht über die Lehne des Stuhls vor dem schmalen Tisch unter dem Bullauge geworfen hatte. Nein, sie war tatsächlich draußen gewesen. Sie sank ins Kissen zurück, schloss die Augen und ließ das nächtliche Abenteuer Revue passieren. Wie es dem seekranken Unbekannten wohl mittlerweile ging? Ob er in diesem Moment vielleicht auch an sie dachte?

Warum interessiert dich das denn? Vor Karolines innerem Auge erschien Ida, die sie spöttisch musterte, spielerisch mit dem Finger drohte und sagte: Der Gute ist höchstwahrscheinlich glücklich verheiratet und hat drei Kinder. Und an die peinliche Szene gestern wird er so wenig wie möglich denken wollen. Also auch nicht an dich. Karoline schob ihre Unterlippe vor und grummelte: »Spielverderberin.«

In ihr imaginiertes Zwiegespräch drang gedämpftes Möwengeschrei, in das sich das sonore Tuten von Signalhörnern, das helle Bimmeln einer Schiffsglocke und das schrille Pfeifen einer Dampflokomotive mischten. Irritiert blinzelte sie in den Sonnenschein, der durch das Bullauge flutete, bis ihr wieder einfiel, dass sie mittlerweile im Hafen von Kristiania ankerten und der Hauptbahnhof nur wenige Schritte vom Ankerplatz an der Zollstation entfernt war.

Ich bin in Norwegen!, dachte sie und schwang ihre Beine aus dem Bett. Jetzt wird es langsam ernst! Bald wird sich zeigen, ob ich diese Reise umsonst angetreten habe.

Sie stand auf, warf sich einen Blick im Spiegel zu, der über einem kleinen Waschtisch hing, und schüttelte unwillkürlich den Kopf. Nein, gleichgültig, ob mein Plan aufgeht und ich Moritz' Kind finde oder unverrichteter Dinge nach Deutschland zurückkehren werde – diese Reise wird nicht vergebens gewesen sein. Allein schon die Bekanntschaft mit Frau Bethge ist ein Gewinn. Dazu die vielen neuen Eindrücke und Denkanstöße, die ich zu Hause nie bekommen hätte. Im Grunde muss ich Gräfin Alwina dankbar sein. Hätte sie mir nicht befohlen, Schloss Katzbach für einige Wochen zu verlassen, um sie von meiner Anwesenheit zu befreien, wäre ich nie zu dieser unschätzbaren Erfahrung gekommen.

Beschwingt machte Karoline ihre Morgentoilette, zog sich an und packte ihre Reisetasche. Als sie wenig später an Frau Bethges Seite den Speisesaal betrat, hielt sie unauffällig Ausschau nach dem Fremden. Er befand sich nicht unter den Passagieren, die an den Tischen saßen. Vermutlich hatte er keinen Appetit oder war bereits an Land gegangen. Karoline spürte ein leichtes Bedauern, über das sie sich keine Rechenschaft ablegen wollte. Sie verbot sich, weiter über ihre nächtliche Bekanntschaft nachzudenken.

Während die Reisenden frühstückten, kamen zwei Beamte der Zollbehörde an Bord und ließen durch einen Steward ausrichten, man möge sich innerhalb der nächsten halben Stunde mit seinem Handgepäck im großen Salon einfinden, wo man bereits die sperrigen Koffer hingeschafft hatte, die in einem Lagerraum untergebracht gewesen waren.

Karoline und Frau Bethge folgten der Aufforderung wenig später, gesellten sich zu den bereits Wartenden und suchten ihr Gepäck. Als sie sich daneben postiert hatten, beugte sich Frau Bethge zu Karoline.

»Kennen Sie den jungen Herrn dort? Er schaut permanent zu Ihnen herüber.«

Karoline folgte Frau Bethges Blick und entdeckte den Unbekannten, der einige Meter von ihnen entfernt stand. Ein Kribbeln lief über ihren Körper. Sie nestelte nervös an ihrer Frisur, trat von einem Fuß auf den anderen und musterte ihn verstohlen.

Der junge Mann war nur wenig größer als sie. Unter einem offenen Mantel trug er einen hellen Anzug, seinen Kopf bedeckte ein Borsalino aus geflochtenem Stroh, und seine Schuhe waren aus feinem Rindsleder. Als sich ihre Augen trafen, nickte er ihr zu. Karolines Magen zog sich zusammen. Scheu erwiderte sie den Gruß. Ein strahlendes Lächeln breitete sich auf seinem Gesicht aus, das nicht länger bleich war, sondern eine gesunde Bräune aufwies. Er nahm seinen Koffer und eine Reisetasche, die zu seinen Füßen standen, und zwängte sich Entschuldigungen murmelnd zwischen den Passagieren zu ihr durch.

Karoline spürte, wie sich ihr Herzschlag beschleunigte und ihr Mund trocken wurde. Verlegen sah sie auf die Spitzen ihrer Schnürstiefel, die unter dem Saum ihres Reisekleides hervorlugten. Hatte sie es kurz zuvor noch bedauert, ihn nicht im Speisesaal anzutreffen, wünschte sie sich nun weit weg. Die Selbstsicherheit, die sie in der Nacht erfüllt hatte, war verflogen. Du führst dich auf wie ein Backfisch, rügte sie sich. Benimm dich gefälligst wie die reife Frau, die du bist. Oder zumindest sein solltest.

Ein Hüsteln unterbrach ihren inneren Dialog.

»Fräulein Bogen, wollen Sie mir Ihren Bekannten nicht vorstellen?«, fragte Frau Bethge.

Karoline hob den Kopf und sah direkt in die tiefblauen Augen des jungen Mannes. Das Strahlen auf seinem Gesicht erlosch, seine Miene versteinerte, er öffnete den Mund, ohne etwas zu sagen, und starrte sie an, als sähe er sie zum ersten Mal. Karolines Verunsicherung nahm zu. Warum war er so fassungslos? Sie rang vergebens nach Worten. Frau Bethge beendete das Schweigen und streckte ihm ihre Hand hin.

»Dann bin ich so frei. Auguste Bethge.«

Er machte keine Anstalten, ihre Hand zu ergreifen. Karoline hatte den Eindruck, dass er diese gar nicht wahrnahm. Mit einer Verzögerung zog er seinen Hut und machte eine fahrige Verbeugung, blieb jedoch weiterhin stumm. Frau Bethge verzog den Mund zu einem winzigen Lächeln.

»Entschuldigen Sie. Ich habe vermutlich gegen die Etikette verstoßen. Aber ich wollte nicht so enden wie die Engländer in der Anekdote. Die trafen sich in der Wüste Sahara und gingen stumm aneinander vorüber – weil niemand da war, der sie einander hätte vorstellen können.«

Karoline unterdrückte ein nervöses Kichern. Sie straffte sich und wandte sich an ihre Arbeitgeberin.

»Nein, ich muss mich entschuldigen. Ich sehe mich nur leider außerstande, Ihrer Bitte nachzukommen und Sie mit dem Herrn bekannt zu machen.«

»Das wird ja immer geheimnisvoller«, sagte Frau Bethge. »Ich hätte schwören können, dass Sie beide sich kennen.«

Karoline schüttelte den Kopf und sagte: »Wir sind uns nur zufällig heute Na…«

Gleichzeitig fand der Unbekannte aus seiner Sprachlosigkeit: »In gewisser Weise tun wir das. Wir hatten nur noch keine Gelegenheit, uns namentlich vorzustellen.« Er lüftete erneut seinen Borsalino. »Gestatten: Leut…« Er räusperte sich. »Äh … Leuthold Schilling aus Meißen. Hauslehrer.«

Karoline zog die Stirn kraus. Leuthold? Was für ein altertümlicher Name! Und Lehrer war er? Sie hätte schwören können, einen Angehörigen des Militärs vor sich zu haben. Auch Frau Bethge schien irritiert. Karoline bemerkte, wie sich deren Augen für den Bruchteil einer Sekunde verengten, bevor sie seine ausgestreckte Rechte nahm und schüttelte.

»Bitte sehen Sie mir mein unhöfliches Betragen nach«, fuhr Herr Schilling mit zunehmend fester werdender Stimme fort. »Ich hatte eine sehr ungemütliche Nacht. Ich musste nämlich feststellen, dass ich nicht seefest bin«, er deutete eine winzige Verbeugung in Karolines Richtung an. »Offenbar bin ich nach wie vor noch nicht ganz Herr meiner Sinne.« Er verzog zerknirscht sein Gesicht.

»Sie Armer!«, rief Auguste Bethge. »Ja, die Seekrankheit

389

kann den stärksten Mann außer Gefecht setzen.« Sie lächelte mitfühlend und fragte in beiläufigem Ton: »Und wo dienen Sie?«

Karoline, die die Unterhaltung der beiden stumm verfolgte und sich bemühte, ihr wild pochendes Herz zu beruhigen, wartete gespannt auf seine Antwort.

»Bei den Zwölfern in Freiberg«, erwiderte er zackig, schrak kaum merklich zusammen und setzte nach: »Äh, ich meine … da habe ich damals meinen Wehrdienst geleistet. Beim Ersten Jägerbataillon Nummer zwölf.« Er lachte verlegen. »Es steckt einem doch nach all den Jahren noch sehr im Blut. Sie meinten gewiss meine berufliche Anstellung.«

Frau Bethge setzte zu einer Erwiderung an. Herr Schilling ließ sie jedoch nicht zu Wort kommen.

»Zuletzt war ich Privatlehrer bei einer Kaufmannsfamilie in Meißen. Der Sohn war sehr kränklich und konnte nicht aufs Gymnasium gehen. Ich habe ihn auf die Reifeprüfung vorbereitet, die er mit Bravour gemeistert hat. Mein Dienstherr hat mich aus Dankbarkeit dafür mit einer großzügigen Entlassungssumme bedacht. So sehe ich mich in der Lage, diese Reise zu unternehmen, bevor ich meine nächste Stelle antrete.«

Mittlerweile hatten sich die Reihen der Wartenden gelichtet. Einer der beiden Beamten trat zu ihnen und fragte nach zu verzollenden Waren wie Spirituosen und größeren Mengen Tabak. Nachdem der Zöllner Frau Bethge und Karoline auf ihre Versicherung hin, keines von beiden mitzuführen, und einem flüchtigen Blick in ihre Koffer entlassen hatte, bat er Leuthold Schilling, ihm die Zigarren zu zeigen, die dieser laut seiner Angabe bei sich hatte. Der Hauslehrer zog grüßend den Hut vor den Damen und schickte sich an, seinen Koffer zu öffnen.

»Ich kann mir nicht helfen, irgendetwas stimmt nicht mit dem jungen Mann. Ich glaube nicht, dass er der ist, für den er sich ausgibt«, sagte Frau Bethge leise auf dem Weg zum Ausgang.

»Ja, nicht wahr«, flüsterte Karoline. »Mir geht es genauso. Ich würde darauf wetten, dass er kein Zivilist ist.«

»Und ich verspeise einen Besen, wenn er tatsächlich Leuthold heißt! Er wollte sicher Leutnant sagen, hat es sich dann aber anders überlegt«, sagte Frau Bethge.

Karoline nickte.

Frau Bethge fuhr fort: »Haben Sie den weißen Streifen an seinem Ringfinger bemerkt?«

Karoline schluckte. »Sie meinen, er ist verheiratet, will das aber vertuschen?« Der Gedanke versetzte ihr einen Stich.

Frau Bethge verzog nachdenklich das Gesicht und schüttelte den Kopf. »Nein, das glaube ich eigentlich nicht. Der helle Fleck ist dafür zu breit und unregelmäßig. Ich denke eher, dass er dort gewöhnlich einen Siegelring trägt.«

Karoline sah sie überrascht an. »Was Ihnen alles auffällt! An Ihnen ist eine Detektivin verloren gegangen!«

Frau Bethge machte eine abwinkende Handbewegung. »Ach wo, dazu sind nur ein bisschen Beobachtungsgabe und Lebenserfahrung nötig. Und solange Herr Schilling nichts Böses im Schilde führt – wovon ich überzeugt bin –, kann er sich meinetwegen für den Kaiser von China ausgeben. Es geht uns auch gar nichts an«, schloss sie, beschleunigte ihre Schritte und hielt auf die Gangway zu.

In der Tür warf Karoline einen Blick zurück in den Salon. Der zweite Zollbeamte hatte sich zu seinem Kollegen und dem jungen Deutschen gesellt. Die drei waren in ein angeregtes Gespräch vertieft. Karoline konnte nicht hören, um was es ging, ihren entspannten Mienen nach zu schließen, war es aber keine Befragung, die den Hauslehrer in Verlegenheit brachte.

Starr ihn nicht so an!, schimpfte sie mit sich. Rasch drehte sie sich um und folgte Frau Bethge, die bereits auf halbem Wege zum Anlegekai war. Ihre Gedanken blieben jedoch im Salon bei dem mysteriösen Leuthold Schilling. Wer war er in Wahrheit?

Und aus welchem Grund verschwieg er das? War er vielleicht unehrenhaft aus seinem Regiment entlassen worden und gab deshalb vor, seit Jahren einer bürgerlichen Tätigkeit nachzugehen?

Die Vorstellung regte Karolines Fantasie an. Mit unromantischen Ursachen – wie dem unerlaubten Griff in die Kasse seines Bataillons oder feigem Verhalten in einem Gefecht gegen aufständische Eingeborene in einer der deutschen Kolonien – hielt sie sich gar nicht auf. In ihren Augen konnten ihm nur Liebeshändel zum Verhängnis geworden sein. Zum Beispiel die Affäre mit der Frau eines Vorgesetzten oder eines anderen Offiziers. Karoline ging davon aus, dass Herr Schilling einen hohen Rang bekleidete. Darauf wies allein schon hin, dass er, wie Frau Bethge vermutete, einen Siegelring trug. Hatte ihn ein gehörnter Ehemann zum Duell gefordert? Hatte Herr Schilling, der selbstverständlich als Sieger daraus hervorgegangen war, danach untertauchen müssen? Zweikämpfe waren zwar in adligen Kreisen nach wie vor üblich und unter Offizieren geradezu Ehrenpflicht – wurden als Mittel der Satisfaktion jedoch in der Gesellschaft zunehmend geächtet und auf breiter Front bekämpft. Karoline sah den jungen Mann im Morgennebel auf einem rassigen Pferd davongaloppieren und ...

Hör auf damit!, funkte ihre strenge Stimme dazwischen. Genauso gut kann es sein, dass er unehrenhaft entlassen wurde, weil er ein Hallodri ist. Er hat sich vielleicht geweigert, ein Mädchen zu heiraten, obwohl er ihm eindeutige Avancen gemacht hat und es dann kompromittiert sitzen ließ. Nur weil er dir sympathisch ist, bedeutet das nicht, dass er einen guten Charakter hat! Außerdem hat Frau Bethge recht: Es geht dich rein gar nichts an. Und überhaupt ist es müßig, sich den Kopf über ihn zu zerbrechen. Du wirst ihn nämlich aller Wahrscheinlichkeit nach nie wieder zu Gesicht bekommen. Und das ist auch besser so. Erstens bist du eine verheiratete Frau. Und zweitens brauchst du einen klaren Kopf und kannst dir Gefühlsverwirrungen nicht leisten! Karoline presste die Lippen aufeinander und zwang sich, Frau Bethges Lächeln zu erwidern, die ihr fröhlich zuwinkte.

»Wo bleiben Sie denn?«, rief sie.

Karoline lief zu ihr und nuschelte eine Entschuldigung. Frau Bethge zwinkerte ihr zu.

»Ich finde ja auch, dass so ein schmucker junger Mann interessanter ist als eine alte Schachtel wie ich. Aber wir haben noch viel vor heute.«

Karoline spürte, wie ihr erneut das Blut in die Wangen stieg. Bei aller Bewunderung, die sie für Frau Bethge empfand – ihrem Scharfblick hätte sie sich zuweilen gern entzogen. Es war ihr peinlich, so leicht durchschaubar zu sein.

35

Stavanger/Sandnes, Juni 1905 – Liv

Ingrid Treske hob ihre Lampe und leuchtete Liv ins Gesicht. Diese hielt die Luft an in Erwartung des empörten Schreis, mit dem ihre Dienstherrin ihren Mann wecken und ihm den Fluchtversuch melden würde. Der Schrei blieb aus. Stattdessen legte Ingrid Treske nach einem ängstlichen Blick zum oberen Stockwerk einen Finger auf ihren Mund, kam zu ihnen ins Freie und schloss behutsam die Haustür hinter sich.

»Was hast du vor?«, fragte sie leise.

Elias presste sich enger an Liv und beäugte seine Mutter mit Argwohn. Liv legte ihm einen Arm um die Schulter und starrte Ingrid Treske verblüfft an. Sie konnte kaum glauben, dass diese keinen Alarm schlug.

»Ich äh ... Elias ... ich will nicht ... er soll nicht in dieses Heim und ...«, stammelte sie.

Ingrid Treske nickte und sah ihr in die Augen. Einverständnis und Dankbarkeit lagen in ihrem Blick. Für einen winzigen Moment spürte Liv eine tiefe Verbundenheit zu dieser Frau.

»Wo willst du hin mit ihm?«

Elias schüttelte den Kopf und zerrte an Livs Ärmel. Liv strich ihm über die Haare, beugte sich kurz zu ihm. »Sie wird uns nicht verraten.« Sie richtete sich wieder auf und setzte zu einer Antwort an: »Wir werden nach ...«

Ingrid Treske blinzelte und hob eine Hand. »Nein, sag es mir besser nicht. Dann muss ich nicht lügen, wenn ich gefragt werde, ob ich etwas weiß.«

Das Band zerriss. Livs Befremden über das Verhalten von Elias' Mutter schob sich wieder zwischen sie.

»Ich bin nicht so mutig wie du«, murmelte Frau Treske. Sie streifte Elias mit einem Blick, in dem Bedauern und Schuldbewusstsein lagen.

Ein Geräusch im Inneren des Hauses ließ alle drei zusammenfahren. Mit angehaltenem Atem lauschten sie. Es war wieder still.

»Geht jetzt!«, flüsterte Ingrid Treske.

Sie griff in die Tasche ihres Morgenmantels und reichte Liv einen Umschlag. »Das sollte euch eine Weile über Wasser halten.« Sie wartete weder eine Antwort von Liv ab, noch verabschiedete sie sich von Elias. Sie drehte sich zur Tür. »Gottes Segen sei mit euch«, murmelte sie und ging hinein.

Liv steckte den Umschlag in ihr Bündel, schulterte es, nahm Elias an der Hand und lief los. Der Mond stand hoch über ihnen und erhellte die Nacht. Der Junge zögerte keine Sekunde und folgte ihr, ohne sich nach dem Haus umzusehen, in dem er die neun Jahre seines Lebens verbracht hatte. Liv dagegen warf alle paar Schritte einen Blick über die Schulter. Was, wenn der Lehrer aufgewacht war und die Verfolgung aufnahm? Vielleicht hatte seine Frau kalte Füße bekommen, bereute ihre Hilfsbereitschaft und warnte ihn? Panik wallte in Liv auf. Sie beschleunigte ihre Schritte.

Auf der Wiese, die zwischen der Missionsschule und dem Feldweg lag, blieb Elias abrupt stehen, löste seine Hand aus ihrer und pfiff mehrmals einen langen Ton. Wenige Sekunden später landete Kaja auf seiner Schulter. Elias streichelte die Dohle und sah mit bittender Miene zu Liv auf.

»Natürlich darf sie mit«, beantwortete sie seine stumme Frage und rannte wieder los. »Aber jetzt schnell weiter!«

»Danke!«, sagte Elias. Er nahm ihre Hand und drückte sie fest. »Wohin gehen wir denn? Zum Hafen? Fahren wir mit dem Schiff?« Er machte einen Hopser und schaute sie erwartungsvoll an. Die Abenteuerlust stand ihm ins Gesicht geschrieben.

»Nein, wir gehen erst zu meinen Eltern. Ich möchte ihnen noch Lebewohl sagen.«

Auf dem Feldweg bog sie nach rechts ab. Liv hatte beschlossen, die Stadt weiträumig zu umrunden und über die Felder am Mosvatnet-See vorbei auf die Landstraße zu stoßen, die nach Sandnes führte.

Elias nickte und sah sie prüfend an. »Werden sie mit dir schimpfen?«, fragte er nach einer kleinen Pause.

Liv hob die Schultern. »Begeistert werden sie nicht sein«, entgegnete sie und bemühte sich um einen unbefangenen Ton. »Aber es wird schon nicht so schlimm werden.«

Das hoffe ich zumindest, schob sie in Gedanken nach. Tief in ihrem Inneren wusste sie, dass es verkehrt war, auf das Verständnis ihrer Eltern und gar ihre Hilfe zu zählen. Dass es sogar riskant war, sie aufzusuchen und auf eine liebevolle Aufnahme zu hoffen. Ihren Bruder Gøran hatten sie ein Jahr vor seinem Tod als Hütejungen an einen Bauern vermietet. Dieser verprügelte ihn und gab ihm kaum das Nötigste zum Essen. Schließlich hatte es Gøran nicht länger ausgehalten und war nach Hause gelaufen. Nie würde Liv die maßlose Enttäuschung in seinen Augen vergessen, als ihn die Mutter ohne Umschweife zu dem Bauern zurückschickte. Sie hätte diesem das Geld, das sie bereits von ihm erhalten hatte, nie zurückzahlen können.

Aber sie hat das aus purer Not getan, meldete sich das Stimmchen der Zuversicht in ihr. Es ist ihr nie leichtgefallen, uns zu Fremden in Dienst zu geben. Das hat sie Pfarrer Nylund einmal unter Tränen anvertraut. Sie kann nichts dafür, dass sie für ihre Näharbeiten so wenig Lohn bekommt und einen Mann hat, der die paar Øre auch noch vertrinkt. Kein Wunder, dass Mutter verbittert ist. Aber wenn es darauf ankommt, wird sie doch zu mir halten.

Mit dieser Hoffnung wies Liv ihre Befürchtungen in die Schranken und verbot sich, ihnen freien Lauf zu lassen. Es würde sie lähmen. Sie benötigte jetzt all ihre Zuversicht und Kraft, um ihrer Familie selbstbewusst gegenüberzutreten und Elias zu helfen.

Als sie die Landstraße erreichten, wurden sie von einem Fuhrwerk des Graverens Teglverk eingeholt, einer der Ziegelbrennereien in Livs Heimatort. Vier Jahre zuvor hatte Graverens die alte Ziegelei Ullendal geschluckt, in der ihr Vater seinen Unfall gehabt hatte. Aus der leeren Ladefläche zog Liv den Schluss, dass der Kutscher vor Pfingsten Ziegel zu einer der vielen Baustellen von Stavanger transportiert hatte, wo neue Konserven- und andere Fabriken errichtet wurden. Anschließend hatte er die Feiertage wohl bei Verwandten oder Freunden verbracht, bevor er sich nun in aller Herrgottsfrühe auf den Rückweg machte. Der ausgemergelte Mann mit dem zerfurchten, sonnenverbrannten Gesicht und dicken Schwielen an den Händen zügelte die beiden Pferde und nahm seine Pfeife aus dem Mund.

»Wollt ihr nach Sandnes?«, rief er.

Liv nickte.

»Na, dann klettert rauf. Ist ja noch ein gutes Stück Weg.«

Er wartete, bis Liv und Elias hinter ihm auf der Ladefläche Platz genommen hatten, klatschte mit den Zügeln auf die Rücken der Pferde und ließ sie wieder antraben. Elias kuschelte sich an Livs Seite und setzte sich Kaja auf die Schulter. Die Dohle plusterte sich auf und schloss die Augen. Der Kutscher wandte sich auf dem Bock halb zu ihnen und musterte Liv neugierig. Er kniff seine Augen zusammen.

»Du erinnerst mich an jemanden ... hm ... lass mich überlegen ... nein! Nicht sagen! ... Ha, jetzt weiß ich es! Du bist eine Svale! Unverkennbar. Die gleichen Augen wie dein Vater.« Über sein Gesicht flog ein Schatten. »Der arme Mann! Erst schuftet er sich krumm, und als er dann zum Krüppel wird, speist man ihn mit einer lächerlichen Rente ab und stürzt ihn und seine Familie ins Elend. Eine Schande ist das!«

Er schüttelte den Kopf und fluchte eine Weile vor sich hin, bevor er sich wieder zu Liv drehte. »Du bist in Stavanger in Diensten, nicht wahr?«

Liv nickte.

»Dann bist du die, die den Missionar heiraten wird?«

Liv drückte unauffällig Elias Arm und beschwor ihn stumm, den Mund zu halten und nicht gegen ihre Antwort zu protestieren. »Ja, das werde ich. Und bevor ich ihm in die Fremde folge, will ich mich noch von meiner Familie verabschieden.«

Der Kutscher brummte: »Verständlich. Wirst sie ja eine Ewigkeit nicht sehen.«

Damit schien sein Bedarf an einer Unterhaltung gedeckt. Er reichte ihr eine Decke, die er unter dem Kutschbock hervorholte, und schaute wieder nach vorn. Ab und zu schnalzte er mit der Zunge, um die Pferde anzutreiben, und paffte seine Pfeife.

Elias' Kopf sank an Livs Brustbein. Sie breitete die Decke über sie beide aus und kramte in ihrem Bündel nach dem Umschlag, den Ingrid Treske ihr gegeben hatte.

Liv tat sich schwer, das Verhalten der Frau des Lehrers zu verstehen. Auf der einen Seite hatte sie nicht nur zugelassen, dass Liv mit Elias floh, sondern ihnen sogar hinter dem Rücken ihres Mannes Geld zugesteckt. Auf der anderen Seite schien es sie nicht zu interessieren, was aus Elias wurde. Nicht einmal zum Abschied hatte sie ihn in die Arme genommen oder wenigstens ein persönliches Wort an ihn gerichtet. Warum konnte sie diesem Jungen, den sie unbedingt hatte adoptieren wollen, keine Liebe geben? Aus Angst vor ihrem Mann, gab sich Liv selbst die Antwort. Sie hat sich nicht getraut, weil es ihn verärgert hätte. Und aus schlechtem Gewissen Elias gegenüber hat sie den Jungen, so gut es ging, gemieden und sich nur noch um Klein-Margit gekümmert.

Liv öffnete den Umschlag. Darin befanden sich zwölf Kronen, knapp ein Monatslohn. Liv fiel ein Stein vom Herzen. Der unverhoffte Geldsegen ermöglichte es ihnen, ihre Reise zügig anzutreten, und beantwortete die bislang offene Frage, wie sie die Fahrkarten nach Trondheim bezahlen sollte. Erleichtert legte sie ihren Kopf an die Wand der Ladefläche und schloss die Augen. Die letzten Nächte, in denen sie kaum Schlaf gefunden hatte, forderten ihren Tribut. Eingelullt vom gleichförmigen Ruckeln des Fuhrwerks nickte sie ein.

Sie kam erst wieder zu sich, als der Kutscher rief: »So, gleich sind wir da!«

Liv rappelte sich auf und weckte Elias, der nach wie vor an ihre Schulter gelehnt schlummerte. Mittlerweile hatten sie das Ende des Gandsfjords erreicht und waren in Sandnes eben von der Langgata, der parallel zu den Bahngleisen oberhalb des Fjordufers verlaufenden Hauptstraße, in den Gjesdalsveien abgebogen. Der ungepflasterte Weg führte stadtauswärts zum Graverens Teglverk, dessen hohe Schornsteine weithin sichtbar über dem Gelände thronten. Im Osten kündete ein rosiger Schein am Horizont vom Aufgang der Sonne. Je weiter sie sich vom Zentrum entfernten, desto kleiner wurden die Holzhäuser, die den Weg säumten. Die Werkstätten und zweistöckigen Wohnungen der Handwerker wurden von einfachen Arbeiterbehausungen abgelöst, die schließlich den Hütten und fensterlosen Katen der Tagelöhner und verarmten Familien wichen. Vor einer der Letzteren hielt der Kutscher an und drehte sich zu Liv.

»Leb wohl! Viel Glück in der Fremde. Und grüß' mir deine Eltern.«

Kaum waren Liv und Elias von der Ladefläche geklettert, fuhr er zügig weiter. Liv klopfte sich den Ziegelstaub von den Kleidern, strich sich eine Haarsträhne hinters Ohr und atmete ein paarmal tief ein und aus.

»Hier wohnt deine Familie?« Das Entsetzen in Elias' Stimme war unüberhörbar. Mit offenem Mund starrte er die Kate an.

Liv biss sich auf die Lippe. Sie war selbst erschrocken, wie ärmlich sich das Zuhause ihrer Familie ausnahm. In den Wochen ihrer Abwesenheit schien es geschrumpft und noch windschiefer geworden zu sein. Selbst die Schuppen auf dem Anwesen der Missionsschule waren in einem besseren Zustand, ganz zu schweigen von den Ställen der Kühe, Schweine und Hühner mit ihren dicken Wänden und regendichten Dächern.

Liv setzte zu einer Erklärung an, warum ihre Eltern sich keine bessere Behausung leisten konnten. Das Quietschen der Tür unterbrach sie. Ihre Mutter erschien auf der Schwelle. Sie war mit einer verwaschenen Kittelschürze und Holzpantinen bekleidet und trug zwei zerbeulte Metalleimer, mit denen sie wie jeden Morgen zu einer öffentlichen Wasserpumpe gehen wollte, die sich gut hundert Meter entfernt stadteinwärts befand. Mit ihr drang ein Schwall abgestandener Luft aus dem Inneren, deren Geruch nach gekochtem Kohl, ranzigem Fett, Rauch, Schweiß und stockigem Stroh einen Hustenreiz bei Liv auslöste.

Scheppernd gingen die Eimer zu Boden. Kaja schreckte auf, flog auf das Dach der Hütte und verfolgte von dort das weitere Geschehen. Mit hängenden Armen stand Ruth Svale da und stierte ihre älteste Tochter an. Als sähe sie ein Gespenst, schoss es Liv durch den Kopf. Nach einer Sekunde verzog sich das Gesicht der Mutter zu einem Lächeln.

»Liv! Was für eine Überraschung!«

Livs Anspannung löste sich. Die Freude in den Zügen ihrer Mutter berührte sie wie ein warmer Sonnenstrahl. Sie hat mich also doch vermisst, dachte sie. Ich bin ihr nicht einerlei. Tränen stiegen ihr in die Augen.

»Mutter, ich bin so froh dich zu sehen!«, schluchzte sie. Überwältigt von dem Bedürfnis, den Kopf an ihre Brust zu legen und ihre Arme um sich zu spüren, machte Liv einen Schritt auf sie zu.

Ruth Svale wich zurück. Das Lächeln war verschwunden, Misstrauen an seine Stelle getreten. »Warum bist du hergekommen? Was willst du?«

Liv biss sich auf die Lippe. Die Hoffnung auf eine liebevolle Geste zerstob.

Ihre Mutter deutete auf Elias. »Und wer ist das?«

Elias trat vor, zog seine Kappe, machte einen Diener. »Guten Morgen, gnädige Frau. Ich bin Elias.«

Ruth Svale runzelte die Brauen und musterte ihn argwöhnisch. »Macht der sich etwa lustig über mich?«, fragte sie an Liv gewandt.

»Nein, er möchte einfach nur höflich sein«, antwortete Liv und legte Elias eine Hand auf die Schulter. »Seinetwegen bin ich hier. Ich helfe ihm, seine Mutter zu finden.«

»Aha. Und die wohnt in Sandnes?«

Liv schüttelte den Kopf und überlegte fieberhaft, wie sie die Lage erklären sollte. Eine Stimme in ihr warnte sie davor, zu viel preiszugeben und Trondheim zu erwähnen, wo sie mit ihrer Suche beginnen wollte.

»Es ist ja nett von dir, dass du ihn nach Hause bringen willst«, sagte ihre Mutter und sah Elias streng an. »Es ist sehr ungezogen, einfach wegzulaufen. Deine Eltern machen sich gewiss große Sorgen.« Sie wandte sich erneut an Liv. »Ich verstehe aber immer noch nicht, wieso du mitten in der Nacht deine Arbeitsstelle verlässt und hierherkommst.«

Liv stöhnte innerlich auf. Offenbar glaubte ihre Mutter, dass ihr Elias erst vor Kurzem über den Weg gelaufen war.

»Wissen die Treskes, dass du hier bist?«

»Ja ... äh ... nein, ich meine ...« stammelte Liv.

Mit Mühe unterdrückte sie den Ruf: Freust du dich denn gar nicht, dass ich da bin? »Ich wollte euch alle noch einmal sehen und mich von euch verabschieden«, brachte sie heiser hervor.

Ratlosigkeit machte sich auf den Zügen ihrer Mutter breit. »Verabschieden? Wieso? Wir sehen uns bei deiner Hochzeit. Ihr reist doch erst danach ab.« Sie kniff die Augen zusammen. »Oder sind wir dir etwa nicht mehr fein genug? Willst du uns nicht dabeihaben?« Ihre Stimme hatte einen schrillen Klang bekommen.

»Aber nein! Wie kannst du nur so etwas von mir denken?«, rief Liv und fühlte, wie ihre Kehle eng wurde. Sie schluckte die aufsteigenden Tränen hinunter. »Es ist nur so ... ähm ... ich werde nicht heiraten.«

»Aber natürlich wirst du das. Der Missionar war erst gestern Nachmittag hier und hat sich von Pfarrer Nylund deinen Taufschein geben lassen.« Ruth Svale richtete sich auf und streckte die Brust heraus. »Und nach der Abendandacht ist er zu mir gekommen und hat mich vor allen Leuten als seine zukünftige Schwiegermutter begrüßt.«

Das war also die wichtige Besorgung außerhalb Stavangers gewesen, die Halvor Eik davon abgehalten hatte, die Einladung zum Pfingstbraten bei den Treskes anzunehmen.

»Aber ich liebe ihn nicht! Ich kann ihn nicht heiraten!«, rief Liv und fügte mit einem Anflug von Trotz hinzu: »Er hat mich auch nie gefragt, ob ich das überhaupt will.«

Ruth Svale stemmte ihre Fäuste in die Seiten. »Hast du den Verstand verloren? Auf Knien dankbar solltest du sein!«

»Wofür denn?« Liv spürte, wie Wut in ihr hochkochte. »Er empfindet nichts für mich. Für ihn bin ich bloß ein robustes Arbeitstier, von dem er unbedingten Gehorsam und Pflichtbewusstsein erwartet.«

»Na und? Das ist nun mal das Los von uns Frauen«, gab ihre Mutter zurück.

Ihre lauter werdenden Stimmen lockten Livs jüngere Geschwister herbei. Ihr Vater ließ sich nicht blicken, vermutlich schlief er wie gewöhnlich seinen Rausch aus. Die drei Kinder im

Alter von vier bis acht Jahren machten keine Anstalten, Liv zu begrüßen. Sie gafften sie und Elias, der sich verunsichert hinter Livs Rücken verzogen hatte, mit geweiteten Augen an. Während sich Liv fragte, ob sie sie wegen ihrer guten Kleidung vielleicht gar nicht erkannten, beugte sich ihre Mutter kurz zu Erik, dem Ältesten der drei, und flüsterte ihm etwas ins Ohr. Er nickte, machte ein wichtiges Gesicht, zwängte sich durch die Tür und rannte Richtung Ortskern davon. Ruth Svale stellte sich direkt vor Liv.

»Schlag dir gefälligst die Flausen aus dem Kopf!«, keifte sie weiter. »Und sei nicht so selbstsüchtig! Denk auch mal an uns!«

Aber das tue ich doch immerzu! Seit ich denken kann!, hätte Liv gern geantwortet, traute sich aber nicht.

»Wenn du den Missionar zurückweist, müssen wir ihm das Geld zurückgeben.«

Liv starrte ihre Mutter entgeistert an. »Was für Geld? Hat er sich euer Einverständnis etwa erkauft?«

»Natürlich nicht! Das hat so ein feiner Herr auch gar nicht nötig. Er hat es mir gegeben, damit ich uns für die Hochzeit angemessen einkleiden kann. Wenn ich gut damit haushalte, springen noch ein neuer Topf, ein Tiegel Schmalz und ein paar Würste heraus.«

Liv wurde bleich. Sie riss sich ihren Beutel von der Schulter, suchte nach dem Umschlag und schleuderte ihn ihrer Mutter vor die Füße.

»Da! Hier hast du Geld. Das ist doch das Einzige, was du von mir willst. Aber erpressen lasse ich mich nicht! Ich bin nicht Schuld an deinem Unglück!«

»Wie redest du denn mit mir? Ich bin deine Mutter!«, schrie Ruth Svale.

»Das gibt dir nicht das Recht, mich wie ein Stück Vieh zu verscherbeln!«

»Wenn du dich da mal nicht täuschst! Du bist noch nicht mündig. Du hast zu tun, was wir dir befehlen.«

Ein erstickter Schreckenslaut in ihrem Rücken lenkte Liv ab. Elias zupfte an ihrem Ärmel und zeigte die Straße hinauf. Von der Stadt her näherte sich eine wohlbekannte hünenhafte Gestalt. Halvor Eik war im Anmarsch. Die Mutter hatte also den kleinen Erik geschickt, um ihn zu holen. Pfarrer Nylunds Haus, in dem der Missionar die Nacht vermutlich verbracht hatte, war nur einen Katzensprung entfernt.

Liv zögerte nicht. Sie raffte ihren Rock hoch, griff nach Elias Hand und rannte querfeldein zu den Schuppen und Ziegelhaufen, die auf dem weitläufigen Grundstück des Ziegelwerks verteilt waren. Als sie gut hundert Meter von der Kate entfernt waren, duckten sie sich hinter einem Stapel Holzpaletten, die zum Transport der Steine dienten. Kaja war ihnen gefolgt und ließ sich nun auf Elias' Kopf nieder. Hinter ihnen verliefen die Schmalspurgleise der Jæderbanen, auf denen gerade ein Zug aus Egersund kommend sein Tempo vor der Einfahrt nach Sandnes drosselte. Keuchend spähte Liv zur Straße. Halvor Eik hatte mittlerweile die Hütte ihrer Familie erreicht und sah suchend in die Richtung, in die sie und Elias geflüchtet waren.

Liv zuckte zusammen, als seine tiefe Stimme die morgendliche Stille überm Gandsfjord zerriss. »Liv, komm zurück! Sei vernünftig! Du hältst doch keinen Tag durch. Wie willst du dich denn durchbringen?«

Liv hätte sich am liebsten die Ohren zugehalten. Halvor Eik sprach ihre eigenen Befürchtungen laut aus. Sie hatte keine Øre in der Tasche, keinen Plan, wie es nun weitergehen sollte.

»Wenn du jetzt umkehrst, werde ich dir verzeihen, und alles ist ungeschehen!«

Für einen kurzen Moment war Liv versucht, aufzugeben und der Verführung zu erliegen. Sie spürte, wie sich Elias enger an sie drückte. Die Berührung brachte sie zu sich. Nein, für Elias wäre nichts ungeschehen. Im Gegenteil, sein Weg würde geradewegs in die Besserungsanstalt von Lindøy führen, wo man ihn wegen seines Weglaufens besonders hart bestrafen würde. Und auch sie selbst würde in einer Art Gefängnis landen – nichts anderes wäre die Ehe mit dem Missionar.

Wieder ertönte Halvor Eiks Bariton. Der einschmeichelnde Ton war wie weggeblasen. »Komm sofort her!«, brüllte er zornig. »Ich werde dich kriegen, egal wohin du fliehst. Denn du gehörst mir! So ist es Gottes Wille!«

Liv richtete sich auf und schrie zurück: »Nein, das ist es nicht! Ich gehöre niemandem! Nur mir selbst!«

Sie sah, wie der Missionar drohend die Faust in ihre Richtung schüttelte und sich in Bewegung setzte. Hektisch drehte sie sich um. Die Lokomotive der Schmalspurbahn dampfte eben hinter ihnen vorbei.

Das ist unsere Rettung, dachte Liv. Bitte, lieber Gott, hilf uns!

36

Kristiania, Juli 1905 – Karoline

Norwegens Hauptstadt, die sich unter einem tiefblauen Himmel im Sonnenschein präsentierte, überraschte Karoline. Sie hatte sich Kristiania spröder und nüchterner vorgestellt – dem Bild entsprechend, das sie von der rauen Heimat der Wikinger hatte. Die Lage am Ende des gleichnamigen Fjords in einem fruchtbaren Tal zu Füßen waldiger Höhenzüge und eingebettet in weitläufige Park- und Grünanlagen verlieh der Stadt jedoch ein südliches Gepräge, das Karoline an mediterrane Siedlungen erinnerte, die sie von Gemälden und Postkarten aus Italien und Griechenland kannte. Das Stadtgebiet war riesig, im Vergleich zu anderen Metropolen jedoch nur dünn besiedelt. Selbst ihre Vaterstadt Breslau hatte mit seinen vierhundertsechzigtausend Einwohnern eine mehr als doppelt so große Bevölkerung wie Kristiania.

Karoline bedauerte es, vorerst keine Gelegenheit für den im »Baedeker's« empfohlenen Rundgang durch die innere Stadt zu haben. Frau Bethges Bemerkung: »Wir haben noch viel vor heute« schob diesem Wunsch einen Riegel vor. Um keine Zeit zu verlieren, hatte Karoline noch vor ihrer Abfahrt von Göteborg im Hotel Continental, in dem sie Zimmer reserviert hatten, angerufen und um die Abholung ihres Gepäcks am Hafen gebeten. Nachdem sie es der Obhut eines Hotelpagen anvertraut hatten, begaben sich Karoline und Frau Bethge von der Dampfer-Anlegestelle zum nur wenige Schritte entfernten Hauptbahnhof. Von dessen Vorplatz führte die Karl Johans Gata, eine über einen Kilometer lange Allee, vorbei an der Erlöserkirche, dem Parlament, dem Nationaltheater und der Universität hinauf zum auf einer Anhöhe thronenden Schloss im Nordwesten.

Frau Bethge und Karoline ließen Kristianias Prachtstraße indessen links liegen und stiegen in die »Grønntrikken«, die grüne Straßenbahn – so benannt wegen des grünen Anstrichs der Wagen der Betreibergesellschaft. Das Wort *trikken* war vom norwegischen Wort *elektrisk* für elektrisch abgeleitet, wie ihnen der Schaffner auf die Nachfrage von Frau Bethke erklärte. Durch die Storgata ging es stadtauswärts in östlicher Richtung nach Grünerløkka, einem der vielen ehemaligen Vororte, die im Laufe des neunzehnten Jahrhunderts in die Hauptstadt eingemeindet worden waren.

Anfangs bestimmten mehrstöckige Gebäude das Straßenbild. In den meisten waren im Erdgeschoss Geschäfte untergebracht, darüber die dazugehörigen Handelskontore, Manufakturen und Handwerksbetriebe, die – den Auslagen in den Schaufenstern nach zu schließen – von Modistinnen, Brillenherstellern, Kürschnern, Schneidern, Bürstenbindern, Druckereien, Buchhändlern und Apothekern genutzt wurden. Nachdem die Straßenbahn das Grundstück des Zuchthauses passiert hatte, wurden die Häuser niedriger und die Fassaden schlichter. Hinter dem städtischen Gaswerk erreichten sie das Ende der Storgata, überquerten das Flüsschen Akerselv, an dem sich laut Karolines Reiseführer von alters her Gerbereien, Mühlen, Sägewerke, Brauereien und andere auf Wasser angewiesene Gewerbe angesiedelt hatten, und fuhren auf der Thorvald Meyers Gata weiter, die von großen, modernen Wohnblöcken geprägt war. Nach gut zwanzig Minuten erreichten sie ihr Ziel, den Birkenlunden, und stiegen aus. Gegenüber der rechteckigen, mit Birken bepflanzten Parkanlage, stand eine im neugotischen Stil gestaltete Backsteinkirche.

»Das muss die Paulus Kirche sein«, sagte Frau Bethge, überquerte die Straße und sah sich suchend um. »Hier will uns Frau Tynæs abholen. Sie wohnt wohl gleich ums Eck.«

Sie schaute zur Uhr im Turm über dem Eingangsportal der Kirche. Es war kurz vor zehn. Bei ihren Gesprächen auf Särö mit Frigga Carlberg über sinnvolle Hilfsmaßnahmen und Einrichtungen für benachteiligte Kinder hatte diese Frau Bethge empfohlen, sich mit Martha Tynæs zu treffen. Auch die Norwegerin hatte sich die Unterstützung von Kindern aus schwierigen Verhältnissen und insbesondere von ledigen Müttern auf die Fahne geschrieben.

»Frau Tynæs liebäugelt zwar mit sozialistischen Ideen und ist Mitglied der Arbeiterpartei – was sie in den Augen der meisten Damen aus dem bürgerlichen Lager suspekt macht«, hatte Frau Carlberg mit einem verschmitzten Lächeln gesagt. »Vor allem aber ist sie eine sehr warmherzige Person, die sich unmittelbar um Notleidende kümmert und sich tatkräftig in mehreren Organisationen engagiert. Zudem ist sie eine mitreißende Rednerin und sitzt seit vier Jahren sogar im Stadtrat von Kristiania. Damals haben die Norwegerinnen nämlich das kommunale Wahlrecht erhalten.« Sie hatte kurz die Stirn gerunzelt und hinzugefügt: »Allerdings hat sie wegen dieser vielen Tätigkeiten wenig Zeit. Zumal sie obendrein einen Ehemann und drei Kinder versorgen muss, die sie als Hausfrau und Mutter in die Pflicht nehmen.«

Frigga Carlberg hatte den Kontakt zu der Norwegerin vermittelt, die sich über Frau Bethges Interesse freute und das Treffen in Grünerløkka vorgeschlagen hatte, dem Viertel, in dem sie überwiegend tätig war.

Karoline bemerkte zwei Damen, die sich ihnen zügig vom unteren Ende des Parks her näherten. Die ältere – Karoline schätzte sie auf Mitte dreißig – trug einen dunklen Umhang und die Haare hochtoupiert. Ihre Begleiterin war gut zehn Jahre jünger und mit einer hellen Bluse, einem eng geschnittenen Rock und einer taillierten Jacke bekleidet. Beide hatten kleine Strohhüte aufgesetzt, die bis auf einfarbige Bänder keine Verzierung aufwiesen.

»Ich glaube, da kommt sie«, sagte Karoline.

Eine Minute später standen sich die vier Frauen gegenüber und schüttelten sich die Hände.

Während Martha Tynæs, die Dame mit dem Umhang, nur wenige Brocken Deutsch konnte, sprach die jüngere Frau, die sich als Flora Bakken vorstellte, es nahezu fließend und dolmetschte für die Ältere.

»Frau Tynæs lässt sich entschuldigen. Sie muss zu ihrem Bedauern gleich weiter«, sagte sie. »Der Ortsverband des Frauenvereins hat eine Sondersitzung einberufen, der sie als seine Vorsitzende natürlich nicht fernbleiben kann. Sie hofft, dass Sie ihr diese kurzfristige Absage nicht verübeln.«

Frau Bethge schüttelte den Kopf. »Aber nein, selbstverständlich nicht!«

»Frau Tynæs hat mich gebeten, Sie ein wenig herumzuführen und Ihnen einen Eindruck von unserer Arbeit zu verschaffen. Wenn Sie also mit mir vorliebnehmen wollen?«

»Das wäre wunderbar!«, rief Frau Bethge. »Frau Carlberg, von der ich Frau Tynæs ganz herzlich grüßen soll«, fuhr sie mit einem Lächeln in deren Richtung fort, »hat mir so begeistert von ihren verschiedenen Projekten berichtet, dass ich förmlich darauf brenne, mehr darüber zu erfahren.«

Nachdem sich Martha Tynæs verabschiedet hatte und zur Straßenbahnhaltestelle geeilt war, folgten Karoline und Frau Bethge ihrer jungen Mitstreiterin, die ebenfalls dem Frauenverein der Arbeiterpartei angehörte, zu einem der Wohnblocks.

»Wie Sie sehen, sind das alles hier recht neue Bauten«, sagte Fräulein Bakken. »Wir bräuchten allerdings noch sehr viel mehr davon, vor allem erschwingliche Wohnungen für Arbeiter. Die Bevölkerung hat sich rasant vermehrt, binnen der letzten hundert Jahre von neuntausend auf heute ungefähr zweihundertdreißigtausend.«

Sie wandte sich zu einem breiten Tor in der Mitte des Wohnblocks. Der Weg in die Hinterhöfe kam Karoline in der Rückschau vor wie der Eingang in eine finstere Gegenwelt. Die schmucken Gebäudefassaden zur Straße hin bildeten einen scharfen Kontrast zu dem Anblick, der sich ihnen nur wenige Schritte davon entfernt auf der Rückseite bot.

Die dicht an dicht gebauten drei- bis vierstöckigen Häuser warfen dunkle Schatten auf die Durchgänge und kleinen Plätze, auf denen sich Schuppen und Verschläge drängten, die als Werkstätten für Handwerker oder Ställe für Kleinvieh dienten. Neben überquellenden Ascheeimern türmten sich Kohlehaufen und Unrat. Karoline legte den Kopf in den Nacken und sah nach oben. Die wenigen Lücken, in denen der Himmel zu sehen gewesen wäre, wurden größtenteils von zwischen Balkonen und Fenstern gespannten Wäscheleinen verdeckt, an denen geflickte Kleidungsstücke, fadenscheinige Handtücher und Bettbezüge hingen. Klopfen, Hämmern und Sägen aus den Werkstätten übertönten das Geschrei spielender Kinder, Rufe von Müttern und Gezänk. Über allem waberte eine Wolke aus dem Modergeruch schimmliger Kellerwände, dem beißenden Gestank der Aborte, angebranntem Essen und dem Qualm der nahen Fabrikschornsteine. Karolines Augen begannen zu tränen. Sie bemühte sich, flach durch den Mund zu atmen und den Würgereiz zu bändigen, der sie überkam.

Sie wusste, dass es in vielen deutschen Städten – allen voran Berlin und Hamburg, aber auch in ihrer Heimatstadt – zahllose Quartiere wie diese gab: aus allen Nähten platzend, düster und stickig. Mit eigenen Augen gesehen hatte sie noch keines. Ihre Eltern hätten das Bedürfnis, sich selbst ein Bild von den Wohnverhältnissen einfacher Arbeiter zu machen, nicht nachvollziehen können und aus dem Munde eines wohlerzogenen Mädchens für absonderlich gehalten. Nie wären sie auf den Gedanken verfallen, ihr gediegenes Breslauer Wohnviertel rund um die Neue Schweidnitzer Straße zu verlassen und einen Ausflug in die Nikolai- oder Sandvorstadt zu unternehmen.

Dort waren in den vergangenen zwei, drei Jahrzehnten Dutzende Mietskasernen für die Arbeiter der ständig wachsenden Zahl der Industriebetriebe hochgezogen worden. Der enorme Zuzug ehemaliger Bauern, Tagelöhner und anderer Landbewohner war einerseits für die blühende Wirtschaft der Stadt unverzichtbar, stellte deren Verwaltung andererseits vor Herausforderungen, die in der Kürze der Zeit nicht zu bewältigen waren.

Bei Wohltätigkeitsveranstaltungen, die Karolines Mutter als Mitglied eines Vereins zur Unterstützung notleidender Frauen organisierte, waren deren erbärmliche Lebensumstände durchaus beklagt worden. Wobei sich die Damen vor allem Sorgen über die Gefährdung durch Unmoral und Sittenverfall gemacht hatten. Die Betroffenen vor Ort zu besuchen, wäre ihnen jedoch nie in den Sinn gekommen. Die Darstellungen des Karikaturisten Heinrich Zille, der die Welt der Berliner Hinterhöfe und der unteren Gesellschaftsschichten thematisierte, galten als überspitzte Darstellungen. An diesem Vormittag wurde Karoline eines Besseren belehrt. Die Wirklichkeit übertraf die Bilder.

Frau Bethge ging es offenbar ähnlich. Sie schüttelte immer wieder den Kopf. »Jetzt erst verstehe ich, was Albert Südekum meinte«, murmelte sie schließlich.

Karoline sah sie fragend an.

»Ein Abgeordneter im Reichstag«, sagte Frau Bethge. »Er hat festgestellt: Man kann einen Menschen mit einer Wohnung geradeso gut töten wie mit einer Axt.«

Fräulein Bakken blieb stehen und drehte sich zu ihnen um. »Das trifft es sehr gut. Die hygienischen Bedingungen sind katastrophal. Nicht nur, weil sich meistens vier bis fünf Personen ein Zimmer teilen. In diesen Gebäuden hier gibt es zum Beispiel nur Gemeinschaftstoiletten auf den Treppenpodesten, die von bis zu dreißig Personen benutzt werden. Die Kellerwohnungen sind in der Regel feucht, und die Kammern auf den Dachböden unbeheizt.«

»Das klassische Umfeld für Schwindsucht«, sagte Frau Bethge.

»Schwindsucht?«, fragte Fräulein Bakken. »Verzeihen Sie, aber dieses Wort kenne ich nicht.«

»Ich meine die Lungentuberkulose.«

»Oh ja, das ist hier eine typische Arbeiterkrankheit. Leider nicht die einzige!« Die Norwegerin deutete auf die krummen, dünnen Beinchen eines etwa fünfjährigen Jungen, der in einer Ecke kauerte und sie aus geröteten Augen anstarrte. »So wie er leiden hier viele unter Mangelkrankheiten wie Rachitis. Dazu fordern Scharlach, Diphtherie, Keuchhusten und Masern jedes Jahr Hunderte Opfer, vor allem unter den Kindern.«

Sie lief weiter zu einem zweiten Torbogen, der am anderen Ende des Wohnblocks auf die Straße hinausführte. Karoline streifte im Vorbeigehen den krummbeinigen Jungen mit einem Blick und stellte sich unwillkürlich die Frage, ob das Kind von Sofie ein ähnliches Schicksal teilte.

Als der Plan in ihr aufkam, es zu suchen, hatte sie sich Sofie als Verstoßene vorgestellt, die mit ihrem Sohn in einer kargen Kammer hauste und in einer Fabrik für einen Hungerlohn schuftete. Diese Fantasie war ihr bereits außerordentlich hart erschienen. Dass ein noch so kleines Zimmer für zwei Personen in der Realität der meisten Arbeiter ein unerfüllbarer Traum war, hatte sie nicht für möglich gehalten. Ganz zu schweigen von den entsetzlichen Umständen, die in Quartieren wie diesem herrschten. Wenn Sofie ihr Kind unter solchen Bedingungen großziehen musste, war es gut möglich, dass es längst von einer Krankheit dahingerafft oder schlicht verhungert war. Karoline schluckte. Sie schämte sich, jemals damit gehadert zu haben, dass es auf Schloss Katzbach wenig modernen Komfort gab. Im Vergleich zum Elend dieser Behausungen war es luxuriös.

Bilder von Buben und Mädchen, die durch die Flure und Hallen des Schlosses und seine Parkanlagen tollten, schoben sich vor das bedrückende Szenario. Karoline stutzte, rieb sich die Stirn und stellte sich die Frage: Wäre es nicht wunderbar, Kinder wie diesen rachitischen Jungen die gute Luft der schlesischen Berge atmen zu lassen, sie mit gesundem Essen aufzupäppeln und ihnen die Gelegenheit zu geben, den ganzen Tag im Freien zu spielen, abends in ein behagliches Bett zu sinken und wenigstens ein paar Wochen lang dem bedrückenden Alltag ihres trostlosen Zuhauses zu entfliehen? Wenn ich das Sagen auf Schloss Katzbach hätte ... Karoline unterdrückte ein Seufzen. Mach dir nichts vor, dachte sie. Nie im Leben würden deine Schwiegereltern den Stammsitz ihrer Familie für ein solches Unterfangen zur Verfügung stellen. Und auch bei Moritz würde diese Idee auf taube Ohren stoßen.

Flora Bakken führte sie zu einer Eingangstür im Vordergebäude, in dem sich ein Büro des Frauenverbandes des Stadtteils befand. Als sie den Hausflur betraten, bemerkte Karoline, wie Frau Bethge kurz innehielt und zurück auf den Gehweg schaute. Sie machte einen irritierten Eindruck.

»Ist etwas nicht in Ordnung?«, fragte Karoline.

Frau Bethge machte mit der Hand eine wegwischende Bewegung. »Nein, alles gut. Ich habe nur für einen Moment geglaubt, ich hätte unseren mysteriösen Hauslehrer gesehen. Aber ich täusche mich gewiss! Was hätte er hier auch zu suchen?« Sie schüttelte den Kopf und ging hinein.

Karoline spähte auf die Straße, entdeckte jedoch niemanden, der Ähnlichkeiten mit dem jungen Deutschen hatte. Sie hatte keine Gelegenheit, der Enttäuschung darüber nachzuspüren oder sich Rechenschaft über das Herzklopfen zu geben, das Frau Bethges Erwähnung von Leuthold Schilling in ihr ausge-

413

löst hatte. In den folgenden Stunden nahmen Fräulein Bakkens Ausführungen, die Fragen von Frau Bethge und ihre eigene Aufgabe, die wichtigsten Daten und Erkenntnisse schriftlich festzuhalten, ihre gesamte Aufmerksamkeit in Anspruch.

Das Büro entpuppte sich als winzige Wohnung mit zwei Zimmern. In einem stapelten sich mehrere Kisten. Ein Korb voller Schuhe in kleinen Größen erregte Karolines Interesse.

»Für wen sind die?«

»Wir sammeln sie für die Kinder. Damit sie in die Schule gehen können«, erklärte Flora Bakken.

Frau Bethge runzelte die Stirn. »Soll das etwa heißen, dass sie barfuß nicht am Unterricht teilnehmen dürfen?«

»Genau. Dafür drohen Prügel. Und wenn sie die Schule schwänzen, weil sie keine Schuhe haben, ebenfalls.«

Frau Bethge und Karoline tauschten einen fassungslosen Blick, während sie der Norwegerin in den anderen Raum folgten. Dort standen ein Schreibtisch und mehrere Regale, in denen Aktenordner untergebracht waren.

»Hier sind die Unterlagen zu den Familien und Alleinstehenden mit Kindern, die unserer Hilfe bedürfen.«

»Gibt es denn keine staatliche Fürsorge?«, fragte Frau Bethge.

»Doch. Aber viele scheuen davor zurück, sie zu beantragen. Zum einen, weil Männer ihr Stimmrecht verlieren, wenn sie die Unterstützung in Anspruch nehmen, und es erst zurückerhalten, sobald sie das Geld erstattet haben.«

»Was den wenigsten gelingen dürfte«, warf Frau Bethge ein.

Flora Bakken nickte. »Zum anderen gibt es strenge Vorgaben. So verschafft einem der Verlust des Arbeitsplatzes nicht zwingend das Anrecht auf Unterstützung. Auch wenn der Betroffene aus gesundheitlichen Gründen entlassen wurde, weil er zum Beispiel keine körperliche Schwerstarbeit mehr verrichten kann.«

»Wie ungerecht!«, entfuhr es Karoline.

414

Fräulein Bakken verzog den Mund. »Das ist es. Ich fürchte, da schlägt die tief verwurzelte protestantische Gesinnung durch. Arbeitslose gelten bei uns schnell als Drückeberger und Faulenzer. Ihnen drohen harte Strafen. Und wenn sie gar beim Betteln erwischt werden, landen sie häufig im Zuchthaus, wo sie zu Zwangsarbeiten wie Steinehauen oder anderen eintönigen Tätigkeiten verdonnert werden. Das soll der Abschreckung dienen und erzieherisch wirken.«

»Grundgütiger! Das klingt in meinen Ohren doch reichlich weltfremd, um nicht zu sagen überheblich«, rief Frau Bethge und zog die Stirn kraus. »Diese Sichtweise erinnert mich an ein Büchlein, das mir vor Kurzem in die Hände fiel. Es trägt die schöne Überschrift ›Das häusliche Glück‹ und wurde als Anleitung für eine gute und billige Haushaltsführung vom Leiter eines Hospizes für Arbeiterfrauen verfasst.«

Karoline horchte auf. Der Titel kam ihr bekannt vor. Ihre Mutter hatte dieses »nützliche Hilfsbuch« vor Jahren mit ihren Bekannten im Wohlfahrtsverein diskutiert und beschlossen, etliche Exemplare davon zu erwerben und an bedürftige Frauen zu verteilen. Karoline war es damals sinnvoll erschienen, Ratschläge zum Sparen und zum Kochen gesunder Mahlzeiten aus erschwinglichen Zutaten zu geben.

Frau Bethge sah das offenbar anders. Gerade hatte sie Fräulein Bakken den Inhalt des Werks skizziert und schloss ihre Ausführungen mit den Worten: »Zweifellos ist das alles sehr gut gemeint, entbehrt aber an vielen Stellen nicht einer unfreiwilligen Komik, um nicht zu sagen, Zynismus. Angefangen von den Wohnverhältnissen. Da werden Anweisungen zum Reinigen des Wohnzimmers samt umfangreichen Mobiliars und zum Lüften der Schlafräume gegeben sowie die Existenz einer separaten, gut ausgestatteten Küche vorausgesetzt.«

Flora Bakken schnaubte. »Das ist in der Tat äußerst weltfremd!«

»Meine Rede«, sagte Frau Bethge. »Und so geht es munter weiter. Es wird von Haushaltsbudgets und mehrgängigen Mahlzeiten gefaselt, von denen die meisten Arbeiter nur träumen können, auf Anstandsregeln bei Tisch gepocht und Kleidungsstücke empfohlen, die die Betroffenen allenfalls in Händen halten, wenn sie sie für andere nähen oder waschen.«

Die bittere Belustigung in ihrer Stimme verstärkte Karolines Scham. Es war eine Sache, unwissend zu sein. Nichts daran zu ändern, wenn man es erkannte, dagegen eine andere. Es war ihr, als sei sie nach einem langen Schlaf erwacht und nicht mehr in der Lage, sich in ihn zurückfallen zu lassen. Das will ich auch gar nicht, schoss es ihr durch den Kopf. Ich will nicht länger zu denen gehören, die die Augen vor der Wirklichkeit verschließen. Die glauben, es sei damit getan, etwas Geld oder andere Gaben zu spenden. Nein! Ich will mich dafür einsetzen, dass sich an den Verhältnissen etwas ändert. Damit solche Mildtätigkeiten gar nicht mehr notwendig sind.

Wie willst du das denn anstellen, höhnte eine spöttische Stimme in ihr. Karoline, die Jeanne d'Arc der Rechtlosen? Ausgerechnet du, die es noch nicht einmal fertigbringt, ihrer Schwiegermutter die Stirn zu bieten oder ihrem Ehemann die Meinung zu sagen? Karoline biss sich auf die Lippe. Der Einwurf war berechtigt. Zugleich spürte sie, dass sich etwas in ihr geändert hatte. Dass sie nicht mehr in der Lage war, sich in die Welt der »Gartenlaube«-Romane zu flüchten. Es genügte ihr nicht länger, sich in fremde Schicksale zu träumen. Sie wollte selbst tätig werden und sich für etwas engagieren. Nicht zuletzt, weil sie damit auch für sich selbst kämpfen würde.

37

Sandnes/Stavanger, Juni 1905 – Liv

Liv packte Elias' Hand und rannte zum Bahndamm. Der Zug rollte langsam an ihnen vorbei. Liv erreichte das Gleisbett, beschleunigte ihr Tempo, streckte die Arme aus und bekam das Geländer der dreistufigen Treppe zu fassen, die auf die Zustiegsplattform des letzten Wagens führte. Sie zog sich hoch, drehte sich um und hievte Elias, der sich dicht hinter ihr hielt, zu sich hinauf. Er plumpste neben ihr auf die Bretter und rang nach Luft. Kaja flatterte aufgeregt um sie herum und stieß ihre *kjak-kjak*-Rufe aus.

»Alles in Ordnung? Hast du dir wehgetan?«, fragte Liv.

Elias schüttelte den Kopf und barg Kaja unter seinem Kittel. Liv rappelte sich hoch und sah hinunter zur Straße. Die Kate ihrer Familie, von der Halvor Eik sich nur ein paar Meter entfernt hatte, verschwand soeben hinter einigen Bäumen und einer Hecke. Livs Knie zitterten. Erleichterung durchflutete sie. Der Missionar hatte sie nicht weiter verfolgt. Fürs Erste waren sie in Sicherheit.

»Die Fahrscheine, bitte!«

Liv fuhr zusammen und drehte sich um. Ein Schaffner hatte die Tür geöffnet, die ins Innere des Wagens führte, und war zu ihnen auf die Außenplattform getreten. Mit einem langen Pfiff kündigte der Zug seine Einfahrt in den Bahnhof von Sandnes an.

»Ich ... äh ... wir hatten keine Gelegenheit ...«, stotterte sie.

Das Quietschen der Bremsen übertönte die Antwort des Schaffners, dessen Miene sich verschlossen hatte. Als der Waggon zum Stehen gekommen war, machte er einen Schritt auf Liv zu und nötigte sie, die Stufen zum Bahnsteig hinunterzuklettern. Elias sprang hinterher und griff nach Livs Hand. Er bebte am ganzen Körper. Liv schossen Tränen der Verzweiflung in die Augen. Sie sah zu Boden.

»Nun, dann können Sie ja jetzt welche lösen«, sagte der Schaffner.

Liv wurde kalt. Sie hatte keine einzige Øre in der Tasche. Sehnsüchtig dachte sie an den Umschlag mit dem Geld, das ihr Frau Treske zugesteckt hatte. Sie verwünschte ihren Stolz, der sie verleitet hatte, ihn ihrer Mutter vor die Füße zu werfen.

Der Kontrolleur zückte einen Stift und einen Abreißblock mit Billetts.

»Wo sind Sie zugestiegen? Und wohin wollen Sie?«

»Es tut mir leid ... ich äh ... ich habe kein ...«, stotterte Liv.

Der Schaffner zog die Brauen zusammen und musterte sie misstrauisch. »Sie können nicht zahlen?«

»Ich kann das erklär ...«, flüsterte Liv.

»Spar dir die Ausreden«, herrschte sie der Kontrolleur an. »Die kenne ich alle.«

»Aber es war ein ...« Die Stimme versagte ihr.

Halvor Eiks Vorhersage wurde schneller wahr, als er es selbst wohl gedacht hätte. Sie sah sich schon wie ein armes Sünderlein vor ihm stehen, während Elias von ihr fortgerissen und ins Heim gesteckt wurde, ohne dass sie eingreifen und ihm helfen konnte. Auch ihr würde niemand beistehen und sie vor der Ehe mit dem Missionar bewahren. Weder ihre Familie noch die Treskes. Selbst Pfarrer Nylund, der sie stets mit Wohlwollen behandelt hatte, würde ihre Weigerung nicht verstehen und kein Verständnis für ihren Wunsch aufbringen, ihren Ehepartner selbst zu wählen.

Der Schaffner packte Liv am Oberarm. »Wenn du den Fahrpreis nicht entrichtest, muss ich euch zum Wachtmei...«

418

»Nein, bitte nicht!«, rief Elias und sah den Mann flehend an.

»Das hättet Ihr euch früher überlegen sollen.«

»Lassen Sie sie los!« Elias stemmte sich gegen ihn und versuchte, ihn von Liv wegzudrücken.

»Schluss mit dem Unfug!«, knurrte der Kontrolleur und schüttelte Elias ab. »Mitkommen!«

»Hier seid Ihr! Ich habe euch schon überall gesucht«, rief eine Stimme.

Eine Stimme, die Liv unter Hunderten erkannt hätte. Ihr Herz machte einen Sprung. Aber nein, das war nicht möglich! Sie hob den Kopf. War das wirklich Bjarne, der hinter dem Schaffner aufgetaucht war? Sie blinzelte. Ja, da stand er in einem schwarzen Anzug und lächelte sie an. Er war ein wenig außer Atem, als wäre er gerannt.

»Ich bin wohl eingenickt und habe nicht bemerkt, dass die beiden aufgestanden sind, um die Aussicht von der hinteren Plattform aus zu genießen«, fuhr Bjarne an den Schaffner gewandt fort und hielt ihm zwei Fahrscheine hin.

»Die Billetts hatte ich eingesteckt, deshalb konnten sie sie Ihnen nicht zeigen.«

Liv umklammerte ihr Bündel und presste es gegen ihren Magen. Ihr war übel vor Angst, der Schaffner könnte die Lüge durchschauen. Nervös beobachtete sie, wie er einen Blick auf die Karten warf. Seine Miene entspannte sich, er tippte sich an den Schirm seiner Mütze, deutete Liv gegenüber eine Verbeugung an.

»Entschuldigen Sie bitte vielmals. Aber es gibt so viele schwarze Schafe ...«

»Sie haben ja nur Ihre Pflicht getan«, unterbrach ihn Bjarne. »Jetzt sollten wir wieder einsteigen, die Bahn fährt gleich weiter.«

Der Schaffner nickte und trat zur Seite. »Ich wünsche den Herrschaften noch eine angenehme Reise.«

Bjarne winkte Liv und Elias zu sich. »Kommt ihr? Sonst setzt sich am Ende noch jemand auf unsere Plätze.«

Liv kostete es Anstrengung, seiner Aufforderung zu folgen. Ihre Beine fühlten sich schwer an, ihre Knie zitterten, und vor ihren Augen waberte ein Schleier, der sie alles verschwommen wahrnehmen ließ.

Elias kletterte rasch die Treppe zur Plattform hoch, Bjarne reichte Liv eine Hand und half ihr die Stufen hinauf. Benommen starrte sie ihn an. Keine Minute zuvor hatte sie sich noch am Ende ihrer Flucht gewähnt. Und nun stand sie Bjarne gegenüber, der wie ein rettender Engel aus dem Nichts erschienen war.

»Bist du wirklich hier?«, murmelte sie.

Er lächelte sie an, hielt ihr die Waggontür auf und schob sie sanft ins Innere des Wagens zweiter Klasse, der ungefähr zur Hälfte mit Fahrgästen besetzt war. Der Zug fuhr mit einem Rucken an und rollte langsam aus dem Bahnhof. Bjarne deutete auf die beiden leeren Bänke einer der Vierersitzgruppen. Elias setzte sich ans Fenster und murmelte beruhigend auf Kaja ein. Die Dohle hatte ihren Kopf aus dem Ausschnitt seines Kittels gesteckt und gab aufgeregte Schnarrlaute von sich. Liv ließ sich neben ihn auf das Polster sinken, Bjarne nahm ihnen gegenüber Platz, steckte die Fahrscheine in seine Brieftasche und verstaute diese in seiner Jacke.

Liv musterte derweil verstohlen die anderen Passagiere und fragte sich, ob Elias und sie deren Aufmerksamkeit erregt hatten. In diesem Augenblick sah keiner zu ihnen. Was aber nicht hieß, dass sie die Szene auf dem Bahnsteig nicht verfolgt hatten und sich an sie erinnern würden. Sie musste damit rechnen, dass Halvor Eik oder Oddvar Treske sie suchten. Was, wenn sie in Zeitungsanzeigen um Hinweise baten? Oder sie ganz offiziell vermisst meldeten und die Polizei mit der Fahndung nach ihnen beauftragten? Livs Hände wurden feucht. Panik stieg in ihr auf.

Sie mied Bjarnes Blick, den sie auf sich ruhen fühlte. Seine Gegenwart wühlte sie auf und machte es ihr schwer, einen klaren Gedanken zu fassen. Ihr schwirrte der Kopf vor Fragen.

»Warum hattest du Fahrkarten für uns dabei?«, platzte sie schließlich mit der erstbesten heraus.

»Hatte ich gar nicht. Ich war gerade in Sandnes angekommen, als ich euch mit dem wütenden Schaffner entdeckt habe. Und da bin ich, so schnell ich konnte, zum Schalter ge...«

Liv ließ ihn nicht ausreden. »Ich verstehe das alles nicht! Wo kommst du auf einmal her? Woher wusstest du, dass Elias und ich in Sandnes sind?«

Erschrocken über ihre Lautstärke schlug sie sich eine Hand vor den Mund und lugte zu der Frau, die ihr gegenüber auf der anderen Seite des Ganges saß und strickte. Sie hatte nicht von ihrer Handarbeit aufgesehen.

»Das wusste ich nicht«, antwortete Bjarne.

Livs Verwirrung nahm zu. Bevor sie nachhaken konnte, reckte sich Elias, den die Nennung seines Namens aufgeschreckt hatte, zu ihrem Ohr. »Wird er uns verraten?«, flüsterte er mit einem alarmierten Unterton.

Liv schüttelte den Kopf. »Nein, hab keine Angst!«

Bjarne beugte sich zu ihnen. »Warum seid ihr in diesem Zug? Und warum ist der Junge bei dir?«

Gleichzeitig fragte Liv: »Was wolltest du in Sandnes?«

Bjarne zögerte kurz und verzog den Mund. »Ein Hühnchen mit diesem Missionar rupfen, diesem selbstgefälligen Lackel. Ich habe euch gestern Mittag auf dem Domplatz gesehen und fand es einfach unerträglich, wie herablassend er dich behandelt hat!«

Also habe ich es mir nicht nur eingebildet, schoss es Liv durch den Kopf. Bjarne war tatsächlich dort gewesen. Sie schob die Frage beiseite, warum er sie nicht begrüßt oder ihr zumindest ein Zeichen gegeben hatte, dass er sie bemerkt hatte. Sie fürchtete, ihre Stimme würde kippen und verraten, wie verletzt sie war. Sie straffte sich.

»Aha! Was genau wolltest du mit ihm klären? Und warum ausgerechnet hier und nicht in Stavanger?«

Sie war hin und her gerissen. Einerseits schmeichelte ihr sein Ärger über das Verhalten von Halvor Eik, andererseits weckte sein Vorhaben, diesen zur Rede zu stellen, ihren Unmut. Auch Bjarne handelte über ihren Kopf hinweg, ohne vorher zu fragen, ob ihr seine Einmischung recht war. Woher nahm er die Sicherheit? Wochenlang hatten sie nicht miteinander gesprochen. Er konnte nicht wissen, wie sie zu dem Missionar stand und ob sie dessen Antrag nicht freudig angenommen hatte.

Als hätte er ihre Gedanken gelesen, sagte Bjarne: »Ich kann gut verstehen, wie befremdlich das alles für dich ist.« Er rutschte auf seinem Sitz nach vorn. »Und dass du nicht weißt, was du von mir halten sollst. Schließlich bin ich einfach in der Versenkung verschwunden, ohne mich zu melden.«

Der Knoten in Livs Magen lockerte sich. Sie atmete aus und sah Bjarne zum ersten Mal richtig an. Blass ist er, dachte sie. Und müde sieht er aus. Nein, eher traurig.

»Was ist geschehen?«

Über Bjarnes Gesicht flog ein Schatten. »Mein Vater ist überraschend gestorben. Kurz nachdem ich Stavanger im Mai verlassen hatte, bekam ich die Nachricht.«

Liv hob eine Hand vor den Mund. »Wie furchtbar! Woran ist er denn ...«

Bjarne brachte sie mit einem unauffälligen Kopfschütteln zum Schweigen. »Später«, sagte er leise. »Wenn wir ungestört sind.«

Er schielte vielsagend zu der Sitzgruppe auf der anderen Seite des Gangs. Die Frau hatte ihr Strickzeug in den Schoß sinken lassen und schaute neugierig zu ihnen. Liv biss sich auf die Lippe, nestelte an ihrem Bündel und versank in Schweigen. Nach einer Weile drang wieder das Klappern der Stricknadeln an ihr Ohr. Sie schaute auf und begegnete Bjarnes Blick. Er nickte zu Elias hin, der aus dem Fenster sah.

»Du bist seinetwegen weggelaufen«, stellte er kaum hörbar fest.

»Woher weißt du ...?

Bjarne machte eine abwinkende Handbewegung. »Jetzt nicht. Wohin willst du mit ihm?«

Ich weiß es nicht, hätte Liv am liebsten gerufen und senkte den Kopf. Bjarnes Frage weckte die Verzweiflung in ihr zu neuem Leben. Wie war sie nur auf die Idee verfallen, Elias retten zu können? Das Ganze war zum Scheitern verurteilt. Wie sollte sie ihre weitere Flucht und die Suche nach Elias' Mutter ohne Geld bewerkstelligen? Noch dazu mit der Polizei im Nacken? Oder zumindest verfolgt von dem Missionar. Seine Drohung klang ihr noch in den Ohren: »Ich werde dich kriegen, egal wohin du fliehst.« Er würde nicht ruhen, bis er sie wahr gemacht hatte. Sie hatte ihn in seiner Ehre gekränkt. Für einen Mann wie Halvor Eik ein unverzeihliches Vergehen. Ihre Lage war aussichtslos. Livs Augen füllten sich mit Tränen.

»Wie kann ich helfen?«, fragte Bjarne.

»Will dich nicht mit reinziehen«, schniefte Liv.

»Ich bin doch schon mittendrin. Also? Wenn du Geld brauchst – das ist das geringste Problem.«

»Das kann ich unmöglich anneh...«, protestierte Liv.

»Doch. Du kannst es ja irgendwann zurückzahlen, wenn du unbedingt ...«

Liv schaute auf. »Aber ...«

»Kein aber. Ich lass dich nicht im Stich.« Bjarne beugte sich zu ihr. »Bitte, Liv. Lass mich dir helfen. Ich seh doch, dass du nicht ein noch aus weißt.«

Als Liv antworten wollte, durchzuckte ein Schmerz ihren Arm. Elias hatte ihn umklammert und flüsterte mit angsterfüllter Stimme: »Wir sind gleich in Stavanger.«

423

Liv sah aus dem Fenster, wo eben die Mauer des Gefängnisses an ihnen vorbeiglitt. Die halbstündige Fahrt war wie im Nu verflogen.

Elias machte sich auf seinem Sitz klein. Er bebte am ganzen Körper. »Was, wenn mein Vater am Bahnhof ist und nach mir sucht?«

»Das ist sehr unwahrscheinlich. Er weiß ja gar nicht, dass wir in diesem Zug sitzen und ...«, begann Liv.

»Vielleicht hat ihn der Missionar angerufen und es ihm gesagt. In der Schule gibt es einen Telefonapparat.«

Liv musterte Elias verblüfft. Der Junge zeigte zuweilen einen Scharfsinn, der sie in Erstaunen versetzte.

»Hoffen wir mal, dass der nicht so klug ist wie du«, sagte Bjarne und stand auf. »Aber Vorsicht ist auf jeden Fall geboten. Ich gehe als Erster raus und schaue, ob die Luft rein ist.«

Liv hielt ihn am Schoß seiner Jacke zurück. Sie schluckte. »Ich ... wir können hier nicht aussteigen ... Vor allem Elias nicht. Sie dürfen ihn auf gar keinen Fall ...«

»Das hab ich schon verstanden«, sagte Bjarne. »Ich bringe euch jetzt erst einmal zum Museum. Das ist ja zum Glück ganz nah. In meiner Wohnung wird niemand nach euch suchen. Da können wir dann in Ruhe alles Weitere besprechen.«

Er lief zur Waggontür. Liv sah ihm nach. Durfte sie seine Hilfe annehmen? Wenn man sie bei ihm entdeckte, würde er in ernsthafte Schwierigkeiten geraten. Das konnte sie nicht zulassen! War es nicht besser, aufzugeben und ...

»Komm schnell!«, sagte Elias und sprang auf. »Bjarne hat uns gewunken.«

Die Zuversicht in seiner Stimme brachte Liv zur Besinnung. Denk an dein Versprechen, ermahnte sie sich und folgte dem Jungen nach draußen.

424

38

Kristiania, Juli 1905 – Karoline

»Ich weiß nicht, wie es Ihnen geht«, sagte Frau Bethge. »Aber ich könnte nach all dem Lärm und Schmutz eine tüchtige Portion frische Luft im Grünen gut vertragen.«

»Eine wundervolle Idee«, antwortete Karoline. »Zumal bei diesem herrlichen Sonnenschein.«

Flora Bakken begleitete die beiden nach ihrer Führung durch das Arbeiterviertel gegen Mittag zur Straßenbahnhaltestelle. »Wenn ich Ihnen ein Ausflugsziel vorschlagen dürfte?«, sagte sie. »Der Holmenkollen ist sehr lohnend. Man kann ihn gut erreichen, hat eine herrliche Aussicht, und es gibt dort bequeme Spazierwege.«

»Na, das klingt doch hervorragend!«, rief Frau Bethge. »Sicher gibt es dort auch eine Gastwirtschaft. Hätten Sie vielleicht Lust und Zeit, uns Gesellschaft zu leisten und mit uns zu speisen? Es ist mir ein Bedürfnis, mich Ihnen wenigstens ein bisschen erkenntlich zu zeigen nach allem ...«

»Ich bitte Sie!«, fiel Flora Bakken ihr ins Wort. »Es war mir ein Vergnügen! Und ich begleite Sie sehr gern. Was aber Ihre Einladung betri...«

Frau Bethge öffnete den Mund zu einer Entgegnung.

Die junge Norwegerin sprach rasch weiter. »Ich gestehe, dass ich den Holmenkollen nicht ohne Hintergedanken erwähnt habe. Ich wohne dort in der Gegend bei der Schwester meines Vaters. Sie würden ihr eine große Freude bereiten, wenn Sie sie besuchen.«

»Oh!«, machte Frau Bethge und zog die Brauen hoch.

Karoline unterdrückte ein Kichern. Es geschah selten, sie

sprachlos zu sehen. Wobei sie selbst erstaunt war. Warum sollte der norwegischen Dame ein Besuch von zwei ihr vollkommen Fremden willkommen sein?

Flora Bakken lächelte. »Es klingt seltsam, ich weiß. Aber meine Tante ist eine Verehrerin des deutschen Kaisers und nutzt jede sich bietende Gelegenheit, sich mit seinen Landsleuten über ihn zu unterhalten. Sie würden ihr wirklich einen großen Gefallen erweisen.«

Frau Bethge verzog kaum merklich den Mund. Sie verkniff sich jedoch eine spöttische Bemerkung, die ihr – wie Karoline nach deren bisherigen Äußerungen über Wilhelm II. annahm – auf der Zunge lag. »Es ist mir eine Ehre«, sagte sie nach einem Hüsteln.

»Tausend Dank!«, rief Fräulein Bakken. »Meine Tante wird begeistert sein.«

»Vorher möchte ich allerdings noch auf einen Sprung ins Hotel«, sagte Frau Bethge. »Wir haben uns dort noch gar nicht angemeldet und unsere Zimmer in Augenschein genommen. Und umziehen würde ich mich auch gern.«

Ihr Wunsch sprach Karoline aus der Seele. Sie fühlte sich klebrig und sehnte sich nach einem Waschlappen, warmem Wasser und einer frischen Bluse.

»Selbstverständlich«, sagte Flora Bakken. »Wollen wir uns in zwei Stunden am Bahnhof Holmenkollen treffen? Sie erreichen ihn bequem mit der Bahn. Von dort gibt es einen schönen Spazierweg zum Haus meiner Tante.«

»Sehr gern, so machen wir es«, antwortete Frau Bethge.

Das Hotel Continental war erst fünf Jahre zuvor im Herzen der Innenstadt an der Ecke Klingenberggata/Stortingsgata eröffnet worden, einer Parallelstraße zur Karl Johans Gata. Die Gästezimmer und ein Restaurant befanden sich in der ersten und

zweiten Etage. Im Erdgeschoss war das Theatercafé untergebracht, direkt gegenüber dem Nationaltheater, das 1899 eingeweiht worden war. Auch die Varieté- und Konzertbühne Tivoli
war nur einen Steinwurf entfernt.

Ein Aufzug beförderte Karoline und Frau Bethge in den
zweiten Stock zu ihren Zimmern, in denen ihr Gepäck bereits
auf sie wartete. Karoline legte ihren Mantel ab, öffnete eines der
beiden zweiflügeligen Fenster, die zur Straße zeigten, und
schaute hinaus. Ein Klanggemisch aus Hufgetrappel, Wiehern,
dem Bimmeln einer Straßenbahn, Rumpeln von Handkarren
und den Rufen eines Zeitungsjungen schallte zu ihr hinauf.
Rechter Hand neben dem Theater erstreckte sich eine Grünanlage mit vielen Bäumen – der Eidsvollplatz, an dessen östlichem
Ende das Parlamentsgebäude zu erkennen war.

Karoline drehte sich um, lehnte sich gegen das Fensterbrett
und ließ ihre Augen durch den Raum und die offen stehende
Tür zum Badezimmer wandern. Beim Anblick der tapezierten
Wände, der Stuckleisten an der Decke, des auf Hochglanz
polierten Mobiliars, der Samtvorhänge, der Teppiche sowie der
Messingarmaturen und emaillierten Becken im Bad, die das
Licht der elektrischen Lampen reflektierten, überkam sie ein
Gefühl der Unwirklichkeit. Sie konnte kaum glauben, dass sie
sich keine halbe Stunde zuvor in einer Umgebung aufgehalten
hatte, in der bitterste Armut, Siechtum und Hoffnungslosigkeit
herrschten. Und dass sie nur wenige Meter von einem anderen
Elendsquartier entfernt war, dem Hafenviertel Piperviken, in
dem die Zustände laut Fräulein Bakken noch trostloser waren
als in Grünerløkka.

Ihr wurde heiß vor Scham. War es nicht unanständig, selber
im Luxus zu schwelgen und – dank der Großzügigkeit von Frau
Bethge – vier Kronen für eine Nacht in einem Hotel auszugeben? Eine Summe, für die ein Fabrikarbeiter anderthalb Tage
schuften musste, wie ihnen die junge Norwegerin erzählt hatte.

Und das waren nur die Kosten für das Zimmer. Die Mahlzeiten wurden extra berechnet, allein das Frühstück schlug mit zwei Kronen zu Buche.

Hier und jetzt kannst du nichts ändern, meldete sich ihre vernünftige Stimme. Und wenn du weiter so trödelst, muss Frau Bethge auf dich warten. Dann hast du noch mehr Grund, dich zu schämen. Karoline grinste ihrem Spiegelbild in einem der Fensterflügel schief zu, ging zu ihrem Koffer und entnahm ihm ihre Kulturtasche, in der sie Seife, Cremes, Bürsten, Kämme, Haarnadeln, Zahnputzpulver, Nagelfeile und andere Toilettengegenstände aufbewahrte.

Zwanzig Minuten später stand sie neben Frau Bethge an der Rezeption und erkundigte sich, wie sie zum Holmenkollen gelangten.

»Sie nehmen hier direkt am Nationaltheater die ›Blåtrikken‹ und fahren damit zur Endstation Majorstuen«, erklärte der Hotelangestellte. »Von dort geht es dann mit der Holmenkollenbahn weiter.«

»Da brat mir einer einen Storch«, rief Frau Bethge. »Wenn das nicht unser schnittiger Hauslehrer ist!«

Karoline drehte sich um. In einem der Sessel, die im Empfangsraum zwischen der Rezeption und der Tür zum Restaurant gruppiert waren, saß Leuthold Schilling. Er hatte die Beine übereinandergeschlagen, paffte einen Zigarillo und war in ein Buch vertieft. Als hätte er ihren Blick gespürt, sah er auf, stutzte, legte seine Lektüre beiseite, sprang aus dem Sessel und kam mit einem Lächeln zu ihnen.

»Nein, was für eine Überraschung!«, rief er. »Kristiania ist zwar keine Großstadt wie Berlin oder Paris. Aber es gibt doch eine reiche Auswahl an Unterkünften. Ist es nicht ein bemerkenswerter Zufall, dass wir uns im gleichen Hotel einquartiert haben?« Er verbeugte sich vor Frau Bethge.

»Das ist es in der Tat«, erwiderte diese.

Karoline entging die Skepsis in ihrer Stimme nicht. Glaubte Frau Bethge nicht an einen Zufall? Oder wunderte sie sich, dass sich ein Hauslehrer ein Hotel dieser Preisklasse leisten konnte?

Leuthold Schilling drehte sich zu Karoline. »Ich hätte mir nie träumen lassen, meiner beherzten Retterin ein weiteres Mal zu begegnen.«

Karoline reichte ihm stumm die Hand und hoffte, dass er ihr Zittern nicht bemerkte. Er beugte sich zu einem angedeuteten Handkuss darüber. »Ich bin geneigt, es als Wink des Schicksals zu verstehen und ...«

»Uns winkt die Uhr«, unterbrach ihn Frau Bethge. »Sie entschuldigen uns?« Sie nickte Karoline zu. »Wir sollten uns langsam auf den Weg machen.«

Leuthold Schilling verneigte sich und trat beiseite: »Selbstverständlich. Ich wünsche den Damen einen angenehmen Nachmittag.«

Als Karoline an ihm vorbeilief, streifte er ihren Ellenbogen und sagte leise: »Es würde mich sehr glücklich machen, die Bekanntschaft mit Ihnen zu vertiefen.«

Die flüchtige Berührung versetzte Karoline einen leichten Schlag. Sie zuckte zusammen und schlug die Augen nieder.

»Verraten Sie mir wenigstens, wie lange Sie in Kristiania weilen? Und ob ich hoffen darf, Sie wiederzusehen?«

Karolines fühlte ihr Herz schneller pochen. Er will unsere Bekanntschaft vertiefen!, jubelte es in ihr. Er hat Gefallen an mir gefunden! Ihr Mund wurde trocken. Mehr als ein Krächzen würde sie nicht hervorbringen. Sie nickte ihm mit einem Lächeln zu, hoffte, dass er ihr Schweigen nicht als Abfuhr auffasste, und eilte Frau Bethge hinterher, die das Hotel bereits verlassen hatte und auf die Straßenbahnhaltestelle zuhielt.

Wenig später stiegen sie in einen blauen Wagen der »Blåtrikken«-Linie, entrichteten zehn Øre Fahrgeld und nahmen auf

429

einer der Holzbänke Platz. Vorbei am Schlosspark ging es in nordwestlicher Richtung durch das Briskeby-Viertel und hinauf nach Majorstuen. Karoline sah aus dem Fenster, ohne die vorbeiziehenden Häuser und – je weiter sie sich vom Stadtkern entfernten – Felder, Wäldchen und Gehöfte wahrzunehmen. In Gedanken war sie noch im Empfangsraum des Hotels Continental.

Das unvermutete Auftauchen von Leuthold Schilling hatte sie in Verwirrung gestürzt. Die Bewunderung, mit der seine Augen auf ihr geruht hatten, schmeichelte ihr. Es war ein wunderbares Gefühl, mit Respekt und Zuvorkommenheit behandelt zu werden. Gleichzeitig wurde Karoline von Gewissensbissen geplagt. Der Hauslehrer musste glauben, dass sie, besser gesagt Fräulein Bogen, ungebunden war. War es nicht ihre Pflicht, seine Annäherungsversuche im Keim zu ersticken? Lief sie nicht Gefahr, ihm falsche Hoffnungen zu machen, ihn gar zu ermutigen?

Davon kann doch keine Rede sein, wischte sie ihre Bedenken beiseite. Schon bald werden sich unsere Wege ohnehin wieder trennen. Was soll ein harmloser Flirt – und mehr wird es doch nicht – schon anrichten? Noch dazu hier in der Fremde, wo mich niemand kennt? Ein Zitat des französischen Autors Max O'Rell kam ihr in den Sinn: *Flirtation – attentions sans intentions*. Mit dieser Deutung des Flirtens als Aufmerksamkeit ohne Absichten hatte Ida als junges Mädchen die Ermahnungen der Pensionsleiterin in den Wind geschlagen. Diese hatte ihren Schülerinnen eingebläut, ein wohlerzogenes Fräulein habe sich jeglicher Koketterie zu enthalten, da diese ein Zeichen für gefühllose Eitelkeit sei.

»Da könnte man ja ebenso gut das Betrachten von verlockenden Schaufensterauslagen verdammen«, hatte Ida gesagt. »Weil diese Logik unterstellt, man wolle all die schönen Dinge besitzen und würde alles daransetzen, sie zu erwerben. Dabei will man doch meistens nur das Angebot sichten und sich an dem Anblick erfreuen.«

An der Endhaltestelle Majorstuen stiegen sie in die ebenfalls elektrisch betriebene Holmenkollenbahn um. In halbstündiger Fahrt ging es zunächst an einigen Landhäusern, einer Backsteinkirche und einer neu angelegten Villenkolonie vorbei, bevor die Schienen in großen Serpentinen höher hinauf durch lichten Nadelwald verliefen. Nachdem sie mehrere Heilanstalten und Luftkur-Sanatorien passiert hatten, erreichten sie den Bahnhof Holmenkollen, wo Fräulein Bakken sie in Empfang nahm.

Zum gleichnamigen Gipfel, der knapp dreihundertzwanzig Meter hoch war, führte ein bequemer Weg, den sie sich mit zahlreichen Ausflüglern teilten, die das sonnige Wetter ebenfalls ins Grüne gelockt hatte. Viele von ihnen machten in der Sportstuen Rast, einem einfachen Lokal mit Aussichtsveranda, andere hatten das Turist-Hotel zum Ziel, dessen Küche – laut Flora Bakken – anspruchsvollere Gaumen zu höheren Preisen befriedigte. Unterhalb der Hotelanlage, deren Gebäude mit kunstvollen Schnitzereien im Drachenstil gestaltet waren – inspiriert von den alten Stabkirchen der Wikinger –, hielt sie inne.

»Eine kleine Einstimmung auf das Steckenpferd meiner Tante«, sagte sie mit einem verschmitzten Lächeln. Sie zeigte auf ein aufrecht stehendes Felsstück mit einer glatten Vorderseite. Darauf waren zwei Kronen und schwer zu entziffernde Signaturen gemeißelt, darunter ein Datum: 2. Juli 1890. »Das ist ein sogenannter Bauta-Stein«, erklärte Flora Bakken. »In der heidnischen Zeit dienten sie als Gedenksteine für Verstorbene. Allerdings hat man sie damals noch nicht beschriftet. Das haben erst die Wikinger getan und damit die Grabstätten ihrer Ahnen geschmückt.«

»Sie meinen Runensteine?«, fragte Karoline.

Die erste Strophe eines Gedichts von Heinrich Heine, das sie in der Schule hatten auswendig lernen müssen, kam ihr in den Sinn:

>>Es ragt ins Meer der Runenstein,
Da sitz ich mit meinen Träumen.
Es pfeift der Wind, die Möwen schrein,
Die Wellen, die wandern und schäumen.<<

Damals hatte ihnen die Lehrerin erklärt, was es mit dem erwähnten Runenstein und den Schriftzeichen der Germanen auf sich hatte.

Flora Bakken nickte. >>Dieser hier wurde aber erst viel später aufgestellt, nämlich zum Gedenken an die feierliche Eröffnung des Keiser Vilhelms Veien, den der deutsche Kaiser bei seinem ersten Staatsbesuch zusammen mit König Oscar eingeweiht hat.<< Sie schlug den Weg ein, der in den Wald hineinführte. >>Das ist der Kaiser-Wilhelm-Weg. Er ist ungefähr zwei Kilometer lang und endet am Frognerseteren. Das war ursprünglich eine Alm, die kürzlich von der Gemeinde Kristiania erworben wurde und nun als erster stadteigener Wald zur Erholung der Bürger und als Wintersportgebiet dienen soll.<<

Nach einer Weile öffnete sich linker Hand der Wald zu einer breiten Schneise. Karoline bemerkte eine gemauerte, etwa einen Meter hohe Stufe im oberen Drittel des Abhangs und sah Flora Bakken fragend an. >>Wissen Sie, wofür dieses Mäuerchen gedacht ist?<<

>>Oh ja, das ist der Holmenkollbakken!<<, antwortete die Norwegerin. In ihrer Stimme schwang Stolz mit. >>Es ist die älteste Skisprungschanze der Welt. Der erste Wettkampf fand im Winter vor dreizehn Jahren statt – damals sprang man allerdings noch über einen natürlichen Buckel. Letztes Jahr wurde dann diese Schanze aus Stein gebaut.<<

»Also hier finden die berühmten Holmenkollen-Rennen statt?«, fragte Frau Bethge. »Ich habe im letzten Winter einen Bericht darüber gelesen. Das muss ja ein sehenswertes Spektakel sein.«

Flora Bakken nickte. »Überhaupt ist es hier im Winter sehr schön. Wenn alles tief verschneit ist und man direkt vor dem Haus die Schneeschuhe anschnallen und loslaufen kann.«

Karoline schüttelte sich. »Das wäre nichts für mich. Ich ziehe die warme Jahreszeit vor. Schon der deutsche Winter ist mir eindeutig zu kalt und dunkel.«

Ein paar Meter weiter stand ein Aussichtsturm. Frau Bethge wies das Ansinnen, ihn zu besteigen, mit einem Kopfschütteln zurück. Sie ließ sich auf eine Bank sinken und fächelte sich Luft zu. »Solch sportliche Ertüchtigung überlasse ich gern Jüngeren«, sagte sie. »Geht nur, ich verschnaufe hier ein bisschen.«

Karoline folgte Flora Bakken nach oben, wo sich ihnen nach Süden hin ein weiter Blick über die Hauptstadt und den Fjord bot.

Die Norwegerin drehte sich nach Nordwesten. »Da hinten sehen Sie die Berge der Telemark und des Hallingdals. Und dort im Osten kann man die Höhenzüge erkennen, die die natürliche Grenze zu Schweden bilden.«

Die Erwähnung des Nachbarlandes ließ Karoline fragen: »Wie groß ist Ihrer Meinung nach die Gefahr, dass es zu einer kriegerischen Auseinandersetzung kommt?«

Flora Bakken stutzte kurz. »Ah, Sie meinen wegen der Auflösung der Union? Hm, schwer zu sagen. Die Stimmung ist leider ziemlich aufgeheizt. Aber ich hoffe sehr, dass es nicht zum Äußersten kommt. Nicht zuletzt, weil es in meiner Familie schwedische Vorfahren gibt.«

»Oh weh, das wäre wirklich scheußlich«, rief Karoline. Ihre Gedanken schweiften kurz zu ihrem Schwiegervater. Er hatte in der Schlacht von Königgrätz gekämpft und musste davon ausgehen, dass auf der Gegenseite ein Verwandter von ihm gestanden hatte. Und zwar ausgerechnet der Vater jenes Kilians, der nun gute Aussichten auf das Erbe von Moritz hatte. Wenn es ihr nicht gelang, dessen Sohn ausfindig zu machen ...

»Kriege sind immer schrecklich«, stellte Flora Bakken fest. »Aber Sie haben schon recht, zwischen Brudervölkern ...« Sie verzog den Mund. »Ich kann gar nicht glauben, dass der Konflikt dermaßen eskaliert ist. Bis vor Kurzem gab es hier eine starke skandinavische Bewegung, die sich der Pflege der gemeinsamen Kultur Dänemarks, Schwedens und Norwegens verschrieben hatte. Aber jetzt traut sich kaum noch jemand, sich dazu zu bekennen.«

»Wie bedauerlich«, sagte Karoline. »Man sollte doch meinen, dass solche Bande stärker sind als politische Interessen.«

Flora Bakken zuckte mit den Schultern. »Wohl war. Und wenn man sich dann noch vor Augen führt, dass es hier zahlreiche schwedische Einwanderer gibt ...«

»Einwanderer? Ich dachte immer, dass es eher umgekehrt ist und viele Menschen aus Norwegen auswandern, um in Amerika oder Kanada ihr Glück zu suchen.«

»Ja, das stimmt. Aber viele Schweden, die zu Hause keine Arbeit finden und sich die teure Überfahrt nicht leisten können, kommen hierher. Ausschlaggebend sind dabei sicher auch die Nähe zu ihrer Heimat und die geringere Sprachbarriere. Manche verdingen sich auch nur zeitweise als Saisonarbeiter in der Landwirtschaft. Jedenfalls gilt Norwegen unseren schwedischen Nachbarn als ›fattigmanns Amerika‹, also das Amerika des armen Mannes.«

Karoline warf einen letzten Blick auf die Aussicht rundum und folgte ihr wieder nach unten zu Frau Bethge.

Flora Bakken zückte eine Taschenuhr. »Ich denke, wir sollten allmählich zu meiner Tante gehen. Sie heißt übrigens Bakken, so wie ich.«

»Ich hoffe, es ist nicht allzu weit«, sagte Frau Bethge. »Ich fürchte, ich habe das falsche Schuhwerk gewählt und mir eine Blase gelaufen.«

Während sich Karoline im Stillen fragte, wie man sich auf so kurzer Distanz die Füße wundscheuern konnte, antwortete Flora Bakken: »Es ist nur ein Katzensprung. Sie werden es nicht bereuen, allein schon des köstlichen Essens wegen. Meine Tante ist eine leidenschaftliche Köchin und freut sich aufrichtig über Gäste, die sie verwöhnen kann.«

»Wunderbar!«, rief Frau Bethge. »Ich gestehe, dass mir der Magen knurrt. Das Marschieren an der frischen Luft hat meinen Appetit ordentlich angeregt.«

Zehn Minuten später standen sie inmitten eines großen Gartens vor einer Villa, deren Wände fast gänzlich von dicht wucherndem Efeu bedeckt waren. Ein Dienstmädchen öffnete ihnen die Tür. Bevor es sie hineinbitten konnte, wurde es von einer grauhaarigen Dame beiseitegeschoben, die Karoline auf Mitte sechzig schätzte. Über einem geblümten Hauskleid trug sie eine Küchenschürze, an der sie sich die bemehlten Hände abwischte.

»*Velkommen, velkommen!*«, rief sie und streckte erst Frau Bethge und anschließend Karoline ihre Rechte zum Gruß hin. Sie strahlte über das ganze Gesicht. »Das freut mich, zu sehen Sie! Treten Sie ein, bitte! Und verzeihen Sie meine schlechte Deutsch. Ich habe selten Gelegenheit zu reden.« Sie deutete auf die Schürze und fuhr mit entschuldigendem Unterton fort: »Ich komme *fra kjøkken* ... äh, aus den Küche. Das Essen ist *straks* fertig. Ich habe zubereitet Kongsberger *boller* ... äh ... ich meine ...«

»Königsberger Klopse«, kam ihr ihre Nichte zu Hilfe.

»*Tusen takk*«, sagte Frau Bakken und zwinkerte Frau Bethge und Karoline zu. »Sie wissen, ein *livrett* ... äh, Leibspeise von Kaiser Wilhelm.« Sie bat ihre Nichte, die Gäste ins Speisezimmer zu führen, und enteilte in die Küche.

435

»Königsberger Klopse! Ich fasse es nicht!«, murmelte Frau Bethge, als sie mit Karoline hinter Flora Bakken ins Haus ging. »Unsere erste warme Mahlzeit in Norwegen ist ausgerechnet das Lieblingsessen unseres Kaisers.«

Es war noch hell, als Karoline und Frau Bethge gegen zehn Uhr abends – eine gute halbe Stunde vor Sonnenuntergang – ins Hotel zurückkehrten. Der Portier überreichte Karoline mit den Zimmerschlüsseln einen Stapel Briefe. Einen mit Idas Schrift steckte sie in ihre Tasche, die übrige Post gab sie Frau Bethge, die sie auf dem Weg zum Aufzug flüchtig durchsah. Einen Umschlag betrachtete sie mit einem Stirnrunzeln und riss ihn auf. Nachdem sie den Inhalt überflogen hatte, verzog sie amüsiert den Mund.

»Ach nein, wer hätte das gedacht. Da habe ich mir auf meine alten Tage noch einen Verehrer angelacht.«

Bevor Karoline einwenden konnte, Frau Bethge sei mitnichten zu alt, um das Interesse eines Mannes zu erwecken, fuhr diese fort: »Denken Sie nur, Herr Schilling bittet mich um die Ehre, mit ihm – soweit es mein Terminplan zulässt – morgen gegen Abend einen kleinen Ausflug zu unternehmen und anschließend mit ihm zu speisen. Er ist seinem Bekunden nach des Alleinreisens überdrüssig und wäre überglücklich, ein paar Stunden in angenehmer Gesellschaft verbringen zu dürfen.«

Karoline spürte, wie ihr das Blut in die Wangen stieg. Frau Bethge gluckste.

»Ich stelle mir gerade sein Gesicht vor, wenn ich seine Einladung annehme – und zwar allein.« Sie zwinkerte Karoline zu. »Ich gebe aber gern zu, dass er sein eigentliches Anliegen sehr charmant verpackt hat.«

»Was ... äh ... was meinen Sie mit eigentlichem ...?«, stotterte Karoline.

»Liegt das nicht auf der Hand? Die angenehme Gesellschaft sind zweifelsohne Sie. Ich soll als Anstandswauwau mit von der Partie sein.«

Karoline sah verlegen zur Seite. Sie traute sich nicht zu fragen, ob Frau Bethge die Anfrage des Hauslehrers positiv beantworten würde.

Wie kannst du dir das bloß wünschen?, fragte ihre Vernunftstimme. Je weniger du ihn siehst, desto besser. Du bringst dich noch in Teufels Küche. Es ist doch nur ein Ausflug, gab sie trotzig zurück. Den wirst du mir doch wohl noch gönnen.

39

Stavanger, Juni 1905 – Liv

Mit gesenkten Köpfen eilten Liv und Elias hinter Bjarne her, der zügig vom Bahnhof zur Anhöhe mit dem Museum lief. Er ließ den Haupteingang links liegen, führte sie zu einer Nische an der rechten Seite des Gebäudes, holte einen Schlüssel aus seiner Jackentasche und öffnete eine zweiflügelige Bodenklappe, hinter der eine Rampe hinunter in den Keller führte.

»Hier kann man neue Fundstücke und Ankäufe direkt zu den Werkstätten und den Magazinen bringen«, erklärte er und grinste. »Oder unauffällig Gäste einschleusen.«

»Bist du sicher, dass uns niemand bemerken wird?«, fragte Liv und spähte besorgt in die Tiefe. »Im Keller sind doch auch Ausstellungsräume.«

»Stimmt. Aber die Besuchszeit beginnt erst viel später. Wir sind ja früh dran.«

»Gibt es keinen Wachmann? Und was ist mit dem Kurator?«, hakte Liv nach.

Bjarne schüttelte den Kopf. »Die kommen auch erst kurz vor der Öffnung um elf Uhr.« Er lächelte Liv zu. »Du musst wirklich keine Angst haben. Und jetzt hinein in die gute Stube!«

Der Schacht mündete in den Gang, den Liv von ihrem ersten Besuch kannte. Die Unterkunft des Tierpräparators, in der Bjarne während dessen Abwesenheit wohnen durfte, grenzte an den Raum mit der ethnografischen Ausstellung, in dem sie Anfang Mai dem Vortrag von Halvor Eik über Madagaskar gelauscht hatte. Zwei Werkstätten, das Treppenhaus, eine Toilette und die kulturhistorische Sammlung befanden sich auf der anderen Seite des Flurs und an dessen Ende ein Materialraum sowie eine kleine Ausstellung mit archäologischen Fundstücken. Die Wohnung des Präparators bestand aus einer Stube, einem Schlafzimmer und einer kleinen Küche, die über einen Spülstein mit fließendem Wasser verfügte. Die Einrichtung war schlicht und zweckmäßig. Die Möbel waren von einer dünnen Staubschicht überzogen, die von Bjarnes langer Abwesenheit zeugte. An den Wänden hingen anatomische Zeichnungen von verschiedenen Tiergerippen. Vor den Fenstern sorgten Ausschachtungen dafür, dass Tageslicht hereinfiel.

Nachdem Bjarne ihnen alles gezeigt hatte, bat er Liv und Elias, es sich im Wohnzimmer auf dem Sofa bequem zu machen, das hinter einem niedrigen Tisch an der rechten Wand stand. Das übrige Mobiliar bestand aus einer Kommode und einem Regalbrett, das einem Dutzend Bücher Platz bot. Bjarne holte für sich einen Stuhl aus dem Schlafzimmer und stellte ihn über Eck zum Sofa.

»Ihr seid sicher hungrig«, sagte er. »Zum Glück hat mir meine Schwester so viel Proviant mitgegeben, dass es für ein ordentliches Frühstück allemal reicht.«

Er bückte sich zu einem Deckelkorb, der zusammen mit einem Koffer und einem Rucksack neben der Tür stand, und entnahm ihm mehrere Päckchen und Papiertüten. Das Rascheln lockte Kaja hervor, die nach wie vor unter Elias' Kittel steckte. Sie kletterte auf seine Schulter und beäugte die Speisen, die Bjarne auf dem Tisch ausbreitete.

»Das ist also deine gefiederte Freundin«, sagte er und hielt der Dohle ein Stück Käse hin. »Liv hat mir erzählt, dass ihr sie gesund gepflegt habt.« Er setzte sich auf den Stuhl.

»Sie hätte wegfliegen können. Aber sie wollte nicht«, erklärte Elias.

»Das wundert mich nicht. Bei dir hat sie es ja sehr gut. Und bis sie irgendwann eine eigene Familie gründet, wird sie wohl bei dir bleiben.«

Bjarne deutete auf die belegten Butterbrote, geräucherten Würstchen, hart gekochten Eier und Waffeln. »Bitte, greift zu!«

Elias folgte seiner Aufforderung und biss mit sichtlichem Appetit in ein Schinkenbrot. Liv verspürte zwar Hunger, wusste jedoch, dass sie keinen Bissen hinunterbringen würde. Die Furcht vor Entdeckung presste ihren Magen zu einem harten Knoten zusammen. Immer wieder schaute sie zur Tür in Erwartung, jemand würde sie aufreißen und rufen: »Hier habt ihr euch versteckt! Los, mitkommen aufs Polizeirevier!«

Nach kurzem Schweigen fragte Elias: »Du denkst, Kaja wird mich verlassen, wenn sie Kinder bekommen kann?«

»Das nehme ich an«, antwortete Bjarne. »Es wäre ihr ja auch zu wünschen, oder?«

Elias verzog kurz den Mund und nickte zögerlich.

»Dich wird sie aber nie vergessen und immer erkennen«, sagte Bjarne. »Mit ihrem Partner wird sie auch ihr Leben lang zusammenbleiben. Dohlen sind nämlich sehr treue Tiere.«

Elias schaute ihn nachdenklich an. »So wie du.«

»Wenn man mich lässt«, sagte Bjarne leise und warf Liv einen Blick zu.

Liv, die dem Gespräch nur mit halbem Ohr gelauscht hatte, schrak zusammen. Zu der Furcht, geschnappt zu werden, gesellte sich Befangenheit. Sie wusste nicht recht, wie sie sich Bjarne gegenüber verhalten sollte. Die Anspielung machte sie verlegen. Bevor Elias darauf eingehen konnte, fragte sie Bjarne: »Erzählst du mir jetzt von deinem Vater? Wenn ich dich richtig verstanden habe, ist er ganz unerwartet gestorben. Oder war er doch schon länger krank?«

»Nein, im Gegenteil. Er war immer sehr robust und selten einmal erkältet. Aber Mitte Mai hatte er eine heftige Grippe mit hohem Fieber. Ich nehme an, dass eine Lungenentzündung dazukam. Es ging alles rasend schnell.« Bjarne räusperte sich. »Jetzt erzählt ihr doch mal ...«

»Du bist bestimmt sehr traurig?«, fragte Elias.

Bjarne nickte.

»Und deine Mutter auch?«

»Ja, für sie war es ein besonders schwerer Schlag. Meine Schwester und ich hatten Angst, dass sie den Verlust nicht verkraftet.« Er setzte sich aufrechter und schob Elias die Waffeln hin. »Willst du nicht eine?«

Elias ging nicht darauf ein. »Was bedeutet: nicht verkraftet?«

Bjarne atmete aus. »Sie ist selber sehr krank geworden und um ein Haar ...«, antwortete er nach einer winzigen Pause. Er fuhr sich mit einer Hand über die Augen.

Liv rutschte auf dem Sofa nach vorn und beugte sich zu ihm. »Es tut mir so leid! Das muss eine schlimme Zeit für dich gewesen sein.«

Bjarne zuckte mit den Schultern. »Aber genug von mir! Was ...«

»Ist deine Mutter denn wieder gesund?«, unterbrach ihn Elias.

»Ja, es geht ihr wieder viel besser. Sonst wäre ich nicht hier.«

»Ist sie jetzt ganz allein?«

Liv legte Elias eine Hand auf die Schulter. »Nun lass Bjarne doch mal ...«

»Nein, er soll ruhig fragen, so viel er will. Das stört mich gar nicht!« Bjarne lächelte dem Jungen freundlich zu. »Nein, zum Glück nicht. Sie ist zu meiner Schwester und deren Familie gezogen. Es tut ihr gut, sich um ihre beiden Enkel zu kümmern.«

»Warum tut ihr das gut?«, wollte Elias wissen.

»Es lenkt sie ein bisschen von ihrem Schmerz ab.«

Und was ist mit dir? Wie verkraftest du das alles?, lag es Liv auf der Zunge. Sie traute sich jedoch nicht, es laut auszusprechen. Sie wollte Bjarne nicht zu nahe treten. Es war gut

441

möglich, dass er nicht über seine Trauer reden wollte. Außerdem wusste sie nicht, wie Bjarnes Verhältnis zu seinem Vater gewesen war.

Während sie noch überlegte, was sie sagen sollte, erkundigte sich Elias: »Hattet ihr euch lieb, du und dein Vater?«

Bjarne lächelte ihm zu. »Ja. Und dafür bin ich sehr dankbar. Er war zwar manchmal sehr streng. Aber nie ungerecht.« Leise fügte er hinzu: »Ich hätte mich gern von ihm verabschiedet. Aber dazu war es schon zu spät.«

Livs Kehle wurde eng. Sie sah zu Boden. Die Szene vor der Hütte ihrer Eltern stand ihr wieder vor Augen. Wann werde ich meine Familie wiedersehen?, fragte sie sich. Bin ich dort überhaupt noch willkommen? Schert es sie, was aus mir wird? Oder bin ich ihnen gleichgültig, nachdem ich nicht das getan habe, was sie von mir erwartet haben? Vater hat mir ja noch nicht einmal Lebewohl gesagt, als ich damals zu den Treskes aufgebrochen bin. Und Mutter ... Rasch schob Liv die Erinnerung an deren kalte Miene und die Schimpftirade beiseite. Es tat zu weh.

Bjarne räusperte sich. »Als zu Hause so weit alles geregelt war, bin ich gestern so schnell ich konnte nach Stavanger zurückgekehrt, Liv, und direkt vom Bahnhof zum Dom gelaufen. Ich habe gehofft, dich dort nach dem Gottesdienst zu sehen. Und das habe ich ja auch ...« Bjarne verzog das Gesicht. »Ich muss gestehen, dass es mich für einen Moment sehr getroffen hat, dich an der Seite von diesem Halvor Eik zu ...«

»Keine Sorge, Liv mag ihn nicht!«, rief Elias dazwischen. »Sie hat ihm gesagt, dass sie ihn niemals heiraten wird.«

Liv merkte, dass ihr das Blut in die Wangen stieg.

Bjarne zwinkerte Elias zu. »Danke, das freut mich sehr!« An Liv gewandt sagte er: »Ich konnte mir zwar nicht vorstellen, dass du diesen Schnösel liebst. Aber er ist zweifellos eine gute Partie, und es wäre verständlich, wenn du ...«

Liv schnaubte empört.

Bjarne hob beide Hände. »Jedenfalls wollte ich dich nicht vor all den Leuten ansprechen und in Verlegenheit bringen. Außerdem wusste ich nicht, ob du nach all der Zeit überhaupt noch etwas mit mir zu tun haben wolltest.«

Liv öffnete den Mund. Bevor sie diesen Verdacht energisch von sich weisen konnte, fuhr er fort: »Später war ich zusammen mit dem Kurator vom Förderverein des Museums zu einem Essen eingeladen. Eine Weile drehte sich das Gespräch um den Missionar und dessen bevorstehende Hochzeit. Da hörte ich so einiges, was mir endgültig die Augen über ihn öffnete. Mir wurde klar, dass du nie im Leben glücklich mit ihm würdest.« Er verstummte und machte keine Anstalten zu erzählen, was er über Halvor Eik erfahren hatte. Wieder sprach Elias aus, wozu Liv nicht den Mut hatte.

»Warum?«, fragte Elias. »Ist er ein böser Mensch? Hat er was Schlimmes angestellt?«

Bjarne grinste. »Angestellt nicht direkt. Er ist nur furchtbar von sich eingenommen. Er hat wohl überall herumposaunt, wie dankbar Livs Eltern sind, dass er ihre Tochter zu seiner Frau machen wird. Und wie glücklich sich ein Mädchen wie Liv schätzen muss, dass er es heiraten will.«

»Was bedeutet: ein Mädchen wie Liv?«, erkundigte sich Elias.

Bjarne verzog den Mund und sah Liv betreten an. Es war ihm sichtlich unangenehm, die Meinung des Missionars über seine Braut wiederzugeben.

»Ein Mädchen wie ich ist für Halvor Eik ungefähr so viel wert wie ein Schaf oder bestenfalls eine Kuh«, antwortete Liv an Bjarnes Stelle.

Elias riss die Augen auf. »Er kann dich doch nicht scheren oder melken.« Entsetzen breitete sich auf seinen Zügen aus. »Oder will er dich etwa schlachten und aufessen?«

Liv entfuhr ein Kichern. »Nein. Das war nur ein Bild. Wie er mich wahrnimmt und was ihm wichtig ist. Nämlich, dass ich nützlich für ihn bin. Also hart arbeiten kann, seinen Haushalt führe, ihn bei seinen Aufgaben als Missionar unterstütze, viele Kinder bekomme und keine Ansprüche stelle. Er würde mich nicht als einen Menschen betrachten, der ihm gleichwertig ist, sondern als sein Eigentum und erwarten, dass ich brav das tue, was er mir befiehlt. Eben genauso, als wäre ich ein Nutztier.«

»Stimmt das?«, fragte Elias und sah Bjarne ungläubig an.

Dessen Miene hatte sich verfinstert. »Ein einfältiges Weibchen, das keine Widerworte geben wird«, zischte er. »Das waren seine Worte.«

Noch nie hatte Liv ihn so zornig erlebt.

»Wie gemein!«, rief Elias. »Jetzt verstehe ich, warum du so sauer auf ihn bist. Du wolltest ihm verbieten, Liv ein Schaf oder dumm zu nennen.«

Bjarne grinste. »So ungefähr.«

»Obwohl er viel größer und stärker ist als du?« Elias sah Bjarne voller Bewunderung an.

Liv bemerkte, dass Kaja unruhig auf Elias' Schultern und Armen auf und ab trippelte. Als sie ein forderndes *kjak, kjak* ausstieß, sagte Liv zu dem Jungen: »Ich glaube, sie will nach draußen und eine Runde fliegen.« Sie blinzelte Bjarne kaum merklich zu.

Elias stand auf. »Stimmt. Das glaube ich auch. Sie mag es gar nicht, so lange drinnen zu sein.« Er öffnete das Fenster und krabbelte in den Lichtschacht, um die Dohle nach oben zu heben und sie im Auge zu behalten.

Bjarne rückte näher zu ihr und grinste. »Kluger Schachzug.«

»Pass aber auf, dass dich niemand sieht!«, rief Liv dem Jungen nach.

»Das wird er«, sagte Bjarne. »Er ist sehr aufgeweckt.«

Liv seufzte. »Ich weiß. Ich hab halt Angst, dass ...«

»Hier seid ihr wirklich sicher. Keiner wird glauben, dass ihr euch ausgerechnet in Stavanger versteckt«, sagte Bjarne.

Elias Kopf erschien im Fensterrahmen. »Woher wusstest du eigentlich, dass der Missionar heute in Sandnes ist?«

»Er wollte gestern hinfahren, um Livs Taufschein beim Pfarrer zu holen und über Nacht dort bleiben.«

Elias verschwand wieder. Bjarne senkte die Stimme.

»Bevor ich mich auf die Suche nach dem Missionar gemacht habe, wollte ich zuallererst zu dir. Deshalb bin ich gleich heute früh zu den Treskes gegangen. Die Köchin hat mir die Tür geöffnet und mitgeteilt, dass du nicht da bist und sie keine Ahnung hat, wo du steckst. Die Gute wirkte ziemlich verstört und drängte mich, sofort wieder zu gehen. Es war ganz offensichtlich irgendetwas Ungewöhnliches vorgefallen.«

»Unsere Flucht«, sagte Liv.

Bjarne nickte. »In dem Moment habe ich mir aber keine Gedanken darüber gemacht. Ich hatte nur einen Wunsch: dich so schnell wie möglich zu finden. Und da ich angenommen habe, dass dieser Eik mit dir zusammen in Sandnes ist, bin ich ebenfalls dorthin gefahren.« Er sah Liv in die Augen. »Ich wollte dich davon abhalten, den größten Fehler deines Lebens zu begehen. Du sollst niemanden heiraten müssen, um deiner Familie zu helfen oder weil sonst wer das von dir verlangt.«

Liv erwiderte seinen Blick. »Warum hast du nie etwas von dir hören lassen und mir vom Tod deines Vaters erzählt?«, fragte sie leise. »Hast du mir nicht vertraut? Oder gedacht, dass ich nur mit dir zu tun haben will, wenn es dir gut geht?«

Bjarnes Augen weiteten sich. »Nie im Leben! Bitte, das darfst du nicht ...« Er atmete tief durch und fuhr ruhiger fort: »Ich hätte dir gern geschrieben. Ich wollte dich aber nicht in Schwierigkeiten bringen. Es gibt kaum Dienstherren, die es gern sehen, wenn ihre weiblichen und erst recht unmündigen Angestellten mit fremden Männern Kontakt haben.«

Liv nickte und murmelte: »Der Lehrer ganz sicher nicht.«

»Außerdem wollte ich es dir persönlich sagen. Ich bin nicht so gut darin, über Gefühle zu schreiben. Und dir nur die nackten Tatsachen ... das fand ich noch schrecklicher, als gar nicht ...« Er schaute Liv in die Augen. »Ich habe ständig an dich gedacht. An vielen Tagen war es das einzig Schöne. Zu wissen, dass es dich gibt, hat mich getröstet und mir die Kraft gegeben, die Trauer auszuhalten.«

Liv horchte seinen Worten nach. Ohne nachzudenken, griff sie nach seinen Händen. Bjarne umschloss sie und drückte sie.

»Du bist in meinem Herzen«, flüsterte er. »Seit dem Tag, an dem ich dir am Bahnhof begegnet bin. Und nichts und niemand kann dich je wieder daraus entfernen. Wenn du ...«

Das Auftauchen von Elias, der zurück ins Zimmer kletterte, unterbrach Bjarne. Liv löste ihre Hände aus seinen und lehnte sich im Sofa zurück.

»Ich glaube, Kaja findet sich schon gut hier zurecht und weiß, wo wir sind. Sie ist ein paarmal von mir weg und wieder zurückgeflogen.«

»Das freut mich«, sagte Liv.

Bjarne stand auf. »So, ich brühe uns jetzt mal einen ordentlichen Kaffee. Und dann erzählt ihr mir, warum ihr weggelaufen seid und was ihr vorhabt. Damit wir gemeinsam überlegen können, wie es weitergeht.«

Er ging in die Küche. Liv sah ihm nach und spürte, wie eine Welle der Erleichterung sie durchflutete. Das Wort »gemeinsam« nahm ihr ein Gewicht von den Schultern, dessen Schwere sie erst in diesem Moment in seinem vollen Ausmaß spürte. Auch wenn in den Sternen stand, welchen Ausgang die Suche nach Elias' leiblicher Mutter nahm – zu wissen, dass Bjarne ihnen helfen würde, und die Selbstverständlichkeit, mit der er seine Unterstützung anbot, erfüllten Liv mit tiefer Dankbarkeit. Wie hatte sie je glauben können, sie sei ihm gleichgültig?

Die Gewissheit, dass er ihre Liebe erwiderte, schwemmte alle Zweifel fort. Gemeinsam können wir alles schaffen, dachte sie.

»Ich bin froh, dass Bjarne uns gefunden hat«, sagte Elias, der sich wieder neben sie gesetzt hatte.

»Ja, ich auch«, flüsterte Liv und zog den Jungen an sich.

»Er ist wirklich sehr nett.« Elias löste sich ein wenig von Liv und sah sie forschend an. »Wirst du ihn bald heiraten?«

Liv schielte verlegen zur offenen Küchentür und machte: »Pssst!«

»Von mir aus gleich morgen«, sagte Bjarne, der in diesem Moment auf der Schwelle erschien.

Livs Magen zog sich zusammen. Sie senkte den Blick. Nicht so schnell, wollte sie rufen. Ich weiß gar nicht mehr, wo mir der Kopf steht.

»Aber alles zu seiner Zeit«, hörte sie Bjarne weitersprechen. »Es gibt keinen Grund zur Eile. Ich kann warten. Wenn es sein muss, ein Leben lang.«

»Wie eine Dohle«, sagte Elias. »Die brauchen ja auch keinen Trauschein und lieben sich trotzdem, bis der Tod sie scheidet.«

Liv hob den Kopf und suchte Bjarnes Blick. Er musste nicht aussprechen, was ihr Herz wusste: Er wird mich nie zwingen, etwas gegen meinen Willen zu tun. Die Gewissheit durchströmte sie und löste den Knoten in ihrem Bauch. Ich vertraue dir, wie ich noch nie jemandem vertraut habe, dachte sie. Das Aufleuchten in seinen Augen verriet ihr, dass er ihre stumme Botschaft verstanden hatte.

40

Kristiania, Juli 1905 – Karoline

Hotel Continental
Kristiania – Norge

Montag, den 3. Juli 1905

Liebe Ida,

herzlichen Dank für Deinen Brief vom 27. Juni, der heute einige Stunden nach mir in Kristiania eintraf. Ich habe mich sehr über Deinen anschaulichen Bericht über Eure ersten Tage in der Sommerfrische an der Ostsee gefreut. Ich sehe die stolze Sandburg, die Dein Gustav gebaut hat, samt flatternden Wimpeln und dem Erker für Rosalies Puppenprinzessin bildlich vor mir. Hoffentlich macht kein Sturm oder Regenguss der Pracht ein Ende. Grüße mir den wackeren Baumeister und gib Deinen beiden Süßen einen Kuss von mir!

Ich teile Deine Erleichterung, dass Du keine weiteren Anzeichen dafür entdeckt hast, jemand habe meine Briefe an Dich geöffnet. Es wäre ein äußerst unbehaglicher Gedanke, einen heimlichen Mitleser zu haben. Wobei unsere Korrespondenz für einen Außenstehenden eigentlich keine allzu spannende Lektüre bieten dürfte.

Nun bin ich also endlich in Norwegen gelandet. Mein erster Tag hier war so prall gefüllt, dass es mir so vorkommt, als weilte ich schon viel länger in diesem Land. Nach einer stürmischen Überfahrt, bei der ich . . .

Die blasser werdende Schrift veranlasste Karoline, das Reisetintenfläschchen zu öffnen und mittels des Schraubmechanismus' Tinte in ihren Füllfederhalter aufzuziehen. Sie setzte ihn erneut auf das Papier und zögerte, den Satz wie geplant fortzusetzen und von ihrer nächtlichen Rettungsaktion auf dem Dampfer zu berichten. Etwas in ihr scheute davor zurück, Leuthold Schilling zu erwähnen. Selbst wenn sie die dramatische Szene auf dem Deck als abenteuerliche Anekdote zum Besten gab und den Umstand, im gleichen Hotel wie der Hauslehrer gelandet zu sein, als kuriose Laune des Zufalls abtat –, die Wahrscheinlichkeit, dass Ida Lunte roch und mehr hinter dieser Bekanntschaft vermutete, war groß. Sie kannte sie einfach zu gut und hatte überdies ein feines Gespür für amouröse Schwingungen. Die Aussicht, von der Freundin durchschaut zu werden, war Karoline unangenehm. Sie wollte sich keine Rechenschaft über die Gefühle geben, die Leuthold Schilling in ihr auslöste. Sie sog ihre Oberlippe ein und schrieb rasch weiter.

... entgegen meinen Befürchtungen nicht seekrank wurde, ging es gleich zu einer Verabredung mit Flora Bakken, einer jungen Dame unseres Alters, die sich dem Kampf für menschenwürdige Lebensverhältnisse bedürftiger Frauen und Kinder verschrieben hat. Von den beklemmenden Einblicken in das Armutselend der Hinterhöfe und dem bewundernswerten Einsatz, mit dem sich diverse Frauenvereine für eine Verbesserung der trostlosen Lebensumstände starkmachen, will ich dir heute nicht berichten. Nur so viel sei gesagt: Je tiefer ich in dieses Thema eintauche, desto fester wird meine Entschlossenheit, mich in Zukunft ebenfalls in diese Richtung zu engagieren.

Besagte Flora Bakken bescherte uns aber anschließend noch ein Erlebnis, das ich Dir wegen seiner skurrilen und zugleich ergreifenden Eigentümlichkeit nicht vorenthalten möchte: die Begegnung mit einer norwegischen Verehrerin unseres Kaisers.

Ja, Du hast richtig gelesen! Seine Majestät genießt hierzulande bei vielen ein hohes Ansehen und eine von Herzen kommende Wertschätzung. Und in der Tante von Fräulein Bakken hat Kaiser Wilhelm eine besonders glühende Bewunderin. Wir waren vorhin bei ihr zum Essen eingeladen und wurden als Landsmänninnen ihres Idols geradezu mit Liebenswürdigkeiten überschüttet.

Voller Stolz zeigte sie uns ihr »Allerheiligstes«: Eine Kaiser-Wilhelm-Vitrine mit einer beachtlichen Sammlung aus gemalten und fotografierten Porträts auf Tassen, Tellern und Kaffeelöffeln, kleinen Gipsbüsten, einem Modell der kaiserlichen Jacht »Hohenzollern«, Gedenkmünzen, Taschentüchern mit eingewebtem Monogramm und anderen Devotionalien, die Seiner Majestät huldigen. Außerdem eine Mappe mit Zeitungsausschnitten, in denen über seine Sommeraufenthalte in Norwegen berichtet wird. Schon bei seinem ersten Staatsbesuch vor fünfzehn Jahren hatte man ihm wohl einen begeisterten Empfang bereitet und diesen ausgiebig in der Presse besprochen. Doch letztes Jahr hat sich unser Kaiser endgültig die Herzen vieler Norweger erobert und diese mit tiefer Dankbarkeit erfüllt.

Du entsinnst Dich vielleicht der Schlagzeilen über das Fischerstädtchen Ålesund? Ein verheerendes Großfeuer hatte dort im Januar 1904 gewütet und zehntausend Einwohner über Nacht obdachlos gemacht. Kaiser Wilhelm schickte umgehend vier Schiffe, die Lebensmittel, Medikamente und Baumaterial brachten und als Notunterkünfte dienten. Außerdem hat er mehrere deutsche Architekten beauftragt, beim Wiederaufbau der Stadt zu helfen.

Pikanterweise hatte im Gegensatz dazu der schwedische König Oscar erst spät reagiert, kaum Geld zur Verfügung gestellt und sich auch nicht selbst bei den Betroffenen blicken lassen oder wenigstens einen Vertreter des Hofes entsandt. Das hat wohl in den Augen vieler Norweger das Fass zum Überlaufen gebracht *und ihre ohnehin bröckelnde Bereitschaft, dem Unionskönig die Treue zu halten, weiter unterminiert. Frau Bakken machte jedenfalls keinen Hehl daraus, dass wir uns ihrer Meinung nach glücklich schätzen können, einen Mann wie Seine Majestät auf dem Thron zu haben.*

Karoline hielt inne und sah wieder das beseelte Leuchten in den Augen von Frau Bakken vor sich, als sie ihren Gästen von der Großzügigkeit des Kaisers und seinem edlen Wesen vorgeschwärmt hatte. Als er bei seiner Nordlandfahrt im vergangenen Sommer in Kristiania Station machte, hatte sie es sich nicht nehmen lassen, dem deutschen Herrscher mit Tausenden anderen vom Straßenrand aus zuzujubeln. Karoline beugte sich erneut über ihren Brief.

Ich gestehe, dass mich diese Bewunderung sehr anrührte. Selbst Frau Bethge, die nicht zu Sentimentalitäten neigt und der Monarchie kritisch gegenübersteht, ließ es nicht kalt. Vor allem, als uns Frau Bakken ihren größten Schatz präsentierte: eine kurze Rede des Kaisers, die er auf einer sogenannten Edison-Tonwalze hat aufzeichnen lassen. Frau Bakken hat sich eigens dafür einen Phonographen angeschafft, um sie abspielen zu können. Der Text stammte aus dem Ganghofer-Roman »Das Schweigen im Walde«. Du erinnerst dich sicher an das bestickte Deckchen, das sich Fräulein Schroeder über ihren Schreibtisch im Pensionat gehängt hatte? Und dessen Zeilen sie gelegentlich zitierte?

»Hart sein im Schmerz, nicht wünschen, was unerreichbar oder wertlos, zufrieden mit dem Tag wie er kommt, in allem das Gute suchen und Freude an der Natur und an den Menschen haben, wie sie nun einmal sind.« Und so weiter.

Nun stelle dir vor: Du sitzt fernab der Heimat in einer norwe-

gischen Stube und hörst zum ersten Mal die Stimme Deines Kaisers – so klar und deutlich, als befände er sich im selben Raum. Ich bin mir sicher, dass Dich da auch ein Schauer überlaufen hätte! Es war ein sehr denkwürdiger Moment, der mir noch lange im Gedächtnis bleiben wird.

Karoline füllte erneut Tinte nach und überflog das Geschriebene. Der Besuch bei Flora Bakkens Tante hatte sie durchaus sehr bewegt, und es war ihr ein Bedürfnis gewesen, Ida davon zu berichten. Zugleich zwickten sie leichte Gewissensbisse, der Freundin die Bekanntschaft mit Leuthold Schilling zu verschweigen. Der von ihm vorgeschlagene Ausflug beschäftigte sie mehr, als sie vor sich selbst zugeben wollte. Sie ahnte, dass es ihr schwerfallen würde, dem jungen Hauslehrer unbefangen gegenüberzutreten. Er löste Empfindungen in ihr aus, die eine verheiratete Frau nicht für einen fremden Mann hegen sollte. Karoline rieb sich die Stirn und beendete den Brief.

Liebe Ida,

mittlerweile ist es schon kurz vor Mitternacht – höchste Zeit für mich ins Bett zu gehen. Morgen wartet wieder ein langer Tag auf mich. Frau Bethge ist mit Fredrikke Mørck verabredet, die letztes Jahr in Berlin auf dem Frauenkongress einen Vortrag gehalten hat. Neben ihrer Tätigkeit als Lehrerin arbeitet sie in der Redaktion des feministischen Magazins »Nylænde«, also Neuland. Es ist das Sprachrohr der Frauenrechtsbewegung, die sich auch hierzulande vor allem für eine politische Gleichstellung der weiblichen Bevölkerung einsetzt.

Wann ich zu meinem eigentlichen Ziel aufbreche und in Røros mit der Suche nach Sofie und ihrem Kind beginnen kann, weiß ich noch nicht genau. Frau Bethge ist aber einverstanden, dass ich sie für ein paar Tage verlasse und den Abstecher mache.

Voraussichtlich werden wir uns dann in Trondheim wiedertref-
fen, wohin Frau Bethge entlang der Küste schippern will. Ich
dagegen reise mit dem Zug, der praktischerweise direkt von
Kristiania über Røros zu der alten Krönungsstadt fährt.

Für heute sage ich Dir Adieu und schicke Dir meine innigsten
Grüße,

Deine Karoline

Am folgenden Tag fiel es Karoline schwer, ihren Pflichten nach-
zukommen. Unablässig schweiften ihre Gedanken zu Leuthold
Schilling und dem Treffen, das ihm Frau Bethge für den frü-
hen Abend in Aussicht gestellt hatte. Beim Frühstück hatte sie
Karoline eine kurze Nachricht an ihn diktiert – nicht, ohne ihr
bedeutungsvoll zuzublinzeln. Bevor sie zu ihrem Termin mit
Fredrikke Mørck aufbrachen, hinterlegte sie das Schreiben beim
Portier.

Sehr geehrter Herr Schilling,

gerne nehme ich – auch im Namen von Fräulein Bogen –
Ihren Vorschlag zu einer gemeinsamen Unternehmung an und
freue mich, Sie heute gegen sechs Uhr in der Empfangshalle zu
sehen.

Bis dahin wünsche ich Ihnen einen angenehmen Tag.

Hochachtungsvoll,

Auguste Bethge

So interessant der Besuch bei der Redakteurin des »Nylænde«-
Magazins und am Nachmittag die Besichtigung eines Waisen-
hauses auch waren – Karoline konnte sich kaum auf die Gespräche und das Protokollieren der wesentlichen Punkte konzentrieren. Mehrfach musste Frau Bethge sie mit einem Räuspern aus

ihren Tagträumen in die Gegenwart zurückholen. Ihr wissendes Lächeln verstärkte Karolines Verlegenheit. Es war ihr peinlich, sich nicht besser im Griff zu haben und sich durch ihre Zerstreutheit zu verraten.

Leuthold Schilling wartete bereits im Foyer, als Frau Bethge und sie es pünktlich um sechs Uhr betraten. Das Strahlen, mit dem er sie begrüßte, beschleunigte Karolines Herzschlag. Sie hielt sich hinter Frau Bethge und bemühte sich, regelmäßig zu atmen und ihre Aufregung zu kaschieren. Ein Unterfangen, das angesichts der Nervosität des Hauslehrers zum Scheitern verurteilt war. Als er ihr die Hand gab, errötete er und überhörte die Frage von Frau Bethge, wie er sich die Gestaltung des Abends vorstelle. Sie richtete erneut das Wort an ihn.

Leuthold Schilling nahm Haltung an. »Verzeihen Sie … ähm … hätten die Damen vielleicht Lust auf einen Spaziergang? Der Park St. Hanshaugen wird im »Baedeker's« sehr gelobt. Dort gibt es auch ein gutes Lokal.«

Karoline nickte stumm. Sie hatte ebenfalls gelesen, dass der Johannishügel ein beliebtes Ausflugsziel war, nicht zuletzt wegen des Restaurants Hasselbakken. Seit seiner Eröffnung vor fünfzehn Jahren galt es mit seiner altnorwegischen Bauweise, dem vorzüglichen Essen und den Trachten der Serviererinnen als die größte Attraktion des Hanshaugen-Parks.

»Alle Welt scheint wild entschlossen, aus mir eine Wandersfrau zu machen«, rief Frau Bethge mit gespielter Verzweiflung. »Mir tun noch von gestern die Füße weh!«

Bevor Leuthold Schilling antworten konnte, fuhr sie mit einem Zwinkern fort: »Aber gestützt von einem starken Mann werde ich die Herausforderung wohl meistern.«

»Ich stehe ganz zu Ihrer Verfügung.« Der Hauslehrer deutete eine Verneigung an und bot ihr seinen Arm.

Eine halbe Stunde später liefen sie gemächlich auf gekiesten Wegen durch eine im Stile eines englischen Landschaftsgartens gestaltete Anlage. Frau Bethge hatte Karoline und Leuthold Schilling links und rechts untergehakt und verstrickte sie in eine muntere Plauderei. Hatte Karoline auf der Straßenbahnfahrt vor Nervosität kaum ein Wort über die Lippen gebracht, gewann sie nun ihre Fassung zurück. Auch Leuthold Schilling, der zunächst schweigsam und befangen gewesen war, taute auf und übernahm die Rolle des ortskundigen Reiseleiters. Er hatte sich offensichtlich gut vorbereitet und war um keine Auskunft verlegen.

Als sie an der Statue eines sitzenden Mannes mit Hut und Backenbart vorbeikamen, bei dem es sich laut der Inschrift im Sockel um einen P. Chr. Asbjørnsen handelte, verkündete er: »Hier thront gewissermaßen der norwegische Bruder von Jacob und Wilhelm Grimm. Peter Christen Asbjørnsen – seines Zeichens ein Förster und Schriftsteller – hatte es sich gemeinsam mit dem Pfarrer Jørgen Moe zur Aufgabe gemacht, die Märchen seiner Landsleute zu sammeln und so originalgetreu wie möglich aufzuzeichnen und für die Nachwelt zu erhalten.«

»Was Sie nicht alles wissen!«, rief Frau Bethge mit belustigtem Unterton. »Falls Sie mal keine Stelle als Privatlehrer finden, könnten Sie ohne Weiteres Fremdenführer werden.«

Einige Meter weiter oberhalb gelangten sie schließlich zu einem großen rechteckigen Bassin mit Fontäne, das die städtischen Wasserwerke einst als Reservoir zur Trinkwasserversorgung gebaut hatten. An einem Ende stand das Tårnhuset, das zweistöckige Haus des Wachmanns mit achteckigem Turm. Leuthold Schilling deutete auf dessen äußeren Umlauf.

»Von dort soll man einen vorzüglichen Blick auf die Festung Akershus, das Schloss und andere Sehenswürdigkeiten der Stadt haben.«

Frau Bethge winkte ab, zog einen Fächer aus ihrem perlenbestickten Beutel und wedelte sich Luft zu. Auch dem Vorschlag, einen Abstecher zum nahegelegenen Bärenzwinger und einigen Gehegen mit Pfauen, Adlern, Füchsen und Affen zu machen, erteilte sie eine Absage. »Hatten Sie nicht ein Gasthaus erwähnt?«, fragte sie den Hauslehrer. »Ich sehne mich nach einem kühlen Bier. Und dazu ein typisch norwegisches Gericht.«

Sie schlug den Weg zurück in den unteren Teil der Anlage ein und lächelte Karoline verschmitzt zu. »Es wird ja langsam Zeit, die hiesige Küche zu kosten.«

Karoline kicherte. »Gestern wurden wir mit Königsberger Klopsen bewirtet, Herr Schilling. Wir waren nämlich bei einer Verehrerin unseres Kaisers eingeladen, die uns mit seinem Leibgericht beglückte.«

Er grinste. »Sie wandeln auch heute auf seinen Spuren. Seine Majestät ist ja bekanntlich sehr angetan von der skandinavischen Architektur. Als er die Restaurants auf dem Holmenkollen, dem Frognerseteren und hier in Hanshaugen sah, hat er deren Erbauer Hans Holm Munthe beauftragt, ihm auch solche Gebäude im Drachenstil zu entwerfen.«

»Sie meinen Rominten?«, fragte Karoline.

Moritz' Onkel Waldemar hatte ihr einmal von einer Fahrt nach Ostpreußen erzählt, die er zwei Jahre vor seinem Unfall unternommen hatte. Dabei hatte er von dem Jagdschloss geschwärmt, das sich der Kaiser dort von einem norwegischen Architekten hatte bauen lassen. Vor allem die nach dem Vorbild einer Stabkirche gestaltete Hubertuskapelle hatte es ihm angetan.

Leuthold Schilling nickte. »Auch. Ich hatte allerdings die Königliche Matrosenstation in Potsdam im Sinn. Die Empfangshalle ist nämlich eine getreue Nachbildung des Restaurants Hasselbakken.«

Er blieb stehen und nickte mit dem Kopf zu einem großen Haus hin, das wie aufs Stichwort in diesem Augenblick hinter einigen Bäumen auftauchte. Ein Sockel aus Bruchsteinen bildete das Fundament, auf dem die Wände aus massiven, dunkel gebeizten Baumstämmen ruhten. Ein überdachter Laubengang verlief um das Haus, darüber kragte das zweite Geschoss. Den Giebel des Daches schmückte ein geschnitzter Drachenkopf.

»Jetzt verstehe ich, was sie gemeint hat«, murmelte Frau Bethge und erklärte auf Karolines fragenden Blick hin: »Eine entfernte Bekannte hat mir vom Vorhaben ihres Mannes erzählt, sich ein Drachenhaus bauen zu lassen. Ich konnte mir keinen Reim darauf machen.«

Leuthold Schilling schmunzelte. »Ja, unser Kaiser ist wahrhaftig nicht allein mit seiner Begeisterung für die nordische Architektur. Neulich hörte ich in Warmbrunn vom Plan eines Fabrikanten, dort ein originalgetreues Duplikat des Frognerseter-Gasthofs zu errichten.«

Karoline zuckte zusammen. Hatte sie sich verhört? Hatte Leuthold Schilling tatsächlich den schlesischen Kurort erwähnt, in dem Moritz sich aufhielt? Was hatte ihn ausgerechnet nach Warmbrunn verschlagen, das gut zweihundert Kilometer von seiner letzten Arbeitsstelle in Meißen entfernt war? Sie bemerkte, wie Frau Bethge kurz die Augen verengte und den Hauslehrer aufmerksam musterte, bevor sie sich betont beiläufig erkundigte: »Haben Sie kürzlich in Warmbrunn gekurt? Ich hoffe, es gab keinen ernsten Anlass?«

Der Hauslehrer versteifte sich und wich ihrem Blick aus. »Äh ... nein ... ich war nicht ... äh ... nur ein kurzer Besuch«, stammelte er, »... und da habe ich rein zufällig mitbekommen ...«

Karoline hielt den Atem an. Warum reagierte er so, als habe man ihn ertappt? Warum war es ihm unangenehm, einen Aufenthalt in dem Kurort zuzugeben? War er wegen einer anrüchigen Krankheit in Behandlung gewesen? So wie Moritz?

Leuthold Schilling räusperte sich.

»Es gibt wirklich keinen Grund zur Beunruhigung!«, fuhr er mit einem Lächeln fort. »Ich bin kerngesund. Und nun sollten wir uns einen schönen Tisch suchen.«

Mit forschem Schritt hielt er auf den Gasthof zu. Frau Bethge hakte sich bei Karoline unter und folgte ihm langsam. »Ein widersprüchlicher Mensch«, sagte sie leise. »Eigentlich wirkt er doch offen und aufrichtig. Aber dann macht er unvermittelt aus seinem Herzen eine Mördergrube.«

»Nicht wahr?«, antwortete Karoline, froh, dass Frau Bethge ihren Eindruck teilte. »Er gibt immer wieder Rätsel auf.«

Frau Bethge drückte ihren Arm. »Die wir lösen werden. Das wäre doch gelacht!«

Karoline lächelte halbherzig. Eine abergläubische Anwandlung erfasste sie. Wenn du versuchst, schlafende Hunde bei ihm zu wecken, könnte er den Spieß umdrehen und seinerseits tiefer bohren. Was dann? Wie wird er auf die Erkenntnis reagieren, dass du verheiratet bist? Karoline saugte ihre Oberlippe ein. Genieße einfach diesen harmlosen Flirt, ermahnte sie sich. Belaste ihn nicht. Er gehört ohnehin bald der Vergangenheit an und ist dann nur noch eine schöne Erinnerung.

41

Stavanger, Juni 1905 – Liv

Am Abend saßen Liv, Elias und Bjarne oben in der dritten Etage auf einer Bank vor dem Panoramafenster, das die gesamte Stirnseite des größten Saals des Museums einnahm und einen weiten Blick über Stavanger, die Hafenbucht Vågen und die Inseln im Boknafjord bot. Über ihnen hingen mehrere Gerippe verschiedener Walfische von der Decke, in ihrem Rücken ragte das Knochengerüst eines Elefanten, den man in der Mitte des Raumes aufgestellt hatte, und in den Vitrinen an den Wänden waren weitere Tierskelette untergebracht. Die letzten Besucher hatten das Gebäude längst verlassen, der Wachmann hatte seine Abendrunde bereits gedreht, und das Büro des Kurators im ersten Stock war ebenso verwaist wie der Raum, den der örtliche Kunstverein für Sitzungen und Veranstaltungen nutzte. Das Museum mit all seinen ausgestopften Tieren und anderen Stücken der umfangreichen zoologischen Sammlung, die den größten Teil der Säle füllte, gehörte ganz ihnen.

Den Tag hatten Liv und Elias weitgehend in Bjarnes Wohnung verschlafen – erschöpft von den aufwühlenden Erlebnissen der Nacht und entspannt durch die Gewissheit, vorerst in Sicherheit zu sein. Bjarne hatte derweil seine Inventarlisten auf den neuesten Stand gebracht und war später in die Stadt gegangen, um Lebensmittel und andere notwendige Dinge einzukaufen. Bei seiner Rückkehr hatte er Liv und Elias ausgeruht und voller Tatendrang vorgefunden. Nach einem stärkenden Imbiss mit Fleischbällchen und *lefser*, kleinen runden Fladenbroten, hatte er sie durch das Museum hinauf in den großen Saal geführt, der im Schein der Abendsonne lag.

Zunächst erzählte Bjarne, was über die Flucht vom Sohn und dem Dienstmädchen der Treskes gemunkelt wurde. Wenn es nach dem Lehrer gegangen wäre, hieß es, hätte man die Sache auf sich beruhen lassen können. »Fort mit Schaden«, hatte er laut den kursierenden Gerüchten geknurrt und den Bibelspruch von der Heimsuchung Gottes zitiert: »Die Rache ist mein; ich will vergelten. Die Zeit ihres Unglücks ist nahe, und was über sie kommen soll, eilt herzu.«

Diese passive Haltung hatte Halvor Eik erzürnt, der ein energisches Vorgehen von Oddvar Treske erwartete. Der Missionar war jedenfalls nicht gewillt, seine abtrünnige Verlobte davonkommen zu lassen. Das Schicksal des Jungen interessierte ihn nicht, er wollte nur das zurück, was ihm seiner Meinung nach zustand: Liv Svale.

Liv hatte Bjarne mit Schaudern gelauscht und unwillkürlich die Arme um ihren Oberkörper geschlungen. Die gebieterische Stimme, mit der der Missionar sie zu sich gerufen hatte, klang ihr wieder in den Ohren.

»Ich werde nicht zulassen, dass er auch nur deinen Schatten berührt«, sagte Bjarne leise und sah Liv in die Augen. »Und nun lasst uns Pläne schmieden.«

Liv nickte und atmete tief durch. Nachdem sie von ihrem Vorhaben berichtet hatte, Elias' Mutter zu suchen, überlegten sie, wie sie unbemerkt zu dem Sanatorium bei Trondheim gelangen konnten, wo die Spurensuche beginnen sollte.

»Am einfachsten wäre es natürlich, wenn ich es wie Boreas machen und mit euch dorthin fliegen könnte«, sagte Bjarne und zeigte auf die von der untergehenden Sonne rosig angehauchten Wolken, die der Wind am Himmel vor sich hertrieb.

»Wer ist Boreas?«, fragte Elias. »Hat er so ein Aeroplan wie die Gebrüder Wright?« Er klatschte in die Hände und sah Liv mit leuchtenden Augen an. »Wäre das nicht fein, wenn wir mit so einem …«

Bjarne schüttelte den Kopf. »Nein, Boreas brauchte kein Flugzeug. Er war im alten Griechenland der Gott des Nordwinds. Eines Tages sah er die wunderschöne Tochter des Königs von Attika an einem Flussufer tanzen. Er verliebte sich in sie, hüllte sie in eine Wolke und entführte sie in seine Heimat, ein paradiesisches Land, wo die Menschen bis ins hohe Alter in vollständigem Glück leben.«

Elias verzog enttäuscht das Gesicht. »Ach so, den gibt's also gar nicht wirklich.«

Liv zauste ihm das Haar und erkundigte sich bei Bjarne: »Nennen deshalb manche Leute den Nordwind Kong Bore?«

Bjarne nickte. »Oder König Winter. Wobei unser Nordwind ja um einiges rauer und ungestümer ist.«

»So wie im Märchen vom Burschen, der zum Nordwind ging und das Mehl zurückforderte, das dieser ihm weggeweht hatte?«, fragte Elias.

»Genau. Oder in der Fabel, in der sich der Nordwind und die Sonne streiten, wer von beiden der Stärkere sei«, antwortete Bjarne.

»Aber wie sollen wir denn nun reisen?«, fragte Liv ungeduldig. »Halvor Eik wird ja nach mir suchen.«

»Davon müssen wir ausgehen«, sagte Bjarne. »Vielleicht schaltet er sogar die Polizei ein.«

Elias sprang auf. »Die Polizei? Wenn die mich kriegen, stecken sie mich doch sicher in dieses schreckliche Heim!«

»Deshalb werden wir ja dafür sorgen, dass niemand euch aufspürt«, sagte Bjarne. »Und ich habe da auch schon eine Idee ...«

»Welche denn?«, fragten Liv und Elias wie aus einem Munde.

Bjarne schüttelte den Kopf. »Das wird noch nicht verraten. Ich will erst sicher sein, dass mein Plan gelingt.«

Mit einer Hand zog er Elias wieder auf die Bank, die andere

legte er auf Livs Arm. »Ihr müsst ein wenig Geduld haben. Und mir vertrauen.«

Elias suchte Livs Blick und sagte nach einer winzigen Pause. »Wir vertrauen dir.«

Liv lächelte Bjarne zu und nickte.

Am folgenden Morgen brach Bjarne nach dem Frühstück auf, um erste Schritte für die Umsetzung seines Plans in die Wege zu leiten und um in Stavanger und der Umgebung seine Suche nach Haushaltsgeräten, Werkzeugen und anderen Alltagsgegenständen aus alter Zeit fortzusetzen. Liv und Elias sollten in der Wohnung bleiben und sich möglichst ruhig verhalten. Die Wahrscheinlichkeit, dass sich jemand ins Kellergeschoss verirrte, war zwar gering – die meisten Besucher interessierten sich in erster Linie für die zoologischen Sammlungen in den oberen Stockwerken –, ein Risiko einzugehen, konnten sie sich dennoch nicht erlauben.

Elias ließ Kaja nach draußen, machte es sich auf einem Sessel bequem, den er unters Fenster schob, und vertiefte sich in ein dickes Buch über die Geschichte der Schifffahrt. Bjarne hatte es am Vortag zusammen mit anderen Büchern und Zeitschriften, Buntstiften und einem Malblock sowie einigen Brett- und Kartenspielen zum Zeitvertreib für ihn und Liv besorgt. Diese spülte die Teller und Becher ab, machte die Betten – Bjarne hatte darauf bestanden, ihr und Elias sein Schlafzimmer abzutreten und selbst auf dem Sofa zu nächtigen – und stand kurz darauf mit hängenden Schultern mitten im Raum und knetete ihre Hände. Zu ihrer eigenen Verwunderung machte es sie nervös, keine Anweisungen für weitere Aufgaben zu erhalten. Sie hätte es nicht für möglich gehalten, dass sie die Arbeit vermissen würde. Ohne sie fühlte sie sich nutzlos.

In einer Abstellkammer entdeckte sie Besen, Lappen, Staubwedel und andere Putzutensilien, mit denen sie die beiden Wohnräume sowie die Küche einer gründlichen Reinigung unterzog. Anschließend suchte sie ihre und Elias' Kleidung nach fehlenden Knöpfen und anderen Schäden ab und haderte damit, nicht kochen zu dürfen. Sie hätte Bjarne gern mit einem warmen Essen überrascht. Die Gefahr verräterischer Düfte war jedoch zu groß. Als er am Mittag ins Museum zurückkehrte, flehte sie ihn förmlich an, ihr etwas zu tun zu geben.

»Es gibt da tatsächlich etwas«, antwortete er. »Du kannst doch gut nähen, nicht wahr?«

Liv nickte. Bjarne holte einige Modejournale und Frauenzeitschriften aus seiner Tasche, breitete sie auf dem Tischchen vor dem Sofa aus und setzte sich neben Liv.

»Für eine überzeugende Tarnung brauchst du eine neue Garderobe«, fuhr er fort und schlug in einem der Magazine die Seiten mit den Schnittmustern auf. »Du musst mir nur sagen, welche Stoffe ich besorgen soll, dann kannst du loslegen.«

»Aber das sind ja alles Kleider für feine Damen!«, rief Liv.

Bjarne sah sie ratlos an. »Sind die zu kompliziert zum Selbernähen? Ich kenne mich da natürlich nicht aus und …«

»Nein, nein, das ist es nicht. Aber ich kann so etwas doch nicht tragen!«

»Warum denn nicht?«, fragte Bjarne und runzelte die Stirn. »Ich bin sicher, dass dir zum Beispiel dieses hier«, er tippte mit dem Finger auf ein hellblaues Sommerkleid mit weißem Gürtel und kleinen Puffärmeln, »ganz wunderbar stehen würde.«

»Es ist wirklich sehr hübsch«, sagte Elias, der sich von seinen Schiffen losgerissen hatte und zu ihnen getreten war.

Liv hielt Bjarne ihre Hände hin, die rau und von Schwielen bedeckt waren. »Ein Mädchen, das sich solche Kleider leisten kann, hat zarte und gepflegte Haut. Ein Blick auf meine Hände genügt, um die Tarnung auffliegen zu lassen.«

Bjarne zog kurz die Stirn kraus. »Wozu gibt es Handschuhe? Die Damenmode kommt gar nicht ohne sie aus.«

Liv schüttelte den Kopf. »Aber es geht doch nicht nur darum, was man anhat. Ich weiß doch gar nicht, wie ich mich benehmen und …«

Bjarne nahm ihre Hände in seine. »Ich kann verstehen, dass du nervös bist. Aber mach dich nicht klein und unterschätze dich nicht! Du hast eine rasche Auffassungsgabe und vor allem eine natürliche Anmut, die anerzogene Benimmregeln mehr als wettmachen.«

Sein unerwartetes Lob trieb Liv eine zarte Röte ins Gesicht.

»Und für dich habe ich auch etwas Hübsches ausgesucht«, sagte Bjarne zu Elias.

Ein spitzbübisches Grinsen umspielte seine Lippen, als er dem Jungen eine Seite mit Kindermode hinhielt.

Elias warf einen Blick darauf und schnaubte empört. »Das sind Mädchensachen!«

»Genau. Du wirst als Mädchen reisen.«

»Niemals!«, rief Elias und verschränkte die Arme.

Liv legte den Kopf schief und sah Bjarne an. »Gehört das zu deinem Plan? Wir verkleiden Elias als Mädchen, damit man ihn nicht erkennt?«

Bjarne nickte. »Niemand wird nach einer jungen Dame suchen, die zusammen mit ihrem älteren Bruder«, er deutete auf sich, »und ihrer kleinen Schwester Elise unterwegs ist.«

Liv hob die Augenbrauen. »Das ist wirklich eine gute Idee!«

Elias schob die Unterlippe vor. »Ich finde die Idee doof!«

»Es ist doch nur für ein paar Tage«, sagte Bjarne. »Stell dir einfach vor, du wärst ein Schauspieler, der in eine Theaterrolle schlüpfen muss. Oder ein Spion auf geheimer Mission, der sich verkleidet, um unauffällig agieren zu können.«

Elias' Miene hellte sich auf. »Oder ein Detektiv. So wie Asbjørn Krag.«

Er deutete auf die letzte Ausgabe des »Ørbladet«, in dessen Feuilleton-Teil am Ende jedes Quartals eine Kriminalgeschichte mit dem genialen Meisterdetektiv abgedruckt wurde.

»Auch ein gutes Beispiel«, sagte Bjarne. »Also, bist du bereit?«

Elias nickte.

»Es wäre gut, wenn Liv dir beibringt, wie sich ein Mädchen bewegt«, fuhr Bjarne fort. »Damit du deine Rolle überzeugend spielen kannst. Aber ich bin mir sicher, dass du das schaffst.«

Er hielt Elias seine Rechte hin. Der Junge schaute ihn ernst an und schlug ein. »Ich werde euch nicht enttäuschen«, sagte er feierlich.

Bjarne lächelte Liv zu. »Ich gestehe, dass ich mich direkt auf unser Abenteuer freue.«

»Dann willst du uns also wirklich bis nach Trondheim begleiten?«, fragte Liv.

»Selbstverständlich!«

»Aber was ist mit deiner Arbeit? Hast du denn so viel Zeit?«

»Die nehme ich mir. Außerdem kann ich auf dem Weg den ein oder anderen Abstecher machen und fürs Museum nach interessanten Stücken suchen. Wir müssen uns ja nicht abhetzen, oder?«

Eine Redewendung, die ihre Tante Berit gern verwendet hatte, kam Liv in den Sinn. Sie nickte. »Warum nicht das Angenehme mit dem Nützlichen verbinden?«

Bjarne grinste. »Meine Rede!«

Auch in den folgenden Tagen war Bjarne viel unterwegs, organisierte den Transport seiner Fundstücke nach Kristiania und leitete den Abbau eines alten Gehöfts in die Wege, das im Freiluftmuseum einen neuen Platz finden sollte. Entgegen Livs

Befürchtungen machte es weder Elias noch ihr selbst etwas aus, sich weitgehend in der kleinen Wohnung des Präparators aufzuhalten. Obwohl sie sie während der Besuchszeiten des Museums nicht verlassen konnten, empfand Liv sie nicht als Gefängnis, sondern als einen Ort der Geborgenheit. Und als Umfeld, in dem sie eine vollkommen neue Erfahrung machte: Sie hatte keine Pflichten. Zum ersten Mal, seit sie denken konnte, durfte sie ausschlafen, so lange sie wollte, und selbst über ihre Zeit entscheiden. Ihre anfängliche Unruhe legte sich bald. Sie begann, dieses neue Leben ohne Zeitdruck zu genießen; die Möglichkeit zu haben, ihre Näharbeit nach Belieben zu unterbrechen und mit Elias ein paar Runden Mühle oder Tripptrapp-tresko – so etwas wie Drei gewinnt – zu spielen oder sich in die Lektüre von Zeitungsartikeln und Aufsätzen zu politischen, sozialen und anderen Themen zu versenken, die Bjarne ihr hinlegte, weil ihn ihre Meinung dazu interessierte.

In manchen Momenten überkam sie das Gefühl, Bjarne habe sie an einen verzauberten Ort gebracht, der unmittelbar neben der normalen Welt existierte, für deren Bewohner er jedoch unsichtbar war. Die Lage im Keller verstärkte diesen Eindruck. Ebenso die ausgestopften Tiere in den oberen Ausstellungsräumen, durch die sie frühmorgens und abends streiften, die Erklärungstafeln lasen oder zwischen den Vitrinen Verstecken spielten und sich ausmalten, die stummen Bewohner könnten zum Leben erwachen und ihnen Gesellschaft leisten.

Eine gute Woche nach ihrer Flucht verkündete Bjarne am Vorabend von Sankthans, dass die Zeit für seinen Plan reif sei. Sie saßen wie gewohnt auf der Bank vor dem Panoramafenster im großen Saal. Das Wetter war seit einigen Tagen regnerisch. Ab und an riss eine Sturmbö Löcher in die graue Wolkenwand, hinter der der Mittsommerhimmel hell aufschien.

»Morgen wird im Hafen ein Dampfer mit norwegischen Auswanderern auslaufen«, begann Bjarne.

»Ja, die ›S/S Eldorado‹ von der Wilson-Linie«, rief Elias dazwischen. »Im Sommer legt sie jeden Samstag auf ihrem Weg von Bergen nach Hull hier an.«

»Genau. Von dort fahren die Passagiere dann mit der Eisenbahn nach Liverpool, wo sie sich zur Überfahrt nach Nordamerika einschiffen können.«

»Wir sollen nach Amerika?« Liv sah Bjarne erschrocken an. »Was sollen wir denn da? Wir wollten doch ...«

»Nein, keine Sorge, dieser Dampfer dient uns nur als falsche Fährte«, erklärte Bjarne. »Sobald er abgelegt hat, wird die Polizei einen anonymen Hinweis erhalten, dass ihr euch als blinde Passagiere an Bord befindet.«

»Wir werden also tatsächlich von der Polizei gesucht?«

Bjarne nickte. »Sowohl in der ›Stavanger Amtstidende og Adresseavis‹ als auch im ›Aftenblad‹ wurden Suchmeldungen geschaltet. Und beim Hafenmeister und im Bahnhof hängen Steckbriefe von dir.«

Liv sog scharf die Luft ein und hob eine Hand vor den Mund.

»Ich hatte dir nichts davon erzählt, um dich nicht zu beunruhigen. Die Beschreibung von dir ist ohnedies sehr schwammig: mittlere Statur, dunkelblondes Haar, schlichtes violettes Kattun-Kleid. Das trifft auf unzählige junge Frauen zu. Und da kein Bild dabei ist und man außerdem davon ausgeht, dass du von einem neunjährigen Jungen begleitet wirst ...«

Liv presste die Lippen aufeinander und schluckte. Die Unbekümmertheit der letzten Tage war verflogen.

»Bitte, du musst wirklich keine Angst haben«, sagte Bjarne. »Unmittelbar nachdem ich die Falschmeldung rausgegeben habe, nehmen wir den Postdampfer nach Bergen. So gewinnen wir einen guten Vorsprung. Denn bis die Polizei festgestellt hat, dass du nicht auf dem Auswandererschiff bist, sind wir schon weit weg. Und die weitere Suche wird im Sande verlaufen.«

»Wird denn nicht auch nach Elias gefahndet?«, fragte Liv.

»Nicht ausdrücklich. Er wird – wie gesagt – nur als deine Begleitung erwähnt.«

Liv biss sich auf die Lippe. Einerseits war sie erleichtert, dass Elias nicht im Visier der Polizei stand. Andererseits versetzte es ihr einen Stich. Oddvar Treske überließ das Kind, das er unbedingt hatte adoptieren wollen, einfach seinem Schicksal. Vermutlich war er sogar froh, dass Elias aus seinem Leben verschwunden war. Er hatte ihn ohnehin loswerden wollen.

»Was ist mit der Schule?«, fragte sie. »Selbst wenn die Treskes ihn nicht vermisst melden, wird Elias' Fehlen im Unterricht zu Fragen führen. Er ist ja schulpflichtig.«

Bjarne runzelte die Stirn. »Daran hatte ich gar nicht gedacht.«

»Aber jetzt sind doch Sommerferien«, rief Elias.

»Stimmt!«, sagte Bjarne, klopfte Elias auf die Schulter und lächelte Liv zu. »Mach dir bitte keine unnötigen Sorgen.«

Liv schluckte ihre weiteren Bedenken hinunter. Bjarne hatte recht. Es brachte nichts, sich in endlosen Fantasien zu ergehen, was alles passieren und schieflaufen konnte. Nur wenn sie zuversichtlich war, konnte sie selbstbewusst auftreten und ihre Rolle als junge Frau aus besseren Verhältnissen einigermaßen überzeugend spielen. Sie schaute zu Elias und Bjarne, die ihre Köpfe über die Zeitschriften zusammengesteckt hatten und prustend die Kleider, Mäntel und Hüte für Mädchen begutachteten. Ihre Unbeschwertheit verscheuchte Livs schwarze Gedanken. Solange wir drei zusammenhalten, ist alles gut, dachte sie. Ihre Augen wurden feucht. So ist es also, wenn man sich aufgehoben fühlt. Wie in einer echten Familie.

42

Kristiania, Juli 1905 – Karoline

Gut eine Woche nach ihrer Ankunft in Kristiania saßen Frau Bethge und Karoline in einem offenen Einspänner, der sie am Abend nach einer Versammlung des Frauenstimmrechtvereins zurück zum Hotel Continental brachte.

»Ich hätte nicht gedacht, dass ich das einmal sagen würde. Aber ich kann ihn mir gar nicht mehr aus unserem Freizeitprogramm wegdenken.«

Karoline schreckte auf und sah Frau Bethge verwirrt an. Sie hatte nicht mitbekommen, dass sie mit ihr sprach. Ihre Gedanken waren noch bei der leidenschaftlich geführten Debatte, die sie dank Flora Bakken hatten verfolgen können. Die junge Norwegerin hatte sie zu der Veranstaltung mitgenommen und die wesentlichen Passagen der Reden und Beiträge für sie übersetzt.

An diesem Nachmittag hatte ein Thema alle anderen dominiert: ob sich die kursierenden Gerüchte bewahrheiteten und es zu einer Volksabstimmung der Norweger über die Auflösung der Union mit Schweden kommen würde. Die Vorstellung, sich mangels Wahlrecht nicht daran beteiligen zu dürfen, erbitterte die meisten der anwesenden Frauen. War ihre Liebe zu ihrem Land weniger wert als die ihrer Ehemänner, Söhne, Brüder und Väter? War ihr Wunsch, es unabhängig und frei zu sehen, nicht ebenso ausgeprägt? Die Frage, wie sie sich an der Entscheidung über die Zukunft ihrer Heimat beteiligen konnten, hatte zu hitzigen Wortgefechten geführt. So hatte etwa der Einwurf, die Frauen könnten ihren nationalen Stolz doch zeigen, indem sie ihre Männer zur Teilnahme an der Abstimmung bewogen, für

469

große Empörung gesorgt. Karoline hatte die Debatte gebannt und zunehmend aufgewühlt verfolgt. Es war wirklich ungerecht und auch nicht nachzuvollziehen, warum Frauen die Möglichkeit verweigert wurde, ihren Patriotismus auf die gleiche Weise zu beweisen wie der männliche Teil der Bevölkerung.

Frau Bethge deutete ihren Gesichtsausdruck offenbar falsch. Sie legte eine Hand auf Karolines Unterarm und sagte mit besorgtem Unterton: »Missverstehen Sie mich bitte nicht! Das ist keineswegs gegen Sie gemünzt! Ich schätze Ihre Gesellschaft außerordentlich. Und wenn sich unsere Wege früher oder später wieder trennen, werde ich Sie sehr ver...«

Karoline durchzuckte die Erkenntnis, dass Frau Bethge von Leuthold Schilling sprach. In ihrer Grübelei hatte sie das bevorstehende Treffen mit ihm kurzzeitig vergessen.

»Ich bitte Sie«, rief sie. »Sie müssen sich doch nicht entschuldigen! Im Gegenteil, ich war in Gedanken ...«

»... ebenfalls bei unserem Hauslehrer«, sagte Frau Bethge. Sie lächelte verschmitzt und lehnte sich zurück. »Dachte ich's mir doch!«

Karoline verzichtete auf eine Richtigstellung. Zu fast jedem anderen Zeitpunkt hätte Frau Bethge mit ihrer Vermutung ins Schwarze getroffen.

»Ich bin zwar nach wie vor überzeugt, dass er seinen wahren Hintergrund verschleiert und uns vermutlich einen falschen Namen genannt hat ... aber da befindet er sich ja in bester Gesellschaft. Auch wenn er das nicht weiß.« Frau Bethge tätschelte Karolines Knie und fuhr nach einer kurzen Pause fort: »Es fuchst mich schon ein bisschen, dass wir sein Geheimnis noch immer nicht gelüftet haben. Aber im Grunde ist das nicht so wichtig. Ich bin mir sicher, dass er einen guten Charakter hat: Er ist zuvorkommend, ohne aufdringlich zu sein, kann gut zuhören und sich auf sein Gegenüber einlassen. Vor allem aber ist er bereit, seine eigene Meinung infrage zu stellen. Das findet man selten.«

Karoline nickte. Leuthold Schillings Aufgeschlossenheit anderen Sichtweisen gegenüber war ihr ebenfalls aufgefallen. Seit jenem ersten Ausflug in den Park von Hanshaugen hatten sie sich jeden Tag nach Absolvierung ihres Pflichtprogramms, wie Frau Bethge ihre Termine bei diversen Frauenvereinen und wohltätigen Einrichtungen augenzwinkernd nannte, zu gemeinsamen Unternehmungen mit ihm getroffen. Sie waren durch den Schlosspark geschlendert oder auf der Karl Johans Gata auf und ab flaniert, hatten das im Aufbau befindliche Freiluftmuseum auf der Halbinsel Bygdøy besichtigt, den botanischen Garten besucht sowie von der Festungsanlage Akershus den Blick über den Fjord genossen. Die Abende ließen sie stets in einem Gasthaus oder auf der Terrasse eines Ausflugslokals ausklingen. Und immer erkundigte sich Leuthold Schilling voller Interesse nach ihren Begegnungen mit den norwegischen Frauenrechtlerinnen.

Ohne Umschweife und ein wenig verlegen hatte er zugegeben, dass er sich bislang kaum Gedanken über Bildungs- und Erwerbsmöglichkeiten für Mädchen oder die gesellschaftliche und politische Stellung der Frauen gemacht hatte. Ein Versäumnis, das er nun mit vielen Fragen und eigenen Gedanken zu diesen Themen aufzuholen trachtete. Wobei Karoline ihn im Verdacht hatte, sein Interesse ein Stück weit zum Anlass zu nehmen, von sich selbst abzulenken. Ein paar Mal war er Frau Bethges Versuchen, mehr über seine Person und Vergangenheit zu erfahren, ausgewichen und hatte die Unterhaltung geschickt wieder in neutralere Gewässer gelenkt. – Genau wie du es machst, schoss es Karoline durch den Kopf. Wenn er nach deiner Familie oder deinem Leben in Deutschland fragt, hältst du dich ebenfalls bedeckt und bemühst dich, rasch das Thema zu wechseln.

Frau Bethges Aufzählung seiner guten Eigenschaften verschärfte den Konflikt, in dem sich Karoline von Tag zu Tag tiefer verstrickte. Die Seite in ihr, die die Bekanntschaft mit dem jungen Hauslehrer als harmlosen Flirt abtun und ihr einreden wollte, auch ihm bedeute sie nicht mehr, gingen die Argumente aus. Wenn Karoline nachts wach lag und in sich hineinhorchte, war es endgültig vorbei mit dem Selbstbetrug. Sie war drauf und dran, sich ernsthaft zu verlieben. Und ihm schien es – seinen Anspielungen und Blicken nach zu urteilen – ebenso zu ergehen. Wohin soll das bloß führen, fragte sich Karoline nicht zum ersten Mal. Sie rieb sich die Stirn und war froh, als der Kutscher kurz darauf das Pferd zügelte. Das Ende der Fahrt enthob sie für den Moment der Beantwortung dieser Frage. Die Freude, die kommenden Stunden mit Leuthold Schilling zu verbringen, drängte alles andere in den Hintergrund.

An diesem Abend waren sie im Theatercafé verabredet, einem beliebten Treffpunkt der Künstlerszene Kristianias. Es befand sich im Erdgeschoss des Hotels Continental und gehörte ebenfalls der Aktiengesellschaft Foss Bryggeri. Diese war berühmt für ihr Bayersk Øl, ein dunkles untergäriges Bier, das nach bayerischem Rezept gebraut wurde und laut einer Urkunde im Foyer auf der Großen Weltausstellung von Paris im Jahr 1900 die Goldmedaille gewonnen hatte.

Das Herzstück des Cafés war eine Bartheke mit großem Buffetschrank unter einem von zwei mächtigen Säulen getragenen Kreuzgewölbe. Gegenüber bot ein Balkon einem Orchester Platz, dessen Musiker gerade pausierten, als Frau Bethge und Karoline eintraten. Unter der Empore standen zahlreiche runde Tischchen, an denen Getränke und kleine Speisen serviert wurden. Für Gäste mit größerem Appetit gab es rechts und links von der Theke zwei längliche Speisesäle, in denen vor den zur

Straße gehenden Fenstern rechteckige, weiß eingedeckte Tische aufgestellt waren.

Ein herbeieilender Kellner führte sie, nachdem Frau Bethge ihren Namen genannt hatte, zu einem davon, der am Übergang vom Restaurantbereich zum Bar-Salon stand. Leuthold Schilling saß in eine Zeitschrift vertieft bereits dort. Als er ihr Eintreffen bemerkte, sprang er auf und begrüßte zuerst Frau Bethge mit einem angedeuteten Handkuss, bevor er sich zu Karoline umwandte. Seine Augen leuchteten auf, als sie ihm zulächelte. Ihr Herz begann schneller zu schlagen. Sie reichte ihm ihre Rechte, die er mit beiden Händen umschloss und eine Spur zu lang festhielt. Frau Bethge, die bereits Platz genommen hatte, räusperte sich. Karoline stieg das Blut in die Wangen. Sie entzog dem Hauslehrer ihre Hand und senkte den Kopf. Frau Bethge deutete auf die »Berliner Börsenzeitung«, die Leuthold Schilling neben sich auf einen Stuhl gelegt hatte.

»In den letzten Tagen sind Fräulein Bogen und ich leider viel zu selten dazu gekommen, die Presse zu studieren. Das wurde mir bewusst, als wir heute Zeuginnen einer lebhaften Debatte über eine eventuell geplante Volksabstimmung über die Unionsauflösung wurden. Wie wird die norwegisch-schwedische Situation denn mittlerweile in deutschen Blättern beurteilt? Ist sie überhaupt noch ein Thema?«

»Oh, durchaus«, antwortete Leuthold Schilling und setzte sich ihr und Karoline gegenüber auf seinen Stuhl. »Eine Volksabstimmung wird zwar nicht erwähnt. Dafür gibt es aber immer wieder Berichte über Flottenübungen und Truppenbewegungen in Grenznähe, mit denen beide Lager ihre Stärke demonstrieren.«

Frau Bethge verzog den Mund und griff nach der Speisekarte. Karoline runzelte die Stirn. »Rechnet man in Deutschland mit einer kriegerischen Auseinandersetzung?«

Leuthold Schilling hob die Schultern. »Schwer zu sagen. Man

hofft nach wie vor stark auf eine friedliche Lösung. Und an einer solchen wird wohl von den gemäßigten Kräften in Schweden und Norwegen fieberhaft gearbeitet.«

»Mit der – selbstredend uneigennützigen – Unterstützung ihrer besorgten Nachbarn, nehme ich an«, sagte Frau Bethge mit sarkastischem Unterton und legte die Menükarte wieder beiseite.

Der Hauslehrer grinste. »Oh ja, das diplomatische Karussell rotiert. Es geht darum, einen geeigneten Kandidaten für den norwegischen Thron zu finden.«

»Wollen die Norweger denn überhaupt einen König?«, fragte Karoline. »Ich habe gehört, dass es viele gibt, die sich eine Republik wünschen.«

»Das kann ich gut verstehen«, antwortete er. Seine Miene wurde ernst. Er warf Karoline einen intensiven Blick zu und fügte leise hinzu: »Wünschen wir uns nicht alle das Recht auf Selbstbestimmung? Ich würde jedenfalls einiges darum geben, wenn ich frei von Zwängen und ...«

»Haben die Herrschaften schon gewählt?«, fragte der Kellner.

Karoline hatte sein Erscheinen nicht wahrgenommen. Sie riss sich von den tiefblauen Augen unter den fein geschwungenen Brauen ihr gegenüber los, während Frau Bethge einen Krug Bier und Lammbraten mit Erbsen und Kartoffelstampf bestellte. Karoline überflog die Auswahl der Gerichte, die für die auswärtigen Gäste auf Englisch und Deutsch übersetzt waren. Die Buchstaben tanzten vor ihren Augen, ohne einen Sinn zu ergeben.

»Für mich das Gleiche, bitte«, sagte sie rasch und wusste im selben Moment, dass sie kaum einen Bissen herunterbekommen würde. Das Flattern in ihrem Magen hatte nichts mit dem Hungergefühl gemein, das sie noch auf der Kutschfahrt verspürt hatte. Die Anwesenheit von Leuthold Schilling schnürte ihr die

Kehle zu. Was hatte er noch sagen wollen? Welchen Zwängen unterlag er? In seiner Stimme hatte eine Wehmut gelegen, die Karoline unmittelbar anrührte. Sie war ihr vertraut – als ständiger Begleiter ihrer Ehejahre.

Nachdem der Ober die Bestellungen notiert hatte und sich entfernte, setzte Frau Bethge die von ihm unterbrochene Unterhaltung fort. »Ich gehe davon aus, dass die Norweger schon allein aus politischem Kalkül auf eine reine Volksherrschaft verzichten und zumindest eine konstitutionelle Monarchie einführen werden. Alles andere würde von den ausländischen Herrschern als bedrohliche Provokation empfunden.«

»Sehr scharfsinnig gefolgert!«, sagte der Hauslehrer anerkennend und deutete eine Verneigung an.

»Das liegt doch auf der Hand«, stellte Frau Bethge trocken fest. »Was, wenn das Beispiel Schule machte und andere Völker dazu ermutigen würde, ihre Staatsform ebenfalls infrage zu stellen? Für all die Könige, Kaiser, Zaren und anderen Majestäten ohne Frage ein furchterregender Gedanke.«

»Wobei es aus deutscher Sicht ein mindestens ebenso unannehmbares Szenario gibt«, sagte Leuthold Schilling. »Nämlich eine norwegische Monarchie, deren Herrscher dem englischen Königshaus eng verbunden ist.«

»Sie meinen den Schwiegersohn von König Eduard?«, fragte Karoline, ohne nachdenken zu müssen. Bei den Tischgesprächen auf Schloss Katzbach waren die Verwandtschaftsbeziehungen des europäischen Hochadels häufig durchgekaut worden.

»Eben den«, bestätigte der Hauslehrer.

»Sie sprechen in Rätseln«, sagte Frau Bethge. »Welcher Schwiegersohn?«

»Prinz Carl, der Sohn des dänischen Kronprinzen. Er hat vor neun Jahren König Eduards Tochter Prinzessin Maud geheiratet«, antwortete Karoline, »Ich kann mich so gut daran erinnern, weil ich im gleichen Jahr ... äh ...«

475

Sie unterbrach sich. Eine heiße Welle des Erschreckens schoss ihr durch die Adern. Um ein Haar hätte sie sich verplappert und ihre Hochzeit mit Moritz im Frühling 1896 erwähnt. Sie hielt den Atem an und schielte zu Leuthold Schilling hinüber. Zu ihrer Erleichterung hakte er nicht nach. Er nickte. »Dieser Kandidat wäre das rote Tuch für unsere Regierung. Nicht zuletzt, weil es die englische Position in Nord- und Ostsee verstärken würde. Und nach der jüngsten Annäherung der Briten an Frankreich fürchtet man in Berlin eine zunehmende Isolation.«

»Verstehe.« Frau Bethge legte den Kopf schief. »Und wer wäre aus deutscher Sicht wünschenswert?«

»Hm, was man so hört, soll sich der Kaiser für Prinz Waldemar starkmachen, den Sohn des dänischen Königs und Onkel des besagten Prinzen Carl.«

»Wieso ausgerechnet für ihn?«

Karoline kam dem Hauslehrer zuvor und sagte: »Ich vermute, weil seine Frau Louise deutsche Wurzeln hat. Sie ist eine Tochter des Landgrafen von Hessen-Kassel.«

»Du lieber Himmel!«, rief Frau Bethge. »Dass Sie sich in dem Durcheinander auskennen! Mir schwirrt der Kopf von all den Prinzen, Schwiegervätern und Onkeln.«

Leuthold Schilling zwinkerte ihr zu. »Sie dürfen Prinz Waldemar getrost wieder vergessen, er hat nämlich kaum Aussichten auf die norwegische Krone.«

»Aber warum? Wenn er doch auch aus dem dänischen Königshaus stammt?«, fragte Frau Bethge.

»Es liegt nicht an ihm, sondern an seiner Frau Marie d'Orléans. Die Norweger würden sie schwerlich als Landesmutter akzeptieren.«

»Was hat die Arme denn verbrochen?«

»Sie ist katholisch und tief verwurzelt in ihrem Glauben. Ein Übertritt zur evangelischen Kirche käme für sie nie infrage. Was wiederum für die Norweger nicht akzeptabel ist.«

Frau Bethge zog die Brauen hoch. »Gute Güte, was für ein Schlamassel!«

Leuthold Schilling zuckte mit den Schultern. »Jedenfalls sieht es jetzt doch ganz danach aus, dass Prinz Carl als Favorit ins Rennen geht.«

Er griff nach der Zeitung, schlug eine Seite auf und las vor: »Der Kopenhagener Correspondent des Daily Express will von ›höchststehender Seite‹ erfahren haben, daß die Krone von Norwegen dem Prinzen Carl von Dänemark angeboten worden sei, nachdem König Oskar von Schweden sich dagegen ausgesprochen hatte, daß einer seiner Söhne die Wahl zum Könige des rebellisch gewordenen Norwegen annehme. Unter diesen Umständen glaubten die Norweger keine bessere Wahl treffen zu können, als Prinz Carl von Dänemark, dessen Mutter die einzige Tochter des verstorbenen Königs von Schweden, mithin die Schwester Königs Oskars ist. Prinz Carl ist somit ein Neffe König Oskars und außerdem auch der Schwiegersohn König Eduards. Obzwar die Annahme des von Norwegen ergangenen Antrags noch keine Erwiderung gefunden hat, so sind doch, wie der Correspondent berichtet, die Dänische Königliche Familie und die Regierung der Annahme des Antrags äußerst günstig gestimmt und ...«

Das neuerliche Erscheinen des Kellners, der die Getränke servierte, unterbrach Leuthold Schilling. Er legte die Zeitung beiseite, hob seinen Bierhumpen und prostete Frau Bethge und Karoline zu. »Aber nun genug von der Politik. Ich trinke auf diesen schönen Abend und die überaus angenehme Gesellschaft, in der ich ihn verbringen darf.«

Mittlerweile hatte sich das Café gefüllt, es gab kaum noch freie Tische, und gedämpftes Stimmengewirr, Klappern von Besteck, Gläserklirren und das Klacken der Schuhsohlen der geschäftig hin und her eilenden Kellner erfüllte die Luft. Auf der Empore nahmen die Musiker ihre Plätze ein, und kurz darauf stimmte das Orchester eine beschwingte Melodie an. Frau Bethge lächelte und summte leise mit.

Karoline sah sie überrascht an. »Sie kennen das Stück?«

»Aber ja. Es ist das ›Glühwürmchen-Idyll‹.«

»Aus der Operette ›Lysistrata‹ von Paul Lincke«, ergänzte Leuthold Schilling und wandte sich an Frau Bethge. »Haben Sie auch die Inszenierung im Apollo-Theater in Berlin gesehen?«

»Ja, letztes Jahr. Es war ein herrlicher Abend!« Frau Bethge lehnte sich in ihrem Stuhl zurück und sang leise:

»Wisst ihr auch, weshalb bei Nacht die Funken sprühen?
Kennt ihr die geheime Macht durch die sie glühen?
Nun, so will den Zauber ich diskret euch nennen,
weil Verliebten inniglich die Herzen brennen.
Heiß der Blick und heiß der Kuss und heiß die glühenden Wangen,
Dieses Feuers Überfluss geschwind die Schelme fangen.«

Karoline spürte Leuthold Schillings Blick auf sich ruhen. Sie drehte den Kopf zu ihm und sah, dass seine Lippen den Text des Liedes stumm mitsprachen. Sie errötete und befahl sich, die Augen abzuwenden. Es gelang ihr nicht. Die Sehnsucht in seinem Gesicht spiegelte ihre eigene. Sie ertappte sich bei dem Wunsch, aufzustehen, ihn an der Hand zu nehmen und ihn an einen Ort zu führen, an dem sie ungestört waren.

»Glühwürmchen, Glühwürmchen, schimmre, schimmre«, sang Frau Bethge. »Führe uns auf rechten Wegen, führe uns dem Glück entgegen. Gib uns...« Mitten im Refrain brach sie ab.

Karoline erstarrte, griff hastig nach ihrem Bierkrug und nahm einen tiefen Schluck. Leuthold Schilling war ebenfalls zusammengezuckt und rang sichtlich um Fassung. Er wandte sich ab, winkte einen Kellner herbei und bat ihn, ihm Zündhölzer für seine Zigarillos zu bringen.

Frau Bethge beugte sich zu Karoline und murmelte: »Ich möchte Ihnen nicht zu nahe treten. Aber Sie spielen mit dem Feuer. Nicht, dass ich Sie dafür verurteile! Aber ich mache mir Sorgen, ob Sie mit den Folgen zurechtkämen.«

Karoline verschluckte sich und rang um Luft. Sie hat recht, dachte sie. Du musst die Rollleine ziehen und diesen Zug bremsen. Wenn du weiter mit ihm fährst, wird das kein gutes Ende nehmen.

Karoline stand auf, murmelte eine Entschuldigung und hastete aus dem Café.

43

Stavanger, Juni 1905 – Liv

Am frühen Abend des Johannistages machten sich Liv, Elias und Bjarne auf den Weg zum Hafen. Der Himmel war nach wie vor wolkenverhangen, und ein feiner Sprühregen überzog alles mit einem schimmernden Film aus Feuchtigkeit. Liv hatte sich die Pelerine, die Bjarne ihr bei ihrem ersten Treffen geschenkt hatte, umgelegt. Darunter trug sie eine selbst geschneiderte weiße Bluse mit einem kleinen Stehkragen zu einem Rock aus blaugrauem Foulard, unter dessen Saum die einfachen Schnürschuhe hervorlugten, die ihr einst die Köchin überlassen hatte. Die eleganten Stiefeletten, die ihr Bjarne nebst einigen Toilettenartikeln, Strümpfen und anderen – nach seinen Worten für eine junge Dame unentbehrlichen – Utensilien besorgt hatte, waren in einer Reisetasche aus Leinen verstaut. Ebenso eine weitere Bluse, ein Kleid, eine Stola und einige Wäschestücke, die Liv in den vergangenen Tagen genäht hatte.

Sie hielt den Kopf gesenkt und schielte nervös unter der handbreiten Krempe ihres Strohhuts hervor, den sie so tief es ging in die Stirn gezogen hatte. Hinter jeder Straßenecke konnten unverhofft Halvor Eik oder Oddvar Treske auftauchen, jeder Passant, der ihnen entgegenkam, konnte ein Bekannter von ihnen sein. Mit der linken Hand umklammerte Liv den Griff der Reisetasche, die rechte hatte sie auf Elias' Schulter gelegt, der zwischen ihr und Bjarne herlief.

»Keine Sorge«, sagte Bjarne leise über Elias' Kopf hinweg. »Man muss schon sehr genau hinschauen, um euch zu erkennen.«

Er blieb vor dem Sparkassengebäude am Marktplatz stehen, den sie mittlerweile erreicht hatten, und deutete auf ein Fenster im Erdgeschoss. Beim Anblick ihrer Spiegelbilder entspannte sich Liv ein wenig. Elias' Verwandlung in ein Mädchen war – zumindest was sein Äußeres betraf – überzeugend gelungen. Seine Haare waren unter einem Kopftuch verborgen, nur über der Stirn spitzten ein paar dunkle Locken hervor. Er trug ein helles Blusenkleid mit knielangem Rock und breiter Gürtelschärpe, darüber ein Cape aus gewachster Baumwolle, dazu weiße Strümpfe und Knöpfstiefelchen. In einer Hand hielt er einen Vogelbauer, den Bjarne bei einem Trödler für Kaja gekauft hatte. Elias hatte ihn mit einem Tuch verhängt, um die Dohle während des Transportes ruhigzustellen.

»Unsere Elise sieht wirklich ganz allerliebst aus«, sagte Bjarne mit einem verschmitzten Lächeln.

Elias schnitt seinem Spiegelbild eine Grimasse, machte einen Knicks und sagte mit kieksiger Stimme: »Ich danke recht schön für das Kompliment.«

Liv musste unwillkürlich kichern. Bjarne zwinkerte ihr zu und lief weiter Richtung Vågen. Am Landungssteg vor dem Hotel Victoria herrschte reges Treiben. Reisende schleppten Koffer oder liefen hinter Gepäckträgern her, die sich ihrer Sachen angenommen hatten. Schaulustige flanierten auf dem Kai auf und ab, Hafenarbeiter karrten Frachtgut heran, ein Zeitungsjunge bot lauthals die »Stavanger Avis« feil, ein Zigarettenverkäufer schob sich mit seinem Bauchladen durch die Menge, und neben einem Laternenmast hatte sich eine füllige Frau niedergelassen und pries Kringel und anderes Backwerk an.

An der Anlegestelle ankerten zwei Dampfer: Der größere, die »S/S Eldorado« von der Wilson-Linie, war zum Auslaufen bereit. Die Gangway war bereits eingezogen, und Hafenarbeiter lösten die dicken Taue von den Pollern am Kai. Auf den beiden Decks und den Seitengängen standen dicht an dicht die Passagiere und winkten mit Taschentüchern und Hüten den Menschen zu, die auf dem Pier standen und zurückgrüßten. In die Abschiedsrufe mischten sich die Schluchzer mancher Zurückbleibender.

Neben dem Auswandererschiff hatte das Postschiff »D/S Christiania« der Stavanger Dampskipselskap festgemacht, das allabendlich auf seinem Weg nach Bergen hier Station machte. Mittels der Ladebäume auf dem Vorderschiff wurden Postsäcke, große Gepäckstücke und Frachtgut – darunter mehrere Holzkisten von Bjelland & Co, der größten Fischkonservenfabrik von Stavanger – an Bord gehievt und durch eine Bodenluke in den Stauraum unter Deck befördert.

Bjarne hielt auf die Zugangsrampe zu, die für die Passagiere an die Schiffswand angelegt worden war. Er gab Liv zwei Fahrscheine. »Geht ihr schon mal an Bord. Ich rufe jetzt die Polizei an.« Er machte eine Kopfbewegung zum Hotel hin. »Die haben im Foyer eine separate Telefonkabine. Da kann ich ungestört unsere kleine Finte in die Welt setzen.«

Liv rang sich ein Lächeln ab, fasste nach Elias' Hand und ging zum Schiff. Die folgende Wartezeit kam ihr vor wie eine Ewigkeit. Sie stellte sich mit Elias an die Reling auf dem überdachten Passagierdeck im hinteren Bereich des Dampfers, hielt Ausschau nach Bjarne und betete stumm für das Gelingen ihres Plans. Die Vorstellung, im letzten Moment noch geschnappt zu werden, schnürte ihr die Kehle zu.

»Sieh mal, die ›Eldorado‹ läuft aus!«, rief Elias und zupfte Liv am Ärmel. »Ist die riesig! Sie hat fast doppelt so viele Bruttoregistertonnen wie unser ...«

»Pssst!«, machte Liv und sah sich erschrocken um, ob jemand Notiz von Elias' wenig mädchenhafter Bemerkung genommen hatte.

»Bitte pass auf«, ermahnte sie ihn. »Vergiss nicht, dass

du Elise bist! Und die kennt sich nicht so gut mit Schiffen aus.«

Elias verzog zerknirscht das Gesicht und murmelte eine Entschuldigung. Derweil glitt der englische Dampfer an ihnen vorbei. Das tiefe Tuten einer Dampfpfeife dröhnte herüber, und kurz darauf brachte die Bugwelle die »D/S Christiania« zum Schaukeln. Während Elias dem wegfahrenden Schiff hinterherschaute, sah sich Liv erneut nach Bjarne um und fragte sich mit wachsender Nervosität, wo er so lange blieb. Was, wenn ihn irgendetwas aufhielt und er es nicht mehr rechtzeitig an Bord schaffte?

»Komm, lass uns nach drinnen gehen und einen Platz suchen. Hier draußen werden wir noch ganz nass«, schlug sie Elias nach einer Weile vor. Im Aufenthaltsraum waren alle Tische bereits belegt. Unschlüssig blieb Liv an der Tür stehen und trat unruhig von einem Fuß auf den anderen. Es war Elias, der Bjarne schließlich durch das Fenster auf dem äußeren Gang entdeckte, wo er sich mit seinem Koffer einen Weg zwischen den Passagieren hindurch bahnte.

»Gott sei Dank bist du da!« Liv atmete erleichtert auf und ging zu ihm.

»Ich habe uns noch frische *rosinboller* besorgt und musste eine Weile anstehen«, sagte Bjarne und schwenkte eine Papiertüte. Mit gesenkter Stimme und einem verschwörerischen Lächeln fuhr er fort: »Alles läuft nach Plan. Die Beamten waren sehr dankbar für den Hinweis und werden sofort losfahren, um euch zu suchen und zurückzubringen.« Er kniff die Augen zusammen und streckte einen Arm zum gegenüberliegenden Ufer des Vågen aus. »Das müssen sie sein.«

Liv und Elias folgten seinem Blick und stießen gleichzeitig einen Schreckensruf aus. Vor dem neu gebauten Zollhaus legte soeben eine Barkasse ab. Neben zwei Polizisten in schwarzen Uniformen und den typischen Schirmmützen mit tellerförmigem Hutkopf ragte die hünenhafte Gestalt von Halvor Eik auf. Auf die Entfernung konnte Liv seine Gesichtszüge nicht ausmachen, sie war jedoch sicher, dass sie grimmige Entschlossenheit ausstrahlten.

»Warum ist er auf dem Boot?«, fragte Elias und drückte sich eng an Livs Hüfte.

»Ich nehme an, um der Polizei bei der Suche nach Liv zu helfen«, antwortete Bjarne. »Im Gegensatz zu ihnen weiß er ja, wie sie aussieht.«

»Aber wie konnte er so schnell herkommen?«

»Sie werden ihn angerufen haben«, sagte Bjarne. »Wenn er gerade in der Missionsschule war, hatte er es ja nicht allzu weit zum Hafen.«

Liv biss sich auf die Lippe. Vermutlich hatte der Missionar darauf bestanden, informiert zu werden, wenn sie aufgespürt wurde. Er würde es sich nicht nehmen lassen, »sein Eigentum« persönlich abzuholen und sie nach dem misslungenen Fluchtversuch in aller Öffentlichkeit zu demütigen.

»Und was passiert, wenn sie merken, dass wir gar nicht auf dem Schiff sind?«, wollte Elias wissen.

»Tja, dann müssen sie unverrichteter Dinge wieder abziehen«, sagte Bjarne. »Und wir sind zu dem Zeitpunkt längst außer Reichweite.«

»Aber wird er nicht weiter nach mir fahnden?«, fragte Liv heiser und hatte wieder Halvor Eiks Drohung im Ohr: »Ich werde dich kriegen, egal, wohin du fliehst!«

Bjarne schüttelte den Kopf. »Dazu hat er keine Gelegenheit mehr. Ich habe mich ein wenig umgehört. Übermorgen brechen einige der Missionsschüler, deren Ausbildung hier beendet ist, nach Madagaskar auf. Herr Eik soll sie begleiten und wird mindestens fünf Jahre dort bleiben.«

»Dann kann ich doch diese albernen Kleider wieder ausziehen«, sagte Elias und sah Bjarne voller Hoffnung an.

»Nein, das wäre dann doch zu leichtsinnig. Wir wollen ja das Schicksal nicht herausfordern. Ein paar Tage musst du also noch als Elise durchhalten.«

Elias seufzte übertrieben, protestierte aber nicht.

Ein Beben lief durch das Schiff, gleichzeitig ertönte ein tiefes Wummern: Die Turbine war angeworfen worden, und der Dampfer setzte sich langsam in Bewegung. Livs Pulsschlag beschleunigte sich. Zum ersten Mal in ihrem Leben hatte sie das Festland verlassen und kehrte der Gegend, in der sie groß geworden war, den Rücken. Sie empfand kein Bedauern. Mit klopfendem Herzen schaute sie nach vorn in den Boknafjord mit seinen unzähligen Inseln. Der Dampfer durchquerte ihn in nordwestlicher Richtung, bevor es durch den Karmesund nach Haugesund an der Küste ging, die sie nach Bergen hinauffahren würden.

Liv legte ihren rechten Arm um Elias, der vor ihr an der Reling stand, und spürte gleichzeitig, wie sich Bjarnes Hand fest und warm um ihre Linke schloss. Mit jedem Meter, den sich die »D/S Christiania« von Stavanger entfernte, schwanden die Ängste und Zweifel, die Liv geplagt hatten. Sie beugte sich zu Elias und flüsterte: »Jetzt sind wir frei!«

Nach zwölfstündiger Fahrt erreichte das Postschiff am Sonntagmorgen die alte Handelsstadt, die ihren Namen den sieben Bergen verdankte, die sie umgaben. Der Regen hatte kurz vor Sonnenaufgang um halb vier Uhr aufgehört. Vereinzelte Wolken zogen am westlichen Horizont vorüber, und ein lauer Wind trocknete die Pfützen auf den Decks und den Planen der Rettungsboote. Karoline, Elias und Bjarne hatten die Nacht im Salon auf Pritschen verbracht, die sie um sieben Uhr hatten räumen müssen. Nun saßen sie gemeinsam mit anderen Passagieren beim Frühstück. Ihren Tisch teilten sie mit einem älteren Ehepaar aus Bergen, das Verwandte in der Nähe von Stavanger besucht hatte, und einem englischen Touristen, der seinen Blick kaum vom Fenster abwenden konnte und jede Auffälligkeit in der Landschaft, jeden Leuchtturm und jede noch so verwitterte Fischerkate mit dem Ausruf kommentierte: *»Oh, look! How marvellous, isn't it?«*

Der Dampfer hatte längst die offene See verlassen und war in den Sund zwischen der Insel Store Sartorøy und dem Ausläufer des Lysefjords eingebogen. Während die Küste am Meer von kargen, durch die Gletscher der Eiszeit abgeschliffenen Felsen geprägt gewesen war, kamen nun höhere Gebirgszüge in Sicht, die bewaldet waren. Ab und an lugten Gehöfte zwischen den Bäumen hervor, und bald kündeten allerlei Industriebauten von der Nähe einer größeren Stadt: mächtige Petroleumreservoirs, Fabrikkamine sowie ein elektrisches Umspannwerk.

Als die »D/S Christiania« eine Landzunge umrundete, deutete der englische Tourist auf eine massive Betonmauer auf dem Gipfel. *»Can you please tell me what's up there?«*

Der Herr aus Bergen hob mit einem Ausdruck des Bedauerns die Schultern und sagte: *»No english.«*

Nachdem Bjarne ihm die Frage des Engländers, was sich dort oben befände, übersetzt hatte, begann er zu strahlen und warf sich in die Brust.

»Das ist Fort Kvarven. Es ist Teil des Befestigungssystems, das Bergen gegen Angriffe von der Seeseite verteidigen soll.« Er hielt kurz inne, um Bjarne die Gelegenheit zum Dolmetschen zu geben, bevor er weitersprach. »Ich darf wohl ohne Übertreibung behaupten, dass Norwegens Küstenschutz zu den effektivsten im gesamten Ost- und Nordseeraum zählt. In unseren Festungen stehen nur die modernsten Waffen, die Europas führende Rüstungshersteller derzeit zu bieten haben.«

Elias nickte eifrig, rutschte aufgeregt auf seinem Stuhl hin und her und platzte heraus: »Ich weiß, ich weiß! Fort Kvarven hat drei Haubitzen und drei Kanonen mit einer größeren Reichweite, die weiter entfernte Schiffe beschießen können. Und seit drei Jahren gibt es auch noch eine Torpedobatterie mit ...«

Liv brachte ihn mit einem Tritt auf den Fuß zum Schweigen. Elias schob die Unterlippe vor und verschränkte seine Arme. Das Ehepaar aus Bergen musterte ihn mit sichtlichem Befremden. Auch der Engländer hatte die Brauen hochgezogen und murmelte: »*What a strange little girl.*«

Liv machte sich steif. Ihre Hände zitterten. Hatte sich Elias verraten? Durch sein forsches Benehmen und sein Wissen auf militärischem Gebiet? Wenn ihre Mitreisenden ihn als Jungen entlarvten, würden sie sich fragen, warum er sich verkleidete. Und sich vielleicht an ihn und seine Begleiter erinnern, wenn sie in einer Zeitung die Suchmeldung lasen.

»Du hast aber gut im Heimatkundeunterricht aufgepasst, Elise«, sagte Bjarne und tätschelte Elias die Wange.

Dieser wollte etwas einwenden und – wie Liv annahm – die Quelle seines Wissens richtigstellen, die sie in einer Zeitschrift über Schiffe vermutete, die der Junge hinter dem Rücken der Treskes gelesen hatte.

Bjarne kam ihm zuvor und fuhr an das Ehepaar gewandt rasch fort: »Ist es nicht großartig, wenn sich schon unsere Jüngsten darüber Gedanken machen, wie es um die Verteidigung ihrer Heimat bestellt ist? Ich jedenfalls bin sehr stolz, dass sich meine kleine Schwester dafür interessiert.«

Die Skepsis auf dem Gesicht des Herrn aus Bergen schwand. »Eine kleine Patriotin also. Das ist recht!«, sagte er mit einem wohlwollenden Lächeln zu Elias. Anschließend forderte er Bjarne auf, dem Engländer von dieser beispielhaften Vaterlandsliebe zu erzählen. »Was vermag sie nicht alles! Sie bringt ein zartes Mädchen dazu, sich einem martialischen Thema zu öffnen, obgleich es seiner weiblichen Natur fremd ist und deren friedlichen Veranlagung zuwiderläuft.«

Liv bemerkte, wie der Schalk in Bjarnes Augen aufblitzte. Er blieb jedoch ernst, deutete eine Verbeugung an und antwortete mit salbungsvoller Stimme: »Wenn es darauf ankommt, konnten wir Norweger schon immer auf das schwache Geschlecht zählen. Denken Sie nur an die wehrhaften Frauen der Wikinger. Oder an die Damen, die vor zehn Jahren mit ihren Spenden den Bau des Torpedobootes ›Valkyrjen‹ ermöglicht haben. Das atmete wahre Heimatliebe und Treue dem eigenen Volk gegenüber!«

Letztere Erwähnung entlockte der Gattin des Bergenser Herrn, die der Unterhaltung stumm lauschte und lediglich mimisch ihre Meinung kundtat, ein zufriedenes Brummen. Sie kramte in ihrer Handtasche und förderte eine Dose mit Karamellbonbons zutage, die sie Elias hinhielt. Dieser bediente sich und dankte artig mit leiser Stimme.

Bjarne blinzelte Liv kaum merklich zu und machte ihre Tischgenossen darauf aufmerksam, dass der Dampfer bereits in den Byfjord steuerte und die Ankunft in Bergen unmittelbar bevorstand. »Eigentlich müsste es regnen«, erklärte er mit einem Grinsen und deutete in eine Bucht, an deren Hängen sich die Häuser der Stadt im Licht der Sonne präsentierten. »Zumindest, wenn man der Statistik glauben darf.«

Der Herr aus Bergen nickte. »Das dürfen Sie, mein junger Freund, das dürfen Sie getrost.« Er beugte sich zu Elias und flüsterte geheimnisvoll: »Bei uns kommen die Kinder mit Schwimmhäuten zwischen den Zehen zur Welt.«

Liv sah, dass es Elias viel Selbstbeherrschung kostete, diese unsinnige Behauptung unwidersprochen zu lassen. Er schluckte kurz, bevor er eine Hand vor den Mund hob und albern kicherte.

Das Postschiff fuhr an den Landungsbrücken für die großen Dampfer vorbei zur Tyskebrygge, der Deutschen Brücke, die ihren Namen den aus der Hansezeit stammenden Kaufmannshäusern verdankte. Die Passagiere beendeten ihr Frühstück und machten sich zum Aussteigen bereit.

»Wie geht es jetzt weiter?«, wollte Elias wissen, nachdem sie sich von ihren Tischgenossen verabschiedet und den Salon verlassen hatten. »Fahren wir direkt nach Trondheim?«

Liv, der dieselbe Frage auf der Zunge gelegen hatte, sah Bjarne gespannt an.

»Das könnten wir natürlich«, sagte dieser. »Aber vielleicht hättet ihr nach den ganzen Aufregungen und dem Eingesperrtsein der letzten Tage vielleicht Lust, es etwas langsamer angehen zu lassen?«

Liv, die davon ausgegangen war, dass Elias so schnell wie möglich mit der Suche nach seiner leiblichen Mutter beginnen wollte, bemerkte, dass sich Erleichterung auf seinem Gesicht breitmachte.

»Wir könnten das schöne Wetter nutzen und einen Abstecher in die Berge machen«, fuhr Bjarne fort. »Zum Beispiel mit der neu gebauten Eisenbahn hinauf nach Voss, wo man herrlich wandern kann. Von dort ist es nicht weit zum Sognefjord, wo wir mit dem Dampfer zurück zur Küste gelangen. Aber wenn ihr lieber direkt ...«

»Nein, nein!«, rief Elias. »Ich würde sehr gern ...«, er unterbrach sich und sah Liv unsicher an. »Oder willst du lieber gleich nach Trondheim?«

Er fürchtet sich vor dem, was uns dort erwartet, dachte sie. Genau wie ich selbst. Die Möglichkeit, ein paar unbeschwerte Tage zu genießen, war verlockend. Sie schaute Bjarne an, der sie freundlich anlächelte. Sein Vorschlag kommt nicht von ungefähr! Er hat genau erkannt, wie es Elias und mir geht.

»Das ist eine wunderbare Idee«, sagte sie.

Elias jauchzte auf. Livs Augen wurden feucht. Bjarnes Aufmerksamkeit war eine ebenso ungewohnte wie beglückende Erfahrung, die ihr Innerstes aufwühlte. Dass sie nicht nur ihr selbst galt, sondern auch dem Jungen, verstärkte Livs Rührung. Ohne nachzudenken, reckte sie sich zu Bjarne hoch, drückte ihm einen Kuss auf die Wange und flüsterte: »Danke!«

44

Røros, Juli 1905 – Karoline

Am Morgen nach ihrer überstürzten Flucht aus dem Theatercafé saß Karoline im Schnellzug von Kristiania nach Hamar, von wo aus es mit einer Schmalspurbahn weiter nach Røros gehen würde. Sie hatte sich einen Fensterplatz im Damencoupé sichern können und hatte das Abteil bald ganz für sich allein, nachdem die drei mitreisenden Frauen bereits beim ersten Halt in Lillestrøm ausgestiegen waren. Ihre Gedanken weilten noch bei Frau Bethge und dem Gespräch, das sie am Vorabend geführt hatten.

»Nehmen Sie sich die Zeit, die Sie benötigen. Selbst wenn Sie mit Ihrer Suche nach dem Kind scheitern sollten – eine Weile auf sich selbst gestellt zu sein, kann Wunder wirken. Vielleicht sehen Sie anschließend klarer. Wir treffen uns dann in Trondheim. Ich gedenke, übermorgen dorthin aufzubrechen und bis Ende des Monats zu bleiben.«

Mit diesen Worten hatte sie sich von Karoline verabschiedet und sie ein weiteres Mal mit tiefer Dankbarkeit erfüllt. Karoline hatte ihr zuvor nicht erklären müssen, warum sie ihren Abstecher nach Røros so unvermittelt und ausgerechnet zu diesem Zeitpunkt unternehmen wollte. Als sie von dem in ihr tobenden Chaos berichtete, aus dem sie keinen Ausweg erkennen konnte, hatte Frau Bethge sie weder mit gut gemeinten Ratschlagen überhäuft, noch für ihre Gefühle verurteilt. Sie hatte nur verständnisvoll genickt und gemurmelt, dass man schon blind sein musste, um nicht zu sehen, wie es um den Hauslehrer und Karoline bestellt war, und dass es sich dabei keineswegs um eine belanglose Urlaubständelei handelte.

»Meinen Segen hätten Sie, auch wenn ich nur sehr ungern auf Ihre Gesellschaft verzichten würde«, hatte sie gesagt und mit einem ironischen Lächeln hinzugefügt: »Es scheint mein Schicksal zu sein, dass die jungen Damen, die ich anstelle, über kurz oder lang von Amors Pfeil getroffen werden und mich verlassen.«

»Aber ich bin verheiratet!«, hatte Karoline gerufen und war selber über die Verzweiflung in ihrer Stimme erschrocken.

»Das ist ja nun keineswegs in Stein gemeißelt«, hatte Frau Bethge geantwortet und ihren Arm gedrückt. »Wie gesagt, gehen Sie in Ruhe in sich und ergründen Sie, was Ihnen wichtig ist. Und bedenken Sie eines: Nur wer den Mut zum Träumen hat, hat auch die Kraft zu kämpfen.«

Dieser Satz ließ Karoline nicht mehr los. Während vor dem Fenster der Landstrich Romerike an ihr vorbeizog mit seinen fruchtbaren Acker- und Weideflächen und lichten Wäldern, beherzigte sie Frau Bethges Sinnspruch: Sie malte sich aus, wie ihr Leben aussehen könnte, wenn sie ihren Wünschen und Bedürfnissen Raum gab. Noch wenige Wochen zuvor hätte sie sich in romantischen Fantasien ergangen, in denen ein starker Held – in Gestalt von Leuthold Schilling – die Regie übernahm und sie auf Händen in eine rosige Zukunft trug. Die Zeiten waren vorbei. Was ihr früher verlockend erschienen war, hinterließ nun einen schalen Geschmack. Sie erkannte, dass sie nur mit sich ins Reine kommen konnte, wenn sie die Verantwortung für sich und ihre Entscheidungen übernahm. Das war der Grundstein für ein glückliches Leben.

Vor ihrem geistigen Auge tauchte Ida auf, die skeptisch den Kopf schüttelte und sie ermahnte, sich nichts vorzumachen: Sei ehrlich! Natürlich hoffst du, dass Leuthold deine Gefühle erwidert und aus euch ein Paar wird.

Stimmt, alles andere wäre gelogen, antwortete Karoline im Stillen. Aber darauf bauen darf und will ich nicht. Erstens weiß ich nicht, was er wirklich für mich empfindet und ob er sich fest an mich binden will. Und zweitens erkaltet seine Liebe womöglich schlagartig, wenn er erfährt, dass ich mich erst scheiden lassen muss, um frei für ihn zu werden. Selbst wenn er persönlich darüber hinwegsehen kann – seine Familie könnte sich gegen unsere Verbindung sträuben. Hat er nicht von Zwängen gesprochen, denen er sich gern entzöge? Was, wenn ihn seine Eltern zu einer »guten Partie« nötigen wollen und er gar nicht frei über sich verfügen kann? Oder wenn sie es skandalös finden, wenn ihr Sohn eine Geschiedene heiraten will? Darauf zu spekulieren, dass er sich meinetwegen gegen seine Familie stellt, wäre sehr leichtsinnig.

Ida würde sich damit nicht zufriedengeben und ihr Kreuzverhör fortsetzen: Du willst dich also allen Ernstes von Moritz scheiden lassen und die Ächtung deiner Eltern und der Gesellschaft in Kauf nehmen, ohne zu wissen, was danach kommt? Mal ganz abgesehen davon, dass er und deine Schwiegereltern ihre Zustimmung dazu geben müssen. Gräfin Alwina hält zwar nichts von dir – aber würde sie eine Scheidung zulassen? Zumal, wenn sie von dir als Frau eingereicht wird? So etwas kommt doch in ihrem Weltbild nicht vor. Das gehört sich nicht!

Karoline rieb sich die Stirn und holte tief Luft. Die beiden Schalen ihrer inneren Waage standen sich gleich schwer gegenüber: Auf der einen lag ihre Angst vor dem Unbekannten, auf der anderen ihre Sehnsucht nach Freiheit. Verblasst war der Wunsch, von Moritz geliebt und von seiner Familie akzeptiert zu werden. Noch vor wenigen Wochen hatte er sie ausgefüllt und dazu getrieben, nach dem Kind zu suchen und damit alles zum Guten zu wenden. Wie naiv sie gewesen war! Sich an diesen Strohhalm geklammert zu haben, war ihr im Nachhinein peinlich.

Die Schale mit der Angst verlor an Gewicht. Ich will nicht mehr zurück! Egal, was kommt! Diese Gewissheit breitete sich in ihr aus und ließ Karoline leichter atmen. Und wenn sie mir die Scheidung verweigern – sie können mich nicht zwingen, auf Schloss Katzbach zu versauern. Ich werde bei Frau Bethge bleiben, solange sie mich beschäftigen will. Und danach wird sich schon eine nächste Anstellung finden, die mir mein Auskommen sichert. Hauptsache, ich bin mein eigener Herr!

Vielleicht kann ich mich freikaufen, schoss es ihr durch den Kopf. Wenn ich das Kind von Moritz finde und ihnen den ersehnten Stammhalter bringe, lassen sie mich vielleicht gehen, ohne großes Aufhebens zu machen. Warum auch nicht? Meine Mitgift ist bereits aufgebraucht, und mein Vater wird sich nicht endlos schröpfen lassen. Welchen Nutzen habe ich also noch für sie?

Karolines Überlegungen wurden durch die Ankunft in Hamar unterbrochen, einem Städtchen am Ufer des Mjøsa, des größten Sees von Norwegen. Bevor sie nach Røros umstieg, vertrat sie sich ein wenig die Beine, kaufte zwei Ansichtskarten für Ida und Frau Bethge und trank im Bahnhofsrestaurant einen Kaffee. Eine knappe halbe Stunde später verließ die Rørosbahn die Kopfstation und fuhr nach Osten in die bewaldete Einöde des spärlich bevölkerten Binnenlandes. Wieder hatte Karoline keine Schwierigkeit, sich einen Fensterplatz zu sichern – dieses Mal in einem Waggon der zweiten Klasse. Es waren nur wenige Reisende unterwegs.

Kurz bevor der Zug das Städtchen Elverum erreichte, wichen die Bäume zurück und gaben den Blick auf einen großen Exerzierplatz frei. Karoline sah mehrere Gruppen von Infanteriesoldaten. Einige waren zum Appell angetreten, andere absolvierten Leibesübungen oder marschierten in voller Ausrüstung hinter ihrem Befehlshaber her. Laut dem »Baedeker's« war die Schanze Terningen bereits im siebzehnten Jahrhundert angelegt worden. Ein großes Zeltlager, das Karoline im Hintergrund ausmachte, deutete jedoch darauf hin, dass die Besatzung der Garnison in letzter Zeit beträchtlich aufgestockt worden war.

Karoline beschlich ein unbehagliches Gefühl. Noch nie war ihr die angespannte Lage zwischen Norwegen und Schweden so deutlich demonstriert worden. Es war eine Sache, in Zeitungen von einer möglichen militärischen Zuspitzung des Konflikts zu lesen, eine andere, deren Vorbereitung mit eigenen Augen zu sehen. Hier im Østerdalen, in unmittelbarer Nähe zur schwedischen Grenze, war die drohende Kriegsgefahr nicht länger ein Gedankenspiel.

Der Zug folgte von Elverum an dem Lauf der Glåma, dem längsten Fluss des Landes, dem als Verteidigungslinie eine strategisch bedeutsame Rolle zufiel. Stundenlang ging es nun durch dichte Nadelwälder. An den Bahnstationen sah Karoline oft riesige Stapel von Baumstämmen, die auf ihren Transport warteten. Vom Reichtum, den das Holz seinen Besitzern bescherte, zeugten die stattlichen Bauernhöfe, die ab und zu aus dem dunklen Tann auftauchten. Je höher die Eisenbahn durch das Tal hinauf dampfte, desto seltener erspähte Karoline Zeichen menschlicher Besiedlung. Hie und da kündeten aufsteigende Rauchfahnen von den Meilern der Holzköhler, denen der Wald ebenfalls ein einträgliches Auskommen sicherte.

Hatte sich Karoline zunächst gefragt, wie die Norweger ihre lange Grenze zum schwedischen Nachbarn überwachen und schützen wollten, und unwillkürlich nach verdächtigen Bewegungen zwischen den Baumstämmen Ausschau gehalten, schien es ihr angesichts des unwegsamen Geländes bald unwahrscheinlich, dass sich eine Armee – womöglich mit sperrigen Geschützen und anderem Gerät – darin fortbewegen und orientieren konnte. In dieser Wildnis traf man wohl eher auf Bären und Wölfe als auf feindliche Soldaten.

Die eintönige Landschaft und das gleichmäßige Rattern des Zuges ließen Karoline immer wieder eindösen, während es stetig hinauf ins Gebirge ging. Nach der Station in Koppang schlängelten sich die Bahngleise durch endlose Wälder an der

495

Glåma entlang, die immer wilder durch ihr schmaler werdendes Bett rauschte. Nach einigen Stunden wichen die hohen Bäume zurück und wurden von einer spärlichen, von gelben Moosen, Krüppelkiefern und Zwergbirken geprägten Vegetation abgelöst. Schließlich erreichten sie eine etwa sechshundert Meter über dem Meer gelegene Ebene, die am Horizont von einer weiß schimmernden Sanddüne begrenzt wurde. Davor erhob sich auf einer Anhöhe eine mächtige Kirche über einem Ort, der von dunklen Schuttbergen umgeben war. Das musste Røros sein. Um sich zu vergewissern, holte Karoline den »Baedeker's« aus ihrer Handtasche, schlug die Seite 310 auf und las den kurzen Abschnitt.

Bergstadt von ca. 1800 Einwohnern, 1646 nach Entdeckung der Kupfergruben gegründet, die heute noch guten Ertrag liefern und einer Gesellschaft gehören. Raues Klima. Die Stadt wird vom Hitterelv durchflossen, während der aus dem Aursund-See kommende Glommen sie westlich umfließt. Eigentümlich die rasengedeckten Holzhäuser und die große Kirche vom Jahre 1780. – Die weiten Torfflächen sind von großen glazialen Schuttterrassen begrenzt, mit mächtigen Sanddünen, in denen die Zwergbirke noch fortkommt. Durch sorgfältige Düngung sind Sand- und Torfflächen in Wiesen umgewandelt. Getreide reift nicht mehr; der Wald ist ausgehauen; die Leute, soweit sie nicht beim Bergbau beschäftigt sind, treiben Viehzucht.

Karoline steckte das rote Bändchen wieder ein und betrachtete ihr näherkommendes Reiseziel. Sie hatte nie zuvor eine Zechenstadt besucht, die noch in Betrieb war. Der Bergbau in ihrer niederschlesischen Heimat war im Laufe des Dreißigjährigen Krieges weitgehend zum Erliegen gekommen. Ortsnamen wie Kupferberg, Goldberg oder Schmiedeberg zeugten von den

Erzen, die dort einst geschürft worden waren. Bei Ausflügen mit ihren Eltern ins Riesengebirge waren sie gelegentlich auf Spuren aus der Blütezeit der alten Gruben gestoßen: überwucherte Abraumhalden, halb verfallene Mineneingänge, Stollen und Schächte, die Karoline in ihrer Einbildung mit fleißigen Zwergen bevölkert hatte, die im Herzen der Berge nach wertvollen Metallen suchten.

Die tief stehende Sonne, die eine halbe Stunde nach ihrer Ankunft gegen elf Uhr untergehen würde, tauchte die im Schatten der mächtigen Schlackehügel liegenden Häuser von Røros in ein rötliches Licht und verlieh der Szenerie einen unheimlichen Anstrich. Karoline überlief ein Schauer. Der Anblick erinnerte sie an mittelalterliche Darstellungen vom Fegefeuer. Sie stand auf und machte sich zum Aussteigen bereit. Nach der knapp zwölfstündigen Fahrt fühlte sie sich steif und verspannt. Sie sandte ein stummes Dankeschön an Frau Bethge, die darauf bestanden hatte, ihr zumindest für die erste Nacht telefonisch ein Zimmer im Hotel Fahlstrøm reservieren zu lassen, das direkt beim Bahnhof lag und im »Baedeker's« für gut befunden wurde.

»Sie können sich ja dann vor Ort eine günstigere Bleibe suchen«, hatte sie geantwortet, als Karoline eingedenk ihres schmalen Reisebudgets protestierte. »Und hören Sie bitte auf, sich wegen des Geldes Gedanken zu machen. Ich habe mehr als genug davon. Außerdem möchte ich Sie in guter Obhut wissen. Wenn ich mir vorstellen müsste, wie Sie mitten in der Nacht auf der Suche nach einer Herberge herumirren, fände ich keinen Schlaf.«

Als Karoline mit ihrer Reisetasche – der große Koffer sollte mit Frau Bethge per Schiff nach Trondheim fahren – das Stationsgebäude verließ, nahm sie einen beißenden Geruch wahr, der die Anmutung der höllischen Impression verstärkte, die sich ihr bei der Einfahrt aufgedrängt hatte: Es stank nach Schwefel.

Dumpfes Poltern und Hämmern aus dem oberen Teil des Städtchens, wo sich die Schmelzhütte und eine Schmiede befanden, verriet Karoline, dass hier offenbar in Tag- und Nachtschichten geschuftet wurde. Ihre Erwartung, ein beschauliches Städtchen inmitten einer idyllischen Gebirgslandschaft vorzufinden, zerstob. Norwegen mochte viel unberührte Natur zu bieten haben – dieser Flecken gehörte nicht dazu. Der jahrhundertelange Raubbau, den die Menschen hier getrieben hatten, um Feuer- und Bauholz für die Schächte und Stollen der Bergwerke, Häuser und Schmelzöfen zu erhalten, sowie die Verpestung der Luft hatten ihren Tribut gefordert. Røros und seine Umgebung waren gezeichnet.

So stelle ich mir einen gottverlassenen Ort vor, dachte Karoline und presste die Lippen zusammen. Rasch überquerte sie die Straße und lief zu dem Hotel, das nur wenige Meter entfernt schräg gegenüber lag. Es war wie fast alle Häuser in Røros aus Holz gebaut und gehörte mit seinen zwei Stockwerken zu den stattlicheren Gebäuden des Städtchens. Die Tür war verschlossen. Karoline läutete. Im Inneren rührte sich nichts. Karoline betätigte den Klingelzug erneut und lauschte angestrengt. Mehrere Sekunden verstrichen. Sie sah sich bereits auf einer Bank vor dem Bahnhofsgebäude nächtigen, als von innen der Schlüssel umgedreht wurde und die Tür aufschwang. Ein junger Mann mit zerstrubbelten Haaren und gerötetem Gesicht blinzelte sie verschlafen an.

»Guten Abend. Ich habe ein Zimmer bei Ihnen reserviert. Mein Name ist Karoline Bogen.«

Der Bursche starrte sie verständnislos an und kratzte sich am Hinterkopf. Karoline stellte ihre Reisetasche ab und zog einen Zettel aus ihrem Handbeutel, auf den sie sich einige norwegische Sätze notiert hatte für den Fall, sich mit Deutsch oder Englisch nicht verständlich machen zu können. Stockend las sie vor: »*Navn er Karoline Bogen. Jeg har bestilt et værelse hos Dem.*«

Der junge Mann brummte etwas Unverständliches, drehte sich um und verschwand im Inneren des Hotels. Karoline griff nach ihrer Reisetasche und eilte ihm hinterher. Ohne sich nach ihr umzusehen oder Anstalten zu machen, ihr das Gepäck abzunehmen, stieg er die Treppe in die obere Etage hinauf, bog in einen Flur ein und stieß die Tür zu einem Zimmer auf. Nachdem er einen Lichtschalter betätigt hatte, der eine Deckenlampe zum Leuchten brachte, zog er sich grußlos zurück.

Während Karoline über die Schwelle trat, die Tür verschloss und noch im Mantel die Vorhänge zuzog, wurde sie von einem Gefühl übermannt, von dem sie geschworen hätte, es nie im Leben zu empfinden: Heimweh nach dem Tal der Katzbach, in dem die Grafen von Blankenburg-Marwitz ihren Stammsitz hatten. Die liebliche Landschaft, in der das Schloss lag, erschien ihr im Vergleich zu der abweisenden Gegend, in die es sie verschlagen hatte, wie der Garten Eden. Sogar das alte Gemäuer war ihr wohl in den Jahren ihrer unglücklichen Ehe enger ans Herz gewachsen, als sie es hatte wahrhaben wollen. In diesem Augenblick hätte Karoline viel darum gegeben, sich in ihre Zimmer zaubern zu können, sich in die Kissen ihres Bettes zu kuscheln und dem Rauschen des Windes in den Bäumen des Parks zu lauschen.

Als ihre wehmütige Anwandlung sie dazu hinriss, den unfreundlichen Empfang durch den Nachtportier als schlechtes Vorzeichen für ihre norwegische Mission zu deuten, machte ihre Vernunftstimme dem Spuk ein Ende. Sei nicht kindisch!, schalt sie sich. Wie könnte sich die Beschaffenheit eines Ortes auf deine persönlichen Vorhaben auswirken oder die schlechte Laune eines Fremden das Gelingen deines Plans vereiteln? Du hast ihn geweckt, deshalb war er vermutlich so unwirsch. Also, hör auf, Gespenster zu sehen!

Leuthold Schillings Gesicht tauchte vor ihr auf. Die Vorstellung, er könnte sie in so jämmerlicher Verfassung erleben, war ihr peinlich. Sie schluckte trocken und blinzelte eine Träne weg. »Morgen sieht die Welt gewiss freundlicher aus«, murmelte sie und zog ihren Mantel aus.

Als sie wenig später das Licht löschte und sich die Bettdecke unters Kinn zog, ertappte sie sich erneut dabei, wie ihre Gedanken zu dem jungen Hauslehrer schweiften. Was er wohl gerade machte? Vermisste er sie? Und würde sie ihn jemals wiedersehen? Die letzte Frage entlockte Karoline einen tiefen Seufzer. Gegen alle Vernunft wünschte sie sich nichts sehnlicher als das. Sie drückte ihr Gesicht ins Kopfkissen und malte sich aus, Leuthold wäre nicht Hunderte Kilometer entfernt, sondern läge neben ihr.

45

Sør-Trøndelag, Juni/Juli 1905 – Liv

Hatte der Aufenthalt im Museum Liv zum ersten Mal Muße
und frei verfügbare Zeit beschert, machte sie in den darauffolgenden Tagen eine weitere Erfahrung, die sie nur aus Erzählungen kannte: eine Reise, die keinem anderen Zweck diente als
dem Vergnügen. In ihrer alten Welt verließen die Menschen nur
selten ihren Heimatort. Man besuchte allenfalls – in der Regel
nicht allzu weit entfernt wohnende – Verwandte oder fuhr zu
Markttagen und ähnlichen besonderen Anlässen in die nächste
größere Stadt. Der einzige Grund für längere private Reisen war
die Suche nach besseren Lebens- und Arbeitsbedingungen, die
in den vergangenen Jahrzehnten einige Bekannte und Freunde
ihrer Familie in andere Landesteile oder gar nach Amerika verschlagen hatte. Die Idee, ohne Not sein Zuhause zu verlassen
und in der Gegend herumzufahren, wäre ihnen unsinnig und
verschroben erschienen. Auch Liv hatte sich manchmal gefragt,
was Touristen wohl für Leute waren. Was bewog sie, viel Geld
auszugeben, um fremde Regionen und Länder zu erkunden?
Insbesondere Norwegen? Was lockte jeden Sommer Scharen
von Engländern, Deutschen, Schweizern und anderen Auslän-
dern in den Norden?

Für sich selbst fand Liv schon am ersten Tag ihrer Reise eine
Antwort. Die Begegnung mit ihrem Heimatland, das ihr bis zu
diesem Zeitpunkt so gut wie unbekannt gewesen war, versetzte
sie in einen Rausch. Sie kam sich vor wie ein Forscher, der die
weißen Flecken auf seiner Landkarte erkundete und die Lücken
seines Wissens schloss. Die langen Tage, an denen sich die Sonne
spätnachts hinterm Horizont zurückzog, bevor sie wenige

Stunden später wieder aufging, waren angefüllt mit Eindrücken, die Liv mit all ihren Sinnen in sich aufsog. Bereits auf der Fahrt mit der »Vossebanen« klebte sie förmlich am Fenster und konnte sich nicht sattsehen.

Die Gleise verliefen im Hinterland der Stadt Bergen zunächst am Ufer des Sørfjorden entlang, bevor sie sich ins Gebirge hinaufwanden, auf hohen Brücken Flusstäler überquerten, von der Gischt mächtiger Wasserfälle benetzt wurden, die neben ihnen von steil aufragenden Felswänden in die Tiefe stürzten, und immer wieder ins Innere der Berge führten. Vor jedem der zahlreichen Tunnel, die man durch die Gebirgsmassen getrieben hatte, ließ die Dampflok ein helles Pfeifen ertönen. Anfangs hatte Liv den Atem angehalten und unwillkürlich den Kopf eingezogen. Tausende Tonnen Gesteins über sich zu wissen, hatte sie nervös gemacht. Ihre Furcht verlor sich jedoch nach kurzer Zeit und machte der Neugier Platz, was sie am anderen Ende der Röhre erwartete.

Schließlich erreichten sie in den Abendstunden den Endbahnhof in Voss, einem an einem See gelegenen Dorf mit einer uralten Steinkirche, stattlichen Bauernhöfen und einigen Villen in der Umgebung. Auf dem Weg zu einem Gasthof außerhalb des Ortes, in dem sie die Nacht verbringen wollten, machte Bjarne bei einem Heuschober halt. »Ich denke, wir können uns nun von Elise verabschieden.« Er verbeugte sich vor Elias und fuhr gespielt würdevoll fort: »Mein Fräulein, es war mir eine Ehre, Ihre Bekanntschaft zu machen.«

Elias kicherte und machte einen tiefen Knicks. »Ganz meinerseits!«

Liv runzelte die Stirn und fragte Bjarne: »Bist du sicher, dass wir es wagen können?«

»Auf jeden Fall. Die Gefahr, dass jemand Elias' Verkleidung bemerkt und sich fragt, was die Maskerade soll, ist größer als die Wahrscheinlichkeit, dass hier nach euch gesucht wird. Wenn das überhaupt noch der Fall ist. Und selbst wenn: Die Polizei vermutet euch sicher nicht auf einer Urlaubsreise.«

Nachdem sie sich vergewissert hatten, keine Beobachter zu haben, zog sich Elias im Schutz des Schuppens, so schnell er konnte, das Kleidchen aus, schlüpfte in seine Knickerbocker und rief: »Endlich wieder Hosen!« Er verdrehte die Augen. »Mädchensein ist sooo doof!«

Liv nahm ihm das Kopftuch ab und sagte: »Frechdachs! Ich habe mir solche Mühe mit dem Kleid gegeben.«

Elias wurde rot und schaute betreten zu Boden.

Liv zauste seine Haare. »Aber ich kann dich gut verstehen. Ich habe mir früher auch oft Hosen gewünscht. Die sind viel praktischer.«

Elias sah sie erleichtert an. »Ja, nicht wahr? Man kann mit ihnen besser rennen, auf Bäume klettern und Fußball spielen.«

Im Gasthof teilten sie sich ein Zimmer. Liv und Elias schliefen zusammen in einem Bett, Bjarne an der gegenüberliegenden Wand auf einer schmalen Pritsche. In der Museumswohnung hatte sie zwar auch nur eine Wand getrennt, aber im gleichen Raum zu liegen und den geliebten Mann nur zwei Schritte von sich entfernt zu wissen, versetzte Liv in Aufruhr. Die Müdigkeit, die ihr noch beim Abendessen mehrfach herzhaftes Gähnen entlockt hatte, war verschwunden. Während Elias neben ihr nach wenigen Minuten eingeschlummert war, lag sie steif auf dem Rücken und starrte ins diffuse Dämmer, das durch die Ritzen der Fensterläden drang. Mit einer Wucht, die sie überrumpelte, sehnte sie sich nach Bjarnes Wärme, wollte seine Haut an der ihren spüren, sich von seinem Geruch einhüllen lassen und ...

Liv erstarrte. Kaum hörbar kam es aus Bjarnes Ecke:

»En drøm er bare en drøm
til den plutselig blir sann.
En berøring er bare en berøring
til følelsen setter hjertet i brann.
Et kyss er bare et kyss
Helt til du finner den ene
En setning er bare en setning
til du sier tre ord du kan mene:
Jeg elsker deg.

Ein Traum ist nur ein Traum,
bis er auf einmal wahr wird.
Eine Berührung ist nur eine Berührung,
bis das Gefühl das Herz in Brand setzt.
Ein Kuss ist nur ein Kuss,
bis du die Eine gefunden hast.
Ein Satz ist nur ein Satz,
Bis du drei Worte sagst, die du wirklich meinst:
Ich liebe dich.«

Liv lauschte den Worten und wurde ruhig. Der Aufruhr in ihr
legte sich und machte einem tiefen Glücksgefühl Platz, das sie
von den Haarwurzeln bis zu den Zehen ausfüllte.

»Ich liebe dich auch«, wisperte sie. »Von ganzem Herzen.«

Am nächsten Morgen ließen sie sich nach Stalheim kutschieren
und liefen von dort zu Fuß weiter durchs Naerøytal hinunter
zum gleichnamigen Fjord, dem schmalsten Seitenarm des Sognefjords. Elias hatte Kaja aus ihrem Käfig geholt und auf seine
Schulter gesetzt. Ab und zu unternahm die Dohle kleine Er-
kundungsflüge, kehrte aber immer wieder zurück. Von einem

Hotel, das über dem Tal an der Stelle einer ehemaligen Poststation errichtet worden war und sich so illustrer Gäste wie des deutschen Kaisers rühmen konnte, wanderten sie zunächst auf einer steilen Serpentinenstraße durch die Stalheimskleiva, die von zwei rauschenden Wasserfällen eingerahmt wurde. Immer wieder stockte Liv der Atem angesichts der grandiosen Ausblicke, die sich hinter jeder Biegung des Weges auftaten. Drei Stunden ging es zwischen senkrechten Felswänden an einem schäumenden Wildbach entlang hinunter zum Dorf Gudvangen.

Nach einer kurzen Rast bestiegen sie einen kleinen Dampfer und fuhren durch den engen Naerøyfjord, dessen Ufer kaum zweihundert Meter voneinander entfernt waren. Das Wasser schillerte dank der sommerlichen Gletscherschmelze smaragdgrün, und im Sprühnebel der von beiden Steilufern herabfallenden Wasserkaskaden tanzten zuweilen Regenbögen.

Liv saß versunken in den Anblick auf dem Deck des Schiffes. Auch als sie später in den breiteren Hauptarm des Sognefjords einbogen und nach Westen in Richtung seiner Mündung dampften, konnte sie ihre Augen kaum von den Bergen und ihren über der Baumgrenze liegenden und teilweise noch verschneiten Gipfeln lassen. Einen starken Kontrast dazu bildeten die Uferstreifen mit ihren grünen Wiesen, üppigen Getreidefeldern und Obstgärten, auf denen sich Bauernhöfe um kleine Kirchen scharten.

Wie aus weiter Ferne drang die Unterhaltung von Bjarne und Elias zu ihr. Der Junge gab voller Stolz sein im Heimatkundeunterricht erworbenes Wissen zum Besten. Er wusste nicht nur über die Eigentümlichkeit des Klimas am Sognefjord zu berichten – niederschlagreiches, mildes Wetter in Kustennahe stand zunehmend trocken und kühler werdenden Verhältnissen im Landesinneren gegenüber –, sondern auch, wie lang und tief sich der Meeresarm ins Land hineinschnitt – rund zweihundert Kilometer und bis zu eintausendzweihundert Metern – und dass sich am nördlichen Ende der Jostedalsbreen befand, der größte Festlandgletscher Europas. Bjarne dagegen wurde nicht müde, ihn auf die geschichtsträchtigen Ereignisse, Orte und Gebäude hinzuweisen, die diesen Fjord zu einer der ältesten Kulturlandschaften Norwegens machten.

Liv hatte den Kopf in den Nacken gelegt und verfolgte den Flug eines Adlers, der hoch über ihnen schwebte. Sein pfeifender Ruf übertönte die Stimmen von Bjarne und Elias, die ihr gegenüber an einem Tisch auf dem Vorderdeck saßen. Sie senkte den Kopf und ließ ihre Augen auf ihnen ruhen. Eine wohlige Wärme breitete sich in ihrem Bauch aus. Gemeinsam mit den Menschen, die sich ihr Herz teilten, all diese wundervollen Eindrücke sammeln zu dürfen, machte den Augenblick noch kostbarer.

Die beiden unterbrachen ihr Gespräch. Elias sah sie prüfend an.

»Du glühst, und deine Augen glänzen«, stellte er fest. »Hast du Fieber?«

Liv schüttelte den Kopf. »Nein, ich bin nur sehr, sehr glücklich.« Sie suchte Bjarnes Blick. »Ich wusste nicht, wie schön unser Land ist. Und ich verstehe endlich die ersten Zeilen unserer Nationalhymne.«

»Was meinst du?«

Liv sang leise:

»Ja, vi elsker dette landet,
som det stiger frem,
furet, værbitt over vannet,
med de tusen hjem.

Ja, wir lieben dieses Land,
wie es aufsteigt,
zerfurcht und wettergegerbt aus dem Wasser,
mit den tausend Heimen.«

Bjarne lächelte. »Ich beneide dich fast ein bisschen. Um diesen magischen Moment, in dem man zum ersten Mal etwas Schönes oder Bewegendes wahrnimmt. Du wirst dich noch oft an unserer Landschaft erfreuen und viel Neues entdecken. Aber dieses erste Mal ist unwiederbringlich.«

Liv sah ihm in die Augen und sagte leise: »So wie unsere Begegnung damals am Bahnhof.«

Bjarne griff über den Tisch nach ihrer Hand und drückte sie. »Genau so!«

Am Abend gingen sie am südlichen Ufer in Vangsnes von Bord des Dampfers. Der kleine Weiler lag auf einer weit in den Meeresarm vorgeschobenen Landzunge ungefähr in der Mitte des Sognefjords. In einem einfachen Gasthof mieteten sie sich für die Nacht ein. Bjarne wollte am folgenden Tag einen Abstecher zur Stabkirche von Hopperstad machen, bevor sie ihre Schiffsreise fortsetzen würden. Liv brachte Elias, dem es bereits beim Abendbrot schwergefallen war, die Augen offen zu halten, gegen zehn Uhr zu Bett. Draußen war es noch hell, die Sonne würde erst anderthalb Stunden später untergehen. Unschlüssig verharrte sie in dem abgedunkelten Zimmer. Sollte sie sich ebenfalls hinlegen, bevor Bjarne kam? Er wollte vor dem Schlafengehen noch ein paar Notizen vervollständigen. Es wäre vernünftig, schließlich wollten sie am nächsten Morgen früh aufstehen. Andererseits war sie noch hellwach und aufgekratzt von den Eindrücken des Tages.

Die Tür knarzte. Bjarne steckte den Kopf herein und fragte leise: »Wollen wir noch einen kleinen Spaziergang machen? Oder bist du zu müde?«

Liv vergewisserte sich, dass Elias schlief, ging zu Bjarne und flüsterte: »Nein, gar nicht. Das ist eine wunderbare Idee.«

Hand in Hand liefen sie zu einem weißen Kirchlein, das auf

einer Anhöhe über den Ort wachte, und ließen sich auf einem Bänkchen nieder, das neben dem Eingang zur Rast einlud. Von dort bot sich ein weiter Blick über den Fjord. Die Sonne stand mittlerweile tief im Westen und färbte den Horizont rot. Zu ihren Füßen breitete sich eine Wiese aus, auf der einige Kühe lagen und wiederkäuten. Auf der Jagd nach Mücken sausten Schwalben dicht über ihren Köpfen hinweg, eine Katze saß lauernd vor einem Mauseloch, und aus der Ferne war Hundegebell zu hören.

»Es ist sehr hübsch hier«, sagte Liv nach einer Weile.

»Ja, und noch dazu ein ganz besonderer Ort.«

Liv sah Bjarne fragend an.

»Hier in Vangsnes soll einst der Bauernhof Framnaes gestanden haben, der Wohnsitz von Frithjof dem Kühnen.« Er streckte den Arm aus und zeigte zum gegenüberliegenden Ufer, auf dem eingebettet in weitläufige Gärten Villen und große Hotels standen. »Und dort drüben am Balestrand wohnte einst Ingeborg im Palast ihres Vaters, des Königs von Sogn.«

»Aus der Sage, die du Elias heute erzählt hast?«

Bjarne nickte. Liv erinnerte sich vage an die Geschichte vom Wikingerspross Frithjof und seiner Liebe zu der Königstochter. Unverbrüchlich hatte er ihr die Treue gehalten – allen Widrigkeiten zum Trotz, bis er sie endlich nach etlichen Abenteuern hatte heiraten dürfen.

»Liv?«

Der ernste Ton in Bjarnes Stimme riss sie aus ihrer beschaulichen Stimmung. Sie wandte ihm ihr Gesicht zu und sah ihm in die Augen. »Kannst du dir vorstellen, in einem Jahr wieder hier mit mir zu sitzen?«

Liv blinzelte irritiert und stotterte. »Ja, natürlich. Ich meine, ich würde überall ... warum gerade hier?«

»Um unseren Jahrestag zu feiern. Den Tag, an dem ich bat, meine Frau zu werden.« Bjarne ließ sich von der Bank auf ein

Knie sinken und fasste nach Livs Hand. »Liv Svale, du würdest mich überglücklich machen, wenn ...«

»Ja, ich will!«, hauchte Liv und zog ihn wieder neben sich.

Bjarne strahlte sie an und nahm ihr Gesicht zwischen seine Hände. Liv schloss die Augen und spürte, wie sich seine Lippen auf ihre legten. Hinter ihren Lidern explodierten Lichtbälle, ihr Herz schlug hart gegen ihre Rippen, und ihr Unterleib zog sich in süßem Schmerz zusammen. So fühlt sich also ein Kuss an, dachte sie, schlang ihre Arme um Bjarnes Nacken und zog ihn näher zu sich. Die Welt bestand nur noch aus der Wärme von Bjarnes Körper, dem Geschmack seines Mundes und dem wohligen Kribbeln, das ihren Körper durchzog.

Knapp drei Wochen nach ihrem Aufbruch von Stavanger erreichten Liv, Elias und Bjarne einen Seitenarm des Trondheimfjords. In Orkdal, das vierzig Kilometer südwestlich von Trondheim an der Mündung der Orkla lag, mieteten sie sich in einem Hotel ein. Nach ihrem Ausflug in den Sognefjord waren sie nach Bergen zurückgekehrt, und nach einer Übernachtung mit einem Hurtigruten-Postschiff knapp dreißig Stunden lang die Westküste nach Kristiansund hinaufgefahren. Von der Hauptstadt der Provinz Nordmøre, die durch ihren Handel mit getrocknetem Klippfisch zu Reichtum gelangt war, hatten sie die Reise mit einer Mietkutsche auf der alten Poststraße Richtung Trondheim fortgesetzt. Bjarne hatte die günstige Gelegenheit nutzen wollen und die auf dem Weg liegenden Dörfer und Bauernhöfe nach Beutestücken für das Museum in Kristiania abgeklappert.

Um ihre Nachforschungen diskret durchführen zu können, hatten sie beschlossen, nicht direkt im zwanzig Kilometer entfernten Buvika Quartier zu nehmen, zumal ungewiss war, ob das Dörfchen überhaupt über ein Hotel verfügte. Da sich das

Sanatorium von Doktor Tåke außerhalb von Buvika auf dem Weg nach Orkdal befand, bot sich dieser Ort als Ausgangspunkt für ihre Spurensuche an.

Am Abend ihrer Ankunft machten sie einen Spaziergang am Fluss, um – wie Bjarne es augenzwinkernd ausdrückte – »ungestört Kriegsrat zu halten«. In seinem Rucksack hatte er einen kleinen Laib Brot, Würste, eine Salatgurke sowie Flaschen mit Bier und Brause verstaut. An einer Stelle, an der sich das Ufer unterhalb der Böschung zu einer Kiesbank verbreiterte, ließen sie sich nieder. Liv stellte die Getränke im Wasser kalt, schnitt das Brot in Scheiben und die Gurke in handliche Stücke, während Bjarne und Elias angeschwemmtes Treibholz sammelten und große Steine als Hocker heranschleppten.

Wenig später saßen sie um ein kleines Feuerchen und brieten an langen Stecken die Würste. Kaja erforschte hüpfend den Strand und pickte zwischen den Steinen nach Käfern und Asseln. Über der träge an ihnen vorbeifließenden Orkla tanzten Mücken, am gegenüberliegenden Ufer erstreckte sich ein Feuchtgebiet mit einem breiten Schilfgürtel, aus dem das Rufen, Trällern und Schnattern seiner zahlreichen gefiederten Bewohner herüberschallte, die weitgehend unsichtbar blieben. In den Rauch des Feuers und den würzigen Geruch der Würste mischte sich der süße Duft von frisch gemähtem Heu, das auf einer nahegelegenen Wiese zum Trocknen lag. Die Sonne stand noch hoch am Himmel, an dem nur vereinzelte weiße Wölkchen zu sehen waren. Ein frischer Wind, der vom Fjord her wehte, sorgte für Abkühlung.

»Schade, dass wir keine Angel dabeihaben«, sagte Bjarne. »In der Orkla gibt es Unmengen an Lachsen.«

Elias, der seine Wurst aufgegessen hatte, stand auf und sah Liv bittend an. »Darf ich am Wasser spielen?«

»Ja, aber pass bitte auf und geh nicht zu weit hinein!«

Elias nickte, zog seine Schuhe aus und rannte zum Ufer, wo er flache Kiesel über den Fluss springen ließ. Später baute er sich aus Holzstückchen ein Floß mit einem großen Blatt als Segel und setzte es aufs Wasser – neugierig beäugt von Kaja, die sich immer in seiner Nähe aufhielt.

Bjarne nahm einen Schluck aus seiner Bierflasche. »Lass uns überlegen, wie wir am sinnvollsten vorgehen.«

Liv, die Elias beobachtet hatte, unterdrückte ein Seufzen. »Ja, das sollten wir wohl.« Sie zögerte kurz und fuhr leise fort: »Ehrlich gesagt habe ich Angst, dass die Suche nach seiner Mutter in einer Enttäuschung endet. Schließlich stand in den Adoptionsunterlagen, dass sie ihr Kind aus freien Stücken weggegeben hat und nicht versuchen wird, jemals Kontakt zu ihm aufzunehmen.«

»Wir wissen aber nicht, ob sie das wirklich so wollte«, gab Bjarne zu bedenken. »Es ist gut möglich, dass man sie dazu genötigt hat. Ich nehme an, dass sie sehr jung war.«

Liv nickte nachdenklich und zog den Zettel aus ihrer Jackentasche, auf dem sie die Informationen über Elias aus Oddvar Treskes Dokumenten notiert hatte:

Taufe in Kirche von Buvika/Geburt im Sanatorium von Doktor Gunnar Tåke, Kommune Buvik, Verwaltungsbezirk Sør-Trøndelag/Mutter von Elias: aus Trondheim, reiche Familie. Kind zur Adoption freigegeben.

»Das habe ich mir natürlich auch schon überlegt. In dem Vermerk des Arztes, der dieses Sanatorium leitet, war ausdrücklich von der angesehenen, gut situierten Trondheimer Familie von Elias' Mutter die Rede. Da liegt der Verdacht nahe, dass sie noch nicht mündig war und nicht selbst entscheiden durfte, ob sie das Kind behielt oder nicht.«

Bjarne beugte sich zu ihr und strich ihr eine Haarsträhne aus dem Gesicht. Die zärtliche Geste jagte Liv ein Kribbeln durch den Körper. Sie schmiegte ihre Wange in seine Hand und schloss kurz die Augen.

»Mach dir nicht so schwere Gedanken!«, sagte er leise. »Lass uns erst einmal so viel wie möglich über Elias' Herkunft herausfinden. Und dann entscheiden wir, wie es weitergeht.«

Liv drückte ihre Lippen in die Innenfläche seiner Hand und setzte sich wieder aufrechter hin. »Du hast recht. Außerdem habe ich es Elias versprochen.«

»Am besten gehen wir zunächst in die Kirche von Buvika und werfen einen Blick ins Kirchenbuch. Vielleicht ist da ja die leibliche Mutter eingetragen.«

»Wird uns denn der Pfarrer einfach so Auskunft geben?«, fragte Liv.

Bjarne lächelte verschmitzt. »Vielleicht müssen wir ein bisschen flunkern. Wir könnten zum Beispiel behaupten, dass Elias' Taufschein verloren gegangen ist und uns die Treskes gebeten haben, einen neuen zu besorgen, weil sie auswandern wollen.«

Liv verengte kurz die Augen. »Nach Madagaskar! Herr Treske übernimmt dort eine Stelle an einer Schule.«

»Und weil er vor der Abfahrt noch so viel erledigen und vorbereiten muss, haben wir angeboten, uns um den Taufschein zu kümmern.«

»Genau! Weil du ja ohnehin beruflich in der Gegend hier zu tun hast«, ergänzte Liv.

Angesteckt von Bjarnes spielerischer Stimmung fand sie zunehmend Gefallen daran, gemeinsam mit ihm eine Strategie auszuhecken, und drängte ihre Befürchtungen zurück.

Bereits am folgenden Tag erhielten sie einen Dämpfer. Der Pfarrer von Buvika entpuppte sich zwar als freundlicher, hilfsbereiter Mann, war jedoch erst seit vier Jahren im Amt und konnte ihnen kaum Auskunft über die Zeit geben, in der sein Vorgänger die Gemeinde seelsorgerisch betreut hatte. Bereitwillig führte er Bjarne, Liv und Elias in sein Arbeitszimmer im Pfarrhaus und zeigte ihnen das Kirchenbuch von 1896. Im Mai war die Taufe von Elias eingetragen, als Vater und Mutter waren Oddvar und Ingrid Treske genannt. Dass es sich dabei nicht um seine leiblichen Eltern handelte, wurde nicht erwähnt.

Liv hatte Mühe, sich ihre Enttäuschung nicht anmerken zu lassen. Bjarne dagegen ließ sich nicht so rasch entmutigen. Nachdem sie sich von dem Geistlichen verabschiedet hatten, begann er umgehend, neue Pläne zu schmieden. Er drückte Livs Hand.

»Kopf hoch, Liv! Das war doch erst der Anfang.«

Liv atmete durch und nickte.

Elias schaute Bjarne erwartungsvoll an. »Und was machen wir als Nächstes?«

»Die besten Chancen auf Informationen haben wir natürlich in dem Sanatorium, in dem du geboren wurdest«, antwortete Bjarne. »Aber das wird etwas knifflig. Schließlich leben solche Einrichtungen davon, dass sie verschwiegen sind. Man wird uns also kaum Auskunft geben oder gar Einblick in die Akten gewähren.«

Elias runzelte kurz die Stirn, bevor er mit leuchtenden Augen rief: »Wir könnten uns heimlich reinschleichen und ...«

»Du meinst einbrechen?«, fragte Liv und sah ihn streng an.

»Warum nicht? Wir wollen doch nichts stehlen.«

»Unrecht wäre es trotzdem«, widersprach sie. »Wenn man uns erwischen würde, kämen wir ins Gefängnis.«

Elias schob die Unterlippe vor. Liv sah förmlich seine Fantasie zerplatzen, in der sie sich maskierten, nächtens mit Dietrichen Schlösser knackten, durch dunkle Gänge schlichen und Schränke durchwühlten.

»Ich könnte doch versuchen, eine Stelle als Dienstmädchen oder Küchenhilfe zu bekommen«, schlug sie nach kurzem Nachdenken vor. »Dann hätte ich die Möglichkeit, mich unauffällig bei den anderen Angestellten umzuhören, mir die Patientenunterlagen anzusehen und ...«

»Nein, das ist keine gute Idee!«, rief Bjarne.

Liv sah ihn überrascht an. »Warum nicht? Traust du mir etwa nicht zu, dass ich ...«

»Doch natürlich, das ist es nicht!«, fiel Bjarne ihr ins Wort. »Ich ... ich finde aber, dass die Zeiten von Liv, der Magd, ein für allemal vorbei sind.«

»Aber es wäre doch nur ...«

»Außerdem kann es lange dauern, bis du eine günstige Gelegenheit findest.« Er räusperte sich und fügte leise hinzu: »Und ich möchte dich nicht allein in die Höhle des Löwen schicken. Allein bei der Vorstellung bekomme ich Bauchschmerzen.«

Ein Blick in seine Augen erstickte Livs Widerspruchsgeist. Die Sorge darin war unverfälscht. Ihn trieb nicht der Wunsch an, sie zu bevormunden und seinen Willen durchzusetzen. Bjarne ging es einzig um sie und ihr Wohlergehen.

»Aber wie sollen wir es dann anstellen?«, fragte sie.

Bjarne kratzte sich am Kinn. »Ich hab da so eine Idee. Ganz ohne Risiko ist sie zwar auch nicht. Aber wir würden es gemeinsam eingehen.«

Liv und Elias tauschten einen Blick und sagten gleichzeitig: »Wir sind dabei!«

46

Røros, Juli 1905 – Karoline

Mit Kopfschmerzen und schweren Lidern wachte Karoline am nächsten Morgen auf. Die Luft im Hotelzimmer war abgestanden. Vage erinnerte sie sich, dass sie kurz nach Mitternacht das Fenster wegen des schwefeligen Gestanks geschlossen hatte. Anschließend war sie in einen unruhigen Schlaf gesunken und in beklemmenden Träumen vor einem riesigen Hammer geflüchtet, der sie durch enge Gassen jagte. Durch die Ritzen des Vorhangs drang diffuses Licht. Karoline stand auf und tapste zu der Kommode, auf der ein Krug und eine Schüssel standen. Es kostete sie Überwindung, sich mit dem kalten Wasser zu waschen. Sie fühlte sich zerschlagen und sehnte sich nach einem warmen Wannenbad.

Der Aufenthalt im Speisesaal, wo das Frühstück serviert wurde, war nicht dazu angetan, ihre Laune zu heben. Das Hotel wurde in erster Linie von Geschäftsleuten besucht. Zumindest hielt Karoline die Gruppe von Männern in dunklen Anzügen, die den Raum bevölkerten, nicht für Privatreisende. Paare oder Familien mit Kindern waren nicht zugegen, sie selbst war die einzige Frau. Der mürrische Bursche, den Karoline in der Nacht aus dem Schlaf geläutet hatte, wies ihr wortlos einen Platz in einer Ecke zu, an dem sie sich an den sprichwörtlichen Katzentisch verbannt vorkam. Während er die Herrengesellschaft beflissen und schnell bediente, musste Karoline lange auf ihr Gedeck warten und schließlich mit einem lauwarmen Kaffee vorliebnehmen. Die neugierigen Blicke, mit denen die Männer sie bedachten, raubten Karoline endgültig den Appetit. Nach ein paar Bissen suchte sie das Weite und verließ das Hotel.

Das Wetter war über Nacht umgeschlagen. Der Himmel war bedeckt, und ein böiger Wind fegte über die Hochebene. Karoline hielt ihren Hut fest und eilte mit gesenktem Kopf hinüber zum Bahnhof, wo sie sich nach dem Weg zur Bücherei und den Zugverbindungen nach Trondheim erkundigen wollte. Während sie vor dem Schalter wartete, wo der Beamte gerade einem Ehepaar Fahrkarten ausstellte, fiel ihr Blick auf eine Anschlagtafel an der Wand. Neben einer Auflistung der Gottesdienstzeiten, einer Ankündigung für ein Konzert des Røros Sangforening, einer Annonce des Fahlstrøm Hotels sowie zwei Anzeigen, deren Urheber Karoline nicht enträtseln konnte, entdeckte sie einen Zettel der Familie Hætta. Diese bewarb ihre Pension Bjørkhuset auf Norwegisch, Englisch und Deutsch mit seiner ruhigen Lage außerhalb des Ortes am Hittersjøen-See, guter Luft und bodenständiger Küche.

Karoline kniff die Lippen zusammen und bedauerte, dass das Birkenhaus im »Baedeker's« keine Erwähnung gefunden hatte. Dort wäre ihre Nacht gewiss um einiges angenehmer gewesen. Eine weitere in Røros würde es – wenn es nach ihr ging – nicht geben. Karoline war fest entschlossen, bereits am Nachmittag diesem unwirtlichen Ort den Rücken zu kehren – bestenfalls mit einem konkreten Hinweis über den Verbleib von Moritz' Kind und dessen Mutter im Gepäck. Dass diese noch in dem Städtchen wohnte, wagte Karoline nicht zu hoffen. So einfach pflegte es einem das Schicksal nicht zu machen.

Die Raukassa, die Sofie in ihrem Brief an Moritz als Adresse der Bibliothek angegeben hatte, befand sich laut dem Schalterbeamten gegenüber der Kirche am oberen Ende der Kirkegata. Diese verlief parallel zur Hyttegata, der anderen Hauptstraße des Ortes, die – wie der Name verriet – zur Schmelzhütte am Malmplass führte. Karoline lief die Kirkegata hinauf und stand bald vor der mächtigen Steinkirche, die sie bereits vom Zug aus erblickt hatte. Aus der Nähe nahm sich der achteckige Bau, dessen Turm gut fünfzig Meter in den Himmel ragte, inmitten der kleinen Holzhäuschen und Hütten noch imposanter aus. Am westlichen Rand des Städtchens erspähte Karoline rötliche und dunkelbraune Schlackenhalden, die wie riesige Maulwurfshügel zwischen und hinter den Behausungen der Arbeiter emporquollen. Es überstieg ihre Vorstellungskraft, sich die Mengen an kupferhaltigem Gestein auszumalen, die abgebaut werden mussten, um diese Schuttberge zu erzeugen.

Die Raukassa war ein längliches, zweistöckiges Haus mit ockergelb gestrichenen Paneelen und Sitz der Volksschule, die jetzt während der Sommerferien verwaist war. Karolines Zuversicht, sich rasch Informationen verschaffen zu können, löste sich in Luft auf. Sie stand vor der verschlossenen Tür und suchte vergebens nach einem Schild, das auf die Bücherei verwies.

»*Kan jeg hjelpe Dem?*«, fragte eine Stimme in ihrem Rücken.

Karoline drehte sich um und sah sich einem älteren Herrn mit weißen Haaren und leicht gekrümmtem Rücken gegenüber, den sie zuvor aus den Augenwinkeln am Eingang zum Friedhof bemerkt hatte, der hinter einer Mauer um die Kirche herum angelegt war. Er trug eine randlose Brille und einen runden Hut, den er nun grüßend lüftete.

»Ähm ... ich ... *jeg snakke* nicht ... äh ... *ikke* ... norweg ...«, stammelte Karoline.

Der Mann unterbrach sie und wiederholte seine Frage: »Kann ich Ihnen behilflich sein?«

Karoline lächelte erfreut. »Oh, Sie sprechen Deutsch! Wie wunderbar! Ich wollte in die Bücherei.«

Der alte Herr stutzte. »Die befindet sich aber schon sehr lange nicht mehr im Schulgebäude.«

»Meine Information ist auch schon älter«, antwortete Karoline.

»Ah, verstehe! Wissen Sie, unsere Leihbücher mussten in den vergangenen Jahren mehrfach umziehen. Denn leider hat sich

517

unser Traum von einem eigenen Haus für die Bibliothek noch nicht verwirklicht.«

»Und wo befindet sie sich momentan? Könnten Sie mir freundlicherweise beschreiben, wie ich dorthin komme?«

»Gewiss. Nur werden Sie jetzt auch dort vor verschlossenen Türen stehen.«

»Wann hat sie denn am Nachmittag geöffnet?«

Der Mann schüttelte den Kopf. »Ich fürchte, ich muss Sie abermals enttäuschen. Herr Gjelsvik, der Bibliothekar, ist Lehrer an der Mittelschule und jetzt in den Ferien für mindestens drei Wochen verreist. Solange bleibt die Ausleihe geschlossen.«

Karoline ließ die Schultern hängen.

Dem alten Herrn schien ihre Enttäuschung nahe zu gehen. Er legte den Kopf schief und sah sie mitfühlend an. Als Karoline den Mund öffnete, um sich für seine Auskunft zu bedanken und sich zu verabschieden, platzte er heraus: »Vielleicht kann ich Ihnen ... ähm ... Welche Art von Literatur suchen Sie denn? Ich nehme doch an, dass Sie deutschsprachige Bücher bevorzugen? In unserer Bücherei stünde Ihnen diesbezüglich nur eine sehr bescheidene Auswahl zur Verfügung. Ich hingegen bin stolzer Besitzer einer recht ansehnlichen Anzahl von Werken der großen Dichter Ihres Vaterlandes, dessen Sprache ich schon in der Schule sehr zu schätzen ...«

Karoline hob eine Hand und fiel ihm ins Wort: »Entschuldigen Sie, das ist ein Missverständnis. Ich möchte gar nichts ausleihen.«

Der alte Herr zog die Brauen hoch und sah sie verwirrt an.

»Ich bin vielmehr auf der Suche nach einer früheren Angestellten«, fuhr Karoline fort. »Leider kenne ich nur ihren Vornamen. Sie hieß Sofie.«

»Sofie?«, fragte er.

Schnell, denk dir was Glaubhaftes aus, warum du sie sehen willst!, befahl sie sich.

»Ich soll ihr Grüße von meiner Tante ausrichten. Ihr Mann ist ein großer Bewunderer und Sammler norwegischer Malerei. Sie hat ihn vor Jahren einmal auf einer seiner Reisen begleitet, die ihn auch nach Røros führte. Sie hat sich wohl schrecklich gelangweilt und war überglücklich, dass es hier eine Bücherei gab. Und da hat sie die Bekanntschaft mit Sofie gemacht.«

Karoline verstummte und ließ offen, wie es zu dieser Begegnung gekommen war. Lehn dich nicht zu weit aus dem Fenster!, mahnte sie sich. Du weißt nicht, warum Sofie wollte, dass Moritz seine Briefe zur Bibliothek schickt.

Die Augen des alten Herrn weiteten sich. »Sie meinen doch nicht etwa ... Sprechen Sie von Sofie Svartstein? Das ist aber wirklich lange her!«

»Zehn Jahre«, sagte Karoline.

Das faltige Gesicht leuchtete auf. Ohne Sofie wäre ich damals ganz und gar verloren gewesen.«

Er unterbrach sich, als er Karolines ratlosen Blick bemerkte.

»Verzeihen Sie. Ich verliere mich in Erinnerungen.« Er räusperte sich. »Ich war vor zehn Jahren für die Bibliothek zuständig. Ich muss gestehen, dass mich diese Aufgabe heillos überfordert hat – neben meiner Arbeit als Küster und Organist.« Er deutete auf die Kirche. »Man sollte es nicht glauben, wie viel man da unter einen Hut bekommen muss.«

Karoline musste an sich halten, den alten Herrn nicht zu schütteln. Er war so umständlich! Sie spürte, dass sie auf der richtigen Fährte war, und verging fast vor Ungeduld.

Er räusperte sich. »Und da kam wie ein Geschenk des Himmels das jüngere Fräulein Svartstein und bot seine Hilfe an. Sofie hat – wie man so schön sagt – den Laden auf Vordermann gebracht. Tagelang hat sie den Buchbestand geordnet und katalogisiert sowie später die Ausleihe organisiert.« Er lächelte Karoline zu. »Es wundert mich nicht, dass Ihre Tante sie nach all den Jahren noch in so guter Erinnerung hat.«

»Ja, sie hat geradezu von ihr geschwärmt«, beeilte sich Karoline, ihm beizupflichten.

»Dann können Sie sicher verstehen, welche Lücke entstanden ist, als sie uns verlassen hat.« Er verzog bekümmert das Gesicht.

Karoline wurde es kalt. War Sofie gestorben?

»Sie war so hilfsbereit und liebenswürdig«, fuhr der Küster fort.

»War?«, fragte Karoline heiser. »Sie sprechen in der Vergangenheit von ihr. Ist sie etwa ...«

Er schlug die Hände zusammen. »Nein! Gott behüte! Sofie lebt und erfreut sich – soweit ich weiß – bester Gesundheit. Ich war nur so in den alten Zeiten vers...«

»Sie hat Røros also verlassen?«

Er nickte. »Im Frühjahr sechsundneunzig.«

»Und wohin ist sie gegangen?«

Der Küster hatte ihre Frage wohl überhört. Nachdenklich wiegte er seinen Kopf und murmelte: »Es war ein schwarzes Jahr für den alten Svartstein.«

»Warum?«, fragte Karoline und biss sich auf die Lippe. War sie zu forsch? Ihre Befürchtung, ihre Neugier könnte sein Misstrauen erregen, bestätigte sich indes nicht. Der Küster sprach wie zu sich selbst weiter – offenbar tief in die Vergangenheit versunken, die ihre Suche nach Sofie wiederbelebt hatte.

»Abergläubische Seelen sind überzeugt, dass ein Fluch auf ihm ruht. Früher zählte seine Familie zu den einflussreichsten von Røros. Und Ivar Svartstein war der ungekrönte König. Aber in jenem Jahr begann sein Stern zu sinken.«

Er schüttelte sich und fuhr lauter fort. »Entschuldigen Sie, das sind alte Geschichten, die Sie kaum interessieren dürften.«

»Aber nein, ganz im Gegenteil!«, rief Karoline.

Das Befremden in seinem Gesicht ließ sie innerlich aufstöhnen. Schnell fuhr sie fort: »Äh, wissen Sie ... Also, meine Tante

520

hat damals ein Päckchen mit Pralinen für Sofie zur Bibliothek geschickt. Als Dankeschön, weil sie sie so nett beraten hatte. Da sie niemals eine Antwort erhalten hat, war sie in Sorge, ob es Sofie gut ging. Das ist auch der Grund, warum sie mich gebeten hat, einen Abstecher hierher zu machen und mich zu erkundigen ...«

Karoline unterbrach sich. Nahm er ihr das ab? Oder hatte sie sich noch tiefer in die Bredouille manövriert?

Zu ihrer Erleichterung fand er die Begründung für ihr Interesse nicht seltsam. Er seufzte schwer. »Ihre Tante lag mit ihrer Sorge gar nicht so falsch. Wie gesagt, es war ein schwarzes Jahr für Sofie und ihre Familie.«

»Was ist damals geschehen?«

Der Küster strich sich übers Kinn. »Im Nachhinein betrachtet hat es wohl mit dem Tod der Mutter begonnen. Ausgerechnet im Kindbett des lang ersehnten Sohnes, der ebenfalls nicht überlebte. Ein paar Monate später ging ein Sägewerk, das Ivar Svartstein gehörte, in Flammen auf. Man munkelte, er selbst habe das Feuer gelegt. Von Amts wegen wurde die Brandursache allerdings nie geklärt. Doch es mehrten sich die Anzeichen, dass mit Ivar Svartstein etwas nicht stimmte. Ja, viele waren der Ansicht, dass er den Verstand verloren hat.«

Karolines Ungeduld steigerte sich. Was interessierte sie die Gerüchteküche um Sofies Vater? Sie traute sich jedoch nicht, erneut direkt nach ihr zu fragen. Das Risiko, die Mitteilsamkeit des Küsters zu beenden, war ihr zu hoch. Sie konnte nur hoffen, dass er von selbst auf Sofies Schicksal zu sprechen kam.

Er trat einen Schritt näher und raunte. »Ehrlich gesagt, fand ich sein Verhalten auch seltsam. Er hatte immer einen kühlen Kopf und war ein gewiefter Geschäftsmann. Den Verlust seiner Frau hatte man ihm zum Beispiel gar nicht angemerkt. Doch im Frühling darauf war er aus heiterem Himmel wie ausgewechselt. Erst verließ er wochenlang sein Haus nicht und ließ die

521

Zügel als Direktor der Bergwerksgesellschaft schleifen. Und als er wieder in der Öffentlichkeit erschien, präsentierte er einen jungen Ingenieur als seinen Sohn und Erben, obwohl der zuvor seiner Tochter Silje einen Korb gegeben hatte.«

Karoline, die nur mit halbem Ohr hinhörte, hielt es nicht länger aus. »Und was war mit Sofie? Sie erwähnten, dass sie Røros verlassen hat.«

»Ja, und nicht nur sie. Auch ihre Schwester Silje ist zur gleichen Zeit fortgegangen.«

Der Küster nahm seine Brille ab, rieb die Gläser am Ärmel seiner Jacke blank und setzte sie wieder auf. Er legte seine Stirn in Falten. »Vielleicht war das ja der Grund? Womöglich hat ihm die Einsamkeit so zugesetzt, dass er diese ungewöhnlichen Entscheidungen traf.«

»Aber warum haben ihn seine Töchter verlassen?«, fragte Karoline.

Der Küster zog die Schultern hoch. »Den wahren Grund kennen nur die Svartsteins. Jedenfalls hat Silje nach Trondheim geheiratet und sich seither nie wieder hier blicken lassen. Und Sofie ist nach Kristiania gezogen.«

Karoline sog die Oberlippe ein. Mit Letzterem hatte sie nicht gerechnet. Wie ärgerlich, dass ich diese Information nicht früher hatte, schoss es ihr durch den Kopf. Da war ich nun tagelang in derselben Stadt wie Sofie, bin ihr vielleicht gar über den Weg gelaufen. Und nun sitze ich hier in diesem gottverlassenen … Hör auf, damit zu hadern. Das ist unsinnig, rief sie sich zur Ordnung. Du hattest nicht den geringsten Hinweis, dass Sofie in Kristiania lebt.

»Dass Ivar Svartstein ihre Wahl gebilligt hat, war für die meisten ein weiteres Indiz, dass er nicht mehr er selbst war«, hörte sie den Küster sagen.

Karoline schreckte auf. Worauf spielte der alte Herr an? Was hatte Sofie gewählt, was sich für eine Tochter aus gutem Hause nicht ziemte? Wollte sie nach Kristiania, um zu studieren? Oder sich nach einer Arbeit umsehen, weil sie sich nach einem selbstständigen Leben sehnte? Oder war es bei ihrer Wahl um die Liebe gegangen?

»Weil sie nicht standesgemäß war?«, fragte sie aufs Geratewohl.

Der Küster nickte mit Nachdruck. »Das können Sie laut sagen! Der junge Mann war zwar integer und ehrgeizig. Aber aus sehr armen Verhältnissen.«

Also hat Sofie doch einen Mann gefunden, der bereit gewesen war, ihr uneheliches Kind anzunehmen, dachte Karoline. Oder hat sie es vor der Ehe weggegeben? War ihre Schwangerschaft der Grund für den Familienzwist? Hatte ihre Schwester die Schande nicht ertragen und mit ihrem Vater gebrochen, weil er den Skandal nicht vertuscht und obendrein Sofies Mesalliance mit einem nicht standesgemäßen Mann gebilligt hatte? Nein, das klang dann doch zu weit hergeholt. Zumal der Küster nichts in dieser Richtung andeutete. In einem kleinen Ort wie Røros hätte sich eine derartige Neuigkeit in Windeseile ausgebreitet.

Der auffordernde Blick des alten Herrn riss sie aus ihren Überlegungen. Offenbar erwartete er eine angemessen überraschte oder betroffene Reaktion auf die Enthüllung, wen Sofie sich zum Ehemann gewählt hatte. Karoline, der seine letzte Bemerkung entgangen war – nur der bedeutungsschwangerere Tonfall hatte sich ihr eingeprägt –, hob eine Hand vor den Mund und murmelte: »Was Sie nicht sagen! Wirklich unerhört!«

Der Küster nickte zufrieden. »Nicht wahr? Aber was soll man von einem Kommunisten anderes erwarten.«

»Dann ist also auch Sofie nie mehr in Røros gewesen?«, fragte Karoline.

»Aber nein, ganz im Gegenteil«, rief er. »Sie kommt sogar regelmäßig zu Besuch. Mindestens zweimal im Jahr. Schließlich wohnt ihre beste Freundin hier. Die übrigens die Frau von Mathis Hætta ist.«

»Äh, von wem?«

»Nun, der Ingenieur, den Sofies Vater als seinen Erben eingesetzt hat.«

In seine Stimme hatte sich wieder ein Hauch Misstrauen geschlichen. Er verengte seine Augen und trat einen Schritt zurück. Dämmerte ihm, dass Karoline rein gar nichts über Sofie wusste, obwohl ihre Tante angeblich mit ihr bekannt gewesen war? Ihre Hände wurden feucht. Jetzt nur nicht in Panik verfallen!

Sie schenkte ihm ein strahlendes Lächeln. »Ich danke Ihnen vielmals! Meine Tante wird sich sehr freuen zu hören, dass Sofie wohlauf ist. Aber nun will ich Ihre Zeit und Ihre Hilfsbereitschaft nicht länger strapazieren. Ich wünsche Ihnen noch einen schönen Tag!« Sie hob grüßend die Hand und wandte sich zum Gehen.

»Sie haben mir gar nicht gesagt, wie Ihre Tante heißt. Vielleicht habe ich sie damals ja auch getroffen«, rief ihr der Küster hinterher.

Karoline tat so, als habe sie ihn nicht verstanden, winkte ihm zu und beschleunigte ihre Schritte. Sie hatte leichte Gewissensbisse, den alten Mann ausgehorcht zu haben und anschließend stehen zu lassen. Sie wollte ihn jedoch nicht noch mehr anlügen. Ihm ihre wahre Geschichte zu offenbaren, kam erst recht nicht infrage.

Während sie die Kirkegata hinunterlief, ließ sie die Auskünfte des Küsters Revue passieren und überlegte, wo sie am besten mit ihren Nachforschungen anfangen sollte. Die Idee, bei Sofies Vater vorstellig zu werden, verwarf sie umgehend. Er schien ein unberechenbarer Mann zu sein. Es war ohnehin heikel, in alten Wunden zu stochern und eventuell schlafende Hunde zu wecken, die – einmal losgelassen – nicht mehr zu kontrollieren waren. Sie wusste ja nicht einmal, ob Ivar Svartstein vom vorehelichen Fehltritt seiner jüngeren Tochter Kenntnis hatte. Vielversprechender war Sofies Freundin. Hætta war ihr Name, wenn sie den Küster richtig verstanden hatte.

Karoline blieb stehen. Sie befand sich mittlerweile im unteren Drittel der Straße, die von allerlei Geschäften geprägt war. In den meisten Häusern befanden sich im Erdgeschoss Läden, in denen man Lebensmittel, Spezereien und Gewürze, Wein, Bier sowie Werkzeuge, Ledererzeugnisse und viele andere Dinge des täglichen Gebrauchs erwerben konnte. Karoline rieb sich die Stirn. Ob Hætta ein häufiger Name in Norwegen war? Sie beschloss, im Postamt einen Blick ins Adressbuch zu werfen oder – falls es keines geben sollte – nach der Anschrift des Mannes zu fragen, den Sofies Freundin geheiratet hatte. Es war unwahrscheinlich, dass es hier mehrere Ingenieure mit dem gleichen Namen gab.

Eine halbe Stunde später holte sie ihre Reisetasche beim Empfang des Hotels ab, wo sie sie bis zu ihrer Abreise deponiert hatte, und nahm sich eine Droschke, die sie hinaus zum Hittersjøen bringen sollte. Mathis Hætta hatte sich als Oberhaupt der Familie entpuppt, die auf der Anschlagtafel in der Schalterhalle des Bahnhofs für ihre Pension Bjørkhuset warb.

Der Kutscher lenkte sein Pferd die Hyttegata hinauf und fuhr an deren Ende auf einem breiten Weg stadtauswärts. Die Schlackeberge wichen zurück und machten grünen Wiesen Platz, an deren Rändern Büsche und niedrige Bäume wuchsen. Bald kam ein langgezogenes Gewässer in Sicht. Die Landstraße führte dicht an dessen linkem Ufer entlang. Nach einem Kilometer verbreiterte sich der Streifen zwischen Straße und See zu einer Halbinsel. Hinter einigen Birken entdeckte Karoline an einer Bucht ein zweistöckiges Holzhaus mit einem taubenblauen Anstrich. Es stand auf einem gemauerten Sockel, das Dach war mit Schieferschindeln gedeckt. Ein paar Meter abseits befanden sich ein weiteres eingeschossiges Wohnhaus sowie mehrere Schuppen und Ställe. Eine hüfthohe Mauer aus unbehauenen Feldsteinen umschloss das Grundstück. Die Droschke hielt vor einem Holztor.

Karolines Unmut, länger als geplant in Røros verweilen zu müssen, wenn sie nicht unverrichteter Dinge nach Trondheim weiterreisen wollte, war von einem Hochgefühl abgelöst worden. Endlich wendete sich das Blatt! Die frische Luft, die sie in tiefen Zügen in sich einsog, tat ein Übriges, um ihre Stimmung zu heben. Schon bald würde sie einer Frau gegenübertreten, die endlich Licht ins Dunkel bringen konnte. Sie stand kurz vor dem Ende ihrer Suche!

47

Sør-Trøndelag, Juli 1905 – Liv

»*Well*, Miss Swallow. Sind Sie bereit?«

Bjarne sprach mit tiefer Stimme, seine Aussprache war breit
und etwas verwaschen. Liv kicherte nervös und klemmte sich
die Aktentasche unter den Arm, in der Bjarne gewöhnlich seine
Listen von Fundstücken, Beschreibungen sowie Skizzen interessanter Gebäude, Schenkungsurkunden und andere Dokumente aufbewahrte, die für das Museum wichtig waren. An diesem Tag steckten ein Notizblock samt Stift, ein Prospekt des
Tåke-Sanatoriums und ein Etui mit Zigarren darin. Liv hatte
ihre Haare zu einem strengen Dutt zusammengebunden und ihr
schlichtes Kleid aus violettem Kattun angezogen. Nun setzte sie
eine Miene auf, von der sie hoffte, dass sie geschäftsmäßig und
konzentriert wirkte, und antwortete knapp: »Mister Morency!
Ich erwarte Ihre Anweisungen.«

Bjarne grinste und rückte seinen hellgrauen Filzhut schräger
in die Stirn. Seine Haare waren an der Seite gescheitelt und lagen
mithilfe von Brillantine eng am Kopf an. Sein dunkler Anzug
wurde durch eine farbenfrohe Krawatte aufgelockert, die Liv
aus einem Stoffrest genäht hatte, der beim Schneidern ihrer
neuen Garderobe übrig geblieben war – inspiriert von einem
Porträt Theodore Roosevelts, das Bjarne in einer Zeitung gesehen hatte. Die wildgemusterte Halsbinde des amerikanischen
Präsidenten war ihm in Erinnerung geblieben.

»Kann ich nicht doch mitkommen?«, fragte Elias. »Ich
würde sooo gern sehen, wie ihr ...«

»Ich weiß«, sagte Liv und streichelte seine Wange. »Aber das
ist nun mal nicht möglich.«

Bjarne klopfte ihm mit übertrieben leutseliger Geste auf die Schulter und verkündete: »Alles zu seiner Zeit, *my boy!* Mister Morency ist schließlich nicht zu seinem Vergnügen hier, sondern mit seiner Sekretärin in geheimer Mission unterwegs.«

»Außerdem musst du doch Kaja Gesellschaft leisten«, sagte Liv. »Sie wäre sicher traurig, wenn du sie so lange allein lässt.«

Elias zog einen Flunsch, ließ sich aber ohne weitere Widerworte auf der Decke nieder, die Liv ihm am Fjordufer unterhalb des Tåke-Sanatoriums ausgebreitet hatte.

»Wir erzählen dir hinterher alles haarklein«, versprach sie. »Du wartest bitte solange hier und rührst dich nicht vom Fleck.«

Sie unterließ es, auf das Risiko hinzuweisen, das Bjarne und sie eingingen. Sie wollte Elias nicht verunsichern. Ihr selbst war flau vor Aufregung. Würde sie als Assistentin eines Geschäftsmannes durchgehen? Sie bewunderte Bjarne für seine Gelassenheit. Er schlüpfte in seine Rolle wie in eine zweite Haut und fand sichtlich Gefallen daran, Mister Morency, einem Amerikaner mit norwegischen Wurzeln, Leben einzuhauchen. Liv beschlich der Verdacht, dass er das Ganze als vergnügliches Spiel betrachtete und Gefahr lief, sich zu leichtsinnig zu verhalten.

Als habe er ihre Gedanken gelesen, nahm er ihre Hand, sah ihr forschend in die Augen und sagte leise mit seiner normalen Stimme: »Wir müssen das nicht tun, wenn du Bedenken hast! Wir finden sicher auch einen anderen Weg.«

Die Berührung flößte Liv neue Zuversicht ein. Sie drückte seine Hand. »Ich schaffe das.«

»Sollen wir es noch einmal durchgehen?«

Sie schüttelte den Kopf. »Nein, nicht nötig. Alles klar.«

»*Okay, let's go!*«, rief Bjarne in Mister Morencys Tonfall und stapfte breitbeinig los.

Mit klopfendem Herzen folgte Liv ihm hinauf zu dem Tor, durch das man auf das Gelände der Heilanstalt gelangte. Diese war am Rande von Buvika, einem beschaulichen Weiler inmitten von Feldern, Wiesen und kleinen Wäldern, Anfang des neunzehnten Jahrhunderts auf dem Grundstück eines Gehöfts entstanden und diente betuchten Bürgern als Rückzugsort, an dem sie sich nach schweren Krankheiten erholen und mithilfe spezieller Diäten und und diverser Anwendungen wie Massagen oder Moorbädern regenerieren konnten. Im ehemaligen Wohnhaus waren nach einer aufwendigen Renovierung die Untersuchungs- und Behandlungsräume, ein Speisesaal, eine Bibliothek und ein Musikzimmer untergebracht worden. Die Patienten wohnten in kleineren Gebäuden, zu denen kiesbestreute Wege durch einen Park oberhalb des Fjordufers führten.

Im Jahr 1892 hatte der Arzt Gunnar Tåke die Leitung übernommen und das Spektrum erweitert: In einer nach modernsten Erkenntnissen der Medizin eingerichteten Entbindungsstation hatten Damen der gehobenen Gesellschaft die Möglichkeit, sich zur Niederkunft in die Hände von gut geschulten Hebammen und Geburtshelfern zu begeben, die Mutter und Kind bei Bedarf auch in den Tagen und Wochen nach der Geburt bestens betreuen und bei Komplikationen und Infektionen unmittelbar eingreifen konnten.

Soweit die offizielle Werbung auf dem Prospekt. Liv und Bjarne hatten nicht lange bohren müssen, um das erweiterte Angebot des Sanatoriums in Erfahrung zu bringen. Laut dem Wirt ihres Gasthofs war es in der Gegend kein Geheimnis, dass unverheiratete Frauen, die sich nach einem Ausrutscher in einer »pikanten Lage« befanden und über die nötigen Mittel verfügten, bei Doktor Tåke die Möglichkeit hatten, die unerwünschte Leibesfrucht diskret zur Welt zu bringen. Eine weitere vertrauliche Dienstleistung fand bei dieser Klientel ebenfalls immer wieder Zuspruch: die Vermittlung von Adoptiveltern für das Neugeborene.

Mister Morency aus North Dakota, der sein Kommen am Tag zuvor telefonisch angekündigt hatte, wurde vom Leiter der

Privatklinik höchstpersönlich in Empfang genommen. Liv schätzte den Arzt auf Mitte fünfzig. Mit seinen leicht angegrauten Schläfen, glatt rasierten Wangen und sorgfältig manikürten Händen machte er einen sehr gepflegten Eindruck, der durch seine wohl modulierte Stimme und sparsame Gesten unterstrichen wurde. Sein Auftreten war gewinnend und machte es seinen Patienten gewiss leicht, Vertrauen zu ihm zu fassen und sich bei ihm in Behandlung zu begeben.

Doktor Tåke führte sie in sein Büro im Erdgeschoss. Der hohe Raum ging zum Park hinaus. Vor dem Fenster gegenüber der Tür breitete eine alte Buche ihre Zweige aus, in denen sich zwei Eichhörnchen jagten. Durch das dunkelgrüne Blattwerk fielen vereinzelte Sonnenstrahlen in das Zimmer, die von den polierten Oberflächen der Möbel und Messingfassungen der Lampen reflektiert wurden. Die Wände waren fast vollständig von Schränken und Regalen verdeckt, in denen medizinische Bücher und Aktenordner standen. Nur über dem offenen Kamin an der linken Seite des Raumes hing ein Landschaftsgemälde. Doktor Tåke setzte sich hinter einen großen Schreibtisch, der in der Mitte stand, und bat seine Besucher, ihm gegenüber Platz zu nehmen.

Während Liv ihren Stuhl zurechtrückte, sah sie unauffällig zu den Regalen mit den Aktenordnern rechter Hand des Tisches. Sie waren nach Jahreszahlen sortiert und enthielten nur Dokumente, die nach der Jahrhundertwende angelegt worden waren.

»Nun, Mister Morency, was kann ich für Sie tun?«, fragte der Arzt.

Bjarne lehnte entspannt in seinem Sessel, die Beine übereinandergeschlagen und die Hände über dem Bauch zusammengefaltet. Liv saß aufrecht auf der Kante ihres Sitzes ein wenig versetzt schräg hinter ihm. Auf ihrem Schoß lag die Aktentasche, die ihr als Unterlage für den Notizblock diente, den sie schreibbereit aufgeschlagen hatte.

530

»*Well*, zunächst danke ich Ihnen, dass Sie so rasch einen Termin einrichten konnten«, antwortete Bjarne mit amerikanisch eingefärbter Aussprache. »Wie ich bereits am Telefon angedeutet habe, bin ich im Auftrag meines Bruders hier. Er muss sich dringend einer Kur unterziehen. Er hatte einen ... wie sagt man? *Heart attack*... « Er schnipste mit den Fingern.

Das Zeichen für Liv, sich zu seinem Ohr zu beugen und zu soufflieren. »Herzanfall.«

Doktor Tåke beugte sich nach vorn. »Ich darf Ihnen versichern, dass unser Haus für solche Patienten ideale Bedingungen bietet. Sie dürfen ...«

»Daran zweifle ich nicht. Wir haben diesbezüglich selbstverständlich Erkundigungen eingezogen«, fiel Bjarne ihm ins Wort und nickte zu Liv hin, die mit wichtiger Miene in ihrem Notizblock blätterte und etwas Bestätigendes murmelte.

»Für meinen Bruder hat vor allem anderen eines oberste Priorität: absolute Diskretion!«, erklärte Bjarne.

»Sie können sich voll und ganz auf unsere Verschwiegenheit verlassen«, antwortete der Arzt mit einem jovialen Lächeln.

Bjarne hob eine Hand. »Es handelt sich nicht um einen *spleen* meines Bruders. Er hatte gute Gründe, nicht in Amerika zu kuren. Es steht viel auf dem Spiel.«

Er gab Liv einen Wink mit den Augen und raunte: »*Please, have a look.*«

Beflissen sprang sie auf und ging zur Tür. Dabei suchte sie das Regal mit ihren Augen ab, das bislang außerhalb ihrer Sichtweite in ihrem Rücken gewesen war. Neben einem Dutzend Ordnern, die mit »Geburten« beschriftet und nach Jahren eingeräumt waren, entdeckte sie drei, auf deren Rücken »Adoptionen« stand. Am liebsten hätte sie sie auf der Stelle herausgezogen und nach den Aufzeichnungen zu Elias durchgeblättert. Geduld!, mahnte sie sich. Jetzt muss erst einmal Doktor Tåke eingelullt werden.

Sie öffnete die Tür und warf einen Blick hinaus auf den Gang, der verwaist vor ihr lag, und verkündete: »Keine Lauscher, alles in Ordnung!«

Doktor Tåke verzog empört das Gesicht und öffnete den Mund.

Bjarne kam ihm zuvor. Er beugte sich über den Tisch und sagte mit gesenkter Stimme: »Es geht um viel Geld. *Really big money!* Mein Bruder ist der *head* von unserem *family business*. In den letzten Jahren sind wir stark expandiert. In Kürze werden wir machen ein *takeover* ... ähm ... Fusion mit einer anderen *company* und gehen an den *stock exchange* ... äh ...« Er schnipste mit den Fingern.

»Börse«, soufflierte Liv. Sie hatte sich die englischen Wörter, die sich Mister Morency von seiner Sekretärin übersetzen lassen musste, notiert. Ihre Nervosität verflüchtigte sich zunehmend. Erstaunt stellte sie fest, dass ihr die kleine Scharade Spaß machte.

»Genau. An die Börse gehen«, setzte Bjarne seine Erklärung fort. »Wenn nun bekannt würde, dass die Gesundheit meines Bruders angeschlagen ist ...« Er unterbrach sich und fixierte Doktor Tåke mit stechendem Blick.

Liv bemerkte, wie sich der Arzt versteifte.

»Verstehe, das hätte fatale Folgen«, sagte er.

Bjarne ließ sich zurück auf seinen Sessel fallen, ohne ihn aus den Augen zu lassen. »*Exactly! That's the point!* Die Aktien würden drastisch an Wert verlieren. Die Fusion stünde auf dem Spiel. Hunderte Arbeitsplätze wären in Gefahr.«

Bjarne machte eine kurze Pause. Als er weitersprach, lag ein drohender Unterton in seiner Stimme: »*Cross my heart*: Sind Sie gewillt, diese Verantwortung auf sich zu nehmen? Können Sie mir absolute Verschwiegenheit garantieren? Legen Sie Ihre Hand auch für Ihre Angestellten ins Feuer?«

Doktor Tåke zog ein Seidentuch aus der Brusttasche seiner

Weste und tupfte sich die Stirn. Liv ertappte sich dabei, Mitleid mit ihm zu empfinden. Bjarnes Auftreten war auf eine fast schon unheimliche Art überzeugend. Sie selbst hatte für einen Augenblick vergessen, dass Mister Morencys Bruder gar nicht existierte.

Der Arzt zögerte mit der Antwort. Liv hielt den Atem an. Hatte Bjarne den Bogen überspannt? Sie rechnete damit, dass Doktor Tåke aufstand und ihnen die Tür wies.

»Wir sind selbstverständlich bereit, uns diese Diskretion einiges kosten zu lassen«, schob Bjarne nach.

Der Arzt hob eine Braue. Ein Funkeln trat in seine Augen. »Einiges?«

Bjarne legte den Kopf schief. »Benötigen Sie einen Röntgenapparat? Oder einen Anbau? Zum Beispiel für ein Therapiebad? Oder eine Sporthalle? *No problem!*«

Doktor Tåke legte die Finger zu einem Zelt zusammen, stützte sein Kinn darauf und betrachtete Bjarne drei Atemzüge lang schweigend. »Sie können auf mich zählen!«, sagte er schließlich in feierlichem Ton. »Ich garantiere Ihnen hundertprozentige Diskretion und übernehme die volle Verantwortung.«

Bjarne strahlte ihn an. »*Great!* Wir kommen also ins Geschäft.« Er schnipste mit den Fingern. »Miss Swallow. Die Coronas!«

Liv legte den Notizblock auf den Schreibtisch, griff in die Aktentasche und förderte das Zigarrenetui zutage. Bjarne nahm es ihr ab, öffnete es und hielt es Doktor Tåke hin. »Echte Partagas Longfiller aus Havanna.«

Doktor Tåke zog anerkennend eine Braue hoch und bediente sich. »Vielen Dank. Ich sehe, Sie sind ein Connaisseur. Vielleicht möchten Sie einen Cognac dazu?« Er deutete auf ein Regal, in dem auf einem Silbertablett eine geschliffene Karaffe und mehrere bauchige Gläser standen.

»Später sehr gern«, antwortete Bjarne und erhob sich. »Aber:

business before pleasure. Es bereitet Ihnen doch keine Umstände, mich herumzuführen und mir alles zu zeigen?«

Liv sah, wie Doktor Tåke die Kiefermuskeln anspannte. »Ich? Das kann doch später mein Oberarzt überne...«

Bjarne runzelte die Stirn. Wie fortgeblasen war die verbindliche Miene. »Ich bezweifle nicht, dass er kompetent und zuverlässig ist. Aber in Anbetracht der besonderen Umstände ... *do you see?*«

Der Arzt stand rasch auf. »Selbstverständlich, es ist mir eine Ehre! Wenn Sie mir bitte folgen wollen!«

Nachdem sie einen Blick in den Speisesaal geworfen hatte, besichtigten sie die Behandlungsräume im ersten Stock.

»Dies hier ist unsere neueste Anschaffung und für die Behandlung von Patienten wie Ihren Bruder sehr hilfreich«, sagte Doktor Tåke und deutete auf eine Apparatur, die aus mehreren Glasröhren, Drähten, Schrauben, Kautschukschläuchen, Messgeräten sowie einem Mikroskop bestand.

»Das ist ein Kapillarelektrometer, mit dem man die Herzschrift, also die Herzspannungskurve aufzeichnen kann«, erklärte der Arzt. »Wie Sie vermutlich wissen, beruht die Herztätigkeit auf elektrischen Vorgängen. Die Messung der ...«

Bjarne schnipste mit den Fingern. »Miss Swallow, notieren Sie das bitte. Das wird meinen Bruder sehr interessieren.«

Liv öffnete die Aktentasche, sah hinein und schlug sich mit gespielter Zerknirschtheit eine Hand vor die Stirn.

»Oh, Mister Morency, ich fürchte, ich habe meinen Block unten liegen lassen.«

»Na, dann holen Sie ihn gefälligst! *And make it snappy!*«, raunzte Bjarne.

Er drehte sich wieder zu dem Arzt und rollte mit den Augen. »Frauen sind so *peabrained!* Aber fahren Sie doch bitte fort. Diese neue Technik ist *really fascinating.*«

Liv eilte zur Tür, während Doktor Tåke – hörbar geschmeichelt vom Interesse des Amerikaners – seine Ausführungen fortsetzte.

»Die Messung der elektrischen Potenzialdifferenzen oder der elektromotorischen Kräfte beruht auf der Tatsache, dass an der Berührungsfläche zwischen ...«

Liv verließ den Raum und rannte zur Treppe. Jetzt zählte jede Minute! Am Ende des Ganges vor dem Arbeitszimmer des Arztes verschwand eben eine Pflegeschwester mit weißer Schürze und Haube um die Ecke. Weit entfernt hörte Liv Stimmen und das Klappern von Geschirr – offenbar waren die Vorbereitungen für das Mittagessen im Gange. Hastig öffnete sie die Tür zum Büro und stellte sich vor das Regal, in dem sie zuvor die drei Ordner entdeckt hatte, in denen die Adoptionen dokumentiert waren. Sie zog den ersten heraus und schlug ihn auf. Laut dem Register auf dem Vorderblatt beinhaltete er die Jahre 1892 bis 1895. Elias war im Mai 1896 an die Treskes vermittelt worden. Liv stellte den Ordner zurück und griff mit zitternden Händen nach dem zweiten.

Das Klacken von Schritten jagte ihren Puls in die Höhe. Sie verharrte regungslos und schaute gebannt auf die Tür, die sie nur angelehnt hatte. Das Geräusch der Schritte wurde lauter und brach abrupt ab – direkt vor dem Arztzimmer. Liv sah sich panisch um und quetschte sich in die enge Lücke zwischen dem Regal und einem schmalen Schrank, in dem sie Medizin vermutete. Keine Sekunde zu früh! Im nächsten Augenblick hörte sie die Tür aufschwingen.

»Doktor Tåke?«, fragte eine tiefe Stimme.

Liv hielt den Atem an. Ein Mann in dunklem Anzug trat ein und blieb einen Meter von ihr entfernt mit dem Rücken zu ihr stehen. Sie starrte auf seinen Hinterkopf. Sobald er sich umdreht, wird er dich sehen, schoss es ihr durch den Sinn. Ihr Herz pochte laut. Der Mann musste das doch hören! Wie von selbst setzten sich ihre Füße in Bewegung: hinaus aus der Lücke und mit dem Rücken zum Regal seitwärts zur nur drei Schritte entfernten Tür. Drei Schritte, die ihr vorkamen wie drei Meilen.

Der Mann kratzte sich am Kopf, murmelte: »Seltsam«, und wandte sich um.

Im selben Moment hatte Liv die Schwelle erreicht und sauste hinaus auf den Flur und zur Treppe, die sie ohne sich umzusehen hinaufstürmte. Verfolgte er sie? Sie hörte, wie die Tür zum Büro geschlossen wurde und die Schritte des Mannes sich entfernten. Ihre Knie wurden weich. Keuchend rang sie nach Luft. Es schien ihr unglaublich, dass sie unbemerkt entkommen war.

Mit dem Aktenordner! Liv hatte ihn, ohne es zu merken, samt der Tasche die ganze Zeit über an ihre Brust gepresst. Sie biss sich auf die Unterlippe. Bjarnes Plan hatte vorgesehen, dass sie nur die Dokumente an sich nahm, die Elias betrafen. Ihr Fehlen würde niemand bemerken. Die Lücke, die der gestohlene Ordner im Regal hinterlassen hatte, würde hingegen schneller auffallen. Liv zuckte die Achseln und stopfte ihn in die Tasche. Darüber konnte sie sich später den Kopf zerbrechen. Jetzt musste sie zu Bjarne und Doktor Tåke, bevor dieser sich fragte, wo sie so lange blieb. Sie holte den Notizblock heraus und kehrte in das Behandlungszimmer zurück, wo der Arzt nach wie vor die Vorzüge des Herzmessgeräts anpries.

48

Røros, Juli 1905 – Karoline

Karolines Geduld wurde auf eine weitere Probe gestellt. Im Haupthaus der Pension wurde sie von einem zierlichen Mädchen begrüßt, das sie auf ungefähr siebzehn Jahre schätzte. Es stellte sich als Fräulein Jakupson vor und erklärte auf Karolines diesbezügliche Frage, dass Frau Hætta, die Wirtin der Pension, im Städtchen Besorgungen machte und erst am Nachmittag zurückerwartet wurde. Fräulein Jakupson, eine aparte Erscheinung mit langen dunklen Haaren und ernsten grauen Augen, sprach fließend Deutsch und hatte eine zurückhaltende und zugleich zugewandte Art, die Karoline als angenehm empfand. Nachdem die junge Frau ihre Personalien ins Gästebuch eingetragen hatte, deutete sie auf eine Tür.

»Dort befindet sich unser Esszimmer. Frühstück gibt es von halb acht Uhr morgens bis zehn Uhr. Eine warme Mahlzeit können Sie nachmittags um vier Uhr zusammen mit der Familie und den anderen Gästen einnehmen. Und falls Sie zwischendurch oder abends einen Imbiss wünschen, können Sie jederzeit Bescheid geben.«

Fräulein Jakupson nahm Karolines Reisetasche, ging ihr voraus zum Nebengebäude und hielt ihr dort die Eingangstür auf. »Sie haben Glück, dass noch ein Zimmer frei ist. Im Sommer sind wir fast immer ausgebucht.«

»Kein Wunder. Es ist ein sehr schönes Fleckchen«, sagte Karoline.

Das Mädchen lächelte und führte sie zu einer Tür, hinter der ein Eckzimmer lag, dessen beide Fenster zum See und zum hinteren Teil des Gartens zeigten. Es war in hellen Tönen gehalten mit weiß gestrichenen Möbeln, zart geblümten Tapeten und lindgrünen Vorhängen. Karoline fühlte sich auf Anhieb wohl in dem lichtdurchfluteten Raum. Fräulein Jakupson stellte die Reisetasche auf eine niedrige Bank neben dem Schrank und verabschiedete sich. Karoline entledigte sich ihres Hutes und der Knöpfstiefel. Als sie ihre Pantoffeln aus der Tasche holte, bemerkte sie einen weißen Umschlag, der im offenen Seitenfach steckte. Sie zog ihn heraus und betrachtete ihn mit einem Stirnrunzeln. Er war an *Frøken Karoline Bogen c/o Hotel Fahlstrøm, Røros* adressiert und am Vortag in Kristiania abgestempelt worden. Der mürrische Portier hatte ihn wohl in ihrer Abwesenheit in Empfang genommen und in die Tasche gesteckt, ohne sie davon in Kenntnis zu setzen, als sie diese abholte.

Die Schrift kannte sie nicht, sie stammte nicht von Frau Bethge. Ihr Mund wurde trocken. Fahrig riss sie den Umschlag auf, zog ein eng beschriebenes Blatt heraus, warf einen Blick auf die Unterschrift und fand ihren Verdacht bestätigt: Der Brief war von Leuthold Schilling. Sie ließ sich in einen der beiden Sessel fallen, die nebst einem runden Tischchen vor dem Fenster mit Seeblick standen, und überflog seine Zeilen.

Liebe Karoline,

bitte verzeih diese Dreistigkeit. Doch für mein Anliegen ist das vertrauliche Du die einzig passende Anrede.

Du fragst Dich vermutlich, woher ich von Deinem jetzigen Aufenthaltsort weiß. Nicht (!) von Frau Bethge, sie hat sich in Schweigen gehüllt und mir in ihrer erfrischend unverblümten Art zu verstehen gegeben, dass ich Deinen Wunsch nach Abstand gefälligst respektieren soll. Mein Verstand akzeptiert ihre Einstellung vollkommen, mein Herz dagegen …

Nun, um es kurz zu machen: ein Hoch auf die Bestechlichkeit! Der Empfangschef unseres Hotels war zu meinem Glück bereit, mir für einen Obolus zu verraten, wohin er das Telefon-

gespräch vermittelt hat, das Du kurz vor Deiner Abreise geführt hast. Und so sah ich mich in die Lage versetzt, Dir umgehend einen Brief hinterherzuschicken.

Dein überstürzter Aufbruch hat mich geschmerzt und sehr verunsichert. Habe ich Dich vor den Kopf gestoßen? Etwas gesagt oder getan, das Dich verletzt hat? Allein der Gedanke wäre mir entsetzlich!

Vor allem aber hat mir Dein Verschwinden eines klargemacht: wie viel Du mir bedeutest! Und dass ich viel zu lange gezögert habe, das zu tun, was mein Herz schon lange verlangt, und Dir etwas sehr Wichtiges zu sagen. Den Mut dazu werde ich aber nur aufbringen, wenn ich Dir dabei in Deine lieben Augen schauen kann. Ein schnöder Brief ist dafür nicht das geeignete Vehikel.

Aus diesem Grunde habe ich beschlossen, nach Trondheim zu fahren. Der redselige Portier hat mir quasi als »Zugabe« verraten, dass Frau Bethge auf dem Sprung in diese Stadt ist und Euer beider großes Gepäck zum Schiffsanleger hat bringen lassen. Sogar das Hotel, in dem Frau Bethge Zimmer reserviert hat, konnte mir der gute Mann angeben. Ich gehe also davon aus, dass Du sie demnächst in Trondheim treffen wirst, und werde versuchen, im gleichen Gasthof unterzukommen.

In der Hoffnung, Dich recht bald wiederzusehen, sage ich Dir nun Lebwohl,

Dein Leuthold

Karoline ließ den Brief auf ihren Schoß sinken und schaute aus dem Fenster. Der Wind kräuselte die Oberfläche des Sees und trieb kleine Wellen ans Ufer. Die Wolken, die am Morgen noch wie eine Decke über dem Städtchen gehangen hatten, waren aufgelockert und gewährten Blicke in den tiefblauen Himmel.

Vor die Landschaft schob sich Leuthold Schillings Gesicht. Karoline schloss die Augen und krümmte sich zusammen. Sein Liebesgeständnis stürzte sie in einen Zwiespalt, den sie körperlich als reißenden Schmerz im Unterleib wahrnahm. Dass es sich bei dem »Wichtigen«, das er ihr sagen wollte, um einen Heiratsantrag handelte, stand für Karoline außer Frage. Fräulein Bogen, an den er sich richtete, würde ihn ohne Zögern annehmen. Für die Frau von Moritz Graf von Blankenburg-Marwitz kam das hingegen nicht infrage.

Da hilft nur eins, würde Frau Bethge sagen: Machen Sie der Geheimniskrämerei ein Ende. Wenn es ihm wirklich ernst ist mit Ihnen, werden Sie einen Weg finden, zusammen glücklich zu werden. Karoline drückte den Brief an ihre Brust und atmete tief durch. Er liebt mich, dachte sie. Das ist die Hauptsache. Und heißt es nicht schon in der Bibel: »Die Liebe ist langmütig und freundlich, sie verträgt alles, sie glaubet alles, sie hoffet alles«?

Karoline öffnete die Augen und ließ sie einem vorbeifliegenden Krickentenerpel folgen, dessen kastanienbrauner Kopf mit dem gebogenen grünen Backenstreifen im Licht der Sonne leuchtete. Die ersten Zeilen eines alten Liedes kamen ihr in den Sinn: »Wenn ich ein Vöglein wär und auch zwei Flügel hätt, flög ich zu dir ...« »Ach, Leuthold! Wenn ich doch fliegen könnte!«, seufzte sie. »Ich wäre jetzt so gern bei dir!«

Sie stand auf und zog ihre Knöpfstiefel wieder an. Es verlangte sie nach Bewegung. Ein zügiger Spaziergang am Seeufer würde vielleicht helfen, der brennenden Sehnsucht Herr zu werden, die sie nach diesem Mann verspürte. Zumindest würde es ihr leichter fallen, beim Gehen ihre Gedanken zu ordnen und sich auf das Gespräch mit ihm vorzubereiten, vor dem es ihr – trotz aller freudiger Erwartung – graute.

Am Nachmittag begab sich Karoline eine halbe Stunde vor der gemeinsamen Mahlzeit ins große Wohnhaus. Im Flur lag der Duft von angebratenen Zwiebeln und kräftigen Röstaromen in der Luft, die ihren Appetit anregten. Sie ging zum Speisezimmer, in dem ein langer Tisch für zehn Personen gedeckt war. Es war noch menschenleer. Auch in der angrenzenden Wohnstube, zu der die Tür offen stand, hielt sich niemand auf.

Ein Klavichord aus Nussbaumholz und kunstvoll gearbeiteten Intarsien erregte ihre Aufmerksamkeit. Ein solches Instrument hatte in den Privatgemächern von Fräulein Schroeder, der Direktorin des Mädchenpensionats, gestanden. War die Klappe über den Saiten geschlossen, die quer zu den Tasten verliefen, erinnerte es an einen schmalen Tisch. Seine Töne waren sehr viel leiser als die eines Pianofortes oder gar eines Flügels, konnten aber stärker moduliert und zu einer Art Vibrato gebracht werden. Über dem Klavichord, das in einer Ecke neben dem Fenster stand, hingen mehrere gerahmte Fotografien.

Karoline trat näher und betrachtete sie. Um ein großes Gruppenbild reihte sich ein Kreis von kleineren, auf denen unter anderem ein Paar in Hochzeitsstaat und drei Kleinkinder in Taufkleidchen zu sehen waren. Auf der Fotografie in der Mitte erkannte sie das junge Mädchen wieder, das sie zu ihrem Zimmer geführt hatte. Fräulein Jakupson stand inmitten einer Gruppe der drei – nun dem Säuglingsalter entwachsenen – Kinder und mehreren Erwachsenen neben einem Halbwüchsigen, der etwa ihr Alter hatte. Auf einem anderen Bild saß dieser auf einem Schemel vor dem Klavichord neben einer jungen Frau mit dunklen Locken und Augen, die einen Tick zu weit auseinanderstanden. Karoline entdeckte sie auch auf dem Gruppenbild, wo sie in die Kamera lachte – Arm in Arm mit einer Frau, die etwa einen Kopf kleiner war als sie – die Braut auf dem Hochzeitsbild.

»Fräulein Bogen?«, fragte eine warme Stimme.

Karoline fuhr zusammen und drehte sich zur Tür, in der die

kleine Frau stand, die sie zuletzt betrachtet hatte. Auf der Schwarz-Weiß-Fotografie war nicht zu erkennen gewesen, dass sie rötliche Haare hatte. Karoline schätzte sie auf Mitte dreißig. Mit ausgestrecktem Arm kam sie auf Karoline zu. »Herzlich willkommen. Ich bin Clara Hætta. Bodil sagte mir, dass Sie heute Vormittag angekommen sind.«

Karoline schüttelte ihr die Hand. »Meinen Sie Fräulein Jakupson? Sie hat mich in Empfang genommen.«

Die Wirtin lächelte. »Natürlich, Fräulein Jakupson. Unsere Bodil gehört schon so lange zur Familie. Da vergesse ich manchmal, dass sie einen anderen Nachnamen trägt.«

»Ich dachte mir schon, dass sie mehr als eine Angestellte ist«, sagte Karoline und deutete auf das Gruppenbild. »Ich war so frei, mir Ihre Bilder anzusehen.«

»Nur zu!« Frau Hætta stellte sich neben Karoline. »Ich selbst tue das viel zu selten.«

Karoline hatte vorgehabt, ihr die gleiche Flunkerei aufzutischen wie dem Küster und sie unter dem Vorwand, Sofie Grüße von ihrer Tante ausrichten zu wollen, nach ihrer Freundin auszufragen. In diesem Moment verwarf sie ihren Plan. Clara Hættas offenherzige Art hielt sie davon ab, sie anzulügen. Das gemeinsame Betrachten der Fotografien vermittelte ihr das Gefühl, sie schon lange zu kennen und ihr vertrauen zu können.

»Ihre Familie macht einen sehr harmonischen Eindruck auf mich«, sagte sie leise.

Die Wirtin lachte auf. »Bunt zusammengewürfelter Haufen trifft es wohl besser. Aber ja, wir stehen uns alle sehr nahe.« Sie tippte mit dem Zeigefinger auf ein altes Paar, das Karoline für die Großeltern der drei Kinder hielt. »Das zum Beispiel sind die Gundersens. Sie haben mir in der ersten Zeit hier sehr zur Seite gestanden. Ich weiß nicht, wie ich ohne ihre Hilfe zurechtgekommen wäre.«

»Darf ich fragen, was Sie ausgerechnet hierher verschla... ich meine, geführt hat?«, fragte Karoline.

Clara Hætta schmunzelte. »Verschlagen passt ganz gut. Man kann sich hier schon sehr verloren fühlen. Ich zumindest habe eine ganze Weile gebraucht, bis ich mich an die Stille und Kargheit der Gegend gewöhnt hatte. Aber um Ihre Frage zu beantworten: Mein erster Mann stammte aus Røros. Mit ihm und unserem Sohn Paul«, sie zeigte auf den Jungen am Klavichord, »bin ich vor zehn Jahren aus Deutschland hergekommen.« Sie legte den Kopf schief und sah Karoline an. »Und Sie? Warum sind Sie hier?«

Karoline rieb sich die Stirn. Ihr Entschluss, bei der Wahrheit zu bleiben, geriet ins Wanken. In den Ohren einer Fremden musste sich ihr Vorhaben gelinde gesagt merkwürdig ausnehmen. Die einmalige Gelegenheit, etwas über Sofie und ihr Kind zu erfahren, nicht beim Schopfe zu packen, verbot sich jedoch erst recht. So kurz vor dem Ziel aufzugeben, wäre töricht, ließ sich die Vernunftstimme vernehmen. Frau Bethge würde dir raten: Frisch gewagt ist halb gewonnen!

Karoline holte tief Luft. »Hier bei Ihnen bin ich, weil Sie eine gute Freundin von Sofie Svartstein sind.«

Clara Hætta zog die Augenbrauen hoch. »Äh, ja ... das stimmt. Woher wissen ...«

»Das hat mir heute Morgen der Küster von der großen Kirche gesagt.«

Die Verwirrung im Gesicht der Wirtin nahm zu. »Herr Blomsted?«

»Er hat seinen Namen nicht genannt«, antwortete Karoline. »Es war ein älterer, etwas umständlicher, aber sehr freundlicher ...«

Frau Hætta nickte. »Ja, das ist unser lieber Küster Blomsted. Aber ich verstehe nicht, was Sofie ...«

»Ich bin auf der Suche nach ihr.«

»Sie kennen sie?« Sie strich über das Bild, auf dem ihr Sohn neben der jungen Frau am Klavichord saß.

Karoline schüttelte den Kopf. »Nicht persönlich. Es ist eine etwas vertrackte Geschichte ...« Sie unterbrach sich und schaute verlegen zu Boden. »Ich fürchte, Sie halten mich für komplett übergeschnappt, wenn Sie sie erst einmal kennen.«

Clara Hætta legte kurz ihre Hand auf Karolines Unterarm. »Sie werden einen triftigen Grund haben. Aus Jux und Tollerei haben Sie die weite Reise hierher gewiss nicht unternommen.«

Stimmen und Stühlerücken im Speisezimmer unterbrachen ihr Gespräch. Die Wirtin warf einen Blick auf eine Tischuhr aus Nussbaumholz, die auf einem niedrigen Bücherschrank stand. Es war zehn vor vier Uhr.

»Ich muss jetzt in der Küche nach dem Rechten sehen. Aber später habe ich Zeit. Wenn Sie möchten, können wir uns gegen Abend mit einem Gläschen Wein nach draußen setzen. Dann können Sie mir in Ruhe erzählen, warum Sie Sofie suchen.«

Karoline nickte stumm. Sie hatte einen Kloß im Hals. Das freundliche Angebot rührte sie – zumal es von einer viel beschäftigten Frau kam, die an ihrem wohlverdienten Feierabend gewiss Besseres zu tun hatte, als sich die Geschichte einer Wildfremden anzuhören. Clara Hætta lächelte ihr zu und eilte aus dem Zimmer.

Karoline beugte sich erneut zu der Fotografie, auf der der Sohn der Wirtin neben der jungen Frau mit den dunklen Locken auf dem Klavierschemel saß. Das also war Sofie! Karolines Magen zog sich zusammen. Endlich hatte der Name ein Gesicht. Ein sehr sympathisches noch dazu. Ich kann Moritz verstehen, dachte Karoline. Sie ist wirklich sehr anziehend. Als er sie kennenlernte, muss sie blutjung gewesen sein. Sie kniff die Augen leicht zusammen und musterte sie genauer. Bildete sie sich das nur ein, oder lag ein Hauch von Wehmut in Sofies Augen? Wenn sie den Küster richtig verstanden hatte, war sie verheiratet. Und offenbar nicht aus der Gesellschaft verstoßen. Was aber war mit dem Kind von Moritz? Auf der Fotografie konnte sie keines entdecken, das vom Alter her passte. Die drei abgebildeten waren zu jung, das größte Mädchen war höchstens sieben. Karoline unterdrückte ein Seufzen. Sie würde das Rätsel nicht allein lösen können. So schwer es auch auszuhalten war: Es blieb ihr nichts anderes übrig, als abzuwarten. Sie richtete sich auf und dachte zum zweiten Mal an diesem Tag an ihre alte Lehrerin, die ungeduldigen Schülerinnen zuzurufen pflegte: Geduld ist ein Baum mit bitteren Wurzeln, der süße Früchte trägt.

49

Sør-Trøndelag, Juli 1905 – Liv

»Es ist leider etwas schiefgegangen«, sagte Liv kleinlaut.

Sie lief neben Bjarne vom Haupthaus des Sanatoriums hinunter zum Fjordufer. Zuvor hatte sich Mister Morency aus North Dakota sehr zufrieden von Doktor Tåke verabschiedet und die baldige Ankunft seines Bruders angekündigt, den er mit gutem Gewissen der Obhut des Arztes anvertrauen konnte. Der Leiter der Heilanstalt war sichtlich geschmeichelt gewesen und voller Vorfreude auf den illustren Kurgast, der ihm ein erkleckliches Sümmchen einbringen würde.

»Hast du den Ordner nicht gefunden?«, fragte Bjarne.

»Doch. Aber ich hatte keine Zeit, nach Elias' Akte zu suchen. Ein Mann hätte mich fast im Arbeitszimmer des Doktors erwischt.«

»Immerhin wissen wir jetzt, wo wir sie finden. Uns fällt schon etwas ein ... vielleicht müssen wir eben doch einbrechen, um den Ordner ...«

»Nein, nicht nötig«, fiel ihm Liv ins Wort. Sie klopfte auf die Aktentasche. »Er ist hier drin.«

Bjarne zog die Brauen hoch. Liv sah sich nervös nach dem Sanatorium um. Wann würde man dort das Fehlen des Ordners bemerken? »Ich weiß, ich sollte nur ...«, murmelte sie zerknirscht, »aber als der Mann auftauchte, habe ich mich so erschrocken ...«

»Mach dir nichts draus«, sagte Bjarne.

»Aber jetzt bin ich eine Diebin«, stieß sie hervor und schaute sich erneut um. »Was, wenn sie in diesem Augenblick die Lücke im Regal entdecken?«

Am liebsten wäre sie so schnell sie konnte weggerannt. Bjarne umfasste ihren Ellenbogen.

»Ganz ruhig. Selbst wenn es so wäre: Warum sollte jemand Mister Morency und seine Sekretärin verdächtigen? Warum sollten sich die beiden ausgerechnet für Adoptionen interessieren, die vor zehn Jahren vermittelt wurden?«

»Aber wie können wir den Ordner wieder zurückstellen?«

»Da fällt uns schon etwas ein. Zur Not legen wir ihn einfach vor die Tür. Oder schicken ihn mit der Post.«

Mittlerweile hatten sie das Tor erreicht, und kurz darauf sahen sie Elias, der am Strand saß und nach ihnen Ausschau hielt. Als er sie bemerkte, rannte er ihnen entgegen.

»Endlich kommt ihr!«, sprudelte er heraus. »Ich musste sooo lange warten! Wisst ihr jetzt, wer meine Mutter ist und wo sie wohnt? Können wir gleich zu ihr?«

»Nicht so hastig!«, sagte Bjarne. »Jetzt kehren wir erst einmal in unser Gasthaus zurück. Und dort schauen wir uns dann in Ruhe die Aufzeichnungen an.« Er drückte Elias' Schulter. »Und bitte, erwarte nicht zu viel. Es ist möglich, dass ...«

»Ich weiß«, unterbrach ihn Elias. »Liv hat's mir schon gesagt: Vielleicht will meine echte Mutter mich auch nicht haben und dann ...« Seine Stimme brach.

Liv zog ihn an sich. »Und was hab ich dir noch gesagt?«

Elias schniefte. »Dass du immer für mich da sein wirst.«

»Ganz genau! Du weißt, dass ich das ernst meine.«

Elias nickte und schlang seine Arme um sie.

»Auf mich kannst du ebenfalls zählen«, sagte Bjarne. »Aber jetzt lasst uns erst einmal schauen, was wir herausfinden können.«

Zwei Stunden später saßen Liv und Bjarne nebeneinander auf »ihrem« Uferplatz an der Orkla und steckten die Köpfe über dem Aktenordner zusammen, in dem die knapp fünfzig Adoptionen dokumentiert waren, die das Sanatorium in den Jahren von 1896 bis 1900 vermittelt hatte.

Elias spielte ein paar Meter von ihnen entfernt mit Kaja Verstecken. Er vergrub kleine Leckerbissen zwischen den Kieseln. Die Dohle beobachtete ihn aufmerksam und fand die Käsestückchen und Beeren auf Anhieb. Anschließend verbarg sie die Beute, wobei sie, wenn Elias hinsah, nur so tat und – sobald er sich abwendete – ein anderes Versteck wählte.

Die Dokumente, die Elias betrafen, bestanden aus einem vorgedruckten Blatt, auf dem das Datum der Geburt, Gewicht, Größe und das Geschlecht des Neugeborenen eingetragen waren, einer wenige Tage später datierten und notariell beglaubigten Adoptionsurkunde mit den Unterschriften von Doktor Tåke und Oddvar Treske sowie einigen handschriftlichen Notizen. Darin wurde eine Toril Hustad erwähnt, die die namentlich nicht genannte Mutter von Elias begleitet hatte. Die Informationen über Letztere waren karg: *Nicht volljährig, robuste Gesundheit, unkomplizierte Geburt.*

Zu Toril Hustad war vermerkt: Adresse (*Solsikkegård, Trondheim, bydel Lade*), Vermögensverhältnisse (*Papierfabrik und Anteile an der Bergwerkgesellschaft Røros im Besitz der Familie Hustad*) und die gesellschaftliche Stellung (*altes, einflussreiches Trondheimer Geschlecht, gehobenes Bildungsniveau*).

»Das deckt sich mit den Aufzeichnungen, die du bei den Treskes gefunden hast«, sagte Bjarne. »Da wurde ja auch ausdrücklich darauf hingewiesen, dass Elias' Mutter aus einer reichen Trondheimer Familie stammt.«

Er runzelte die Stirn. »Was ich vermisse, ist die Einwilligung in die Adoption.« Er tippte auf den Satz *Kind zur Adoption freigegeben* auf Livs Zettel, den sie damals in Oddvar Treskes Büro angefertigt hatte. Bjarne blätterte in dem Aktenordner. »Gewöhnlich gibt es ein solches Schreiben. Entweder von der Mutter selbst unterschrieben oder von einem Vormund.«

»Das ist tatsächlich merkwürdig«, sagte Liv. »Fehlt es nur bei Elias?«

»Lass uns nachsehen.«

»Was fehlt mir?«, fragte Elias. »Was wollt ihr bei mir nachsehen?« Er hatte wohl seinen Namen gehört und schaute sie alarmiert an.

»Dir fehlt gar nichts«, antwortete Liv. »Es geht um ein Dokument.«

»Ach so.« Er wandte sich wieder seiner Dohle zu, während sich Bjarne und Liv in den Aktenordner vertieften.

Ein paar Minuten lang war nur das Rascheln der Seiten zu hören. Erstaunt stellte Liv fest, dass das Sanatorium und seine diskreten Sonderleistungen offensichtlich weit über Trondheim und die Region hinaus bekannt waren. Nicht nur die Schwangeren waren aus allen Landesteilen angereist, auch die Adoptiveltern kamen oft von weit her, um einen Säugling mitzunehmen.

»Ganz schön einträgliches Geschäft«, brummte Bjarne. »Kein Wunder, dass sich Doktor Tåke so kostspielige Geräte wie diesen Kapillarelektrometer leisten kann.«

Liv runzelte die Stirn. »Was meinst du?«

Bjarne deutete auf Zahlen, die jeweils auf die Rückseite des Blattes mit den persönlichen Bemerkungen notiert waren. »Ich bin ziemlich sicher, dass das Geldbeträge sind.«

Liv warf einen Blick darauf und riss die Augen auf. Die Höhe der Summen verschlug ihr den Atem. Mit ihrem Dienstmädchengehalt von knapp einhundertfünfzig Kronen im Jahr hatte sie im Schnitt sieben Jahre dafür arbeiten müssen.

»Das ist doch Wucher!«, rief sie.

»Du sagst es«, meinte Bjarne trocken. »Da geht es um *really big money*, um mit Mister Morency zu sprechen.«

»Ist das denn rechtens?«, fragte Liv. »Ich dachte, dass man bei einer Adoption die Kosten für einen Anwalt und irgendwelche Gebühren zahlen muss. Aber tausend Kronen?«

»Wenn Leute bereit sind, so viel Geld zu zahlen ...« Bjarne zuckte mit den Schultern. »Offenbar gibt es viele Ehepaare, die sich verzweifelt Nachwuchs wünschen und dafür tief in die Tasche greifen. Und auf der anderen Seite gibt es Menschen wie Doktor Tåke, die sich dieses lukrative Geschäft nicht entgehen lassen. Warum soll er etwas umsonst hergeben, wenn er es auch für viel Geld verkaufen kann?«

»So ein Schuft!«, zischte Liv.

»Oh, ich bin sicher, dass er überzeugt ist, auf der guten Seite zu stehen«, sagte Bjarne mit einem ironischen Grinsen. »Er hilft ja schließlich den gefallenen Mädchen. Er befreit sie vom unerwünschten Beweis ihres Fehltritts und sorgt mit der guten Unterbringung der Kinder dafür, dass die leibliche Mutter kein schlechtes Gewissen haben muss.«

Liv zog die Stirn kraus. »Das ist abscheulich!«

»Stimmt«, sagte Bjarne. »Ich finde aber die Ursache mindestens ebenso unerträglich. Nämlich, dass Mädchen und Frauen überhaupt in so eine Lage geraten. Solange unsere Gesellschaft derart bigott ist und uneheliche Kinder für eine Schande erklärt, wird man den Doktor Tåkes dieser Welt das Handwerk nicht legen können.«

Elias stand auf und kam zu ihnen. »Habt ihr schon was rausgefunden? Steht da drin, wer meine Mutter ist?«

»Nein, das nicht. Aber wir haben eine Spur«, antwortete Bjarne.

Elias verzog enttäuscht den Mund.

Liv streichelte seine Wange. »Du musst dich ein wenig gedulden.«

Der Junge nickte und kehrte zu Kaja zurück.

Bjarne beugte sich erneut über den Aktenordner, während Liv noch daran knabberte, dass man Kinder wie Elias für horrende Beträge verkaufte. Nach einer Weile hob Bjarne den Kopf.

»Es gibt insgesamt zwölf weitere Fälle, in denen wie bei Elias ein schriftliches Einverständnis der Mutter oder eines Vormundes fehlt«, verkündete er.

»Was hat das wohl zu bedeuten?«

»Da kann ich nur raten«, antwortete Bjarne. »Wir sollten uns jetzt erst einmal an das halten, was wir haben.«

»Du meinst Toril Hustad?«

Bjarne nickte

»Denkst du auch, dass sie eine Verwandte von Elias Mutter ist?«, fragte Liv.

»Davon gehe ich aus«, antwortete Bjarne. »Hoffen wir mal, dass ihre Adresse noch stimmt.«

»Und dass sie noch lebt. Zehn Jahre sind eine lange Zeit«, sagte Liv.

»Wir werden es bald wissen. Wir sollten morgen nach Trondheim fahren.«

»Und dann? Wir können doch nicht einfach bei dieser Frau Hustad hereinplatzen und sie befragen. Wie sollen wir erklären, woher wir ihren Namen haben?«

»Du hast recht, sie müsste annehmen, dass es mit der Diskretion des Sanatoriums doch nicht so weit her ist, wie der Prospekt verspricht.«

»Genau. Sie könnte sich bei Doktor Tåke beschweren. Und spätestens dann würde mein Diebstahl auffliegen, und ich könnte im Gefängnis landen.« Liv kaute auf ihrer Unterlippe und fuhr nach ein paar Sekunden fort: »Ganz abgesehen davon: Wird Frau Hustad es nicht seltsam finden, dass sich wildfremde Menschen für die Herkunft von Elias interessieren? Sie konnte glauben, dass wir sie und ihre Familie erpressen wollen. Schließlich hast du gerade selber festgestellt, dass ein uneheliches Kind für die meisten Leute ein Schandfleck ist. Und eine angesehene Familie wie die Hustads hält bestimmt besonders große Stücke auf ihren Ruf.«

Bjarne sah Liv überrascht an. »An was du alles denkst! Aber es stimmt natürlich ... hm ... vielleicht könnten wir behaupten, dass den Treskes etwas zugestoßen ist und ...«

Liv schüttelte den Kopf. »Nein, bitte keine Lügen! Die machen doch meistens alles nur noch schlimmer.«

Bjarne fuhr sich mit beiden Händen durch die Haare und versank in Nachdenken. Er öffnete ein paarmal den Mund, schüttelte den Kopf, brummte: »Nein, taugt auch nicht«, und verfiel wieder in Schweigen.

Nach einer Weile sagte Liv zaghaft: »Und wenn wir einfach die Wahrheit sagen? Dass die Treskes Elias loswerden und ihn in eine schreckliche Erziehungsanstalt abschieben wollen?«

Bjarne sah sie an und begann zu lächeln. »Da zerbreche ich mir den Kopf, dabei liegt es so nahe ... Liv, dein Vorschlag ist sehr gut!«

»Wir versichern Frau Hustad, dass wir es respektieren, wenn Elias' Mutter ihn nicht kennenlernen oder bei sich aufnehmen will«, fuhr Liv eifrig fort. »Dass wir keinesfalls irgendwelchen Druck ausüben werden und uns um Elias kümmern, egal was passiert.«

Bjarne nickte. »Sie wird hoffentlich begreifen, dass Elias wenigstens wissen will, woher er stammt.«

Liv schaute zu dem Jungen. Er versuchte gerade, seiner Dohle das Apportieren kleiner Stöckchen beizubringen wie einem Hund. Kaja verfolgte zwar interessiert, wie er die Äste wegwarf, machte jedoch keine Anstalten, sie zu holen.

»Ich hoffe so sehr, dass er nicht wieder enttäuscht wird!«, sagte Liv leise.

Bjarne legte einen Arm um ihre Schulter. »Du hast dir jedenfalls nichts vorzuwerfen. Du hast so viel für ihn aufgegeben und riskiert.«

Liv schmiegte sich an ihn. »Aber auch so viel gewonnen.«

50

Røros/Trondheim, Juli 1905 – Karoline

Bei der gemeinsamen Mahlzeit – einem zarten Lammbraten mit in Rotwein geschmorten Zwiebeln, gelben Rüben und Kartoffeln – brachte Karoline kaum einen Bissen hinunter. Ihre Gedanken kreisten um das bevorstehende Gespräch mit Clara Hætta. Die Stimmung der Tischrunde war fröhlich und gelöst. Sie setzte sich vornehmlich aus Pensionsgästen zusammen, die sich teilweise schon länger kannten und nicht zum ersten Mal im Birkenhaus logierten. Die Wirtin hatte Karoline einen Platz neben einem Ehepaar Schmidt aus Schleswig-Holstein gegeben. Der Mann kam jeden Sommer nach Røros, um Kupfer für seine Fabrik zu bestellen, in der Kessel für Brauereien, Zuckersieder und Schnapsdestillerien hergestellt wurden. Seine Frau begleitete ihn regelmäßig, um nach dem geschäftlichen Teil der Reise einige Urlaubswochen mit ihm zu verbringen, die sie in den vergangenen Jahren kreuz und quer durch Norwegen geführt hatten.

Die beiden begrüßten Karoline freundlich, verwickelten sie sogleich in ein Gespräch und klärten sie über die Zusammensetzung der kleinen Gesellschaft auf, die außer ihnen aus fünf weiteren auswärtigen Gästen bestand. Die Wirtsfamilie war an diesem Abend nur durch Frau Hætta vertreten, die an einer Stirnseite der langen Tafel darüber wachte, dass alle gut versorgt waren. Zu ihrer Rechten saß Bodil Jakupson, die zuvor das Essen aufgetragen hatte. Der Ehemann der Wirtin war mit den drei gemeinsamen Kindern für ein paar Tage zur Großmutter gefahren, die in der Nähe eine der vielen Almhütten bewohnte.

Herr Schmidt klärte Karoline über die Bewandtnis auf, die es mit diesen Almen hatte. Von jeher hielten die Bergarbeiter im Umland von Røros Kühe, Ziegen und Schafe als Zubrot zum kargen Verdienst in den Stollen und der Schmelzhütte. Bevor die Bergstadt 1877 an die Bahnlinie angeschlossen worden war, sollten die Erzeugnisse der Viehwirtschaft zudem das Überleben der Einwohner sichern, wenn die Versorgung mit Getreide, Kartoffeln und anderen Lebensmitteln, die von auswärts herbeigeschafft werden mussten, wegen schlechter Witterung und in den langen Wintermonaten unmöglich war.

Frau Schmidt beendete ihre Erläuterungen zur Wirtsfamilie mit der Feststellung: »Zu schade, dass der älteste Sohn von Frau Hætta nicht da ist. Er spielt ganz hervorragend Klavier. Ihm zu lauschen, ist ein wahrer Hochgenuss. Seit einem Jahr studiert er an der Musikhochschule in Berlin.«

Ihr Mann nickte. »Er ist wohl das, was man gemeinhin als Wunderkind bezeichnet. Wobei er mittlerweile natürlich kein Kind mehr ist, sondern ein Jüngling von bald siebzehn Jahren.«

Karoline lächelte verbindlich, ohne genau hingehört zu haben. Einerseits war sie froh über das Geplauder ihrer Tischnachbarn, das wie ein munteres Bächlein dahinplätscherte und ihr nichts weiter abverlangte als ab und zu eine angemessene Bemerkung oder Geste. Zugleich fühlte sie sich inmitten der heiteren Runde einsam und isoliert. Ihr Verlangen nach Anerkennung, Zugehörigkeit zur Familie ihres Mannes und nicht zuletzt nach dessen Liebe hatte sie an diesen Ort getrieben – auf der Suche nach einem Kind, das ihr all das – und darüber hinaus die Absicherung ihrer Zukunft – bescheren sollte. Dass sich ihr Ziel mittlerweile geändert hatte, machte die Sache nicht besser. Die Absicht, das Kind als Unterpfand für ihre Freiheit zu benutzen, musste für eine Außenstehende wie Clara Hætta befremdlich, wenn nicht gar abstoßend wirken. Die Aussicht, ihr in Kürze den Grund für ihre Suche nach Sofie zu offenbaren, verursachte Karoline Magengrummeln.

Jetzt warte erst einmal ab, hörte sie ihre Freundin Ida sagen. Zerfleische dich nicht immer im Vorhinein! Erstens macht Clara Hætta nicht den Eindruck, als würde sie über andere richten. Ich denke, du kannst dich ihr anvertrauen, ohne eine Verurteilung, Häme oder Ähnliches fürchten zu müssen. Und zweitens ist es gut möglich, dass Sofie froh ist, wenn ihr Kind in Deutschland eine rosige Zukunft als Erbe der Grafen erwartet. Vorausgesetzt natürlich, dass es nicht bei ihr und ihrem Mann in Kristiania lebt. Dann sieht die Sache natürlich anders aus. Karoline knüllte ihre Serviette auf ihrem Schoß zusammen. Tief in ihrem Inneren war sie überzeugt, dass diese Variante unwahrscheinlich war. Der Küster hatte erzählt, dass Sofie häufig nach Røros kam und ihre Freundin Clara besuchte. Hätte er es nicht erwähnt, wenn sie ihr Kind mitbrachte? Das im Übrigen auch auf keiner der Fotografien auftauchte, die über dem Klavichord nebenan hingen.

Karoline hielt es kaum noch auf ihrem Stuhl. So ähnlich hatte es sich angefühlt, wenn sie als kleines Mädchen an Heiligabend auf das Klingeln des Glöckchens wartete, das zur Bescherung der Geschenke ins Wohnzimmer rief. Die Stunden davor hatten sich schier endlos in die Länge gezogen und ihre Ungeduld ins Unerträgliche gesteigert. Sie zwang sich, tief durchzuatmen und sich auf ihre Nachbarn zu konzentrieren, die sich eben in Erinnerungen an ihre letzte Norwegen-Reise ergingen, die sie über Tromsø hinauf zum Nordkap unternommen hatten.

Einige Stunden später saßen Karoline und Clara Hætta auf einer Bank am Ufer des Hittersjøen zwischen alten Birken, denen die Pension ihren Namen Bjørkhuset verdankte. Die Sonne stand tief über dem westlichen Horizont und vergoldete die Wellen des Sees, über den eine leichte Brise strich. Eine Entenfamilie gründelte in der Nähe des Ufers, in den Ästen der Bäume gurrte ein Taubenpärchen, und hoch über ihnen zog ein Habicht seine Kreise. In das feine Rascheln der Birkenblätter und das Glucksen des Wassers mischte sich zuweilen das Blöken von Schafen, die jenseits der Landstraße auf den Hügeln weideten.

Die Wirtin stellte eine Flasche Weißwein und zwei mundgeblasene Gläser zwischen sich und Karoline, schenkte ein und prostete ihr zu. Nachdem sie einen Schluck getrunken hatte, fragte sie: »Also, was hat es mit Ihrer vertrackten Geschichte auf sich?«

Karoline stellte ihr Glas ab. Es schien ihr angebracht, behutsam vorzugehen. Immerhin bestand die Möglichkeit, dass sich Sofie niemandem anvertraut hatte und Clara Hætta nichts von dem amourösen Ausrutscher ihrer Freundin ahnte.

Sie räusperte sich und begann stockend: »Ich weiß nicht, ob Sofie Ihnen erzählt ... Äh, also, ob Sie wissen, dass Sofie im Sommer vor zehn Jahren die Bekanntschaft eines deutschen Offiziers gemacht hat?«

Clara Hætta stutzte. Das ungläubige Staunen schlug in Unmut um. »Oh, ich erinnere mich nur zu gut! Dieser Hallodri!«, platzte sie heraus.

Karoline biss sich auf die Oberlippe. Kein Zweifel, die Wirtin war im Bilde.

»Verzeihen Sie meinen Ausbruch«, fuhr diese fort. »Aber dieser Moritz war ein Schürzenjäger, wie er im Buche steht. Er hat Sofie nach allen Regeln der Kunst den Kopf verdreht, sie verführt und dann schnöde sitzen lassen. Und das kurz vor seiner Hochzeit mit einer anderen!«

Sie zog die Stirn kraus und sah Karoline fragend an. »Warum fragen Sie nach ihm? Und woher wissen Sie, dass er damals ...«

»Ich bin die andere«, fiel Karoline ihr ins Wort. »Ich bin seine Frau.«

»Oh!«, machte Clara Hætta und hob eine Hand vor den Mund.

Karoline schüttelte leicht den Kopf. »Nein, bitte, kein Grund zu erschrecken! Sie haben absolut recht! Moritz ist ein Casanova, daran hat sich auch nach unserer Hochzeit nichts geändert.«

»Das tut mir leid«, murmelte die Wirtin. Sie musterte Karoline mit einem etwas ratlosen Gesicht. Bevor sie etwas sagen konnte, sprach Karoline rasch weiter.

»Hat Ihnen Sofie denn auch anvertraut, dass sie ... ähm, dass ihre Romanze nicht ohne ...«

»Folgen blieb?«, vervollständigte Clara Hætta den Satz. »Ja, das hat sie. Sie war sehr verzweifelt und hat sogar an Moritz geschrieben und an sein Ehrgefühl appelliert. Aber da kam natürlich keine Antwort.«

Karoline nahm einen Schluck Wein und sagte: »In diesem einen Punkt muss ich ihn in Schutz nehmen. Moritz wusste nichts von Sofies Brief und ihrer Schwangerschaft. Meine Schwiegermutter hatte ihn abgefangen und ihm vorenthalten.«

Frau Hætta zog die Augenbrauen hoch. »Das erklärt natürlich einiges.« Sie legte den Kopf schief. »Aber nicht, wieso *Sie* von dem Brief wissen. Und warum Sie nach der langen Zeit hergekommen sind.«

Der skeptische Gesichtsausdruck verriet Karoline, dass die Wirtin sich in den wildesten Vermutungen erging. Vielleicht denkt sie, dass ich mich an Sofie rächen will, schoss es ihr in den Kopf.

»Ich habe den Brief erst vor einigen Wochen zufällig entdeckt«, sagte sie rasch, »und auf diese Weise von Sofie und dem Kind erfahren, das sie von Moritz erwartet hat.«

»Dem Kind?« Clara Hætta schüttelte betrübt den Kopf und murmelte: »Das war für Sofie das Allerschlimmste.«

»Ich dachte mir schon, dass ein uneheliches Kind sie in Schwierig ...«, begann Karoline.

Die Wirtin schüttelte den Kopf. »Nein, das war es nicht. Sondern dass es tot zur Welt kam.«

»Tot?« Karoline starrte sie fassungslos an. Sie glaubte, sich verhört zu haben. »Es lebt gar nicht?«

»Laut dem Arzt, bei dem Sofie entbunden hat, hatte es wohl einen schweren Herzfehler und war zu schwach für die Anstrengungen der Geburt.«

»Wie schrecklich!«

»Ja, Sofie ist lange nicht darüber hinweggekommen. Manchmal denke ich, dass sie es immer noch nicht ganz verwunden hat. Zumal ihr in der Ehe mit Per bislang Kinder versagt geblieben sind.«

Karoline rieb sich die Stirn. Der wehmütige Ausdruck, den sie auf den Fotos in den Augen von Sofie wahrgenommen hatte, war also keine Einbildung gewesen. In das Mitleid mit der jungen Frau mischte sich einen Moment lang abgrundtiefe Enttäuschung. Sie war in einer Sackgasse gelandet! Ihr Plan hatte sich von einer Sekunde auf die andere in Luft aufgelöst. Alles umsonst!, schrie es in ihr. Das ganze Brimborium hättest du dir getrost sparen können!

Reiß dich zusammen und hör auf, solchen Unsinn zu faseln, rief sie sich zur Ordnung. Sofie ist diejenige, die allen Grund hat, sich zu grämen. Erst wird sie von ihrem Verführer im Stich gelassen. Und dann verliert sie auch noch das Kind, das sie offensichtlich allen gesellschaftlichen Widrigkeiten zum Trotz behalten wollte. Selbst wenn es also lebte, würde sie es dir niemals überlassen.

»Sie haben mir immer noch nicht verraten, warum Sie Sofie suchen«, drang Clara Hættas Stimme in ihren inneren Dialog.

Karoline straffte sich. Ein Gutes hat diese unerwartete Wendung, dachte sie. Du musst deine ursprüngliche Absicht nicht mehr preisgeben. Jetzt, wo dein Vorhaben hinfällig ist, gibt es keinen Grund dafür.

»Ich wollte sehen, wie es ihr und dem Kind geht. Ob sie vielleicht Hilfe benötigt. Und ihr anbieten, es nach Deutschland mitzunehmen und großzuziehen, falls es hier keine gute Zukunft...«

»Das ist wirklich sehr großzügig und...«

»Nein, bitte!«, unterbrach Karoline sie. Das Lob war ihr unangenehm. »Ich wollte nur das Unrecht meines Mannes ein bisschen lindern.«

Clara Hætta lächelte ihr zu. »Sofie wüsste das sehr zu schätzen.«

Karoline sah verlegen auf ihren Schoß. »Ich gestehe, dass ich nicht ganz selbstlos ... ich ... wir haben keine Kinder. Und als ich erfuhr, dass Moritz in Norwegen...«

Die Wirtin drückte kurz ihren Oberarm. »Sie brauchen sich nicht schämen. Ich möchte Ihnen gewiss nicht zu nahe treten, aber es klingt so, als hätten Sie das Glück auch nicht gerade gepachtet.«

Karoline hob den Kopf und sah Clara Hætta in die Augen, die voller Anteilnahme auf ihr ruhten. »Mag sein. Aber das wird sich nun ändern. Zumindest werde ich versuchen, mein Glück nicht mehr von anderen abhängig zu machen, sondern es selbst in die Hand zu nehmen.«

Die Wirtin hob ihr Glas. »Ich wünsche Ihnen von Herzen alles Gute. Auf Ihr Wohl!«

»Danke«, sagte Karoline und stieß mit ihr an.

Am folgenden Vormittag nahm sie den Zug nach Trondheim. Nach dem Gespräch mit Clara Hætta war sie auf ihr Zimmer gegangen, hatte sich jedoch erst spät ins Bett gelegt. Zuvor hatte sie noch einen langen Brief an Ida geschrieben, ihr vom Scheitern ihres Plans berichtet und zugleich versichert, die Reise in den Norden dennoch keine Minute zu bereuen. Sonst hätte sie nie erkannt, dass es höchste Zeit war, ihr altes Leben hinter sich zu lassen.

In Trondheim begab sich Karoline vom Bahnhof, der direkt am östlichen Kanalhafen lag, ins Stadtzentrum. Sie überquerte den Nidelva auf der Meråker Brücke und bog einige Meter später von der Søndre Gata nach rechts in die Carl Johans Gata ein, die in die Nordre Gata mündete. An der Ecke der beiden Straßen lag das Hotel d'Angleterre, in dem Frau Bethge, die ungefähr vier Tage später eintreffen würde, zwei Zimmer reserviert hatte. Karoline lenkte ihre Schritte jedoch zum gegenüberliegenden Strøms Privathotel, das laut »Baedeker's« weitaus günstiger war und ihr bis zur Ankunft von Frau Bethge als Unterkunft für eine Frau mit schmalem Geldbeutel angemessen erschien.

Nachdem sie ihre Reisetasche in ihrem Zimmer abgestellt hatte, ging sie hinüber zum Hotel d'Angleterre und hinterließ beim Empfang zwei Botschaften, in denen sie ihren Aufenthaltsort mitteilte. Eine an Frau Bethge, die andere an Leuthold Schilling. Anschließend brach sie zu einem Bummel durch das Zentrum auf. Laut ihrem Reiseführer war die drittgrößte Stadt Norwegens auf einer Halbinsel des Flusses Nidelva erbaut, der hier in den Trondheimfjord mündete. Trotz dessen nördlicher Lage – er teilte denselben Breitengrad wie Grönland – blieb sein Wasser das ganze Jahr eisfrei, was den Hafen der Stadt von alters her zu einem wichtigen Anlaufpunkt von Handelsschiffen machte und ihren Kaufleuten ein reiches Auskommen bescherte.

Im Lauf der Jahrhunderte hatten immer wieder Feuersbrünste die Holzhäuser verwüstet. Nach einem besonders verheerenden Brand im Jahre 1681 wurden daher beim Wiederaufbau breite und gerade Straßenzüge als Feuerschneisen angelegt. Der Plan sah zwei sich kreuzende Hauptachsen vor, um die der Rest der Straßen in einem Schachbrettmuster angelegt wurde. Es hatte sich jedoch nicht gänzlich durchsetzen können: Nach wie vor gab es die aus dem Mittelalter stammenden *veiten*, verwinkelte Gassen mit kleinen Häusern, die immer wieder auf den Fundamenten ihrer abgebrannten Vorgänger errichtet wurden.

Das schöne Wetter lockte neben geschäftig dahineilenden Lastenträgern, Hausfrauen mit Einkaufskörben, Schulkindern mit Lederranzen und Zeitungsjungen auch zahlreiche Spaziergänger zum Flanieren auf die breiten Bürgersteige. Kutschen, Karren, Reiter und vereinzelte Automobile belebten die Fahrbahnen, und ab und zu fuhr quietschend eine elektrische Straßenbahn vorüber. Auf dem Torvet, dem Marktplatz, kreuzten sich die beiden Hauptstraßen. Während die Kongensgata stadtauswärts nach Westen verlief und von prachtvollen, häufig aus Stein erbauten Palais gesäumt war, führte die Munkegata vom Kanalhafen Richtung Süden.

An ihrem Ende erblickte Karoline die mächtige Domkirche, die im elften Jahrhundert über dem Grabe Olafs des Heiligen angelegt worden war, dem *eigentlichen Gründer der Stadt, der Wiege des norwegischen Reiches*, wie es im »Baedeker's« zu lesen war. 1869 hatte man mit der Renovierung des stark beschädigten Gebäudes begonnen, die sich noch über Jahre hinziehen würde. Momentan war noch der Westflügel im Bau, während die drei anderen in alter Pracht hergestellt waren.

Karoline genoss es, allein durch die fremde Stadt zu streifen und sie zu erkunden. Für den Moment war die Aufregung über die bevorstehende Begegnung mit Leuthold Schilling abgeflaut. Sie fühlte sich befreit von einer Last, deren Gewicht ihr erst im Nachhinein bewusst wurde. Der Druck, den Vorstellungen anderer entsprechen zu sollen, war von ihr abgefallen. Es war herrlich, sich ohne Ziel entspannt treiben zu lassen. Karoline erlebte eine Unbeschwertheit, die sie als ebenso ungewohnt wie beglückend empfand. Dabei war ihr klar, dass es ein flüchtiger Zustand war, der allzu bald durch die Realität – ein Dasein als mittellose, gesellschaftlich geächtete Geschiedene – eingeholt werden konnte. Sie war über sich selbst erstaunt. Bis vor Kurzem hätte sie sich in einer solchen Lage den Kopf über ihre ungewisse Zukunft zermartert. An diesem Tag konnte sie diese Stunden der Freiheit, wie sie sie bei sich nannte, auskosten.

51

Sør-Trøndelag, Juli 1905 – Liv

Am Vormittag nach ihrem Erkundungsbesuch im Tåke-Sanatorium fuhren Liv, Elias und Bjarne nach Trondheim und von dort mit der Meråkerbahn vom Bahnhof am neuen Hafen direkt weiter zur Halbinsel Lade. Von der Station Leanger liefen sie zum Solsikkegård, dem Gutshof der Familie Hustad. Es war ein stattliches Anwesen, das inmitten eines riesigen Parks auf einer Anhöhe stand, von der aus man einen weiten Blick über die umliegenden Felder, Wäldchen, Bauernhöfe und den Trondheimfjord hatte. Eine breite Ahornallee führte durch die Ländereien zum Wohnhaus, das sich für Liv mit seinen Türmchen, Erkern und Balkonen wie ein kleines Schloss ausnahm. Es war von Stallungen, Scheunen, Gesindewohnungen, Remisen, Vorratsspeichern, Werkstätten, Schuppen und Gewächshäusern umgeben.

Als sie sich ihm bis auf fünfzig Meter genähert hatten, blieb Bjarne stehen. »Ab hier gehe ich am besten allein weiter.«

Liv nickte. Sie hatten beschlossen, dass Elias erst in Erscheinung treten sollte, wenn klar war, dass ihm die Hustads einen freundlichen Empfang bereiten würden. Bjarne sollte daher herausfinden, ob Toril Hustad zu Hause war und willens, ihn anzuhören und über die Ereignisse vor neun Jahren zu sprechen. Wenn alles gut lief, würde er Liv und Elias später dazuholen.

Liv legte einen Arm um den Jungen und schaute Bjarne nach, der mit federnden Schritten zum Landhaus lief. Elias war bleich und verspannt. Liv streichelte seine Schulter. »Komm, lass uns ein schönes Plätzchen suchen, wo wir auf Bjarne warten können.« Sie deutete auf einen schmalen Pfad, der von der Allee über eine Wiese führte, an deren Ende hohe Bäume standen.

Elias schüttelte den Kopf und sagte gepresst: »Dann findet uns Bjarne aber nicht. Ich will hierbleiben.«

Er hielt seine Augen unverwandt auf die Eingangstür des Haupthauses gerichtet, durch die man Bjarne eben hineingelassen hatte. Dabei bewegte er seine Lippen und murmelte tonlos etwas vor sich hin. Vermutlich ein Gebet.

Liv bestand nicht auf ihrem Vorschlag. Die Angst des Jungen schnitt ihr ins Herz. Sie hätte ihn gern ein wenig abgelenkt. Hoffentlich dauert es nicht zu lange, dachte sie. Egal, wie es ausgeht, die Ungewissheit muss ein Ende haben.

Es war Kaja, die Elias aus seiner Erstarrung löste. Auf dem Weg hatte sie auf seiner Schulter gesessen und von dort neugierig die Landschaft beäugt. Nun tippelte sie von einem Fuß auf den anderen, stieß aufgeregte Laute aus und flog schließlich davon.

»Nein, Kaja, komm zurück!«, rief Elias. »Du verirrst dich sonst.«

Die Dohle reagierte nicht. Sie hielt auf die Bäume am Rand der Wiese zu und verschwand im Grün der Blätter. Nachdem Elias den Vogel mehrfach vergebens gerufen hatte, lief er ihm hinterher. Liv folgte ihm und erkannte bald, was Kaja angelockt hatte: In den Wipfeln einiger hoher Buchen hatte sich ein Schwarm Dohlen niedergelassen. Von Bjarne wusste Liv, dass die kleinen Rabenvögel in Norwegen nur in wenigen Gebieten anzutreffen waren, vornehmlich im südlichen Østlandet, der Küste Jæren bei Stavanger und rund um den Trondheimfjord.

Elias hatte den Kopf in den Nacken gelegt und schaute in die Äste über ihm, auf denen ein gutes Dutzend der schwarz-grau gefiederten Vögel saß.

»Ich weiß nicht, welche Kaja ist«, schluchzte er. »Von hier unten sehen sie alle gleich aus.«

»Dafür erkennt sie dich aber«, sagte Liv und zeigte auf eine Dohle, die zu Elias hinunteräugte.

Er streckte den Arm nach ihr aus und rief ihren Namen. Die anderen Dohlen wurden unruhig, stoben auf und flogen Richtung Wiese davon. Kaja schaute ihnen unschlüssig hinterher, kam aber nach kurzem Zögern auf Elias' Hand. Er kraulte sie und trug sie auf die andere Seite des Waldstreifens. Dahinter lag ein Park mit Laubengängen, kleinen Teichen und plätschernden Bächlein.

»Ich weiß nicht, ob wir hier herumlaufen dürfen«, sagte Liv. »Es ist ein privates Grundstück.«

»Hier ist doch niemand«, widersprach Elias. »Und wenn jemand kommt, können wir doch sagen, dass wir uns verlaufen haben.«

Ohne Livs Antwort abzuwarten, ging er weiter, offenbar im Bestreben, so viel Abstand wie möglich zwischen Kaja und die anderen Dohlen zu bringen. Liv verkniff sich die Bemerkung, dass Kaja ihre Artgenossen zuvor aus großer Entfernung wahrgenommen hatte und gewiss jederzeit wieder den Weg zu ihnen finden würde.

Der Park machte einen verwunschenen Eindruck auf Liv. Über der üppigen Blütenpracht der Dahlien, Schwertlilien, Rosensträucher, Sommerfliederbüsche und Weigelien lag eine Ruhe, die nur zuweilen von sphärischen Klängen durchbrochen wurde, deren Herkunft sie sich nicht erklären konnte. Unwillkürlich bemühte sie sich, lautlos aufzutreten. Sie kam sich wie ein Eindringling vor, der sich in eine menschenleere Zauberwelt verirrt hatte.

»Ich glaube, da ist jemand«, wisperte Elias.

Auf einem kiesbestreuten Weg waren sie in eine abgelegene Ecke der Anlage gelangt und standen vor einer mannshohen Weißdornhecke. Durch eine Lücke im Blattwerk erspähte Liv eine Gestalt, die reglos mit dem Rücken zu ihnen auf einer Bank

565

saß. Liv suchte Elias' Blick, legte einen Finger auf den Mund und wies ihn mit einer Geste an, auf Zehenspitzen umzukehren. Er nickte, machte einen Schritt rückwärts und trat auf einen morschen Ast, der mit einem lauten Knacken zerbarst.

Ein erschrockenes Gurgeln ertönte hinter der Hecke, gefolgt von einem Knirschen. Einen Moment später bog eine junge Frau in einem hellen Sommerkleid um die Büsche.

»Entschuldigen Sie bitte vielmals, dass wir Sie erschreckt haben«, sagte Liv.

Die Frau, die Liv auf Ende zwanzig schätzte, strich sich eine Strähne ihrer dunklen Locken aus dem Gesicht und musterte sie aus Augen, die einen Tick zu weit auseinanderstanden. Liv stutzte. Dem gleichen Augenpaar hatte sie einen Atemzug zuvor den stummen Befehl zum Rückzug gegeben. Sie runzelte die Stirn und drehte sich zu Elias.

Es waren nicht nur die Augen. Der Junge hatte die gleichen widerspenstigen Locken wie die junge Frau. Livs Puls beschleunigte sich. Es war gut möglich, dass sie einer nahen Verwandten von Elias gegenüberstanden. Schließlich befanden sie sich auf dem Anwesen der Frau, die seine Mutter ins Sanatorium begleitet hatte. Der Name in dem Dokument wurde lebendig. Zum ersten Mal hielt Liv es für wahrscheinlich, dass sich Elias' Wunsch erfüllen könnte. Dass es tatsächlich eine Familie gab, die ihn aufnehmen würde. Weil er ein Teil von ihr war.

»Sofie!«

Der Ruf ließ alle drei zusammenfahren.

»Sofie? Wo steckst du?«

Die junge Frau kehrte hinter die Hecke zurück. »Ich bin hier, *mormor*.«

»Es ist etwas Unglaubliches geschehen!«, fuhr die Stimme atemlos fort. Sie klang ein wenig brüchig.

Liv nahm Elias an der Hand. Sie wollte die Gelegenheit nutzen, den Park zu verlassen und zur Ahornallee zurückzulaufen, wo Bjarne vielleicht schon auf sie wartete.

»Stell dir vor ... aber vielleicht setzt du dich besser ...«, fuhr die Stimme fort.

»Bitte, Großmutter, mach es nicht so spannend.«

»Ich fasse es ja selbst noch nicht. Aber ... dein Kind lebt!«

Liv erstarrte. Ihre Finger krampften sich um Elias' Hand. Es ist nicht irgendeine Verwandte, es ist Elias' Mutter, schoss es ihr durch den Kopf. Beschämt gestand sie sich ein, dass ein winziger Teil in ihr ein Scheitern ihrer Suche erhofft hatte. Es war schmerzlich, sich die Trennung von dem Jungen vorzustellen. Im Laufe der vergangenen Wochen war er ihr so viel mehr als ein bloßer Ersatz für ihren toten Bruder Gøran geworden.

»Au, du tust mir weh!«, protestierte Elias und versuchte, seine Hand aus ihrer zu befreien.

Liv zog ihn zu dem Durchgang in der Hecke, hinter der sich ein kleiner Rasenplatz befand. In der Mitte wuchs ein Apfelbäumchen, die Ränder waren von Beeten gesäumt, die mit Löwenmäulchen, Stiefmütterchen, Nelken und anderen niedrigen Blumen bepflanzt waren. Vor einer weiß gestrichenen Holzbank standen die junge Frau und eine alte Dame mit weißen Haaren, die sie zu einem Dutt hochgesteckt hatte. Ihre faltigen Wangen waren gerötet, und ihre Brust hob und senkte sich sichtbar.

»Mein Kind?«, fragte Sofie und schaute zu dem kleinen Apfelbaum. Darunter entdeckte Liv ein schlichtes Kreuz aus Gusseisen.

»Gerade hat mir ein Mann glaubhaft versichert, dass es die Geburt überlebt hat.«

»Was für ein Mann?«

Die alte Dame öffnete den Mund zu einer Antwort. Dabei fiel ihr Blick auf Liv und Elias, die hinter ihnen standen. Sie griff haltsuchend nach der Lehne der Bank.

»Elias!«, flüsterte sie.

»Welcher Elias?«, fragte ihre Enkelin. »Ich kenne keinen …«

Die alte Dame streckte zitternd einen Arm aus und deutete auf den Jungen. Sofie wandte sich um. Auf ihrem Gesicht spiegelte sich ungläubiges Staunen.

»Das ist …?«

»Dein Sohn.«

Sofie schwankte. Das Blut wich aus ihrem Gesicht. Liv ließ Elias' Hand los und trat rasch zu ihr. Im nächsten Moment machte Sofie eine halbe Drehung um sich selbst, ihre Knie gaben nach und sie sackte zusammen. Liv griff ihr unter die Achseln und ließ sie auf den Rasen gleiten.

Elias schrie auf. Er war wachsbleich und zitterte am ganzen Körper.

»Keine Angst«, sagte Liv. »Sie ist nicht tot, sondern nur ohnmächtig.«

Seine Sorge um diese fremde Frau gab ihr einen Stich. Für einen Augenblick übertönte ihre Eifersucht die Seite in ihr, die sich aufrichtig wünschte, Elias mit seiner Mutter zu vereinen und ihn deren Obhut zu überlassen.

Die alte Dame beugte sich zu Elias und erklärte: »Meine Enkelin hat sich sehr erschrocken.«

Elias schlug die Hände vors Gesicht und flüsterte: »Warum fürchtet sie sich vor mir?«

»Du hast das falsch verstanden. Sie hat keine Angst. Es ist ein freudiger Schreck«, antwortete Frau Hustad. »Sie hat nämlich … wir alle haben geglaubt, dass du tot bist.«

Sie wischte sich die Tränen weg, die ihr in den Augen standen. Elias sah verunsichert zu Liv, die neben Sofie kauerte und ihr die Wangen tätschelte. Sofies Lider begannen zu flattern. Mit einem Stöhnen kam sie zu sich und schaute sich verwirrt um. Als sie Elias sah, fasste sie sich an die Stirn und murmelte: »Es ist also kein Traum?«

»Nein, Liebes«, sagte ihre Großmutter. »Es besteht kein Zweifel. Elias ist dein Sohn. Er kam vor neun Jahren am zweiten Mai im Sanatorium von Doktor Tåke zur Welt. Genau das Datum, an dem du dort die Geburt hattest. Es gab an jenem Tag keine andere Entbindung.«

Sofie richtete sich auf. »Ich verstehe das nicht. Sie haben uns doch gesagt, dass das Kind tot war. Dass es einen Herzfehler hatte und ...«

»Ich weiß, Liebes. Ich kann es dir auch nicht erklären.«

Sofie versuchte aufzustehen. Liv kam ihr zu Hilfe, führte sie zu der Bank. Sie sah zu Elias, der mit hängenden Schultern dastand und sichtlich nicht wusste, wohin mit sich. Die eifersüchtige Anwandlung verflüchtigte sich. Wie hatte sie nur so selbstsüchtig sein können? Sie winkte ihn zu sich. Er richtete sich auf und rannte zu ihr. Die Dankbarkeit in seinem Gesicht verscheuchte den letzten Rest der Missgunst. Das, was zwischen ihr und Elias entstanden war, konnte ihnen niemand mehr nehmen. Sie war in seinem Herzen ebenso verankert wie er in ihrem.

Sofie streckte eine Hand nach ihm aus und berührte ihn scheu. »Ich habe dich so vermisst«, sagte sie wie zu sich selbst. »Jeden einzelnen Tag. Wo warst du bloß?«

»Bei den Treskes. Aber die hatten mich nicht lieb«, platzte Elias heraus.

»Ein Ehepaar aus Stavanger«, erklärte Liv. »Sie haben ihn adoptiert.«

»Hier versteckt ihr euch!«

Liv drehte sich um und sah Bjarne, der eben auf dem kleinen Rasenplatz erschien.

»Wolltet ihr nicht ...« Er unterbrach sich, als er Sofie und ihre Großmutter bemerkte.

»Das ist der junge Mann«, erklärte diese.

Bjarne lüftete seinen Hut vor Sofie. »Bjarne Morell aus

Kristiania.« Er fasste Livs Hand und fuhr fort: »Und das ist meine Verlobte Liv Svale.«

»Sie hat mich gerettet«, sagte Elias und nahm Livs andere Hand. »Mein Vater hat mich im Keller eingesperrt und wollte mich ins Heim stecken. Aber Liv hat mich befreit und ist mit mir abgehauen. Um dich zu suchen.«

Sofie sah ihn benommen an. Liv war nicht sicher, ob sie die Worte des Jungen verstanden hatte. Wie mochte es sich anfühlen, wenn man einem Totgeglaubten begegnete? Es überstieg ihre Vorstellungskraft. Sofie sah aus, als würden ihr erneut die Sinne schwinden. Elias musterte sie aufmerksam. In seinem Gesicht arbeitete es. Er schluckte mehrmals und kämpfte sichtlich mit den Tränen.

Liv beugte sich zu Elias Ohr. »Los, trau dich!«

Elias stellte sich vor Sofie und fragte kaum hörbar: »Willst du mich haben?«

In Sofies Züge kam Leben. Sie sprang auf, fiel vor ihm auf die Knie, legte ihre Hände auf seine Schultern und rief: »Mehr als alles andere in der Welt!«

52

Trondheim, Juli 1905 – Karoline

Am dritten Tag nach ihrer Ankunft in Trondheim ging Karoline nach dem Frühstück hinüber zum Hotel d'Angleterre. Wenn Frau Bethge, wie angekündigt, kurz nach ihr von Kristiania Richtung Norden aufgebrochen war, benötigte sie ungefähr vier Tage für die Fahrt und konnte mit dem von Bergen täglich verkehrenden Postdampfer der Hurtigruten frühmorgens eingetroffen sein. Es war vor allem der große Schrankkoffer, den sie in Kristiania zurückgelassen hatte, nach dem es Karoline verlangte. Ihre Reisetasche bot nur Platz für einen Rock, eine Jacke, drei Blusen, Pantoffeln, ein Nachthemd, etwas Wäsche zum Wechseln, ihren Toilettenbeutel sowie ein Reiseschreibset, den »Baedeker's« und einen Roman als Reiselektüre. Sie brannte darauf, sich mit frisch gewaschenen und gebügelten Sachen einzukleiden, bevor sie Leuthold Schilling traf. Es war anzunehmen, dass er etwa zur gleichen Zeit wie Frau Bethge die Fahrt nach Trondheim angetreten hatte, vielleicht sogar mit demselben Schiff.

Zum ersten Mal seit langer Zeit wünschte sie sich ihre Zofe Agnes herbei. Zu gern hätte sie sich deren kundigen Händen anvertraut und sich mithilfe von Welleisen, Toupierkamm, Pinzette zum Augenbrauenzupfen und anderen Geräten ein bisschen »auftakeln« lassen, wie Ida es mit leiser Ironie auszudrücken pflegte. Nun, sie musste es eben ohne fremde Hilfe bewerkstelligen, sich in einen präsentablen Zustand zu versetzen.

Der Portier des Hotels d'Angleterre teilte Karoline mit, dass Frau Bethge noch nicht aufgetaucht war und erst Ende der

Woche, am Sonntag, den dreiundzwanzigsten Juli, erwartet wurde. Für Karoline hatte sie telefonisch eine Nachricht hinterlegen lassen: Sie war spontan der Einladung einer norwegischen Bekannten gefolgt und besichtigte eine Landwirtschaftsschule, in der auch Mädchen ausgebildet wurden. Die großen Koffer hatte sie jedoch bereits auf den Weg nach Trondheim gebracht und bat Karoline, diese am Hafen abzuholen und ins Hotel bringen zu lassen.

Außerdem wartete ein Brief von Ida auf Karoline, den sie in ihre Tasche steckte, um ihn später in Ruhe zu lesen. Von Leuthold Schilling jedoch fehlte jegliches Lebenszeichen. Karoline rang kurz mit sich, ob sie den Portier nach ihm fragen sollte. Schickte es sich, sich als unverheiratetes Fräulein nach einem allein reisenden Herrn zu erkundigen? Wohl nicht, gab sie sich selbst zur Antwort. Aber es ist doch vollkommen gleichgültig, was man hier von dir denkt. Zumal du ohnehin kein lediges Fräulein bist. Sie fasste sich ein Herz und erfuhr, dass Leuthold Schilling ebenfalls noch nicht eingetroffen war.

Ernüchtert verließ sie das Hotel und lief zum Hafen. Die Leichtigkeit, die sie bei ihrem ersten Stadtbummel verspürt hatte und die sie auch bei ihren späteren Besichtigungen von Trondheims Sehenswürdigkeiten und den Ausflügen in die Umgebung beflügelt hatte, war zerstoben. Die kribbelige Vorfreude auf das Wiedersehen mit Leuthold war einer Ungeduld gewichen, die ihre Nerven aufs Äußerste anspannte. Nicht zu wissen, wann das Warten ein Ende hatte, war schier unerträglich. Es drängte sie, endlich klar Schiff zu machen und ihm zu offenbaren, wer sie wirklich war. Die Befürchtung, er könnte sich von ihr abwenden, hielt sich die Waage mit der Hoffnung, seine Liebe würde sich als so stark erweisen, wie er es in seinem Brief angedeutet hatte.

Eine Stunde später kehrte Karoline in Begleitung eines Gepäckträgers zurück. Die beiden Schrankkoffer waren in der

Früh mit dem Hurtigruten-Dampfer angekommen. Es sprach nichts dagegen, ihr Zimmer im Hotel d'Angleterre zu beziehen. Es war ab diesem Tag verbindlich gebucht und musste bezahlt werden – es nicht zu nutzen, wäre Verschwendung gewesen. Beschwingt von der Aussicht auf ein ausgiebiges Wannenbad in einem eigenen Badezimmer, folgte sie dem Hotelpagen, der sich ihres Koffers angenommen hatte, in den ersten Stock. Kaum hatte er ihn in ihrem Zimmer abgestellt, eilte sie wieder hinaus, um ihre Rechnung in Strøms Privathotel zu begleichen und ihre Reisetasche zu holen. Um ein Haar prallte sie mit einem Herrn zusammen, der gerade aus einer Tür auf den Flur trat.

»Karoline!«, rief Leuthold Schilling.

Sie blinzelte verwirrt und stammelte: »Aber wie ist das mö... äh, man sagte mir ... du ... äh ... Sie sind ja doch schon da ...«

»Seit heute früh. Ich wollte gerade rübergehen und nach dir fragen.« Er ergriff ihre Rechte mit beiden Händen und strahlte sie an. »Du glaubst gar nicht, wie glücklich ich bin, dich zu sehen.«

Karoline erwiderte sein Lächeln, brachte jedoch kein Wort heraus. Sie fühlte sich überrumpelt und hatte Mühe, einen klaren Gedanken zu fassen. Die Berührung seiner Hände entfachte ein Feuer in ihr, das hell in ihr aufloderte und ihre Befangenheit zu Asche verbrannte.

Wie aus weiter Ferne hörte sie Leutholds Stimme: »... wo wir ungestört reden können.«

Ungestört. Das war das Stichwort. Karoline zog Leuthold zu der offenen Tür seines Zimmers.

Was tust du da? Bist du von Sinnen?, begehrte die Vernunftstimme in ihr auf. Ach, gib endlich Ruhe, brachte sie sie zum Verstummen. Ich habe viel zu oft auf dich gehört. Und was hat es mir gebracht? Ein trostloses, fremdbestimmtes Leben.

Der Ausdruck in Leutholds Gesicht veränderte sich. Er wurde weicher und zugleich fordernd. Seine Pupillen weiteten sich und verdunkelten die Iris. Sein Atem ging schneller, und seine Hände schlossen sich fester um ihre, bevor sie sie losließen und sich um ihre Taille legten. Karoline drückte die Tür hinter sich mit einem Fuß zu, legte ihren Kopf in den Nacken und suchte Leutholds Blick. Ihre Augen versenkten sich ineinander, während sich ihre Münder fanden. Karolines Lider schlossen sich flatternd. Sie fürchtete, ohnmächtig zu werden, und nahm gleichzeitig alles mit geschärften Sinnen wahr: seine Zungenspitze, die sanft über ihre Lippen strich und sich vorsichtig dazwischenschob; seine Hände, die den Hut von ihren Haaren entfernten und diese von den Kämmen und Nadeln befreiten, mit denen Karoline sie hochgesteckt hatte; die herbe Note seines Rasierwassers und den Geruch nach Stärke, der seinem gebügelten Hemd entströmte; die Glätte seines rasierten Kinns und die Wärme seines Atems; das Rascheln, mit dem ihr Kleid zu Boden glitt, nachdem Leuthold die Häkchen aus den Ösen am Rücken gelöst hatte, und das Klopfen ihres Herzens, das das Blut in ihren Ohren rauschen ließ.

Im Nachhinein hätte sie nicht sagen können, wie sie die Knöpfe seines Hemdes geöffnet und es ihm abgestreift hatte, wo sie sich befanden, als er die Schnüre ihres Mieders aufband, und wann er sie hochhob und zum Bett trug. Karoline fühlte sich wie eine Balletttänzerin, die Schritte und Bewegungen vollführte, die ihr bis zu dieser Stunde unbekannt gewesen waren. Sie überließ sich dieser geheimen Choreografie, ohne nachzudenken, ohne Scheu und Scham. Kein Zweifel flog sie an, keine Unsicherheit. Es gab nur sie und Leuthold, den Gegenpart, der sie durch diesen Tanz führte. Seine Küsse, mit denen er Karolines Körper an Stellen liebkoste, für die eine züchtige Frau keine Bezeichnung kannte, weckten in ihr ein Verlangen, von dem sie nicht gewusst hatte, das es in ihr schlummerte. Der Ausdruck »sich einem Manne hingeben« bekam eine Bedeutung für sie, war nicht länger eine leere Floskel aus dem Ehebüchlein, in der sie den schalen Geschmack von Pflicht und Unterwerfung gehabt hatte. Karoline wollte sich Leuthold schenken, mit Haut und Haaren, wollte mit ihm verschmelzen und ihm so nahe kommen, wie es nur zwei Menschen möglich war, die so, wie Gott sie geschaffen hatte, beieinander lagen und sich erkannten.

Auch als sie von der höchsten Woge getragen aus dem gemeinsamen Rausch gespült wurden, hatte diese Seligkeit Bestand. Keine Ernüchterung, keine Reue setzte ein. Karoline hatte ihren Kopf auf Leutholds Brust gebettet, lauschte dem Pochen seines Herzens und spürte seine Hände, die zärtlich durch ihre Haare strichen. Zum ersten Mal in ihrem Leben fühlte sie sich schön. Nein, es war mehr als das. Sie fühlte sich rundum als Frau, war nicht länger das geschlechtslose Wesen, das unsichtbar an der Seite eines Mannes dahinvegetiert hatte, der sie gar nicht sah.

»Ich wusste nicht, dass es so etwas wie dich gibt«, flüsterte Leuthold.

Karoline stützte sich auf und sah ihn an. »Ich auch nicht. Du hast es aus seinem Käfig befreit.«

Er gab ihr einen langen Kuss. Sie löste sich von ihm und widerstand der Versuchung, sich erneut an ihn zu schmiegen. Sie musste ihm jetzt die Wahrheit über sich sagen. Sie war es ihm schuldig.

»Was ist dir?«, fragte er und musterte sie besorgt. »Bekümmert dich etwas?«

»Ich bin nicht die, für die du mich hältst«, platzte sie heraus, bevor sie es sich anders überlegen konnte. »Ich bin nicht Fräulein Bogen, sondern ...«

Er legte ihr einen Finger auf die Lippen. »Es spielt keine Rolle. Für mich bist du die, nach der ich mich mein Leben lang gesehnt habe. Und die ich nie wieder loslassen möchte.«

»Aber es ist wichtig ...«, sagte Karoline.

Leuthold schüttelte den Kopf. »Gewiss nicht so wichtig wie das, was ich dir ...«

Ein Klopfen an der Tür unterbrach ihn. Er runzelte die Stirn. »Wer mag das sein?«

Es klopfte erneut, und eine Stimme rief: »Ein Telefongespräch aus Deutschland. Sie können es unten im Foyer entgegennehmen.«

Leuthold verzog das Gesicht und stand auf. »Tut mir leid. Das kommt wirklich sehr ungelegen. Aber ich sollte wohl ...«

»Selbstverständlich!«, sagte Karoline. »Ich hoffe, es sind keine schlechten Nachrichten. Ohne triftigen Grund wird doch niemand ein so teures Telefonat führen.«

Leuthold zuckte mit den Schultern, schlüpfte in seine Kleider und verabschiedete sich mit den Worten: »Geh nicht weg! Ich bin gleich wieder da.«

Karoline lauschte seinen Schritten, die sich auf dem Gang entfernten, und rekelte sich. Ihr Körper war noch erhitzt vom Liebesspiel und schwer von einer wohligen Mattigkeit. Träge wanderten ihre Augen durch den Raum und blieben an einer Wasserflasche und einem Glas hängen, die auf einem Tisch neben dem Fenster standen. Der Anblick machte ihr bewusst, wie durstig sie war. Sie erhob sich und schenkte sich ein Glas ein. Aus einer Ledermappe, die neben der Flasche lag, lugte ein Umschlag hervor. Die Schrift darauf war ihr nicht vertraut, der Name, der dort notiert war, hingegen sehr wohl: *Karoline von Blankenburg-Marwitz.*

Das Glas fiel ihr aus der Hand und prallte mit einem dumpfen Schlag auf den dicken Teppich, der den Boden bedeckte. Das Wasser ergoss sich über ihre Füße und spritzte an ihren Schenkeln hoch. Nach einer Schrecksekunde zog sie den Umschlag aus der Mappe. Er war nicht zugeklebt. Ohne nachzudenken, griff sie hinein und förderte mehrere Zettel zutage, die mit derselben ihr unbekannten Handschrift bedeckt waren. Sie blätterte sie durch und erstarrte. Wer auch immer sie beschrieben hatte, wusste bis ins Detail über ihre Reiseroute Bescheid: Auf den kleinen Papierstücken standen die Städte, in denen sie Station gemacht hatte, sowie die Namen und Adressen der Hotels, in denen sie abgestiegen war. Die Zeilen verschwammen vor ihren Augen. Sie rang nach Luft und spürte, wie ihr Herz nach einem kurzen Aussetzer zu rasen begann.

Es war kein Zweifel möglich: Leuthold Schilling wusste genau, wer sie war. Aber wer war er? Ein Detektiv, der sie beschattete? Wenn ja, warum und in wessen Auftrag? Hatten ihn Moritz oder Gräfin Alwina beauftragt? Hatten sie herausgefunden, dass sie nicht mit ihren Verwandten aus Stettin in einem Seebad Urlaub machte, wie sie behauptet hatte? Karoline rieb sich die Stirn. Das erschien ihr eher unwahrscheinlich. Moritz scherte es nicht, was sie tat, seinetwegen konnte sie sich am Ende der Welt herumtreiben. Und auch Gräfin Alwina würde kaum Geld dafür ausgeben, um ihren Aufenthaltsort zu ermitteln. Sie hatte ja deutlich genug zum Ausdruck gebracht, dass sie ihre Schwiegertochter eine Weile nicht zu sehen wünschte.

Karoline biss sich auf die Unterlippe. Vielleicht ging es aber gar nicht um eine Überwachung? War es denkbar, dass man Leuthold aus einem anderen Grund auf sie angesetzt hatte? Sollte er sie zu einem Seitensprung verführen? Damit sich Moritz von der Ehebrecherin scheiden lassen konnte und diese ohne Ansprüche gehen musste?

In diesem Fall hat er sich seinen Lohn redlich verdient, höhnte eine Stimme in ihr. Er kann einen vollen Erfolg seiner Mission vermelden.

Karoline fröstelte. Sprach er in diesem Augenblick mit seinem Auftraggeber, der sich telefonisch nach dem Stand der Dinge erkundigte? Prahlte er damit, dass sie sich ihm förmlich an den Hals geworfen hatte, nachdem er sie zuvor mit seinem

Charme und seiner Flirterei weichgeklopft hatte? Auch wenn diese Vermutung weit hergeholt war – sie riss Karoline aus ihrer Starre. Sie musste aus diesem Zimmer, musste das Hotel verlassen und sich irgendwo verkriechen, wo Leuthold sie nicht fand. Ihm gegenüberzutreten, hatte sie nicht die Kraft. Das selige Hochgefühl war in einen Strudel schwarzer Verzweiflung gesaugt worden, die sich in Karoline ausbreitete.

So schnell es ging, streifte sie ihre Wäsche und das Kleid über, zog die Schuhe an und stürzte auf den Gang. Vom oberen Treppenabsatz spähte sie hinunter ins Foyer. Vor dem Empfangstresen standen drei Reisende, die sich ins Gästebuch eintrugen. Die Ecke, in der sich die Telefonkabine befand, konnte Karoline nicht einsehen. Die Gefahr, von Leuthold beim Durchqueren der Halle entdeckt zu werden, war zu groß. Sie machte kehrt und suchte nach der Stiege, die von den Zimmermädchen und anderen dienstbaren Geistern des Hotels genutzt wurde. Eine Minute später stand sie im Hinterhof, rannte von dort auf die Nordre Gata zu Strøms Privathotel und verließ dieses wenig später mit ihrer Reisetasche. Zügig eilte sie Richtung Marktplatz zur Munkegata 19, wo sich laut ihrem Reiseführer die Pension von Frau Matzow befand, die als preisgünstig und sauber beschrieben war. Immer wieder sah sich Karoline um, konnte zu ihrer Erleichterung aber keine Spur von Leuthold entdecken. Was nichts zu bedeuten hatte. Ein gewiefter Detektiv verfügte gewiss über die Fähigkeit, sich unsichtbar zu machen und sein Opfer unauffällig zu beschatten. Andererseits hatte er ihr Verschwinden vermutlich zu spät bemerkt, um die Verfolgung aufzunehmen.

Das Glück im Unglück blieb Karoline hold. Die Pensionswirtin hatte ein Zimmer frei und machte einen freundlichen Eindruck. Karoline nahm dankbar den Schlüssel entgegen, bat darum, keine Besucher zu ihr vorzulassen, und ging auf ihr Zimmer. Nachdem sie die Vorhänge zugezogen und die Tür von innen verriegelt hatte, sank sie auf einen Stuhl und ließ den Tränen, die seit ihrer Flucht aus Leutholds Zimmer in ihr brannten, freien Lauf. Nach einer Weile tastete sie in ihrer Jacke nach einem Taschentuch und bekam den Brief in die Finger, den Ida ihr geschickt hatte. Sie hatte ihn vollkommen vergessen. Die vertraute Schrift der Freundin war wie ein tröstlicher Gruß. Sie riss den Umschlag auf und bemerkte dabei den Stempelaufdruck *Sofort zu bestellen.* Warum hatte Ida ihren Brief als Eilsendung verschickt? Rasch zog sie den zusammengefalteten Bogen heraus.

Hotel Lindemann
Strandpromenade Heringsdorf

Usedom, Montag, den 17. Juli 1905

Liebstes Linchen,
  heute greife ich in großer Sorge zur Feder und hoffe, dass meine Warnung Dich rechtzeitig erreicht. Ich möchte Dich nicht unnötig beunruhigen, es besteht aber eine hohe Wahrscheinlichkeit, dass sich in Deiner Nähe ein junger Mann befindet, der nichts Gutes im Schilde führt. Es ist kein Geringerer als eben jener Kilian, der Deinen Mann beerben würde, wenn dieser ohne männlichen Nachkommen stirbt. Sollte Deine Suche nach dem illegitimen Spross von Moritz von Erfolg gekrönt sein, will er verhindern, dass du ihn nach Deutschland mitnimmst und an Kindes statt aufziehst — denn damit verfiele ja Kilians Anspruch auf Schloss Katzbach.
  Mir ist bewusst, dass sich diese Zeilen lesen, als entstammten sie einem Groschenroman. Ich wollte es auch erst nicht glauben. Doch die Quelle, die mir diese Ungeheuerlichkeit preisgab, ist zuverlässig: »unsere« Zofe Agnes!
  Ich kann ihr übrigens bei allem Unrecht, das sie begangen hat, nicht böse sein – sie ist gestraft genug.

Komm zur Sache!, höre ich Dich ungeduldig rufen. Du hast recht, ich bin nur so aufgewühlt ... Also, um es kurz zu machen:

Vor einer Stunde finde ich Agnes tränenüberströmt in einem Winkel unserer Veranda vor. Auf meine Frage, was ihr widerfahren sei, bricht es aus ihr heraus: Anton, der Bursche Deines Mannes, hat ihr den Laufpass gegeben – nach all den Wochen, in denen er ihr schöne Augen gemacht hat und sie glauben ließ, ernste Absichten zu hegen. Und nun aus heiterem Himmel ein kurzer Brief, in dem er Agnes recht schnöde zu verstehen gibt, dass sie ihm nicht länger von Nutzen sei und er keine weiteren Informationen von ihr benötige. Wie sich herausstellte, hat Anton das törichte Mädchen dazu gebracht, unsere Korrespondenz auszuspionieren und ihm alles mitzuteilen, was Deine Reise und insbesondere Deine Fortschritte in Sachen Kindssuche betrifft. Die geöffneten Umschläge, die meinen Argwohn erregt hatten, gingen also auf Agnes' Konto. Später hat sie sich dann beim heimlichen Lesen geschickter angestellt.

Du fragst Dich nun sicher, warum Anton seinem Herrn in den Rücken fällt und ausgerechnet für dessen ärgsten Feind arbeitet? Nun, bekanntlich verlassen die Ratten ein sinkendes Schiff. In den Augen Antons, der offenbar stets auf seinen Vorteil bedacht ist, ist der schwerkranke Moritz dem Untergang geweiht und kann ihm keine Aufstiegsmöglichkeiten bieten. Um seine Zukunft zu sichern, hat Anton daher Kilians Familie über Deinen Plan in Kenntnis gesetzt – und sich als Gegenleistung eine Stelle als Kammerdiener zusichern lassen. (Die ihm und der Familie, die er angeblich mit Agnes gründen wollte, ein gutes Auskommen sichern sollte.) Seine Rechnung ging auf: Kilians Eltern, die wohl schon lange auf den Stammsitz des Grafengeschlechts spekulieren, zeigten sich hocherfreut und drängten ihren Sohn, sein Erbe zu verteidigen. Was genau er vorhat, wenn er des Kindes habhaft würde, weiß ich leider nicht. Ich fürchte aber, er könnte zu drastischen Mitteln greifen ... Hoffen wir, dass wir niemals herausfinden müssen, wie weit er zu gehen bereit ist.

Zu meinem Bedauern kann ich Dir auch nicht sagen, unter welchem Namen er reist – er wird wohl kaum seinen echten benutzen. So bleibt mir nur, Dich vor deutschen Männern um die dreißig Jahre zu warnen. Und Dir ans Herz zu legen, Vorkehrungen zu treffen, wie Du das Kind gegebenenfalls wohlbehalten nach Deutschland bringen kannst.

Meine Gedanken sind bei Dir und all meine guten Wünsche! Bitte gib mir umgehend Bescheid, ob bei Dir alles in Ordnung ist und ob es irgendetwas gibt, womit ich Dir helfen kann!

Alles Liebe und herzlichste Grüße von Deiner Ida

Die Zeilen verschwammen vor Karolines Augen, ein qualvolles Wimmern drang an ihr Ohr. In ihr schrie alles: Nein, nein, das ist nicht möglich! Bitte, lass es nicht wahr sein! Sie ballte eine Faust und presste sie in ihren Mund, um das Stöhnen zu ersticken. Die andere Hand krallte sich um den Brief und knüllte ihn zusammen. Kalter Schweiß trat auf ihre Stirn. Es verlangte sie, aufzuspringen, das Fenster zu öffnen und frische Luft zu atmen. Ihr Körper verharrte jedoch wie gelähmt auf dem Stuhl. Wie lange sie so saß, wusste Karoline nicht.

Nach einer Weile überkam sie eine eisige Ruhe, die alles betäubte und für ein paar Minuten dem kühlen Verstand das Zepter überließ. Karoline glättete den Brief und las ihn ein zweites Mal. Ida hatte recht. Die Enthüllung über Leuthold Schilling alias Kilian machte einem Romanautor alle Ehre. Wenn sie selbst nicht darin verstrickt gewesen wäre, hätte sie das Ganze als absurde Posse abgetan und sich mit einem Kopfschütteln über die Abgründe gewundert, die in manchen Zeitgenossen lauerten.

Sie runzelte die Stirn. Eine Sache mutete sie merkwürdig an:

Warum hatte Anton gerade jetzt den Kontakt zu Agnes beendet? Ida ging ja davon aus, dass sie nach wie vor auf der Suche nach dem Kind von Moritz war. Das bedeutete, dass ihr Brief aus Røros, in dem sie Ida vom Scheitern ihrer Mission berichtete, noch unterwegs gewesen war, als Ida ihr geschrieben hatte. Agnes hatte seinen Inhalt also nicht weitergeben können. Nur wenn Anton vom Tod des Kindes wusste, ergab sein Rückzug einen Sinn.

Karoline zuckte mit den Schultern. Es war gleichgültig. Alles war gleichgültig. Sie war wie Agnes einem Betrüger auf den Leim gegangen, der ihr Gefühle vorgegaukelt hatte, um sie zu manipulieren. Es war so demütigend! Was hatte sie nur geritten zu glauben, sie – das unscheinbare Mauerblümchen – könne die Liebe eines Mannes wie Leuthold erringen? Sie war ein Nichts, ein hässlicher Wurm, den nun das Schicksal ereilt hatte, das Würmern geziemte: im Staub zertreten zu werden.

Die Betäubung flaute ab, der Schmerz kehrte mit Macht zurück. Karoline krümmte sich zusammen und weinte bitterlich.

53

Trondheim, Juli 1905 – Liv

»Liv, sieh nur! Wir sind in der Zeitung!«

Mit diesem Ruf lief Elias ihr entgegen und schwenkte die Sonntagsausgabe der »Trondhjems Adresseavis«, die seine Urgroßmutter abonniert hatte. Liv hatte mit Bjarne am späten Nachmittag einen Spaziergang über die Wiesen und Felder des Solsikkegårds gemacht und war eben zum Anwesen zurückgekehrt. Während Bjarne noch auf einen Sprung beim Gutsverwalter vorbeischaute, der in Geräteschuppen und auf Dachböden einige alte Geräte und Werkzeuge für das Freiluftmuseum aufgestöbert hatte, war Liv direkt ins Wohnhaus gegangen. Seit sie Elias eine Woche zuvor zu seiner Mutter Sofie gebracht hatten, waren sie und Bjarne Gäste der Familie Hustad. An diesem Abend sollte eine kleine Abschiedsfeier für sie stattfinden, bevor sie am folgenden Tag nach Kristiania aufbrachen.

Elias hielt ihr eine Seite entgegen, auf der Liv folgende Schlagzeile las:

Handel mit Neugeborenen
Skandal im Tåke-Sanatorium zieht weitere Kreise.

Darunter waren zwei Fotografien zu sehen. Eine zeigte Liv und Elias mit der Unterschrift:

Elias, eines der tot geglaubten Kinder, an der Seite seiner mutigen Retterin.

Die andere war ein etwas verschwommenes Gruppenbild mit Elias, Sofie, ihrer Großmutter und weiteren Verwandten:

Elias, endlich mit Mutter Sofie vereint im Kreise seiner Trondheimer Familie.

Als Bjarne von Doktor Tåkes Behauptung gehört hatte, Sofies Kind sei wegen eines schweren Herzfehlers tot zur Welt gekommen, hatte er sich an die zwölf weiteren Fälle erinnert, in denen wie bei Elias ein schriftliches Einverständnis der Mutter oder eines Vormundes zu einer Adoption fehlte. Daraufhin hatte er den Aktenordner, den Liv aus dem Sanatorium entwendet hatte, noch einmal genauer unter die Lupe genommen und vorgeschlagen, der Sache auf den Grund zu gehen.

Als Erstes hatte man das Grab unter dem Apfelbäumchen im Park geöffnet, in dem Sofie neun Jahre lang die sterblichen Überreste ihres Kindes vermutet hatte. Bei der Öffnung des kleinen Sarges ergab sich, dass nur ein paar Steine beerdigt worden waren. Daraufhin hatte Sophus, der Onkel von Sofie, der die Papierfabrik in Trondheim leitete und seit dem Tod seines Vaters das Oberhaupt der Hustads war, den Aktenordner dem Anwalt der Familie übergeben.

Dieser hatte binnen kurzer Zeit herausgefunden, dass Sofie nicht die einzige Wöchnerin war, der man den Tod ihres Kindes vorgegaukelt hatte, um es unter der Hand zur Adoption an ein zahlungskräftiges Paar vermitteln zu können. Nachdem der Anwalt zwei der betroffenen Frauen ausfindig gemacht hatte, die zu Aussagen bereit waren, brachte er den Fall zur Anzeige. Die Polizei nahm umgehend die Ermittlungen auf, durchsuchte das Sanatorium und beschlagnahmte die übrigen Aktenordner. Es stellte sich heraus, dass im Laufe der vergangenen dreizehn Jahre etwa zwanzig Kinder illegal zur Adoption vermittelt worden waren – ein ausgesprochen lukratives Geschäft. Eine ehemalige Hebamme legte ein umfassendes Geständnis ab, das den Verdacht erhärtete: Überstieg die Nachfrage das Angebot an Neugeborenen, die freiwillig fortgegeben wurden, spielte der Leiter des Sanatoriums Schicksal und verfuhr wie im Falle von Sofie, die ihr Kind hatte behalten wollen.

In dem Artikel in der »Trondhjems Adresseavis« las Liv, dass Doktor Tåke an diesem Morgen verhaftet und ein Gerichtsverfahren gegen ihn anberaumt worden war. Die Machenschaften des angesehenen Arztes schlugen hohe Wellen und würden den Journalisten noch wochenlang Schlagzeilen liefern.

Als sie fertig war, fragte Elias: »Lesen das auch Menschen, die nicht in Trondheim wohnen?«

»Ich denke schon. Es sind ja nicht nur Leute aus der Gegend hier betroffen. Da wird sicher in vielen Zeitungen drüber berichtet.«

Elias verzog bang das Gesicht. »Auch in Stavanger?«

Liv stutzte kurz. »Ach, du meinst, ob die Treskes davon erfahren könnten?«

Der Junge nickte. »Wenn sie das lesen, wissen sie, wo ich bin. Und dann … holen sie mich und stecken mich ins Heim.« Seine Stimme war dünn vor Angst.

Liv erschrak. Ihr war nicht bewusst gewesen, wie sehr sich Elias noch immer vor Oddvar Treske fürchtete.

»Das wird niemals geschehen!«, sagte eine Stimme in ihrem Rücken.

Unbemerkt von ihnen war Sofie in der Eingangshalle erschienen. Sie trug ein Tablett mit Gläsern und war auf dem Weg zum Speisezimmer.

Elias sah sie unsicher an. »Aber sie haben mich doch adoptiert.«

Sofie stellte das Tablett auf einer Kommode ab und beugte sich zu ihm hinunter. »Das stimmt. Aber dein Großonkel

Sophus hat uns versichert, dass diese Adoption ungültig ist.«

Liv sah, wie auf Elias' Gesicht Skepsis und Hoffnung miteinander rangen – ein Zwiespalt, den sie in den vergangenen Tagen mehrmals bei ihm wahrgenommen hatte. Es fiel ihm sichtlich schwer, darauf zu vertrauen, dass sich sein Schicksal nun zum Guten wendete und die Jahre bei den Treskes der Vergangenheit angehörten.

»Ich hätte dich nie im Leben freiwillig weggegeben«, fuhr Sofie fort. »Aber genau das hat dieser betrügerische Arzt behauptet. Er kann es natürlich nicht beweisen. Und deswegen waren diese Treskes niemals rechtmäßig deine Adoptiveltern.« Sie schaute Elias eindringlich an. »Verstehst du das?«

Er nickte zögerlich und senkte den Kopf. »Ich schon. Aber mein Vater ... äh ... Adoptivvater ...«

»Herr Treske ist ein sehr herrschsüchtiger Mann«, erklärte Liv. »Er kann es gar nicht leiden, wenn sich etwas oder jemand seiner Kontrolle entzieht.«

Sofie verzog kurz den Mund. »Verstehe, ein Tyrann.« Sie umfasste das Kinn von Elias, hob sein Gesicht an. »Wenn jemand versuchen sollte, dich mir wieder wegzunehmen, hat er keine Chance. Onkel Sophus hat einen sehr guten Anwalt, der schon viele knifflige Fälle für unsere Familie vor Gericht vertreten hat.«

Die Zuversicht im Gesicht des Jungen gewann die Oberhand.

»Du hast wirklich gar keinen Grund, Angst zu haben. Das ist ein für allemal vorbei!« Sofie richtete sich auf, streichelte ihm die Wange und griff nach dem Tablett mit den Gläsern.

Elias ging zu Liv und nahm sie bei der Hand. »Komm, ich muss dir unbedingt was zeigen.«

»Was denn?«, fragte Liv.

»Ein Segelschiff. Urgroßmutter hat es mir gegeben.«

»Ich wusste gar nicht, dass es noch hier ist«, sagte Sofie. Sie lächelte Liv zu. »Mein Großvater hat es geschnitzt. Ich habe es immer im Seerosenteich schwimmen lassen.«

»Oh, dürfen wir das auch?«, fragte Elias.

»Natürlich«, antwortete Sofie. »Wir essen erst in einer guten Stunde.« Sie zwinkerte ihm zu. »Aber seid auf der Hut vor den Piraten, die dort lauern. Sie werden versuchen, das Schiff zu kapern. Ich habe früher manch wilde Schlacht mit ihnen ausgefochten.«

»Soll ich Ihnen nicht beim Tischdecken helfen oder mich sonst irgendwie nützlich machen?«, fragte Liv.

Es war nach wie vor ungewohnt für sie, sich als Gast in einem gutbürgerlichen Haus aufzuhalten und bedienen zu lassen, das sie noch einige Wochen zuvor allenfalls als Dienstbotin oder Küchenmagd betreten hätte.

Sofie schüttelte den Kopf. »Das ist lieb, vielen Dank. Aber nutzen Sie doch die Zeit mit Elias.« Sie lächelte ihnen freundlich zu und verschwand im Speisezimmer.

Elias suchte Livs Blick. »Musst du wirklich morgen schon wegfahren?«

Liv strich ihm durch die Haare. »Ich hab's dir doch schon erklärt. Bjarne muss Anfang August zurück im Museum sein. Und auf dem Weg wollen wir noch einen Abstecher zu seiner Schwester und seiner Mutter machen, damit er mich ihnen vorstellen kann.«

Und zu meiner Familie, fügte sie im Stillen hinzu. Vor diesem Teil der Reise graute ihr. Das vor Wut verzerrte Gesicht ihrer Mutter und die Schimpftirade, mit der sie auf ihre Weigerung reagiert hatte, den Missionar zu heiraten, standen ihr deutlich vor Augen. Liv fürchtete nicht, dass die Mutter ihr den Segen für eine Ehe mit Bjarne verweigern würde. Er war für sie gewiss eine mindestens ebenso gute Partie wie Halvor Eik. Nein, es war ihre eigene Enttäuschung, die ihr diesen Besuch vergällte.

587

Die Lieblosigkeit ihrer Mutter und die Kälte, mit der sie den Gehorsam ihrer ältesten Tochter eingefordert hatte, nagten an Liv. Es würde ihr viel abverlangen, ihrer Mutter zu vergeben und ihr unbefangen gegenüberzutreten. Es beschämte sie, solch unchristliche Empfindungen in sich zu entdecken, sie war aber außerstande, sie zu unterdrücken.

Nicht nach Sandnes zu fahren, kam allerdings auch nicht infrage. Liv wollte dafür sorgen, dass ihre Geschwister eine gute Schulbildung erhielten und nicht gezwungen waren, für einen Hungerlohn in fremde Dienste zu treten. Dafür war sie bereit, das Geld von Toril Hustad anzunehmen, das sie zunächst abgelehnt hatte. Ihren Geschwistern ein Entkommen aus den ärmlichen Verhältnissen und eine bessere Zukunft zu ermöglichen, hatte Liv zum Umdenken bewogen. Es wäre selbstsüchtig, diese Gelegenheit nicht wahrzunehmen. Sofies Großmutter bestand darauf, sie großzügig zu belohnen. Schließlich hatte Liv ihren Urenkel vor einem schlimmen Schicksal bewahrt, ihn zu ihnen geführt und so den tiefen Kummer ihrer Enkelin Sofie beendet.

Elias schob die Unterlippe vor. »Aber ich werde dich sooo vermissen.«

»Ich dich auch. Aber wir sehen uns doch bald wieder. Nach den Ferien kommt ihr ja auch nach Kristiania. Dann besuche ich dich.«

»Und wir kommen zu eurer Hochzeit«, sagte Elias und schaute nicht mehr ganz so verzagt. »Ich hole schnell das Boot, dann können wir zum Teich«, rief er und rannte davon.

Liv sah ihm nach und ließ ihre Gedanken zu dem Leben wandern, das sie künftig an Bjarnes Seite führen würde. In die Vorfreude mischte sich ungläubiges Staunen. Wie um sich selbst zu vergewissern, flüsterte sie mehrmals »Liv Morell« vor sich hin. Es klang fremd und verheißungsvoll. Diese Liv Morell würde eine Volkshochschule besuchen und anschließend eine Ausbildung machen. Sie wusste noch nicht, in welche Richtung sie sich orientieren sollte. Die Vielfalt an Möglichkeiten, die sich ihr auftat, überforderte sie fast ein wenig.

Auf dem Spaziergang kurz zuvor hatte Bjarne ihr geraten, sich Zeit mit der Entscheidung zu lassen. »Du bist noch so jung. Es besteht kein Grund zur Eile.« Er hatte keine Einwände dagegen, dass sie arbeiten wollte. Im Gegenteil: Auch wenn sie – so Gott wollte – Kinder bekommen würden, sah er sie nicht auf ein Dasein als Hausmütterchen begrenzt. Mit den Worten: »Ich könnte mir nicht vorstellen, meinen Beruf aufzugeben. Warum sollte es bei dir anders sein?«, hatte er Livs diesbezügliche Frage beantwortet. »Außerdem können wir uns Dienstboten leisten, die den Haushalt machen.«

Elias' Auftauchen holte Liv in die Gegenwart zurück. Er trug ein großes Holzschiff mit zwei Masten und rot-weiß gestreiften Segeln. Sie hielt ihm die Eingangstür auf und folgte ihm hinters Haus. Vorbei an einem Gemüsegarten, an dessen Zaun die Sonnenblumen wuchsen, denen der Solsikkegård seinen Namen verdankte, ging es in den Park. Der Seerosenteich lag in einer kleinen Senke, beschattet von einer Trauerweide, deren Zweige sich tief über die Wasseroberfläche neigten. Elias legte das Boot am Ufer ab, zog Schuhe und Strümpfe aus, krempelte die Hosenbeine hoch und watete ein paar Schritte ins grüne Nass. »Gibst du mir bitte das Schiff?«

»Warte«, sagte Liv. »Wir sollten eine Schnur daran binden. Dann kannst du es zu dir ziehen, wenn der Wind es zu weit wegtreibt.«

»Gute Idee«, antwortete Elias und kramte in seiner Tasche, in der er allerlei unentbehrliche Dinge wie Murmeln, Zündhölzer, flache Kieselsteine, die er übers Wasser hüpfen lassen konnte, Bindfaden, ein Schnupftuch und ein paar zusammengeklebte Bonbons aufbewahrte.

Ein zweistimmiges *kjak, kjak* lenkte ihn ab. Kaja flog zu Liv und landete neben ihr auf dem Rasen. Eine weitere Dohle ließ sich auf der Weide nieder und äugte aufmerksam zu ihnen hinunter.

»Kaja!«, rief Elias.

Er stieg aus dem Wasser und kauerte sich vor sie hin. Der Vogel neigte seinen Kopf und ließ sich den Nacken kraulen. Die andere Dohle begann, auf ihrem Ast hin und her zu trippeln und aufgeregte Laute auszustoßen. Kaja antwortete und flog zu ihr.

Elias stand auf und betrachtete sie mit wehmütiger Miene. »Sie wird hierbleiben, nicht wahr?«, fragte er leise.

Liv nickte. Von Bjarne wusste sie, dass sich Dohlen bereits im Jahr ihrer Geburt einen Partner suchten, mit dem sie ein Leben lang zusammenblieben. Den ersten Nachwuchs bekamen sie in der Regel erst zwei bis drei Frühlinge später.

»Aber sie wird dich immer erkennen«, sagte sie. »Du hast sie schließlich gerettet und aufgepäppelt.«

Elias wischte sich eine Träne weg und schaute zu Kaja, die neben der anderen Dohle saß und ihr das Gefieder putzte.

»In Kristiania würde deine Kaja kein zufriedenes Leben führen«, fuhr Liv fort. »Hier hat sie eine Familie gefunden, mit der sie im Winter in den Süden fliegen kann. Und wenn du in den Sommerferien deine Familie in Trondheim besuchst, kannst du Kaja bestimmt sehen. Ihre Brutkolonie nistet ja hier.«

»Wird sie dort willkommen sein?«

»Da bin ich mir ziemlich sicher. Schließlich ist ihr Gefährte da aufgewachsen und wird sie den anderen vorstellen.«

Elias schniefte und lehnte sich gegen sie. Liv zog ihn an sich und drückte ihn fest. Nach einer Weile hob er den Kopf und suchte ihre Augen.

»Was ist mit Per?«, fragte er. »Wird er mich mögen?«

Liv hatte sich diese Frage auch gestellt, schließlich war es nicht selbstverständlich, dass ein Mann das Kind annahm, das seine Frau vor der Ehe von einem anderen bekommen hatte. Die Vorstellung, Elias könnte vom Regen in die Traufe geraten und durch Per eine ähnlich abweisende Behandlung erfahren wie bei den Treskes, hatte sie zunächst beunruhigt. Ihre Bedenken waren jedoch rasch zerstreut worden. Sofie hatte ihren Mann umgehend von Elias' Auftauchen informiert und freudestrahlend verkündet, dass er sich so schnell wie nur möglich von seinen beruflichen Pflichten in Kristiania loseisen wollte, um zu ihnen zu fahren und Elias als neues Mitglied ihrer kleinen Familie zu begrüßen. Danach zu urteilen, was Liv mitbekommen hatte, war Per ein liebevoller Ehemann, dem das Wohl seiner Frau über alles ging.

»Versprechen kann ich das natürlich nicht«, antwortete sie auf Elias' Frage. »Aber ich bin ziemlich sicher, dass ihr euch gut verstehen werdet.«

Insgeheim kreuzte sie ihre Finger und betete darum, dass sie recht behielt.

54

Trondheim, Juli 1905 – Karoline

Am Montag, den vierundzwanzigsten Juli, schlich Karoline in aller Herrgottsfrühe die Stiege hinauf, die vom Hinterhof des Hotels d'Angleterre zum ersten Stock führte. In den Tagen seit ihrer Flucht hatte sie sich in der Pension von Frau Matzow verkrochen und sie unter dem Vorwand, unter einer heftigen Migräne zu leiden, nicht verlassen. Die Wirtin hatte sie mit Tees, leicht bekömmlichen Speisen und kalten Kompressen für ihre Augen versorgt und ansonsten ihren Wunsch nach Ruhe und Einsamkeit respektiert. Karoline war in einen Dämmerzustand verfallen. Ihre wunde Seele hatte sich tief in ihr Inneres zurückgezogen, jeder Antrieb war erloschen, sie hatte keinen Appetit, und die kleinste Bewegung kostete Kraft, über die sie nicht verfügte. Sie verlor jegliches Zeitgefühl und hatte nur einen Wunsch: sich aufzulösen und für immer zu verschwinden.

Am Sonntagmorgen hatte Frau Matzow ihr zur Feier des Tages einen kleinen Blumenstrauß auf das Frühstückstablett gestellt und sie vorsichtig gefragt, ob sie am nächsten Tag nicht doch nach einem Arzt schicken sollte. Das Ansinnen rüttelte Karoline wach. Sie musste sich aufrappeln und sich bei Frau Bethge melden, die an diesem Tag in Trondheim eintreffen und sich fragen würde, wo Karoline steckte. Da sie eine Begegnung mit Kilian – sofern er noch in der Stadt weilte – um jeden Preis vermeiden wollte, wartete Karoline bis Montag, bevor sie sich auf den Weg zu Frau Bethge machte.

Vor deren Hotelzimmer im ersten Stock des Hotels d'Angleterre blieb sie stehen. Der Gang lag im Halbdunkel verwaist da. Aus dem Erdgeschoss war leises Klappern und Rumpeln zu hören, ansonsten herrschte Stille. Unwillkürlich sah Karoline zu der Tür, durch die sie vier Tage zuvor Hals über Kopf gerannt war. Nein, denk nicht daran!, befahl sie sich. Jetzt nicht!

Sie wandte sich ab und drückte sacht die Klinke von Frau Bethges Tür hinunter. Sie war nicht verriegelt. Frau Bethge hielt nichts davon, sich nachts einzuschließen. Falls ein Feuer ausbrach oder etwas anderes ein schnelles Verlassen des Zimmers nötig machte, wollte sie nicht wertvolle Zeit mit dem Öffnen des Schlosses vergeuden. Vor nächtlichen Räubern oder Einbrechern, die es auf ihre Wertsachen oder gar ihre Keuschheit abgesehen hatten, fürchtete sie sich nicht. Als sich Karoline zu Beginn ihrer Reise einmal über diese Unbekümmertheit wunderte, hatte Frau Bethge mit einem grimmigen Lächeln gesagt: »Das sollen die nur wagen. Dann werden sie damit Bekanntschaft machen«, und ihr einen ihrer selbst angefertigten Perlenbeutel gezeigt, der mit Eisenkugeln gefüllt war. Vor dem Schlafengehen steckte sie ihn unter das Kopfkissen und fühlte sich dank dieser Schlagwaffe ausreichend gegen unwillkommenen Besuch gerüstet.

Karoline trat ein. Gleichmäßige Atemzüge, die von einem zarten Pfeifen begleitet wurden, verrieten ihr, dass Frau Bethge noch schlief. Auf Zehenspitzen ging sie zu den beiden Sesseln, die dem Bett gegenüber zusammen mit einem kleinen Tisch in einer Ecke standen. Als sie sich setzen wollte, fuhr Frau Bethge hoch und starrte sie verwirrt an.

»Gute Güte, wo kommen Sie denn auf einmal her?«

»Entschuldigen Sie bitte, dass ich mich so hineingeschlichen...«, begann Karoline.

Frau Bethge rieb sich die Augen und musterte sie. »Wenn ich an Gespenster glauben würde...« Sie zog die Brauen hoch. »Sie sehen furchtbar aus!«

Karoline warf unwillkürlich einen Blick in den kippbaren Standspiegel neben dem Kleiderschrank und zuckte zusammen.

Ihre Haare hatten sich fast vollständig aus dem Zopf gelöst, zu dem sie sie vor Tagen geflochten hatte. Die vom Weinen geschwollenen Augen lagen in bläulichen Höhlen, ihre Wangen waren eingefallen, und die Haut schimmerte bleich und durchsichtig. So hatte sie sich als Schulmädchen bei der Lektüre von Shakespeares Drama die Wasserleiche der Ophelia vorgestellt, die sich aus Gram über Hamlets Zurückweisung ertränkt hatte. Sie wandte sich ab und setzte sich in einen der Sessel.

Frau Bethge stieg aus dem Bett, zog einen Morgenmantel an, der über der Lehne eines Stuhls hing, und nahm neben Karoline auf dem zweiten Sessel Platz. »Ich habe mir große Sorgen gemacht, als Sie so spurlos von der Bildfläche verschwunden waren.«

Karoline sah auf ihren Schoß und murmelte: »Ich weiß, ich hätte mich früher ...«

»Und ich bin nicht die Einzige!«, fuhr Frau Bethge mit bedeutungsvollem Unterton fort. »Es gibt da einen jungen Mann, der mindestens ebenso elend und verzweifelt aussieht wie Sie.«

Karoline machte sich steif. Kilian war also nicht abgereist. Was hielt ihn noch hier? Wusste er denn nicht, dass ihre Suche nach dem Kind gescheitert war? Sie hob den Kopf. »Warum sollte er sich denn grämen?«

Frau Bethge schaute ihr in die Augen.

»Meine Liebe, ich weiß nicht, was genau zwischen Ihnen vorgefallen ist. Aber man müsste schon mit Blindheit geschlagen sein, um nicht zu bemerken, dass Sie alle beide kreuzunglücklich sind. Und das kann nur eines bedeuten: Es liegt irgendein unseliges Missverständnis vor.«

»Hat er Ihnen das weisgemacht?« Karoline sprang auf. Schwarze Punkte tanzten vor ihren Augen. Sie fasste sich an die Stirn und stieß hervor: »Ich habe nichts missverstanden!« Sie begann, erregt auf und ab zu gehen. »Es war alles eine abgekartete Sache. Er wusste über jeden meiner Schritte Bescheid, keine unserer Begegnungen war ein Zufall. Und seine angeblichen Gefühle für mich waren nichts als Mittel zum Zweck!«

Die Erinnerung an ihre Seligkeit in seinen Armen übermannte Karoline und schnürte ihr den Hals zu. Tränen brannten in ihren Augen.

»Letzteres trifft ganz gewiss nicht zu!«, sagte Frau Bethge. »Im Gegenteil, diese Gefühle für Sie haben seinen ursprünglichen Plan zum Einsturz gebracht.«

Karoline blieb stehen und runzelte die Stirn. »Er hat Ihnen davon erzählt? Er hat zugegeben, dass er gar nicht Leuthold Schilling heißt? Dass er auf das Erbe meines Mannes spekuliert und deswegen verhindern will, dass ich das Kind von Moritz nach Deutschland bringe?«

Frau Bethge nickte. »Letzteres ist wohl auf dem Mist seiner Eltern gewachsen. Kilian hat im Grunde nichts mit dieser unsinnigen Fehde am Hut, die offenbar seit Jahrhunderten die Blankenburg-Marwitzsche Sippe entzweit. Er konnte nicht einmal sagen, um was es da eigentlich geht. Er ist aber von klein auf darauf geeicht worden, diesen Hass zu verinnerlichen.« Sie rümpfte die Nase. »Es erstaunt mich immer wieder, wie verbohrt manche Zeitgenossen sind. Jedenfalls hat es Kilian als gehorsamer Sohn zunächst nicht gewagt, sich der Forderung seiner Eltern zu widersetzen. Die kennen offenbar nur eine Parole: Schloss Katzbach, den Stammsitz des Grafengeschlechts, in ihren Besitz zu bringen. Aber als Kilian erkannt hat, was Sie ihm bedeu…«

Karoline platzte heraus: »Dann ist er sicher froh, dass er sein Ziel ohne weiteres Zutun erreichen wird.«

Frau Bethge hob die Brauen.

»Es gibt kein Kind«, erklärte Karoline. »Es war eine Totgeburt.«

»Wo haben Sie das denn her?«

Karolines Anspannung ließ nach, ihre Knie zitterten, und ihr war flau. Sie setzte sich wieder hin. »Ich habe in Røros eine gute Freundin von Sofie getroffen«, sagte sie mit matter Stimme. »Die hat mir erzählt, dass es einen schweren Herzfehler hatte und daher die Geburt nicht überlebt hat.«

Frau Bethge kratzte sich am Kinn. »Vielleicht war die Freundin nicht auf dem neuesten Stand.«

Sie kramte eine Zeitung aus einem Stapel, der auf dem Beistelltischchen neben ihrem Sessel lag, schlug sie auf und deutete auf ein Bild. Darauf waren einige Erwachsene und ein Junge zu sehen. Darunter stand:

Elias til slutt forent med moren Sofie i kretsen av familien sin i Trondheim.

Karoline zuckte mit den Schultern. »Was steht da? Wer sind diese Leute?«

»Die Übersetzung lautet ungefähr: Elias, endlich vereint mit seiner Mutter Sofie, im Kreise seiner Trondheimer Familie«, antwortete Frau Bethge und tippte auf das Gesicht einer jungen Frau neben dem Kind.

Karoline verengte die Augen. »Sie glauben, das ist die Sofie, mit der Moritz...? Entschuldigung, aber ist das nicht sehr weit hergeholt?«

»Für sich allein genommen, klingt das in der Tat verrückt. Aber in den letzten Tagen war ein Skandal in aller Munde, der mich hellhörig gemacht hat. Offenbar hat ein Arzt in der Nähe von Trondheim einen schwunghaften Handel mit Neugeborenen betrieben. Den Müttern machte er weis, ihre Kinder seien bei der Entbindung gestorben.«

»Das ist ja unglaublich«, murmelte Karoline und rieb sich die Stirn.

Sie war überwältigt von all den Neuigkeiten, die auf sie einströmten. Nach den Tagen der Isolation fühlte sie sich dieser Flut kaum gewachsen.

»Die Sache kam Anfang der Woche dank einer jungen Frau ans Licht, die einen neun Jahre zurückliegenden Fall aufklärte und das Kind seiner leiblichen Mutter übergeben hat.«

»Neun Jahre, sagten Sie?«

»Genau. Diese Zahl und der Name Sofie haben mich hellhörig gemacht. Und Kilian versucht nun herauszufinden, ob ich richtigliege.«

Die Erwähnung Kilians rüttelte Karoline auf. Sie starrte Frau Bethge fassungslos an. »Wieso Kilian? Hat er Sie also auch eingelullt? Von Ihnen hätte ich nie ge...«

Frau Bethge lehnte sich vor und legte ihre Hand auf Karolines Knie. »Ganz ruhig! Ich glaube, Sie schätzen ihn vollkommen falsch ein!«

»Ich verstehe nicht, wieso Sie das behaupten«, rief Karoline. »Er hat Sie doch genauso belogen. Wie können Sie ihm vertrauen?«

Ein winziges Lächeln umspielte Frau Bethges Mundwinkel. »Ihnen vertraue ich doch auch. Obwohl Sie mich zuerst ebenfalls angeschwindelt haben.«

»Aber das kann man doch nicht vergleichen. Ich hatte nie die Absicht, jemandem zu schaden. Kilian dagegen...«

»Auch nicht«, fiel ihr Frau Bethge ins Wort. »Zumindest nicht mehr. Aber das soll er Ihnen selbst sagen.«

»Ich will ihn aber nie wieder...«, Karolines Stimme brach.

Sie schluchzte auf und verbarg ihr Gesicht hinter den Händen. Einen Moment später spürte sie Frau Bethges Finger, die ihr übers Haar streichelten.

»Kommen Sie, meine Liebe. Ein warmes Bad wird Ihnen guttun. Und dann ein schönes Frühstück. Sie werden sehen, das weckt die Lebensgeister.«

Ohne Karolines Antwort abzuwarten, ging sie ins Badezimmer und ließ Wasser ein. Karoline schnäuzte sich. Es war ihr peinlich, dass sie sich so hatte gehen lassen. Und das vor einer Frau, die sehr viel schlimmeren Kummer durchlitten hatte.

Eine halbe Stunde später kehrte Karoline aus dem Bad zu Frau Bethge zurück, die in der Zwischenzeit ein üppiges Frühstück aufs Zimmer bestellt hatte. Der kleine Tisch vor den Sesseln verschwand unter Tellern mit Rührei, Räucherfisch, Schinken und Käse, einer Schüssel Griesbrei mit roter Soße, mehreren Glasschälchen mit Quark, Butter, Konfitüren und Honig, einem Korb mit *loff*, weichem Weißbrot, sowie knusprigem *fladbrød* und einer bauchigen Kaffeekanne. Karoline hatte ein Handtuch wie einen Turban um die frisch gewaschenen Haare geschlungen und trug ein Blusenkleid, das Frau Bethge ihr aus ihrem Schrankkoffer geholt hatte, der im Zimmer nebenan auf sie wartete.

»So gefallen Sie mir schon viel besser«, sagte Frau Bethge und schenkte Karoline eine Tasse Kaffee ein.

»Ich weiß gar nicht, wie ich Ihnen danken soll«, murmelte Karoline und setzte sich. »Sie sind so geduldig mit mir und ...«

»Ach was, das ist purer Egoismus«, unterbrach Frau Bethge sie und lächelte verschmitzt. »Was nutzt mir schließlich eine Sekretärin, die nicht bei Kräften ist?« Sie reichte Karoline den Brotkorb. »Sie müssen unbedingt die Erdbeermarmelade kosten. Ein Gedicht! Ich habe selten so aromatische Früchte gegessen.«

Karoline zwang sich, ein Stück Knäckebrot zu nehmen. Nach dem Bad fühlte sie sich zwar etwas belebter, nach Essen war ihr jedoch nach wie vor nicht zumute. Es klopfte an der Tür.

Frau Bethge stand auf. »Ich denke, ein kleiner Morgenspaziergang wird mir jetzt guttun.«

Karoline schaute sie überrascht an. »Sie wollen freiwillig spazie...«

Frau Bethge öffnete die Tür, sagte: »Kommen Sie herein«, und verließ das Zimmer.

Auf der Schwelle erschien Kilian. Karoline sprang auf. Ihr wurde erneut schwarz vor Augen. Sie schwankte und stieß gegen den Tisch. Mit drei Schritten war Kilian bei ihr, schob ihr den Sessel unter und ging daneben in die Hocke.

»Ich bin so froh, dich zu sehen!«, sagte er leise. »Ich hatte befürchtet ... ich dachte, du hättest dir vielleicht etwas angetan.«

Karoline rieb sich die Schläfen und kämpfte gegen den Schwindel, der sie nach wie vor erfasst hatte.

»Ich weiß nicht, wie ich damit hätte ... allein die Vorstellung ...« Seine Stimme erstarb.

Karoline sah auf. Frau Bethge hatte recht. Kilian wirkte sehr mitgenommen. In seinen Augen lag eine Verzweiflung, die sie so deutlich wahrnahm, als sei es ihre eigene.

»Als du plötzlich weg warst ...«, fuhr er stockend fort, »es hat sich angefühlt, als sei mir das Kostbarste entrissen worden, das ich jemals besessen habe.« Er suchte ihren Blick. »Es muss entsetzlich für dich gewesen sein, als du Antons Notizen in meinem Zimmer entdeckt hast. Du musstest ja davon ausgehen, dass ich keine guten Absichten hatte.«

»Warum hast du mir nicht früher ...?«, begann Karoline.

»Ich wollte es dir schon in Kristiania sagen, kurz bevor du nach Røros gefahren bist. Vermutlich hätte ich es doch per Brief ... aber ich hatte Angst, dass du mich nicht mehr sehen willst ... und als wir uns hier im Hotel trafen ... es ging alles so schnell ... und dann kam dieser vermaledeite Anruf.«

Karoline biss sich auf die Lippe. Sie hatte Kilian gar keine Gelegenheit zum Reden gelassen und ihn regelrecht überfallen. Sie spürte, wie ihr das Blut in die Wangen stieg. Um ihre Verlegenheit zu überspielen, fragte sie: »Wer hat denn angerufen?«

»Mein Vater«, antwortete er und setzte sich auf den zweiten

Sessel. »Er hatte erfahren, dass ich sein Spielchen nicht länger mitmache. Da wollte er mir fernmündlich den Marsch blasen.«

Karoline verengte die Augen. »Frau Bethge hat angedeutet, dass es vor allem deine Eltern waren, die ...«

»Ja, der Bursche deines Mannes hatte sich vor einigen Wochen bei ihnen gemeldet und ihnen von deinem Vorhaben erzählt, den illegitimen Spross von Moritz in Norwegen zu suchen, zu adoptieren und als rechtmäßigen Erben aufzuziehen. Anton hatte wohl einen Streit zwischen dir und deiner Schwiegermutter belauscht und sich danach eines brisanten Briefes bemächtigt.«

Kilian griff in seine Tasche und holte ein zerknittertes Blatt Papier hervor. Karoline erkannte den Brief von Sofie, den diese zehn Jahre zuvor an Moritz geschrieben hatte. Gräfin Alwina hatte ihn während der Auseinandersetzung in ihrem Boudoir wutentbrannt zusammengeknüllt und weggeworfen.

»Mein Vater befahl mir, bei meinem Regiment Urlaub wegen dringender Familienangelegenheiten zu beantragen und inkognito nach Norwegen zu reisen, um deinen Plan zu vereiteln.« Kilian schüttelte den Kopf. »Obwohl ich die Idee lächerlich fand, hab mich vor seinen Karren spannen lassen. Ich Trottel!« Er verzog zerknirscht das Gesicht. »Wobei ich zu meiner Verteidigung vorbringen möchte, dass ich nicht ernsthaft an einen Erfolg deiner Suche geglaubt habe. Ich sah vor allem die willkommene Möglichkeit, endlich einmal allein eine Reise zu unternehmen. Und den ganzen Drill und Zwang der Kaserne eine Weile hinter mir zu lassen.«

Karoline presste die Lippen aufeinander. In ihr kämpfte der Wunsch, Kilian zu berühren und sich in seine Arme zu werfen, mit der Angst, erneut verletzt zu werden. Die Stimme der Vernunft beschwor sie, Vorsicht walten zu lassen.

»Der eigentliche Anlass hat sich ja nun auch erübrigt«, sagte sie um einen kühlen Ton bemüht. »Du musst jetzt nur noch abwarten, bis du dein Erbe antreten kannst.«

»Wieso? Ich verstehe nicht, worauf du ...«

Karoline runzelte die Stirn. »Was soll das? Du willst mir doch nicht weismachen, dass Anton nichts von der Totgeburt erzählt hat?«

»Totgeburt?« Die Verwirrung in Kilians Gesicht verstärkte sich. Er räusperte sich. »Ich will dir nichts weismachen. Im Gegenteil. Ich möchte dir zeigen, dass ich es wirklich ernst meine. Dass du mir alles bedeutest.«

Karoline setzte zu einer Erwiderung an. Kilian hob eine Hand.

»Bitte, lass mich ausreden.« Er fasste wieder in seine Jackentasche und zog einen Zettel heraus. »Ich war bei der Redaktion der ›Trondhjems Adresseavis‹. Das ist die Zeitung, die als Erste im großen Stil über diesen Skandal in dem Sanatorium von Doktor Tåke berichtet hat. Frau Bethge hatte den Verdacht, dass dort das Kind von Moritz geboren und dann unter der Hand verkauft wurde. Ich habe mich an einen Mitarbeiter des Archivs rangemacht und als deutschen Reporter ausgegeben, dem sein Chef den Kopf abreißt, wenn er nicht eine brisante Geschichte liefert und mit ...« Kilian machte eine wegwischende Handbewegung. »Das führt jetzt zu weit ... jedenfalls habe ich erfahren, dass Sofie eigentlich aus Røros stammt und sich derzeit nicht weit von hier auf dem Landgut ihrer Großmutter aufhält. Mit ihrem Sohn Elias, der nicht das Kind ihres Mannes Per ist.« Er reichte Karoline den Zettel, auf den eine Adresse notiert war. »Du weißt nun, wo du den Jungen finden kannst. Ich werde dich nicht daran hindern, wenn du ihn deinen Schwiegereltern als Erben präsentieren willst.«

Karoline starrte Kilian verblüfft an, der soeben Frau Bethges Vermutung bestätigt hatte. »Was ist mit deinem Vater?«

Er hob die Schultern. »Er will mich enterben und mir alle

Bezüge streichen. Wenn ich das, was er neulich ins Telefon brüllte, richtig verstanden habe. Anton hatte ihm gerade gesteckt, dass es mir gleichgültig ist, ob Moritz einen Stammhalter hat oder nicht. Und dass ich auf dieses Schloss pfeife. Ich hatte Anton kurz nach deiner Abfahrt nach Røros informiert, dass ich seine Dienste nicht länger benötige.«

Karoline rieb sich die Stirn. Deswegen hatte Anton nichts von ihrem vermeintlichen Scheitern gewusst. Weil Agnes den Inhalt ihres letzten Briefes an Ida gar nicht mehr an ihn weitergeleitet hatte. Sie schluckte trocken. Ihr war heiß vor Scham. Sie hatte Kilian nur das Schlechteste unterstellt. Keinen Deut Vertrauen hatte sie zu ihm gehabt. Gleichzeitig hatte er gewusst, dass sie ihm nicht die Wahrheit über sich sagte.

»Was musst du nur von mir gedacht haben, als ich ohne ein Wort davongerannt bin. Ohne dir die Chance zu geben, dich zu erklären?«, sagte sie leise.

»Dass du geschockt warst, als du die Notizen von Anton entdeckt hast. Dass du annehmen musstest, dass ich dir meine Gefühle nur vorgespielt habe.« Kilian beugte sich zu ihr. »Es tut mir unendlich leid, dass ich nicht früher reinen Tisch gemacht habe! Ich hatte Angst, dass du mich verachten könntest.«

»Und ich hatte Angst, dass du nichts mit einer verheirateten Frau zu tun haben willst. Und erst recht nicht mit einer mittellosen Geschiedenen.«

»Du wirst dich von Moritz scheiden lassen?« Kilians Gesicht leuchtete auf.

»Du fändest nichts dabei? Schließlich bin ich dann kaum noch gesellschaftstauglich.«

»Dann passen wir ja perfekt zueinander. Mit mir als enterbtem Adligen ist auch kein Staat zu machen.«

Karoline schüttelte den Kopf. »Dein Vater wird keinen Grund haben für diesen drastischen Schritt. Moritz und seine

Eltern werden nie erfahren, dass er einen Sohn hat. Zumindest nicht von mir.«

»Das heißt, du willst gar nicht …«

»Ich gebe zu, dass ich einmal mit dem Gedanken gespielt habe, mir meine Freiheit mit dem Jungen zu erkaufen. Dass ich statt einer ehrenrührigen Scheidung eine Annullierung meiner Ehe einfordern könnte, wenn ich den ersehnten Stammhalter und Erben liefere. Aber ich habe schnell erkannt, dass ich mir das nie verzeihen könnte.«

Karoline deutete auf das Bild in der Zeitung, das Frau Bethge ihr gezeigt hatte. »Elias ist ohne Zweifel mit offenen Armen von seiner norwegischen Familie aufgenommen worden. Und von der Freundin seiner Mutter weiß ich, dass Sofie untröstlich über seinen angeblichen Tod war. Sie würde ihn niemals freiwillig wieder hergeben. Zumal ich ihr überhaupt nicht zusichern könnte, dass Elias auf Schloss Katzbach glücklich wird. Mein Schwiegervater wäre vermutlich nett zu ihm. Bei Moritz und Gräfin Alwina würde ich meine Hand nicht dafür ins Feuer legen. Wie also könnte ich mein Glück mit dem Unglück eines Kindes erkaufen?«

Kilian strahlte sie an. »Du bist eine so wundervolle Frau!«

Karolines Hals wurde eng. »Sag das nicht, ich fühle mich so mickrig. Wie konnte ich bloß so schlecht über dich denken.« Sie drehte sich weg und spürte, wie ihr Tränen über die Wangen liefen.

Kilian kniete sich neben sie und tupfte sie mit einem Taschentuch behutsam trocken. Ein tiefes Seufzen erschütterte Karolines Körper. Sie umfasste seine Hand und drückte sie an ihre Lippen. Kilian stand auf, zog sie in seine Arme und hielt sie ganz fest.

»Jetzt lasse ich dich nie mehr los«, flüsterte er ihr ins Ohr.

Karoline suchte seinen Blick. »Mit dir an meiner Seite werde ich allem und jedem die Stirn bieten.«

Ein Hüsteln drang an ihr Ohr. Sie drehte sich um und sah Frau Bethge in der Tür stehen. Kilian löste sich von Karoline und nahm Frau Bethge den Mantel ab. »Vielen Dank«, raunte er ihr zu.

Frau Bethge drückte seinen Arm. »Ich freue mich, wenn ich helfen konnte.«

Sie setzte sich auf einen der Sessel und warf einen Blick auf den Tisch. »Sie haben ja noch gar nichts gegessen«, schalt sie und drohte spielerisch mit dem Zeigefinger.

Karoline ließ sich neben ihr nieder und verspürte zum ersten Mal seit Tagen wieder Hunger. Sie bestrich sich eine Scheibe Weißbrot mit Erdbeermarmelade und nahm einen großen Bissen.

»So ist es recht«, sagte Frau Bethge. »Nur Luft und Liebe sind auf Dauer doch zu wenig zum Leben.« Sie lächelte Kilian zu. »Das gilt auch für Sie. Bitte greifen Sie zu.«

Er zog einen Stuhl heran, nahm Platz und sagte: »Was täten wir nur ohne Sie!«

»Ja, nicht wahr?«, rief Karoline. »Wenn es einen Orden für Großherzigkeit, Einfühlungsvermögen und Lebensweisheit gäbe – Sie hätten ihn verdient!«

Frau Bethge zupfte an ihrem Ohrläppchen und errötete. Rasch wechselte sie das Thema. »Was wollten Sie eigentlich unternehmen, Kilian, wenn Karoline das Kind doch gefunden und sich mit ihm auf den Weg nach Deutschland gemacht hätte?«

Er zuckte mit den Schultern. »Ich gestehe, dass ich nichts im Sinn hatte, was den Namen ›Plan‹ verdient. Ich wollte irgendwie improvisieren. Und als ich Karolines Bekanntschaft machte, war das ohnehin bedeutungslos.«

Er drehte sich zu Karoline und sah ihr in die Augen. »Ich meine in jener Nacht, als du mich vor dem Sturz ins Meer bewahrt hast. Da ahnte ich ja noch nicht, wer du bist. Ich wusste

604

nur, dass mir diese Gräfin von Blankenburg-Marwitz alias Fräulein Bogen den Buckel runterrutschen und meinetwegen ein Dutzend Erben anschleppen konnte. Ich wollte nur noch in der Nähe meines rettenden Engels sein. Als wir uns dann am nächsten Morgen gegenüberstanden und ich deinen Namen hörte ... ich war vollkommen überrumpelt. Ich hatte mir gar keine Geschichte zurechtgelegt. Ich wollte die Frau von Moritz ja nur unauffällig aus der Ferne beschatten, ihr aber nie direkt gegenübertreten.«

»Frau Bethge hat gleich Lunte gerochen«, sagte Karoline. »Sie war überzeugt, dass du weder Leuthold Schilling heißt, noch jemals als Hauslehrer gearbeitet hast.«

»Ich habe das Erstbeste gesagt, das mir in den Sinn kam. Schilling hieß mein Hauslehrer. Ich habe ihn sehr verehrt.«

»Und was haben Sie jetzt vor?«, fragte Frau Bethge. »Sie hatten mir gegenüber angedeutet, dass Sie den Dienst beim Heer quittieren wollen.«

Kilian nickte. »Unbedingt! Mir hat diese Reise in mancherlei Hinsicht die Augen geöffnet. Ich kann und will nicht in mein altes Leben zurück. Inzwischen ist mir klar, dass ich nicht zufällig behauptet habe, ich sei Lehrer. Es hat mir stets Freude gemacht, unseren Rekruten Dinge beizubringen. Der unsägliche Drill dagegen, der beim Militär herrscht, hat mich immer abgestoßen.«

»Das wundert mich nicht«, sagte Frau Bethge. »Die jungen Männer werden da wohl eher gebrochen als in ihren Fähigkeiten gefördert.«

»Und genau das sollte ein guter Lehrer tun«, bestätigte Kilian. »Es gibt einige interessante Ansätze von Reformpädagogen, bei denen die vollwertige menschliche Entwicklung der Kinder im Mittelpunkt steht. In diese Richtung würde ich mich gern orientieren.« Er grinste. »Und damit endgültig zum schwarzen Schaf der Familie werden.«

»Da geht es dir wie mir«, sagte Karoline.

Frau Bethge hob ihre Kaffeetasse: »Auf die schwarzen Schafe!«

Kilian deutete eine Verbeugung an und rief: »Und auf die beste Hirtin, die sich ein schwarzes Schaf nur wünschen kann.«

Karoline deutete auf die Fotografie in der Zeitung. »Wir sollten auch auf Elias' Wohl trinken. Im Grunde haben wir es ihm zu verdanken, dass wir jetzt hier sitzen.«

»Stimmt! Wenn du nicht nach ihm gesucht hättest, wären wir uns nie begegnet«, sagte Kilian.

»Und ich hätte mich nie getraut, meine Flügel auszustrecken und meinen Käfig zu verlassen.«

»Auf Elias also«, sagte Frau Bethge und prostete ihnen zu.

Karoline stieß mit ihr an und wandte sich zu Kilian. Als sie seinem Blick begegnete, kamen ihr die letzten Sätze des Fortsetzungsromans »Die Hand der Fatme« in den Sinn, dessen Heldin sie einst so beeindruckt hatte. Gertas glückliche Vereinigung mit dem Geliebten war für Karoline beim Lesen eine schöne Utopie gewesen, unerreichbar für eine Frau wie sie. In diesem Moment wurden die Zeilen für sie zu einer gelebten Wahrheit:

Eine Stunde war für sie gekommen, in der man nicht sprach, sondern sich eins wusste in den letzten Tiefen und Gründen der Seele, für die es keine Worte mehr gab.

55

Trondheim, Juli 1905 – Liv

Die Sonne stand noch hoch über dem westlichen Horizont, als sich die kleine Festgesellschaft nach dem Essen auf die Terrasse hinter dem Wohnhaus begab, wo Kaffee, Gebäck und Eiscreme mit frischen Beeren serviert wurden. Zu Ehren von Liv und Bjarne waren außer Sofie und ihrer Großmutter deren Sohn Sophus mit seiner Frau Malene gekommen, zusammen mit sieben ihrer insgesamt zehn Kinder, die teilweise bereits eigene Familien gegründet hatten und von ihren Ehepartnern samt Nachwuchs begleitet wurden. Außerdem waren noch einige gute Freunde der Hustads erschienen.

Livs anfängliche Schüchternheit, die sie unter all den fremden Menschen ergriffen hatte, war dank der fröhlichen Atmosphäre bald verflogen. Von einer Tochter von Sophus und Malene ließ sie sich von deren Ausbildung zur Krankenschwester erzählen, die diese kürzlich abgeschlossen hatte. Dabei hatte Liv immer wieder zu Elias geschielt und beruhigt festgestellt, dass sich dessen Scheu vor den anderen Kindern ebenso schnell gelegt hatte wie ihre eigene Befangenheit. Im jüngsten Sohn von Sophus und Malene, der ein Jahr älter war als er, fand er einen Gleichgesinnten, der seine Begeisterung für Schiffe aller Art teilte. Bjarne hatte sich derweil angeregt mit dem Hausherrn über die bevorstehende Volksabstimmung unterhalten, bei der die Norweger im August über die Auflösung der Union mit Schweden entscheiden sollten.

Während Bjarne der Einladung von Sophus Hustad folgte, mit ihm und den anderen Herren an einem Tisch unter einem Sonnenschirm Portwein zu trinken und Zigarren zu schmauchen, ging Liv an den Rand der Terrasse. Ein paar Stufen führten hinunter zu einem von Büschen umsäumten Rasenplatz, auf dem Elias mit den Hustadschen Kindern an einem Geschicklichkeitsspiel teilnahm. Dabei wurden mit Holzschlägern, die wie große Hämmer aussahen, kleine Bälle durch U-förmig gebogene Drahtbügel gestoßen, die im Boden steckten. In das Stimmengewirr der Erwachsenen und das Rufen und Lachen der Kinder mischten sich ab und an die sphärischen Klänge, die Liv bereits bei ihrem ersten Besuch im Park aufgefallen waren. Mittlerweile wusste sie, dass sie von Windglocken erzeugt wurden, die in manchen Baumkronen hingen. Elias' Urgroßvater Roald hatte sie vor vielen Jahren aus Nøstetangen, Norwegens erstem Glaswerk, liefern lassen, aus dem auch der Kronleuchter stammte, der über dem Tisch im Speisezimmer hing.

»Hätten Sie auch Lust auf eine Partie Krocket?« Sofie war neben Liv getreten und nickte zu den Kindern hin, die mit sichtlichem Vergnügen ihre Schläger schwangen.

Liv schüttelte den Kopf. »Später vielleicht.«

Eine Weile standen sie schweigend da und beobachteten die Spieler.

»Es ist schön, Elias so glücklich zu sehen«, sagte Liv.

»Ja, ich bin sehr froh, dass er sich wohl bei uns fühlt«, antwortete Sofie.

»Wie sollte er auch nicht. Er hat nicht nur seine Mutter gefunden, sondern eine große Familie.«

»Zu der Sie und Ihr Verlobter auch gehören«, sagte Sofie leise.

Liv spürte, wie ihre Wangen sich röteten. Verlegen sah sie zu Boden.

»Ich meine das ernst«, fuhr Sofie fort. »Sie sind aus Elias' Leben nicht wegzudenken. Und aus meinem auch nicht. Nicht nur, weil ich ohne Sie mein Kind nie in die Arme hätte schließen können. Sondern weil ich auf Anhieb verstanden habe, warum

Elias Sie so liebt. Sie sind ein ganz besonderer Mensch. Und sehr mutig. Ich weiß nicht, ob ich mich ...«

»Doch, ganz bestimmt«, fiel Liv ihr ins Wort. Froh, von sich ablenken zu können, sprach sie rasch weiter: »Wenn Sie erlebt hätten, wie unglücklich er bei den Treskes war.«

Sofie runzelte die Stirn. »Ich begreife immer noch nicht, warum sie unbedingt ein Kind adoptieren wollten und dafür sogar viel Geld gezahlt haben. Um es dann so abweisend und kalt zu behandeln.«

»Es war der Lehrer. Er glaubte, Elias mit besonderer Strenge erziehen zu müssen«, sagte Liv. »Wenn es nach seiner Frau gegangen wäre ... sie wäre dem Jungen gewiss gern eine liebevollere Mutter gewesen. Aber sie hatte nicht den Mut, ihrem Mann die Stirn zu bieten. Und für den war Elias wegen seiner zweifelhaf ... äh ...«

Liv brach ab und biss sich auf die Zunge. Sie wollte Sofie nicht verletzen und ihr den Grund für Oddvar Treskes unversöhnliche Haltung verschweigen.

»Wegen mir, nicht wahr?«, fragte Sofie. »Weil ich mich einst einem Mann hingegeben habe, mit dem ich nicht verheiratet war?«

Liv presste die Lippen aufeinander. »Herr Treske hat sehr starre Prinzipien«, sagte sie nach kurzem Schweigen. »Für ihn gibt es nur schwarz und weiß. Er bezeichnet sich zwar als gläubigen Christen. Aber Vergebung und Barmherzigkeit kennt er leider nicht.«

»Nun, da ist er weiß Gott nicht allein.« Sofies Blick wanderte zu Elias und fragte mit belegter Stimme: »Wird er mich eines Tages dafür verurteilen?«

Liv schluckte eine eilfertige Beteuerung, dass Elias das niemals tun würde, hinunter. Sofies Sorge war berechtigt. Elias war sein ganzes Leben lang mit den Wertvorstellungen und moralischen Grundsätzen des Lehrers bombardiert worden. Die im

Übrigen vom Großteil der Gesellschaft geteilt wurden. Auf der anderen Seite hatte der Junge einen stark ausgeprägten Sinn für Gerechtigkeit und war sehr mitfühlend.

»Ich glaube, dass Elias es verstehen wird.« Liv stockte und atmete tief durch. »Darf ich Ihnen einen Rat geben?«

»Bitte! Ich wäre Ihnen sehr dankbar. Sie kennen Elias doch viel besser als ich.«

»Sagen Sie ihm die Wahrheit. Auch wenn es Sie Überwindung kostet. Elias hat ein feines Gespür für falsche Versprechen und Lügen. Sie würden sein Vertrauen verspielen, wenn Sie . . .«

»Das würde ich nie riskieren wollen!«, sagte Sofie. »Er hat schließlich ein Recht darauf, alles über seine Herkunft zu erfahren. Wobei ich mich frage . . .« Sie hielt kurz inne. »Gehen wir ein paar Schritte?«

Liv nickte und folgte ihr auf einem Weg zwischen den Büschen hindurch in den Park. Sofie führte sie zu dem kleinen Rondell mit dem Apfelbäumchen.

»Ich weiß nicht, wie viele Stunden ich in den vergangenen Sommern hier gesessen habe«, begann sie, nachdem sie sich auf der Bank niedergelassen hatten. »Bei aller Trauer, die für mich mit diesem Ort verbunden war, hatte er doch auch immer etwas Tröstliches.« Sie deutete auf den Apfelbaum. »Den haben Per und ich gepflanzt. Zum Andenken an mein Kind, von dem ich glaubte, dass es nicht hatte leben dürfen. An seinem Grab habe ich damals geschworen, für eine Welt zu kämpfen, in der man sich auf Kinder freut – gleichgültig unter welchen Umständen sie gezeugt und geboren werden.« Sie verzog den Mund. »Ein zähes Unterfangen.«

»Umso mehr bewundere ich Ihre Bereitschaft, sich nicht unterkriegen zu lassen«, sagte Liv. »Ihre Großmutter hat mir erzählt, wie sehr Sie und Ihr Mann sich dafür einsetzen, dass ledige Mütter und ihre Kinder bessergestellt werden.«

Von Toril Hustad hatte Liv erfahren, dass sich Per Hauke, der als Abgeordneter der Arbeiterpartei dem Parlament angehörte, auf politischer Ebene für die Rechte der Betroffenen starkmachte, während sich Sofie in diversen Frauenvereinen demselben Ziel verschrieben hatte.

Sofie machte eine abwinkende Handbewegung. Livs Lob machte sie augenscheinlich verlegen. »Bei meiner Arbeit habe ich immer wieder mitbekommen, wie belastend es für die Kinder ist, keine makellose Herkunft zu haben. Viele wissen oft nicht, wer ihr Vater ist. Oder sie müssen damit leben, dass er ausdrücklich keinen Kontakt zu ihnen wünscht und sie verleugnet. Abgesehen von der finanziellen Not, in die sie und ihre Mütter dadurch häufig geraten, ist diese Ablehnung sehr verletzend.«

Liv nickte. »Das kann ich mir nur zu gut vorstellen.«

»Und nun bin ich unsicher, wie Elias damit zurechtkommt, dass er seinen leiblichen Vater wohl niemals kennenlernen wird. Und was für ein Mensch er ist.«

»Darf ich fragen ...«

»Natürlich, ich wollte es Ihnen ohnehin mitteilen.«

Sofie verengte ihre Augen und heftete sie auf das Apfelbäumchen. »Die Geschichte ist schnell erzählt: Ich war sehr jung und unerfahren, hatte gerade meine Mutter verloren und fühlte mich im Schatten meiner strahlenden Schwester unsichtbar und hässlich. Und dann tauchte plötzlich Moritz auf, ein schnittiger Offizier aus Deutschland, und machte mir galant den Hof. Nicht meiner Schwester oder einem anderen hübschen Mädchen, sondern mir.« Sofie grinste schief. »Er hatte leichtes Spiel. Ich dummes Gänschen glaubte natürlich, dass es der Beginn ewiger Liebe sei und wir bis ans Lebensende ... und so weiter.« Sie zuckte mit den Schultern. »Nachdem ich mich ihm hingegeben hatte, verschwand er sang- und klanglos und hat nie wieder etwas von sich hören lassen.«

»Das muss schrecklich für Sie gewesen sein«, sagte Liv leise.

»Ja, ich habe eine Zeitlang sehr darunter gelitten. Aber dann lernte ich Per kennen, und Moritz wurde schnell zu einer blassen Erinnerung. Bis ich merkte, dass unsere Liebesnacht nicht ohne Folgen geblieben war.«

Liv hob eine Hand vor den Mund. Allein die Vorstellung schnürte ihr die Kehle zu. Sie spürte förmlich das kalte Entsetzen, das die junge Sofie in jenem Moment übermannt haben musste.

»Zum Glück haben mir meine Großeltern zur Seite gestanden und wollten mir auch helfen, das Kind großzuziehen und ihm eine gute Zukunft zu sichern. Aber es ist ja dann anders gekommen.« Sie verstummte und atmete tief ein und aus.

Liv ließ Sofies Worte auf sich wirken und suchte nach einer Antwort auf deren Frage, wie Elias darauf reagieren würde. So wie sie ihn einschätzte, könnte er vielleicht damit hadern und befürchten, das »schlechte Blut« seines Vaters geerbt zu haben. Oddvar Treske hatte ihm schließlich von klein auf eingetrichtert, dass sich moralische Verderbtheit fortpflanzte und nur mit äußerster Härte gebändigt werden konnte. Andererseits war Elias ein aufgeweckter Junge, der in der Lage war, sich eine eigene Meinung zu bilden. Das hatte er gerade in Bezug auf seinen Adoptivvater mehrfach bewiesen.

»Elias wird es verkraften«, sagte Liv schließlich. »Er hat ohnehin nicht damit gerechnet, seinen Vater kennenzulernen. Seine ganze Sehnsucht galt Ihnen.«

Sofie drehte sich zu ihr und sah ihr in die Augen. »Bis vor Kurzem hätte ich Elias nur das über Moritz sagen können, was ich damals erfahren habe. Und das war wenig genug. Er hat sich sehr bedeckt gehalten. Außerdem hatten wir kaum Gelegenheit, uns ausführlich zu unterhalten.«

Liv zog die Stirn kraus. »Sie sagten: bis vor Kurzem. Haben Sie etwas Neues über ihn ...«

Sofie nickte und zog einen Umschlag aus ihrer Jackentasche. »Dieser Brief wurde mir kurz vor dem Abendessen überbracht.«

Liv warf einen Blick darauf. Auf dem Umschlag klebte keine Briefmarke, die Adresse war unvollständig:

An Sofie Hauke, c/o Toril Hustad, Solsikkegård

»Von wem ist er?«

»Von Moritz' Frau.«

Liv zog die Augenbrauen hoch. »Wie bitte? Seine Frau ist in Trondheim?«

»Ich war genauso überrascht«, sagte Sofie und entfaltete einen Papierbogen, der mit einer rundlichen Schrift bedeckt war. »Er ist auf Deutsch. Am besten übersetze ich ihn:

Sehr geehrte Frau Hauke,

in der Hoffnung, dass Sie mein Schreiben nicht als aufdringliche Einmischung in Ihr Leben empfinden, wende ich mich in einer etwas delikaten Angelegenheit an Sie. Seien Sie bitte versichert, dass es mir fernliegt, alte Wunden aufzureißen. Ich habe lange mit mir gerungen, ob ich diesen Brief an Sie richten soll. Da es letztendlich in Ihrem Ermessen liegt, ob Sie die Informationen an Ihren Sohn weitergeben oder lieber nicht, habe ich mich schließlich dafür entschieden.

Vor zehn Jahren hatten Sie an Moritz von Blankenburg-Marwitz geschrieben und ihn gebeten, als Ehrenmann zu Ihnen und dem ungeborenen Kind zu stehen, das Sie von ihm erwarteten. Er hat den Brief nie beantwortet, da dieser von seiner Mutter abgefangen und ihm vorenthalten wurde. Ob sich Moritz andernfalls bei Ihnen gemeldet hätte, wage ich jedoch zu bezweifeln.

Vor einigen Wochen habe ich den Brief entdeckt und beschlossen, mich auf die Suche nach Ihnen und dem Kind zu machen. Ich gestehe, dass es mir nicht leichtfällt, meine ursprünglichen

Beweggründe zu offenbaren. Da ich mein neues Leben aber nicht mit dem Verschleiern der Wahrheit beginnen will, werde ich sie Ihnen nicht vorenthalten.

Moritz ist im Grunde der geblieben, als den Sie ihn kennengelernt haben: ein lebenslustiger, verantwortungsscheuer Schmetterling, der von Blüte zu Blüte flattert, ohne an das Morgen zu denken. Vor unserer Hochzeit kam auch ich in den Genuss seines Charmes, den er danach ausschließlich anderen zuteilwerden ließ. Um es mit einem Sprichwort zu sagen: Eine Katze lässt das Mausen nicht ...

Vor einigen Wochen gab es nun eine dramatische Wende. Moritz ist schwer am Herzen erkrankt – und ich weiß zu diesem Zeitpunkt nicht, wie es um ihn steht und wie lange er noch leben wird. Da uns keine Kinder vergönnt sind, gibt es keinen Sohn, der den Stammsitz seiner Familie übernehmen kann. Als ich Ihren Brief fand, glaubte ich, eine Lösung für dieses Problem in den Händen zu halten: Ich wollte herausfinden, ob Moritz in Norwegen einen leiblichen Sohn hat, und ihm und seinen Eltern die Möglichkeit geben, diesen offiziell anzuerkennen und so als Erben einsetzen zu können.

Mir ist bewusst, wie abenteuerlich sich dieser Plan ausnimmt, und ich gebe zu, dass er aus Verzweiflung über meine eigene desolate Lage als unwillkommene Ehefrau und Schwiegertochter geboren wurde. Ich hatte die Hoffnung, mir so Anerkennung, wenn nicht gar Zuneigung von der Familie meines Mannes zu erwerben.

Längst habe ich dieses Vorhaben als aussichtslos und unsinnig verworfen. Und als ich nun in der Zeitung von der Zusammenführung von Ihnen und Elias las, gab es für mich nur ein Bedürfnis: Ihnen von Herzen alles Gute zu wünschen. Außerdem möchte ich Ihnen und Ihrem Sohn ein Angebot machen: Falls er je mehr über seine deutschen Wurzeln erfahren möchte, werde ich ihm gern Rede und Antwort stehen. Leider kann ich das

*Gleiche weder für Moritz noch für dessen Eltern zusagen. Ich
weiß nicht einmal, wie sie auf die Nachricht von Elias' Existenz
reagieren würden.* Insbesondere meine Schwiegermutter hat
eine fatale Neigung zu Dünkel und Selbstgerechtigkeit.

*Wenn Sie oder dereinst Ihr Sohn mit mir in Kontakt treten
wollen, schreiben Sie bitte an meine Freundin Ida Krusche
(Adresse siehe unten). Sie wird die Briefe an mich weiterleiten.
Ich beabsichtige nämlich, die Scheidung von Moritz zu beantragen, und weiß noch nicht, wo ich meine Zelte in Zukunft auf-
schlagen werde.*

*Ich schließe mit aufrichtigen Segenswünschen für Sie und
Elias und verbleibe mit freundlichen Grüßen,*

Karoline von Blankenburg-Marwitz

Liv hatte Sofie mit wachsendem Staunen gelauscht. »Wie außer-
gewöhnlich!«, rief sie. »So einen Brief zu schreiben, erfordert
viel Mut.«

»Das war auch mein erster Gedanke«, sagte Sofie. »Diese
Karoline hat das Herz am rechten Fleck.«

»Werden Sie ihr Angebot annehmen?«

Sofie hob unschlüssig die Schultern. »Ich werde auf jeden Fall
darüber nachdenken.«

»Worüber willst du nachdenken?«, fragte eine Männerstimme.

Liv und Sofie schraken zusammen und drehten sich zu dem
Durchgang in der Hecke.

»Per!«, rief Sofie, sprang auf und flog einem athletisch gebauten Mann Anfang dreißig in die Arme. Hinter ihm erschienen
Bjarne und Elias.

Sofie löste sich von ihrem Mann. »Wir hatten dich nicht so
bald erwartet.«

»Ich konnte mich zum Glück früher loseisen.«

615

Per streckte Liv seine Rechte hin. »Ich wollte so schnell wie möglich die Frau kennenlernen, die meine Sofie so glücklich gemacht hat«, sagte er mit einem strahlenden Lächeln und wandte sich an Elias. »Und vor allem natürlich dich.«

Liv bemerkte das Leuchten in Elias' Augen und seufzte innerlich erleichtert auf. Ihre Befürchtung, Per könnte dem Jungen mit Ablehnung begegnen, löste sich in Luft auf.

»Wir sollten zu den anderen zurückgehen«, sagte Per. »Deine Großmutter möchte eine kleine Ansprache halten.«

Sofie und Per nahmen Elias in ihre Mitte und gingen Richtung Haus. Liv hakte sich bei Bjarne unter und folgte ihnen langsam. Unvermittelt spürte sie einen Kloß im Hals. Ihre Zweisamkeit mit Elias war unwiederbringlich vorbei. Der Anflug von Abschiedsschmerz, der sie überkam, wurde von tiefer Dankbarkeit überlagert. Sie hatte ihr Versprechen einlösen können. Elias würde glücklich werden. Und sie hatte einen Anteil daran.

Epilog

Berlin, Sonntag, den 19. September 1909

Liebste Ida,

gerade ist der kleine Karl in seiner Wiege eingeschlafen, sein Bruder Georg führt mit seinem Vater seinen geliebten Wauwau spazieren, und ich nutze die ruhige Stunde, um Dir endlich zu schreiben.

Nun ist es schon wieder einen Monat her, seit Du mich an meinem Geburtstag mit Deinem Besuch überrascht hast. Das war eine so wundervolle Idee, und ich zehre noch heute von unserem Wiedersehen und den anregenden Gesprächen.

Es kommt mir so vor, als wären seither sehr viel mehr als vier Wochen vergangen. Ich darf wohl ohne Übertreibung behaupten, dass sich hier in den letzten Tagen die Sensationen überschlagen und ich oft nicht weiß, wo mir der Kopf steht ...

Um mit der spektakulärsten Entwicklung zu beginnen: Ich schreibe Dir als zukünftige Herrin von Schloss Katzbach.

Ich sehe Dich erstaunt die Brauen hochziehen – und dazu hast Du allen Grund. Ich fasse es ja selbst noch nicht wirklich. Du darfst Deinen Augen jedoch trauen!

Aber nun der Reihe nach:

Ich hatte Dir schon früher erzählt, dass Freiherr Waldemar von Dyhrenfurth, der Bruder meiner ehemaligen Schwiegermutter, es ablehnt, mich wie der Rest der Familie aus seinem Leben zu verbannen. Auch nach der Scheidung hat er stets den Kontakt gehalten und eine regelmäßige Korrespondenz mit mir gepflegt. Dass er damit den Groll von Gräfin Alwina auf sich zieht, nimmt er mit einem grimmigem »Soll sie doch schmollen« in Kauf – in puncto Sturheit schenken sich die Geschwister nichts.

Von Onkel Waldemar – wie ich ihn auf seinen Wunsch hin nenne – habe ich vor drei Wochen erfahren, dass Moritz seinem Herzleiden erlegen ist. Zunächst bestand ja die berechtigte Hoffnung auf seine Genesung, nachdem die Kur in Warmbrunn vor vier Jahren recht gut angeschlagen hatte. Seine beharrliche Weigerung, sich anschließend eines ruhigeren Lebenswandels zu befleißigen und seine Eskapaden zu unterlassen, hat diese positive Aussicht jedoch zunichtegemacht.

Ich habe sein Ableben ohne nennenswerte Emotionen zur Kenntnis genommen – es erfüllte mich weder mit Genugtuung noch gar mit Trauer. Es war wie eine Botschaft aus einem Leben, das eine andere Karoline einst geführt hat.

Auch für Kilian hatte dieser Todesfall keine besondere Bedeutung, da er seit der Enterbung durch seinen Vater aus dem Sippenverbund und damit der Erbfolge ausgeschlossen ist. Die Frage, wer an seiner Stelle dereinst den Stammsitz sein Eigen nennen wird, tat er mit einem Schulterzucken ab. Er sagte, dass er zu seinem Glück bereits alles hat, was er benötigt: eine wunderbare Frau, zwei gesunde Buben und seinen Beruf als Lehrer, der ihn erfüllt.

Wir hatten die Nachricht von Moritz' Tod also fast schon wieder vergessen, als sich wenige Tage später zeigte, dass sie nur der Auftakt zu Ereignissen war, die sehr wohl unser jetziges Leben betreffen und ändern werden. Laut Onkel Waldemar ist sein Schwager über sich hinausgewachsen und hat eine unbekannte Seite von sich offenbart, die wohl durch den Verlust seines Sohnes wachgerüttelt worden ist. Auf dem Empfang nach der Beerdigung hat er nämlich verkündet, dass es an der Zeit sei, die alte Familienfehde zu beenden und in die Zukunft zu schauen. Er wolle Kilian mit sofortiger Wirkung in sein Erbe einsetzen und ihm als Vertreter der jungen Generation die Zügel übergeben. Es solle endlich wieder Leben in das Schloss einziehen, das schon viel zu lange in einem Dornröschenschlaf dahindämmere.

Diese Worte haben wie eine Bombe eingeschlagen. Ich wäre zu gern Mäuschen gewesen, allein schon, um Gräfin Alwinas Gesicht zu sehen! Sie hat wohl zunächst versucht, das Vorhaben ihres Mannes als Gespinst seines von Trauer verwirrten Geistes abzutun. Doch da hatte sie die Rechnung ohne den Wirt gemacht! Und das, liebe Ida, ist die eigentliche Sensation! Graf Hermann hat sie mitten im Satz unterbrochen und als Angeheiratete, die in dieser Sache kein Mitspracherecht hätte, unmissverständlich in ihre Schranken gewiesen. Als sie daraufhin damit drohte, ihn für unzurechnungsfähig erklären zu lassen, hat er sinngemäß geantwortet, dass er nie so klar gewesen sei wie in diesem Moment – endlich befreit von dem wahnhaften Verharren in einer vermeintlich strahlenden Vergangenheit, die so nie existiert habe.

Der Graf verlor keine Zeit. Bereits am nächsten Tag lud er Kilian und mich ein, ihn auf dem Rittergut seines Schwagers bei Liegnitz zu treffen, der sein Domizil gern als »neutralen Verhandlungsort« zur Verfügung stellte. Kilian war im ersten Augenblick wenig begeistert und meinte: »Warum sollte ich mir ein bröckelndes Schloss aufhalsen, in dem ein Drache namens Alwina lebenslanges Wohnrecht genießt? Ganz zu schweigen von der aufwendigen Verwaltung der Ländereien und Pachtverträge sowie anderen Verpflichtungen, die mit einem solchen Besitz einhergehen?« Ich dachte ebenso und wäre zufrieden gewesen, wenn er das Ansinnen abgewiesen hätte.

Doch dann brachte uns Frau Bethge, die uns jeden Sonntag besucht, zum Umdenken. Sie erinnerte mich an meinen alten Traum, Kindern aus trostlosen Arbeiterquartieren ein paar Wochen den Aufenthalt in gesunder Luft und schöner Natur zu bieten. Schloss Katzbach sei doch wie geschaffen für eine Art Ferienheim. Bedenken, ein solches Projekt erfordere eine kostspielige Renovierung samt Umbau und Modernisierung, wischte sie mit dem Ruf: »Lassen Sie das meine Sorge sein!« beiseite. Es stellte sich heraus, dass sie schon seit geraumer Zeit nach einem geeigneten Gutshof Ausschau hält, in dem sie mehrmonatige Ausbildungsseminare für junge Bäuerinnen anbieten kann. Schloss Katzbach mit seinen Ländereien und landwirtschaftlichen Betrieben wäre in ihren Augen geradezu ideal.

Um es kurz zu machen: Der Funke ihrer Begeisterung sprang auf Kilian und mich über, und so begaben wir uns mit Frau Bethges Angebot und Vorschlägen im Gepäck auf den Weg nach Liegnitz. Graf Hermann gefielen unsere Ideen ebenfalls – nicht zuletzt wegen der Aussicht, damit sein geliebtes Schloss vor dem Verfall zu retten. Blieb nur noch ein Wermutstropfen: Gräfin Alwina. Die Vorstellung, erneut mit ihr unter einem Dach zu leben, dämpfte meine Vorfreude gewaltig. Doch auch hier – und das ist die dritte unglaubliche Begebenheit – scheint sich ein Wandel vollzogen zu haben. Onkel Waldemar gab mir zu verstehen, dass seiner Schwester das entschiedene Auftreten ihres Mannes im Nachhinein sehr imponiert hat. Vielleicht hat sie sich insgeheim immer gewünscht, dass er das Steuer in die Hand nimmt und sich nicht von ihr herumkommandieren lässt. Sie scheint jedenfalls wie ausgewechselt, was wiederum Graf Hermann beflügelt – kurzum, ihre Ehe erlebt eine zweite Blüte. Gräfin Alwina will sich seinen Plänen nicht widersetzen und hat sich nur ausbedungen, mit ihm aus dem Schloss in ein kleineres Haus auf dem Anwesen umzuziehen.

Das ist der Stand der Dinge ... Es gibt selbstredend noch unendlich viel zu bedenken, zu besprechen und zu tun, bevor wir umziehen und unser neues Dasein als Grafen auf Schloss Katzbach beginnen können. Doch die Weichen sind gestellt. Ich werde Dich auf dem Laufenden halten!

Für heute schließe ich mit herzlichen Grüßen an Dich und Deine drei Lieben,

sei innig umarmt von Deiner Karoline

ENDE

Anmerkungen

Die Schreibweisen der Namen von Straßen, Orten und Regionen folgen in der Regel den heute üblichen Bezeichnungen. Ausnahmen werden in Zitaten historischer Quellen wie Zeitungen, Reiseführern oder Ähnlichem gemacht.

Norwegens Hauptstadt hat im Laufe der Zeit einige Namensänderungen erlebt: Bis 1897 hieß sie Christiania, von 1897 bis 1924 Kristiania. Seither heißt sie Oslo.

Zu Kapitel 13:

Halvor Eiks Ausführungen über die Madagassen fußen auf dem zu seiner Zeit verbreiteten Wissensstand. Dieser ist aus heutiger Sicht zum Teil überholt, unvollständig beziehungsweise falsch. So sind die Hova kein eigener Stamm, sondern beim Volk der Merina eine Klassenbezeichnung für freie Bürger in Abgrenzung zu den Adligen und den Sklaven. Um 1900 werden Hova aber als Eingeborene genannt, unter anderem in Lexika wie dem *Brockhaus* von 1911 oder in Meyers *Großem Konversations-Lexikon* von 1907.

DANKE

Die Unterstützung, die mir in vielfältiger Weise während des Schreibens zuteilwurde, hat auch bei der Entstehung meines fünften Romans eine wichtige Rolle gespielt. Es ist mir daher ein Bedürfnis, denen zu danken, auf deren Hilfe, Begleitung und Ratschläge ich mich ein weiteres Mal verlassen durfte:

An erster Stelle danke ich Gerke Haffner, meiner Lektorin beim Bastei Lübbe Verlag, für die vertrauensvolle und reibungslose Zusammenarbeit.

Auch den anderen Verlagsmitarbeitern möchte ich vielmals danken: für die Gestaltung des tollen Covers, die Vermarktung und all die anderen Tätigkeiten, die vor und nach dem Erscheinen des Buches anfallen.

Sehr dankbar bin ich meiner Außenlektorin Dr. Ulrike Brandt-Schwarze, die mit ihrem hervorragenden Gespür für Sprache und Stil in bewährter Weise meinen Text poliert und Unstimmigkeiten beseitigt hat.

Ein herzliches Dankeschön geht an meine Agentin Lianne Kolf und ihr Team, die mir den Rücken stärken und stets ein offenes Ohr für mich haben.

Liebe Lilian Thoma, Dir widme ich dieses Buch als Zeichen meiner Dankbarkeit für Deine unschätzbar wertvolle Hilfe!

Du, liebster Stefan, danke ich aus tiefstem Herzen für Deine unermüdliche Bereitschaft, mein Schreiben zu begleiten, mich aufzumuntern, mit nervenstärkender Schokolade zu versorgen und in dunklen Stunden des Selbstzweifels meine Hand zu halten.

Die Community für alle, die Bücher lieben

Das Gefühl, wenn man ein Buch in einer einzigen Nacht verschlingt – teile es mit der Community

In der Lesejury kannst du

★ Bücher lesen und rezensieren, die noch nicht erschienen sind

★ Gemeinsam mit anderen buchbegeisterten Menschen in Leserunden diskutieren

★ Autoren persönlich kennenlernen

★ An exklusiven Gewinnspielen und Aktionen teilnehmen

★ Bonuspunkte sammeln und diese gegen tolle Prämien eintauschen

Jetzt kostenlos registrieren: www.lesejury.de
Folge uns auf Facebook:
www.facebook.com/lesejury